布鲁克林有棵树

[美] 贝蒂·史密斯 著 王扬 译

A Tree Grows in Brooklyn

浙江人民出版社

只 为 优 质 阅 读

好
读
Goodreads

布鲁克林有棵树，有人管它叫天堂树。无论种子落在哪里，它都会破土而出，竭力向天空生长。它长在围着栅栏的空地上，长在无人问津的垃圾堆里，它是唯一能够在水泥地上生根发芽的树。它枝繁叶茂……没有阳光，没有水，似乎就算没有土壤，它也能够生存。它生得漂亮，又远不只是漂亮。

作者手记

一个无名之辈,一夜之间成了公众人物,有时就会有一些小小的传闻产生,我也没能幸免。据说,我有个怪异的习惯,每到午夜时分,我都会牵着一条大黑狗,在伸手不见五指的乡间小径上穿行;据说,我正是通过这样的方式积累灵感,才写出了这本《布鲁克林有棵树》。

我确实会在每个午夜都带着一条黑狗穿过村子,但我只是去邮局,看看最后一批信里有没有寄给我的。那条黑狗——一条温驯的拉布拉多——是我的朋友。它每晚都会在街角等我,因为它喜欢跟人结伴去镇上散步。

在写出这本书之前,我很寂寞。就像托马斯·沃尔夫[①]一样,他在这里读本科时,也曾在那个邮局——教堂山邮局——徘徊,希望能有人给他写信。而我也会注视着邮递员把午夜前最后一批邮件摆出来,盼望着能有人给我写信。然而信几乎没有——除了账单。

我不会再走那条路了,因为现在无论何时,我的405号邮箱里都

[①] 美国作家,代表作《天使望故乡》。

塞满了读者的来信。这些信来自美国的大城市、小镇、乡村地区，曾有信来自散兵坑、战舰、娱乐中心以及训练基地，还有一些来自占领区。有一封信来自一个臭名昭著的黑帮老大，他在死囚牢房里，说我的书将会是他在这个世界上读的最后一本书。有一封信来自一个刚生完孩子的女人，她说自己很穷，但只要还有办法，她就不会让自己的孩子缺少温暖与理解。

大多数信都是这样开头的："这是我第一次给名人写信。我刚刚读完了你的书，我得跟你说……"她们告诉我："我是个像弗朗丝·诺兰一样的女孩。"或者是："我们家也一样过得很难。我妈妈跟凯蒂很像。"再或者："我从没在布鲁克林生活过，但一定有人跟你讲过我的故事，因为你都写出来了。"甚至是："我简直要疯了。我还没来得及写，你怎么都写出来了呢？"

我真的不应该回复所有的信。我本该把时间用在下一本书上。但我记得自己小时候读过一本非常棒的书，我把自己的心里话写在信里，寄给了那位著名作者。但他一直没有回信，这让我很受伤，也很羞耻，因为我的心被拒绝了。当时我就暗自发誓，长大以后一定要写出比他更好的书，而且所有读者来信我都会回复。所以现在每封来信我都会回，即便只是说一句"谢谢"。有时候这样做很麻烦，我想放弃，但又担心自己会像很久之前的那位作者一样伤害别人。所以我还是会坚持回信。

我的书没有献给什么人，因为我无法确定在写作过程中，谁对我的帮助最大。我想献给给予我生命的母亲，我欠她很多——我也欠我的姐姐和哥哥，是他们让我的童年生活充满惊奇。我感激我的孩子们，他们的婴儿时光带给我愉快和满足。我当然也感激我挚爱的朋友们、善解人意的丈夫，还有一位可敬的老师。我也不会忘记在我清苦的写作岁月里允许我友情赊账的杂货店老板,还有帮我的狗接好断腿的兽医。他一句慷慨的"哦,算了吧",就把我"有时间再付"的承诺打发到了一边。

我感激那些在火车站、汽车站与我萍水相逢的人,因为他们曾和我就生命永恒的种种真理互诉衷肠。我深深地感激一个给我带来很多痛苦的人,因为悲伤让我在情感上有所成长,让我更加理解生活。我深深地感激很久以前遇到的一位雇主,他在一个炎热的八月下午告诉我,我应聘的工作岗位已经招满了,但他劝我坐下来休息一会儿,然后再去应聘广告上的下一份工作。他递过来一杯冰水,当我的几滴疲惫的泪水落进杯子里时,杯子里的水溢了出来,真的溢了出来。

所有这些人——还有上百位——实际上,每个曾经触动我的人,不管影响是好是坏,都为我的写作带来了积极的帮助。我不能把这本书献给任何一个人,否则就是对其他人的辜负。

但我确实想把这个特别版本献给你们——它之所以能够出版,完全是因为有那么多人喜欢《布鲁克林有棵树》。我想把它献给所有读过这本书,以及正在阅读它的人。我还想说一句:"谢谢!非常感谢!"

贝蒂·史密斯
北卡罗来纳州教堂山,1947年6月

第一部

1

　　用"平静"来形容纽约的布鲁克林,其实是再合适不过的。1912年的夏天尤为如此。"沉郁"这个词更好,但布鲁克林的威廉斯堡却并非如此。大草原是可爱的,仙纳度①听上去很美,可这些说法都不适合布鲁克林。只有"平静"适合它,尤其是夏日的周六下午时光。

　　傍晚时分,夕阳斜斜地洒进弗朗丝·诺兰家满是青苔的院子,把旧木栅栏晒得暖暖的。看着西沉的太阳,弗朗丝的心里涌起一股美好的感觉,这种感觉和她在学校背过的一首诗带给她的感觉如出一辙:

　　　　林深人迹绝,

　　　　松杉空低语。

　　　　暮色染青苔,

---

①仙纳度(Shenandoah)既是美国弗吉尼亚州一条河流的名称,也是一首著名而美丽的美国民谣的名字。这首民谣讲述了一名年轻富有的商人与印第安族长女儿相爱的故事,"Shenandoah"是这位姑娘家族的姓。现在它是一条小河的名称,又因太有名,整个区域的国家公园也是以"Shenandoah"命名。

仿若现老僧。

弗朗丝家院子里那棵树，既不是松树，也不是杉树。它的叶子尖尖的，沿着窄窄的枝条生长，窄窄的枝条又沿着粗大的枝干向四周发散，最终长成了一棵树，仿佛由无数撑开的绿伞组成。有人管它叫天堂树。无论种子落在哪里，它都会破土而出，竭力向天空生长。它长在围着栅栏的空地上，长在无人问津的垃圾堆里，它是唯一能够在水泥地里生根发芽的树。它枝繁叶茂，却只在廉租公寓区扎根。

在星期天下午出来散步，你若是路过一片很精致的住宅区，并且透过通往人家院子的铁门看到一棵小天堂树，你就会知道，这里很快就要变成廉租公寓区了。天堂树是知道的，它先到了这里。然后，捉襟见肘的外国移民陆陆续续搬进来，安静的褐砂石老屋被改造成公寓房，羽绒铺盖被推到窗外晒太阳，而那天堂树也越发郁郁葱葱了。它就是这样的树。它喜欢穷苦人。

弗朗丝家院子里的就是这种树。它的"伞"卷曲着，自下而上簇拥着三楼的太平梯。一个坐在太平梯上的十一岁女孩可以想象自己住在一棵树上，而这正是夏日每个周六下午弗朗丝的幻想。

啊，布鲁克林的周六多么美好！啊，每个角落都美妙至极！周六也有薪水可领，而作为假日，它又没有周日那么多规矩。人们手头有钱，可以出门挥霍。他们大吃大喝，跟人约会、上床，通宵狂欢；唱歌、放音乐、打架、跳舞，反正明天还是他们自己的。多睡一会儿也无妨——只要不错过晚场弥撒就行。

在周日，大多数人都会挤着参加十一点钟的弥撒。好吧，也有一些人，一少部分人，会参加六点钟的早场弥撒。这些人博得赞许，却受之有愧，因为他们只是前一天玩得太晚，到家时已是清晨。所以这些人才会来参加早场弥撒，以洗去自己的罪过，然后带着清白的良心回家睡上一整天。

对于弗朗丝来说，周六是从废品收购站之旅开始的。和其他布鲁克林的孩子一样，她和弟弟尼利会捡破布头、废纸、破铜烂铁、橡胶等废品，藏在地下室带锁的垃圾箱或是床底下的盒子里。整整一周，弗朗丝都会慢慢地从学校走回家，眼睛时刻留意着排水沟，寻找烟盒里或是包裹口香糖的锡纸。她还要把锡纸放在一个罐子的盖子上加热熔化。废品站是不收没有熔化的锡纸的，因为很多小孩会把铁垫圈放在里面增加重量。如果尼利捡到汽水瓶，弗朗丝会帮他把瓶嘴弄下来，熔化出其中的铅。废品站的人也不收完整的瓶嘴，他怕汽水公司的人找他麻烦。汽水瓶的瓶嘴是好东西，熔化之后一个能卖五分钱。

弗朗丝和尼利每晚都可以到地下室，把垃圾升降机架子上的东西清空。他们的妈妈是清洁工，所以他俩才享有这一特权。他们把架子上的废纸、破布头以及可回收的瓶子全都收起来。纸不怎么值钱，十磅才能换一分钱。破布头每磅两分钱，铁每磅可以换四分。铜是好东西——每磅一毛钱。有时弗朗丝还能找到"宝藏"：一个废弃的煮衣锅。她用开罐器把锅底拆下来，折叠，捶打；再折叠，再捶打。

周六早上刚过九点，孩子们就开始从各条小巷涌上主干道曼哈顿大街。他们沿着大街缓缓走向斯科尔斯街，有的孩子直接把捡到的废品抱在怀里，另一些拖着用装肥皂的木箱子做成的小车，下面装着结实的木头轮子。还有一些孩子推着婴儿车，里面塞得满满当当。

弗朗丝和尼利把他们的废品装在一个麻袋里，一人拖着一角走。他们沿着曼哈顿大街，经过毛瑟街、坦·艾克街、斯塔格街，来到斯科尔斯街。这些街道破败不堪，名字却都很好听。每走过一条偏巷，都会有小孩涌出，加入废品大军中。在朝卡尼的废品站走的这条路上，他们还会遇见空着手往回走的孩子。这些孩子已经卖掉了他们的废品，并且把换来的钱都花光了。现在，他们大摇大摆地往回走，嘲笑其他孩子。

"捡垃圾的！捡垃圾的！"

这个称呼灼得弗朗丝脸发烫。即便明知这些嘲笑者自己也是捡垃圾的，她也无法感到宽慰。即便待会儿她弟弟空着手，跟他的小伙伴们往回走时，也会继续这样嘲笑后来的人，她也不觉得好过。她觉得抬不起头。

卡尼的废品生意是在一个废弃马厩里进行的。转过街角，弗朗丝看到两扇门友好地大敞着。她想象着托盘秤大而沉稳的表盘闪着光，正在欢迎她的到来。她看到了卡尼，他的头发是铁锈色的，胡子是铁锈色的，眼睛也是铁锈色的。他正在摆弄秤盘。比起男孩，卡尼更喜欢女孩。他喜欢捏小姑娘的脸蛋儿，要是她不躲，他就会多算一分钱。

因为有这潜在的意外之财，尼利退到了一边，让弗朗丝自己拖着麻袋进马厩。卡尼迎上来，把麻袋里的东西倒在地上，然后在弗朗丝的脸上轻轻地捏了一下。趁着他把东西堆到秤盘上的工夫，弗朗丝眨眨眼，以适应眼前的黑暗，并嗅到空气中有青苔和湿布头的气息。卡尼的眼睛在表盘上盯了一会儿，吐出几个字：他的报价。弗朗丝知道，讨价还价是不可能的。她点头答应，卡尼便把废品摊开，让她等着。他把纸堆到一个角落，破布头扔到另一边，然后把金属归类。最后，他从裤兜里掏出一个用蜡绳系着的破布袋，点出几枚生了绿锈的旧硬币，看着也像废品。当弗朗丝低声说"谢谢你"的时候，卡尼铁锈色的眼睛盯着她，同时又用力捏了捏她的脸蛋儿。弗朗丝坚持着没有躲。卡尼微微一笑，又摸出一分钱。接着他表情一变，嗓门大了起来，手脚也变得麻利。

"赶紧的,"他冲后面的孩子喊道,那是个男孩,"把好东西交出来!"他等着孩子们发笑,"别给我破烂儿。"孩子们乖乖地发出一阵哄笑,那笑声就像是迷途羔羊在咩咩叫。但卡尼似乎心满意足。

弗朗丝走出马厩,向弟弟汇报:"他给了一毛六,还有捏脸的一分钱。"

"那个归你。"他说。这是他们之前的约定。

她把那一分钱放进裙子口袋里,剩下的钱交给尼利。尼利十岁,小弗朗丝一岁。但他是男孩,钱要给他拿。他小心地把这一把硬币分开。

"八分存进存钱罐。"这是规矩,无论从哪里弄来的钱,他们都要把其中一半放进家里的铁罐子里,它被钉在壁橱最黑暗的角落。"剩下的,四分归你,四分归我。"

弗朗丝把要放进存钱罐里的钱用手帕包好,打上结。她看着属于自己的五分钱,高兴地想到这能换一枚五分钱的镍币。

尼利卷起麻袋,夹在胳膊下,推门走进旁边的查理平价店,弗朗丝跟在他身后。查理平价店是一家廉价糖果店,就开在卡尼的废品收购站旁边,算是"配套经营"。每到周六关店时,店里的钱箱里都会装满生着绿锈的硬币。按照惯例,这是一家属于男孩的商店,所以弗朗丝并没有跟着尼利走进去。她站在门口。

男孩们的年纪从八岁到十四岁不等,但看上去都差不多,穿着松垮的短裤,戴着帽子,帽檐都是破的。他们围成一圈站着,双手插在裤兜里,瘦削的肩膀含胸向前。他们长大以后也会是这副模样,以同样的姿势站着围观别的把戏。唯一的不同是将会有香烟一直黏在他们唇间,跟着他们说话的节奏一上一下。

此刻，男孩们都紧张地站着，瘦巴巴的小脸一会儿看看查理，一会儿转向彼此，接着又望向查理。弗朗丝注意到，他们有的已经剪了夏天的发型：非常短，都能看到头皮上推子推得太深的伤痕。这些幸运儿有的把帽子塞在口袋里，有的反戴在脑后。而那些还没剃头的男孩，头发微微翘起，像三五岁的小孩似的耷拉在脑后。他们为此感到羞愧，把帽檐压得很低，盖住耳朵，几乎有点女孩的模样，只是嘴里止不住污言秽语。

查理平价店并不平价，店主也不叫查理。他只是给自己的店取了这么个名字，写在店外的遮阳棚上，而弗朗丝信以为真。付一分钱，查理就会给你一张奖券。柜台后面有块木板，上面挂着五十个钩子，已经编好了序号，每个钩子下面挂着一个奖品。有的奖品很棒，比如旱冰鞋、棒球手套，甚至还有一个有真头发的洋娃娃；剩下的一些钩子上则挂着记事本、铅笔，或是其他只值一分钱的玩意儿。弗朗丝看到尼利买了一张奖券。他从破信封里取出一张脏兮兮的纸片，26号！弗朗丝满怀期待地望向木板。尼利中的是一分钱的擦笔尖布。

"要奖品，还是要糖果？"查理问他。

"糖果。不然呢？"

总是这样。弗朗丝从没听说过有谁能得到一分钱以上的奖品。旱冰鞋的轮子一定都生锈了，洋娃娃的头发也蒙了灰尘，就像"小男孩布鲁"①的玩具狗和小锡兵一样。弗朗丝下定决心，总有一天，等她攒够五毛钱，一定要把所有奖券都买下来，把木板上的一切都赢回家。她觉得这肯定很划算：花五毛钱就可以得到旱冰鞋、棒球手套、洋娃娃，还有其他所有东西。单是旱冰鞋就值四倍价钱呢！但她还是得让

---

① 《鹅妈妈童谣》中的人物。

尼利帮忙做成这笔大生意,因为女孩很少进查理平价店。那个周六倒是也有几个女孩进去了——但她们都是那种大胆、粗鲁,跟年纪比起来成熟过了头的女孩;说起话来嗓门很大,跟男孩动手动脚、打打闹闹——邻居们都说,这样的女孩以后肯定不学好。

弗朗丝朝街对面的吉姆皮糖果店走去。吉姆皮腿脚有些残疾,人很温和,对小孩子很友好——或者说大家都这么觉得,直到那个阳光明媚的午后,他把一个小女孩骗进了他那阴暗的后屋。

弗朗丝犹豫着是否要掏一分钱,买一个吉姆皮特供:奖袋。她不算亲近的朋友莫迪·多纳文正准备付钱。弗朗丝推门而入,站在莫迪身后。她假装是自己在花钱,屏住呼吸,看着莫迪深思熟虑,然后动作夸张地指了指柜台里一个鼓鼓囊囊的袋子。弗朗丝自己会选一个小一点的袋子。她从朋友的肩膀上方瞧过去,看到她拿出几块不大新鲜的糖果,然后盯着奖品——一块粗糙的亚麻手帕。弗朗丝曾经得到过一小瓶浓香香水。她又开始琢磨自己要不要花一分钱买奖袋了。就算那个糖没法吃,能得到一份惊喜也是好事。但她又转念一想,既然刚才已经跟莫迪一起体验过一次惊喜了,她又何必再掏钱呢?

弗朗丝回到曼哈顿大街上,大声念出她经过的街道好听的名字:斯科尔斯、梅塞罗尔、蒙特罗斯,再然后是约翰逊大道。最后这两条大道是意大利人的聚居区。被称为"犹太城"的街区从西格尔街开始,摩尔街和麦吉本街基本囊括其中,然后经过百老汇。弗朗丝朝百老汇走了过去。

布鲁克林威廉斯堡的百老汇有什么呢?其实也没什么——除了世界上最棒的五分一毛商店!商店很宽敞,亮堂堂的,世界上所有的东西都在里面——也许在一个十一岁女孩看来确实如此。弗朗丝有五分钱,她有钱,这家店里的所有东西她几乎都买得起!这是世界上她唯一可以做到这一点的地方。

走进店里,她在过道上走来走去,拿起每一件感兴趣的东西。拿起一件东西,握上一会儿,感受它的轮廓,抚摸它的表面,然后再小心放回,这感觉多么美妙。她的五分钱赋予了她这样的特权。如果一个售货员走过来问她是不是真想买什么东西,她会说是的,然后买下来,让他无话可说。钱真是好东西,她心中暗想。在充分享受过抚摸各种商品的愉悦之后,她完成了自己的购物计划——价值五分钱的薄荷威化饼干。

她沿着格雷厄姆大道——贫民区的街道——朝家里走去。手推车周围——每辆手推车都是一个小小的商铺——有讨价还价的、情绪激动的犹太人,还有这一带独有的气味:烤酿馅鱼、刚出炉的黑麦酸面包,以及闻起来像是煮蜂蜜的东西,都让她兴奋。她盯着那些留着长胡须、头戴羊驼毛小圆帽、身穿仿丝薄棉布外衣的男人,想知道他们的眼睛为何这么小,还总是凶巴巴的。她注意到开在墙洞里的小商店,闻到里面桌面上摆放得乱七八糟的各种布料的气味。她注意到伸出窗外的羽绒床褥、晒在太平梯上的亮色东方衣服,以及在排水沟边光着上身玩耍的小孩。一个孕肚已经十分明显的女人坐在路边的硬木椅子上,神情安详。她晒着炽热的太阳,注视着街上人来人往,守护着她所孕育的生命之谜。

弗朗丝还记得妈妈告诉她耶稣是犹太人时,她感到很吃惊。她本以为耶稣是天主教徒。但妈妈什么都知道。妈妈说犹太人只把耶稣看成是个爱惹麻烦的犹太小伙儿,不愿意当木匠,不愿意娶妻生子、供养家庭。而且犹太人觉得他们的弥赛亚还没到来。想到这里,弗朗丝又望向那个怀孕的犹太女人。

"我猜这就是犹太人生那么多孩子的原因。"弗朗丝想,"还有她们为什么总是安静地坐着——等着,还有她们为什么不为自己大着肚子感到羞耻,因为每个人都觉得自己正怀着真正的小耶稣呢。所以她们走起路来都很骄傲,而爱尔兰女人却总是低着脑袋,因为她们知道自己生不出耶稣。她们只能生小米克①。不过等我长大,怀上孩子,我也要骄傲地慢慢走,即便我不是犹太人。"

弗朗丝回到家里,已经十二点了。妈妈很快拿着扫把和水桶走进屋里,"砰"的一声把它们扔到墙角。这意味着到周一之前,她都不会再碰这些东西。

妈妈今年二十九岁,她有一头黑发,一双棕色的眼睛,干起活来手脚飞快。她的身材也保持得很好。她是一个清洁女工,负责打扫三栋公寓楼的卫生。谁能想到妈妈是用擦地板养活一家四口人呢?她总是那么漂亮、纤瘦,而且总是乐呵呵的。尽管她的手被苏打水泡得发红,还有些开裂,但手的线条依旧很美,指甲呈弯弯的椭圆形,可爱极了。大家都说,像凯蒂·诺兰这样又苗条又漂亮的女人给人擦地板,实在是太可惜了。但他们又说,她已经结婚了,她还能做什么呢?他们承认,从任何角度看,约翰尼·诺兰都算得上英俊帅气,比这个街区里所有男人都好看。但他是个酒鬼,他们都这么说,而事实也的确如此。

弗朗丝让妈妈在一边看着她把八分钱存进存钱罐里。猜测铁罐里存了多少钱让她们度过了愉快的五分钟。弗朗丝说肯定有差不多一百块了,妈妈却觉得有八块钱就不错了。

---

①爱尔兰男孩常用的昵称。

妈妈给弗朗丝下达了出去买东西吃的指令。"从破杯子里拿八分钱，买四分之一块犹太黑面包，挑新鲜的。然后再拿五分钱去索尔文肉铺，买一块舌根肉。"

"但是那人不好说话，他不会卖给我的。"

"告诉他是你妈让你来买的。"凯蒂坚定地说，然后停下来琢磨了一会儿，"你说咱们是该再花五分钱买小甜面包呢，还是先把钱存起来？"

"哦，妈妈，今天是星期六，整个星期你都在说我们可以在星期六吃甜点。"

"好吧。去买小面包吧。"

小小的犹太熟食店里挤满了来买犹太黑面包的基督徒。她看着一个男人把她选好的四分之一块面包推进纸袋里。看着酥脆又柔软的外皮和覆满面粉的底部，她心里想，在它新鲜的时候，这应该就是世界上最美妙的面包了。她不情愿地走进索尔文肉铺，肉铺老板这个人不好说话，来买舌根肉，有时他会欣然同意，有时却会直接拒绝。七毛五分钱一磅的舌头肉片只有富人吃得起，但等舌头肉卖得差不多了，如果你跟索尔文先生套套近乎，他可能会把舌头根那一小方块肉五分钱卖给你。当然舌根上肯定剩不了多少肉了，大多是小骨头和带点肉味儿的软骨。

幸运的是，索尔文先生今天心情不错。"昨天舌头肉卖完了，"他对弗朗丝说，"不过我给你留了这个，因为我知道你妈妈喜欢舌头，而我喜欢你妈妈。你记得把这话告诉她，听见没？"

"好的，先生。"弗朗丝轻声回应，低头看着地面，感觉脸上在发烧。她讨厌索尔文先生，没有替他传话的打算。

在面包店，她仔细挑选了四个小面包，选的都是砂糖最多的。在店门口,她遇到了尼利。尼利偷偷看了看袋子,小面包让他一路都蹦蹦跳跳。虽然上午刚把四分钱都换成糖吃下了肚,这小男孩还是觉得很饿,催促弗朗丝跟他一路小跑着回家。

爸爸没有回家吃饭。他是个餐厅歌手,没有固定工作,这意味着他经常没有工作。星期六白天,他通常都是在工会总部等活中度过的。

弗朗丝、尼利和妈妈一起吃了顿丰盛的午餐。每个人都分到了一块厚厚的"舌头肉",两块涂着无盐黄油、香气四溢的黑面包,一个小甜面包,外加一杯浓浓的热咖啡,旁边还配着一茶匙甜炼乳。

这样的喝法是诺兰家的独门配方,也是他们难能可贵的奢侈时光。妈妈每天早上都会煮一大锅咖啡,到午饭和晚饭时再热一热。一天下来,咖啡的味道越来越浓。他们家的咖啡水很多,咖啡很少,但妈妈在里面放了一大块莴苣,这样喝起来就又浓又苦了。诺兰家每人每天可以喝三杯咖啡加炼乳,黑咖啡不限量。有时候外面下着雨,家里什么吃的都没有,你一个人在家,仍会感觉不错,毕竟还有苦苦的黑咖啡可以喝。

尼利和弗朗丝都很喜欢咖啡的香气,但不怎么爱喝。今天,尼利也像往常一样,让黑咖啡保持原样,把炼乳涂在面包上。出于礼貌,他呷了一小口。妈妈也给弗朗丝倒了一杯,加好炼乳,尽管她知道这孩子也不会喝。

弗朗丝喜欢咖啡的香气,喜欢它袅袅上升的热气。吃面包和肉的时候,她会把手放在杯子上,感受它的温暖,还会时不时嗅一嗅它苦苦的甜味。这比喝咖啡的感觉好。吃完饭,咖啡就会被倒进水槽。

妈妈有两个姐姐:茜茜和伊芙。她们经常来诺兰家。每次看到咖啡被倒掉,她们就会跟妈妈唠叨勤俭持家的大道理。

但妈妈会解释说："弗朗丝和其他人一样，有权在吃饭的时候喝杯咖啡。如果她觉得倒掉比喝下去让她感觉更好，那也没什么问题。我觉得像我们这样的人家，偶尔浪费一点，体验体验有钱人的感觉，不去计较那一两分钱，其实也挺好的。"

妈妈为自己这样反常的思维方式感到满意，弗朗丝也很高兴。这让他们这样地地道道的穷人，跟花钱大手大脚的富人有了关联。弗朗丝觉得，就算她比威廉斯堡任何一个人都穷，不知为何，她还是比他们拥有更多。她更富有，因为她可以浪费东西。她慢慢嚼着手里的小甜面包，不愿意让甜蜜的味道散去，同时任由咖啡变得冰凉。然后她起身，庄重地把咖啡倒进水槽，享受这任性奢侈的片刻时光。再然后，她要去洛舍尔面包店，去买够他们家吃半个星期的过期面包。妈妈告诉她还可以多花五分钱买一个过期馅饼，只要还能挑出不太碎的。

洛舍尔面包店主要给附近的商店供货。面包上没包蜡纸，很快就会变质。面包店会从商店收回过期的面包，再以一半的价钱卖给穷人。卖面包的铺面就在烘焙房旁边，一扇巨大的双开门开在柜台后面，狭长的柜台占满了一整面墙的长度，同样狭长的长凳在两边延伸。运退货的车直接把过期面包卸在柜台上。黑面包两个只卖五分钱，所以只要一卸货，人们免不了一哄而上。面包从来都是一抢而空，有的人要等运退货的车来三四趟才能买到面包。因为价格实在便宜，买面包的人需要自备装面包的袋子。来买这种面包的大多是孩子，有的孩子直接把面包夹在胳膊下面，大摇大摆走回家，毫不介意让世界知道他们家很穷。而那些比较顾及脸面的孩子则会想办法把面包藏起来，有的用旧报纸，有的用干净或不干净的面粉袋子。弗朗丝带了一个大纸袋。

她没有马上抢到面包的打算，而是先坐到了长椅上。十几个孩子在柜台前推来搡去，大喊大叫。有四个老头坐在她对面的长椅上，打着瞌睡。这些老头靠家人供养，不得不出来跑腿或是照料婴儿，这是留给这些威廉斯堡老头仅剩的工作。他们在买面包的时候会尽量磨蹭，因为面包店的味道实在好闻，从窗户射进来的阳光照在他们饱经风霜的后背上的感觉也很舒服。他们坐着，打着瞌睡，任由时间流逝，于他们却是将时光填满。这种等待让他们一度感觉生活有了目标，又几乎让他们觉得自己的存在还有必要。

弗朗丝盯着其中最老的一个老头。她玩起自己最喜欢的把戏——琢磨人。老头稀疏打绺的头发和立在凹陷的脸颊上的胡楂一样，都是脏兮兮、灰扑扑的。流到嘴角的口水已经干了。他打了个哈欠，嘴巴里已经没有牙齿了。她注视着他合上嘴，嘴唇往里抿，由于没有牙齿，下巴一直抬升，几乎要碰到鼻子，既有些恶心，又让人挪不开眼睛。她又看向他身上的破外套，填充物从袖子裂开的缝线处露了出来。他的双腿无力地大张着，裤子开口的地方油得发亮，还少了颗扣子。她还看到他的鞋子也很破，两只鞋脚趾的位置都绽开了口。其中一只鞋还有鞋带，打了很多结，另一只则系着一截脏兮兮的麻绳。她看到他鞋子开口的地方露出了长着厚茧的脚趾，趾甲已经发灰开裂。她开动思绪，开始琢磨……

"他很老了，肯定超过七十岁了。他出生那会儿，亚伯拉罕·林肯应该还在世，正准备竞选总统呢。威廉斯堡那时候应该还是小村子，也许印第安人还住在弗拉特布什大街那边。那是很久以前的事了。"她一直盯着他的脚。"他也曾是个小宝宝，很可爱，很干净。他的妈妈会亲吻他粉嘟嘟的小脚指头。也许晚上打雷时，她会到他的婴儿床前，把他的小毯子掖好，轻声念叨'别害怕，妈妈在呢'，然后把他抱起来，脸颊贴紧他的额头，说他是自己的乖宝贝。他也曾是个小男孩，像我弟弟那样，在家里跑来跑去，从不知道关门要轻一点。而他妈妈会一边骂他一边想，这孩子说不定什么时候会当上总统呢。他也曾是个年轻人，又强壮又快乐。走在大街上时，女孩们会为他微笑着转过头，他会回以微笑，还会朝其中最漂亮的那个眨眨眼。我想他一定娶过妻生过子了，孩子们曾经觉得他是最伟大的爸爸。他努力工作，给他们买玩具过圣诞节。但等孩子长大，像他一样，也有了自己的孩子，就没人想要这个老人了。他们在等他死，可他还不想死。他想活下去，尽管他已经这么老了，生活中也不再有什么开心事了。"

这个地方很安静。夏天的阳光流泻进来，从窗户到地上，勾勒出尘土扬起的路径。一只只绿色的大苍蝇在尘土间飞来飞去，嗡嗡作响。除了打瞌睡的四个老头和她自己，面包店已经空无一人，等待下一批面包的孩子们都出去玩了，他们的高声叫嚷仿佛来自很远的地方。

突然，弗朗丝跳了起来。她感到害怕，心脏狂跳不止。没来由的，她的脑海里出现了一只拉满的手风琴，奏出最圆润的音符。然后，她看到它开始收缩、收缩、收缩……莫名的恐慌涌上心头，她意识到，世界上那么多可爱的婴儿，总有一天都会变成这个老头的模样。她必须离开这里，否则这样的命运就会降临到她自己身上。突然有一天，她会变成一个没有牙齿的老太婆，双脚也会变得让人恶心。

这时，柜台后面的大门"砰"地被打开，一辆运面包的车倒着开进来，一个店员站到柜台后面，卡车司机开始向他扔面包，他再把面包堆到柜台上。听到大门被打开，街上的孩子一股脑涌进来，挤在已经站到柜台前的弗朗丝周围。

"我要面包！"弗朗丝大声喊道。一个大女孩使劲推了她一把，想让她清醒一点，守点规矩。"没关系！没关系！"弗朗丝对她说，"给我六个黑面包，一个馅饼，馅饼不太碎就行！"她叫道。

店员被她紧张的模样吓到了，赶忙递给她六个面包，还挑了一个最完整的馅饼，取走她举上来的两枚五分硬币。她从人群中奋力向外挤，结果不小心掉了一个面包。捡回面包又费了好大力气，因为人群挤得根本没有弯腰的空间。

来到店外，她坐在路边，把面包和馅饼装进纸袋里。一个女人推着婴儿车经过，车里婴儿的小脚悬在半空，晃来晃去。然而弗朗丝看到的并不是婴儿的小脚，而是穿着破洞大鞋的恶心东西。那股恐慌再度袭来，她一口气跑回了家。

家里空荡荡的。妈妈已经穿好衣服，跟茜茜姨妈去看日场的一毛钱电影了。弗朗丝把面包和馅饼放好，顺便把纸袋叠起收好，准备下次再用。她走进跟尼利共用的没有窗户的小卧室，坐在自己的小床上，在黑暗中等待内心的恐慌渐渐退去。

过了一会儿，尼利走了进来，一脑袋扎到他的小床底下，掏出一只破破烂烂的棒球手套。

"你要去哪儿？"弗朗丝问。

"去空地玩球。"

"我可以去吗？"

"不行。"

她跟着他来到街上。他的三个小伙伴正等着他，一个拿着球棒，一个拿着棒球，第三个什么都没拿，只穿了条棒球短裤。他们朝绿点区的一片空地走去。尼利注意到弗朗丝一直跟着他，但什么也没说。其中一个男孩推了推他，说道：

"嘿，你老姐跟着咱们呢。"

"是啊。"尼利应了一声。男孩转身朝弗朗丝大喊：

"快滚开！"

"这是个自由的国家。"弗朗丝呛声道。

"这是个自由的国家。"尼利也对那个男孩重复了一遍。随后，他们没有再理会弗朗丝，她便继续跟着他们。现在她没什么可做的，社区图书馆要等到两点钟才能开门。

几个人边走边闹，步子很慢。男孩们不时停下来，在排水沟里寻找锡纸，捡起烟屁股，留着等下个雨天的下午去地下室里抽。他们还骚扰了一个正准备去会堂的犹太小男孩，把人家拦下来，才开始讨论该怎么处置。小男孩站在原地，谦逊地微笑着。最终，信基督的小家伙们决定放了他，并对他未来一周的行为给出了详细的建议。

"别他妈来德沃街晃了。"他被命令道。

"好的。"犹太男孩答应道。小家伙们很失望，他们还指望着能打一架呢。其中一个从口袋里掏出一小截粉笔头，在人行道上画了条波浪线。他喝令道：

"跨过这条线都不行！"

犹太男孩明白自己太轻易的让步令这些人感到不爽，只好决定将计就计。

"我把一只脚放进水沟里都不行吗，朋友们？"

"你连往水沟里吐口水都不行。"有人告诫他。

"行吧。"他假装认命，叹了口气。

其中个头比较高的男孩灵机一动，"而且你也要离基督教女孩远一点，明白了吗？"几个人扬长而去，留下犹太男孩在原地目送他们离开。

"哎哟哟！"他转了转大大的棕色犹太眼珠，低声嘟哝。这些异邦人竟然觉得他已经年纪大到可以打女孩——不管是异邦的还是犹太的——主意的程度了。犹太男孩很吃惊，一边走路，嘴里还在不停嘟哝着"哎哟哟"。

信基督的小家伙们也在慢慢走着，满脸坏笑地望着那个提起女孩的大男孩，期待他能带头进入黄段子环节。不过没等这一部分开始，弗朗丝就听到她弟弟开口了：

"那个小孩我认识，他是个犹太白人。"尼利听爸爸讲起过他认识个犹太酒保，人不错。

"哪有什么犹太白人。"大男孩说。

"好吧，假如有犹太白人的话，"尼利把对他人观点的认同和对自己观点的坚持融合在一起，这总能让他显得不卑不亢，"他就是那种人。"

"从来就没有什么犹太白人，"大男孩说，"假设里也不可能有。"

"我们的主就是个犹太人。"尼利引用了妈妈的话。

"然后其他犹太人就出卖了他，把他给杀了。"大男孩毫不让步。

还没来得及继续深入讨论神学问题，他们就看到又一个小男孩从洪堡街朝安斯利街走去，胳膊上挎着一个篮子，篮子上盖着块破布，倒也算干净。篮子一边伸出一根棍子，上面挂着六块椒盐卷饼，仿佛缓缓晃动的旗子。尼利一伙的大男孩一声令下，他们便一齐朝这个卖卷饼的小男孩冲了过去，结果把小男孩吓傻了。他先是站在原地，接着张开嘴，哇的一声大哭起来："妈妈！"

二楼的一扇窗户被迅速打开，一个女人探出头，伸手拉起睡衣前襟，遮住露出来的乳房。她大喊道：

"离那孩子远点，别在这条街上瞎晃，你们这些杂种！"

弗朗丝赶忙抬手捂住耳朵，这样她就不必在跟神父忏悔时说自己听到有人说脏话了。

"我们什么也没做，夫人。"尼利说。他脸上堆满微笑，这副笑脸总能讨得妈妈的欢心。

"最好是没有，除非我不在这儿。"然后她招呼自己的儿子上楼，依旧是恶狠狠的口气，"你给我上楼，我得让你记住了，别再在你老妈睡觉的时候给我找麻烦。"卖椒盐卷饼的男孩上楼了，小家伙们则继续在街上晃悠。

"这女的真吓人。"大男孩朝那扇窗回了回头，说道。

"可不是嘛。"其他人附和道。

"我老爹也挺吓人。"另一个小一点的男孩说。

"谁他妈问你了？"大男孩没好气地反问道。

"说说而已。"小男孩赶忙道歉。

"我老爹不吓人。"尼利说。男孩们大笑起来。

他们继续走，时不时闻一闻，纽顿溪的气味越发浓郁，它离这里只有几个街区的距离，沿着格兰街蜿蜒流淌。

"老天，太臭了。"大男孩议论道。

"没错！"尼利听上去倒是很满足。

"我敢打赌，这是世界上最臭的臭味了。"另一个男孩夸张地接话道。

"是啊。"

众人附和，弗朗丝也低声参与其中。她为这气味感到骄傲，因为这让她知道，附近有一条水道，虽然很脏，却连接着一条通往大海的河流。对她来说，这超乎寻常的臭味意味着远航的船只和冒险，因此她很高兴可以闻到这股味道。

男孩们终于来到了空地，那是一片被人们踩踏出来的方形场地，边缘很不规则。一只黄色的小蝴蝶在杂草间飞过。凭着人类追捕一切奔跑的、飞翔的、游泳的、爬行的活物的本能，男孩们追了过去，用破帽子扑打它。尼利抓住了小蝴蝶。男孩们围在一起看了看，很快就失去了兴趣，于是开始了他们自己发明的四人棒球比赛。

他们玩得很热闹，嘴里骂骂咧咧，身上大汗淋漓，还不时互相动手动脚。每当有流浪汉打旁边经过，驻足看上两眼时，他们就格外兴奋，秀一秀自己的绝活。传说布鲁克林队每周六下午都会派出一百个球探在街上游荡，观看空地上的比赛，发掘希望之星。没有一个布鲁克林孩子不想为布鲁克林队打球，如果有这样的机会，就算拿总统的位子来他们也不会换。

看了一会儿，弗朗丝觉得腻了。她知道，他们会一直这样打打闹闹、卖弄球技，直到该回家吃晚饭的时候。图书管理员应该已经吃完午饭了，于是弗朗丝往回朝图书馆走去，心里满是愉快的期待。

2

图书馆是一个有点老旧的地方，但弗朗丝觉得它很美。她对这里的感觉，就像教堂一样温馨。她推门走了进去。她喜欢旧皮革装帧、图书馆糨糊，以及新鲜的借书章油墨混合在一起的味道。她觉得这比大弥撒时焚香的味道还好闻。

弗朗丝认为世界上所有的书都应该被存放在这个图书馆里。她打算把世界上所有的书都读上一遍，于是她坚持按照字母表的顺序阅读，就算是那些枯燥乏味的书也不放过。她记得，第一个作者名叫艾伯特。她坚持每天读一本书已经很久了，但还在跟字母B较劲。她已经读完了关于蜜蜂和水牛、百慕大度假，以及拜占庭建筑的书。尽管满怀热情，但她不得不承认，字母B开头的这些书有的很不好读。但弗朗丝是天生的读者，遇到什么就会读什么：拙劣的作品、经典的作品，就连火车时刻表和商品目录她都不放过。有的书很精彩，比如路易莎·奥尔科特①的作品。她打算等Z打头的书也读完了，就再读一遍奥尔科特的所有作品。

但星期六是例外。这一天，她会破例让自己读当前顺序之外的书。她会请图书管理员推荐一本书给自己看。

弗朗丝走进去，轻轻把门带上——在图书馆就应该遵守这样的规矩。她迅速望了一眼图书管理员办公桌远端那只金褐色的小陶碗。那是一个季节指示器，秋天的时候，里面放的是苦甜藤，到圣诞节会换成冬青。而当她看到里面放的是褪色柳时，即便地上仍有积雪，她也知道春天就快来了。今天，1912年这个夏日的星期六，里面放的又是什么呢？她的视线慢慢上移，看到了细细的绿茎、圆圆的叶子，看到了——旱金莲！红色、黄色、金色，还有象牙白。如此美妙的花朵，让她不禁头晕目眩。如此美妙的景象，她一辈子都会记得。

"等我长大了，"她心中暗想，"我也要买一只这样的小陶碗，然后到炎热的八月，在里面放上旱金莲。"

手放在抛光的办公桌边缘，她很喜欢这种触感。她看着一排削好

---

①美国作家，代表作《小妇人》。

的铅笔，整齐地码放在一处。桌上还有平平整整的绿色笔记本、胖胖的白色糨糊罐子、一沓整齐的卡片，以及若干本准备放回架子上的读者还书。那支笔尖有日期戳的神奇铅笔孤零零地放在笔记本边上。

"嗯，等我长大了，有了自己的家，我不要绒布椅子和蕾丝窗帘。橡胶植物也不要。但我一定要在客厅里放一张这样的书桌，客厅的墙一定要刷得雪白。每周六晚上我都要摊开一本这样的绿色笔记本，还要有一排崭新的黄色铅笔，都已经削得刚刚好，随时可以用来写字。当然要有金褐色的小陶碗，里面总要放些花花草草，或是装些浆果。还要有书——很多书——很多很多书——"

她选好了周日要读的书：一个叫布朗的作家的书。她这几个月一直在读"布朗"，到觉得自己把布朗读得差不多了，她发觉下个架子上的作家叫布朗恩，再接下来是布朗宁。她不由得呻吟了一声，想要赶紧开始读C书架上的书。那里有个作家叫玛丽·科雷利，她偷偷翻过一本她的作品，觉得情节很吸引人。她能不能看到那里呢？也许她应该一天看两本书。也许……

她在办公桌前站了很久，图书管理员才抬起头。

"什么事？"那位女士没好气地询问。

"这本书，我想借一下。"弗朗丝把书往前推，翻到封底，取出纸袋里的小卡片。图书管理员已经训练过孩子们这样来借书，从而省去了他们每天翻开几百本书，再从这几百本书中取出借书卡片的麻烦。

她拿起卡片，盖上章，把它放进桌子上的一个卡槽中。然后她拿过弗朗丝的借书卡，盖好章，推还给她。弗朗丝接过来，但没有马上离开。

"还有什么事？"图书管理员连头都懒得抬。

"你能推荐一本适合女孩子看的好书吗？"

"多大年纪？"

"十一岁了。"

每个星期，弗朗丝都会过来，提出同样的要求。卡片上的名字对图书管理员来说毫无意义，再加上她从来没有抬头看过任何一个孩子的脸，她也根本记不住这个每天都会来借一本书，到周六要借两本书的女孩。一个微笑对弗朗丝意义重大，一句友善的评价会让她开心得飞上天。她喜欢图书馆，也期待能跟管理员做朋友。但眼前这位女士却总是心不在焉，而且她还讨厌小孩。

女人把手伸到桌子下面拿书，弗朗丝期待得几乎有些发抖。书还没拿上来，她就看到了书名：麦卡锡的《如果我是国王》。太棒了！上星期管理员推荐的是《格拉斯塔克的贝弗莉》，上上周还是这本。而麦卡锡这本，弗朗丝只看过两遍——管理员总是反反复复推荐这两本书。也许她只读过这两本书，也许它们被列进了推荐名单，再或者是她觉得这两本书用来打发十一岁的小女孩最为合适。

弗朗丝抱紧书，匆匆回家。她很想在外面随便找个人家门口的台阶，坐下开读，但还是忍住了。

终于回到了家里。这是她期盼了一个星期的时刻：太平梯上的读书时间。她在梯子上铺了块毯子，还从床上拿了枕头，待会儿坐下的时候可以靠着栏杆。冰盒里还有冰块，这让她不禁一阵窃喜。她凿下来一小块，放在水杯里。上午买的薄荷威化饼干被她倒进小碗。小碗上有裂纹，但蓝莹莹的，很好看。她把玻璃杯、小蓝碗和书都摆在窗台上，然后爬上太平梯。一到这里，她就仿佛住在树里，楼上、楼下和楼对面的人都看不到她，而她却可以透过叶间的缝隙看到外面，看到一切。

这个下午阳光很好,慵懒的微风送来暖暖的海洋气息。树叶在白色的枕套上映出迷离多姿的图案。院子里空无一人,这再好不过,平时它经常会被一个租了一楼街面房子的男人的孩子占据。这个男孩总是在玩墓地游戏,好像怎么玩都玩不够。他会挖出一个小墓坑,把捉来的毛毛虫放在火柴盒里,再以非正式的仪式给它们下葬,并在小土堆上立一块鹅卵石当墓碑。整个游戏都伴随着假惺惺的抽泣和胸部的起伏。但今天,这个丧气男孩出了远门,去看他住在本森赫斯特的姑姑了。知道他不在,弗朗丝就像收到生日礼物一样开心。

弗朗丝呼吸着温暖的空气,欣赏着舞动的叶影,吃着威化饼干,还不时在看书的间隙喝上一口冰水。

如果我是国王,亲爱的。
啊,如果我是国王……

弗朗索瓦·维庸的故事,她越读越觉得精彩。有时她会担心,书要是在图书馆里丢了,她就再也看不成了。她曾经动笔,在一个两分钱的笔记本上抄写这本书,但铅笔抄写的笔记,怎么看都不像图书馆里的书,也没有书的味道。于是她放弃了,同时安慰自己,发誓等长大以后,她一定要努力工作,省吃俭用,把喜欢的书都买下来。

她读着书,整个世界仿佛都安静了下来。一本好书,一小碗零食,在家里一个人独处,再加上婆娑的树影,她享受着只有小女孩才能体味的幸福时光,一下午仿佛转瞬即逝。大约四点,院子对面的公寓楼便热闹起来。透过树叶,她望向没有窗帘的、敞开着的窗户,看到人们拎着小酒桶出门,带回冰凉的啤酒,上面还冒着泡沫。孩子们进进出出，在肉店、杂货店和面包店之间来来回回。女人们带着从当铺赎回来的大包裹回来了，里面是男人礼拜日的西装。到星期一，它还要再回当铺待上一周。当铺正是靠着这每周的利息兴旺起来，而西装也因为被清洗一新、挂在有樟脑丸的柜台里，得以避免遭受虫蛀而得到保养。周一进，周六出，给提米叔叔一毛钱把货赎，这就是经济循环的道理。

弗朗丝看到年轻的姑娘们正准备跟伙伴们一起出去玩。由于公寓没有浴室，她们穿着吊带衫和衬裙，站在厨房的水槽前。冲洗身体侧面时，她们双手举过头顶，胳膊的曲线非常迷人。公寓里的很多女孩都会这样清洗身体，仿佛一种幽静而饱含期待的仪式。

当弗雷博的马和马车踱进隔壁院子，她便把书合上了，因为漂亮的马就和书一样好看。隔壁院子铺着鹅卵石，院子尽头有一个造型精美的马厩。一扇锻铁的双开门把院子跟街道隔开。鹅卵石边缘有一个精心打理的园圃，里面生长着一丛可爱的玫瑰，以及一排大红色的天竺葵。这个马厩比附近任何一栋房子都要精致，而这个院子也是整个威廉斯堡最漂亮的。

弗朗丝听到大门咔嗒一声被关上。首先出现在视野中的是一匹皮毛油亮的棕色公马，有着黑色的鬃毛和尾巴。它拉着一辆栗色的小马车，马车两边用金色油漆写着"牙医弗雷博"的字样，还写着他的地址。这辆精致的马车既不送货也不载人，只是作为广告牌整天在街上缓缓游荡。它是一块梦幻般的移动广告牌。

面色红润的好小伙弗兰克，就像童话里那样，早上负责把马车带出去，下午再带回来。他的生活很自在，每个姑娘都会跟他调调情。他要做的只是让马车尽可能慢地移动，好让人们能看清上面的名字和地址。这样当有人需要装假牙或是拔牙的时候，就能够想起来，找到弗雷博医生了。

弗兰克随意地脱下外套，套上皮围裙，马儿鲍勃则耐心地等着，重心在几只蹄子之间变换。弗兰克动手把马具解了下来，擦了擦皮革，然后把马儿挂在马厩里。接着，他开始用一大块蘸湿的黄色海绵给马儿洗澡。马儿很喜欢这样，它站在原地，阳光洒在它的身上。有时它会用马掌敲敲地面，石头上会迸出火花。弗兰克把水挤在马儿的后背上，一边擦，一边跟它说话。

"站好了，鲍勃。真是个乖孩子。往后来一点，真棒！"

鲍勃并不是弗朗丝知道的唯一一匹马。她姨妈伊芙的丈夫——威利·福里特曼姨夫也有一匹马。他的马叫"鼓手"，负责拉送牛奶的车。威利和鼓手并不是像弗兰克和鲍勃这样的朋友关系。一人一马总是僵持不下，甚至总在伺机伤害对方。威利姨夫对鼓手可谓恨之入骨，听他讲起来，你会认为鼓手天天晚上不睡觉，站在牛奶公司的马厩里，就为了琢磨怎么让它的骑手好看。

弗朗丝喜欢玩一个游戏，那就是把人们想象成他们饲养的宠物，或者反过来。在布鲁克林，人们最喜欢的宠物是小小的白色贵宾犬，养贵宾犬的女人通常娇小、丰满、皮肤白皙，身上容易弄脏，而且眼睛总是红彤彤的，跟她们怀里的小狗如出一辙。给妈妈上音乐课的泰恩摩尔小姐，是一位身材矮小、说话声音清脆悦耳的老姑娘，像极了挂在她家厨房笼子里的那只金丝雀。如果弗兰克变成一匹马，他一定是鲍勃的模样。弗朗丝其实从没见过威利姨夫的马，但她知道它的样子。鼓手一定就像威利姨夫一样，又瘦又小，肤色黝黑，眼神总是紧张兮兮，露出太多眼白。它大概也成天唉声叹气，就像姨夫那样。想到这里，弗朗丝赶忙从想象中走了出来。

在大街上，十几个小男孩扒着大铁门，围观附近唯一的一匹马洗澡。弗朗丝看不到他们，但可以听见他们说话的声音。他们在编造关于这匹温驯动物的可怕故事。

"别看它这会儿老老实实，"一个男孩信口开河，"但那都是装的。一有机会，它就会露出真面目，趁弗兰克不注意，把他咬死。"

"没错，"另一个男孩不甘示弱，"我昨天看见它把一个小婴儿踩死了。"

第三个男孩也来了灵感："我看见它把'大号'拉在一个坐在水沟边卖苹果的老太太身上了，而且弄得苹果上都是。"他还补充了生动的细节。

"人给它戴了眼罩，它看不出人有多小。等它看清了，它就会把那些人都杀死。"

"不戴眼罩会让它觉得人很小？"

"小小的，小不点儿。"

"老天！"

男孩们其实都知道自己在撒谎，但却会相信其他男孩说的关于鲍勃的鬼话。终于，他们厌倦了只是看着鲍勃温驯地站在那里。其中一个男孩捡起一块石头，朝它扔了过去。石头击中了鲍勃，仿佛在它皮肤上激起了一道涟漪。男孩们紧张地期待着它发狂。弗兰克抬起头，用温和的布鲁克林口音对他们说道：

"你们不能再这样做了。这匹马并没有对你们做什么。"

"哦，是吗？"一个男孩愤愤不平地反问。

"是的。"弗兰克回答。

"喂，滚蛋吧你！"最小的男孩不出所料地撂下了他唯一会的这句狠话。

在按部就班把水轻轻从马儿的后背淋过的同时，弗兰克沉稳地说道："在我动手教你们说话之前，你们还是赶快离开吧。"

"就凭你自己？"

"就凭我！"弗兰克突然上前一步，捡起地上一块松动的鹅卵石，作势要扔出去。男孩们慌作一团，边后退，嘴里还振振有词。

"我想这是个自由的国家。"

"是啊，但这街道可不是你家。"

"你等着，我会去告诉我叔叔，他是个警察。"

"去告吧。"弗兰克漫不经心地回应道，然后小心地把鹅卵石放回原处。

大男孩们厌倦了这个游戏，于是作鸟兽散。小孩子们却又折了回来，他们想看弗兰克给鲍勃喂燕麦。

弗兰克洗完马，把它带到树下乘凉。他把装得满满的一袋草料挂在它脖子上，然后去清洗马车，一边哼着歌："让我叫你亲爱的。"这仿佛是个信号，因为住在诺兰家楼下的弗洛茜·加迪斯立刻探出头来。

"嘿！"她愉快地招呼道。

弗兰克知道谁在喊他。他等了好一会儿，才头也不抬地回了句"哈喽"。他绕到马车另一边，弗洛茜看不到他，但声音却执拗地跟了过去。

"今天的活儿忙完了吗？"她兴致勃勃地问。

"嗯，差不多了。"

"我猜你待会儿要出去约会吧，毕竟是星期六晚上。"弗兰克没吱声。"你这么帅，不可能没女朋友。"还是没吱声。"他们说今晚在三叶草酒吧有个舞会。"

"是吗？"他听上去兴趣不大。

"是的。我有张入场券，可以带个男生一起去。"

"抱歉，我有点忙。"

"待在家里陪你家老太太？"

"也许吧。"

"啊，真该死！"她"砰"地把窗户关上。弗兰克松了口气。总算对付过去了。

弗朗丝替弗洛茜难过。无论弗兰克拒绝她多少回，她都没有放弃希望。弗洛茜总在追着男人跑，而男人却总是躲着她。弗朗丝的姨妈茜茜也是这样，但不知为什么，男人们跑到一半，却又会掉头回来追她。

不同之处在于，弗洛茜·加迪斯对男人是饥不择食，而茜茜却只是正常地寻欢作乐。而这让两人的处境天差地别。

3

爸爸是五点钟回家的。这时候，弗雷博已经把马和马车锁进了马厩里，而弗朗丝也看完了书，吃完了零食，正注视着傍晚的阳光映在破旧的栅栏木板上，显得那么苍白和稀薄。她把脸埋在被阳光晒得暖暖的、被风吹拂得气息清新的枕头里，过了好一会儿才把它重新放回小床上。爸爸进门时哼着《茉莉·马龙》，那是他最喜欢的民谣。每次上楼回家，他都会哼这首歌，仿佛在宣告自己的归来。

在都柏林这美丽的城市，

姑娘们都非常美丽。

在那里，我遇到……

没等他唱下一句，弗朗丝就把门打开了，笑着把爸爸迎进家门。

"你妈妈呢？"他问。每次回家他都会问这句。

"跟茜茜姨妈看电影去了。"

"哦！"他听上去很失望。如果凯蒂不在家，他总会很失望。"我今晚要去克洛莫工作。有一个大型婚礼舞会。"他用外套袖子掸了掸礼帽，然后才把它挂起来。

"是去做服务员，还是唱歌？"

"都做。家里还有干净的服务员围裙吗，弗朗丝？"

"有一条，还没熨，我帮你熨一下。"

她把熨衣板搭在两把椅子之间，然后给熨斗加热。她找来那条缝着亚麻系带的、皱巴巴的厚粗布围裙，洒上水。等熨斗加热的工夫，她把咖啡热了热，给爸爸倒了一杯。他一边喝咖啡，一边吃他们给他留的小甜面包。他心情相当好，因为今晚有活做，而且天气也不错。

"这么好的日子，就像是有人送来的礼物一样。"他说。

"是的，爸爸。"

"热咖啡太棒了！真想不出在发明它之前，人们都是怎么熬过来的。"

"我喜欢咖啡的气味。"

"这些小面包你是在哪儿买的？"

"温克勒面包店。怎么啦？"

"它家的面包越做越好吃了。"

"还有点犹太黑面包。剩了一块。"

"太棒了!"他拿起那块面包,翻过来看,上面贴着"工会"标签。"好面包。工会的面包师傅手艺就是好。"他把标签取了下来,突然想到了什么。"我围裙上的工会标签!"

"还在呢,缝在缝隙里了。我把它熨出来。"

"这个标签就像珠宝首饰,"他解释说,"就像你戴的玫瑰花。瞧瞧我这服务员工会的徽章。"那颗淡绿色和白色相间的徽章别在他的领口,他用袖子擦了擦。"在我加入工会之前,那些老板想给我多少钱就给多少,有时候一分钱都不给。他们说我光拿小费就够了。有的地方甚至说想干活得给他们钱。他们说小费赚得可多了,所以这工作本身就值钱。然后我就加入了工会。你妈老念叨会费太贵,不能这么说。凡是工会给我找的工作,老板都必须付钱,不管小费有多少。各行各业都应该把工会搞起来。"

"是的,爸爸。"弗朗丝开始熨围裙了,她很喜欢听爸爸说话。

弗朗丝想起了工会总部大楼。有一次,她去给爸爸送工作时需要的围裙和车钱。她看到他跟一些人坐在一起,身上是他仅有的那件燕尾服,黑礼帽随意地扣在头上,还抽着雪茄。看到她来,爸爸赶忙把帽子摘了下来,还把烟掐了。

"这是我女儿。"他骄傲地向众人介绍。服务员们纷纷把目光投向这个穿着打补丁的连衣裙、瘦巴巴的小女孩。和约翰尼·诺兰不同,他们平时都有固定的服务员工作,周六晚上才来赚点外快。约翰尼没有固定工作,他只能到处打零工。

"我想告诉你们,"他说,"我有一对漂亮的孩子,还有个漂亮的老婆。说实话,我有些对不起他们。"

"别这样。"一个朋友说,拍了拍他的肩膀。

无意中,弗朗丝听到站在外面的两个人在谈论她的爸爸。其中的矮个子说：

"听这家伙说自己的老婆跟孩子，装得像个人似的。可拉倒吧，这人可有意思了。他只把工资交给他老婆，小费都拿去喝酒了。他跟开酒吧的那个麦加里蒂关系不一般。他把所有小费都给麦加里蒂了，麦加里蒂就给他酒喝。搞不清楚是麦加里蒂欠他的钱，还是他欠人家的。反正这人肯定好这口就是了，整天都醉醺醺的。"然后他们起身离开了。

这些话让弗朗丝心里很不好受。但当她看到爸爸身边的人是多么喜欢他，他们是如何笑着听他说话，如何跟他聊得热火朝天时，她心里的痛苦缓解了不少。那两个人只是例外。她知道，大家都喜欢她爸爸。

没错，大家都喜欢约翰尼·诺兰。他总在唱情歌，唱得很动听。从古至今，大家都很喜欢并关心自己一伙人里那个能说会唱的家伙，尤其是爱尔兰人。他的服务员朋友们喜欢他，老板喜欢他，妻儿也喜欢他。他依旧快乐、年轻而英俊。他的妻子对他没有半点怨言，他的孩子们也不会以他为耻。

弗朗丝把思绪从那天在工会总部大楼的回忆中收回来。她继续听爸爸说话。爸爸谈起了往事。

"就说我自己吧，我什么本事都没有。"他平静地点了一支五分钱的雪茄，"我爹妈是土豆歉收那年从爱尔兰来这边的。有个开汽船公司的家伙说可以带我爹到美国——那边有份工作等着他。他还说船费不要钱，以后从工资里给他就行。就这样，我爹妈都来了。

"我爹跟我一样——什么工作都干不长。"他沉默片刻，吸了口烟。

弗朗丝默默熨着衣服。她知道他只是把自己的想法说出来了而已。他不指望她能理解，只是希望能有个人听他说话。几乎每个星期六，他都会把相同的话重复一遍。一个星期里的其他时间他都在喝酒，回到家很少开口。不过今天是星期六，是他开口说话的日子。

"我爹妈大字不识一个。我也只念到六年级——我老爹没了，我就没法念书了。你跟你弟弟算是走运了，我一定要让你们把书念完。"

"好的，爸爸。"

"那时候啊，我才十二岁，还是个小孩。我在酒馆里给醉鬼唱歌，他们朝我扔钢镚。后来我开始在酒馆和餐厅干活……当服务员……"他又沉默了，若有所思。

"我一直都想当真正的歌手，打扮得漂漂亮亮，上台唱歌的那种。但我没文化，不知道当歌手该怎么做。我妈告诉我，好好干活就行了，能有事做就算是撞大运了。所以我稀里糊涂进了这一行。这工作不稳定。如果我只是个普通的服务员，日子倒容易了。所以我才喝酒。"他前言不搭后语地把话讲完了。

她抬头看了看他，欲言又止。

"我喝酒是因为我没出息。我自己知道。我没法像人家那样去开卡车。我这个头也当不了警察。我只能喝酒，想唱歌的时候就唱两句。我喝酒是因为我有责任，但我承担不起。"又是长长的一阵停顿，然后他小声嘟哝道："我一点也不快乐。我有老婆，有孩子，但我不是个靠谱的男人。我从来就没想要成家。"

弗朗丝再次感到心口发堵。他不想要她和尼利吗？

"像我这样的男人，成家又能怎样？但我爱上凯蒂·罗穆利了。啊，我不是在怪你妈。"他很快补充，"如果不是她，就会是希尔蒂·奥戴尔。我猜你妈现在还吃着醋呢。但我遇到凯蒂之后，我就对希尔蒂说'咱们分手吧'，然后我就娶了你妈，再然后就有了孩子。你妈是个好女人，弗朗丝，你一定要记住这一点。"

弗朗丝知道妈妈是个好女人。她当然知道。爸爸也这么说。但她为什么喜欢爸爸比喜欢妈妈多一点呢?爸爸不是好男人,他自己也这么说,但她还是更喜欢爸爸。

"是啊,你妈这人靠谱。我爱我老婆,我也爱我的孩子们。"弗朗丝又宽心不少。"但人不该活得自在一点吗?也许有一天,工会不光给大家派活儿,还能让大家有时间过自己的日子。但我是指望不上了。在这个时代,人要么累死,要么饿死……没有中间的活法。等我死了,过不了多久大家就会把我忘掉。没人会说'这是个顾家的好男人,他相信工会',他们只会说'真可惜,但不管怎么说,他都是个酒鬼'。他们肯定都会这么说。"

房间里安静得难挨。约翰尼·诺兰把抽了一半的雪茄从没有纱网的窗口扔了出去,一脸懊丧。他预感到,自己的生命正在飞速溜走。他望着小女孩默默地伏在熨衣板上,熨着围裙。孩子瘦瘦的小脸上那淡淡的忧伤,让他的心一阵刺痛。

"听着,孩子!"他走到她身边,一把搂住她瘦瘦的肩膀,"只要今晚能拿到足够多的小费,我会把钱押在一匹好马上,它周一肯定能赢。只要押几块钱,我就能赚十块。然后我再把这十块钱都拿去买另一匹我知道的好马,赢它一百块。只要脑袋灵光,运气够好,我就能赚到五百块。"

就连他自己也知道,这不过是白日里的一场梦。但是,这梦多美妙啊,他想。这一切要是能成真,该是多么美妙!于是他继续说下去。

"你知道接下来我会做什么吗,我的小明星?"弗朗丝开心地露出微笑,因为这是爸爸在她还是个婴儿的时候给她起的小名,他说她的哭声就像歌剧里的女主角一样,音域宽广,声线优美。

"不知道。你要做什么呢？"

"我要带你去旅行，只有我们两个，我的小明星。我们要去南方，去棉花盛开的地方。"他对这个句子很满意，于是又重复了一遍，"去棉花盛开的地方。"然后他想起这句话是他知道的一首歌的歌词。他双手插进口袋，吹起口哨，开始像帕特·鲁尼那样，跳起木屐华尔兹。接着他唱起歌：

　　……雪白的原野，
　　听那黑人在歌唱，低沉轻柔。
　　我想去那里，有人在等我，
　　在那棉花盛开的地方。

弗朗丝轻轻吻了一下他的脸颊。"哦，爸爸，我太爱你了。"她呢喃道。

他紧紧抱住了她，心里又是一阵刺痛。"老天，老天啊！"在几乎无法承受的苦楚中，他自言自语，"我这个爹当得太糟糕了。"但当他再次开口时，情绪却平静了下来。

"不过这可不是因为你帮我熨了围裙。"

"都熨好啦，爸爸。"她小心翼翼地把围裙叠好。

"家里还有钱吗，宝贝儿？"

她望了眼豁口的破杯子。"有五分钱，还有些一分钱钢镚。"

"你能不能拿七分钱，去给我买件假衬衫，一个纸领子？"

于是弗朗丝去了布店，给爸爸买周六晚上的行头。"假衬衫"是用浆洗过的起皱薄纱布做成的衬衫前襟，可以用扣子扣在脖子上，下面衬上背心，用来代替真正的衬衫，穿一次就可以丢掉。"纸领子"

其实并不是用纸做的,之所以这么叫,是为了跟穷人戴的赛璐珞领子区别开。赛璐珞领子如果脏了,可以用湿抹布擦干净。纸领子是用浆洗过的薄细麻布制作的,只能用一次。

弗朗丝回来时,爸爸已经刮好了胡子,打湿了头发,擦好了鞋,换上了一件干净的背心——尽管没有熨,后面还有个大大的破洞,但闻起来很干净。他站上椅子,从柜子最上面取下来一只小盒子,里面装的是凯蒂送给他的结婚礼物,一对珍珠领扣。这对扣子花了她一个月的工资。约翰尼很引以为豪,不管诺兰家多么拮据,这对扣子从没进过当铺。

弗朗丝帮他把扣子装在假衬衫上。他用一颗金色的领扣把翻领扣好,这颗扣子是希尔蒂·奥戴尔送给他和凯蒂的订婚礼物,他同样很珍惜。他的领结是一条厚厚的黑丝绸,他每次都会亲手打一个漂亮的蝴蝶结。其他服务员现在都在用那种连在橡皮筋上有现成蝴蝶结的领结,但约翰尼·诺兰不会用那种东西。他们都穿着脏兮兮的白衬衫,就算衬衫干净,熨得也漫不经心,还戴着赛璐珞领子。但约翰尼·诺兰不会那样。他的行头一尘不染,尽管只能用一次。

他终于穿戴整齐。波浪般的金发闪闪发光,身上散发着梳洗过后干净清爽的味道。他穿上长外套,动作轻快地扣好扣子。燕尾服的缎面领口磨得都有些薄了,但这套衣服穿在他身上是如此合身、光鲜,就连裤线都熨得笔直,又有谁会在乎这点瑕疵呢?弗朗丝看着他那擦得锃亮的黑皮鞋,看着裤管如何半掩后跟,盖过脚面,形成极为漂亮的曲线。其他人的爸爸不可能如此优雅。弗朗丝真心为自己的爸爸感到骄傲。她用一张干净的纸,小心翼翼地把熨好的围裙包了起来,这张纸正是为了这个用途特意留出来的。

她送他一直走到电车前。路上的女人都对他频送秋波,直到看见一个小女孩紧紧抓着他的手。约翰尼看上去就像一个帅气浪荡的爱尔兰小伙子，根本不像一个女清洁工的丈夫，一对总是饿肚子的孩子的父亲。

他们经过加布里埃尔的五金店，驻足看了会儿橱窗里的旱冰鞋。妈妈从来不会有时间这样做。爸爸又在许愿，仿佛某一天真的会把它买下来，送给弗朗丝。他们走到街角，当格雷厄姆大道方向的电车驶来时，他走上前去，顺着车速减慢的节奏，一个箭步蹿上了车。电车再次开动，他站到后面，手扶栏杆，俯身朝弗朗丝挥手示意。世上不会再有其他男人能像我爸爸这么帅气了，弗朗丝心中暗想。

4

把爸爸送上电车，弗朗丝打算去看看弗洛茜·加迪斯为当天晚上的舞会准备了什么样的衣服。

弗洛茜在一家儿童手套厂做工，赚工资养活妈妈和弟弟。如果有手套缝错了面，她就要及时纠正过来。下班以后，她还经常会把工作带回家做。他们家很缺钱，因为她弟弟不能工作。他得了肺结核。

弗朗丝听人说，亨尼·加迪斯撑不了太久了，但她不相信。他一点也不像快死的样子。实际上，他看上去气色很好，皮肤白皙，脸颊总是粉扑扑的。他的眼睛又黑又大，目光炯炯，好似一盏守在背风处的油灯。但他自己心中有数。他已经十九岁了，原本对生活充满期待。他不明白自己为什么要经历这样的命运。看到弗朗丝来，加迪斯太太很高兴。有客来访，能让亨尼的注意力有所转移。

"亨尼，弗朗丝来了。"她欢快地招呼道。

"你好,弗朗丝。"

"你好,亨尼。"

"你不觉得亨尼今天看起来不错吗,弗朗丝?快告诉他,他看上去很好。"

"你看上去很好,亨尼。"

亨尼像是对一个旁人都看不到的伙伴嘀咕了一句:"她告诉一个就要咽气的人,说他看上去很好。"

"我是说真的。"

"不,你不是,你只是嘴上说说罢了。"

"别这么说,亨尼。看看我——我又瘦又小,也没觉得自己会死。"

"你不会死的,弗朗丝。虽然好不到哪儿去,但也会长命百岁。"

"尽管如此,我也希望能有你这么好的气色。"

"确实,但如果你知道我经历了什么,你就不会有这种期望了。"

"亨尼,你应该多去屋顶上坐一会儿。"他妈妈说。

"她告诉一个就要咽气的人,他应该多去屋顶上坐一会儿。"亨尼再次向他的隐形朋友报告。

"你需要新鲜空气,还有阳光。"

"让我一个人待着吧,妈妈。"

"这是为你好。"

"妈,妈,让我自己待会儿!别烦我!"

他突然把头埋起来,身体里发出骇人的咳嗽声。弗洛茜和她妈妈对视了一眼,默默同意让他自己待着。她们让他留在厨房里独自咳嗽、啜泣,带弗朗丝去客厅看衣服。

弗洛茜每周只做三件事:琢磨手套,琢磨衣服,琢磨弗兰克。她每个周六都会去参加舞会,但每次的服装都不一样。这些衣服都是经过特别设计的，能够遮住她被烫伤的右臂。小时候，她不小心掉进了在厨房里支起来的煮衣锅里。她的右臂被严重烫伤，长大后也一直留着伤疤。她总是穿着长袖衣服。

由于参加舞会的礼服必须袒胸露肩，于是她设计了一套露背装，前面可以凸显她丰满的胸部，还搭配了一条可以遮住右臂的长袖。评委们一致认为，这个袖子的设计非常有创意。于是每次她都会拔得头筹。

弗洛茜换好了她当晚要穿的礼服。这套礼服完全吻合人们对克朗代克舞厅女孩们所穿衣服的想象——紫色的紧身裙，配上层层叠叠的樱桃色塔勒顿衬裙。左胸的位置恰到好处地缝着一只亮片蝴蝶，既引人注目，又不失庄重。袖子是用豌豆绿的雪纺布制成的。弗朗丝很喜欢这套礼服。当弗洛茜的妈妈拉开衣柜时，她看到里面满是色彩绚烂的华丽服装。

弗洛茜总共有六条不同颜色的紧身裙，还有同样数量的塔勒顿衬裙，以及至少二十条雪纺布袖子，包括所有你能想象到的颜色。每个星期，弗洛茜都会更换组合，搭配出一套新衣服。下个星期，天蓝色的紧身裙下面可能是樱桃红衬裙，再配上黑色的雪纺布袖子，以此类推。衣柜里还有二十多把从没用过的绸布雨伞，卷得紧紧的，都是她从舞会上赢得的奖品。它们被弗洛茜收藏起来，像运动员的奖杯一样，只作展示之用。这些雨伞也让弗朗丝感到开心。穷人总是热衷于大量囤积东西。

弗朗丝欣赏着这些华丽的衣服，突然感到不安。看着这些缤纷的色彩：樱桃红、橙色、天蓝色、纯红和纯黄，她觉得像是有什么东西隐隐地藏在它们的靓丽之下。那是一个裹着阴沉的长斗篷的东西，手里擎着一颗狞笑着的骷髅头，而它的手同样是一截枯骨。那个东西正藏在绚烂的色彩之下，等待着亨尼。

5

　　妈妈跟茜茜姨妈在六点时回到了家。弗朗丝很高兴可以见到茜茜。两个姨妈里，弗朗丝更喜欢她——与其说是喜欢，不如说是崇拜。到目前为止，茜茜的生活都非常精彩。她今年三十五岁，已经结了三次婚，生了十个孩子，但全部夭折。茜茜常说，弗朗丝一个顶他们十个。

　　茜茜在一家橡胶厂工作，对于男人们来说，她非常热情奔放。她有一双乌黑灵动的眼睛，一头黑色鬈发，肤色清爽健康。她喜欢在头上戴一个樱桃色的蝴蝶结。今天妈妈戴的是她那顶翡翠绿的帽子，衬得她的肤色像是沾到瓶盖上的奶油。她那双美丽的手的粗糙之处，被白色的棉手套遮了起来。她跟茜茜进家门时有说有笑，讨论着刚才电影里的搞笑情节。

　　茜茜给弗朗丝带了件礼物，是一个玉米棒子做的烟斗。对着烟嘴吹气，前面就会冒出一只橡胶母鸡，越吹，母鸡越大。这个玩具来自茜茜工作的工厂，工厂做了些稀奇古怪的玩具，但只是为了掩人耳目。它真正的利润，来自那些人们只会在私底下购买的橡胶产品。

　　弗朗丝希望茜茜可以留下来吃晚饭。茜茜在的时候，家里总是充满欢乐。弗朗丝觉得茜茜总能看透小女孩的心思。别人都会把小孩子当成可爱但无法理解的生物，但茜茜却很重视孩子的想法。尽管妈妈也想留茜茜吃晚饭，但她还是执意要走。她说她得回家，看看她家老头还爱不爱她。妈妈笑得前仰后合。弗朗丝也跟着笑了，但并不明白是什么意思。在答应星期一会带杂志过来之后，茜茜就离开了。她现在的丈夫在一家廉价杂志社工作，每周他都能拿到杂志社的所有杂志：言情故事、西部故事、侦探故事、玄幻故事等。这些杂志都有着色彩艳丽的封面。每次他都会去库存室收集这些杂志，用一根新的黄色麻绳捆扎起来。杂志一到家，茜茜就会拿来给弗朗丝看。弗朗丝总是看得津津有味，看完之后再半价卖给社区文具店，赚到的钱都存在妈妈的存钱罐里。

茜茜走后，弗朗丝把她在洛舍尔面包店遇到那个脚很恶心的老头的事讲给妈妈听。

"瞎说。"妈妈说，"老了哪有那么惨。如果他是世界上唯一的老人，那他确实很惨。但还有其他老人陪着他呢。老人并不一定不快乐。他并不渴望我们想要的东西。他只需要温暖，有软乎乎的东西吃，能跟其他老人一起回忆往事。别犯傻了。如果说有什么是肯定的，那就是我们都会变老。你只能尽快接受这一点。"

弗朗丝知道妈妈说得没错，但是……当妈妈说起别的事情时，她又开心起来。两人开始计划接下来一个星期，她们可以用这些过期面包做些什么样的饭菜。

诺兰一家几乎一直以过期面包为生。凯蒂真的能化腐朽为神奇！她会拿一块过期面包，浇上热水，捣成糊糊，然后加入盐、胡椒、百里香、洋葱碎和一个鸡蛋（如果鸡蛋便宜的话），再放进烤箱。等烤至焦黄，她会用半杯番茄酱、两杯开水、各种调料，再加一点浓咖啡做成酱汁，最后加入面粉使其浓稠，浇在烤好的东西上。这道菜味道相当好，吃下去暖乎乎的，回味无穷。吃剩的，第二天可以切成条，用热培根油煎着吃。

妈妈还会用过期面包、砂糖、肉桂和切成片的减价苹果，做出非常好吃的面包布丁。只需要把食材烤至焦黄，再把化开的砂糖浇在上面即可。有时她还会做一种她自己取名叫"威格斯切尼森"的东西,这个词勉强可以解释成用本来打算扔掉的面包屑做成的东西。将面包屑掺入用面粉、水、盐和鸡蛋调成的面糊中,然后放进热油里煎。在煎的同时,弗朗丝要去糖果店买一分钱的棕色冰糖。妈妈会用擀面杖把冰糖碾碎,撒在煎好的"威格斯切尼森"上。趁着冰糖碎没有完全化掉的时候入口,味道好极了。

星期六晚上是真正的大餐。诺兰家有炸肉丸吃!用热水把过期面包捣成糊状,加入一毛钱的肉馅和事先切好的洋葱碎,再加入盐和一分钱的香菜末调味。妈妈会把这些混合好的材料捏成小球,炸过之后蘸番茄酱吃。这种肉丸也有名字,叫"弗朗尼利丝",这是用弗朗丝和尼利的名字开的玩笑。

他们主要靠不新鲜的面包、炼乳、咖啡、洋葱、土豆生活,但总会在最后,买上一分钱的新鲜材料加以点缀。他们偶尔还能吃上香蕉,但弗朗丝总是渴望能吃上橘子和菠萝。尤其是橘子,她只有在圣诞节时才能吃到。

有时手里剩了零钱,她会买一点碎饼干。饼干店老板会做一些"小喇叭",也就是把纸卷成喇叭状,在里面放上碎的甜饼干。这些饼干在盒子里就已经碎了,不能再当整块饼干卖。妈妈的规矩是,剩的零钱不要买糖和蛋糕,要买苹果。但苹果有什么可吃的呢?弗朗丝觉得生土豆的味道也差不多,而且她不花钱就可以弄到。

不过有时候,尤其是在漫长冬季的尾声,无论弗朗丝有多饥肠辘辘,眼前的食物也无法让她提起胃口。那意味着将是腌菜主宰餐桌的时节。她会拿着一分钱,到摩尔街的一家铺子去。那家店里什么都没有,除了漂浮在味道刺鼻的香料盐水里被泡得胖胖的犹太腌黄瓜。一个留着长长的白胡子、头戴黑色小圆帽、牙都掉光了的犹太老头拿着一根大木叉,守在腌菜大桶旁边。弗朗丝像其他小孩一样,跟他要腌黄瓜。

"我要一分钱犹太猪①腌黄瓜。"

希伯来人用红红的小眼睛恶狠狠地看着这个爱尔兰小孩,满含煎熬与怒意。

"异邦佬!异邦佬!"由于讨厌"犹太猪"这个词,他朝她啐了一口。

弗朗丝并没有恶意,她只是不知道这个词是什么意思。只是因为人们经常用这个词称呼外来的人,而且很喜欢用,所以她也跟着叫了。犹太人当然不清楚这一点。有人告诉过弗朗丝,他有一只桶是专门装卖给非犹太人的腌菜的。据说他每天都会朝里面吐口水,甚至做更坏的事。这是他报复的方式。但从没有证据能证明这个可怜的犹太老人真的会这么做。弗朗丝也不相信。

他拿起叉子,嘴巴在脏兮兮的白胡子后面骂骂咧咧,开始在大桶里翻搅。当弗朗丝提出要桶底下的黄瓜时,他勃然大怒,又是翻白眼,又是扯胡子。终于,一根腌得刚好的胖黄瓜被捞了上来,黄中带绿,两头硬硬的。犹太老头把黄瓜放在一张棕色的包装纸上,仍然怒气未消。他伸手接过弗朗丝的一分钱,手上满是被醋灼伤的痕迹。回到柜台后面,老头终于消了气,垂下头打起盹儿来,沉浸在故乡往事的梦境中,胡子跟着脑袋一起点个不停。

一根腌黄瓜可以吃一天。弗朗丝吸着、啃着。她并不是真的在吃,只是想把它咽下肚。当家里吃了太多次面包和土豆之后,她就会怀念起腌黄瓜。不知为什么,每次过完"腌黄瓜日",面包和土豆都会变得更加好吃。所以,"腌黄瓜日"同样值得期待。

---

①原文为"sheeny",多为对犹太人的蔑称。

6

尼利回到家后,妈妈吩咐姐弟俩一起去买周日要吃的肉。这件事万分重要,妈妈必须详细指导。

"去哈斯勒的店买一根五分钱的煮汤大骨,但不要买那里的肉馅。肉馅要去沃纳的店买。要后腿肉,买一毛钱的,再让他绞碎。别让他拿盘子里现成的给你。还有,带一个洋葱过去。"

弗朗丝和弟弟在柜台后面站了很久,肉贩才注意到他们。
"要什么?"他终于开口询问。
弗朗丝开始交涉:"一毛钱的后腿肉。"
"肉馅要吗?"
"不要。"
"有位女士剩下的,她刚走。人家买了两毛五分钱的肉,我切多了。这些刚好一毛,我现绞的。真的。"
妈妈提醒的正是这个陷阱。不管肉贩怎么说,都不要买现成的肉馅。
"不要,我妈妈说要一毛钱的后腿肉。"
肉贩气呼呼地切下一小块肉,称完啪的一声扔在包装纸上。他刚要包起来,弗朗丝用颤抖的声音打断了他。
"哦,差点忘了,我妈妈说要绞成馅儿。"
"真该死!"他把肉拿起来,放进绞肉机。又被骗了,他懊丧地想。肉馅出来了,螺旋状,很新鲜。他用手拢了拢,刚想往包装纸上扔……

"我妈妈还说，要把这个洋葱剁进去。"弗朗丝怯生生地把从家里带来已经去了皮的洋葱放在柜台上，推给肉贩。尼利一直站在旁边，什么也没说。他一起来，主要是给弗朗丝壮胆。

"这熊孩子！"肉贩哀号道，但他还是转身取来两把刀，忙活起来。弗朗丝看着他，觉得剁馅的节拍很舒服。肉贩收好刀，把剁好的洋葱肉馅摔在包装纸上，接着瞪向弗朗丝。她咽了口口水。最后这个要求最过分。肉贩倒是也有预感，他站着不动，内心愤愤不平。弗朗丝心一横，把要说的话一口气说完。

"再——给——我——一——块——板——油——油——炸——用。"

"狗娘养的。"肉贩愤怒得只剩下嘟哝。他切下一小块白花花的油，故意掉在地上，再捡起来，重重地拍在肉馅上。他愤怒地包好，从弗朗丝手里夺过那一毛钱，交给老板结账，同时咒骂起自己成为肉贩的命运。

完成买肉馅的任务后，他们去哈斯勒的店买炖汤的大骨。哈斯勒的骨头很好，但肉馅就难说了，因为他总是关起门绞肉，天知道最后给你的是什么。尼利拿着包好的肉馅在外面等着，因为如果发现你是在别人家买的肉，出于自尊，哈斯勒一定会打发你在哪儿买肉，就去哪儿买骨头。

弗朗丝走进店里，说要一根五分钱的骨头，好一点的，最好带点肉丝，星期天煮汤用。哈斯勒让她等一会儿，给她讲了个老掉牙的笑话，说有个人要买两分钱的狗肉，哈斯勒问他，你要打包带走，还是在这儿吃？弗朗丝腼腆地笑了，哈斯勒很满意，走到冰柜前，回来时举着一根闪闪发光的白色骨头，里面有乳白色的骨髓，两头还带着红红的肉丝。他让弗朗丝先好好欣赏一下。

"等你妈妈煮好汤,"他说,"让她把骨髓弄出来,涂在面包上,撒点胡椒,撒点盐,给你做个美美的三明治。"

"我会告诉她的。"

"你吃了它,身上就能多长点肉了,哈哈哈。"

骨头包好,弗朗丝付完钱,哈斯勒还给她切了一片厚厚的肝泥香肠。弗朗丝感到愧疚,因为她骗了这个好人,在别人家买了肉。妈妈不相信他绞的肉馅,真是可惜。

刚到傍晚,时间还早,路灯都还没有亮。不过卖辣根酱的老婆婆已经坐到哈斯勒肉店的门口,开始磨辣根酱了。弗朗丝拿出从家里带来的杯子。老婆婆装了半杯,收了两分钱。完成了买肉任务,弗朗丝很愉快,她又在蔬菜店买了两分钱的配菜:一根干巴巴的胡萝卜、一把叶子打蔫儿的芹菜、一个软塌塌的西红柿,还有一棵新鲜香菜。这些菜可以跟大骨头一起煮出一锅浓汤,上面还漂着肉丝。然后,自家做的粗面条会被加进去。这锅汤,配上抹了调味骨髓的面包,又是一顿美味的周日大餐。

吃完弗朗尼利尼利丝肉丸、土豆、碎馅饼,喝完咖啡,尼利上街找他的朋友们玩去了。尽管没什么信号,事先也没有约好,但各家吃过晚饭,孩子们都会自动聚在街角。他们双手插兜站着,弓着腰,说说笑笑,推推搡搡,吹吹口哨跳跳舞,一个晚上就这样打发过去了。

莫迪·多纳文来找弗朗丝去做告解。莫迪无父无母,跟两个在家里做工的老阿姨住在一起。她们以给一家棺材公司做女式寿衣为生,做好一打就送过去换钱。她们做的寿衣都带缎子边:白色的给死去的处女,淡紫色的给刚结婚便去世的年轻女孩,紫色的给中年女人,黑色的给老太婆。莫迪带来了一些边角料,她觉得弗朗丝会乐意用这些布头做点小玩意儿。弗朗丝假装很开心，但当她把这些五颜六色的布头拿在手里时，心里却很害怕。

教堂里香火缭绕，烛光忽明忽暗。修女们在祭坛上摆上了鲜花。圣母祭坛上的花是最漂亮的。在修女们中间，圣母比耶稣和约瑟更受欢迎。姑娘们和小伙子们都希望在约会前先做完告解，因此这会儿告解室前排起了长队。奥弗林神父的隔间前队伍最长。这位神父年轻、善良、宽容，在他面前悔罪最容易不过。

轮到弗朗丝时，她掀开厚厚的门帘走进去，跪在告解室里。神父拉开把他跟罪人隔开的小门，在格栅窗前画了个十字，古老而神秘的氛围仿佛就此降临。他闭上眼，开始用拉丁语快速而反复地低声念出某些字句。弗朗丝闻到了焚香、烛泪、鲜花以及神父身上的上等面料黑袍和剃须膏混合在一起的气息。

"保佑我，神父，因为我犯了罪……"

很快，她告解完了自己的罪孽，并得到了赦免。她低着头出来，双手仍紧握在胸前。她在祭坛前跪拜，然后跪在栏杆前。她手里数着珍珠母念珠，计算着祷告的次数。莫迪的生活简单很多，也没有那么多罪孽需要告解，因此早就离开了。到弗朗丝出来时，她正坐在门口的台阶上等她。

两人在街上逛了一会儿，互相搂着腰，像其他布鲁克林小女孩一样。莫迪有一分钱，她买了个冰激凌，请弗朗丝吃了一口。没过多久，莫迪就得回家了。她们家的门禁是晚上八点。两个女孩约好下星期六再一起去做告解，然后就分开走了。

"别忘了！"莫迪大声说，边倒退着从弗朗丝身边走开，"这次是我找你，下次换你来找我。"

"我不会忘的。"弗朗丝保证道。

弗朗丝回到家时,客厅里多了两个人。是伊芙姨妈和威利·福里特曼姨夫。弗朗丝喜欢伊芙姨妈,她跟妈妈长得很像。伊芙姨妈有一肚子笑话,总能逗人发笑,就像电影里的人一样,而且她还能模仿任何人。

福里特曼姨夫带来了他的吉他。他在弹,其他人在唱歌。福里特曼是个又黑又瘦的男人,留着柔顺的黑发和胡子。考虑到他的右手缺了中指,他的吉他弹得还算不错。每当弹到该用那根手指的地方,他就会猛地拍一下吉他,这让他的演奏独具一格。弗朗丝进来时,他会弹的曲子差不多都弹完了,刚好赶上最后一曲。

音乐时间结束,他出去买了一大罐啤酒。妈妈招待伊芙姨妈吃了一块黑麦面包,还有一毛钱的林堡奶酪。他们配着啤酒,吃着三明治。啤酒一下肚,福里特曼姨夫的话匣子就打开了。

"你看看我,凯蒂,"他对妈妈说,"我活得可太失败了。"伊芙姨妈翻了个白眼,叹了口气,撇撇嘴。"我这几个孩子都不拿我当回事。还有鼓手,就是我那个拉送奶车的马,它成天跟我作对。你知道它前几天干了什么吗?"

他俯身向前。弗朗丝注意到他的眼睛因为含着泪水而闪闪发光。

"我在马厩里给它洗澡,洗到肚子时,这畜生尿了我一身。"

凯蒂和伊芙相互对视,两人眼睛里都有强忍着的笑意。凯蒂突然看向弗朗丝,她眼睛里仍然笑意盈盈,但嘴巴闭得紧紧的。弗朗丝看向地板,尽管心里在笑,但还是皱起了眉头。

"这就是它干的好事,当时马厩里的人都在笑话我。所有人都笑话我。"他又灌下去一杯啤酒。

"别这么说,威尔[①]。"他妻子说。

[①]威利的昵称。

"伊芙也不爱我。"他对妈妈说。

"我爱你，威尔。"伊芙温柔地说，这话语本身就是一种爱抚。

"你嫁给我的时候爱，现在不爱了，对吧？"他等待着，但伊芙却不说话了。"看吧，我就说她不爱我了。"他对妈妈说。

"该回家了。"伊芙说。

睡觉之前，弗朗丝和尼利必须读上一页《圣经》，一页《莎士比亚全集》，这是诺兰家的规矩。在他们能自己读书之前，一直是妈妈每晚给他们念两页。现在他们可以自己读了。为了节省时间，尼利负责读《圣经》，弗朗丝负责读《莎士比亚全集》。他们已经这样读了六年，《圣经》读了一半，而《莎士比亚全集》则读到了《麦克白》。他们快速把书读完，到了十一点，除了还在外面工作的约翰尼，一家人都上床睡觉了。

星期六晚上，弗朗丝被允许睡在客厅。她用两把椅子在窗前搭了张小床，这样她就能看到街上的人了。躺在那里，她可以听到公寓楼夜晚各种各样的声音。人们在各自的房间进进出出。有的人很疲惫，步履沉重。有的人则轻快地跑上楼。有人绊了一下，随即大声咒骂起走廊里的破油毡。一个婴儿懵懵懂懂地哭起来。楼下某个单间的醉汉则痛陈起他那恶毒妻子的罪恶生活。

凌晨两点，弗朗丝听到爸爸一边上楼一边轻声哼着歌的声音。

……可爱的茉莉·马龙。
她推着她的手推车，
穿过大街和小巷，
哭着……

刚唱到"哭着",妈妈就把门打开了。这是爸爸提议玩的一个游戏,如果他们能在他唱完这段之前把门打开,就算他们赢;如果让他在走廊里把这段唱完了,他就赢了。

弗朗丝和尼利都下了床,一家人围在桌边吃夜宵。爸爸往桌上放了三块钱,还给两个孩子一人五分。妈妈让他俩把钱存进钱罐里,解释说白天卖废品他们已经拿到钱了。爸爸带了一纸袋婚礼上剩下的食物,因为有些客人缺席了,新娘就把这些吃的分给了服务员。有半只冷了的烤龙虾、五只冷冰冰的煎牡蛎、一小罐鱼子酱,以及一整块罗克福奶酪。孩子们不喜欢龙虾,冷了的牡蛎也无甚滋味,鱼子酱似乎太咸了。但饥饿盖过一切,一会儿他们就吃光了食物,也根本不必担心不好消化。如果指甲能吃,他们早就啃光咽下肚了。

饱餐了一顿之后,弗朗丝才意识到,她打破了从午夜到第二天上午做弥撒之前要禁食的戒律。这下她不能领圣餐了。这可是真正的罪过,她下周一定得跟神父忏悔。

尼利回到床上,不一会儿便又呼呼大睡起来。弗朗丝走进黑暗的客厅,今晚她不想睡觉。妈妈和爸爸坐在厨房里,他们会一直聊天,直到天亮。爸爸会讲他今晚工作的见闻:遇到了什么人,长什么样子,说话时是怎样的举止神情。诺兰家对生活从不会厌倦。他们全力以赴过着自己的生活,但这还不够。他们还要把跟自己接触过的人也填充进自己的生活。

于是,约翰尼和凯蒂聊了一夜。他们交谈的声音起起伏伏,在黑暗中反倒让人感到舒适和心安。已经凌晨三点,街上万籁俱寂。弗朗丝看到对面楼一个女孩跟她的男伴跳完舞一起回了家,两人在门口紧紧相拥,闭口不语,但女孩身子向后一倾,不小心碰到了门铃。女孩的爸爸立刻下楼出来,穿着长衬裤,声音不大但言辞激烈地"问候"了一下这个小伙子。女孩往楼上跑,边跑边咯咯笑。她的男朋友则往下走,边走还边吹口哨,"今夜只与你共度"。

当铺的所有者托莫尼先生在纽约花天酒地了一夜之后,坐着一辆双轮双座马车回来了。他从没踏进过当铺一步,因为他在继承当铺的同时,还继承了一位能干的经理。没有人知道,像托莫尼先生这样的有钱人,为什么还要住在当铺上面的阁楼里。他在邋里邋遢的威廉斯堡,过着纽约贵族的生活。一个曾进过他家的装潢工人说,他的房间里摆着雕像,挂着油画,还铺着白色的毛皮地毯。托莫尼先生是个单身汉,整个星期没人知道他在什么地方,星期六晚上也没人看到他何时离开。只有弗朗丝和巡逻的警察能看到他回家的身影。现在弗朗丝注视着他,就像是一个坐在戏院包厢里的观众注视着演员。

他的高顶硬礼帽歪戴着,露出一只耳朵。他把银色的手杖夹在胳膊下,路灯的光打在上面,反射出耀眼的银光。他把大衣上的白色缎子短斗篷向后一甩,掏出几张钞票,递给车夫。车夫接过钱,用鞭子柄碰了碰自己的帽檐,抖了抖马缰绳。托莫尼先生目送马车离开,仿佛那是他美妙生活的最后一环。接着他便上了楼,回到自己那富有而神秘的单间公寓去了。

他应该是里森胡贝尔餐厅,或是华尔道夫酒店这种传说中的地方的常客。弗朗丝决定,有朝一日自己一定要去看看这些地方。有朝一日,她要穿过威廉斯堡大桥,那座桥离她家只有几个街区远。然后她会找到纽约上城区,去那些了不起的地方,在外面好好瞧瞧。这样,她就能搞清楚托莫尼先生的生活是怎么回事了。

一阵清风自海上吹来,拂过布鲁克林上空。城区遥远的北端,是意大利人的聚居区,从他们养鸡的院子里,传来几声鸡啼。回应它的是同样遥远的狗吠，以及在马厩里睡得好好的马儿鲍勃发出的试探性嘶鸣。

弗朗丝太喜欢星期六了，舍不得用睡眠来跟它告别。对未来一周的担忧已经让她感到了不安。她把周六的记忆定格在脑海里。除了那个在面包店等着买面包的老人给她带来的不安，这个周六完美无瑕。

一周里其他的夜晚，她都得躺在自己的小床上，听从通风口传来的一个年纪很轻的新娘子模糊的声音。她跟她猩猩似的卡车司机丈夫住在另一个单间公寓里。小新娘的声音总是温柔的，充满恳求，而她丈夫的口气却总是很粗暴、命令式的。交谈后是短暂的沉默，再然后丈夫会开始打鼾，小新娘则抽抽搭搭、哭哭啼啼，直到天光几乎放亮。

回想起小新娘哭泣的声音，弗朗丝不由得发起抖来，本能地捂住耳朵。然后她才想起今天是星期六，她睡在客厅里，不会听到通风口传来的声音。星期一远着呢，还有个星期日要过。星期日是平淡的，她可以用很长时间来回想那只小陶碗里的旱金莲，还有马儿在阳光和阴影之间洗澡的样子。她的意识渐渐模糊，耳朵里只剩下凯蒂和约翰尼的交谈声。他们在回忆往事。

"我第一次见你是在十七岁，"凯蒂在说，"那时我还在城堡编织厂干活。"

"我当时十九岁，"约翰尼回想道，"还跟你闺密希尔蒂·奥戴尔在一起呢。"

"哦，她啊。"凯蒂回应道，语带不屑。

带着甜丝丝气息的暖风拂过弗朗丝的发梢。她把手交叠着放在窗台上，脸颊枕在上面。这样她就能看到廉租屋房顶的繁星了。没过多久，她沉入梦乡。

第二部

7

那是布鲁克林的另一个夏日,不过我们要让时间倒退十二年,也就是1900年,约翰尼·诺兰第一次遇到凯蒂·罗穆利。他十九岁,她十七岁。凯蒂在城堡编织厂工作,她的闺密希尔蒂·奥戴尔也在那里。两人非常要好,尽管希尔蒂是爱尔兰裔,而凯蒂的父母出生于奥地利。凯蒂更漂亮,希尔蒂则更活泼热情。希尔蒂有一头闪亮的金发,脖子上系着一枚石榴色的雪纺布蝴蝶结,嚼着口香糖,对所有流行新歌了如指掌,跳起舞来也非常迷人。

希尔蒂有个男朋友,每周六晚上都会带她出去跳舞。他叫约翰尼·诺兰。有时他会在工厂外面等希尔蒂,身边跟着一群好哥们儿。他们一起在街角游荡,说说笑笑。

有一天,希尔蒂要求约翰尼给自己的闺密凯蒂找一个男伴,下次跳舞时一起玩。约翰尼答应了。过了几天,他们四个人搭电车去了卡纳西。男孩们戴着草帽,帽檐上系着系带,另一头系在外套的翻领上。海风很大,一下子就掀掉了他们的帽子,他们赶忙抓住系带,想把帽子拽回来。四个人笑成一团。

约翰尼跟他的女朋友希尔蒂跳起舞,但凯蒂对自己的男伴并不中意。那个男孩脑袋空空,言语粗俗,当凯蒂从洗手间回来时,他竟然说"我以为你掉进去了呢"。出于礼貌,她还是让这个男孩给她买了杯啤酒。她坐在桌边,看着约翰尼和希尔蒂跳舞,心想这世上再也没有像约翰尼这么漂亮的男人了。

约翰尼的腿又细又长,鞋子闪闪发亮。他跳舞时脚尖朝内,重心从脚后跟到脚尖轻盈地变换着,很有节奏感。跳着跳着,觉得热了,约翰尼便脱下外套,搭到椅背上。他的长裤恰到好处地贴合着臀部,白衬衫盖过腰带。他穿着领子高高的硬领衬衫,打着一条圆点领带(刚好跟草帽的系带相配),婴儿蓝的绸缎丝带系在袖口。想到这袖口系带可能出自希尔蒂之手,凯蒂不免心生嫉妒。这嫉妒甚至让她一辈子都对婴儿蓝这种颜色深恶痛绝。

凯蒂总情不自禁地望向他。他很年轻,身材修长,一头金色鬈发和一双深蓝色眼睛都充满光彩。他的鼻梁挺直,双肩宽阔、棱角分明。她听到邻桌的姑娘们说他很会穿衣服,而她们的男伴也说这小子舞跳得真不赖。虽然他不属于她,但凯蒂却凭空生出一股骄傲。

当乐队奏起《甜美的露丝奥加》,约翰尼走过来,礼节性地邀请凯蒂与他共舞。感受着他双臂的环抱,本能地调整自己以适应他的节奏,凯蒂心里明白,这就是她想要的男人。她只希望与他共度余生。就在那一刻,她下定决心,只要能和他在一起,无论做什么她都愿意。

这也许是她一生中最大的错误。她应该等到某个对她有这样感觉的男人出现。这样,她的孩子们就不必忍饥挨饿了,她也不必为了他们的肚皮整天给人擦地板,而她对他的记忆也会永远完美无瑕。但她只想要约翰尼·诺兰,没有人能取代他的位置。于是,她开始着手实现自己的梦想。

她的追逐从下个周一便开始了。下班铃声一响，凯蒂便冲出工厂，抢在希尔蒂之前来到街角，大声和约翰尼打招呼：

"你好啊，约翰尼！"

"你好，凯蒂。"他回答道。

这之后，她每天都会这样，跟约翰尼说上几句话。而约翰尼也渐渐发现，他每天等的，其实只是这几句话。

有一天，凯蒂用女人天生的理由，告诉领班自己例假来了，感觉很不舒服。她提前十五分钟出来，约翰尼和他的朋友们正守在街角，用口哨吹着"安妮·鲁尼"的调子打发时间。约翰尼拉下草帽，挡住一边眼睛，双手插兜，在人行道上跳起了木屐华尔兹。巡逻的警察刚好路过，喊道：

"哥们儿，你在这儿纯粹是浪费才华！你应该上台去表演！"

看到凯蒂走过来，约翰尼停下舞步，对她微微一笑。她今天穿了一身灰色的紧身衣裙，装饰着编织厂的黑色穗带，看上去非常迷人。穗带在衣服上缠绕成结，目的是点缀她恰到好处的胸部。其实紧身胸衣的两排褶边，已经让她的胸部呼之欲出了。为搭配身上的灰色，她戴了一顶樱桃红的帽子，帽檐略微倾斜。脚上穿的是高帮线轴跟皮鞋，小山羊皮做的。她棕色的眼睛闪闪发亮，脸颊因兴奋与羞涩染上了一抹绯红。她觉得自己这副模样一定很稀奇——为了一个小伙子，竟然动用了这样的心机。

约翰尼跟她打招呼，其他男孩渐渐散开。两人在那个特殊的日子里说了什么，谁都不曾确切记得。不知怎的，仅仅凭着漫无目的，甚至有些刻意的对话，凭着恰到好处的停顿和内心奔涌的情感暗流，他们便已察觉彼此深深的爱意。

下班铃响了,女工们从城堡编织厂涌出。希尔蒂走了过来,身上穿着一套泥浆棕色的衣裙,头上是一顶黑色水手帽,用一根帽针固定在她鼠尾粗的高卷发辫上,显得鬼气森森。她看到约翰尼,微微笑了笑,带着几分占有的意味。但当她看到凯蒂跟他在一起时,笑容立刻变成受伤、恐惧和憎恨混合的痉挛。她快步冲过来,拔下头上长长的帽针。

"他是我的男朋友,凯蒂·罗穆利!"她厉声说,"你别打他的主意!"

"希尔蒂,希尔蒂。"约翰尼用一如既往温柔的声音不急不缓地说道。

"我想这是个自由的国家。"凯蒂不耐烦地摇了摇头。

"你没有抢别人男朋友的自由!"希尔蒂大叫道,举起帽针,扑向凯蒂。

约翰尼赶紧挡在两个女孩中间,结果脸被划了一下。这时下班的女工们已经聚在了周围,一边看着他们,一边兴奋地窃窃私语。约翰尼拉起两个姑娘,把她们带过街角。他让她们站在一个门口,伸出胳膊拦住她们,开始对她们说话。

"希尔蒂,"他说,"我没那么好。我不该跟你交往,因为我现在想明白了,我不能娶你。"

"都是她的错。"希尔蒂已经泪流满面。

"是我的错。"约翰尼帅气地揽过责任,"在遇到凯蒂之前,我并不知道喜欢一个人是什么滋味。"

"但她是我最好的朋友啊。"希尔蒂悲恸地说,仿佛约翰尼犯的是某种乱伦罪。

"她现在是我女朋友,我没什么好说的了。"

希尔蒂边哭边抱怨。约翰尼好不容易让她安静下来,向她解释了他跟凯蒂已经彼此深爱。他最后说,他们两个只能各走各的路了。他很喜欢自己说的这句台词,甚至重复了一遍,享受此刻的戏剧性。

"所以,我们只能各走各的路了。"

"你的意思是,我走我的路,你走她的路吧。"希尔蒂说,语带愤恨。

就这样,希尔蒂走上了她的路。她垮着肩膀,朝远处走去。约翰尼目送了一会儿才追过去,搂住了她,温柔地与她吻别。

"我本以为我们能有个不同的结局。"他悲伤地说。

"你才没有那么想!"希尔蒂呵斥道,"如果你真的那么想,"——她又哭了起来——"你就把她扔在那儿,跟我走。"

凯蒂也哭了。毕竟,希尔蒂·奥戴尔曾是她的闺密。她也过去亲吻了希尔蒂。当她看到希尔蒂婆娑的泪眼离她是如此之近,那双眼睛因恨意而眯缝起来时,她不由得避开了目光。

就这样,希尔蒂走了自己的路,约翰尼走了凯蒂的路。

他们恋爱了一阵子,然后订婚,在1901年于凯蒂所属的教堂举行了婚礼。他们只认识了不到四个月,就决定要厮守终身。

托马斯·罗穆利从未原谅过自己的女儿。实际上,每个女儿的婚姻都让他感到不可原谅。关于孩子,他有一套简单高效的哲学:作为一个男人,充分享受造孩子的乐趣,投入最少的钱和精力把孩子养大,然后在她们十几岁时送去工作,赚钱赡养他这个老父亲。凯蒂十七岁就成了别人的老婆,才赚了四年钱,他觉得自己亏大了。

罗穆利讨厌这世上的一切,没有人明白个中缘由。他是个长相英俊、身材魁梧的男人,狮子般的头颅上顶着铁灰色的鬈发。为了逃避兵役，他带着自己的新娘逃离了奥地利。虽然厌恶老国家，但他同时也固执地拒绝喜欢自己的新国家。他能听懂英语，也能说，但如果外面有人跟他用英语搭话，他会装作听不明白。在家里，他坚决不说英语。他的女儿们几乎都不懂德语（这是她们母亲的坚持，理由是孩子们越不懂德语，就可以越少察觉她们父亲的残忍）。因此，四个女儿从小就跟父亲很疏远。除了诅咒她们，他从不和她们说话。他的"该死的"[①]被理解成"你好"或者"再见"。当他怒发冲冠时，他会直呼惹他发火的对象"俄国佬"，这是他心目中最恶毒的脏话。他恨奥地利，恨美国，但最恨的还是俄国。他从没去过俄国，也没见过一个俄国人。没有人理解他缘何对这个陌生的国度和那些他素未谋面的人民有如此大的火气。这个人就是弗朗丝的外祖父。弗朗丝讨厌他，就和他的女儿们一样。

他的妻子，也就是弗朗丝的外祖母玛丽·罗穆利，是个圣人般的人物。她没有上过学，不识字，连自己的名字都不会写。但她的脑袋里却装着一千个故事和传说。其中有一些是她为了逗孩子们开心自己编的，还有一些是她的母亲和祖母讲给她的，都是些古老的民间故事。对于旧时的乡村歌曲和所有智慧箴言，她都了如指掌。

她非常虔诚，知道每一位天主教圣徒的生平事迹。她相信鬼魂、仙女和所有超自然传说。她对草药也很精通，熬药或是给你做护身符都不在话下——只要你不是想拿这些东西出去害人。在曾经的国家，她因智慧出众备受尊敬，经常会有人向她请教。她是一个问心无愧的清白女人，但对于怀罪之人，她也能够洞悉其心思。她对自己的道德要求极高，但又能宽容别人的疏失。她崇敬上帝，爱耶稣，但也能够

[①]原文为德文。

理解为何人们有时会弃二者而去。

结婚时，她仍是处子之身。她谦卑地顺从了她丈夫残暴的爱，他的残暴扼杀了她所有潜在的欲望。但她仍能够理解那种经常让女孩们误入歧途的——正如人们常常议论的——对爱的渴望。她也能够理解那些即使因为犯下强奸罪而被逐出社区的男孩，其内心可能依旧纯良。她能理解人们为何会撒谎、偷窃、互相伤害。对于人类所有可悲的弱点和众多残忍的长处，她都能够理解。

但她不识字，也不会写。

她有一双柔顺的棕色眼睛，清澈而无辜。一头闪亮的棕色头发从中间分开，盖过双耳。她的皮肤苍白、透亮，唇线柔和，说话时声音低沉、轻柔、温暖而悦耳，令听话者感到舒心。她所有的女儿和孙女都继承了这份声音特质。

玛丽深信，是由于自己在生活中无意犯下了一些罪过，她才与魔鬼本人结了婚。她坚信这一点，因为这是她丈夫亲口说的。"我就是魔鬼本人。"他经常这样说。

她常常看着他的面相——看他那两绺头发在脑袋两边竖起，冷酷的眼角向上吊起。然后她会叹一口气，自言自语："是的，他确实是魔鬼。"

他有时会郑重其事地注视着她那张圣洁的脸，用假惺惺的安慰语气，指责耶稣也做过一些不可告人之事。这总会把她吓得不轻，以至于从门后的钉子上取下披肩，捂住脑袋，冲到街上去，不停地走啊走，直到挂念起孩子，才不得不回到家里。

她曾前往三个小女儿就读的公立学校，用蹩脚的英语对老师说，一定要鼓励她的孩子只说英语；她们一句德语、一个德文单词都不可以学。通过这样的方式，她避免了孩子们受到她们父亲的伤害。她伤心于孩子们只读到六年级便辍学去打工，伤心于她们都嫁给了不中用的男人。当得知她们一个接一个都生了女儿时，她痛哭流涕，因为她知道生为女人，便意味着一生的卑微与苦难。

每当弗朗丝念起祷词"万福马利亚，你充满圣宠，主与你同在"时，外祖母的脸庞都会在她眼前浮现。

茜茜是托马斯和玛丽的大女儿，她是在他们登陆美国三个月后出生的。她从未上过学，在她到上学的年纪时，玛丽还不清楚他们这样的情况可以送孩子去上免费学校。本来法律规定必须送孩子去上学，但当时也没有人会找这样无知的人，让他们遵守法律。等其他女儿到了上学的年纪，玛丽已经知道有公立学校这回事，但茜茜那时已经大了，不能跟六岁的孩子一起从头读起。于是她便留在家里，帮母亲的忙。

十岁时，茜茜就已经像三十岁的女人一样发育成熟了。所有男孩都在追逐茜茜，而茜茜也在追逐他们。十二岁，她便开始和一个二十岁的男孩保持稳定关系。但她的父亲把那个男孩揍了一顿，扼杀了这段感情。十四岁时，她打算和一个二十五岁的消防员在一起。这次是消防员揍了她的父亲，于是两人的感情便修成了正果。

他们去了市政厅，茜茜发誓自己已经年满十八岁，于是在一个书记员的主持下他们结了婚。邻居们都很震惊，但玛丽清楚，对于她这个发育过快的女儿，嫁人是最好的选择。

消防员名叫吉姆，是个好人。他多少算受过教育，在文法学校念到了毕业。他薪酬不错，而且不常在家，算是个理想的丈夫。两人的生活非常幸福，茜茜对他没有多少要求，除了要经常做爱，而他对此非常满意。有时他会为自己的妻子是个文盲感到不好意思，但茜茜聪明、机灵、热情，能把生活打理得充满乐趣。久而久之，他便不再在意她目不识丁了。茜茜对母亲和妹妹们都很好。吉姆给她钱时很慷慨，而她则精打细算，一有结余就会送给母亲。

结婚刚一个月，她就怀孕了。尽管即将身为人母，但她本质上仍是个十四岁的野丫头。邻居们看到她还在和其他孩子一起在街上跳绳，全然不顾自己挺着大肚子，都大惊失色。

在做饭、搞卫生、做爱、跳绳，以及试图和男孩们一起打棒球之外的空闲时间，茜茜为即将降生的孩子做了些盘算。如果是个女孩，她会为她取自己母亲的名字，叫她玛丽。如果是男孩，就叫他约翰。不知为何，她对约翰这个名字很有好感。她开始用"约翰"来喊吉姆，她说她只是用孩子的名字先叫叫他。起初，这只是两人之间的昵称，但很快，其他人也开始叫他约翰。到后来，很多人都以为他就叫约翰。

孩子出生了，是个女孩，分娩的过程很顺利。从社区的接生婆过来，到孩子降生，只用了二十五分钟。这次分娩太顺利了，唯一不对头的是孩子一出生就死了。巧合的是，这一天刚好是茜茜的生日。

她为此悲痛了一段时间，悲痛让她改变了不少。她更加努力地打理家务，把家里收拾得干干净净、一尘不染。她更加努力地体贴母亲。她不再是那个野丫头。她坚信是怀孕期间在街上跳绳让她失去了孩子。但这样稳重起来，她却更显得年纪轻、孩子气了。

到了二十岁，她已经生了四个孩子，全部夭折。最后她得出结论，问题在她丈夫，并不在她。她不是在第一次生完孩子之后就不再跳绳了吗？她告诉吉姆，她不爱他了，因为他们的爱除了死亡什么都得不到。她让他离开她。他抗争了一阵子，但还是离开了。起初，他会给她寄钱，有时茜茜感到寂寞，就会去消防站。吉姆总是坐在外面的椅子上，椅背斜靠着砖墙。她慢慢踱着步子，微笑着扭动着屁股，而吉姆就会擅离职守，跑到公寓去，两人便花上半个小时云雨一番。

最后，茜茜又遇到了一个想娶她的男人。此人真名是什么，家里人谁都不清楚，因为茜茜一开始就喊他约翰。她的第二次婚姻很简单就开始了。毕竟离婚很复杂，还要费钱，而且她是个天主教徒，本来就没法离婚。由于她跟吉姆是在一个书记员的主持下，在市政厅结的婚，她便坚持说反正也没在教堂，第一次结婚根本不作数，又干吗非要去办离婚呢？于是她对自己之前的婚姻闭口不提，用自己婚后的姓名再次在市政厅登记结婚，只是换了个书记员。

她的母亲玛丽为她没在教堂结婚忧心忡忡。这第二次婚姻还为托马斯提供了折磨自己妻子的新方式。他常常对她说，他要去向警察举报，让警察以重婚罪把茜茜抓起来。但他还没找警察，茜茜就认定约翰二号也不是自己的真命天子。两人结婚四年，茜茜生了四个孩子，结果又全部夭折。

她很简单就结束了这场婚姻。她告诉自己的新教徒丈夫，反正天主教会不承认他们的婚事，她也不承认。她随即宣布自己重获自由。

约翰二号很坦然地接受了茜茜的决定。他喜欢茜茜，跟她过日子也还算愉快。但她就像水银一样不稳定。尽管她坦率起来吓死人，天真起来像小孩，但他仍对她一无所知。他厌倦了跟一个捉摸不透的人一起生活，所以要离开她也不是不可接受。

茜茜二十四岁了，生了八个孩子，无一存活。她认定是上帝不准她结婚，于是便到橡胶厂找了份工作。她告诉大家她一直没嫁出去（没人相信），目前跟母亲相依为命。在第二次和第三次婚姻之间，她依旧情人不断。她管他们都叫约翰。

每次生育无果，茜茜对孩子的爱就会越发强烈。有时她绝望地认为，如果没有一个孩子可以去爱，她就会疯掉。她把自己受挫的母爱倾诉给跟她睡觉的男人听，倾诉给两个妹妹——伊芙和凯蒂，以及她们的孩子听。弗朗丝很崇拜茜茜姨妈。她曾听到有人私下说，茜茜是个坏女人，但她对茜茜的喜爱丝毫不减。面对这个行事莽撞的姐姐，伊芙和凯蒂总有些怨气，但她对她们又那么好，她们就算想发火也发不起来。

弗朗丝刚过十一岁，茜茜就第三次在市政厅结婚了。约翰三号就是在杂志社工作的那个人。通过他，弗朗丝每周都能拿到那些新出版的好看的杂志。为了这些杂志，她希望茜茜姨妈这次的婚姻能一直持续下去。

玛丽和托马斯的二女儿叫伊莉莎。比起三个姐妹，她既不漂亮，也不热情。她平凡、呆板，对生活兴趣不大。玛丽总想着能把一个女儿送进教会，伊莉莎自然是不二人选。她十六岁进了修道院，选择了一个最为严格的修女会。除了父母离世，她从未被许可离开修道院的高墙。她在修道院里选择的名字是厄休拉。对于弗朗丝来说，厄休拉修女是传说般的存在。

弗朗丝在参加托马斯·罗穆利的葬礼时见过她一次。当时弗朗丝才九岁，刚领完自己的第一次圣餐，对教会满心憧憬。她想自己长大以后，要是能当修女也不错。

她兴奋地等待着厄休拉修女的到来。有一位当修女的姨妈，这是何等的荣幸！小姑娘激动无比。然而当厄休拉修女俯身亲吻她时，她注意到修女的上唇和下巴上都有细细的绒毛。弗朗丝吓坏了，她认为凡是年纪轻轻就进入修道院的女孩，脸上都会长出那样的绒毛。小姑娘放弃了做修女的打算。

伊芙是罗穆利夫妇的三女儿，她同样早早嫁人，嫁的是威利·福里特曼。福里特曼是个英俊的黑发男子，胡须柔顺，眼睛像意大利人一样清澈。但弗朗丝觉得他的名字很滑稽，每次想到都会暗自发笑。

福里特曼做丈夫算不上称职。虽不完全游手好闲，但他是个只会抱怨的厌包。不过此人会弹吉他，而罗穆利家的女人有个弱点，就是总会对那些善于创造或是表演的男人倾心。但凡具备艺术甚至讲故事方面的才能的，她们都无法抗拒。她们觉得自己有责任培育和守护这些天赋。

伊芙是家里条件最好的一个，她家位于高档住宅区的边缘，租住在一间地下室公寓里。她希望以此为跳板，过上真正的高档生活。

她想出人头地，想让孩子拥有她不曾有的优越条件。她有三个孩子：一个男孩，取了他父亲的名字；一个女孩，名叫布洛瑟姆；还有一个男孩，取名保罗·琼斯。她迈向高档生活的第一步是把孩子们从天主教主日学校转到了圣公会主日学校。不知为何，她坚定地认为新教比天主教更高档。

伊芙喜欢有音乐天赋的人，而她刚好没有这方面的天赋，于是便狂热地在孩子们身上寻找这种天赋。她希望布洛瑟姆学声乐，保罗·琼斯拉小提琴，而小威利要学会弹钢琴。不幸的是，这些孩子都没有音乐天赋。但伊芙不认命，她要求孩子们一定要爱上音乐，不管他们自己怎么想。就算没有天赋，每课时那么贵的课程学下来，总能有点长进。她为保罗·琼斯弄来一把二手小提琴，给他谈妥了每小时五十美分的课程。他的老师自称"阿莱格里托教授"[①]，他教福里特曼的小儿子弄出各种可怕的刮擦声，到年底才让他学会了一首曲子，教授管它叫"幽默曲"。伊芙觉得好多了，有首曲子拉，总比一直拉音阶强……一点。总之，这让伊芙的信心更足了。

[①] 阿莱格里托（Allegretto）的本义是音乐中的术语"小快板"。

"老公啊，"她对丈夫说，"咱们已经给保罗·琼斯买了小提琴，咱女儿也可以跟他一起学，反正俩人可以用一把琴。"

"希望他们能分开练习。"她丈夫挖苦地回应。

"不然呢？"她愤愤地反诘道。

于是，福里特曼家每周要再省出五十美分，塞进布洛瑟姆不情愿的小手里。她也要去学小提琴。

碰巧这位"阿莱格里托教授"对女学生有一个特殊癖好，他要求她们脱掉鞋袜，光脚站在他家的绿地毯上练习拉琴。他根本不去纠正她们的节奏和指法，一整个小时都盯着她们的脚发呆。

有一天，伊芙看到布洛瑟姆在为小提琴课做准备。她注意到孩子脱掉鞋袜，认真洗起了脚。伊芙觉得讲卫生是好习惯，然而这多少有点奇怪。

"你洗脚干吗？"

"要上小提琴课呀。"

"拉小提琴用手，又不用脚。"

"脚脏脏的，不好意思在教授面前拉琴。"

"他还能透视看见你脚脏了？"

"那倒不是，他要我上课的时候脱鞋脱袜子。"

这让伊芙暴跳如雷。她对弗洛伊德一无所知，有关性的知识也知之甚少。但常识告诉她，这个"阿莱格里托教授"不应该收着每小时五十美分的课时费，还在课上干别的。布洛瑟姆的音乐学习之路就此结束了。

保罗·琼斯也被叫来问话，但由于上课时除了帽子什么都不用脱，他被允许继续去上课。经过了五年的学习，他拉小提琴几乎可以跟他那从没上过课的父亲在吉他方面的造诣平分秋色。

除了会一点音乐，福里特曼姨夫是个沉闷的人。在家里，他唯一能聊的话题就是鼓手对他的态度。他跟鼓手闹别扭闹了五年，伊芙一直希望这二位的关系能有个了断。

伊芙真的很爱她的丈夫，但她仍忍不住取笑他。有时她会在诺兰家的厨房里，假装自己是鼓手，然后认真模仿福里特曼姨夫给马套上饲料袋的场景。

"马就这样站着，"她弯下腰，脑袋几乎贴在膝盖上，"威尔拿着饲料袋过来，结果他刚要把饲料袋放上去，那马就把头扬起来。"这时伊芙会把头抬得高高的，还学马"呜呜"地叫。"威尔站在一边等着，那马就低下头，低得很放松，跟没骨头似的。"伊芙低头的样子也很让人吃惊，"而等威尔要放饲料袋时，它就又抬头了。"

"然后呢？"弗朗丝问。

"然后就得我出马，把饲料袋放上去呗。"

"它让你放吗？"

"让不让我放？"伊芙先对凯蒂说，然后又转向弗朗丝，"它看见我来，都能跑到人行道上迎接我，还没等我放，它自己就伸过脑袋，把饲料袋套上去了。你说它让不让我放。"她喃喃自语，似乎有些愤愤。她又转向凯蒂，"你知道吗，凯蒂？有时候我觉得我老公在吃醋，他嫉妒鼓手喜欢我。"

凯蒂盯着她看了一会儿，放声大笑。伊芙笑了，弗朗丝也跟着笑起来。两个半罗穆利家族的姑娘聚在一起，边讨论边笑话一个她们都认识的男人的秘密弱点。

这就是罗穆利家族的女人们：老祖母玛丽，她的女儿伊芙、茜茜、凯蒂，还有弗朗丝——长大以后，她也会成为罗穆利家族的女人，尽管她姓的是诺兰。她们都纤细苗条，看似弱不禁风，眼神充满好奇，声音温柔但迫切。

然而她们都是用无形的薄钢制成的。

8

罗穆利家族盛产个性鲜明的女人，而诺兰家族则总出软弱但有才华的男人。约翰尼家族其实已经快绝种了。他们家的男人一代比一代英俊、软弱、更具魅力。他们总会陷入情网，但又总能避开婚姻这个牢笼。这就是他们快绝种的原因。

露丝·诺兰和她英俊、年轻的丈夫米克，婚后不久便从爱尔兰来到了美国。他们有四个儿子，每隔一年生一个。然后米克在三十岁时就死了，露丝便承担起了家庭的重担。她努力让安迪、乔吉、弗兰奇和约翰尼都念完了六年级。而当男孩长到十二岁，他们就得离开学校，去外面赚钱贴补家用。

男孩们渐渐长大，仪表堂堂，会玩乐器，能歌善舞，所有女孩都为他们倾倒。尽管诺兰家住的是爱尔兰街区最破的房子，但男孩们却是整条街上穿着最讲究的。熨衣板始终摆在厨房里，四兄弟里总有人在熨裤子、领带或者是衬衫。他们是棚户区的骄傲——魁梧、金发、帅气的"诺兰家的小伙子"。他们的鞋子总擦得锃亮，脚步轻快，裤线笔直，头上的帽子戴起来也神气极了。但小伙子们都没能活过三十五岁，而且只有约翰尼留下了儿女。

安迪是诺兰家的大儿子，也是最帅气的一个。他有一头波浪状的鬈发，金到发红，五官也很精致。他同样得了肺结核。他和一个叫弗朗丝·梅兰妮的女孩订了婚，两人的婚期一推再推，希望安迪能好起来。然而两人始终没等到那一天。

诺兰家的孩子都去做了伴唱服务员。他们原本组成了"诺兰四重奏",但随着安迪病重,"四重奏"变成了"三人组"。他们挣的钱不多,大多花在了赌马和喝酒上。

到安迪临终卧床的时候,三兄弟一起凑了七块钱,给他买了个真正的天鹅绒枕头。他们想让他在去世前奢侈一下。安迪对这枕头很满意,用了两天。随着最后一口血喷涌而出,雪白的新枕头被染成了锈红色,安迪的生命也走到了尽头。母亲在他的尸身前哭了三天,弗朗丝·梅兰妮发誓自己永远不会结婚。剩下的三兄弟也发誓,他们永远不会离开老母亲。

过了六个月,约翰尼和凯蒂结婚了。露丝不喜欢凯蒂。她曾希望帅气的儿子们可以永远留在家里,直到她或者他们去世。到目前为止,他们都没有结婚。但这个女孩——这个叫凯蒂·罗穆利的女孩,她带走了约翰尼!露丝相信,约翰尼一定是被这小妖精迷了心窍。

乔吉和弗兰奇倒是挺喜欢凯蒂,但他们同样认为约翰尼结婚,把照顾老母亲的责任丢给他俩,实在是不够地道。不过,他们还是尽可能接受了现实。他们绞尽脑汁为他准备新婚礼物,最终决定把安迪曾短暂使用过的那只高档枕头送给凯蒂。母亲把一块新花布缝在上面,以遮掩安迪逝去的生命在上面留下的肮脏印记。这个枕头就这样传给了约翰尼和凯蒂。凯蒂觉得这枕头太好了,平时舍不得用,只有在有人生病时才会拿出来。于是弗朗丝叫它"病人枕"。她和凯蒂始终都不知道这个枕头上死过人。

约翰尼结婚后大约一年,在很多人眼里比安迪还要帅的弗兰奇,某天晚上买醉回家,被铁丝网绊倒了。这铁丝网是一户热爱田园风光的布鲁克林人在自家门口一平方英尺的草地周围围起来的。但不巧的是，它由一根根尖锐的小木棍支撑起来，而弗兰奇刚好跌在了上面，一根木棍刺穿了他的肚子。他勉强爬起来，走回了家。当晚他就死了，孤零零的，没有神父来宽恕他生前犯下的所有罪过。母亲余生的每个月都会为他做一次弥撒，为他的灵魂祈祷，她知道他的灵魂还在炼狱里游荡。

仅仅一年多，露丝·诺兰就失去了三个儿子，两个死了，一个成了家。她同时为这三个儿子哀悼。而从未离开过她的乔吉，在三年后也去世了，年仅二十八岁。当时二十三岁的约翰尼成了唯一在世的诺兰家的小伙子。

这就是诺兰家的小伙子们的命运，都是英年早逝，都是因为行事莽撞或生活习惯糟糕而暴毙或是猝死。约翰尼是四兄弟里唯一过完三十岁生日的。

而这个孩子，弗朗丝·诺兰，继承了罗穆利和诺兰两个家族的全部特质。她拥有生于棚户区的诺兰家人极端的软弱和对美的激情，同时又继承外祖母罗穆利的神秘主义和讲故事的天赋、对万事万物的坚定信念，以及对弱者的同情之心。她还拥有茜茜姨妈对生活和对孩子的爱，以及约翰尼的多愁善感，尽管没能继承他出众的容貌。她继承了凯蒂全部的温柔，以及一半的坚韧。她就是由这些特质组成的，有好的，也有坏的。

构成她的东西当然更多。她是她在图书馆里读过的书，是金褐色小陶碗里的花。她的一部分生命由院子里生长的那棵树组成。她是她跟她那深爱着的弟弟的激烈争吵，是凯蒂隐秘而绝望的啜泣。她是爸爸买醉之后摇摇晃晃回家的羞耻。

她是所有这一切，但仍有更多，既非来自罗穆利家族，也与诺兰家族无关。这些东西来自她的阅读、观察，来自她每天的生活。这些东西伴随着她成长，只属于她自己——与两个家族里的任何人都不同。这些是上帝或类似上帝的存在施与每个灵魂的东西——每个灵魂所得到的都独一无二，好似世上没有两个人拥有相同的指纹。

9

结婚后的约翰尼和凯蒂，住在威廉斯堡一条安静的小街上。小街名叫"波加特街"，选择住在这里的原因是约翰尼觉得这个名字念起来有几分阴郁，很酷。婚后第一年，两人过得非常幸福。

凯蒂嫁给约翰尼，是因为他唱歌跳舞和穿衣打扮的模样让她着迷。但出于女性的本能，一结完婚，她就试图阻止他继续散发魅力。她劝他放弃伴唱服务员的工作，他照做了，因为他仍处在恋爱中，千方百计想讨好她。他们一起找了份给公立学校打扫卫生的活，两人都很满意。那时他们的一天，要到全世界都入眠之后才开始。吃完晚饭，凯蒂穿上羊腿袖黑大衣，边上缀着近乎奢侈的穗带——都是她离职前最后的"战利品"，再戴上樱桃色的小头巾（她称之为"小新新"），然后就和约翰尼一起出门工作了。

这学校又老又小，但很温暖。他们期待着可以在里面过夜。两人手挽着手，他穿着漆皮舞鞋，她穿着高帮羊毛靴。有时夜里寒冷彻骨，满天繁星，他们会一路小跑，蹦蹦跳跳，打打闹闹。他们觉得能自己开门进学校很重要。这学校就是他们两人在夜里的二人世界。

他们一边工作，一边找乐子。约翰尼找张课桌坐下，凯蒂则扮成老师。他们在黑板上相互写留言，把像百叶窗一样折起的地图拉下来，用教鞭的橡皮头指出异域他国。一想到陌生的土地和未知的语言,他们就充满好奇(当时这对小夫妻一个十九岁,一个十七岁)。

他们最喜欢打扫学校礼堂。约翰尼给钢琴掸灰,一边掸,一边用手指抚摸黑白键,随手弹出几段和弦。凯蒂坐在前排,要他唱歌。他就唱歌给她听,唱的都是当时流行的情歌:《她也有过好时光》《我的心为你而累》。住在附近的人会因这歌声醒来,他们躺在温暖的被窝里,半梦半醒地听着,小声议论:

"这小子,不知道是哪家的,真是白费工夫,浪费才华。他应该当歌星。"

有时约翰尼会把小小的讲台当成舞台,在上面翩翩起舞。他那么优雅、潇洒,那么可爱,对生活充满热情。看着他,凯蒂觉得自己就算是当场死去也值了。

凌晨两点,他们走进教师午餐室,那里有一个煤气灶。他们煮了咖啡,柜子里有他们带来的一罐炼乳。两人享受着沸腾的咖啡充满房间的香气。他们的黑麦面包和腊肠三明治很美味。吃完夜宵,他们有时会去教师休息室,那里有一张铺着印花棉布的沙发。他们可以搂在一起,缠绵片刻。

他们清空了垃圾桶,这是清扫工作的最后一步。凯蒂会把其中较长的粉笔头和还没太用完的铅笔头挑出来,带回家,放在一个盒子里保存。后来弗朗丝长大,看到有那么多粉笔头和铅笔头可以用,她感觉简直是生在一个富人之家。

天蒙蒙亮,他们已经把学校打扫得干干净净、亮亮堂堂,准备好迎接白天当班的校工了。小夫妻走在回家的路上,看着天上的星星渐渐消失。他们经过面包店,新鲜出炉的面包卷的香气从地下的烘焙室向他们袭来。约翰尼跑进去,买了五分钱刚出炉的小面包。到家后,他们美美地吃上一顿早餐,热咖啡配热小甜面包。然后,约翰尼再次出门，买回早晨的《美国人》报纸，把上面的新闻念给凯蒂听，附带独家热评，而她会边听边把两人的房间收拾得干干净净。中午，他们会饱餐一顿，吃的是炖肉或是面条之类的好东西。吃饱了，他们便开始睡觉，直到晚上上班的时间。

他们每个月可以赚五十块钱。这在当时对他们这个阶层的人来说是很不错的报酬。他们过得轻松愉快，波澜不惊——还不时有小小的惊喜。

而且他们那么年轻，那么相爱。

几个月后，伴随着天真的惊讶与错愕，凯蒂发觉自己怀孕了。她告诉约翰尼她"有了"。约翰尼起先没弄明白什么意思。搞清楚之后，他想让凯蒂不要再去学校工作了。但凯蒂说，在不知道怀孕的情况下，她已经工作了好几个月，也没见有什么影响。当她说工作对她也有好处时，他就被说服了。于是凯蒂继续工作，直到身体笨重到无法俯身到课桌下面扫灰。她仍然坚持每晚陪约翰尼上班，但只能躺在他们先前缠绵的沙发上，看着他工作。现在所有的打扫任务都只能交给他一个人。凌晨两点，他给她送来自己笨手笨脚弄出来的三明治，以及煮过了头的咖啡。他们依旧很快乐，尽管随着时间的推移，约翰尼越发开始担心。

十二月一个寒冷夜晚的尾声，她的阵痛开始了。她躺在沙发上，忍着痛，不想告诉约翰尼，打算等到他工作结束。回家的路上，疼痛达到了高峰，她再也忍不住了。她开始呻吟，约翰尼明白，是孩子就要来了。他把她搀扶回家，抱到床上，没有给她脱衣服，而是盖上了温暖的被子。他跑去找社区的接生婆金德勒太太，央告她快点过去。但这位好心的妇人保持着一贯的不慌不忙，把约翰尼急得半死。

她首先要取下脑袋上的几十个卷发卡，然后开始寻找假牙，没有假牙她就拒绝开始工作。约翰尼帮她一起找，终于在窗外壁架上的一杯水里找到了。水在牙齿周围冻了一圈冰，需要先解冻才能放进她的嘴里。好不容易搞定了假牙，她还要用从棕枝主日的祭坛上摘下的受过祝福的棕榈叶，做一枚护身符。棕榈叶上还要加一枚圣母勋章、一根小小的知更鸟的羽毛、一把小刀的断刃，以及一片不知名的草药。这些东西要用一根来自某个女人胸衣上的肮脏绳子系在一起，这个女人据说只用了十分钟就生下一对双胞胎。最后她在这堆东西上洒上圣水，这圣水也大有来头，取自耶路撒冷的一口井，据说耶稣曾经靠它解渴。她把所有这些典故跟身边这个已经快要急疯了的小伙子一一道来，向他保证只要有了这个护身符，孩子就能顺利降生，母子平安。最后的最后，她拿起自己的鳄鱼皮包——社区里的所有人都对这个包很熟悉，小孩子们都认为自己曾经待在这个包里，在里面踢来踢去，然后由接生婆交给妈妈——终于出发了。

他们来到凯蒂身边，后者正痛苦地尖叫着。公寓里挤满了邻家的女人，她们聚在一起祈祷，回忆自己分娩的经历。

"生文森特的时候啊，"一个女人说，"我……"

"我生孩子的时候比她还小呢，"另一个女人说，"那时候……"

"他们都以为我挺不过来了，"第三个人骄傲地宣称，"可老娘我……"

她们夹道欢迎接生婆的到来，并把约翰尼赶了出去。他只好坐在外面，每当凯蒂大喊，他都会浑身发抖。他仍然没缓过神，因为一切太突然了。已经早上七点了，街上陆续有男人经过。当注意到窗户里面的一声声惨叫，以及蜷缩在长椅上的约翰尼，他们的表情就会变得阴沉。

凯蒂生了一整天,而约翰尼什么忙都帮不上——他什么都做不了。到了晚上,他再也受不了了。他去了母亲家,寻求安慰。当他告诉母亲凯蒂正在生孩子时,母亲的号啕几乎把房顶掀翻。

"这下她把你彻底套牢啦!"她哀号道,"你再也不会回来找我了!"但约翰尼根本无暇安慰她。

他又去找哥哥乔吉,乔吉正在跳舞。约翰尼坐下喝酒,等乔吉跳完,把该去学校上班的事也忘得一干二净。刚好乔吉当晚有空,兄弟俩便一连去了好几家酒吧,在每一家都喝上几杯,把约翰尼的遭遇讲给大家听。男人们纷纷表示同情,请约翰尼继续喝酒,并保证他们也有过相同的经历。

到天快亮的时候,兄弟俩回了母亲家,约翰尼就在那里惴惴不安、稀里糊涂地睡着了。第二天九点他才醒,立刻有种惹了麻烦的感觉。他想起凯蒂,还想起上班的事,但为时已晚。他赶忙梳洗一番,往家里走去。路过水果摊,看到刚摆出来的新鲜鳄梨,他给凯蒂买了两个。

他对于前一天夜里妻子撕心裂肺的痛苦,耗时将近二十四个小时,才生下一个瘦弱的女婴的经过一无所知。孩子倒没什么异常,唯一值得注意的是她出生时带着羊膜,这通常被看作孩子能在这世上有一番作为的预兆。接生婆偷偷把羊膜藏了起来,后来以两美元的价格卖给了布鲁克林海军码头的一个水兵。据说,凡是带着羊膜的人,永远都不会被淹死。这个水兵把它放在一个法兰绒小袋子里,挂在脖子上。

而在约翰尼酒醉酣睡之际,他对当晚的大降温也一无所知。本应由他照看的学校的火炉熄灭了,导致水管爆裂,淹没了学校一层和地下室。

回到家时，他看到凯蒂躺在阴暗的卧室里。孩子在她身边，躺在安迪的枕头上。屋子已经打扫得干干净净，想必是邻居家的女人们帮的忙，只留下一股淡淡的石炭酸混合曼宁牌滑石粉的气味。接生婆临走前只说了一句："总共五块钱，你男人知道我住在哪儿。"

她走了，凯蒂转过身，面朝墙，强忍着不哭。那天晚上，她一直在说服自己，约翰尼是去学校上班了。她曾盼望着他能在凌晨两点钟的夜宵时间跑回来看她一眼。然后是天蒙蒙亮，他也该回来了。也许是他工作完太累了，于是去了他妈家小睡片刻。她努力说服自己，约翰尼不会有事，而且他回来之后的解释肯定能让她心安。

接生婆刚走不久，伊芙就来了，有人让邻居家的一个男孩去找了她。伊芙带了点甜黄油、一包苏打饼干，还泡了茶。凯蒂觉得味道很好。伊芙看了眼孩子，觉得长得一般般，但她什么也没对凯蒂说。

约翰尼一回家，伊芙就开始数落他。但当她看到他的脸吓得煞白，再想到他现在的年纪——不过才二十岁，心里便一阵发堵，不再说什么了。她吻了吻他的脸颊，告诉他别太担心，还给他煮了壶咖啡。

约翰尼几乎一直没有去看孩子。他还抱着两个鳄梨，跪在凯蒂的床边，因为恐惧和担心而埋头啜泣。凯蒂也跟着他哭了起来。前一天夜里，她希望他能在她身边。而现在，她却希望自己是偷偷生下了这个孩子，然后带着她离开，等事情都结束后再回来告诉他一切都好。她已经痛过了，那感觉就像是被放进了热油里，即便立刻死去也无法从中解脱。她已经痛过了。老天！这还不够吗？为什么要让他也跟着遭罪？他不是为遭罪而生的，但她是。两小时前，她刚生了个孩子，虚弱得连把脑袋从枕头上抬高一寸都办不到。但她还在安慰他，告诉他不要担心，向他保证她会照顾好他。

约翰尼的情绪稳定了一点,他告诉她没什么,他已经了解到,很多男人"都经历过这些"。

"现在我也经历过了,"他说,"我是个真正的男人了。"

他这才开始对孩子一通"体贴关怀"。在他的建议下,凯蒂同意给孩子取名"弗朗丝",来自那位一直没能嫁给他哥哥安迪的女孩弗朗丝·梅兰妮。他们认为,如果让她来做教母,可以缓解她心中的悲伤。如果安迪还活着,梅兰妮自己就会拥有这个名字:弗朗丝·诺兰。

他将鳄梨去皮切块,倒入橄榄油和醋汁做成沙拉,端给凯蒂。凯蒂觉得没什么滋味,约翰尼说你得习惯鳄梨,就像习惯橄榄一样。看在他的分儿上,同时也是被他能为自己着想所感动,凯蒂吃下了沙拉。伊芙也被怂恿着尝一尝,她吃了一口,说她还是喜欢吃西红柿。

当约翰尼在厨房里喝咖啡时,学校派了一个孩子送来一张字条,上面说因疏于职守,约翰尼被解雇了。他需要再去学校一趟,把剩下的工钱领走。字条最后还写道,不要要求学校给他写推荐信。约翰尼的脸又变得苍白。他给了那孩子五分钱,作为带字条过来的酬劳,同时让他再捎个口信给校长,说他马上就过去。他把字条撕了,对凯蒂只字未提。

约翰尼见到校长,跟他解释了情况。校长说既然妻子临盆在即,理当更谨慎工作才是。出于好心,他告诉这个小伙子,水管爆裂的维修费用就不用他赔偿了,教育委员会会解决。约翰尼向他表示感谢。校长自己掏腰包给约翰尼付了工钱,但要约翰尼先写一份保证,等工资支票下来,要转给校长领取。总之,校长以自己的方式,让事情尽量妥善解决了。

约翰尼就用这笔钱付了接生的酬劳,还交了下个月的房租。当他意识到现在多了个孩子,凯蒂在很长一段时间都没办法出门做事,他自己又丢了工作时,内心不禁一阵恐慌。但最后他还是安慰自己,反正房租已经交了,接下来的三十天问题不大。在这段时间里,肯定能有转机。

下午,他准备去玛丽·罗穆利家,告诉她孩子的情况。路过橡胶厂,他让人找来茜茜的领班。他让那个男人转告凯蒂生孩子的事,让茜茜下班以后过来看看。工头说没问题,还冲他眨眨眼,戳了戳他的肋骨,说:"好样的,兄弟。"约翰尼笑了笑,给了他一毛钱,还替人家做安排:

"买根好雪茄,我请客。"

"没问题,兄弟。"领班回应说。他快速跟约翰尼握了个手,并再次保证自己会把话带到。

听到这个消息,玛丽·罗穆利哭了起来。"可怜的孩子,可怜的小家伙!"她哀叹道,"生在这悲哀的世上,生来就为了受苦和操劳。唉,幸福总还是有那么一点,但剩下的全是受苦。唉,唉。"

约翰尼还想跟托马斯·罗穆利也说一声,但被玛丽拦下了。托马斯讨厌约翰尼,因为他是爱尔兰人。他讨厌德国人、美国人、俄国人,但最不能容忍的就是爱尔兰人。尽管对自己的种族也恨之入骨,但他仍抱有强烈的种族主义观念。他有一个理论,两个异族人结婚,生出来的只能是杂种。

"让金丝雀跟乌鸦搞在一起,能生出个什么玩意儿?"这就是他的论据。

于是约翰尼从岳母家出来,上街找工作去了。

见到自己的妈妈,凯蒂很高兴。她对生产的痛苦记忆犹新,现在她知道妈妈在生自己时经历了怎样的苦难。她还想到妈妈生了七个孩子，把他们带大，眼睁睁地看着其中三个夭折，活下来的孩子也注定要忍受饥饿与苦难。她预感到，自己这个刚出生不到一天的孩子也要经历这样的循环。这让她担心得无以复加。

"我知道什么？"凯蒂问妈妈，"我只能教给她我知道的东西，可我知道得太少了。你是个穷人，妈妈，我和约翰尼也是。孩子长大以后也会是个穷人。一天过去，一天就没有了。有时我在想，去年就是我们最好的一年，而一年跟着一年过去，我跟约翰尼不可能变得更好了。我们现在还年轻，有力气工作，而这些都会随着时间流逝离我们而去。"

然后，她想到了真正的问题。"我是说，"她思忖着，"我能工作。我不能指望约翰尼。我一直都得照顾他。哦，老天，别再让我生孩子了，不然我就没法照顾约翰尼了。我得照顾他，因为他照顾不了自己。"她妈妈的话打断了她的思绪。玛丽在说：

"在以前那个国家我们有什么呢？什么都没有。我们都是种地的，吃都吃不饱。然后我们就来这儿了。除了你爸不会被抓去当兵，这边也没比那边好多少，而且过得更难。我想家，想那些树，想那大片的田野，想以前日子的过法，还有那些老朋友。"

"既然日子没变好，那你为什么还要来美国呢？"

"为了孩子们。我希望你们可以生在一片自由的土地上。"

"你的孩子们辜负了你，妈妈。"凯蒂苦笑着说。

"但这里也有老家没有的东西。尽管适应陌生环境很艰难，但这里有希望。在老家，一个人就算努力工作，他顶多能做到他父亲那个程度。如果他父亲是个木匠，他也只能做个木匠。他干不了牧师，也不可能去教书。他能过得好一点——但也只能到他父亲的程度。在老家，一个人永远属于过去。但在这里，他属于未来。在这片土地上，只要他心地善良，肯走正道，他就能干成他想干的事。"

"不是这样的。你的孩子们做得都没有你好。"

玛丽·罗穆利叹了口气。"那可能是我的错。我不知道该怎么教育你们这几个丫头。我什么都不知道，我们家族几百年都在给地主干活。你大姐没能去上学，因为我糊涂，都不知道这个地方不要钱就能让孩子上学。所以茜茜根本没机会做得比我好。至于你们三个——倒是都上了学。"

"我念了六年，如果这也算上过学的话。"

"还有你家约尼（她不会发'翰'这个音），也上学了，你明白了吧？"她的声音变得激动，"开始了，已经——我们会越来越好的。"她抱起孩子，把她举高高，然后搂在怀里。"这孩子的爹妈都识文断字，"她淡淡地说，"这对我来说，已经是个巨大的奇迹了。"

"妈妈，我还年轻，我才十八岁，我还有力气。我工作很努力，妈妈。但我不想让这孩子也只能拼命给别人干活。我该怎么办，妈妈？我该怎么做，才能让她的人生有所不同？我该怎么开始？"

"答案就在你们念的书里。你能念书，挑好书，每天给你的孩子念一页。每天都这么做，直到孩子能自己念书。那样她肯定就天天捧着书自己看了。这就是改变你孩子人生的办法。"

"我会给她念的，"凯蒂保证道，"但什么书算好书呢？"

"有两本顶好的书。《莎士比亚全集》是好书，我听别人说，人这一辈子所有的事都在里面。人知道的所有美、所有智慧、所有生存之道，都在那书里写着。据说那书里的所有故事都给人拿到舞台上演过。我没遇到过看过这些了不起的戏的人，但我听从前奥地利的地主说过，这书里一些话好到都能当歌唱。"

"《莎士比亚全集》，是德语书吗？"

"英语的，我听那个地主说的，他当时正准备送儿子上那个有名的海德堡大学。都过去好久了。"

"还有一本好书，是什么？"

"是新教徒念的《圣经》。"

"咱们也有《圣经》，天主教的。"

玛丽偷偷环顾四周："对好天主教徒来说，这么讲不合适。但我相信，他们新教徒的《圣经》把这世界上最伟大的故事写得更生动、更丰富。我有一个新教朋友，人很好，她给我念过一些他们的《圣经》，所以我才这么说。

"就这两本好书，新教徒的《圣经》，还有《莎士比亚全集》。你必须每天给孩子念一页——哪怕你自己有些地方看不明白，或者念得不对。你必须这么做，这样孩子长大后就知道什么是伟大了——知道这个世界比威廉斯堡这些破房子大得多。"

"新教的《圣经》，还有《莎士比亚全集》。"

"你还得把我给你讲过的那些故事讲给孩子听——就像我妈讲给我，她妈讲给她一样。你必须把我们老家的童话故事讲给她听，让她知道那些不活在这世上，但活在人们心里的东西——仙女、精灵、小矮人这些。你一定要给她讲你爸他家那边经常找麻烦的恶鬼，你姑妈的邪恶之眼，那是她被施了法之后才有的。也别忘了告诉这孩子，咱们家女人遇到麻烦和临死之前的预兆。而且这孩子必须信主及其唯一的儿子耶稣。"她边说边在身前画了个十字。

"哦，对了，还有圣诞老人。这孩子一定要相信有圣诞老人，到她六岁以前。"

"妈妈，这世界上没有鬼，也没有仙女。这都是些愚蠢的谎话，我干吗要讲给孩子呢？"

玛丽的声音突然变得尖锐："你怎么知道世上没有鬼，天上没有天使？"

"反正肯定没有圣诞老人。"

"但你必须教给孩子，这事没得商量。"

"为什么呢？这些我自己都不信。"

"因为啊，"玛丽·罗穆利简单明了地解释道，"有一样宝贵的东西是孩子一定要有的，那就是想象力。她必须相信有一个秘密的世界，里面生活着这世上从没出现过的东西。她必须信这个。她必须从相信一些这世界上没有的东西开始，去了解这个世界。这样等她发现了这世界的丑陋，她还能回到过去，躲回到她的想象当中。我自己，到了这把年纪，仍然还要靠回想那些圣徒了不起的事迹还有人间发生过的伟大奇迹活着。只有把这些东西留在心里，我才能从眼前的生活中解脱出来。"

"可这孩子会长大，她会自己搞清楚这些。要是知道我一直在骗她，她会失望的。"

"这就是人家说的'认识'啊。她自己去认识这个世界，这是好事。有些东西你一开始相信，后来不信了，这也是好事。她的情感会在这个过程中变得丰富，得到扩展。当她发现女人生活的艰难，遇人不淑时，这些沟沟坎坎对她来说多少能好过一些，因为她都已经失望过了。教育孩子的过程中，不要忘记，沟沟坎坎也是好的，它能让一个人的情感变得富足。"

"真要是这样的话，"凯蒂苦涩地嘀咕了一句，"那咱们罗穆利家还真是富足。"

"我们当然是穷人。我们一直在受苦。我们的生活太难了。但我们本身是好的,因为我们知道我刚才告诉你的那些事。我没念过书,但我告诉你的那些都来自我自己的生活。你一定要把这些都教给你的孩子,而且等你自己越来越大,你对这些东西会有更多感悟,到时候能教给孩子的东西会更多。"

"我还要教她什么?"

"一定要让这孩子相信天堂。天堂不是什么到处有天使在飞,上帝坐在宝座上——"玛丽费力地表达着自己的想法,英语中间夹杂着德语,"而是一个奇妙的地方,人人都可以梦想成真——像是一个让人实现愿望的地方。这可能已经不算是基督教了。我也不知道。"

"好吧,还有什么?"

"在你死之前,你一定要有一点土地——也许上面还可以盖一栋房子,让你的孩子或者孩子们可以继承。"

凯蒂笑了:"我有地?上面还有房?我们能交得起房租都算是走运了。"

"即便如此,"玛丽坚定地说,"你还是要努力去争取。几千年来,我们家的人一直生活在别人的土地上,在土里刨食。那是在老家。在这里,我们在工厂干活,靠双手赚钱,情况已经好了不少。每天我们还能有一点时间不属于老板,属于我们自己。多好啊。但要是能有一点土地就更好了。有一点土地,我们就能留给孩子……我们就能在土地上抬起头来。"

"但我们怎么才能拥有自己的土地呢?我跟约翰尼都在工作,但我们赚得太少了。有时交完房租和保险,剩下的钱吃饭都不够。我们怎么能攒钱买地呢?"

"你去找个炼乳罐子,洗干净。"

"罐子？"

"把上半部分剪掉，再从上面剪些口子，每条口子有你手指那么长，中间隔这么多，"她用手指比出大约两英寸的间隔给凯蒂看，"把剪出来的条往外弯，这样罐子就变成了不那么齐整的星星形状。然后在上头开一条口，再把罐子钉到衣柜最深处，每根条上钉一个钉子。每天往里面放五分钱，三年后你就会有一笔小钱了，五十块。这些钱就够在乡下买一块地了。他们会给你一份地契，证明这地是你的。这样你就是地主了。只要有了土地，你就再也不会做农奴了。"

"一天五分钱，这确实不多。但这钱从哪儿来？我们的钱现在都不够花，这又多了一张嘴……"

"你这么办：比如你去买菜，问问一把胡萝卜多少钱。人家说三分钱，那你就挑一把没那么新鲜、没那么大的。你问他，这个二分钱卖不卖？口气硬一点，基本上人家都会卖。这样你就省出一分钱了。再比如现在是冬天，你花两毛五买了一筐煤。天很冷，你打算生火，但你先不要生，等着！等一个小时以后再生，忍一小时冻。裹上披肩，心里告诉自己，我这是为了买地。这一小时，你就能省下二分钱的煤了。这就是你可以存起来的二分钱。还有晚上一个人在家，不要点灯。坐在黑暗里，就那么坐一会儿，心里盘算这样你省了多少灯油钱。把省出来的钱都存进罐子里，钱就会越来越多。总有一天，你就可以攒够五十块。这样你就可以在这个国家的某个地方，买下一块属于你自己的地了。"

"这样存钱真能行吗？"

"我向圣母起誓，肯定能行。"

"那你怎么没攒够钱买地呢？"

"我攒过。刚一在这里登陆，我就做了个星星存钱罐。那会儿我花了十年，才攒够五十块。我拿着这笔钱找到附近的一个人，据说他有买地的门路。他带我看了一片很漂亮的地，用老家的语言告诉我：'这是你的啦！'然后他拿走了我的钱，给我一张纸。我不识字，不知道那上面写的是什么。后来我看到有人在我的地上盖房子，我就拿着那张纸找人家。他们都笑话我，但眼神里又都可怜我，说那人根本没有权利买卖那块地。用英语怎么说来着，这是一个……一个骗……"

"骗局。"

"唉，像我们这样的人，从别的国家过来，大字不识一个。人家都叫我们'呆子'，一骗一个准儿。但你有文化，你能从那地契上看明白，它说地是你的，然后你才能给人家钱。"

"那你就再也没攒过钱了吗，妈妈？"

"攒了。从头来呗。但第二次更难，因为孩子多了。我好不容易攒了点钱，结果一搬家，存钱罐被你爹发现了。他把钱都拿走了。你爹不爱攒钱买地，他就喜欢带翅膀的，所以拿我的钱去买了一只大公鸡和一群母鸡，就在后院养着。"

"我好像记得那些鸡，"凯蒂说，"好久以前的事了。"

"他说养鸡好，养鸡就有鸡蛋，鸡蛋可以卖给街里街坊，这样来钱快。啊，他想得倒挺美！可养鸡的头一天晚上，二十多只饿急了的猫就从栅栏外边蹿了进来，弄死好几只鸡。第二天，意大利人翻过栅栏，偷走了更多鸡。第三天来的是警察，说布鲁克林的院子里不让养鸡，养了就算犯法。我们给了他五块钱，不然他就要带你爹蹲局子。你爹把剩下几只鸡也卖了，买回几只金丝雀，终于能放心养着玩了。这样我攒的第二笔钱也没了。但我还是接着攒钱，也许有一天……"

她默默坐了一会儿，然后站起身，围上披肩。

"天快黑了，孩子他爹该回来了。愿圣母马利亚保佑你跟孩子。"

茜茜一下班就赶了过来。她上班时沾到的橡胶粉末都没顾得上掸掉，头上的蝴蝶结灰扑扑的。看到孩子，她哭得歇斯底里，宣布这是世界上最可爱的孩子。约翰尼满腹狐疑。他觉得这孩子身上发紫，皱皱巴巴，肯定有什么毛病。茜茜给孩子洗了澡（小家伙头一天至少被洗了十几次）。然后她冲到熟食店，央求人家给她赊账，等星期六发工资就把钱送来。她买了一堆美食，价值两块钱：舌头片、烟熏三文鱼、乳白色的烟熏鲟鱼片，还有蛋卷。她还买了一袋木炭，把屋子烧得暖烘烘的。做好了晚饭，她给凯蒂端过去一份，然后才跟约翰尼一起在厨房吃起来。屋子里弥漫着温暖的气息，夹杂着美食和糖果味，还有更为强烈的、甜丝丝的味道，来自茜茜挂在脖子上的仿银心形脂粉小盒。

吃饱喝足，约翰尼一边抽着烟，一边琢磨着茜茜。他很好奇，人类在给自己的同类贴上"好"与"坏"的标签时，究竟是以什么为标准。就拿茜茜来说吧，大家都说她是个坏女人，但她人很好。男人觉得她过于放荡，但无论在什么情况下，她都很有生命力，那是一种善良的、温柔的、具有压倒性的、使人快活的、香气四溢的生命力。他希望自己刚出生的女儿可以像茜茜一点。

当茜茜宣布要在这里过夜时，凯蒂有些担心。她说家里只有一张床，是她和约翰尼共用的。茜茜说她不介意跟约翰尼一起睡，只要他能保证让她也生一个像弗朗丝这么可爱的孩子。虽然知道茜茜是在开玩笑，但凯蒂还是皱起眉头，因为她也清楚茜茜这人不仅口无遮拦，做事也没什么顾忌。她开始讲起大道理。约翰尼终结了话题，说他正好还得去学校上班。

他没法向凯蒂开口,说他把学校的工作弄丢了。他去找哥哥乔吉,乔吉那晚有班。幸运的是,他那边刚好缺一个能伴唱的服务员。约翰尼接下了这份工作,同时还接了下周一的活。就这样,他又稀里糊涂地做起了伴唱服务员,从那以后,他再也没去找过其他工作。

茜茜和凯蒂上了床,姐妹俩聊到大半夜。凯蒂说起了她对约翰尼的担忧,以及对未来的恐惧。她们还聊到玛丽·罗穆利;对于伊芙、茜茜和凯蒂来说,她实在是个太伟大的母亲。她们也聊了父亲。茜茜说他是个老顽固,凯蒂劝她还是应该多尊重他。茜茜说:"哦,再说吧!"把凯蒂逗笑了。

凯蒂还跟茜茜说起妈妈讲的存钱罐的事,茜茜对此很感兴趣。她立刻起身下床,打开一罐炼乳,倒进碗里,当即做了起来。她打算钻进狭窄的衣柜,把罐子钉进去,却被自己身上宽大的睡袍缠住了。她索性脱掉睡袍,光着身子钻了进去,然而半截身子还露在外面。当她跪在里面,把罐子钉进衣柜时,她的整个屁股都撅了起来,还上下起伏。看到这般情景,凯蒂笑得前仰后合,生怕自己大出血。凌晨三点敲钉子的巨大动静惊醒了邻居,在下面的敲天花板,在上面的猛跺脚。茜茜自己还在衣柜里嘟哝,说这屋里还有个刚生完孩子的女人呢,这帮邻居怎么这么闹腾,又把凯蒂逗得不能自已。"这还让不让人睡觉啦?"她质问道,狠狠地把最后一颗钉子砸了进去。

搞定了存钱罐,她穿上睡袍,往里面放了第一枚五分硬币,算是给这个买地账户开了头。她回到床上,听到凯蒂说那两本好书的事又是一阵激动。她答应会弄到那两本书,送给孩子当洗礼礼物。

依偎在妈妈和茜茜姨妈中间,弗朗丝度过了来到世界上的第一个夜晚。

第二天，茜茜就开始找那两本书了。她先是去了一家公共图书馆，询问馆员如何才能弄到《莎士比亚全集》和《圣经》作为纪念。馆员说《圣经》她帮不上忙，但莎士比亚的书的话，馆里刚好有一本准备剔旧，可以给茜茜。于是茜茜买下了它。那是一本破旧的大全集，里面有所有的戏剧和十四行诗。里面还有密密麻麻的注脚，对剧作家的意图做了详细解释。莎士比亚的生平小传和画像也被收录，同时还有每一出戏的钢版插画，用来说明舞台上的场景。这本书的字很小，每页两栏，纸很薄，花掉了茜茜两毛五分钱。

《圣经》稍晚才弄到，但得来全不费工夫。实际上，茜茜没花一分钱。它的封面上写着"基甸"①。

买下那一大本《莎士比亚全集》后，有一天早上茜茜醒来，推了推她当时的情人，两人正在一家安静的家庭旅馆里过夜。

"约翰，"（她管他叫约翰，虽然人家其实叫查理）她说，"梳妆台上那本是什么书？"

"《圣经》。"

"新教的？"

"是啊。"

"我想把它拿走。"

"你拿吧，人家把它放在这儿就是为了让人拿的。"

"不会吧？"

"就这意思。"

---

① 即基甸会（Gideons），系一个福音组织，以免费派发《圣经》的形式传播福音。

"别耍我了！"

"人们把它顺走，读了，改正，悔过，他们就会把书送回来，然后自己再买一本。这样就会有人再顺走，再读，再改正，再悔过。这样一来，出这书的公司也没啥损失。"

"好吧，但这本他们是拿不回去了。"她用旅馆的一条毛巾把书包起来，这毛巾她也打算一起顺走。

"我说！"她的约翰突然感到周遭一阵刺骨的寒意，"你要是读了真悔过了怎么办？那我就得回去找我老婆了。"他颤抖着抱住茜茜，"答应我，千万不要改过自新。"

"放心吧，死鬼。"

"你怎么知道你不会？"

"我从来不会听别人的话，我也不认识字。我分辨事情对错，只凭我的感觉。如果我感觉不好，那就是错的。如果感觉好，那就是对的。和你在一起，我感觉很好。"她将胳膊轻轻拂过他的胸前，在他耳朵旁边"啪"地亲了一口。

"真希望我们能结婚，茜茜。"

"我也是，约翰。我知道我们俩很合适。哪怕只是一段时间。"她真诚地补上了最后一句。

"但我结婚了。这就是天主教倒霉的地方，不让离婚啊。"

"离不离婚的，我倒无所谓。"茜茜总在结婚，却没享受过离婚的好处。

"你知道吗，茜茜？"

"什么？"

"你有颗金子般的心。"

"逗我呢？"

"没逗你。"他看着她拉起透明丝袜,再把红色的丝织吊袜带扣好。"再亲一下。"他突然乞求道。

"咱们还有时间吗?"她务实地问道。但她还是又把丝袜脱了下来。

这就是弗朗丝·诺兰个人藏书室的开端。

10

弗朗丝并不是那种可爱健康的宝宝。她瘦瘦的,小脸始终发紫,一副病相。尽管邻居女人告诉凯蒂,她的奶水对孩子不好,但她还是执着地给弗朗丝喂奶。

但弗朗丝还是很快就用起了奶瓶,因为三个月大的时候,凯蒂的奶水突然停了。她很担心,便去找母亲。玛丽·罗穆利看了看她,叹了口气,什么也没说。凯蒂只好去找接生婆。那女人问了她一个很蠢的问题。

"周五吃的鱼你在哪儿买的?"

"帕迪市场。怎么了?"

"你看没看见一个老太太在那儿给她的猫买鳕鱼头?"

"看见了啊,我每周都会看到她。"

"就是她干的!她把你的奶水弄没了。"

"哦,不!"

"她给你下了咒。"

"她为什么要这么做?"

"嫉妒呗，因为你嫁给了那个漂亮的爱尔兰小伙，你俩过得还挺开心。"

"嫉妒？那老太太嫉妒我？"

"她是个女巫。我在老家的时候就认识她。当然，她就是跟我坐同一班船过来的。年轻的时候，她爱上了凯里郡的一个野小子。那小子把她肚子搞大了，她爹就让他俩结婚，但那小子还不肯。趁着夜深人静，他坐船跑美国去了。她把孩子生下来，但孩子一出生就没了。然后她就把自己的灵魂卖给了魔鬼。魔鬼教了她法术，能把牛羊还有你这种跟年轻小伙子结婚的女孩的奶水弄没。"

"我想起来了，她看我的眼神确实有点怪。"

"就是那时候，她给你下了咒。"

"那我要怎样才能把奶水弄回来？"

"你只能这么办。等一个月圆之夜，剪一绺头发、一点指甲，再弄点破布头，扎个小人，洒上圣水。给小人起名叫'内莉·格鲁根'，就是那个女巫的名字，往上面扎三根生锈的针。这样，她在你身上施的咒就能破了，你的奶水就能像香农河的河水一样畅通无阻啦。这秘诀一般人我不告诉，你给我两毛五就行。"

凯蒂付了钱，等到月圆之夜，做了个小人，扎了好一阵。但奶水还是不来。弗朗丝喝着奶瓶，越喝越瘦弱。无奈之下，凯蒂只好把茜茜找来。茜茜听她讲完女巫的事。

"女巫个屁。"她嗤之以鼻，"是约翰尼干的，可不是什么下咒。"

这下凯蒂明白了，自己又怀孕了。她告诉约翰尼，后者很担心。约翰尼重新干回伴唱服务员的老本行，干得挺愉快。他经常有工作，收入也算稳定，不怎么喝酒，大部分收入都带回了家。但第二个孩子即将到来的消息却让他感到窒息。他才二十岁,凯蒂十八岁。他觉得两个人明明还很年轻,余生却已经不会有什么希望了。得知这个消息,他立刻出去,喝了个大醉。

后来接生婆自己来了,她想看看自己破咒的方法效果如何。凯蒂告诉她跟女巫没关系,是她自己又怀孕了。听到这里,接生婆掀开裙子,在衬裙的大口袋里摸来摸去,最后掏出一瓶深褐色的东西,看上去很邪恶。

"那也没什么好担心的。"她说,"这是好东西,你早晚各服一次,连服三天,然后一切就解决了。"

凯蒂猛摇头,十分抗拒。

"你是怕神父怪罪你吗?"

"那倒没有,只是我不想杀生。"

"这不算杀生。在它还没成为生命之前,就不算。你还没感觉到它在动,对吧?"

"没有。"

"那不就得了!"她拍了下桌子,很是得意,"这个我只收你一块钱。"

"谢谢,我不要。"

"别傻了。你还是个小姑娘呢,有一个孩子已经够麻烦了。况且你家男人虽然长得漂亮,但人不怎么靠谱吧?"

"我老公怎么样,是我自己的事。我的孩子也不是麻烦。"

"我只是想帮帮你。"

"那谢谢了,再见。"

接生婆把瓶子收进口袋,起身要走。"等时候到了,你知道我住在哪儿。"走到门口,她最后还颇为乐观地提出一个小建议,"要是你在这楼梯上多跑上跑下，没准儿这孩子能流掉。"

那个秋天暖得出奇，布鲁克林一直是小阳春天气。凯蒂坐在台阶上，抱着她那病恹恹的孩子，隔着肚皮的另一边还有一个即将出生的孩子。可怜她的邻居们停下脚步，好心地给出自己的建议。

"这孩子养不活的，"她们告诉她，"她脸色太差了。如果老天收了她，那最好。一个病孩子，生在一个穷人家，能有什么好？这世上已经有太多孩子了，没地方给这病孩子。"

"别这么说话，"凯蒂抱紧自己的孩子，"死有什么好？有谁愿意死？世间万物，哪个不是拼命活着？你看那树，拼命从格栅里长出来。它晒不到阳光，只有下雨时才有水，树根处的土都是酸壤。但它还是长得高高壮壮，因为它为活下来拼了命，这才让它茁壮成长。我的孩子也会好好长大的。"

"呀，这树就应该有人来给砍掉，多碍事。"

"如果这世上只有一棵这样的树，你会觉得它很美。"凯蒂说，"但它生得多了，你就看不到它真正的美了。瞧瞧这些孩子。"她指了指正在水沟边玩的一群脏小孩，"随便把他们中的一个好好洗洗，打扮打扮，把他们放在漂亮的房子里，你一样会觉得这孩子很美。"

"你能这么想很好，但这个孩子真的不好养活，凯蒂。"她们告诉她。"这孩子会活下来的，"凯蒂的语气突然变凶，"我能把她养活。"

弗朗丝活了下来。尽管头一年，她一直哭哭啼啼、病病歪歪，但她还是活了下来。

在她一岁生日后一周，弟弟出生了。

这次阵痛到来时，她没有在上班。她咬紧牙关，没有因疼痛叫出声。尽管依旧痛得无以复加，但她强忍了下来，这份坚持将会为她面对日后的苦涩与磨难打下基础。

生下来的这个健康而强壮的男孩一直号哭不止,仿佛在对分娩过程的屈辱表达着抗议。他一被放在她胸前,她便生出一股强烈的怜惜之情。另一个孩子弗朗丝,在她床边的小床上,开始抽泣起来。和刚生下的这个大胖小子相比,凯蒂难免会觉得自己一年前生下的这个瘦弱孩子有些不成样子。但她很快为自己的想法感到抱歉。她知道,这并不是她的小姑娘的错。"我必须当心自己,"她心想,"比起姑娘,我会更爱这个儿子。但我一定不能让她知道。在两个孩子中间有偏爱是错的,但有些事我也无能为力。"

茜茜乞求凯蒂给这孩子起名"约翰尼",但凯蒂拒绝了,她说这孩子应该有自己的名字。茜茜很生气,对凯蒂一通数落。凯蒂气不过,便质问茜茜是不是喜欢上了约翰尼。茜茜说:"谁知道呢。"凯蒂只好闭嘴。她有点害怕,担心如果再吵下去,她会发现茜茜真的喜欢上了约翰尼。

凯蒂以她之前看演出看到的一个帅气演员所饰演的高贵角色的名字,给儿子取名为"科尼利厄斯"。随着孩子长大,他的名字便被布鲁克林化,大伙叫他"尼利"。

无须缜密思考,也没什么复杂的心路历程,这男孩成了凯蒂的整个世界。约翰尼退居第二,弗朗丝则只能垫底。凯蒂爱这个男孩,因为他比约翰尼或是弗朗丝都更加彻底地属于她。尼利长得和约翰尼一模一样,凯蒂希望他能够成为约翰尼那样的男人。他会拥有约翰尼身上的一切优点,但同时,随着尼利长大,一旦他身上出现约翰尼的缺点,她希望自己能尽早铲除。他会成为一个出色的男人,凯蒂将以他为荣,并在那时获得他的照顾。他是她必须时刻关心的人。就算不管,弗朗丝和约翰尼也不会有什么问题,但对这个男孩,她一点都不能马虎。她要让他出人头地。

渐渐地，随着孩子成长，凯蒂失去了往日的温柔，但却获得了为人称道的品格。她变得能干、能吃苦、有远见。她依旧深爱着约翰尼，但先前的痴迷已经荡然无存。她也爱她的小姑娘，但更多是出于愧疚。她对她是怜悯和义务，而不是爱。

约翰尼和弗朗丝都能感受到凯蒂的变化。随着儿子越来越强壮、帅气，约翰尼却越发衰弱，开始走下坡路。弗朗丝也感受到了母亲对她的想法。她以漠然回应。但矛盾的是，这种漠然却让她们的关系更近，因为两人足够相像。

尼利一岁时，凯蒂决定不再把约翰尼当成依靠。约翰尼酗酒，只等着别人给他临时工作。工资他仍然会带回家，但小费全都买了酒。对约翰尼来说，生活的步伐实在快了些。他还没得到投票权①，就已经有了老婆，还儿女双全。他的生活还没开始，就已经定了型。他注定要虚度此生，没人比他自己更清楚这一点。

凯蒂和约翰尼承受着相同的东西。她十九岁，比约翰尼还小两岁。可以说，她的生活也已经定了型。但两人的相同点到此为止。约翰尼注定虚度此生，他接受了。但凯蒂却不认命，在旧生活结束的地方，她要开始新生活。

她的温柔变成了干练。她放弃了梦想，取而代之的是面对现实。凯蒂拥有强烈的求生欲望，这足以使她成为一个战士。约翰尼只想扬名立万，然后被世人铭记，这让他成了无用的梦想家。这便是两人最大的不同，但他们仍深爱着对方。

---

① 当时美国选民的年龄限制是21岁及以上。

11

为庆祝自己已满投票年龄的生日,约翰尼大醉了三天。酒醒之后,凯蒂把他锁在卧室里,什么都不给他喝。这非但没有让他清醒过来,反而开始了震颤性谵妄①。他流着泪,不断乞求要酒喝,说自己太难受了。凯蒂说这是好事,难受能让他变坚强,让他长点记性,别再喝酒。但可怜的约翰尼完全没法变坚强。他反而越来越发狂,变成了哭号的报丧女妖②。

邻居们来敲门,让她为可怜的约翰尼想想办法。凯蒂冷着脸,让他们别管闲事。但即便赶走了邻居们,凯蒂也清楚,过完这个月他们就得搬走。约翰尼这么丢脸,他们在这里也住不下去了。

到了傍晚,约翰尼持续不断的号叫让凯蒂感到不安。她把两个孩子都塞进婴儿车,去了工厂,让工头把茜茜叫出来。她把约翰尼的情况告诉了茜茜,后者答应只要一有机会,她就会翘班,去帮她收拾约翰尼。

茜茜去找了一位男性朋友,询问该怎么办。按照此人的建议,茜茜去买了半品脱上好的威士忌,塞进丰满的双乳之间,然后系上胸衣,最后扣好上衣扣子。

她去了凯蒂家,告诉凯蒂,如果能让她跟约翰尼单独待一会儿,她就能把他弄好。于是凯蒂把茜茜跟约翰尼一起锁在卧室,自己去厨

---

①一种急性脑综合征,多发生于酒精依赖患者突然断酒或突然减量。
②爱尔兰神话中的女妖,传说她会提前出现在有丧事发生的人家外面,一连哭上一两天。

房,头枕着胳膊,等了一夜。

约翰尼看到茜茜,混沌的大脑暂时清醒了过来。他抓住茜茜细细的胳膊。"你是我的朋友,茜茜,你是我的好姐姐。看在上帝的分儿上,给我口酒喝吧。"

"别着急,约翰尼,"她轻柔地说道,"我这就给你。"

她宽衣解带,露出一串泡沫状、缀着白色绣花荷叶的深粉色丝带。温软的浓香立刻在房间里弥漫开来,来自她贴身佩带的香囊。约翰尼盯着她解开胸前复杂的蝴蝶结,敞开胸衣。这可怜的男人突然意识到茜茜的名声,误会了她的意图。

"不,不,茜茜,别这样!"他呻吟道。

"别那么蠢,约翰尼,凡事都讲个场合,你看现在合适吗?"她把酒瓶抽出来。

他一把抓过来,酒瓶已经变得温暖。她让他狠狠地喝了一口,然后从他紧紧攥着的手里抠出酒瓶。喝到了酒,他安静下来,几欲昏睡,央求着茜茜不要走。她答应了不走,躺在他身边,没有系腰带,胸衣也仍然敞着。她搂住他的肩膀,他的脸颊贴在她香软的胸脯上。他睡着了,泪水从闭合的眼睑下面流出来,比接住它的肉身还暖。

她躺着,但没有睡。她搂着他,凝视着黑暗。她对约翰尼的感觉,就像对她的孩子们一样。如果他们还活着,也会感受到她如此温暖的爱。她轻触着他卷曲的头发,温柔地抚摸着他的脸颊。当他在梦中呻吟,她会用对婴儿说话的口气让他心安。胳膊麻了,她想活动一下,但他一下子就醒了,乞求她不要走。他喊她妈妈。

这一夜,每当他醒过来,感到害怕,她就喂他喝一口威士忌。天蒙蒙亮,他醒了。他的头脑清楚了许多,但他仍说头很疼。他从她怀里爬起来,痛苦地呻吟。

"回来吧,到妈妈这儿来。"她仍旧用对宝宝的语气对他说。

她张开怀抱,于是他又靠了过去,把脸颊贴在她那慷慨的胸脯上。悄悄地,他哭了。他哭着说出自己的恐惧、忧虑和对这世界的困惑。她听他倾诉,任由他哭泣,抱着他,就像小时候他母亲本该抱着他那样(然而她并没有那么做)。偶尔,茜茜会跟他一起哭。当他把自己要说的话都已经说尽时,她便把剩下的威士忌都给了他。他喝光了酒,终于沉沉地睡去。

她躺在他身边很久,一动不动,生怕他感觉到自己要走。天光放亮了,他紧紧握着她的手放松了;他的表情变得安宁,又变成了男孩的模样。茜茜把他的头放回枕头上,熟练地脱掉他的衣服,给他盖好被子。空酒瓶被她扔进通风口里,她不想让凯蒂为此找她麻烦。她马马虎虎地系好胸衣,束上腰带。离开卧室,她轻轻地把门带上。

茜茜这个人有两大死穴。她既是个好情人,又是个好母亲。她身上有太多温柔,她太想把自己奉献出去,无论是金钱、时间、肉体、怜悯、理解、友谊,还是陪伴与爱。她是爱到来者不拒的母亲。没错,她爱男人们。但她也爱女人、老人,尤其是孩子。她太爱孩子了!她还爱那些落魄之人。她想让每个人都快乐。她曾试图勾引偶尔听她忏悔的神父,只是因为她觉得这人可怜,为了恪守独身,竟要错过世间至乐之事。

她爱街上所有脏兮兮的杂种狗,也会为只能在垃圾堆里寻觅食物的可怜流浪猫神伤。它们拖着大肚子,只为寻找一个能生下幼崽的角落。她喜欢黑不溜秋的小麻雀,也会觉得荒地上的野草很美。采上几束白花苜蓿,她就觉得这是造物主创造的最美的花。有一次,她在房间里发现了一只老鼠。第二天,她为它准备了一个小纸盒,里面还放了奶酪屑。是的,她会倾听每个人的烦恼,但没有人听她倾诉。不过这也没有什么问题,因为茜茜只是个给予者,她从不索取。

当茜茜走进厨房,凯蒂肿着眼睛,满腹狐疑地看着她凌乱的衣衫。

"我没有忘记,"她卑微地强调着自己的尊严,"你是我的姐姐。我希望你也没忘记这一点。"

"别犯傻啦。"茜茜说,心里清楚凯蒂的意思。她看着凯蒂,眼带笑意。凯蒂突然释然了。

"约翰尼怎么样?"

"等睡醒了就没事了。但看在上帝的分儿上,等他醒过来,别再数落他了。凯蒂,别再说他了。"

"但他这人……"

"要是我再听见你数落他,我就把他拐走。我发誓,就算我是你姐。"

凯蒂知道她是认真的,有点害怕,"我不说就是了,"她喃喃道,"这次不说他。"

"你也长大啦,做女人就得这样啊。"茜茜表示赞赏,吻了吻她的脸颊。她为凯蒂难过,也为约翰尼难过。

但听到这句话,凯蒂立刻崩溃了。她哭出了声,又强忍着,因为她讨厌自己哭,但又无法控制。茜茜不得不再次开始倾听,把刚才约翰尼讲的事情又复习了一遍,只是这次换成了凯蒂的视角。但茜茜对待凯蒂的方式与对待约翰尼有所不同。她在约翰尼身边扮演的是母亲的角色,因为他需要母爱。但凯蒂比他更坚强。当凯蒂讲完,她便以硬对硬。

"现在你都知道了,茜茜,约翰尼是个酒鬼。"

"好吧,人都有点毛病,我们身上都有标签。就拿我来说吧,我这辈子滴酒不沾。但你知道吗？"她坦诚但毫不自知地说道，"有人竟然在背后议论我，说我是个坏女人。你敢想吗？我承认，我偶尔是会抽一根甜卡波拉①，但说我是坏女人……"

"呃，茜茜，你跟男人相处的方式确实有点……"

"凯蒂，你又开始说别人了！我们大家活成这个样子，都是没办法的事，每个人都过着他该过的生活。你嫁了个好男人，凯蒂。"

"可他是酒鬼啊。"

"他到死都会这样，没办法。酒他肯定是要喝的。爱一个人就得接受他的全部。"

"什么全部？你是说他不正经工作，半夜在外面闲逛不回家，还净交些狐朋狗友，这些我都得受着？"

"你嫁都嫁了。他身上有你爱得不行的地方，这就够了。想想那个，把别的都忘了吧。"

"有时候，我都想不通我为什么会嫁给他。"

"你撒谎！你知道你为什么想跟他结婚，你跟他结婚就是因为想跟他睡觉，你这人还胆小，不结婚就不敢跟人家睡。"

"别这么说话。主要是我当时想让他跟别人分手。"

"那就还是床上的问题。过日子都是这样。床上没问题，日子就没问题。床上弄不好，日子也别过了。"

"不是啦，是其他原因。"

"还能有什么原因？好吧，可能还真有。"茜茜承认，"要是还能有点别的原因，那可太完美了。"

"你说得不对。床上什么的，对你来说很重要，但……"

---

①一种法国产的散装粗烟丝，可自行卷烟。

"那事儿对所有人都很重要,或者应该如此。这样全天下有情人才能幸福到老。"

"好吧,我承认我是喜欢他唱歌跳舞的样子——还有他的长相……"

"你说的跟我说的是一回事,只是换了个说法。"

"我哪说得过茜茜这样的人呢?"凯蒂心里想,"她对一切都有自己的看法。她的看法或许是对的,我搞不懂。她是我姐姐,但人们都在议论她。她是个坏女人,这点没什么可质疑的。等她死了,她的灵魂会在炼狱中游荡,直到永远。我经常提醒她,但她说就算游荡,她的灵魂也能找个伴儿。如果茜茜比我先死,我一定会为她的灵魂安息做弥撒。也许过一段时间她就能脱离炼狱。虽然他们说她是坏女人,但她对自己遇见的每个人都很好。上帝会考虑到这个的。"

想到这里,凯蒂突然凑过去,吻了茜茜的脸颊。茜茜很惊讶,不知道妹妹葫芦里卖的是什么药。

"也许你是对的,茜茜,也许你错了。我想是这样:除了酗酒,我爱约翰尼的一切,我会尽力对他好。我会尽量不计较……"她没有说下去。凯蒂心里清楚,她并不是那种说不计较就能不计较的人。

弗朗丝躺在厨房灶台旁边的洗衣篮里。她吮着大拇指,听着她们谈话。但她什么也听不懂,因为那时她才两岁。

12

约翰尼大出洋相之后,凯蒂没法继续在这里住下去了。当然,很多邻居的男人要比约翰尼更加不堪，但凯蒂不会这样去比较。她希望诺兰家越来越好，而不是满足于比下有余，得过且过。另外就是钱的问题。但其实这连问题都不是，因为他们的钱太少了，现在又添了两个孩子。凯蒂四处寻找可以以工作抵房租的地方，只要能有片瓦栖身就好。

她找到了一栋房子，可以免租金入住，只要为整栋房子打扫卫生就好。约翰尼发誓不会让他的女人做清洁工，但凯蒂以全新的干脆、直率的口吻对他说："不做清洁工咱们就得睡大街，咱们现在根本赚不够房租。"在争取到所有保洁工作都由他来做，直到他找到工作，能让他们另换住处的承诺之后，约翰尼便同意了。

凯蒂收拾好他们为数不多的家当：一张双人床，一张婴儿床，一辆破旧的婴儿车，一组绿色的绒布沙发，一张粉色玫瑰图案的地毯，一组带花边的客厅窗帘，一盆橡胶植物，一盆玫瑰天竺葵，一只黄色金丝雀和它的镀金笼子，一本绒布封面的影集，一张餐桌，还有两三把椅子、一盒碗筷，以及锅碗瓢盆若干。另外还有一个镀金的十字架，底座是音乐盒，上满弦就会放《万福马利亚》；一个她妈妈送的普通木制十字架，一个洗衣篮（里面塞满了衣物），一卷被褥，一堆约翰尼的乐谱，还有两本书：《圣经》和《莎士比亚全集》。

东西实在太少，他们请来运冰人帮忙，用他的车和那匹长毛马，一次就能拉走。诺兰一家四口也在车上，跟着一起去了他们的新家。

曾经的家被搬得空空荡荡，就像近视眼的人没戴眼镜时看过去一样茫然。凯蒂做的最后一件事是从衣柜里把存钱罐弄下来，里面存了三块八毛钱。不幸的是，她这就得拿出一块，付给帮忙搬家的运冰人。

而到了新家，她做的第一件事是趁着约翰尼跟运冰人搬家具的工夫,把罐子钉进衣柜里。剩下的两块八,她原封不动地放了进去。她还从自己的破钱包里摸出几个钢镚,凑足一毛钱,也放了进去。这一毛钱本来是给运冰人的。

威廉斯堡这边的习惯是,搬完家要请搬家工人喝上一品脱啤酒。但凯蒂觉得这钱该省下来:"反正我们也见不到他了;再说,之前都给他一块了。想想吧,他得卖多少冰块,才能赚到一块钱。"

当凯蒂忙着挂客厅窗帘时,玛丽·罗穆利来了。她带了圣水,把水洒在各个房间,驱赶可能藏在角落里的魔鬼。谁知道呢,说不定上个房客是个新教徒,或者是没来得及得到最后赦免就死了的天主教徒。圣水会让这个家再次净化。这样上帝愿意的话便可光顾。

看到外祖母举着小水瓶,阳光透过它,在对面的墙上画出一道宽宽的小彩虹,小宝宝弗朗丝兴奋极了,嘴里"咿咿呀呀"地嚷着。玛丽也跟着孩子一起笑,挥舞手里的瓶子,让彩虹舞动起来。

"真好看!真好看[①]!"她说。

"真遗憾!真遗憾[②]!"弗朗丝口齿不清地重复着,伸出两只小手。

玛丽让她帮忙拿一会儿水瓶,她去帮凯蒂。弗朗丝很失望,因为彩虹没了。她觉得彩虹一定是藏在瓶子里。于是她把水瓶里的水一股脑倒在自己腿上,希望彩虹能出来。等凯蒂发现时,她轻轻拍了小弗朗丝一下,告诉她她已经大了,不可以再把小裤裤弄湿。玛丽看到,赶忙解释那是圣水。

"唉,这孩子不过是祝福了自己一下,结果挨了一巴掌。"

凯蒂被逗笑了,弗朗丝也跟着笑了,因为妈妈不生气了。尼利也

[①]原文为德文Schoen。
[②]原文为Shame。

跟着露出三颗牙齿,"吃吃"地笑起来。玛丽微笑着看着大伙儿,说"搬了新家哈哈笑,真是个好兆头"。

到了晚饭时间,他们已经收拾妥当。约翰尼负责看孩子,凯蒂去社区杂货店交涉。她问老板,他们是刚搬来的,能不能在星期六发薪水之前先赊一点食物。老板很痛快地答应了。他递过来一袋食物,里面还有个小本子,本子上已经写好了欠款。他告诉她,下次再来赊账,带着这个本子就行。这样,他们一家在发薪日之前也不至于饿肚子了。

吃过晚饭,凯蒂开始给宝宝们念书,哄他们入睡。她念了一页《莎士比亚全集》的序言部分,还念了《圣经》的宗谱部分。现在她只读到这么多。宝宝们和凯蒂都不明白这些内容是什么意思,读起书来凯蒂自己都昏昏欲睡。但她还是坚持念完了两页。给已经睡熟的宝宝们盖好被子,她和约翰尼也去睡觉了。尽管刚刚八点,他们已经精疲力竭了。

诺兰一家在他们位于洛里默街的新家入睡了。这里仍属于威廉斯堡,但已经离绿点区不远了。

13

洛里默街比波加特街高档一些,这里住的是邮递员、消防员和那些不需要住在自家店铺后屋的富裕店主。

公寓房间配有浴室,浴缸是一个大木盆,里面衬着锌皮。第一次看到它装满水时,弗朗丝非常惊奇。这是她长这么大见过的最大的水体。对于她这样的小孩子来说,装满水的浴缸就像是汪洋大海。

他们都很喜欢这个新家。凯蒂和约翰尼把地下室、门廊、屋顶和屋前的人行道都打扫得干干净净，来抵偿租金。这里没有通风口，每间卧室都有一扇窗户，厨房和客厅各有三扇。这里的第一个秋天很宜人，整天都有阳光照射进来。第一个冬天也很暖和。约翰尼的工作也算稳定，他不怎么喝酒，还有钱买煤。

夏天到来时，孩子们大部分时间都是在户外的门廊里度过。整栋公寓只有他们家有孩子，于是门廊便总有给他们玩耍的空间。弗朗丝快四岁了，她要担负起照顾快三岁的尼利的责任。她经常坐在台阶上，用瘦瘦的胳膊抱着瘦瘦的腿，一坐就是好几个小时。棕色的直发在缓缓的微风中飘动，微风里夹杂着海水的咸味，来自近在咫尺的大海，但她却不曾得见。她就这样坐着，一边盯着在台阶间爬上爬下的尼利，一边心里想着很多事情：是什么让风出来，是什么让小草生长，以及尼利为什么是个男孩，而不是她这样的女孩。

有时，弗朗丝会和尼利坐在一起，直视着彼此。两人的眼睛大小一样，深度一样，但尼利的眼睛是亮蓝色的，弗朗丝的眼睛则是浅灰色的。两个孩子总有说不完的话。不过尼利话很少，而弗朗丝话很多。有时弗朗丝说着说着，就会看到她可爱的弟弟坐在台阶上，头靠着栏杆，呼呼地睡着了。

也就是在那个夏天，弗朗丝开始做"针线活"。凯蒂花一分钱，给她买了块小方巾。方巾大约是女士手帕大小，上面勾勒着图案：一只坐着的纽芬兰犬，吐着舌头。她还花了一分钱买了一小卷红色绣花棉线，花两分钱买了一对绣花用的小箍。弗朗丝的外婆来教她如何引线穿针。小女孩的针法越发娴熟，她坐在台阶上绣花时，路过的女人偶尔会停住脚步，怜惜地看一会儿这个小女孩。她神情专注，右边眉毛内侧皱出一道深深的纹，手里的针在布料间穿梭。尼利靠在她身边，看着亮晶晶的小钢针像变魔术一般消失，随后又从布下面冒出来。茜茜给了她一个布草莓，用来擦针。尼利想玩的时候，弗朗丝就会让他拿着针，往布草莓里扎着玩。据说绣完一百块这样的方巾，就能缝在一起做床单。弗朗丝一度希望自己可以实现这个目标。尽管整个夏天都在断断续续地绣着，到秋天来临时，她也只完成了一半。床单计划只能留待日后了。

又是一个秋天，接着是冬天、春天和夏天。弗朗丝和尼利不断长大，凯蒂不断努力工作，而约翰尼每过一季都会少干一点活，多喝一点酒。每晚的阅读课从未间断。有时凯蒂太累了，就会跳过一页，但大多数时候她都会坚持读完。现在《莎士比亚全集》已经读到《裘力斯·恺撒》了。凯蒂不明白舞台说明里的"号角声"是什么意思，她觉得可能跟消防车有关系。每当念到这个词，她都会学消防车"哔呜——哔呜——"。孩子们都觉得精彩极了。

存钱罐里的零钱也越攒越多。有一次，弗朗丝的膝盖被锈钉子扎到了，不得不从里面取了两块钱，付给药剂师。还有十几次，凯蒂用小刀在罐子上撬开一个口，从里面取出五分钱给约翰尼坐车用，条件是他回来时必须从小费里拿一毛钱还到存钱罐里。因此，存钱罐还会有盈余。

天气好的日子，弗朗丝会独自在门廊上玩。她很想有玩伴，却不知道该如何跟其他小女孩交朋友。实际上，小朋友们都躲着她，因为她说话怪腔怪调。由于凯蒂每晚的阅读课，弗朗丝说话很奇怪。有一次，当一个比她小的孩子嘲笑她时，她回嘴道："呀，你根本不知道自己在说什么，只是喧哗与骚动，没有任何意义①。"

还有一次，她想跟一个小女孩交朋友，于是说道：

---

① 引自《麦克白》第五幕第五场："人生如痴人说梦，充满着喧哗与骚动，却没有任何意义。"

"你在这儿等一下,我去得(begat)①我的绳子,我们一起跳绳。"

"你是说你去拿绳子吧?"小女孩纠正道。

"不,我是去'得'绳子。东西不是拿的,是得的。"

"'得'是什么意思?"小女孩问道,她刚满五岁。

"就是得。比如夏娃'得'该隐。"

"别瞎说啦。女人不用拐杖的,只有走不了路的男人才会用。②"

"夏娃就得了。她还得了亚伯呢。"

"得就得吧。你知道吗——"

"知道什么?"

"你说话就像个意大利佬。"

"我才不像意大利佬,"弗朗丝带着哭腔说,"我说话像……像……像上帝。"

"你这么说话会遭雷劈的。"

"才不会。"

"你是这里有问题吧?"小女孩拍拍额头。

"你才有问题。"

"你为什么这么说话呢?"

"我妈每晚都会念这些东西。"

"原来是你妈脑子有问题。"小女孩纠正道。

"好吧,不管怎么说,我妈也没像你妈那样,是个邋遢鬼。"这

---

① 该词常用于《圣经》中,意为父亲或父母双方得子,如"亚伯拉罕生以撒"(Abraham begat Isaac)。

② 前文弗朗丝说"夏娃'得'该隐",该隐(Cain)一词与拐杖(cane)同音,故小女孩才有此疑问。

是弗朗丝能想到的唯一回答。

这话小女孩听过很多次了。她很聪明，不会在这句话上纠缠。"反正我宁可要一个邋遢鬼妈妈，也不要脑子有问题的妈妈。还有我宁可没有爸爸，也不要一个酒鬼爸爸。"

"邋遢鬼！邋遢鬼！邋遢鬼！"弗朗丝急得大喊。

"疯婆子！疯婆子！疯婆子！"小女孩毫不示弱。

"邋遢鬼！邋里邋遢的邋遢鬼！"弗朗丝嘴上不认输，但已经开始抽泣。

小女孩蹦蹦跳跳地走开了，蓬松的鬈发在阳光下跳动。她清脆响亮地唱道："棍棒打人痛在身，恶语伤人身无碍。有朝一日我身去，语恶之人皆泪涕。"

弗朗丝确实哭了，并不是因为挨骂，而是因为孤独，没有人愿意和她玩。活泼的孩子嫌她太文静，乖巧的孩子似乎对她避而远之。隐隐约约，她觉得这也不完全是她的错。这跟茜茜姨妈也有关，跟她的样子还有经常来她家时邻居家的男人们盯着她看的样子有关；这跟她爸爸也有关，跟他有时喝多了路都走不直，歪歪扭扭地走回家有关。这还跟邻居家的女人们问她关于爸爸、妈妈还有茜茜姨妈的问题有关。她们看似漫不经心，实则是在套话的提问，倒是没能让弗朗丝上钩。因为妈妈早已提醒过："别让邻居家欺负你。"

于是，在温和的夏日，这个孤独的小女孩坐在她家门口的台阶上，假装对人行道上玩耍的孩子不屑一顾。弗朗丝跟自己脑海里想象出来的伙伴一起玩耍，并让自己相信他们比现实中的孩子更好。但当那些孩子手牵着手，围成一圈，唱起悠扬而悲伤的歌时，她的心便被那歌声吸引：

> 野花般的少女沃尔特，
> 亭亭玉立。
> 她拥有像我们一样的青春年华，
> 但青春总会走向枯萎。
> 但丽兹·维娜不会枯萎，
> 她是最娇艳的花。
> 她藏啊藏，只因羞红了脸。
> 背过身吧，
> 告诉大家你看中了谁。

她们停下来，直到那个被选中的女孩在百般怂恿下，终于小声说出一个男孩的名字。弗朗丝心想，如果她们选中了她，她该说谁呢？如果她说约翰尼·诺兰，她们会嘲笑她吗？

丽兹一说出名字，小女孩们便一阵哄笑。接着，她们又拉起手，愉快地把那个男孩编进歌里：

> 赫米·巴赫梅尔
> 真是个好小伙儿。
> 他走到人家门口，
> 摘下帽子，捧在手中。
> 女孩下来了，
> 身穿白纱。
> 明天你就要出嫁了，
> 明天你就要嫁给他。

女孩们停了下来，欢快地拍起手。这个游戏玩腻了，她们的调子就变了。女孩们仍然手牵着手，但走得很慢，都低着头：

妈妈妈妈我病了，
快去找医生，
快去快去找医生！
医生医生我会死吗？
是的，亲爱的姑娘，
人都会死的，一个接一个。
那有多少马车来送我呢？
马车足够的，孩子。
你家人的，也够。

在别的街区，这首歌会有不同的词，但游戏的形式是相同的。没有人知道这歌词是从哪里来的，小女孩们都是口耳相传。这是布鲁克林孩子最常玩的游戏。

他们也玩其他游戏。两个女孩坐在台阶上，就能玩"抓杰克"[①]。弗朗丝跟自己玩，先是她自己，然后是她的对手。她会跟这个想象中的对手说："我抓三，你抓二。"

还有一种叫"踢房子"的游戏，由男生开始，女生收尾。几个男孩把一个罐头盒放在电车轨道上，然后以专家的眼光注视着它被电车压扁。他们把压扁的罐头盒折一折，再放回去。重复几次之后，他们

[①] 类似于"抓子儿"，需要准备一个橡皮球和若干金属块。玩家先把像皮球往地上弹，在它重新落回地面之前抓起金属块。可以一次抓一个或多个，故后文有"我抓三，你抓二"。

就得到了一个扁平而厚重的金属块。男生们在人行道上画好方格，编上序号，接着就该女生出场了。她们单脚跳，把金属块从一个方格踢到下一个。谁跳的步数最少，谁就赢了。

弗朗丝自己也能玩踢房子。她把罐头盒放在电车轨道上，学着男孩们的模样，皱着眉头注视着电车碾过它。当嘎吱嘎吱的声音传来，她又高兴又害怕，以至于浑身发抖。她想，如果电车司机知道他开的车还有这等用途，会不会气到发疯？她也自己画了方格，但只会写"1"和"7"这两个数字。她自己从头到尾跳完一局，心里热切地期望着能有人来和她一起玩，因为她相信自己跳的步数比世界上任何一个小女孩都要少。

有时，街上会有乐队表演。这是弗朗丝不需要同伴也可以享受的乐趣。有一个三人乐队每周光顾一次，他们身上的西装毫不起眼，但戴的帽子别出心裁，和电车司机的帽子有些像，但帽顶是凹进去的。当听到孩子们喊"玩乐器的来啦"，她就会往街上跑，有时还会拉上尼利一起。

这支乐队由小提琴手、鼓手和小号手组成。他们演奏的是古老的维也纳曲子，就算水平一般，至少声音很大。小女孩两两一组跳起了华尔兹，在和暖夏日的人行道上转来转去。每次都会有两个男孩在其中捣乱，跳着怪异的舞蹈，夸张地模仿女孩们，然后往人家身上撞。把女孩惹急了，这两个男孩就会夸张地鞠躬道歉（屁股一定会撞到其他跳舞的女孩），嘴里的花言巧语一套接一套。

弗朗丝常希望自己能鼓起勇气，倒不是进去跳舞，而是站到吹小号的人旁边，吧唧吧唧地吸吮大块的腌黄瓜，这样口水横飞，很容易进到小号里。小号手会因此发火。要是被彻底激怒，他就会用德语爆发出一连串脏话，每次都以"你们这些该死的犹太人"收尾。大多数住在布鲁克林的德裔移民都有这个习惯，称呼所有把他们惹恼的人为犹太人。

弗朗丝也被乐队表演能赚钱这一点吸引。演奏完两首曲子，小提琴手和小号手继续演奏，鼓手会拿着帽子四处转悠，厚着脸皮跟人要打赏。街上的人都要过一轮，他还会走到路边，抬头往上瞅。有时楼上的女士会用报纸包上两枚硬币，朝他扔下来。报纸是必不可少的，因为任何落到地上的硬币都会被男孩们视为一场公平游戏的开始。他们争先恐后地抢夺，捡起硬币，一溜烟儿地逃走，后面还跟着愤怒的鼓手。但不知为何，他们不会抢包起来的硬币。有时他们会捡起来，然后递还给鼓手。这就像是某种约定，他们说好什么样的钱该归谁。

如果收入不错，他们会再演奏一曲；如果收入一般，他们会继续往前走，希望在下个地方交到好运。弗朗丝通常会带着尼利，跟乐手们走一段，从一个车站到另一个车站，从一个街区到另一个街区，一直走到天黑，乐队解散。弗朗丝只是众多"追随者"中的一个，很多孩子都会像"花衣笛手"①那个传说故事里一样，跟在他们身后。很多女孩带着她们的小弟弟和小妹妹，有的坐在自家做的小拉车里，有的坐在破旧的婴儿车里。音乐仿佛有魔力，让他们暂时忘记了家，也忘记了食物。小宝宝会哭闹，尿湿裤子，睡上一阵；醒来又哭，又尿裤子，再睡上一阵。《蓝色多瑙河》就这样重复了一遍又一遍。

弗朗丝很羡慕乐手的生活。她制订了一个计划，等尼利长大，他拉"拉拉琴"（他这样称呼手风琴），弗朗丝自己敲手鼓。他们也要

---

① 德国威悉河畔的哈默林城鼠疫猖獗，一位花衣笛手吹起了风笛，老鼠听到笛声纷纷跳入河中淹死，因而使哈默林城得救，但该城居民背弃诺言，不肯酬谢花衣笛手。第二年花衣笛手又来到该城再次吹响魔笛，一百多名中了魔的孩子随他出走，消失在山谷中。

到街头演出，人们会扔给他们硬币，这样他们就有钱了，妈妈也就不用再辛苦工作了。

尽管会跟着乐队走，但弗朗丝更感兴趣的是街头风琴手。偶尔会有人拖着一架小风琴走来，风琴上还蹲着一只小猴子。猴子穿着金边红夹克，戴着红色小圆帽，帽带系在下巴上。它的红裤子后面有一个洞，方便尾巴露出来。弗朗丝很喜欢这只小猴子，她宁愿花宝贵的一分钱给它买糖果，只为了看它碰碰帽尖，朝她敬礼。如果妈妈在场，她也会把本该放进存钱罐里的一分钱拿出来，交给风琴手。但她会直截了当地警告他不要虐待猴子，如果让她发现，她会报警的。意大利人从没听懂过她说的一句话，每次都是相同的反应：摘下帽子，谦卑地朝她行礼，膝盖还会屈一下，嘴里急切地喊着："是，是。"[①]

大风琴就不一样了。它一来，就会变成一场盛会。演奏大风琴的是一个留着黑色鬈发的男人，牙齿很白。他穿着绿色天鹅绒裤子和棕色灯芯绒外套，外套口袋里伸出一方红色大手帕。他戴着一只大耳环。帮他拖风琴的女人穿着红色的螺旋裙，黄色上衣，戴着一对大耳环。

音乐兀自响起，来自《卡门》，或是《游吟诗人》。女人摇着一只脏兮兮的、装饰着缎带的手鼓，无精打采，随着音乐的节奏，不时用手肘敲打一下。到了乐曲的尾声，她会突然转一圈，露出粗壮的双腿，上面套着脏兮兮的白色棉袜，以及一闪而过的彩色衬裙。

对于这些慵懒而肮脏的部分，弗朗丝从未在意。她听到了音乐，就像看到了缤纷的色彩，感受到了如画般的异域风情。凯蒂曾警告她不要跟着大风琴走，她说打扮得这么夸张的风琴师都是西西里人，而

[①]原文为意大利文。

全世界都知道，西西里人都是黑手党。黑手党是一帮绑架小孩子然后向父母勒索赎金的坏人。他们把小孩子带走，留下一张纸条，说要在墓地放下一百块，条子上还有一个黑手印。妈妈说演奏大风琴的两位就是这种人。

大风琴走了好几天，弗朗丝还在琢磨它。她凭着记忆，哼着威尔第的调子，摇着旧馅饼烤盘，假装它是手鼓，还不时用手肘碰一下。手鼓玩腻了，她就找来一张纸，在上面描出手的轮廓，然后用黑蜡笔涂满。

有时弗朗丝会发愁，她不知道长大以后该组乐队，还是去当风琴小姐。要是她和尼利能得到一架小风琴和一只小猴子就好了。这样他们不用花钱就可以跟它玩耍，还能带着它出门，看它摸帽尖敬礼，而且人们会给他们很多零钱。小猴子可以跟他们一起吃饭，也许晚上还能睡在她的床上。这个行当似乎非常理想，弗朗丝向妈妈陈述了自己的规划。但凯蒂立刻泼来一盆冷水。她让弗朗丝别做梦了，猴子身上有跳蚤，她可不会允许它在一张干净的床上睡觉。

弗朗丝还想当手鼓小姐，但那样她就得做西西里人，去绑架小孩。她可不想那样，虽然在纸上画黑手印也挺有意思。

音乐从未断绝过。在很久很久以前的夏天，布鲁克林的街道上就有歌声和舞蹈。这样的日子本该快乐无边，但也有一些哀伤。哀伤来自那些孩子，他们的身子瘦巴巴的，但脸上仍有一点点婴儿肥。他们围成一圈，手牵着手，唱着哀伤而单调的歌。他们不过四五岁，却已经能够很好地照看自己，真是让人难过。乐队演奏的《蓝色多瑙河》并不出色，但其中的哀伤并未被抹去。在那小猴子鲜艳的红色帽子下面，藏着它哀伤的眼神。大风琴的调子悠扬、轻快，可哀伤也深埋于底。

就连到后院唱歌的游吟歌手也是如此,他们唱的歌——

如果我有办法,
绝不会让你变老。

——也是那么哀伤。这些游吟歌手都是流浪汉,他们没有写歌的天赋,无非是想混口饭吃。在这世界上,他们只剩下站在别人家后院,手里拿着帽子,大声歌唱的勇气。悲哀的是,他们知道这点勇气并不足以让自己在这世界上换取一席之地。当一天行将结束,他们会迷失方向,就像所有布鲁克林人一样。此时的阳光依旧明亮,但已经变得稀薄。它照在你身上,却不会带来温暖。

14

洛里默街的生活是愉快的,要不是茜茜姨妈那颗善良但常常犯错的心,诺兰一家还会一直住下去。是茜茜姨妈引起的"三轮车事件"和"气球事件",让诺兰一家丢尽了脸,没法继续住下去了。

有一天,茜茜下了班,决定在凯蒂上班期间帮她照顾弗朗丝和尼利。在离诺兰家还有一个街区的地方,她的目光被一辆漂亮的三轮车所吸引,它的黄铜车把在阳光下闪闪发光。这种三轮车现在已经见不到了,它的皮座很宽大,足够两个小孩子坐。后面有靠背,还有一个铁制的方向杆,可以控制小前轮。后面的两个轮子相对大一些,方向杆上有一个实心黄铜把手。踏板在座位前面,就算是小孩也可以轻松地坐在里面,脚踩着踏板,背靠靠背,同时操纵横在大腿上的方向杆。

茜茜看到这辆车停在长椅前，无人看管。她毫不犹豫地把车拉到了诺兰家，把孩子们叫了出来，让他们坐着玩。

弗朗丝觉得太好玩了！她和尼利坐在座位里，茜茜拉着他们在街区里转悠。皮座被太阳晒得暖暖的，散发着一股昂贵的味道。炙热的阳光在黄铜车把上跃动，仿佛火苗一般。弗朗丝心想，如果碰到它，肯定会烫到手。就在这时，麻烦来了。

三五个人在一个歇斯底里的女人和一个号啕大哭的男孩的带领下，向他们冲了过来。那女人冲着茜茜大喊"小偷"，一把抓住了车把。茜茜也紧抓着车把不松手，两人撕扯起来，弗朗丝差点被甩了出去。这时巡逻的警察也跑了过来。

"怎么回事？怎么回事？"他控制了局面。

"这女人是个小偷。"那女人喊道，"她偷了我儿子的三轮车。"

"我没有偷，警官，"茜茜用她那柔媚的声音辩解道，"这车就停在路边，所以我就借来给我的孩子们坐一坐。他们从没坐过这么好的三轮车。您也知道，小孩子都喜欢坐车，他们可开心了。"警察瞥了一眼坐在座位上呆若木鸡的两个孩子。弗朗丝尽管怕得要死，但还是向他挤出了一丝笑容。"我只想让他们在街区转一圈，然后就把车还回去。我说的都是真的，警官。"

警察的目光停留在茜茜曲线优美的乳房上。尽管茜茜总是喜欢穿束腰，但它们的形状丝毫没有因此受到影响。他转向那位气急败坏的母亲。

"夫人，这就是您的不对了，"他说，"就让这两个孩子坐着这车在街上转一圈，您又不会少块肉。"（但他没有把"肉"说出口，引得围观的孩子一阵窃笑）"让他们坐一圈吧，我看着他们把车给您送回来。"

他是法律的化身，那女人自然也就无话可说了。警察给了号啕大哭的孩子五分钱，让他把嘴闭上。然后他挥挥手，示意人群散开；说如果不赶紧散开，他就喊辆警车来，把人全都抓走。

人群散开了。警察挥舞着警棍，趾高气扬地护送着茜茜和她照看的两个小孩在街区里转悠。茜茜抬头望着他，眉眼弯弯，这让警察把警棍插在腰带间，坚持要替她拉车。于是茜茜踩着高跟鞋，几乎小跑着跟在他身边，一番甜言蜜语让警察彻底着了迷。他们绕着街区走了整整三圈，人们看到这样一位制服笔挺的执法人员如此亲近群众，不由得掩面窃笑，但警察装作没有看到。他忙着向茜茜献殷勤，说起自己的妻子，他说："她是个好女人，你明白的，但在有些方面却不太行。"

茜茜说："我明白。"

三轮车事件后，人们议论纷纷。以前他们议论的是约翰尼偶尔会喝得醉醺醺地回家，以及男人们看茜茜的眼神。现在又多了这一条。诺兰家再次成为街坊四邻口中的谈资，和在波加特街时的情况如出一辙，这让凯蒂又动了搬家的念头。正在她琢磨能搬去哪里时，又有事情发生了，害得他们不得不立刻搬家。最后让他们匆忙从洛里默街逃走的是一桩与性有关的事件，尽管那实际上是一个误会。

一个星期六的下午，凯蒂在威廉斯堡的大型百货公司——戈尔林大楼打零工。她已经给孩子们准备好了周六的晚餐：她自己煮的咖啡，以及老板用来抵给女雇员们加班费的三明治。约翰尼在工会总部等活。茜茜那天不上班，她想到孩子们会被锁在家里，于是便过来陪他们。

她敲了敲门,说自己是茜茜姨妈。弗朗丝走到门口,确定是她,才取下铰链,给她开了门。孩子们一拥而上,憋得茜茜姨妈差点没喘上气来。他们都爱她。对他们来说,茜茜是个漂亮的女人,身上总是香香的,衣服很漂亮,还总能给他们带来充满惊喜的礼物。

今天她带来的是一个带香味的雪松雪茄盒、几张红色和白色的纸巾,还有一罐糨糊。他们围在桌子边,给雪茄盒做装饰。茜茜用硬币描出圆形的轮廓,弗朗丝负责剪下来。茜茜还教她如何用铅笔头做模具,把纸围在上面,做成小纸杯。做了很多个小纸杯后,茜茜在盒盖上画了一个心形,在每个红色小纸杯下面都抹上一点糨糊,贴在这个用铅笔画的心形上。心形的部分被红色小纸杯填满,其余的部分则用白色小纸杯填充。这样做完之后,烟盒盖上仿佛长出一片白色的康乃馨,中间有一颗红心。盒子两边也用白色小纸杯装饰,盒子里面衬上红色纸巾。这样弄完之后,雪茄盒变得非常精美,让人几乎看不出它是个雪茄盒。这个工程消磨掉了他们下午的大半时光。

五点钟茜茜约了人吃炒杂碎,于是她起身准备离开。弗朗丝紧紧抱住她,求她不要走。茜茜也舍不得离开,但她又不想爽约。于是她开始在包里摸索,想留点东西给孩子们玩。他们也站在她膝盖旁边,帮她一起找。弗朗丝看中了一个盒子,把它拿了出来。盒子上有个男人,跷着二郎腿,一只脚悬在半空,抽着烟。他的脑袋上形成了一个大大的烟圈,里面是一个女孩,发丝凌乱,胸脯露在衣服外面。盒子上的名字是"美国梦"。这是茜茜工作的橡胶工厂真正赚钱的产品。

孩子们吵着要这个盒子。茜茜只能解释说里面是香烟,他们只能拿着盒子玩,无论如何都不可以打开,然后勉强给了他们。"千万不要拆开封口。"她说。

茜茜走了,孩子们盯着盒子上的图看了一会儿,接着摇了摇盒子,听到了窸窸窣窣的神秘声音。

"里面是蛇,才不是虾(香)烟呢。"尼利推断道。

"不,"弗朗丝纠正他,"里面是虫子,活的。"

他们吵了起来,弗朗丝说这盒子太小了,蛇进不去的,但尼利坚持认为他们是把蛇卷起来放进去的,就像玻璃罐头里的鲱鱼一样。两个孩子的好奇心越来越强,结果就把茜茜的告诫抛在了脑后。封口很好拆,弗朗丝打开盒子,里面的东西软软的,上面包着一层锡箔纸。弗朗丝小心地揭开锡箔纸,尼利已经蓄势待发,准备在蛇出来时钻到床底下。但盒子里的东西既不是蛇,也不是虫子,更不是香烟。那东西没什么可玩的,摆弄一番后,他们把它吹成一个长条气球,笨手笨脚地用绳子拴在一根棍子上,把绳子连着气球的一头丢出窗外,最后关上窗户固定起来。然后两个孩子在拆开的盒子上一通蹦跳,沉浸在把盒子弄成碎片的巨大喜悦中,完全忘了那气球还挂在窗外。

此时约翰尼正踱着步子回家,拿晚上工作用的纸领子和假衬衫。他走到门口,立刻看到了这个巨大的惊喜。这让他的脸羞得发烫。等凯蒂回到家里,他立刻向她告状。

凯蒂仔细地盘问弗朗丝,搞清了来龙去脉。茜茜上了黑名单。这天晚上,孩子们睡下后,约翰尼出去上夜班,凯蒂一个人坐在黑暗中,脸上一阵阵发烧。至于约翰尼,同样是把这个晚班上出了上坟般的阴郁心情。

过了一会儿,伊芙来了,跟凯蒂讨论起茜茜的问题。

"行了,凯蒂,"伊芙说,"够了。茜茜自己怎么生活,那是她的事。但惹出这种乱子就不一样了。我有个正在长大的闺女,你也有。咱们不能再让茜茜进门了。她是个坏女人,这个没法解决。"

"但她还是有很多优点的。"凯蒂幽幽地说。

"她今天都搞出这种事了,你还这么说?"

"好吧……我想你是对的。但咱们别告诉咱妈,她还不知道茜茜已经变成了这样,还把她当乖女儿呢。"

约翰尼回到家,凯蒂告诉他,以后不准茜茜再到家里来了。约翰尼叹了口气,说他想大概也只能这样了。两人聊了一晚上,早上他们订好计划,准备在月底搬家。

凯蒂在威廉斯堡的格兰街找到了一份清洁工的工作,可以提供一家人的住处。他们搬家时,她把存钱罐拆了下来,里面已经有八块多了。交给搬家工人两块后,其余的钱和存钱罐一起,被钉在新家的衣柜里。玛丽·罗穆利再次到来,给新家洒了圣水。他们再一次在新家安顿下来,再一次到社区商店,要来一个用来赊账的"信用"账本。

新家不如他们在洛里默街的房间漂亮,这让他们很惋惜。他们这次不再住底层,而是顶层。这里没有门廊,因为有一家商店占据了公寓楼临街的一层。这里也没有独立卫生间,卫生间在走廊里,两家人共用。

唯一的优点是,他们拥有了屋顶。按照不成文的规定,住在顶楼的人拥有屋顶,就像院子属于一楼的住户一样。还有个不错的改变,没有人住在他们家上面,这样就不会有人震动天花板,让威尔斯巴赫煤气灯的灯罩碎成粉末了。

凯蒂在和搬家工人扯皮,约翰尼把弗朗丝带上屋顶。在那里,她看到了一个全新的世界。不远处就是威廉斯堡大桥的可爱桥拱。在东河对岸,坐落着一个宛如仙境的城市,仿佛用银色纸板搭建而成,摩天大楼错落林立。再远处是布鲁克林大桥，与眼前这座桥遥相呼应。

"真好看，"弗朗丝说，"像书上的画一样好看。"

"有时候上班，我会走那座桥。"约翰尼说。

这让弗朗丝心感诧异。他走过那座神奇的桥，怎么还是跟以前一个样子？她望着他，伸出小手，摸了摸他的胳膊。走过那座神奇的桥，一定会让他变得不一样的。但摸过之后她很失望，因为爸爸并没有什么变化。

在孩子的抚摸下，约翰尼顺势搂住了她，低头微笑着对她说："你几岁啦，小明星？"

"六岁，就快七岁了。"

"那到九月，你就该上学了。"

"不，妈妈说我得等到明年跟尼利一起上学。"

"为什么？"

"这样我们相互之间就能有个照应，不会被那些大孩子欺负。"

"你妈妈想得真周全。"

弗朗丝转过身，看了看其他的屋顶。附近有一个屋顶上面搭了鸽子棚，鸽子被妥当地关在里面。但鸽棚的主人，一个十七岁的男孩，拿着根竹竿，站在屋顶的边缘。竹竿一头系着块破布，男孩一边挥舞，一边转圈。又一群鸽子飞来，在附近盘旋。其中一只被破布吸引，脱离了队伍。男孩慢慢放低竹竿，把那只傻鸽子引了过来，然后瞅准时机，一把抓住了它，塞进鸽棚。看到这一幕，弗朗丝有些难过。

"那男孩偷了只鸽子。"

"明天会有人偷他一只的。"

"但那只鸽子好可怜，不得不离开自己的家人。说不定它还有孩子呢。"泪水涌入她的眼眶。

"这没什么好难过的,"约翰尼说,"说不定那鸽子也想离开自己的家人。要是不喜欢新鸽棚,等它再飞出来时,就可以回到原先的那个。"这话让弗朗丝好受了一点。

他们很久没有再说话。父女俩手拉着手站在屋顶边缘,眺望河对岸的纽约城。最后约翰尼开口了,像是自言自语:"七年了。"

"什么,爸爸?"

"我跟你妈结婚七年了。"

"你们结婚的时候我在吗?"

"不在。"

"但尼利出生的时候,我就在了。"

"没错。"约翰尼又开始自言自语,"结婚七年,搬了三次家。这会是我最后一个家。"

弗朗丝并没有注意到,他说的是"我",而不是"我们"。

第三部

15

　　这次的新家有四个房间,由一个通往另一个,这种房型被称为"车厢房"。高而狭窄的厨房正对着院子,院子中间是被石板路包围的方形泥土地,土壤是水泥一般的酸性土,几乎不可能有什么东西在这里生长。

　　然而,院子里却长着一棵树。

　　弗朗丝第一次看到它时,它还只有二层楼高。站在窗口,她就可以俯瞰树顶。它看上去像是无数大大小小的人挤在一起,撑着伞站在雨中。

　　院子后面有一根歪斜的晾衣杆,上面有六根晾衣绳,通过滑轮跟六扇厨房的窗子相连。当晾衣绳从滑轮上滑脱时,邻居家的男孩们就负责爬上杆子,重新系好。他们靠这个赚零花钱。据说有的男孩会趁着夜深人静,偷偷爬上杆子,把晾衣绳解开,从而保证第二天有钱赚。

　　遇上阳光明媚、阵风习习的日子,晾衣绳就会被占满,构成一道别致的风景。方方正正的白色床单像故事书插图上的船帆似的迎风招展,红色、绿色、黄色的衣服仿佛有生命一般,只是被木头夹子固定住,才按捺住悸动。

晾衣杆靠墙而立,那堵墙是附近小学的后墙。走近观察,弗朗丝发觉这墙上没有两块砖是一样的。它们通过薄薄的白色砂浆固定在一起,错落有致。阳光照在上面,砖墙泛着微光。弗朗丝把脸贴在上面,感受到的是温暖而通透的气息。它们往往最先接受雨水的洗礼,随后散发出泥土湿漉漉的气息,仿佛来自生命本身。冬天,当第一场雪过于孱弱而无法在人行道上久留时,它就会紧紧贴在这粗糙的墙面上,仿佛仙女的裙边。

学校操场有四尺宽正对着弗朗丝家的院子,中间被铁丝网隔开。弗朗丝只在自家这边的院子里玩过几次(它总会被住在一楼的男孩霸占,一旦他在玩,谁都别想进去),她设法在课间时间出来,看学校里的孩子们在操场上玩耍。学校的课间休息就是把几百个孩子赶到这个四周是石板路的小院子里,然后赶回去。一旦涌进院子,孩子们根本没有空间做游戏。他们只能怒气冲冲地跑来跑去,拔高嗓门大声尖叫,一连持续五分钟。当课间休息结束的铃声响起时,所有的吵闹就会戛然而止。铃声响起后的一瞬间,是死一般的寂静和无声的移动。然后,跑来跑去变成你推我搡。孩子们似乎都急着回去,就像刚才急着出来一样。当他们奋力回涌时,大声尖叫也变成了低声呜咽。

有一天下午,弗朗丝在院子里,看到一个小女孩独自来到操场上,拿着两个黑板擦,相互拍打着,以弄掉上面的粉笔灰。弗朗丝的脸贴着铁丝网看着,心想这是世界上最有意思的工作。妈妈曾说,老师会把这种工作留给她在班上的"宠物"。对弗朗丝来说,宠物就是猫、狗和鸟儿。于是她下定决心,等她上学了,一定要竭尽全力地"喵喵喵""汪汪汪""叽叽叽",成为老师的"宠物",这样她就能拍打黑板擦了。

　　这天下午,她看着那个小女孩,满心羡慕。小女孩发觉了弗朗丝羡慕的目光,于是卖弄起来。她在墙上拍,在石板路上拍。作为压轴表演,她还把双手别在背后,玩了个"背后拍擦"。随后她对弗朗丝说:"想不想离近点瞧瞧?"

　　弗朗丝害羞地点点头。小女孩把一块黑板擦靠近网眼。弗朗丝用手指戳了戳,感觉到粉笔灰覆盖下变色的毛毡层。但当她即将触碰到真正柔软美丽的部分时,小女孩却突然收了回去,还朝她啐了一口。弗朗丝紧紧闭着眼睛,不让泪水流出来。小女孩看戏似的站在原处,等待弗朗丝号啕大哭的那一刻。当她最终没有哭出来时,小女孩阴阳怪气地说:

　　"怎么不哭呢,你这个笨蛋?要不要我再啐你一口?"

　　弗朗丝转身跑进地下室,在黑暗中坐了许久,直到痛苦的洪流不再在她体内奔涌。这是她开始真正认识这个世界后,众多美好破灭中的第一回。从那以后,她再也不喜欢黑板擦了。

　　新家的厨房也是起居室、餐厅和烹饪空间。其中一面墙上有两扇狭长的窗户,另一面墙上有一个凹进去的铁煤炉。炉子上面的凹槽用珊瑚色的砖和乳白色的灰泥砌成。它有一个石制壁炉台和一块石板炉台石,弗朗丝可以在上面用粉笔画画。炉子旁边是一个热水炉,只要火一烧就会热起来。在天寒地冻的日子,弗朗丝经常在外面冻得哆哆嗦嗦,跑进来便抱住热水炉,把冻僵的脸颊贴在它温暖的银色皮肤上,内心充满感激。

　　热水炉旁边是一对皂石做的洗衣盆,上面有一个带铰链的木头盖子,两个盆中间的隔板可以拆掉,当洗澡盆用。但这个澡盆并不好用，有时弗朗丝坐在里面洗澡，头会撞到盖子。澡盆底还很粗糙，洗完澡本该清清爽爽，但弗朗丝从湿乎乎、毛毛糙糙的澡盆里出来，只会感觉浑身难受。带来麻烦的还有四个水龙头。它们固执地待在尴尬的位置，不管这孩子如何提醒自己注意这一点，一旦突然从肥皂水里起身，她还是会被狠狠地划伤后背。弗朗丝的背上总有一道伤口，火辣辣地疼。

厨房后面是两间卧室，一间通往另一间。两间卧室上方共用一个棺材似的通风口。窗户很小，灰扑扑的。据说用上凿子和锤子，是能够打开通风窗的。但即使打开，吹进来的也是阴冷而潮湿的空气。通风口顶部是一个微型斜顶天窗，嵌着厚重而斑驳的不透明玻璃，上面有铁丝网，防止破裂。通风口四周是带条纹的铁板条。这样的设计据说可以为卧室提供光线和空气，但厚重的玻璃、铁栅栏和多年都不曾清理的积灰让光线无从突破。侧边的开口也被灰尘、烟尘和蜘蛛网堵塞。新鲜空气进不来，但更决绝的雨雪却可以闯入。遇到风暴天，通风口的木质底部总是湿漉漉的，冒着尘烟，散发出墓穴一般的气息。

通风口的设计实在是拙劣。窗户完全起不到作用，但传声效果一流，所有人的家事你都能听得一清二楚，还有老鼠在底下乱窜的声音。火灾隐患也很大。要是喝醉的卡车司机划一根火柴，以为自己丢在了院子里或是大街上，结果扔进了通风口，瞬间就能把房子点燃。有各种见不得人的东西乱七八糟地堆在通风口底部。由于这里人进不去（窗口太小，容不下身子），它就成了人们藏污纳垢的理想之所。生锈的剃刀和带血的衣物可能是其中最清白的东西。有一次，弗朗丝朝里面望了一眼，她想起了神父所说的"炼狱"，大概就是通风口底下的模样，顶多比它大一点。由卧室走向客厅，经过通风口，弗朗丝总要闭上眼睛,身体发抖。

这间客厅,或者说前厅,是整个房子的"主屋",其中两扇高而窄的窗户正对着热闹的街道。三层楼很高,可以把街上的喧闹压缩成一种令人舒适的背景轻音。主屋有主屋才有的"面子",有自己的门直通门厅。客人可以直接走进来,无须穿过卧室和起居室。高高的墙壁上贴着一层阴郁的墙纸,深褐色衬着金色条纹。窗内侧的百叶窗实际上是木板条,可以在狭窄的空间内收放。这两扇铰链式的百叶窗带给弗朗丝很多快乐,她经常把窗子拉开又折上。这简直是个让人永不厌倦的奇迹,它们能遮住整扇窗户,只让光线与空气通过,同时又能够老老实实地收起来,只向世人展示毫不起眼的木板侧边。

黑色的大理石壁炉里砌着一个低矮的客厅火炉。炉子只露出前半部分,像是半个大西瓜,圆面朝外。火炉由云母片构成,像是无数小窗口,外框是薄到刚够支撑炉子的雕花铁皮。只有到圣诞节,凯蒂才舍得在客厅里生火。所有的小窗户都会发出光芒。弗朗丝坐在旁边感受着温暖,看着窗子里的火苗从夜幕降临时的玫瑰色变成琥珀色,感到十分快乐。然而当凯蒂走进来,点燃煤气灯,驱走客厅里的黑暗,让炉子小窗里的光芒也随之消失时,她总觉得妈妈犯了大罪。

客厅里最妙的东西是一架钢琴。你可以称之为奇迹,是那种你可能要祈祷一辈子都不会实现的奇迹。但它确实存在于诺兰家的客厅里,从而成了一个真正的奇迹,无须祈祷便已降临。它是上一任房客留下的,因为他们没钱把它搬走。

在那个年代,搬钢琴是个大工程。人们不可能把它从倾斜的楼梯上搬下去,因而只能捆起来,从窗子送出去,通过屋顶的巨大滑轮吊起。搬运工里领头的要戴上铜做的安全帽,在地面上通过挥手、叫喊进行指挥。每当有人搬钢琴,整条街道都要封锁起来,警察要阻止人群通过，而孩子们则不惜逃学也要围观这一幕。总会有那么一个伟大的时刻，被包裹起来的大家伙离开窗口，在空中摇晃一阵，让人头晕目眩之后才能稳定住。在孩子们嘶哑的欢呼声中，它令人害怕地缓缓下落。

搬动钢琴要花十五块，相当于搬其他家具总费用的三倍。于是钢琴主人问凯蒂可不可以把它留下来，让她代为照看。凯蒂欣然应允。那女人依依不舍地嘱咐凯蒂不要让钢琴受潮，也不能受冷。冬天时要给卧室的门留一道缝，这样从厨房透出来的热气可以防止它变形。

"你会弹吗？"凯蒂问她。

"不会。"女人悲伤地说，"我家谁都不会弹，我倒是希望我能弹。"

"那你买它干吗？"

"它本来是一个富人家里的。那家人要甩卖，我太想要了。是，我是不会弹，但它太漂亮了——就算买来在这房间里当个摆设也挺好的。"

凯蒂答应会好好照顾它，等女人有机会再来把它搬走。可结果是那女人一直没把它搬走，诺兰家便一直拥有着这个漂亮的东西。

这架钢琴很小，主体是黑色的抛光木头，暗淡而不失光泽。正面薄薄的木制浮层雕着精美的花纹，在这精致的装饰后面，还衬着古朴的玫瑰色丝绸。它的盖子不像其他钢琴那样中间被截断，向上折起，而是只能整个向后翻转，靠在专门设计的木头架子上，仿佛一个可爱的、黑色的抛光外壳。钢琴两侧各有一个烛台，点燃蜡烛后，乳白色的象牙琴键上便会映出梦幻般的阴影。你还可以在黑色的琴盖上看到琴键的倒影。

当诺兰家以临时主人的姿态第一次巡视这间房子时，弗朗丝眼里只看到这架钢琴。她张开双臂,想抱抱它,但拢不过来。她只好抱了抱那张褪了色的玫瑰色缎面琴凳。

凯蒂上下打量着钢琴,随后注意到楼下有扇窗户上贴着"钢琴课"的广告。她有了个主意。

约翰尼坐在"魔凳"上——也就是那张琴凳,但它可以跟着坐在上面的人一起旋转,还能调节高度——弹起了琴。当然,他算不得会弹,因为他不识谱。但他知道几个和弦,因此可以一边唱歌,一边按出和弦,跟边弹边唱差不了多少。他弹出一个小和弦,对着女儿微笑,笑得眉眼弯弯。弗朗丝也笑了,内心满怀期待。他又把那个小和弦弹了一遍,手按住琴键。在钢琴柔和的回声中,他用清澈的真声唱道:

> 麦克斯威尔顿山岭雄壮,
> 晨露晶莹,闪烁微光。
> (和弦——和弦——)
> 安妮·劳丽,她在那里,
> 许我真爱无双。
> (和弦——和弦——和弦——和弦——)

弗朗丝扭开脸,不想让爸爸看到她已经泪眼婆娑。她怕他问她为什么哭,因为她不知道该如何开口。她爱他,她爱钢琴。她找不到自己潸然泪下的理由。

凯蒂开口了。她的声音里恢复了几分往日的柔情,对约翰尼来说,这种语气是他在过去一年多里很少听到的。"那是爱尔兰歌吗,约翰尼?"

"苏格兰的。"

"我从没听你唱过。"

"是的,我应该没唱过。我只是听过这首歌,从来没唱过,因为我工作的那些场合都很吵,没人想听这种歌。他们宁愿听《雨天下午给我打电话》。除非他们喝醉了。但就算喝醉了,他们也只会点《可爱的艾德琳》。"

一家人很快在新家安顿下来,原本熟悉的家具看起来有几分陌生。弗朗丝坐在一把椅子上,反倒奇怪这椅子坐起来的感觉怎么跟在洛里默街没什么分别。但她还是觉得不一样。为什么这椅子没变呢?

爸爸和妈妈把客厅收拾好,它变得更体面了。地上铺着鲜绿色的地毯,上面印着大大的粉色玫瑰。窗前挂着乳白色的窗帘,带着花边。房间中央有张桌子,桌面是大理石的。还有一套三件套的绒布客厅沙发。角落里的一个竹架子上放着一本绒布封面的相册,里面有罗穆利家的姐妹们还是婴儿时趴在毛皮地毯上的照片,还有面目和善的姨奶奶们的合照,她们前面坐着各自蓄着大胡子的丈夫。小架子上摆着作为纪念物的小杯子,有粉的,有蓝的,还有的上面是蓝色勿忘我或是月月红的图案。有的用金色字体刻着"留念"或是"友谊长存"的字样。这些小杯子、小碟子都是凯蒂以前的闺密送给她的,弗朗丝玩过家家时从来都不能用这些东西。

最上面的架子上,放着一个骨白色、螺旋状的海螺壳,里面是漂亮的玫瑰色。孩子们都很喜欢它,给它取了个可爱的名字,叫"小小号"。每当弗朗丝把它拿起来时,放在耳边,它就会唱起大海的歌谣。有时,为了逗孩子们高兴,约翰尼会拿起贝壳,放在耳边听一听,然后像在舞台上表演似的举起来,凝视着它,唱起歌来。

在海边，我发现了这海螺壳。

海螺在我耳边唱起歌。

我听着它的歌，真是快乐。

大海的歌，甜美又欢乐。

后来，约翰尼带孩子们去了卡纳西。在那里，弗朗丝第一次见到了大海。大海唯一让她印象深刻的，便是它听上去真的像"小小号"一样，甜美又欢乐。

16

社区商店是每个城市孩子生活中重要的组成部分。它给孩子们提供生活中所需要的东西，也坐拥他们深切渴望的美好和那些他们可望而不可即的东西。

但弗朗丝觉得，当铺可能才是最棒的——不是因为那些被人们随随便便扔在铁栅栏窗后面的宝贝，也不是因为围着披肩的女人小心翼翼从侧门踏进阴暗空间的神秘，而是因为那三个高高挂在当铺上方的金色大球。它们在阳光的照耀下璀璨夺目，风一吹来，就会像沉甸甸的金苹果一样缓缓摇摆。

当铺所在街道的同一侧，有一家面包店，里面有漂亮的俄式奶油布丁，上面缀着红艳艳的蜜饯樱桃，专供有钱人购买。

街道另一侧有一家"格伦德尔油漆土杂店"。店门口竖着一个架子，架子上吊着一只有明显修补痕迹的盘子，盘子底下钻了个洞，下面挂着一块大石头。这是用来证明"少校牌"水泥有多结实的招牌。有人说这只盘子是用铁做的,只是刷了漆,看上去像是裂开的瓷器。但弗朗丝更愿意相信这是一只真正的瓷盘,它被打碎了,然后用水泥神奇地"重圆"。

这条街上最有意思的店铺开在一间小棚屋里。印第安人还在威廉斯堡游荡时,它就在那里了。棚屋由木板搭成,留着小小的窗格,屋顶倾斜得厉害。在一排公寓房中间,它显得很奇怪。店铺里,小小的窗格下面有一个很大的窗台,窗户前面坐着一个面容肃穆的男人,他的身前是一张桌子。男人在这桌上制作雪茄,五分钱四根。他总是非常仔细地在一把烟叶中挑选出外侧的叶子,然后在中间用混杂的褐色碎烟叶填满,巧妙地卷起来,让烟卷又细又紧,两端棱角分明。作为一个老派的手艺人,他对所谓的进步嗤之以鼻,甚至拒绝在自己的店里安装煤气灯。有时天色已晚,还有很多雪茄没卷完,他便点起蜡烛。他在店外摆了个木雕印第安人,此人气势汹汹地站在一方木制底座上,一手擎着战斧,一手拿着烟叶,脚蹬罗马式无面鞋,鞋带一直系到膝盖的位置,腰间是羽毛短裙,头上还戴着羽毛头饰。所有这些都被涂成了鲜红、蓝色和黄色。卷雪茄的男人一年给它刷四次油漆,下雨天还会把它抱回屋里。孩子们都喊它"梅米阿姨"。

弗朗丝自己最喜欢的是一家只卖茶叶、咖啡和香料的铺子。那是一个令人兴奋的地方,有一排排漆盒,散发着奇异而浪漫的异国气息。十几个猩红色的咖啡盒,正面用中国黑墨水题写着富于冒险气息的名字:巴西!阿根廷!土耳其!爪哇!混合咖啡!放茶叶的盒子稍小一点,很漂亮,上面有斜斜的盖子。盒子上写着:乌龙茶!橙黄白毫!中国红茶!杏花茶!茉莉花茶!爱尔兰茶!香料放在柜台后面迷你尺寸的柜子里,名字在货架上排成一排:肉桂——丁香——

多香果——肉豆蔻——咖喱——黑胡椒——鼠尾草——百里香——马郁兰。如果有人买黑胡椒，老板还可以用一个小小的胡椒磨现磨成粉。

店里还有一台硕大的手摇咖啡磨。将豆子放进一个闪闪发亮的铜斗，人要用两只手转动一个大轮子，充满芳香的咖啡粉会淅淅沥沥地落进一个猩红色的盒子里，那盒子的后半部像个勺子。

（诺兰家的咖啡都是自己在家磨的。弗朗丝喜欢看妈妈愉快地坐在厨房里，咖啡磨夹在两腿中间，左手手腕不停转动磨把，同时抬头跟爸爸说着话，兴致勃勃，房间里也渐渐充满了浓郁而令人满足的咖啡气息。）

茶店老板有一架漂亮的天平：两端是闪闪发亮的黄铜托盘，用了二十五年，每天都要擦拭抛光，现在已经又薄又精致，仿佛锃亮的金子。当弗朗丝来买一磅咖啡或一盎司胡椒时，她会注视着老板把一个带有重量标记、抛了光的银块放在天平一端，然后用同样像是银子做的勺子把散发着香气的商品加到另一边的托盘里。弗朗丝的眼睛一眨不眨，盯着勺子又释放了一点点，或是轻轻地移出一点。当两个金色托盘都静止下来，保持着完美的平衡时，一个平静而美妙的时刻翩然降临。在这样的时刻里，这世界好像不会出任何问题，一切都妥妥当当。

对弗朗丝来说，这条街上那家中国人开的、对外只开一扇窗的铺子，是最为神秘的存在。中国人的长辫子盘在头顶，妈妈说，他是为了自己回去方便。一旦把辫子剪掉，他们就不让他回中国了。他穿着黑色毡拖鞋，一声不吭，来回走动，耐心地听客人交代如何清洗他们的衬衣。弗朗丝去店里时，他的双手总是揣在南京棉大褂的袖管里，眼睛盯着地面。弗朗丝觉得他既睿智又沉稳，是在全心全意地听她讲话。但实际上，他对她说了什么一无所知，因为他明白的单词少之又少，只知道"条子"和"裇子"①。

弗朗丝把爸爸的脏衬衫递给他，他迅速将其放到柜台下，然后拿出一张质地神秘的纸片，又拿起细毛笔，在印度墨水里蘸上一蘸，在纸片上画上几笔，最后把这份神秘的文件交给弗朗丝。用一件普普通通的脏衬衫就能换来这个，弗朗丝感觉棒极了。

这家店干净、温暖，但有种不真实的感觉，如同炎热屋子里无味的花。他一定是在某个神秘的角落洗衣服，而且是在夜深人静的时候，因为每天从早七点到晚十点，他都会站在店里那干净的熨衣板前，来回移动一只沉重的黑色熨斗。熨斗里肯定有某种小小的装置，可以让它始终保持热度。但弗朗丝不知道。她认为这是中国人的种族天赋，不用在炉子上加热，手里拿着熨斗就能熨衣服。她的直觉告诉她，这神秘的热量大概是他在衣服里没放浆粉，而是放了别的什么东西产生的。

当弗朗丝拿着条子和一毛钱来领衣服时，他不仅会拿出洗好的衬衫，还会给她两颗荔枝。弗朗丝很喜欢荔枝，它们的壳很容易剥开，里面是软软甜甜的果肉，再里面还有一个石头一样硬的核。这个核很硬，哪个小孩都弄不开。据说里面还有一个更小的核，更小的核里面还有比它更小的核……据说很快核就会变得非常小，只有拿放大镜才看得到，而这样小的核还是会继续变小，直到你什么都看不见，但那样的核是存在的，而且永远都有更小的核……这是弗朗丝第一次体会到"无限"这个概念。

---

①原文为"tickee and shirtee"，即顾客送来待清洗的"裇子"（shirtee），店老板会给一张"条子"（tickee），作为清洗后领取的凭证。

但弗朗丝最期待的是他找零钱的时候。他会拿出一个木头框框，里面有细细的铜棍，棍上串着珠子，有红的、蓝的、黄的，还有绿的。他沿着铜棍拨弄珠子，想一想，然后把珠子恢复原位，宣布"单（三）毛九"。是那小珠子告诉他该收多少钱，该找多少钱。

好想变成中国人啊，弗朗丝心想。有这么漂亮的玩具可以用来算账；荔枝想吃多少就吃多少；还可以搞清楚那个熨斗的奥秘，它不用放在炉子上就能变热！随手一甩，手腕一转，就能画出那些神奇的符号，黑白分明，像蝴蝶翅膀一样好看！这就是布鲁克林的东方之谜。

17

钢琴课！光是这个词就足够神奇！诺兰一家安顿好，凯蒂就去找了那个打着钢琴课广告的人家。开课的是一对姓泰恩摩尔的姐妹，莉琪小姐负责教钢琴，玛吉小姐教声乐。收费是每课时两毛五分。凯蒂提出一个方案，她可以为泰恩摩尔家每周做一小时清洁，换她们一小时课。莉琪小姐起先不同意，她说自己的时间比凯蒂宝贵。但凯蒂反驳道，时间就是时间，哪有什么差别。最后她说服了莉琪小姐，搞定了钢琴课。

上第一节课的日子很快就到了，这仿佛是个历史性的时刻。弗朗丝和尼利被吩咐上课时坐在客厅里，睁大眼睛，竖起耳朵，认真听讲。老师的椅子已经摆好，两个孩子一起坐在钢琴侧面。凯蒂很紧张，不时挪动一下座位，三个人一起等待老师上门。

泰恩摩尔小姐在五点准时到达。虽然只是从对面楼过来，但她还是穿上了正式的外出服。她的脸上罩着网眼密实的斑点面纱，头上的帽子像是一只红色的鸟的胸脯与翅膀，被两根帽针刺穿。弗朗丝的视线没法从那残忍的帽子上挪开。注意到这一点，凯蒂把她带进卧室，小声解释道，那并不是鸟，只是一些羽毛粘在一起，她不可以一直盯着看。弗朗丝相信妈妈的话，但她还是会不时瞟一眼那饱受摧残的人造小鸟。

除了钢琴，泰恩摩尔小姐几乎带来了所有东西。她带了一个五分钱的闹钟，一个破旧的节拍器。闹钟显示的是五点，她把提醒时间定在六点，调好后放在钢琴上，不紧不慢地消耗着这值钱的时间。她脱下珍珠灰的小山羊皮紧式手套，对着手指哈气，先伸展，再握紧，最后双手摆在钢琴上。但她还是没有开始弹琴，而是撩开面纱，掀到帽子上。她又活动活动手指，看了看闹钟，对自己耗掉了足够的时间感到满意，这才启动节拍器，在座位上摆好架势，开始上课。

节拍器让弗朗丝着了迷。泰恩摩尔小姐讲的东西她完全没听，妈妈的手摆在钢琴上的姿势她也没有注意。随着单调而舒缓的咔嗒声，她进入了自己的幻想世界。至于尼利，他那双圆圆的蓝眼睛一直跟着小摇杆左右摆动，不一会儿就把自己催眠了。他张开嘴巴，长着金发的小脑袋晃来晃去。鼻息越发深沉，甚至有鼻涕泡不时冒出来。凯蒂不敢喊醒他，以免让泰恩摩尔小姐发现她不只在教她自己，而是在教三个人。

节拍器昏沉地响着，闹钟发出清晰的嘀嗒声。泰恩摩尔小姐像是信不过节拍器，自己还要数一、二、三，一、二、三。凯蒂的手指因工作变得红肿，但还要挣扎着学习她平生的第一组音阶。时间一分一秒过去，天色渐渐暗了下来。突然，闹钟发出震天的响声，吓得弗朗丝一激灵，尼利则直接从椅子上掉了下来。第一堂课就这样结束了，凯蒂连珠炮似的向老师道谢。

"就算我以后不上课了,您今天的课我也会铭记在心。您可真是个好老师。"

虽然听了奉承心中欢喜,但泰恩摩尔小姐还是单刀直入:"我不会为孩子们多收钱的,但我不希望你骗我。"凯蒂脸红了,孩子们都低头看着地板,为被戳穿而难为情。"就让他们一起听吧。"

凯蒂再次道谢。泰恩摩尔小姐站起身,但没有往外走。凯蒂跟她确认完上门打扫的时间,但她仍然没有要走的意思。凯蒂觉得她好像还想让自己做点什么,于是直接开口询问:

"您还有什么事吗?"

泰恩摩尔小姐的脸微微泛红,但还是保持着骄傲。"我在别处上课时……那些夫人……嗯……课后都会招待我喝一杯茶。"她手掩胸口,含糊地说,"下楼也挺累的。"

"咖啡可以吗?"凯蒂问,"我家没有茶。"

"咖啡很好!"泰恩摩尔小姐欣然坐下。

凯蒂赶忙跑进厨房,给一直放在炉灶上的咖啡加热。热咖啡的工夫,她拿出甜面包和勺子,放在一个锡制的圆托盘上。

与此同时,尼利已经在沙发上呼呼大睡了。泰恩摩尔小姐和弗朗丝坐在一起,四目对视。最后泰恩摩尔小姐开了口:

"你在想什么呢,小姑娘?"

"只是想点事情。"弗朗丝说。

"有时候我看你在排水沟边坐着,一坐就是几个小时。那时候你在想什么?"

"没想什么。我只是在给自己讲故事。"

泰恩摩尔小姐突然认真起来:"小姑娘,你长大以后会成为小说家的。"这像是个命令,而不是闲谈。

"好的，夫人。"出于礼貌，弗朗丝答应了。

凯蒂端着托盘走进来。"这可能没你之前去的那些人家那么精致，"她道歉说，"但我家也只能这样了。"

"很精致。"泰恩摩尔小姐优雅地说，然后拿起面包，大快朵颐起来。

实际上，泰恩摩尔姐妹一直靠着学生家的这顿"下午茶"过活。每天上几节课，一节课两毛五，根本不足以让她们宽裕地生活。付完房租，她们连伙食费都不够。大多数人家端上来的是寡淡的茶水和寥寥几块苏打饼干。她们很得体，知道下午茶是礼数，但并不想在付了两毛五课时费的同时再招待老师吃顿饭。于是泰恩摩尔小姐开始期待到诺兰家上课的日子。这家的咖啡让人满足，还总有面包甚至是腊肠三明治让她能够填饱肚子。

每堂课上完，凯蒂都会把她学到的东西再给孩子们教一遍，再让他们一人练习半小时。久而久之，三个人都学会了弹钢琴。

约翰尼听说凯蒂用做清洁换钢琴课的事后，也不甘示弱，提出可以给泰恩摩尔家换断掉的拉窗绳，给弗朗丝换两节声乐课。但约翰尼之前从没见过拉窗绳。他找来锤子和螺丝刀，把窗框整个卸了下来，看到绳子断的位置，但这已经是他的极限了。几经试验，他一无所获。尽管意愿强烈，但奈何他的技术水平为零。他想先把窗户装回去，再慢慢想办法，以免窗外的冬日冷雨灌进屋里。结果手忙脚乱中，他打碎了一块玻璃。泰恩摩尔姐妹只好找来专业修理工，凯蒂则给她们免费做了两次清洁，作为打破玻璃的补偿。弗朗丝的声乐课也泡汤了。

18

弗朗丝对即将到来的学校生活满怀期待。她想只要上了学，所有心愿都能得到满足。她是个孤独的孩子，上了学就可以有人陪她玩了。她还想喝学校院子水龙头里的水。她觉得那里面是汽水，不是白开水。她还听妈妈和爸爸讲过学校的教室。她想看像百叶窗一样轻轻一拉就能展开的地图。最重要的是，她想要学习用品：笔记本，书写板，一个装满新铅笔、新橡皮的文具盒，还有大炮形状的铁皮转笔刀、擦笔器，以及六寸长的软木尺子，一定要黄色的。

上学之前，她必须打疫苗，这是法律规定的。打疫苗太可怕了！当卫生部门努力向贫民和文盲解释，接种疫苗就是注射无害的天花，让孩子能对致命的天花产生抵抗力时，父母们根本无法相信。他们觉得政府就是要给健康的孩子打病毒针。一些外国裔的父母不让孩子打疫苗，孩子上不了学，他们就要被追究法律责任。这时他们就会质问，这算哪门子自由国家？人活命才是第一位的，结果现在国家非要让孩子上学，上学就得打毒针，这叫什么自由？泪流满面的母亲只好带着哭哭啼啼的孩子去卫生院接种，仿佛送孩子上刑场。孩子们一见针头就哇哇大哭，在大厅里等待的母亲只能用披肩蒙住头，大声哀号，仿佛在给孩子哭丧。

这年弗朗丝七岁，尼利六岁。凯蒂特意让弗朗丝晚上学一年，希望两个孩子一起进学校，这样他们就可以互相保护，免受大孩子的欺负了。八月一个可怕的星期六，上班之前，她来到卧室，叫醒两个孩子，跟他们说了安排。

"等你俩起床以后，好好洗漱一下，到了十一点，出门去街拐角的公共卫生院，让他们给你俩打疫苗。九月你们就要上学了。"

弗朗丝吓得发抖，尼利哭了起来。

"你能带我们去吗，妈妈？"弗朗丝哀求道。

"我得上班。我带你们去打疫苗，谁赚钱养家？"凯蒂故意加重了语气，掩饰自己内心的不安。

弗朗丝不再开口。凯蒂知道自己让两个孩子失望了。但她没办法，真的没办法。是啊，她应该和他们一起去，让孩子不必担惊受怕，但她自己也承受不了那样的折磨。但是，这疫苗不打不行。无论她在孩子们身边，还是在别的地方，都无法改变这个事实。所以为什么他们三个人要一起遭罪呢？同时，尽管良心不安，但她还是对自己说，这个世界本来就充满磨难和委屈，他们早晚都得经历。多吃点苦对他们有好处。

"那爸爸可以带我们去吗？"弗朗丝满怀希望地问。

"爸爸要在工会等工作，一整天都不会在家的。你们都已经大了，可以自己去。打疫苗而已，不会有什么事的。"

尼利的哭号声更大了。凯蒂几乎无法忍受，她太爱这个儿子了。她不陪他们去打疫苗，有一部分原因是受不了看到自己的宝贝儿子受到伤害——哪怕是打针也不行。她几乎要妥协了。但是不行。如果去了，她至少要耽误半天工作，那样就得在星期天上午补上。然后她就会累病。而打疫苗，她不去也行。想到这里，她便匆匆去上班了。

弗朗丝试图安慰吓坏了的尼利。有的大孩子告诉过他，去卫生院，大夫会把小孩子的胳膊砍掉。为了分散他的注意力，弗朗丝把他带到院子里玩泥巴，用泥巴做馅饼。至于妈妈临走前嘱咐的"好好洗漱"，他们早忘得一干二净。

他们几乎连十一点去打疫苗也忘了，泥巴太好玩了！两个孩子的手和胳膊都变得脏兮兮的。差十分十一点，邻居加迪斯太太探出头来，告诉两个孩子，他们的妈妈让她在快到十一点时提醒一下。尼利完成了最后一块泥巴馅饼，泪水不停地落在上面。弗朗丝拉起他的手，两个孩子拖着沉重的脚步，朝街角的卫生院缓缓走去。

到了卫生院，他们在一张长椅上坐下。旁边是一个犹太妈妈，怀里抱着一个六七岁的男孩。犹太妈妈不住地落泪，时不时还动情地亲吻一下孩子的额头。其他母亲也都沉默地坐着，脸上尽是愁苦。在那磨砂玻璃门后面，可怕的事情正在发生，不时传来一阵阵惊悚的尖叫，接着恢复成号啕的哭声。再然后，一个面色惨白的孩子走出来，左臂上缠着白色纱布。他的母亲冲上去，一把揽住他，用意义不明的外国语言咒骂上几句，冲着磨砂门挥舞拳头，最后带着孩子匆忙离开这酷刑室。

轮到他们了。弗朗丝单是走过去就已经浑身发抖了。在有限的生命里，她还从没见过医生和护士。洁白的大褂、摆在托盘上垫着纸巾的可怕器具、消毒水的气息，尤其是那雾气缭绕的灭菌器，上面还有血淋淋的红十字，都让她害怕得说不出话来。

护士挽起她的袖子，在左臂上擦出一块干净的地方。弗朗丝看到穿着白大褂的医生向她靠近，整个人越来越大，直到他似乎变成了一根大针管。她闭上眼睛，等待着死亡的时刻。然而什么都没有发生，她什么都没感觉到。她慢慢睁开眼，不敢奢望一切就这样结束了。她痛苦地发现，医生还站在那里，手里拿着针管，刚刚摆好架势。他厌恶地看着弗朗丝的胳膊。弗朗丝自己也瞧了瞧。她看到整条深褐色的脏胳膊上，露出一小块白色的地方。她听到医生在跟护士说话。

"脏孩子，脏孩子，脏孩子。从早到晚都是这些脏孩子。我知道他们家里都很穷,但洗一洗总没问题吧?水又不要钱,肥皂也花不了几个钱。护士,你看看这胳膊脏的。"

护士看了看,吃惊地啧了啧嘴。弗朗丝站着,羞得脸上一阵火热。这医生是哈佛的高才生,被分配到这里的社区医院实习。每周一次,他需要在附近的卫生所做免费服务。等实习结束,他就能到波士顿某个大医院上班了。在写给自己那出身上流的未婚妻的信里,他特意用了这里人习惯说的话,把在布鲁克林实习的经历说成"遭了大罪了"。

护士是威廉斯堡本地的姑娘,这一点从她的口音便能听出。她来自贫穷的波兰移民家庭,但一直有自己的志向。有一段时间,她白天在一家血汗工厂上班,晚上还去学校上课。用这样的办法,她接受完了护士培训。她目前的志向是嫁给一个医生。她不想让任何人知道自己来自贫民窟。

医生大发雷霆,弗朗丝只能懊丧地站在原处。她是个脏孩子,医生就是这个意思。他现在情绪平复了一些,询问护士这种穷人还活着干吗;要是给他们都绝育了,别繁殖了,这世界肯定会更好。这是想让她死的意思吗?他会不会因为她的手和胳膊因为玩泥巴弄脏了,就做出会让她死的事情?

她望向护士。对她来说,女人都是像妈妈、茜茜姨妈、伊芙姨妈那样的人。她觉得护士可能会说出这样的话:

"说不定这孩子的妈妈忙着工作呢,今天上午没空帮她好好洗洗。"或者是:"别忘了咱们小时候也都爱玩泥巴,医生,小孩不都这样吗?"但实际上,护士说的是:"我想是的,医生。这太可怕了。您来这里真是太委屈了。这帮人怎么能脏成这副德行。"

一个人,在经过一番奋斗,脱离了原本低级的环境之后,会面临一个抉择。脱离出身后,他可以把过去都忘掉;或者,他可以摆脱自己的出身,但也能永远不忘本,在残酷的向上竞争之后依然对那些被自己抛在身后的人保持同情与理解。护士选择了遗忘。然而站在这里的这一刻,她也知道,多年以后,她会为这个瘦骨嶙峋的小女孩脸上的悲伤而愧疚。她会难过,哪怕自己当时能说一句安慰的话,也会让自己的灵魂得到些许拯救。她知道自己也绝非人上之人,但她缺乏勇气。她没有勇气做出另一种选择。

即便针头刺穿皮肤,弗朗丝也没有感觉到疼痛。由医生的话引发的痛苦早已贯穿她的全身,驱散了其他所有感觉。当护士熟练地在她的手臂上绑好纱布,医生把仪器放进灭菌器,拿出新的针头时,弗朗丝开口了:

"下一个进来的是我弟弟。他的胳膊和我一样脏,所以不要大惊小怪。你也不用再说刚才的话,你都已经告诉过我了。"他们盯着这个才八岁的小女孩,对她的口齿伶俐感到诧异。但说到这里,弗朗丝的声音也变得含糊,带着哭腔:"你别告诉他了,告诉他也没用。他还是个孩子,他不在乎脏不脏。"她转过身,走出房间,差点绊了一跤。把门关上时,她听到医生惊讶的声音。

"我没想到她能听懂我说的话。"然后是护士:"唉,无所谓了。"她还叹了口气。

孩子们回来时,凯蒂已经在家吃午饭了。她看着孩子们缠着绷带的胳膊,万分痛苦。弗朗丝激动地嚷着:

"为什么,妈妈?为什么他们要……要……说那种话,还往人胳膊上扎针?"

"这叫接种疫苗。"妈妈情绪平复了,反正针都打完了。"这是好事，能让你分清楚左手右手。去了学校，你要用右手写字。左胳膊这个疤在那里，它会告诉你，哎呀，别用这只手，用那只。"

这个解释让弗朗丝感到满意，因为她一直分不清左手和右手。吃东西和画画的时候她都用左手，凯蒂总会纠正她，让她用右手拿笔或是刺绣用的针。在妈妈这样解释了之后，弗朗丝觉得打针还真是件好事。如果可以解决这么大的问题，让人分清楚左右手，那打个针也不算什么。打完疫苗后，弗朗丝开始习惯用右手，这个问题果真顺利解决了。

那天晚上，弗朗丝发烧了，打针的地方很痒。她告诉了妈妈，妈妈大惊失色，连忙嘱咐：

"千万不要挠，不管有多痒都不能挠。"

"为什么不能挠？"

"挠了的话，整个胳膊都会肿起来，变成黑色，最后掉下来。所以千万不要挠。"

凯蒂不是故意吓孩子，她自己也慌得不行。她认为，只要手碰到伤口，就会血中毒。她想吓怕孩子，这样她就不会挠了。

弗朗丝只好忍着不去挠发痒的地方。第二天，胳膊开始一阵阵地疼。准备睡觉时，她小心地揭开纱布，令她害怕的是，打针的地方已经肿了起来，变成了暗绿色，有一块地方已经溃烂发黄了。弗朗丝并没有挠！她知道自己没挠。但是，等等！也许是她昨晚睡觉时挠了。是的，一定是那个时候挠破的。她不敢告诉妈妈。妈妈一定会说："让你别挠，你不听，现在好了吧？"

那是周日的晚上，爸爸出去工作了。她睡不着，从自己的小床上爬起来，走到客厅，坐在床边。她把头靠在胳膊上，等死。

凌晨三点，她听到电车在格雷厄姆大道拐角停下的声音。这意味着有人要在这里下车。她凑近窗边。是的,是爸爸。他迈着轻盈的步子,几乎在街上跳起舞来,嘴里还吹着"我爱的人,在那月亮之上"的口哨。这个穿着燕尾服,头戴圆顶礼帽,胳膊下夹着叠得整整齐齐的服务员围裙的人影,对弗朗丝来说仿佛成了生活的全部意义。他走到楼下时,她喊了他一声。他抬起头,帅气地抬了下帽檐。她为他打开厨房的门。

"这么晚了,你在干吗呢,我的小明星?"他问,"今晚不是周六晚上吧,你知道的。"

"我就在窗边坐着,"她小声说,"等着我的胳膊掉下来。"

他没忍住,笑出了声。弗朗丝把胳膊的事讲给他听。他关上通往卧室的门,打开煤气炉烧水。趁着这工夫,他解开绷带,看到了弗朗丝胳膊上肿起溃烂的地方。他觉得有点恶心,但并没有表现出来。他从没让她知道。

"哎,宝贝儿,没事的。什么事都没有。我以前打疫苗的时候,肿得能有这个两倍,红一块白一块,还有的发青,而不是你这样的黄的和绿的。但你看看我现在这胳膊,还不是结结实实的。"他善意地撒了个谎,实际上,他从没打过疫苗。

温水倒进盆里,他往里面加了几滴石碳酸,然后一遍又一遍地清洗那可怕的溃烂处。弗朗丝痛得缩了下身子,但约翰尼说:"觉得痛了,是因为伤口正在愈合。"他一边洗,一边小声唱着一首有点傻的情歌:

> 他从不想离开自己的炉边。
> 他从不想离开这里,出去闯荡……

他环顾四周，想找点干净的布当作绷带，无果。于是他脱下外套和假衬衫，从头上把背心脱了下来，动作夸张地从上面撕下一条。

"你的好背心！"弗朗丝抗议道。

"没事，上面好多洞了。"

他把她的胳膊重新包扎好。新的绷带上有约翰尼的气息，暖暖的，有雪茄味。但这对孩子来说是一种安慰。这是保护和爱的味道。

"好啦，你的伤没事啦，我的小明星。你为什么觉得自己的胳膊会掉下来呢？"

"妈妈说，如果我挠了打针的地方，胳膊就会掉下来。我不是故意的，但我想可能是在睡觉的时候挠到了。"

"差不多。"他吻了吻她瘦巴巴的小脸，"现在去睡觉吧。"于是她回到自己的小床上，安心地睡了一宿。早上醒来便不疼了。又过了几天，胳膊完全好了。

弗朗丝回屋后，约翰尼又抽了根雪茄。然后他慢慢脱掉衣服，爬上凯蒂的床。她在睡梦中感觉到了他的存在，心中难得泛起波澜，伸出胳膊揽住了他的前胸。他轻轻把她的胳膊拿开，躺在尽可能远离她的地方，后背紧贴在墙上。他双手交叠在脑后，躺在黑暗中，凝视着那晚剩下的所有时光。

19

弗朗丝对学校生活更期待了。在通过打疫苗解决了区分左右手这个难题之后，她觉得学校里一定会有更伟大的奇迹发生。她以为等上完一天学回家，她就能学会读书写字了。但真等到第一天学上完，她却只落了个流鼻血的鼻子。她在学校的水龙头喝水时,一个大孩子跑过来,猛地一撞,她的脸撞在水槽的石头边缘上,鼻血直流。而且学校水龙头里流出来的根本不是汽水。

教室里的情况也让她失望。她本期待着可以拥有一张属于自己的书桌,但实际上她却不得不跟另一个女孩共享(那书桌本来就是给一个人设计的)。她还高高兴兴地在早上领到了班长发的新铅笔,但到下午三点放学,她就得把铅笔还给另一个班长。

而且只上了半天学,她就明白自己永远不会成为老师的宠物。这份特权是留给那三五个女孩的——头上是精心打理的发卷、崭新的蝴蝶结头花,身上穿着干干净净的连衣裙。她们都是社区里那些生意兴隆店铺的老板家的孩子。弗朗丝注意到班主任布里格斯小姐对她们笑脸相迎,还把她们安排在前排最好的位置。这些孩子不必跟别人分享书桌。在对这少数几个幸运儿说话时,布里格斯小姐的语气很温柔。但对剩下大多数邋里邋遢的孩子,她只会大吼大叫。

和跟自己同类的孩子们挤在一起,弗朗丝在开学第一天学到的东西比她意识到的更多。她见识了这个伟大的民主国家的阶级制度。对于老师的"变脸大法",弗朗丝既困惑又受伤。显然,老师讨厌她和跟她同类的孩子们。这不需要什么理由,只因为他们就是该被讨厌的孩子。老师表现得仿佛他们根本不该出现在教室里,但她被迫接受了他们,而且他们应该为此感恩戴德。她为她不得不施舍给这些脏孩子的知识碎渣感到可惜。就像卫生院的那个医生一样,老师也表现得好像他们根本不配生存。

理论上,这些被嫌弃的孩子应该团结在一起,同仇敌忾。但事实并非如此。他们互相嫌弃,就像老师嫌弃他们一样。彼此说话时,他们也像老师对他们一样,互相大吼大叫。

总会有一个不幸的孩子被老师挑出来做出气筒。这可怜的孩子要承受她的数落、折磨，还有她身为老处女的怨气。一旦有孩子被选定，其他孩子也会向其发难，把老师的惩罚再重复一遍。通常情况下，他们会去讨好那些被老师宠爱的孩子。也许他们觉得这有利于自己地位的提升。

三千个孩子挤在这丑陋残酷的学校里，它本来至多能容纳一千人。流言蜚语在孩子们中间传来传去，其中一个是关于皮肤苍白、一头金发、总喜欢大声咯咯笑的菲弗小姐的。据说每当她声称自己"去办公室一下"，把班级交给班长看管时，她就是去地下室找勤杂工睡觉了。还有一个是在受伤的小男孩们中间流传，说他们的女校长是个心狠手辣、生性残忍的中年女人，穿着带亮片的裙子，身上散发着粗酿杜松子酒的味道。她把调皮捣蛋的小男孩抓到办公室，让他们脱掉裤子，这样她就可以用藤条手杖抽打他们的光屁股（如果犯错的是小女孩，她只会隔着裙子打）。

当然，学校明文规定，禁止体罚。然而外面的人又怎么会知道呢？有谁会说出来呢？被打的孩子是肯定不会说的，因为社区里的规矩是，如果有孩子回家说自己挨了打，他会因为在学校里不守规矩而招来第二顿打。所以孩子们往往都是接受惩罚，保持沉默，绝不开口。

这些流言蜚语最肮脏的部分在于，尽管耸人听闻，但它们都是真的。

残忍是唯一适合1908年、1909年前后这一地区公立学校的形容词。那时候威廉斯堡从没有人听说过所谓的"儿童心理学"。对教师的要求很简单：高中毕业，在师范学校学习两年。很少有教师对自己的职业真正怀有使命感。她们教书，只是因为没多少别的工作可做。况且当老师比进工厂赚得多一些，每年还有一个长长的暑假；而且退休以后还有退休金。这些女人选择当老师，是因为没人愿意娶她们。在那个年代，已婚女性是不能当老师的，因此大部分老师都是因欲壑难填而神经兮兮的老女人。这些没有自己孩子的女人借由自己的权威身份，以一种扭曲的方式，将怒火倾泻在其他女人的孩子身上。

其中最残忍的，是那些跟穷孩子来自相似家庭的老师。似乎通过折磨这些不幸的孩子，她们就能进一步摆脱自己可怕的出身。

当然，并不是所有老师都很坏。偶尔，会有一位可爱的老师出现，跟孩子们一起努力，试图帮助他们摆脱困境。不过，这样的女人通常做不久。她们要么很快结婚，从此不再工作，要么就是被其他老师排挤走。

尽管名为体面地"出去一下"，但在学校，上厕所是个棘手的问题。家长通常会叮嘱孩子早上出门前先去一次厕所，在学校等午餐时间再去。原本课间休息是有时间的，但很少有孩子能上成。通常情况下，厕所前的人山人海就让孩子望而却步。即便侥幸走进厕所，位置也都被学校里最凶狠的十个孩子占据了（里面只有十个位置，但挤了五百个孩子）。他们会站在门口，不让其他孩子"方便"，就算是苦苦哀求也没用。有人会要一分钱的费用，但大多数孩子都出不起。这些"厕霸"从不会放弃对厕所门的控制，直到上课铃响起，课间休息结束。没人知道他们能从这可怕的游戏里得到什么乐趣，他们也从未受到过惩罚，因为老师们从不会光顾孩子们的卫生间。孩子们也不会举报，再小的孩子也知道告密者的下场。一旦举报，他肯定会被折磨得死去活来。于是，这邪恶的游戏便一直传承了下来。

理论上讲，在上课时间，如果孩子举手请假，他是可以去卫生间的。学校里有段时间流行过一个神秘的制度，孩子举手时伸一根手指，代表要出去一会儿，"解决小的"；两根手指，代表要多出去一会儿，"解决大的"。但后来，不近人情的老师们感到不耐烦了，她们认定这不过是孩子要出去玩耍的花招。她们认为要是想上厕所，课间和午餐时间足以解决。因而这个制度被废除了。

当然，弗朗丝注意到，那些受宠的、干净的、骄傲的、在前排座位备受照顾的孩子，随时都可以离开教室。她们拥有理所应当的特权。

至于剩下的孩子，一部分根据老师的要求调整了自己的身体机能，另一部分只能长期忍受尿裤子的尴尬。

到最后，还是茜茜姨妈帮弗朗丝解决了"出去一下"的麻烦。自从凯蒂和约翰尼不准她再到家里来，她就再也没见过孩子们。这让她感到寂寞。她知道孩子们上学了，于是就想去看看他们过得怎么样。

十一月的一天，工作不忙，茜茜提前下了班。她到学校附近的大街上转悠，刚好碰上学校放学。她想就算孩子们回家报告碰见了她，她也可以推说只是巧合。在孩子堆里，她首先看到了尼利。尼利的帽子被一个大一点的男孩抢走了，扔在地上踩了一脚。尼利随即转身找到一个小一点的男孩，对他的帽子做了相同的事。茜茜过去抓住他的胳膊，但尼利立马大嚷了一声，把她甩开，跑到了街道上。意识到这小不点也长大了，茜茜感到一阵伤感。

是弗朗丝看到了茜茜。她立刻跑过来，搂住了姨妈，还吻了她。茜茜带她进了附近的一家糖果店，请她喝了一杯巧克力汽水。她让弗朗丝坐一会儿，把学校里的事讲给她听。弗朗丝拿出课本和作业本给她看，作业本上写满了工工整整的字母。茜茜很惊讶。她久久地盯着小姑娘瘦巴巴的脸，发觉她在颤抖。她注意到孩子只穿着破旧的棉布连衣裙、打着补丁的小毛衣，还有薄薄的棉袜。这点衣服哪里挡得住十一月的寒风？她伸手搂住弗朗丝，把她紧紧地抱在怀里，用自己的体温温暖她。

"弗朗丝啊，小可怜，你抖得跟一片树叶似的。"

这样的说法，弗朗丝还是第一次听到。这让她似乎想到了什么。她望向屋边水泥地上长出来的小树，树枝上还剩下几片干枯的叶子，其中一片在凛风中沙沙作响。抖得跟一片树叶似的。她把这句话记在脑海里。抖得……

"怎么了，孩子？"茜茜问道，"你身上冰凉。"

弗朗丝一开始不肯说。但几经劝哄，她把羞得发烫的脸埋在茜茜脖颈里，在她耳边把事情说了出来。

"哦，老天，"茜茜说，"难怪你冷成这样。你为什么不问老师……"

"就算举手，老师也从不看我们。"

"哦，我知道了。不用担心，这种事情任何人都会遇到，英国女王小时候也这样。"

但女王会对此如此羞愧和敏感吗？弗朗丝没忍住，泪水悄悄地流了下来。这泪水既是因为羞愧，也是因为恐惧。她害怕回家，害怕妈妈的冷嘲热讽。

"你妈不会说你的——这种意外，任何小女孩身上都会发生。你别告诉她是我说的，你妈小时候也尿过裤子，你外婆也尿过。这根本算不上什么事，你也不是头一个这样的孩子。"

"但我已经长大了。小婴儿才会尿裤子。妈妈会当着尼利的面说我的。"

"在她发现之前,你先跟她说,然后保证以后不会了,她就不会说你了。"

"可我保证不了。老师不让我们上厕所。"

"这个交给我,我会让你们老师允许你上厕所的。你信得过你茜茜姨妈,对吧?"

"信——信得过。可你要怎么办呢?"

"我会去教堂点根蜡烛。"

听到这话,弗朗丝多少好受了点。她回到家之后,凯蒂例行对她唠叨了几句。但想到尿裤子这事也算是自己家的优良传统,弗朗丝也就没那么难过了。

第二天早上,上课前十分钟,茜茜姨妈去了学校,找老师交涉。

"这个班有个叫弗朗丝·诺兰的小女孩,是吧?"她开门见山。

"弗朗西丝·诺兰。"布里格斯小姐纠正道。

"她是个聪明孩子吧?"

"是——吧。"

"她乖不乖?"

"她最好能乖一点。"

茜茜把脸凑近布里格斯小姐,声音降了一个调子,比刚才温柔许多。但不知为什么,布里格斯小姐反倒后退了。"我刚才问你的是,她乖不乖,对吧?"

"乖,挺乖的。"老师连忙回答。

"刚好,我是她妈。"茜茜撒谎道。

"不是吧!"

"就是!"

"那么关于孩子的学习,您是有什么问题吗,诺兰太太……"

"你有没有想过,"茜茜继续撒谎,"孩子的肾可能会出问题?"

"肾?"

"医生说,要是她想上厕所,有人不让她上,她的肾不堪重负,搞不好她就会当场死掉哟。"

"这么说太夸张了吧?"

"那你是想试试吗?试试她会不会死在你的教室里?"

"我当然不想,但是……"

最神奇的是,布里格斯小姐完全看不出,茜茜到底是不是在撒谎。这个女人用最平静、最温柔的声音,说出了最耸人听闻的话。这时,茜茜一抬头,刚好看到一个警察从外面路过。她伸手指了指。

"看见那个人了吗?"布里格斯小姐点点头,"那是我丈夫。"

"弗朗西丝的父亲?"

"不然呢?"茜茜打开窗户,对着下面大喊,"喂,约翰尼!"

警察吃惊地抬起头。她向他献上了一个大大的飞吻。刹那间,他认为是这学校的某个老处女教师终于发疯了。但随后,他那根深蒂固的男性自负向他保证,这是个年轻貌美的老师,早就对自己暗生情愫,今天终于鼓起了勇气。他应了一声,夸张地回了个飞吻,还风度翩翩地抬了下帽檐,吹着《爱你好似着了魔》的口哨,大摇大摆地继续在街上游荡。"真拿这些女人没办法,"他想,"我家里还有六个孩子呢。"

布里格斯小姐惊得眼珠子差点掉了出来。那位警察的确仪表堂堂,身材魁梧。就在这时,一个得到她宠爱的孩子走了进来,送来一个扎着缎带的糖果盒。布里格斯小姐开心地咯咯直笑,亲吻着孩子绸缎般软嫩的脸庞。茜茜的脑子不比刚磨好的剃刀慢多少,她立刻看出了风往哪里吹;这老师的风,是逆着弗朗丝这样的孩子吹的。

"我说,"她开口了,"你大概觉得我们这样的人家,家里没多少钱吧?"

"我从来没有……"

"我们只是不爱显摆而已。圣诞节就快到了。"她暗示自己可能会"显摆"一下。

"可能,"布里格斯小姐开始承认错误,"我没留意到弗朗西丝同学在举手。"

"她是坐在哪儿呢,举手你都看不到?"老师指了指后排角落的一个座位。"那你让她坐前面,说不定你就能看见她了吧。"

"座位都是固定安排好的。"

"圣诞节可快到了哟。"

"我想想办法。"

"那你好好想想。看不到咱家孩子,这怎么行。"茜茜走到门口,又转回身,"不光是圣诞节快到了,我家那口子脾气也不太好,你要是总看不见咱家孩子,他一生气跑上来,会干吗我就不清楚了。"

从这次交涉之后,弗朗丝过了段愉快的日子。无论她多么胆怯地举起手,布里格斯小姐都会看见。甚至有段时间,她坐到了第一排的第一个座位。然而当圣诞节真的到了,布里格斯小姐并没有看到弗朗丝有什么"显摆"之举。于是小姑娘又回到了最后一排的角落。

弗朗丝和凯蒂都不知道茜茜去找了老师。但弗朗丝也没因此有什么麻烦。就算布里格斯小姐没有继续照顾她,但也没有再招惹她。布里格斯小姐当然对那次来访的性质越发起疑,但何必冒险呢?况且她只是不喜欢孩子,也不是什么恶魔。要是这孩子真有个三长两短,她也不好交代。

几星期后,茜茜拜托工厂里的一个女孩给凯蒂送来一张明信片。她希望妹妹能让过去的事情翻篇,至少允许她偶尔到家里看看孩子们。但凯蒂置之不理。

玛丽·罗穆利也来给茜茜求情。"你跟你大姐到底怎么回事?"她问凯蒂。

"我不能告诉你。"凯蒂答道。

"要宽恕。"玛丽·罗穆利说,"宽恕是很珍贵的礼物。而且宽恕别人,你并不需要付出什么。"

"我们的事,你别管。"凯蒂说。

"唉。"她母亲叹了口气,闭口不语。

凯蒂不肯承认,但实际上她也很想念茜茜。她想念她的行事鲁莽,更想念她解决问题时的单刀直入。伊芙来凯蒂家时,没有再提起茜茜。在尝试让姐妹俩和好无果之后,玛丽也不再提了。

后来,凯蒂通过罗穆利家的"正式新闻官",也就是她们共同的保险经纪人,了解到姐姐的消息。罗穆利家的女人们买了同一家保险,同一位经纪人每周都会到姐妹们家里,收取杂七杂八的保费。通常此人会带来家庭成员的各类消息,偶尔传传话,是这家人的"圆场大使"。有一天,他来到凯蒂家,说前两天茜茜又生了个孩子,但都没来得及上保险,孩子两小时后就死了。凯蒂终于为自己对姐姐的残忍感到羞愧。

"下次去我姐姐家,"凯蒂告诉经纪人,"让她没事来我这串串门吧。"经纪人转达了这表示宽恕的信息,于是茜茜又开始到诺兰家走动了。

20

自从孩子们入了学,凯蒂又要面临一场与害虫和疾病的斗争。这场斗争激烈而短暂,不过非常成功。

每天朝夕相处,孩子们无意中染上害虫也正常。但由于这无心之过,他们不得不接受最屈辱的体验。

学校的护士每周进教室一次,背对窗户站着。小女孩们一个接一个来到她身前,撩起厚厚的发辫,弯下腰。护士用一根又长又细的棍子在发丝间探来探去。如果有孩子头上出现了虱子或是虱子卵,她就得站到一边。等检查结束,被挑出来的孩子不得不站在全班面前,护士会数落她们是多么脏,大家必须离她们远一点。然后,这些孩子会被放一天假,并被要求去克尼普药房买一种"蓝色药膏",让她们的妈妈帮她们往头上抹。等第二天回来上课,其他同学还会羞辱她们,一直到这一天放学,走在回家路上,身后还会有孩子追着她们喊:

"真脏啊,真脏!老师说你们是脏老鼠!快回家吧,快回家吧,谁让你们是脏老鼠!"

也许到下个检查日,这些孩子就能重获"清白"。然后她们会转过头来,羞辱那些在这次检查中"中奖"的孩子。即便自己曾经受苦,她们也不会从自己的痛苦中学会同情。因此,这些苦难都被白白浪费了。

凯蒂的生活本就挤满了琐事,没有空间容纳额外的麻烦与烦恼。她可不想事到临头再想办法。于是当弗朗丝第一天放学回家,说起旁边有个女孩头发里有虫子爬来爬去时，她就开始行动了。她用洗衣服的那块黄色粗肥皂给弗朗丝的头一通搓洗，直到其头皮生疼。第二天早上她拿出梳子，蘸上煤油，使劲给弗朗丝梳头，辫子也扎得紧紧的，搞得弗朗丝头上青筋毕露。凯蒂嘱咐弗朗丝躲着点明火，接着就送她去上学了。

弗朗丝头上的味道弥漫了整间教室，本来坐在她身边的孩子们都躲开了。老师为此写了张字条，让弗朗丝带回家，上面说让凯蒂不要再用煤油给孩子梳头了。凯蒂说这是个自由的国家，因此对老师的建议置若罔闻。她每周用洗衣服的黄肥皂给弗朗丝搓一遍头，每天仍用煤油给小姑娘梳头。

当学校开始暴发流行性腮腺炎时，凯蒂也及时采取了行动。她做了两个绒布袋，每个袋子里缝上一颗大蒜，再系上干净的松紧绳，让孩子们挂在脖子上，放在衬衣里面。

于是弗朗丝那段时间在学校，不仅头上有煤油味，身上还散发着大蒜味。大家更加对她避之不及。即便是在拥挤的学校院子里，她身边也总有一方空地。至于在拥挤的电车上，人们同样都离诺兰家的孩子们远远的。

这招奏效了！说不清楚究竟是大蒜真的具有魔力，让病魔不敢近身，还是被感染了的孩子根本不敢靠近弗朗丝，再或者是她和尼利天生抵抗力强大，反正上学的日子里，凯蒂的这两个孩子从没生过病。他们从没感过冒，也没生过虱子。

但也因此，弗朗丝成了"局外人"，她的气味让所有孩子都躲着她。但她早已习惯了孤独。她习惯了一个人走路，习惯了"与众不同"，这并没有对她造成多大影响。

21

尽管学校里有很多卑鄙、残忍和让她不快乐的事情，但弗朗丝还是喜欢上学。跟很多孩子一起做着同样的事，让弗朗丝觉得很有安全感。她觉得自己是这些事情的一部分，是集体中的一员，在一个领导者的领导下，为了同样的目的聚在一起。诺兰家的人都是个人主义者，如无必要，他们只求自己能安稳于世。他们遵循自己的标准生活，不从属于任何社会团体。这对已然成型的个人主义者当然顺理成章，但孩子们还是会感到困惑。因此，在学校里，弗朗丝收获了安全与踏实。尽管这是个残酷而丑陋的体制，但它拥有共同的目的与步伐。

学校也不全然是个水深火热的地方。每周莫顿先生到班里上音乐课的半个小时，是弗朗丝最幸福的时光。他是一位专业的音乐教师，负责这个地区所有学校的音乐课。他到来的日子，仿佛是学生们的假日。他穿着燕尾服，打着一条松松垮垮的领带。他从来都喜气洋洋、充满欢乐——仿佛从云端走下来的神仙人物。尽管其貌不扬，但任谁都不会忽略他身上的活力。他理解孩子，也喜欢孩子，他们对他则是崇拜有加。到他来上课的日子，教室里就像要过节一般。班主任也会穿上她最好的衣服，同时一改往日的刻薄。有时她会特意把头发盘起来，还会喷香水。这就是莫顿先生对女士们的魅力。

他脚步轻盈，来去如风。每每都是门先腾地打开，随后他才"飘"进教室，身后跟着"燕尾"。他跳上讲台，微笑着环顾四周，用欢快的声音开场："好啊——好啊——"孩子们在座位上哈哈大笑，班主任也会在一旁露出微笑。

他在黑板上画音符；他给音符画上小脚，让它们像是随时都会逃出音阶。降音记号在他笔下成了个矮胖子，升音记号会多出一小块——仿佛长出了个小鼻子。画音符的同时，他还会像小鸟一样自顾自地哼唱起来。有时心情太过愉悦，他甚至会跳起舞来。

他润物细无声地把好的音乐教给他们。那些伟大的乐曲被他配上了自己的歌词，还起了通俗易懂的名字，如《摇篮曲》《小夜曲》《街头歌》和《好天气歌》。孩子们会用稚嫩的声音唱起亨德尔的广板，但只知道它叫《赞美诗》。小男孩边玩弹珠边吹口哨时，吹的是德沃夏克的《新世纪交响曲》的部分乐章。如果有人问他们这曲子叫什么，他们会说这是《回家歌》。玩跳房子时，孩子们哼着《浮士德》中的《士兵合唱》，但他们管这叫《光荣歌》。

尽管不像莫顿先生如此受孩子们爱戴，但伯恩斯通小姐也是一位值得尊敬的好老师。她是专业的美术老师，同样是一周来上一次课。啊，她简直是来自另一个世界的女人，那是个充满淡绿色或石榴红裙子的世界。她面容甜美而温柔，和莫顿先生一样，她也不吝于将自己的爱播撒给这些不讨人喜欢的脏小孩。学校里的女老师都不喜欢她，尽管她们对伯恩斯通小姐总是笑脸相迎，但只要人一走远，她们就会换成另一副嘴脸。她们嫉妒她的可爱、甜美，更嫉妒她对男人的吸引力。她总是活力十足，散发着光彩和女人味。她们深知，她肯定不会像她们这样，大半生都独守空房。

她说话的声音很动听，手也很漂亮。拿起粉笔或是木炭棒，她三两下就能画出一幅好看的画。一旦拿起蜡笔，她的手腕就像是有魔法一般自如地转动。转一下，一颗苹果跃然纸上。再转两下，一个可爱的孩子就会出现，把苹果拿在手里。遇上雨天，她不会上课，而是拿出木炭棒和白纸，给班级里最穷、最调皮的孩子画像。当她画完，那画纸上的孩子根本看不出肮脏和调皮，而只有美丽、纯真和被迫过早成熟的辛酸。哦，伯恩斯通小姐真是了不起。

这两位专业教师是阴暗的学校日子里仅剩的灿烂阳光。但大多数时候，上学只意味着沉闷的一成不变。班主任命令他们把身体坐直，手在身后背好，而她自己却在看放在膝盖上的小说。弗朗丝觉得，如果所有老师都像莫顿先生和伯恩斯通小姐那样，那么学校简直就是天堂。但其实也不必那样。一定要有幽暗且龌龊的阴沟，这样才能衬托出太阳的万丈光芒。

22

啊，孩子头一次学会认字，是多么神奇的时刻！

有很长一段时间，弗朗丝只会拼单词，读出单词，把单词的读音当成它们的意思。但有一天，她看着纸上的单词，突然就明白了"老鼠"这个词的真正含义。看着这个词，她的脑海中浮现出一只灰老鼠。再继续看，当她看到"马"，她仿佛听到它们的蹄子撂地的沙沙声，看到阳光照在它们背上，反射出光芒。"跑"这个字突然击中了她的心灵，她认真调整了一下呼吸，仿佛自己正在奔跑。字母组合的发音和意义之间的壁垒被一扫而空，词语的意思清晰了然，只消扫上一眼，便能明白它代表着什么。她快速念了几页书，幸福得几乎要晕倒。她想大声喊出来：她会读书了！她会读书了！

从此，她便拥有了阅读这个新世界。她不再感到寂寞，也不再因缺少朋友而忧伤。书就是她的朋友，无论心情如何，总有合适的朋友相伴左右。想要安静的陪伴，她就读读诗歌；如果厌倦了安静，冒险小说的世界正向她敞开；步入青春期，她终于能够品尝那些爱情故事了；而如果她想和某个现实中的人物离得更近，去读他的传记就好了。第一次意识到自己会读书的那一天，她便发誓，只要还活着，她每天都要读一本书。

她也喜欢数字和加法。她设计了一个游戏，把每个数字看成是家庭里的一个成员。这样计算"答案"，就成了一个家庭故事。"0"是个乖宝宝，他不会给人添麻烦，当他出现时，你只需要把他"抱走"。"1"是个漂亮的小姑娘，刚学会走路，也很听话。"2"是个小男孩，稍微大一点，能自己走路，还会说几句话，他跟家庭成员组合（比如"做加法"）也不会有什么麻烦。"3"是个大一点的男孩，已经上幼儿园了，稍微需要人看管。"4"是像弗朗丝自己这样年纪的女孩，跟"2"一样"听话"。"5"是妈妈，温柔善良，遇到数字大一点的加法，她就会出来帮忙，让事情变得顺利，就像一个真正的妈妈。"6"是爸爸，比其他数字难一点，但为人公正。但"7"很棘手，他是个坏脾气的老爷爷，做事很不负责任。作为奶奶的"8"也很难，但至少比"7"简单一点。最麻烦的是"9"，他是邻居，要让他融入这家人的生活一点都不容易！

每算出一道题的结果，弗朗丝就会想象出一个故事。如果答案是924，意思就是家里人出门了，邻居来照顾小男孩"2"和小女孩"4"；如果答案是1024，故事就是所有的小孩子一起在院子里玩；数字62是爸爸带小男孩去散步；50是妈妈推着婴儿车里的小宝宝出去晒太阳；78则是爷爷奶奶围坐在火炉边。每一个数字组合都意味着一个家庭故事，每个家庭故事都不重样。

伴随着这个游戏，弗朗丝一直学到了代数。她把X想象成男孩的心上人,它让家庭生活变得复杂。Y是男孩的朋友,也是个麻烦制造者。因此,数学对弗朗丝来说也成了一件温暖而富有人情味的事情,给她的寂寞增添了一丝慰藉。

23

上学的日子一天天过去。有些日子被卑鄙和野蛮主宰,令人伤心;有些日子则因为伯恩斯通小姐和莫顿先生的到来而闪亮。不过无论如何,学习新知识总是个充满奇迹的过程。

十月的一个周六,弗朗丝到外面散步。她偶然发现了一个陌生的街区,这里没有公寓楼或是吵闹的社区商店,而是被一些老旧建筑占据。当华盛顿率军穿越长岛,它们应该就已经屹立在此了。这些房子破破烂烂,但四周都有栅栏,栅栏中间开着门。弗朗丝很想进去荡秋千。房子的前院开着鲜艳的秋花,路旁是叶子深红或已变黄的枫树。在周六的阳光下,整个街区屹立在古老、静谧、安详的氛围中。它有一种凝重的气质,一种幽静、深沉、永恒、颓败的平和。弗朗丝仿佛爱丽丝一般,幸运地穿过了魔镜,置身于一个迷人的国度。

再往前走,她看到了一所小小的老学校,陈旧的砖墙在午后的阳光下闪烁着石榴色的光芒。学校院子没有围墙,操场是草地,而非水泥地。学校对面有一片堪称开阔的原野——一片长满金丝桃、野菊花和三叶草的草场。

弗朗丝激动万分。这才是她想上的学校!但她怎么才能到这里读书呢?法律严格规定,孩子必须在自己居住区域内的学校就读。要是她想来这里上学,爸爸妈妈必须把家搬到这个街区。但弗朗丝清楚,妈妈肯定不会因为她想上这个学校就搬家的。她慢吞吞地走回家，心里一直在想这件事。

那天晚上，她一直在等爸爸回家。终于，约翰尼一边吹着《茉莉·马龙》，一边快步上楼回家。大家一起吃完他带回来的龙虾、鱼子酱和肝泥香肠后，妈妈和尼利就去睡觉了。爸爸要在睡前抽最后一根雪茄，弗朗丝陪他坐着，在他耳边说起白天看到的那所学校的事。听她说完，爸爸看了看她，点点头，说："明天再说吧。"

"你是说我们可以搬到那学校附近吗？"

"不行，但总有别的办法。明天我陪你去看看，说不定能有办法。"

弗朗丝兴奋得一晚上没睡着。她七点就起床了，但约翰尼还在酣睡。她只好焦急地等着。每当他在睡梦中发出声音，弗朗丝就会跑过去看他是不是醒了。

他一直睡到中午，诺兰一家开始吃午饭。但弗朗丝根本没心思吃饭，她一直看着爸爸，但他却无动于衷。他忘了吗？他忘了吗？并没有。因为当凯蒂起身倒咖啡时，他漫不经心地说道：

"我跟我的小明星，待会儿出去转转。"

弗朗丝心头一喜。他并没有忘。她等着，等着妈妈的回应。妈妈可能会反对，可能会问为什么，可能会说她也一起去。但妈妈只说了一句："好吧。"

弗朗丝洗了碗，然后去糖果店买了星期天的报纸，还去香烟店给爸爸买了五分钱的日冕牌雪茄。约翰尼要读报纸，每一栏都要读，甚至包括他不可能感兴趣的社会版。更糟糕的是，他还要针对自己读到的每一则内容，向妈妈发起讨论。每次他放下报纸，跟妈妈说："现在报纸上的东西真有意思，你听听这个。"弗朗丝都快要哭出来了。

已经四点了。雪茄早就抽完了,报纸四散在地上。凯蒂受够了约翰尼的读报时间,带尼利去看玛丽·罗穆利了。

弗朗丝终于拉着爸爸的手出发了。他穿上了自己唯一的正装——那套燕尾服,配上圆顶礼帽,看上去非常郑重。这是十月晴朗的一天,在温暖的阳光和清爽的微风的共同作用下,街上每个角落都充满海洋的气息。他们走过几个街区,拐过几个弯,来到了昨天弗朗丝到过的那个街区。只有布鲁克林这样面积广大的地方才能体现出如此明显的区域内差异。这个街区由第五代和第六代美国人共同居住,而在诺兰家所在的街区,只要你能证明自己出生在美国,就相当于坐"五月花号"来美国的第一批移民了。

实际上,弗朗丝是班上唯一一个父母在美国出生的孩子。刚开学时,老师点名,顺带着询问孩子们的家族背景,答案都差不多。

"我是波兰裔美国人。我爸爸在华沙出生。"

"爱尔兰裔美国人。我爸妈都是科克郡来的。"

轮到诺兰家的孩子时,弗朗丝自豪地答道:"我是美国人。"

"我知道你是美国人。"脾气恶劣的老师说,"但你祖籍是哪里的?"

"美国!"弗朗丝坚持道,甚至更自豪了几分。

"你是不打算告诉我你爹妈是哪儿来的吗?还是想让我把你送到校长那里去?"

"我父母就是美国人,他们在布鲁克林出生。"

所有孩子都回过头来,看着这个父母不是来自其他国家的小女孩。老师说:"嗯,布鲁克林,那你还真算是个美国人,行吧。"弗朗丝既自豪又开心。布鲁克林真是个好地方,她想,只要在这里出生,就可以自动成为美国人了!

爸爸跟她讲了这个古怪的街区：生活于其中的人在一百多年前就已经是美国人了，他们大多是苏格兰、英格兰或威尔士裔。男人们从事的是橱柜制作和精细的木匠活。也有人跟金属打交道：金匠、银匠或是铜匠。

他还答应以后会带弗朗丝去布鲁克林的西班牙裔移民街区。在那里，男人们主要以制作雪茄为生。他们每天会凑一点钱，找个人在他们工作的时候给他们念书听。那人念的都是优秀的文学作品。

他们沿着安静的周日街道缓缓而行。弗朗丝看到一片树叶飘落下来，赶忙走上前把它拾起。那树叶红得透亮，还染着金边。她注视着这片叶子，心里想自己以后还会不会再见到这么漂亮的东西。一个女人从街角走过来，浓妆艳抹，围着一条羽毛围巾。她对约翰尼嫣然一笑，说道：

"玩玩，先生？"

约翰尼先看了她一眼，然后才轻声作答：

"不了，美女。"

"真不玩？"她故作媚态，追问道。

"真的。"他平静地回答。

女人走开了，弗朗丝一蹦一跳地走了回来，牵起爸爸的手。

"那是个坏女人吗，爸爸？"她紧张地问。

"不是。"

"但她看起来不像好人。"

"这世上没多少坏人。很多人只是运气不好。"

"但她脸上化成那样，而且……"

"她是那种经历过好日子的人。"他喜欢这个说法，"唉，她应该是经历过好日子的。"他陷入沉思，弗朗丝则一直在他前面蹦蹦跳跳，收集树叶。

他们来到学校前，弗朗丝骄傲地指给爸爸看。傍晚的阳光晒暖了它色泽温柔的砖块，小小的格窗仿佛在阳光下起舞。约翰尼注视它良久才开口：

"这才是学校。真不错。"

接着，就像每次内心被触动或是情绪激动时都会唱起歌一样，他摘下破旧的圆顶礼帽，放在胸前，挺直身子，望着学校，开口唱道：

  上学时，上学时，
  黄金般的好日子。
  读书，写字，算算术……

对路人而言，这一幕或许很傻——约翰尼穿着浅绿色的燕尾服、崭新的亚麻布衬衫，站在那里，牵着一个衣服破烂、瘦骨嶙峋的小女孩的手，在街上旁若无人地唱着俗气的老歌。但在弗朗丝看来，此情此景却相得益彰，美妙动人。

他们穿过街道，在当地人称为"空地"的草场上转了一会儿。弗朗丝摘了些一枝黄和野菊花，打算带回家。约翰尼说，这里曾经是印第安人的墓地，他小时候曾在这里捡箭头玩。弗朗丝提议他们现在也去捡一些，两人找了半个小时，但一无所获。约翰尼回想起他小时候也没捡到。这让弗朗丝觉得很好笑，于是大笑起来。爸爸承认说，搞不好这里根本就不是印第安人的墓地，有人编了个故事。这次约翰尼说得完全没错，因为这故事本来就是他编的。

很快就到了该回家的时间，弗朗丝眼泛泪花，因为爸爸还没有说让她来这里上学的办法。约翰尼看到女儿泫然欲泣的样子，立刻想出了一个方案。

"我知道该怎么做了,乖女儿。我们再在附近转转,挑个好房子,记下门牌号。我会给这个学校的校长写封信,说你要搬到这边住,要转到他们学校读书。"

他们找到了一栋房子——一栋单层的白色房子,屋顶是斜的,院子里种着菊花。他小心翼翼地抄写下地址。

"你应该知道,我们正在做的事情其实是不对的吧?"

"是吗,爸爸?"

"但这是为了做好事才做的一点点坏事。"

"就像善意的谎言?"

"对,能帮到别人的那种。所以你必须用加倍的好,来弥补这一点点坏。来这里上学之后,你绝不可以做坏事,不能缺课,不能迟到,因为你一旦犯了错误,他们就会把信寄到这家了。"

"我一定会乖乖听话的,爸爸,只要我上那所学校。"

"好,我再告诉你一条公园里的小路,可以直接到学校。我知道它在哪里,没错,我很清楚。"

他带她去了那个公园,告诉她如何斜穿过它到学校去。

"你应该会很喜欢这条路。这里四季分明,你从这里来来回回的时候就能感受到。你觉得怎么样?"

弗朗丝回想起妈妈给自己念过的书,回答道:"我的福杯满溢。"①她的确开心到了这样的程度。

对于这个计划,凯蒂未置可否,只是说:"随便吧,但我不会帮你们的。要是警察因为你虚报地址来抓你,我会告诉他们实情。这事

---

① 出自《圣经·旧约·诗篇》23:5。

跟我无关。上这个学校，上那个学校，还不都是有好有坏，我不明白她为什么要转学。上哪儿还不是得做功课。"

"那就这么定了。"约翰尼说，"弗朗丝，拿一分钱，去糖果店买一张信纸、一个信封。"

弗朗丝跑了出去，很快便跑了回来。约翰尼写了份申请信，说弗朗丝要去亲戚家住，所以要转学。他接着又说尼利会继续在家住，因此不需要转学。他签上自己的名字，还郑重其事地在下面画了线。

第二天一早，弗朗丝颤颤巍巍地把这封申请信交给校长。校长女士看了看，哼了一声，但还是同意了申请，找出了她的成绩卡，让她走。反正这学校够挤了。

弗朗丝拿着这些材料，找新学校的校长报到。他跟她握了握手，说希望她在这里过得开心。一名班长带她去了班级，老师暂停讲课，把弗朗丝介绍给大家。弗朗丝望着班级里一排排小女孩，大家也都不富裕，但大多数看上去很干净。她被安排了座位，很快便融入新学校的日常生活中。

这里的老师和孩子们不像旧学校的那样粗鲁。当然，有的孩子也蛮横，但也只是一种孩子气的坏脾气，不会故意找碴儿。老师们常常表现出不耐烦，对孩子们横眉冷对，但并不会数落他们，更不会施加折磨。这所学校没有体罚。孩子们的家长都已经非常美国化了，非常清楚宪法赋予他们的权利，对于不公正的对待绝不会忍气吞声。他们不会像刚移民到美国或是第二代美国人那样，默默承受欺凌与剥削。

弗朗丝发觉，这所学校让人感觉大不相同，很大程度上是因为这里的校工。他是个面色红润的白发男人，连校长都要称呼他为"詹森先生"。他已经儿孙满堂，而且喜欢自己的每个孩子。对于学校里的孩子来说，他也是个父亲般的角色。下雨天，当孩子们身上淋得透湿走进学校,他会坚持让他们去锅炉房把身上烘干。他给他们脱下湿透的鞋袜,把袜子挂到绳子上,破破烂烂的小鞋子在锅炉旁排成排。

坐在锅炉房里很舒服,墙刷得雪白,漆成大红色的炉子让人很安心。窗子高悬在墙壁顶端。弗朗丝喜欢在这里取暖,看着橘黄色和蓝色的火焰在黑色炭床一寸高的地方轻盈舞蹈(孩子们进来烘干时,詹森先生会把炉门打开)。因此每每清晨落雨,弗朗丝都会早早出门,慢悠悠地走在路上。这样她就可以让身子更湿,也就有理由在锅炉房里多待一会儿了。

即便上课时间到了,孩子们也可以在锅炉房继续烘干,这本来不合校规,但大家都很喜欢他、尊敬他,因此便无人置喙。在学校里,弗朗丝听说了詹森先生的故事。她听说他上过大学,比校长还知识渊博。结婚后,他发现当校工比当老师赚得还多,于是就一直做到了现在。无论这是不是真的,他都受到人们的喜爱和尊重。有一次,弗朗丝在校长办公室看到了他,他穿着干净的条纹工作服,跷着二郎腿,对政治话题大发议论。弗朗丝听说,校长有时候也会到詹森先生的锅炉房抽一袋烟,聊上两句。

如果一个男孩调皮捣蛋被逮到了,他不会被送到校长办公室接受修理,而是要去锅炉房跟詹森先生谈话。詹森先生从不责骂坏孩子。他会讲起自己的小儿子,他是布鲁克林道奇棒球队的投手。他还会谈到民主制度与良好公民,谈到一个美好的世界。在那个世界里,每个人都要为共同的利益尽力而为。和詹森先生谈过话的孩子,几乎都不会再惹麻烦。

在毕业典礼上,出于尊重,孩子们会请校长在纪念册的第一页签名。但他们更看重的是詹森先生的签名,因此他的名字总是出现在第二页。校长大手一挥,名字很快签好。但詹森先生不同,他会把这个仪式搞得很隆重，总要把本子拿回自己的大翻盖书桌上，点亮桌上的灯。他坐下来，认真地擦干净眼镜，选出一支笔。给这支笔蘸好墨水，他会眯起眼睛看一看，擦一擦笔管，再蘸一次。然后，他会用精美的钢版雕刻式字体签上名字，再小心地修饰一番。他的签名总是整个本子里最漂亮的。如果胆子够大，你还可以让他把本子带回家，请他在道奇队的儿子也签上名。男孩子对此非常热衷，女孩子倒觉得无所谓。

詹森先生的书法技艺非常精湛。如果有人请他填写毕业证书，他同样有求必应。

莫顿先生和伯恩斯通小姐也会到这所学校来上课。他们上课时，詹森先生经常会进入教室，勉强坐进后排的座位，跟孩子们一起享受课堂的乐趣。遇到寒冷的日子，他会邀请莫顿先生或是伯恩斯通小姐到他的锅炉房喝一杯咖啡，然后再去下一所学校上课。他的小桌上放着煤气灶和煮咖啡的设备，不一会儿就能做出一杯浓浓的、热热的黑咖啡，盛在杯壁厚厚的杯子里，客座老师们都对他满心感激。

弗朗丝在这所学校过得很开心，她很注意自己的表现。每天经过那栋被她冒用了地址信息的房子，她都会心怀感激和喜爱，望上它一眼。遇到大风天，纸片落在屋前，她会过去捡起来，丢进排水沟里。早上垃圾工人清理完垃圾，要是把空麻袋忘在人行步道上，没有放回院子里，弗朗丝就会帮忙捡起来，挂到篱笆桩上。住在这栋房子里的人注意到了她，但只觉得这是个乖孩子，并且有点洁癖。

弗朗丝喜欢这所学校。尽管到这里上学意味着每天要走整整四十八个街区，但她喜欢走路。早上她要比尼利早出门，晚上回来也更晚。午饭时有点麻烦，但她并不介意。回家十二个街区，回学校又要走十二个，而午休时间只有一个小时，这样一来，她几乎没剩多少时间吃饭。妈妈不让她带午餐上学，理由是：

"照这孩子的性格,她迟早会独立,不管家和家里人。但现在她还是个小孩,小孩就得有小孩样,就该回家吃饭。她去那么远的地方上学,难道是我的错吗?这还不是她自己选的?"

"可是凯蒂,"爸爸争辩道,"那学校可好了。"

"得了,坏的她也得受着。"

午饭问题就只能这样了。她有五分钟时间吃饭,刚够她说一声"我回来了",然后就得拿上一个三明治,在回学校的路上吃完。但她从不觉得这有什么不好。新学校的生活是如此快乐,让她总觉得要付出一点代价才心安。

她让自己走进了新学校,这很重要。正是这件事让她明白,在她出生的世界之外,还有其他世界,而其他的世界绝非遥不可及。

24

计算一年的时间,弗朗丝并不是以"日"或是"月"为单位,而是通过节日。她的一年是从7月4日"独立日"开始的,因为那是学校放假后的第一个节日。"独立日"的前一个星期,她就会开始积攒鞭炮。手里一有一分钱零钱,她就拿去买一小包鞭炮。她把鞭炮存在床底下的一个盒子里。每天至少十次,她会掏出这个盒子,摆弄鞭炮,仔细观察淡红色的包装纸和白色的引线,想搞清楚它们到底是怎么做出来的。她闻着厚厚的小块火绒的气味,每次买鞭炮,卖家都会赠送一点。这东西可燃几个小时,是用来点鞭炮的。

而等到节日真正到来,她反倒不愿意去放鞭炮了。拥有它们的感觉比放掉更好。有一年,日子比往年更艰难,弗朗丝一分钱都弄不到，她便和尼利收集纸袋，等到"独立日"当天，他们在纸袋里装满水，袋口拧成结，爬到屋顶上往下扔。纸袋落地发出砰砰声，跟放鞭炮差不多。路人对此很恼火，一旦有纸袋差点砸到他们，他们就会抬起头，怒目而视。但也不会有更多反应了，毕竟这是"独立日"，穷孩子有权以他们的方式庆祝。

下一个节日是万圣节。尼利用煤灰把自己涂成黑脸，帽子反戴，衣服也反着穿。他还在妈妈的一只长筒丝袜里也装满煤灰，带着这自制的"铁棒"走到街上，跟他的"小狐朋狗友"吵吵闹闹、嘻嘻哈哈。

弗朗丝也会跟其他小姑娘结伴上街，拿着白粉笔头在街上游荡。每当遇到精心打扮的人，她就会在经过他们时快速在他们背上画一个大大的十字记号。孩子们并不知道这个仪式意味着什么。仪式流传下来，但原因却被遗忘了。它可能源于中世纪，当时某些房屋和某些人身上会被打上记号，表明有瘟疫存在。可能当时的调皮孩子就会以这种方式，跟无辜的人开残酷的玩笑。这种做法持续了几个世纪，直至演变成一个真正无害的万圣节恶作剧。

在弗朗丝看来，"大选投票日"是一年中最盛大的节日，它比任何时间都让人对整个社区产生更多的归属感。弗朗丝想，也许全国其他地方的人也会投票，但肯定不会像布鲁克林这样隆重。

约翰尼带弗朗丝去了斯科尔斯街的一家牡蛎饭馆。它所在的建筑一百年前就已经矗立于此地了，当时大酋长坦慕尼会亲自率领他麾下的勇士们以此为根据地活动。现在这家饭馆以炸牡蛎配薯条闻名，但它的重要性还不止于此。这里还是市政厅的政客们秘密聚会的场所，他们会在这里的私人包厢会面，一边吃着鲜美多汁的牡蛎，一边决定谁上台、谁滚蛋。

弗朗丝经常路过这家店，光是看到它就会感到兴奋。这饭馆没有招牌，橱窗里也空空如也，只能看到一盆蕨菜和挂在铜杆上半敞着的棕色亚麻布窗帘。有一次，弗朗丝碰巧看到门被推开，迎了一个人进去。她瞥见里面房间低矮，灯光暗淡，发出幽幽的红光，雪茄烟雾弥漫。

和其他孩子一起，弗朗丝经历过几次选举日活动，但并不知道这些活动意味着什么。选举之夜，她站在一列孩子当中，双手搭在前一个人的肩膀上，唱着歌，在街上绕着蛇形，蹦蹦跳跳地前进。

坦慕尼，坦慕尼，
大酋长坐在他的帐篷里，
勇士欢呼迎胜利，
坦慕——尼，坦慕——尼。

至于爸爸妈妈就政党问题争辩时，她只能做一个热心听众。爸爸是民主党的忠实支持者，妈妈倒没有明显的偏好。妈妈会批评民主党的一些做法，并告诉约翰尼他是在浪费选票。

"不能这么说，凯蒂，"他争辩道，"民主党为人们做了不少好事。"

"哦，是吗？"妈妈轻蔑地回应。

"他们只想每家的男人给他们投个票，并且他们也做了很多好事。"

"说一个他们做的好事给我听听。"

"嗯，比如，你要是需要法律建议，可以不用找律师，议员可以给你建议。"

"瞎子帮瞎子。"

"你还真别不信。那些议员脑子可能确实不灵光，但对市里的法律条文还是能倒背如流。"

"那你去市里告个状,看看坦慕尼①能不能帮你告赢。"

"还有公务员考试,"约翰尼只能另辟蹊径,"他们知道警察、消防员、邮递员的考试在什么时候举行。如果有人感兴趣,他们能帮不少忙。"

"拉维夫人的老公三年前去考了邮递员,到现在还在开卡车。"

"啊!那是因为他支持共和党。如果他支持民主党,他们会记下他的名字,然后放到名单最前面的。我听说有个老师想转到别的学校,坦慕尼就帮她解决了。"

"怎么会?难不成是因为她长得好看?"

"不是。这么做很明智。老师是教孩子的,孩子就是未来的选民嘛。你想想,这个老师以后有机会,能不说坦慕尼的好话吗?她班上的小男孩,以后可都是要投票的。"

"凭什么只有小男孩?"

"向来如此。"

"向来如此?哼!"凯蒂冷笑道。

"再比如,你养了条贵宾犬,有一天这狗死了,你该怎么办?"

"我养贵宾犬干吗?"

"假设嘛,假设你养了条贵宾犬。"

"好吧,我养了条贵宾犬,死了,怎么办?"

"只要去趟工会,就会有小伙子过来帮你收拾了。再比如,咱家弗朗丝要去工厂工作,需要工作证,但她年纪太小了。"

"找那帮人,他们就帮她办了,是这意思吧?"

---

①此处指纽约的坦慕尼协会(Tammany Hall),最初是美国一个全国性的爱国慈善团体,致力于维护民主,后来成为纽约的一个政治组织,专门为民主党效力。其名称源自前文的"大酋长坦慕尼",后文中出现的"坦慕尼"皆指这一协会。

"当然。"

"你觉得让这么小的孩子去工厂干活,合适吗?"

"好吧。假设你有一个调皮的小男孩,不爱上学,总惹事,在街上晃悠,但他还没到能进工厂干活的年纪。有人能帮他弄到假证件,这不是很好吗?"

"这么说,确实挺好的。"凯蒂表示赞同。

"瞧瞧,他们能为选民做多少好事!"

"但你也知道他们是怎么办到的,对吧?去工厂视察,睁一只眼闭一只眼,只需要老板行方便,让他们往工厂塞人,帮人找工作的功劳还得全记在这个坦慕尼头上。"

"我还有个例子。比如说有个人,亲戚在海外,他想把亲戚接过来,但因为文书手续什么的过不来,坦慕尼也能帮忙搞定。"

"这是自然。反正等这些人过来,获得美国国籍,成为选民,他们得给民主党投票,否则就得哪儿来的回哪儿去。"

"无论如何,坦慕尼对穷人很好。要是有人生了病,交不起房租,你觉得组织会放任房东把他撵出去吗?不会的,只要这人支持咱民主党,他们就不会坐视不管。"

"那我想这个房东支持的是共和党吧?"

"不,这个规矩是双向的。假如房东遇到了坏房客,不仅不交房租,还打了房东一顿,又会如何呢?组织会为这个可怜的房东主持公道的。"

"不管这个坦慕尼帮人们做了什么好事,它得到的都是双倍回报。你就等着我们女人也能投票的时候吧。"约翰尼用笑声打断了她。"你不信?那一天总会来的。记住我的话。我们会把这些只会偷鸡摸狗的政客都关进他们早该去的地方——那就是大牢。"

"要是你们女人真能去投票了，咱俩一起去——手挽着手去——我投谁你就投谁。"他伸出手揽过她，轻轻地抱了一下。

凯蒂未置可否。弗朗丝注意到妈妈脸上的笑容很奇怪，就像学校礼堂挂的那幅画里的女士一样，他们说她叫"蒙娜丽莎"。

坦慕尼的力量，很大程度上在于他们采取了"从娃娃抓起"的策略。即便是党内最蠢的小喽啰，也知道时光如流水，今天的小学生，一眨眼就成了选民。他们拉拢小男孩，也不放过小女孩。尽管在那个年代，女人还不能投票，但政客们清楚，在布鲁克林，男人都很听女人的话。把一个小女孩培养成民主党的支持者，就相当于提前拿到了她未来老公的选票。为了讨好孩子们，马蒂·马奥尼协会每年都会为孩子们和他们的父母举办一次远游活动。尽管凯蒂对这个组织除了鄙夷别无他感，但她认为也没理由不充分享受这免费的午餐。听说他们家也能参加，弗朗丝非常兴奋，就和任何一个长到十岁还没有坐过船的孩子一样。

约翰尼起先不想去，他不明白凯蒂为什么会答应。

"我热爱生活，所以我要去。"凯蒂的理由很奇怪。

"如果那乱糟糟的就叫生活，免费的我也不要去。"他说。

但他还是去了。他想，这次坐船远游可能会有教育意义，他想借机教育孩子们。那是个闷热的日子，甲板上挤满了小孩，他们兴奋地跑来跑去，想试探自己会不会落入哈德孙河中。弗朗丝一直盯着移动的水面看，直到平生头一回感到头晕。约翰尼跟孩子们讲，在很久很久以前，亨德里克·哈德孙[①]也是乘坐这样的船在这条河上航行的。弗

[①] 早期航海家。哈德孙湾、哈德孙郡、哈德孙海峡及哈德孙河都是以他的名字命名。

朗丝想知道哈德孙先生当时是不是也像自己这样感到恶心。妈妈坐在甲板上，头戴翡翠色的草帽，身上穿着从伊芙姨妈那里借来的黄色斑点瑞士裙，看上去端庄可人。她周围的人都在笑。妈妈是个出色的演说家，人人都爱听她说话。

正午刚过不久，船停在州北部的一个林间峡谷，民主党人下了船，开始布置。孩子们跑来跑去，交易他们手里的"票子"。一个星期前，每个孩子都得到了一沓票子，总共十张，上面写着"热狗""汽水""旋转木马"，等等。弗朗丝和尼利各拿到了一沓，但弗朗丝受了一些狡猾男孩的哄骗，他们让她赌弹珠，说只要赢了就能拿到五十张票子，风风光光地过一天。但弗朗丝根本不会玩，很快就把票子都输光了。而尼利却足够走运，又赢了两沓。弗朗丝问妈妈，能不能让尼利给她一沓。妈妈借此机会就赌博问题给她上了一课。

"你手里本来有票子，但你却觉得自己足够聪明，可以赢更多。赌博的人都一样，他们只想着赢，从不觉得自己会输。你要记住，十赌九输，别人会输，你也会输。如果你通过输掉这沓票子就能学到这个教训，这学费是便宜你了。"

妈妈说得没错，弗朗丝知道她是对的，但这一点也没让她高兴起来。她想和其他孩子一样去坐旋转木马，喝汽水。她沮丧地站在热狗摊旁边，看着其他孩子大快朵颐。这时一个男人走过来跟她搭话，此人穿着跟警察差不多的制服，只是上面的金色更多些。

"没带票子吗，小姑娘？"他问。

"我忘带了。"弗朗丝撒了个谎。

"当然，而且我小时候也不太会玩弹珠。"他从口袋里掏出三沓票子，"每年我们都会考虑到这一点，尽可能让孩子们都玩得开心，但很少有女孩子提前把票子输光，不管票子多少，她们都会死死守着。"弗朗丝接过票子,向他道谢,正准备离开时,那人又问道:"那个戴绿色帽子的女人,是你妈妈对吧?"

"是的。"她等待下文,但他什么也没说。最终还是她开口:"怎么了?"

"那你每晚都要向小花①祈祷,保佑你长大以后能有你妈一半漂亮。"

"那是我爸爸,在我妈妈身边。"弗朗丝等着他说爸爸也很漂亮。但他只是瞥了约翰尼一眼,什么都没说。弗朗丝跑开了。

她被嘱咐每隔半小时就要去找妈妈一次。到了又一次"找妈妈"的时间,约翰尼去领免费啤酒了,妈妈跟她开玩笑:

"你这丫头,怎么跟你茜茜姨妈似的——总爱和穿制服的男人说话。"

"他给了我一些多余的票子。"

"我看到了。"凯蒂接下来的话听上去很随意,"他问你什么?"

"他问你是不是我妈妈。"弗朗丝没有说他说妈妈很漂亮。

"我猜也是。"凯蒂看了看自己的双手,它们粗糙泛红,被清洁剂侵蚀得不成样子。她从包里拿出一副棉手套,天气虽然很热,但她还是戴上了。她叹了口气:"工作太辛苦了,有时候我都想不起来自己还是个女人。"

弗朗丝吓了一跳,这是她听过妈妈说的最接近抱怨的一句话。她想知道妈妈为什么突然对自己的手感到难为情。当她再次跑去玩时,

---

① 即特蕾莎修女(Blessed Theresa),她一生致力于慈善事业,自比为"耶稣的小花"(The Little Flower of Jesus)。

她听到妈妈在问身边的女人。

"那个人是谁？穿制服朝这边看的那个。"

"那是迈克尔·麦夏恩警官。你不认识他吗？他可是管你们片区的。"

那天的欢乐还在继续。每张长桌上都摆着一桶啤酒，免费供应给所有民主党的忠实支持者。弗朗丝也难免陷入兴奋的氛围中，跟其他孩子一起打打闹闹、疯狂尖叫。啤酒像暴雨过后布鲁克林水沟里的积水一样四处流淌。一支铜管乐队在这样的氛围下仍敬业地提供伴奏，他们演奏了《凯里舞者》《爱尔兰的眼睛在微笑》《我就是那哈里根》，还演奏了《香农河》，以及纽约当地的民谣《纽约人行道》。

一曲开始前，乐队指挥总会报个幕。"接下来，马蒂·马奥尼的乐队将为各位演奏……"一曲终了，乐队成员还会高喊："马蒂·马奥尼万岁！"每打一杯啤酒，服务员都会说一句："马蒂·马奥尼向您致意。"每项活动都标着名字，如"马蒂·马奥尼竞走大赛""马奥尼花生大战"。到这一天结束，弗朗丝感觉马蒂·马奥尼确实是个了不起的人物。

下午晚些时候，弗朗丝有了个想法。她觉得自己应该找到马奥尼先生，向他当面道谢。她找了又找，问了又问，但奇怪的是，没有人认识马奥尼先生，连见过他的人都没有。显然他从未出席过这项活动。到处都有他的存在，但这个人却不曾现身。也许根本就没马蒂·马奥尼这个人，那只是人们给这个组织的领袖起的一个代号。

"我投'清一色选票'①已经四十年了，"有人说，"好像候选

---

① 指在美国大选中全部投给同一政党的选票。

人一直是这位马蒂·马奥尼,也可能换了不同的人,但名字一直是这个。我不知道他是谁,小姑娘,我只知道投民主党。"

迎着月光,船沿着哈德孙河行驶在回家的路上。只剩男人们还吵吵闹闹,孩子们大多饱受晕船之苦,或是被太阳晒得晕晕的,只想赶快回家。尼利在妈妈腿上睡着了。弗朗丝坐在甲板上,听妈妈和爸爸说话。

"你认识那个迈克尔·麦夏恩警官吗?"

"我知道这个人。他们都叫他'老好人'。党内已经注意到他了,说不定过段时间他就能当议员了。"

附近一个人闻言凑过来,碰了碰约翰尼的胳膊:"议员不可能啦,警局专员还差不多,兄弟。"

"他生活怎么样呢?"

"就像那种励志故事。二十五年前,他从爱尔兰过来,除了一个拎起来就能走的小箱子,什么都没有。他一开始在码头做苦力,上夜校,后来进了警局。他不断学习,不断考试,终于混成了警官。"约翰尼说。

"我想他肯定娶了个有文化的老婆,老婆帮了他。"

"那倒没有。他刚来美国的时候,一个爱尔兰裔人家收留了他,直到他站稳脚跟。这家的女儿嫁了个混混,过完蜜月这混混就跑了,后来跟人打架,死了。这女儿怀了孕,可老公没了,这事儿传出去肯定不好听,于是麦夏恩就娶了她,还让孩子跟了自己的姓,算是报答了这户人家。确切来说,他们算不上为爱结婚,但听说他对那女的不错。"

"他们生孩子了吗?"

"生了十四个,我听说。"

"十四个？！"

"但只活了四个，而且好像都没长大就死了。他们都有先天性肺结核，你知道，因为他们的母亲。他们的母亲是被一个女孩传染上的。"

"他可真是个好人啊，"约翰尼喃喃自语，"但没得什么好报。"

"他老婆还活着吧？"

"活着倒是活着，但病得厉害。别人都说她活不了多久了。"

"哦，这种人早该死了。"

"凯蒂！"约翰尼被妻子这句话吓了一跳。

"怎么了？她嫁了个混混，生了个孩子，都无所谓，这是她的特权。但她该死的时候不死，这就是她的不对了。她为什么要连累这么好的一个男人呢？"

"话不能这么说。"

"赶紧死吧，越快越好。"

"小点声，凯蒂。"

"要你管。反正我就是这么想的。她一死，警官就能再娶了——娶一个开朗的女人，身体棒棒的，给他生能活下来的孩子。每个好男人都应该有这样的福气。"

约翰尼一言不发。虽然不太懂，但这话在弗朗丝听来，心里也是莫名恐惧。她站起身，走到爸爸身边，牵起他的手，用力捏了一下。在月光下，约翰尼惊奇地望着她。他把孩子拉过来，紧紧抱在怀里。然后，他只说了句：

"看，月亮在河里走着呢。"

那次远游之后不久，组织开始为选举日做准备。他们向附近的孩子分发印有马蒂头像的白色亮扣。弗朗丝拿到了几个,她盯着那张脸看了许久。马蒂对她来说是一个神秘的存在,几乎如圣灵一般——从没有人见过他,但他的存在却又不容置疑。那照片上的人相貌平平,梳着背头,八字胡,跟其他小政客长得都差不多。弗朗丝真希望自己能见到他——哪怕只看一眼真人。

对于这些亮扣,孩子们都很兴奋。他们用扣子做交易,当成游戏筹码,或是虚拟王国的货币。尼利把自己的陀螺卖给一个男孩,换来十个扣子。糖果店的吉姆皮,用一分钱糖果跟弗朗丝换了十五个扣子(据说他跟组织的人说好了,可以用扣子换现金)。弗朗丝留心马蒂,发现他无处不在。男孩们用他的脸玩投接球,弗朗丝还看到它在电车轨道上被压扁,被做成跳房子用的小铁块。它跟尼利口袋里零零碎碎的小物件待在一起。她低头往排水沟里瞧,发现他的脸在里面漂。气窗口格栅的垃圾堆里也有它。在教堂做弥撒时,她身边的庞吉·帕金斯迟到了,他没有捐出他妈妈给他的两分钱,而是丢了两枚扣子。等弥撒结束后,她看到帕金斯用那两分钱买了四根甜卡波拉香烟。马蒂的脸到处是,可她还是没见到真人。

大选前一周,她和尼利以及其他男孩一起,四处收集竞选传单。他们把传单当成柴火,到选举之夜生篝火用。她帮他们把传单存放在地下室里。

选举日当天,她早早起床,听到有人来敲门。约翰尼出去应门,那人说道:

"诺兰?"

"对。"约翰尼确认道。

"去投票站,十一点。"他在名单上确认了约翰尼的名字,接着他递过来一支雪茄,"马蒂·马奥尼向您致意。"然后便去找下一户支持民主党的人家了。

"没人来提醒，你不是也会去投票？"弗朗丝问道。

"这倒是。但他们会给我们每人一个时间，这样投票就会错开——反正，不能让大家一个时间去投票。"

"为什么呀？"弗朗丝继续追问。

"就是得那样。"约翰尼闪烁其词。

"我告诉你为什么吧，"妈妈插了进来，"他们想掌握是谁在投票，怎么投的票。他们确认了每个人投票的时间，要是他不去投马蒂，鬼知道会发生什么。"

"女人懂什么政治。"约翰尼点燃了马蒂送的雪茄。

到了选举之夜，弗朗丝帮尼利把他们收集来的"柴火"搬了出来。它们为这个街区最大的一堆篝火添了一份力。弗朗丝和其他孩子排成一排，围着火堆，跳起印第安舞，唱起"坦慕尼之歌"。当大火燃成灰烬，男孩们偷袭了犹太小货车，劫掠来一些土豆。他们把土豆放在热灰堆里面烤，这样烤出来的土豆被称为"黑仔"。他们偷到的土豆并不多，因此弗朗丝没有吃到。

她站在大街上，看着选举结果被陆续公布出来。有人把床单蒙在窗户上，另一边有人用幻灯机把数字打出来。每当一个数字公布，弗朗丝就和其他孩子大喊：

"又一个县出结果了！"

马蒂的照片不时出现在床单屏幕上，人们一阵阵欢呼，直至声嘶力竭。那一年最终是民主党上台，民主党的州长也连任了，但弗朗丝只知道马蒂·马奥尼又赢了。

选举结束,政客们便把先前的承诺抛到了脑后,顺理成章地休息起来,直到新年他们才会又开始着手为下一次选举做准备。1月2日是民主党总部设立的"妇女日"。只有在这一天,女人们才被欢迎进入这个男性专属的区域,享用雪莉酒和撒着果仁的小蛋糕。整整一天,马蒂的小喽啰们都会忙前忙后,把女人们照顾得舒舒服服。但马蒂本人却从未现身。女人们离开时,要在精美的小卡片上写下自己的名字,留在大厅桌子上的玻璃盘里。

凯蒂瞧不起这些政客,但并不妨碍她每年接受他们的款待。她会穿上熨得笔挺、一尘不染的灰色套裙,装点上全套花边,还会把那顶翡翠色的天鹅绒帽子斜戴在右眉上方。她甚至会花上一毛钱,在总部外面的临时摊位那里定做一张名片,写上"约翰·诺兰夫人",用的是旁逸斜出的花体字,四周缀着花花朵朵。这一毛钱原本应该存进存钱罐,但凯蒂觉得她可以每年奢侈这一次。

家人在这一天都会盼着她回家。他们都想听听她在招待会上的见闻。

"今年怎么样?"约翰尼问。

"老一套呗,还是以前那样。很多女人穿着新衣服,我敢打赌她们都是特地去置办的。当然,出来卖的那些,穿得最好,"凯蒂毫不避讳地说,"也还是老一套,那伙人比正经女人多一倍。"

25

约翰尼是个心事很重的人,他总觉得生活对他来说太艰难了,于是酒越喝越多,想借此把烦恼忘掉。弗朗丝学会了判断他何时会比平时喝得更多的方法。那样的时候，他走回家时会比平时走得更直，动作更小心，但身子却是歪的。约翰尼酒品倒是不错，喝多了会很安静，不吵不闹，不会唱歌，不会唉声叹气，反倒陷入思考。如果是不认识他的人，会觉得他清醒的时候反倒像是喝醉了，因为平时他总是喜欢唱歌，喜欢吵闹。一旦喝醉了，路人会以为这个人很安静，有头脑，是个靠谱的人。

弗朗丝害怕爸爸喝醉的日子——不是什么道德上的原因，而是一旦喝醉，他就会变得很陌生。他不和她说话，不和任何人说话。他看她就像在看陌生人。妈妈和他说话，他会把头扭到一边，不去理她。

大醉过后，他会再度立志，立志要为了孩子们做更好的父亲。他觉得他必须教孩子们一点东西。他会戒酒一段时间，带着新的决心努力工作，把下班后的时间都用在弗朗丝和尼利身上。他的想法跟凯蒂的母亲玛丽·罗穆利如出一辙，都想把自己知道的一切全数传授给孩子们，让他们在十四五岁时就懂得他在三十岁时才明白的道理。他认为以此为基础，他们可以继续学习。通过粗略的估计，他觉得等孩子们三十岁时，肯定比自己现在聪明一倍。

仍是粗略的估计，他觉得孩子们此时最需要上关于地理、公民和社会学的课程。于是他带他们去了布什维克大道。

布什维克大道是老布鲁克林的一条格调高雅的林荫大道，宽敞开阔，绿树成荫。周边的房屋用大块花岗岩建造，入口砌着长长的石头台阶，颇为气派。这里住着著名政客、身家显赫的啤酒酿造商家庭、能坐得起头等舱而不是三等舱的富裕移民。他们带着钱、雕塑和阴暗的油画收藏来到美国，在布鲁克林定居。

此时汽车已经投入使用，但这些大户人家仍坚持使用他们的宝马良驹和华丽马车。爸爸把这些马车的各种讲究讲给弗朗丝听，弗朗丝敬畏地注视着它们从身边经过。

这些马车有的小小的,以供高雅的女士们使用,外面漆成亮色,里面衬着层层叠叠的白缎,顶篷是一把大大的伞,四周垂下流苏。还有一种可爱的柳条马车,两边各有一条长凳,幸运的孩子坐在上面,由设得兰小矮马拉着走。弗朗丝看着那些陪孩子出行、看上去严肃干练的家庭教师——来自另一个世界的女人。她们披着短斗篷,戴着用浆粉浆洗过的系带女帽,侧身坐着,掌控着小马。

弗朗丝看到了简洁实用的黑色双座马车,由一匹高头大马拉着,车夫是戴着小羊皮手套的年轻男人。他的手套边缘向后翻,仿佛卷起来的袖口。

她还看到一支家庭车队,由看上去很可靠的马队牵引,走得不疾不徐。但车队并没有给弗朗丝留下很深刻的印象,毕竟威廉斯堡的每个殡仪馆都有这样的车队。

弗朗丝最喜欢的是双轮双座出租马车。这种马车很神奇,只有两个轮子,还有乘客上车后自己就能关上的马车门(弗朗丝天真地以为,这门的作用是防止乘客受扬起的马粪之苦)!弗朗丝想,如果自己是个男人,一定要做这份工作,驾这样的马车。坐在高高的后座上,手边的空隙里插着威风凛凛的马鞭!穿上漂亮的大衣,有大大的纽扣、天鹅绒领子,戴上凹顶高帽,帽带上还打着花结!还要把如此精致的毯子盖在膝盖上!弗朗丝会低声模仿车夫的喊声:

"去凯里奇,先生?凯里奇?"

有传言说,纽约市的下一任市长将来自布鲁克林,他就住在布什维克大道。想到这个,约翰尼来了兴致:"你瞧瞧这个地方,弗朗丝,告诉我,你觉得咱们下任市长住在哪儿?"

弗朗丝四处打量一番,然后低下头说道:"我不知道,爸爸。"

"那儿！"约翰尼大声宣布，仿佛手里拿着个大喇叭，"总有一天，那栋房子的门廊前面会立上两根灯柱。无论你在这个城市的任何地方转悠，"他继续慷慨激昂，"只要遇到门前有两根灯柱的房子，你就知道，世界上最伟大的城市的市长就住在里面。"

"他要两根灯柱做什么？"弗朗丝很好奇。

"因为这里是美国，在我们这样的国家，"约翰尼含糊但富于爱国情怀地解释道，"政府是民有、民治、民享的，永远不会像那些老国家一样，会从地球上消亡。"他兴奋地唱起歌来，越唱越兴奋，越唱越大声。弗朗丝也跟着唱起来。约翰尼唱道：

> 你的旗帜宏伟壮丽，
> 你的旗帜猎猎飘扬，
> 愿这旗帜永恒不落……

路人们好奇地看着约翰尼，一位善良的女士扔给他一个钢镚。

弗朗丝对布什维克大道还有一段记忆，这记忆充满玫瑰花香。到处都是玫瑰花——街道被清空了，人们挤在人行道上，警察把他们挡在身后。玫瑰花的香气弥漫在空中。骑兵队登场了：警察骑着大马，护送着一辆敞篷大汽车，车上坐着一个面容和善的人，脖子上戴着玫瑰花环。人们注视着他，有的人甚至喜极而泣。弗朗丝紧紧抓着爸爸的手，她听到周围的人在议论：

"看哪，这可是咱布鲁克林出来的孩子。"

"出来？你这个笨蛋，他现在还住在这儿呢。"

"是吗？"

"是啊，而且就住在布什维克大道。"

"看看他！看看他！"一个女人叫喊道，"多么伟大的人啊，可他一点架子都没有，亲切得像我丈夫，只是比他好看一点。"

"坐这种车肯定很冷。"一个男人说。

"希望没有把他的那玩意儿冻掉。"一个男孩猥琐地说。

一个面色苍白的男人拍了拍约翰尼的肩膀。"兄弟，"他问道，"你真的相信他们在世界之巅竖了根杆子吗？"

"当然，"约翰尼回答说，"他不是亲自上去把美国国旗挂在上面了吗？"

就在这时，一个小男孩大喊道："他来啦！"

"哇——"

当汽车从他们身旁驶过，弗朗丝被周围人群的兴奋吓了一跳。但她很快也被感染，跟着喊了起来：

"库克博士万岁！布鲁克林万岁！"

26

大多数第一次世界大战前在布鲁克林长大的孩子，都对感恩节印象深刻，这个节日有一种独特的温情。那天，孩子们会精心装扮，戴上便宜面具，四处"讨饭"或是"砸门捣蛋"。

弗朗丝精心挑选了她的面具。她买了一个黄色的中国面具，上面还蓄着中国式长须。尼利买了一个煞白的死神面具，咧着嘴，露出黑牙。爸爸在最后一刻赶到，给孩子们一人买了个一分钱的锡皮喇叭，红的给弗朗丝，绿的给尼利。

弗朗丝想要帮尼利装扮，这可太有意思了！他穿的是妈妈不要的一条裙子，为了方便他走路，前面剪掉了一大块，到他脚踝的位置；后摆留着，脏兮兮地拖在地上。他在胸前塞了废报纸，形成非常可观的"胸怀"。他那双破破烂烂的铜头鞋露在外面。因为怕冷，他还在这身行头上套了件打补丁的毛衣。穿着这一身，他戴上死神面具，头上斜扣着爸爸不要的破圆顶礼帽。只是这帽子太大了，总是滑下来。

弗朗丝穿上了妈妈的黄色束腰、亮蓝色的裙子，还系上一条红色腰带。她用一条红头巾围住中国面具，绕过下巴打上结。天气很冷，妈妈让她把毛毛帽（这是她给针织绒线帽取的名字）戴好。弗朗丝拿上去年复活节用的篮子，在里面放了两个核桃做装饰，两个孩子便出门了。

大街上到处都是戴着面具、精心装扮过的孩子。他们把廉价的锡皮喇叭吹得震天响。有的孩子家里太穷，买不起面具，于是用烧焦的软木塞给自己涂了个大花脸。还有一些孩子家里比较富裕，身上穿的是从商店买来的现成装扮：脏兮兮的印第安服装、牛仔套装、粗棉布做的荷兰女仆裙。有的孩子不怎么上心，干脆找来一条脏床单披在身上，把这当作自己的装扮。

弗朗丝被一群孩子挤在中间，跟着他们一起游街。有的店主会把门反锁上，但大多数都给孩子们准备了小礼物。糖果店一连几个星期都在积攒碎糖果，现在分装在一个个小袋子里，发给这些临时的"小叫花子"。店主这样做也是不得已而为之，毕竟他平时的生意还要靠这些孩子照顾，他可不想得罪他们。面包店也会招待孩子们，发给他们软塌塌的现烤饼干。这些孩子对社区商店的生意影响甚大，他们只会光顾那些对他们好的店铺，这道理面包店老板也懂。果蔬店则准备了烂香蕉和将烂未烂的苹果。一些从孩子们身上讨不到好处的店铺倒不会锁门，但也不会给他们东西，只是假模假式地数落他们这种行为的恶劣影响。这些人得到的回报便是孩子们疯狂地捶门泄愤,对应的是游街活动"砸门捣蛋"的部分。

到了中午,游街活动宣告结束。弗朗丝穿腻了这一身笨重的衣服,脸上的面具也起了皱(它是用廉价纱布做的,用厚浆浆洗,然后在模具上晾干定型)。一个男孩抢走了她的锡皮喇叭,在膝盖上一折两半。她看到尼利正朝她走来,流着鼻血。尼利说有个孩子想抢他的篮子,于是他跟他打了一架。尼利不肯说是谁赢了,不过他手里不仅拎着自己的篮子,还有另一个孩子的篮子。他们回家饱餐了一顿感恩节大餐:炖肉和自制面条。下午,大家一起听爸爸回忆他小时候的感恩节经历。

就在这个感恩节,弗朗丝第一次精心编造了一个谎言,但被人识破了。从此她下定决心,要当一个作家。

感恩节前一天,弗朗丝所在的班级表演了一个节目。四个被选中的女孩,手里各拿着一个感恩节的象征物——干瘪的玉米、代表整只火鸡的火鸡爪、一篮苹果、一个五分钱的南瓜饼(有一个小碟子那么大)——每人朗诵了一首关于感恩节的诗。

节目表演完后,火鸡爪和干玉米被扔进垃圾桶,老师把苹果放在一边,准备带回家。她问有没有孩子想吃小南瓜饼。三十个孩子,每个孩子都在咽口水,每个孩子的手都蠢蠢欲动,但最终却没人举手。有的孩子很穷,有的很饿,可他们都不愿意接受免费的施舍。没人举手,老师便打算把它丢掉。

弗朗丝受不了了,这么漂亮的南瓜饼,它的归宿不该是垃圾桶,她还没吃过南瓜饼呢!对她来说,这是乘坐大篷马车的印第安战士的食物,她太想尝尝那是什么味道了。突然间,她想到了一个谎话,于是举起了手。

"有人想吃,太好了。"老师说。

"我不是想自己吃,"弗朗丝开始撒谎,一副自信满满的样子,"我认识一家人,很穷,我想把这南瓜饼送给他们。"

"很好,"老师说,"这才是真正的感恩节精神。"

那天下午,弗朗丝在回家的路上吃掉了南瓜饼。说不好是因为良心有愧还是吃不惯,反正她不大喜欢这个南瓜饼,感觉像肥皂的味道。接下来的星期一,老师上课前在走廊遇到了她,便询问那个贫困人家喜不喜欢南瓜饼。

"他们可喜欢了。"弗朗丝告诉老师。看到老师似乎对此很有兴趣,她继续添油加醋:"这家里有两个小女孩,她们有金色的鬈发,大大的蓝眼睛。"

"还有呢?"

"还有……还有……她们是双胞胎。"

"真有意思。"

弗朗丝受到了鼓舞。"姐姐叫帕梅拉,妹妹叫卡米拉。"(这两个是弗朗丝为自己想象中的娃娃起的名字)

"她们非常非常穷。"老师像是在提词。

"对的,太穷了。她们都三天没吃东西了,医生说要是没有那个南瓜饼,她们人就没了。"

"那么小的一个南瓜饼,"老师淡淡地说,"竟然救了两个孩子的命。"

弗朗丝立刻察觉,她的谎言露馅了。她讨厌那个东西,那个在她脑海中,让她说出这种鬼话的东西。老师弯下腰,搂住弗朗丝。弗朗丝看到,她的眼睛里泛着泪光。弗朗丝克制不住了,悔恨如同苦涩的洪流，在她心里奔涌。

"我撒谎了，"她坦白道，"南瓜饼是我自己吃的。"

"我知道。"

"别往我家寄信，"弗朗丝哀求道，她记起那个并不属于她的地址，"我可以每天放学都留下来……"

"我不会为你的想象力惩罚你的。"

接着，老师温柔地解释了谎言和故事的区别。谎言源自卑鄙或是怯懦，故事则是你根据可能发生的事情编造出来的。只是你没有按照真实的情况来讲，而是讲成了你认为应该的样子。

听老师这样说，弗朗丝如释重负。最近她总是喜欢夸大其词，在说事情的时候不如实讲出，而是增加各种细节、情感和戏剧性的转折。凯蒂对这种倾向很是恼火，一直警告弗朗丝有一说一，不要添油加醋。但弗朗丝就是不愿意有什么说什么，她就是要进行加工和创造。

尽管凯蒂自己也有讲故事的天赋，约翰尼长时间活在半梦半醒中，但他们都觉得孩子这样不好。或许他们的理由很充分，或许他们清楚，自己用想象力给生活中的贫苦和残酷着色，不过是为了让自己能好受一点。或许凯蒂认为，如果没有这份想象力，他们的头脑会更务实；他们将能够看清现实，感到厌恶，然后竭尽全力，找到改变它的方法。

弗朗丝一直记得这位善良的老师对自己说的话："弗朗丝，你知道吗，很多人会觉得你总在编造的故事是可怕的谎言，因为它们和人们眼中的真相不符。所以以后，遇到事情，你要如实地讲给别人听，但要把自己头脑中的故事写下来。说出真相，写下故事，这样你就不会把二者混为一谈了。"

这是弗朗丝得到的最好的建议。真实和幻想在她头脑中一直被混为一谈——每个孤独的小孩都是如此——她没法加以区分。但老师让她明白了二者的区别。从那以后，她便开始把自己看到的、听说的、感受到的东西写成小故事。这样一来，她慢慢地也能够在跟别人讲话时有一说一，只做一点点本能的加工。

十岁这年，弗朗丝看到了写作带给她的出路。写什么并不重要，重要的是，写作的尝试让她能够直面真实与虚构的分界线。

如果没有写作这个出口，她长大以后真的有可能成为大骗子。

27

布鲁克林的圣诞节分外可人，甚至在真正到来之前，它的气息就已经在空气中弥漫了。第一个兆头是莫顿先生开始在课上教大家唱圣诞颂歌。但真正的信号，是商店的橱窗。

你得是个孩子，才会明白，看到商店橱窗里摆满洋娃娃、雪橇和其他玩具，是何等兴奋。这种兴奋对弗朗丝来说是免费的。能够透过橱窗欣赏它们的感觉，几乎和真正拥有一样美妙。

转过街角，看到有一家商店为圣诞节装点得焕然一新，弗朗丝多么兴奋！啊，那橱窗干净闪亮，里面的地毯上缀着白棉絮，像是闪烁着点点星光！橱窗里展示的娃娃，有的头发是亚麻色的，还有一种更讨弗朗丝欢心，它们的头发是上等咖啡掺了足够多奶油的颜色。它们脸上的颜色也很完美，身上的衣服更是弗朗丝见都没见过的。这些娃娃站在薄薄的纸盒里，靠脖子和脚踝上贴的胶布，穿过纸盒后面的洞立在当中。它们深蓝色的眼睛，笼罩在浓密的睫毛之下，直击一个小女孩的心。那完美的迷你小手伸出来,仿佛在请求:"请做我的妈妈,好吗?"但除了一个花五分钱买的两寸高的小娃娃,弗朗丝从没有这样的福气。

还有雪橇(或者用威廉斯堡孩子的说法——"雪耙子")!那是孩子们天堂之梦变成现实的证据。一架崭新的雪橇,上面画着梦幻般的花朵——深蓝色的花,衬着鲜绿的叶子。黑檀木制成的板条刷了黑漆,硬木做的光滑转向杆上则涂着闪闪发光的清漆!雪橇上还写着名字:"玫瑰蕾!""木兰花!""雪地之王!""飞天者!"弗朗丝心想:"要是我能得到其中一架,有生之年我都不会再向上帝祈求什么了。"

还有用闪闪发亮的镍做成的旱冰鞋,带子是上好的棕色皮革做成,还有灵活的银色轮子,仿佛只要吹口气它们就能转动起来。旱冰鞋一只搭着另一只,摆在云彩般的棉絮里,上面还撒着云母雪粉。

还有其他美妙的东西,这已经超出弗朗丝的承受范围了。她的大脑飞速旋转,所有看到的、想到的关于橱窗里玩具的内容在她的脑海里编织成故事,搞得她头晕目眩。

圣诞节前一周,云杉开始被陆续运进社区。它们的枝条被绳子捆着,也许是为了方便运输。小贩们租下商店前面的空间,竖起两根杆子,把绳子拉起,让树立在两根杆子之间。他们整天在街上走来走去,招揽生意,时不时朝没有戴手套而冻僵的手哈气,面容愁苦地望着可能会停下来看一看的路人。偶尔会有人停下来,选一棵树买走。还有人会杀价,检查树况,反复衡量。但更多的人只会摸摸树枝,偷偷掐一把云杉的针叶,闻闻香气。空气冷冽安静,弥漫着只有在圣诞节期间才会有的松香和橘子的气味。逼仄的街道在这短短几天里也变得很美妙。

这个社区有一个残酷的传统,那就是等到平安夜临近,没有买树的人也不必买了。"他们会把树'甩'给你。"是真的甩。

到了圣子耶稣诞生前夜的午夜时分,孩子们会聚集在尚有圣诞树没有售出的地方。卖树人会把树往外甩,从最大的开始。孩子们自愿站出来接,只要接到并且没有摔倒,这棵树就归他了。但如果摔倒了,他就没机会了。总会有一些性急的男孩或是小伙子被树砸倒,但大多数孩子都会精明地等待时机,等他们能力范围之内的树被甩出来才上场。小孩子们则在等待那些一英尺高的小树,如果幸运地接到了,他们会欢呼雀跃好久。

在弗朗丝十岁、尼利九岁的这个平安夜,妈妈第一次同意他们去"接树"。弗朗丝早早就看好了自己想要的树,一直在祈祷不会有人把它买走。令她高兴的是,到了午夜时分,它仍在那里。那是附近最大的一棵树,足足十英尺,由于价格很高,没人能把它买走。它的枝条被崭新的白绳缚住,树顶尖尖。

卖树人第一个要甩的就是这棵树。还没等弗朗丝开口,这街区的"孩子王",已经十八岁的男孩庞吉·帕金斯站了出来,让卖树人把树扔给他。卖树人讨厌庞吉趾高气扬的做派,他环顾四周,问道:

"还有谁想试试?"

弗朗丝向前一步:"我,先生。"

卖树人窃笑一声,周围的孩子也笑了起来,几个聚在一起看热闹的大人则放声大笑。

"一边玩去,你太小了。"卖树人想打发她走。

"我,还有我弟弟一起——我们一起就不小了。"

她拉着尼利走上前,卖树人看着这个瘦巴巴的十岁女孩,脸颊凹陷,不过下巴有一点点婴儿般的圆润。他再看看旁边的金发小男孩——尼利·诺兰——蓝眼睛睁得大大的,眼神里全是天真和自信。

"俩人不算数!"庞吉叫道。

"闭上你的臭嘴!"此时此刻,卖树人的权力至高无上,"这两个孩子很有胆量。其他人给我往后退,让他俩试试。"

于是其他人闪出一块边界模糊的空地。弗朗丝和尼利站在一头,卖树的大块头男人和他的树在另一头。他们仿佛形成了一个漏斗,两个孩子成了漏斗口。男人摆好架势,准备把树甩出去。他注意到两个孩子在另一边是那么瘦小。在那一刻,他感受到了良心的煎熬。

"哦,我的主啊!"他的灵魂痛苦地呻吟,"我为什么不把树送给他们,说一声圣诞快乐,让这小姐弟俩回家呢?这树我要也没用,今年卖不掉,也留不到明年。"两个孩子紧张地看着他,他却陷入沉思,"可这样一来,别的孩子也会跟我白要的。等明年,大人也不会掏钱买我的树了,都等着这个时候让小孩找我来讨。不行,我也是个穷人,做不起这样的善事。我得为我自己,还有我的孩子想想。"他的思考终于有了结果。"管他呢!这两个孩子也得在这世上生活,他们必须习惯,必须学会付出代价、接受惩罚。上帝啊!这该死的世道,给别人东西的人不会有好结果,你只能拿,拿,拿!"当他用尽全力把树甩出去时,他的内心哀号着:"这该死的、腐朽的、可怕的世界啊!"

弗朗丝看到树离开他的手,那一刹那,时间与空间仿佛都失去了意义,世界像是裂开了一道缝。它静止了,因为一个黑暗的、骇人的庞然大物从空中袭来。这树扑向她,抹去了她曾经生活过的所有记忆。一切都消失了——除了气味浓烈的黑暗,以及某种不断膨胀的东西。当它扑向她时,它还在膨胀。当树撞向他们时,她脚步踉跄。尼利跪了下去,但她在他倒地前猛地把他拉起。树停住了,发出巨大的唰唰声。一切都是黑的、绿的、刺痛的。然后,她感觉到头被树干撞到的位置一阵剧痛。她感觉到尼利在颤抖。

当其他男孩帮忙把树移开时,他们看到的是弗朗丝和弟弟手拉手站得笔直。尼利的脸被树枝划伤,流出了血。他比任何时候看上去都更像个婴儿,困惑的蓝色大眼睛和白皙的小脸因为猩红的血而更加凸显。但姐弟俩在微笑。他们赢了,他们接住了整条街上最大的圣诞树。有的男孩开始欢呼:"万岁!"看热闹的大人也鼓起掌来。卖树人则大吼着赞美他们:

"带上你们的树,滚吧!你们这俩小杂种!"

从能听懂话开始,弗朗丝听到的就是脏话。在这些人口中,脏话的意义并不限于辱骂。它们也会被这些词汇量贫乏、不善表达的人用来表达其他情感。这就像是一种方言,结合说脏话的表情和语气,脏话会有很多意义。所以此刻,尽管被喊作"杂种",她却对这个善良的卖树人怯怯地笑了。她知道,他想说的其实是:"再见——愿上帝保佑你们。"

想要把这棵树弄回家也绝非易事,他们只能一点点拖着走。就这样还有别的孩子捣乱,一个男孩大喊:"搭个便车!"蹦到了树上,让他们拖着他走。不过很快他就玩腻了,从上面下来,扬长而去。

从某种程度上说,回家之路的漫长倒也增加了他们胜利的荣耀。弗朗丝听到一位路过的女士说:"我从没见过这么大的圣诞树!"这让她心中窃喜。一个男人在他们后边喊:"你们这俩小屁孩,一定是抢了银行才买下这么大的树!"街角的警察拦住他们,煞有介事地检查一番，然后故作认真地表示，他愿意花一毛钱把树买下；如果能送到他家，他可以再加五分。弗朗丝知道他是在开玩笑，但心里简直乐开了花。她说就算他出一块她也不会卖。警察摇摇头，说她真不会做生意，然后加价到两毛五。但弗朗丝一直摇头，笑着说："就不卖。"

这就像是在演一台圣诞剧，背景是街角，时间是冻死人的圣诞夜，出场人物有一名善良的警察和她弟弟，还有她自己。弗朗丝知道所有对白，包括警察的台词——一切都刚刚好，她自己也能欣然接住。舞台提示便是对话间的微笑。

到了自家楼下，他们只好喊爸爸下来，让他帮忙把树从狭窄的楼梯运回家里。爸爸很快就跑了下来，弗朗丝高兴地看到他身子是直的，而不是歪斜的，这说明他没喝醉。

爸爸也对这棵树的高大啧啧称奇。他假装不相信这棵树真的归他们所有了。弗朗丝开心地说服他相信，尽管她知道这都是装出来的。爸爸在前面拉，两个孩子在后面推，他们三个人开始强行拖着树上楼。约翰尼很兴奋，又唱起歌来，也不管这时已经相当晚了。他唱的是《神圣夜》。两边窄窄的楼道吸纳了他甜美的歌声，随即又以回音的形式，奉还双倍的甜美。经过的房间，门一扇扇打开，邻居们陆陆续续出来，因这生命中意想不到的一刻而感到惊讶和喜悦。

弗朗丝看到泰恩摩尔姐妹俩一起站在门口，灰白的头发上戴着卷发器，宽大的睡袍下面是浆洗过的褶边睡衣。弗洛茜·加迪斯、她的母亲，以及她因肺结核奄奄一息的弟弟亨尼也站在他们家门口。亨尼在哭。约翰尼看到他时，歌声渐渐变弱。他觉得这也许触碰到了亨尼柔弱的内心。

弗洛茜穿戴整齐，正等人带她去参加午夜之后开始的化装舞会。

今年她扮成了克朗代克舞女：纯黑的长筒袜，高帮线轴跟的鞋子，红色的吊袜带系在膝盖下面，手里摇晃着一个黑色面具。她斜睨着约翰尼，眼含笑意，还把手放在屁股上，性感地——或者是她自以为性感地——靠着门框。约翰尼说话了，但他只是想逗亨尼开心，并没有别的意思：

"弗洛茜，我们这棵圣诞树上还缺个天使，要不你来扮一下？"

弗洛茜本想来个下流的回答，说要是她爬那么高，风准会把她的内裤吹掉。但考虑到眼前的情景，她改了主意。如此庄严的一棵大树，在被人拖着走的时候又显得如此卑微；孩子们笑容满面地出来看热闹；邻居们难得其乐融融地凑在一起；再加上走廊里看上去是如此暗淡的灯光，都让她羞于在此刻反唇相讥。她只说了一句话：

"老天，别闹了，约翰尼。"

凯蒂一个人站在顶楼台阶上。她双手抱在胸前，瞧着他们缓缓上楼，若有所思。

"他们觉得这是好事，"她想，"他们觉得这很好——白白得了一棵树，他们的爹嘻嘻哈哈，一路唱着歌，邻居也很高兴。他们觉得这样活着就很幸运，又过上了圣诞节。他们不觉得，我们是生活在一条脏兮兮的街道上，住在这贫民窟里，邻居都是废物。约翰尼和孩子们看不到这群邻居有多可怜，他们还想在这肮脏和污秽中创造美满。我的孩子不能这样活，他们必须比约翰尼、比我、比这群邻居拥有更多。但这要怎么才能办到呢？光靠每天念一页书、在存钱罐里攒零钱是不够的。要有更多钱！但是光有钱就能让他们过得更好吗？是的，有钱会让他们的生活更容易，但是光有钱还是不够。在街拐角开酒馆的那个麦加里蒂，他有很多钱，他的妻子成天穿金戴银，但他的孩子根本没有我的孩子这么优秀、这么聪明。他们生性卑鄙，待人刻薄，因为有钱,有钱就能戏弄其他穷孩子。我见过麦加里蒂家的小姑娘在街上捧着一袋糖果吃,周围围着一群穷小孩。孩子们看着她,心里在哭泣。可等她吃不下了,她却把剩下的糖都扔进了水沟,根本没有分给其他人。不,这也不光是钱的问题。麦加里蒂家的小姑娘,每天都戴不同的头花,一个头花五毛钱,够我们一家四口人一天的饭钱。但她的头发很稀疏,颜色暗淡无光。我的尼利的毛毛帽破了个大洞,也走了形,可他的头发很浓密,是亮眼的金色。我的弗朗丝没有头花戴,但她的头发又长又美。钱能买到这些吗?买不到。这说明,一定有比钱更重要的东西。杰克逊小姐在社区福利之家①教书,她没有钱,为慈善机构工作。她住在顶层的阁楼里,一年四季只有一身衣服,可总是干干净净、平平整整。你和她说话,她的眼睛会直直地看着你。就算有什么不舒服,只要听她说会儿话,你也会感觉好很多。她明事理——杰克逊小姐。她懂很多。就算住在一个肮脏的街区,她也能一尘不染,活得像戏里的女演员:只可远观,不可亵玩。她跟麦加里蒂夫人就是这样天差地别。麦加里蒂夫人那么有钱,但胖得像头猪,而且跟给她老公送啤酒的卡车司机不清不楚。所以她跟没钱的杰克逊小姐,究竟差在哪儿呢?"

　　凯蒂想到了答案,这答案是如此简单,以至于它闪过脑海时,她惊得仿佛受了一记猛击。教育!就是教育!是教育改变了一切!教育能让人从肮脏和污秽中解脱出来。证据呢?杰克逊小姐受过教育,但麦加里蒂夫人没有。啊,这不就是她的母亲玛丽·罗穆利这么多年来一直告诉她的道理吗?只是她不知道这个词:教育!

---

　　①原文为"Settlement House",指当时设立在贫民区为居民无偿提供娱乐、教育等方面服务的机构。

看着孩子们费力地把树拖上楼，听着他们的声音还像小婴儿一样咿咿呀呀，她有关教育的想法进一步形成。

"弗朗丝很聪明，"她想，"她一定要读完中学，也许还可以更进一步。这孩子很擅长学习，未来一定会有一番作为。但让她念书，她就会离我越来越远。唉，她现在离我就有点远了。她不像我儿子那么爱我。我甚至可以感觉到，她离我越来越远。她不理解我，而她只知道我不理解她。说不定，等她书读得多了，她会以我为耻——比如，我的言谈举止。但她有城府，不会表现出来。反过来，她会想办法来改变我。她会来看我，想让我活得明白点。而我会把她骂走，因为我知道，我已经不如她了。越长大，她懂的就越多；为了自己的幸福，她会活得太过明白。她迟早会发现，我爱她其实不如爱她弟弟多。我也没办法。可她不会理解。有时我感觉，她现在就已经知道了。她已经开始离开我了。去那么远的学校上学，是她离开我的第一步。但尼利不会离开我，这也是我那么爱他的原因。他需要我，也理解我。我希望他能成为一名医生，他一定要成为医生。或者，小提琴手也行，他身上有音乐家的气质，那是从他父亲身上继承来的。钢琴课他肯定会比我和弗朗丝学得更好。是啊，他父亲是有天赋的，可这天赋对他没什么好的作用，反而正在把他毁掉。如果他不会唱歌，那些狐朋狗友也不会成天拉着他喝酒。如果没法让他自己或者我们的生活变好，歌唱得再好又有什么用呢？但对这个孩子来说就不一样了。他必须多读书。我必须想出办法。我们不能让约翰尼继续留在这里了。亲爱的上帝啊，我曾经是那么爱他——现在我偶尔还是会爱他。可他就是个废物——一文不值。希望上帝原谅我发觉了这一点。"

于是，在他们三个人爬楼梯的这段时间，凯蒂想通了一切。人们抬头看她——看她那光滑、漂亮、和蔼的脸庞——却想不到，她已经下定了决心，这决心让人痛苦，却无比坚毅。

他们在客厅铺了一张床单，以免松针掉落在印着粉红玫瑰的地毯上，然后才把树立在当中。树本身插在一只大铁桶里，周围用一些碎砖头塞住。束缚枝条的绳子一剪开，这棵树便占满了整个房间。它的枝条垂在钢琴上，几把椅子被笼罩其中。他们没有钱买装饰品或是小彩灯，但有这棵树已经足够了。房间很冷，这是艰难的一年，他们太穷了，连多一点煤都买不起。房间散发着寒冷、整洁、芬芳的气息。在大树留在家里的这一周，弗朗丝每天都会穿上毛衣，戴上毛毛帽，钻进树里，坐在树下面。她坐在那儿，享受着它的气息与绿色的黑暗。

哦，这大树是多么神秘，却被囚禁在这斗室里，困在一只铁皮桶中！

这一年虽然穷，可他们还是过了一个非常美好的圣诞节。妈妈给家里每个人都准备了一套长绒内衣，连体式的；还有一件长袖羊毛衫，穿上身，皮肤痒痒的。伊芙姨妈送了他们全家一份礼物：一盒骨牌。爸爸教给他们游戏规则，但尼利不喜欢这个游戏。于是爸爸就和弗朗丝一起玩，每次输了都会假装气急败坏。

外婆玛丽·罗穆利带来了她亲手做的好东西。她给每人做了一件肩衣。制作它时，玛丽要先从大红色的羊绒布上剪下两块小椭圆。在一个椭圆上，她用亮蓝色纱线绣了个十字架；另一个则绣了金色的心形，上面戴着棕色的荆冠。一把黑色的匕首贯穿心脏，两滴深红色的血从匕首尖滴落。十字架和心形图案都非常小，用了最小号的针。两个椭圆缝合在一起，连上一根松紧绳，这肩衣才算做好。在拿过来之前，玛丽还先请神父做了祝福。当她帮弗朗丝套上肩衣时，她先说了句："Heiliges Weihnachten。"①然后补充道："愿天使永远与你同在。"

茜茜姨妈送给弗朗丝一个小小的包裹。她拆开，发现里面是一个小小的火柴盒，十分精巧，上面包着皱纹纸，纸上还画着藤萝的图案。弗朗丝拆开盒子，里面装着十个用粉色纸巾包裹的小圆片。那小圆片原来是亮闪闪的金色分币。茜茜解释说，她买了点金漆粉，混合上香蕉油，给分币刷上了金色。弗朗丝最喜欢茜茜的这份礼物了。收到礼物后的一个小时里，她打开了十几次，看着里面的钴蓝色衬纸和盒壁干净的薄木片，感到心满意足。梦幻般的粉色纸巾，包裹着金色的分币，仿佛一个永远都看不厌的奇迹。大家都认为这些钱太美了，舍不得花出去。可是白天的时候，弗朗丝不知在哪里弄丢了两枚。妈妈提议说，放在存钱罐里最安全。她答应下次拆开存钱罐时，弗朗丝可以再把它们拿回去。弗朗丝相信妈妈说得没错，这些硬币确实要放在存钱罐里才让人安心，虽然让这些金币栖息在黑暗中，实在是一种遗憾。

爸爸给弗朗丝准备了一份特殊的礼物，那是一张明信片，上面有一座教堂。屋顶上的落雪是用云母片贴成的，比真正的雪还要闪闪发亮。教堂的窗玻璃则是用橙色的小方格纸做成的。这张明信片的神奇之处在于，当弗朗丝举起它，让光线透过纸窗格，闪闪发光的积雪上就会投下金色的影子。这真是美妙至极！妈妈说，既然上面没有写字，她可以留到明年，送给别人。

"不要。"弗朗丝双手捂住明信片，护在胸前。

妈妈笑了："开玩笑啦。你得学着接受这种玩笑，不然日子还怎

---

①德文，意为"神圣耶稣"。

么过。"

"圣诞节不是给孩子上课的日子。"爸爸说。

"但是个喝醉的日子,是吧?"妈妈发火了。

"我只喝了两杯,凯蒂。"约翰尼央告道,"大过节,人家请我的。"

弗朗丝回到卧室,关上房门。她不忍心听妈妈教训爸爸。

晚饭前,弗朗丝把她准备的礼物分发给大家。她送给妈妈一个收纳帽针的小玩意儿,是用她在克尼普药店买的便宜试管做的。她用一条蓝色丝带裹住试管,丝带还缀着褶边。她还在最上边缝了一条婴儿带,这样就可以挂在梳妆台边上,收纳帽针了。

她给爸爸做了一条怀表带,用的是一个顶端钉了四颗钉子的线轴,以及两根鞋带。她把鞋带在线轴和钉子之间来回绕,这样就有了一条辫子一般的怀表带。约翰尼没有怀表,但他找来一个水龙头铁垫圈,把怀表带挂在上头,整天揣在背心口袋里,假装自己有怀表。弗朗丝给尼利准备的礼物非常精美,那是一个五分钱的大弹珠,看上去不像大理石,而像是特大号的蛋白石。尼利有一盒"小米粒",一种用黏土做的蓝色或棕色的小弹珠,一分钱二十个。但那些弹珠都拿不出手,没法参与到真正的比赛当中。弗朗丝看着他熟练地握起弹珠,拇指扣在弹珠后面,摆好架势,便知道自己这礼物买对了。她本来想给他买玩具枪,那个也卖五分钱。

尼利把弹珠揣进口袋,嚷嚷着说自己也准备了礼物,然后跑进卧室,钻到小床下面,掏出一个黏糊糊的袋子。他把袋子塞给妈妈,说:"你分给大家吧。"妈妈打开袋子,里面是棒棒糖,一人一根。妈妈非常开心,她说这是她收到过的最棒的礼物,然后暴风骤雨般地把尼利亲了一通。妈妈显然更喜欢尼利的礼物，弗朗丝只好努力不让自己的妒意表现出来。

还是在这一周，弗朗丝又故意编造了一个谎言。伊芙姨妈拿来两张门票，是某个新教组织为各种信仰的穷人举办的一场晚会。晚会舞台上会有精心装饰的圣诞树，会进行圣诞剧表演、颂歌演唱，每个到场的孩子都会得到一份小礼品。凯蒂搞不懂——天主教人家的孩子干吗要去参加新教搞的晚会。伊芙讲了一番宗教宽容的大道理。妈妈最终让步了，于是弗朗丝和尼利去参加了晚会。

晚会在一个大礼堂里举行，男孩们坐在一边，女孩们坐在另一边。庆祝活动还算有趣，但那出戏的宗教气息过于浓厚，非常沉闷。戏演完了，教会的女士们来到过道中间，向孩子们派发礼物。女孩们得到的是棋盘，男孩们得到的是筹码牌。在又一段歌曲结束之后，一位女士走上台，宣布还有一个特别惊喜。

这个惊喜将由一位可爱的小女孩送上，她打扮得很漂亮，抱着一个同样漂亮的洋娃娃，从侧面走上来。娃娃大约一英尺高，有逼真的金发和蓝眼睛，眼睛还会眨；同样逼真的睫毛上上下下。女士带着小女孩走到前面，发表了一番讲话。

"这个小女孩叫玛丽。"小玛丽微笑着鞠了一躬。在场的小女孩都对她笑了笑，一些青春期将近的男孩则吹起了口哨。"玛丽的妈妈给她买了这个娃娃，还做了衣服，就和玛丽自己穿的一样。"

小玛丽上前一步，把娃娃高高举起，然后把娃娃交给那位女士，自己提起裙摆，做了个屈膝礼。这是真的，弗朗丝看着，心想。娃娃的蕾丝边蓝色丝绸连衣裙、粉红色的蝴蝶结、黑色漆皮小皮鞋和白色丝袜，都和漂亮的小玛丽身上的装扮一模一样。

"现在，"那位女士说，"小玛丽打算把这个也叫玛丽的娃娃送给大家。"小女孩大方地露出笑容。"玛丽想把它送给台下也叫玛丽的穷孩子。"仿佛风吹过麦田一般,台下立刻响起一阵议论声,"下面有叫玛丽的穷孩子吗?"

下面立刻一片哗然。台下少说也有一百个玛丽,可"穷孩子"这个称呼,让她们实在不好意思举手。不管有多想要这个娃娃,也不会有哪个玛丽站起来,成为穷孩子的代表。她们开始辩白,说自己并不穷,家里的娃娃比这个好看多了。她们也有比这个小女孩更好的衣服,只是没穿出来罢了。弗朗丝呆呆地坐着,一心想要得到这个娃娃。

"怎么,"女士说,"没有叫玛丽的吗?"她等待着,又说了一遍,还是没人应声。她只好带着遗憾开口:"太可惜了,台下没有玛丽,小玛丽只能把娃娃带回家了。"小女孩微笑着鞠了一躬,拿着娃娃转身,准备下台。

弗朗丝受不了了,她忍不住了。就像看到老师即将把南瓜饼扔进垃圾桶的那一刻一样,她站起身,把手举得高高的。女士看到了她,拦住小玛丽,不让她下台。

"啊,这里果然有一个玛丽!一个有些腼腆的玛丽,不过还是玛丽。快上台来吧,玛丽。"

弗朗丝羞得满脸通红。沿着似乎格外漫长的过道,她朝台上走去,在台阶上差点绊倒。女孩们都在捂嘴窃笑,男孩们则放声大笑。

"你叫什么名字呢?"女士问道。

"玛丽·弗朗西丝·诺兰。"弗朗丝低声答道。

"大声点,对着观众说。"

弗朗丝受刑般地面向观众,大声说道:"玛丽·弗朗西丝·诺兰!"台下所有的面孔都变成了拴在粗绳上不断胀大的气球。弗朗丝心想,她要是一直看下去,这些面孔恐怕会飘到天花板上去。

漂亮的小姑娘走过来,把娃娃放在弗朗丝怀里。弗朗丝自然地抬起双臂,抱住娃娃,仿佛这双胳膊就是为此而生的。漂亮的玛丽伸出手,等弗朗丝来握。尽管又尴尬又难堪,但弗朗丝还是注意到这只手真是又白又好看,上面连淡蓝色的血管都依稀可见,修得圆圆的指甲像精致的粉色海贝一般散发着光彩。

女士又开始宣讲,弗朗丝匆忙下台。女士说:"此时此刻,你们看到的是真正的圣诞精神。小玛丽很富有,她收到了很多娃娃作为圣诞礼物,但她并不自私。她想让一些不像自己这样幸运的玛丽也获得快乐。于是她才决定把自己的洋娃娃送给那个同样叫玛丽的穷孩子。"

弗朗丝的眼睛一阵刺痛,流下热泪。"他们为什么非要,"她苦涩地想,"说我是穷人,她是富人,然后才肯把娃娃给我?他们就不能不说这些吗?"

而这还不是弗朗丝的全部屈辱。在她走在过道上时,其他女孩纷纷向她凑过来,压低声音念叨着:"小叫花子,小叫花子,小叫花子。"

就这样,伴着一路的"小叫花子",她回到自己的座位上。那些女孩觉得自己比弗朗丝强,尽管一样穷,但她们有她放弃的东西——自尊心。弗朗丝也明白这一点,所以她对自己通过谎言得到这个洋娃娃一点也不感到羞愧。这东西她没白拿,是她用自尊心换来的。

她当然没有忘记老师说过谎言应该写成故事,而不是说出口。她也许不应该为这个洋娃娃举手,而是写一个关于它的故事。但是,不!不!拥有这个娃娃,比写一万个关于它的故事更好。散场前,孩子们集体起立,一起唱国歌。弗朗丝把脸贴在娃娃脸上,她闻到了彩绘瓷器那种清凉而细腻的味道,以及娃娃头发那让人无法忘怀的美妙气息,她也感受到了崭新的娃娃衣服那细腻的触感。娃娃逼真的睫毛碰到她的脸颊,她兴奋得几乎颤抖起来。其他孩子都在歌唱:

> 我们这自由的国度,
> 这勇士的家乡。

弗朗丝紧紧握住娃娃的一只小手,她自己的拇指在抖,但她以为是这娃娃在动。她几乎把这娃娃当成活的了。

回到家,她告诉妈妈,这个娃娃是奖品。她不敢说真话,因为妈妈讨厌一切施舍来的东西。如果让妈妈知道来龙去脉,这娃娃肯定会被扔到大街上。尼利也没有告密。现在,弗朗丝拥有了属于自己的娃娃,但灵魂上又多了一个谎言。第二天下午,她写了个故事,说有个小女孩非常想得到一个洋娃娃,她愿意付出永生的灵魂来交换,下到地狱也在所不惜。这个故事感染力十足,但弗朗丝自己读完后却想:"故事里的女孩这么做也没什么,可这并没有让我感觉好多少。"

她想到了下周六要去做的忏悔。她下定决心,无论神父要求她怎样去赎罪,她都自愿以三倍来完成。可这也没让她觉得好受一点。

然后她突然想到,也许可以让自己的谎言变成真的!她知道信天主教的孩子做坚信礼①时,可以选一个圣徒的名字作为中间名。这办法多么简单!等她受坚信礼时,她只要选"玛丽"就可以了。

那天晚上,念完一页《圣经》、一页《莎士比亚全集》之后,弗

---

① 信天主教的孩子13岁时要接受的仪式。经过这个仪式,他们才真正成为教徒。

朗丝向妈妈征求意见。

"妈妈,我做坚信礼的时候,可不可以选玛丽做中间名?"

"不行。"

弗朗丝心一沉:"为什么呀?"

"因为你受洗的时候,用的是安迪女朋友的名字,就是弗朗丝。"

"这我知道。"

"但你还用了我妈妈的名字。所以你的全名其实是玛丽·弗朗西丝·诺兰。"

弗朗丝带着娃娃上了床,动作很轻,生怕吵到它。她在夜里不时醒来,低声唤着"玛丽",用手指轻轻抚摸娃娃的小皮鞋。她为这皮革又薄又软、异常光滑的触感几近战栗。

这是她有生以来拥有的第一个娃娃,也将是最后一个。

28

凯蒂总觉得未来迫在眉睫。她总是说:"圣诞节说来就来了。"或者在假期一开始就说:"这学校说开学就开学了。"春天的时候,弗朗丝开心地丢掉了自己的长内衣,可妈妈却又让她捡回来,说:"你很快就得再穿它,冬天眼看着就来了。"妈妈在说什么呢?春天才刚刚开始。冬天不会再来了。

小孩子对未来没有什么概念,下星期就是她能想到的最远的时间了,而从这个圣诞节到下个圣诞节之间的时间无异于永恒。弗朗丝一直是这样看待时间的,直到她十一岁这一年。

在她第十一和第十二个生日之间，情况起了变化。未来来得更快，日子变得更短，每周的天数好像也在减少。与此有关的是亨尼·加迪斯的去世。她一直都听说亨尼快死了，听得太多了，才开始相信他真的会死。但那肯定是很久很久以后的事情。可现在，很久很久以后的事情真的到来了，原本的未来成了现在，还将成为过去。弗朗丝想知道，是不是一定要有人死，才能够让一个孩子懂得这些。但并不是这样的，外祖父罗穆利在她九岁的时候就去世了，她记得就在她第一次领圣餐一周之后，但那时圣诞节依然还很遥远。

现在对弗朗丝来说，变化来得太快，让她有些搞不清状况。比她小一岁的尼利突然长大了，比她高出一个头。她不算要好的朋友莫迪·多纳文搬走了，三个月后，当她回来玩时，弗朗丝发现她变了。只过了三个月，她就变得更像女人了。

她曾以为妈妈永远是对的，可现在偶尔也会发现妈妈的错误。她还发现，自己觉得爸爸身上的可爱之处，在别人看来却非常滑稽。茶叶店的天平不再光彩夺目，茶叶盒上的缺口也被她看在眼里，感觉破破烂烂的。

她不再留意托莫尼先生星期六晚上从纽约娱乐归来。她突然觉得这很傻，在这里生活，非要去纽约玩。他很有钱，如果真的那么喜欢纽约，直接搬过去不就好了？

一切都在改变，弗朗丝陷入了恐慌。她感觉自己的世界正在从她身边溜走，可取代它的将会是什么呢？不过，发生了这样的变化又能怎样？她每晚还是要读一页《圣经》、一页《莎士比亚全集》。她每天仍要练一小时钢琴，要把零钱放进存钱罐。废品站还在那里，商铺也都在原地。什么都没有变，她是唯一的变化。

她把这件事说给爸爸听。爸爸让她伸出舌头，摸了摸她的手腕，伤心地摇摇头，说：

"你的情况很不乐观，非常糟糕。"

"我得了什么病？"

"你长大了。"

长大带来了很多破坏。它破坏了他们在家里没有东西吃的时候玩的美好游戏。当钱花光了，食物也吃得差不多了，凯蒂和孩子们会假装他们是北极探险家，被暴风雪困在山洞里，只剩下一点点食物，必须坚持到救援队的到来。凯蒂把仅有的一点食物分给孩子们，称之为"配给粮"。当孩子们把这点东西吃完之后仍在喊饿，她会说："勇敢一点，孩子们，救援队很快就要来啦。"而当他们终于有了一点钱，妈妈会买来各种食物，还会买一个小蛋糕，在小蛋糕上插一根小旗子，说："我们做到了，伙计们，我们征服了北极！"

然而有一天，当又一次"救援成功"之后，弗朗丝问妈妈：

"探险家们挨饿受苦，是为了一个目标，为了干大事，他们征服了北极。可是妈妈，我们这样挨饿受苦，是为了什么呢？"

凯蒂突然觉得非常疲惫。她说了句当时弗朗丝还不明白的话："被你看穿了。"

长大的过程也破坏了弗朗丝的戏剧——好吧，其实并不是戏剧本身，而是戏剧化的方式。她发觉自己越来越不喜欢总是会峰回路转的剧情设计。

弗朗丝曾经很喜欢戏剧。她曾经想做手风琴小姐，后来想当学校老师。第一次领完圣餐，她想当修女。而到十一岁时，她的梦想是当演员。

如果说威廉斯堡的孩子只懂一样东西，那就是戏剧。那时候，附近有很多不错的剧院——布兰尼剧院、科斯·佩顿剧院及菲利普剧场。菲利普剧场离他们最近，当地居民先是叫它"戏园子"，后来叫它"大场子"。只要手里能凑出一毛钱，弗朗丝每周六都会去（除了夏天休场的时候）。她会坐在走廊里，经常提前一小时就去排队，为了买第一排的座位。

她迷上了剧场的首席男主角哈罗德·克拉伦斯。周六日场演出结束后，她会在后台出口那儿等他出来，跟着他一起来到一栋破旧的褐石屋前。他住在里面一间简陋的房间里，毫无舞台上的光鲜可言。即便走在大街上，他也是舞台感十足，迈着旧时演员僵硬的步伐。他的脸颊如婴儿般红润，仿佛涂着青春的油彩。他的脚步虽然做作，但很从容，并不左顾右盼，嘴里还叼着一根很显气派的雪茄。不过每每走到屋前，他都会把烟丢掉，因为房东太太不允许有人在屋里吸烟，即使是他这样的大人物也不行。弗朗丝站在路边，低下头，虔诚地看着那截烟屁股。有一次，她把外面的一圈纸取了下来，在手指上戴了一个星期，假装那是他送给她的订婚戒指。

又一个星期六，哈罗德和他的剧团演的是《牧师的甜心》，剧中英俊的乡村牧师哈罗德爱上了女主角格瑞·莫尔豪斯。不知怎的，女主角不得不在一家杂货店工作。剧里的坏女人也爱上了年轻英俊的牧师，并因此加害女主角。她在舞台上大摇大摆，穿戴着不大可能出现在村子里的皮草和珠宝，神气十足地到杂货店要了一磅咖啡。接下来，她令人不寒而栗地喝令道："给我磨成粉！"下面的观众不由得发出哀叹。按照剧情设定，美丽的女主角根本没有力气转动那巨大的咖啡磨轮。可实际上，既然在杂货店工作，她迟早会遇到要求她磨咖啡的客人。总之那一刻，她不得不用尽全力，可巨大的磨轮却纹丝不动。于是她只能跟坏女人求情，说无论如何，她都得保住自己的饭碗。但坏女人只会一直重复："给我磨！"就在女主角百般哀求无果、楚楚可怜之际，英俊的哈罗德走上台来，双颊绯红，全套牧师袍服穿在身上。在了解了事情的原委后，他动作夸张地把宽大的牧师帽扔在地上，昂首阔步走到咖啡磨前，磨起了咖啡，从而化解了女主角的困境。就在这一刻，现磨咖啡粉的气息在剧场里弥漫开来，观众们先是因惊奇而陷入沉默，接着爆发出一阵骚动。真正的咖啡！真正的现实主义戏剧！在生活中，磨咖啡的场景随处可见。可这是在舞台上，这就是革命性的壮举！坏女人只好咬牙切齿地说："又输了！"哈罗德则把格瑞揽在怀里，让她面朝观众，大幕也随即落下。

幕间休息时，弗朗丝没有和其他孩子一起，去朝三毛钱一位的高价座上吐口水取乐。她坐在原位，思考着剧里的情节。男主角在磨咖啡的关键时刻出现，这当然好。可如果他没来会怎样呢？女主角会丢掉工作。好吧，可那又怎样呢？等她实在饿急了，她就会再去找一份工作。她会像妈妈一样去擦地板，或者像弗洛茜·加迪斯那样，找个男人当饭票。杂货店的工作很重要，但只是剧情需要它重要。

她对下一周的戏也不满意。好吧，失踪的男主角终于回来了，刚好赶上还贷款的最后期限，保住了抵押出去的房子。如果他不巧耽误了几天，会怎样呢？房东会限他们三十天内搬出去，至少在布鲁克林是这样的。在这一个月里，或许会有转机，但如果没有，他们必须租房子住，那就得各显其能了。漂亮的女主角得去工厂当女工，她多愁善感的弟弟要去卖报纸。他们妈妈会给人打扫屋子。但他们会活下来，一定会的。弗朗丝心情黯淡地想，一个人总得折腾好久才会死。

弗朗丝同样搞不懂，女主角干吗不嫁给那个大恶棍。这样房子的问题解决了，而且嫁给这样一个深爱着她、愿意为她花那么多心思的男人，不是很好吗？至少在男主角不知去了哪里的时候，他一直都留在她身边。

她改写了这出戏的最后一幕——写的是她设想的结局。她通过人物对话来推动情节发展,发现写起来很容易。写故事的时候,你必须通过叙述来解释人物的状态;但如果写的是对话,你就不必这样做了,因为他们的状态完全体现在对话当中。弗朗丝毫不费力地通过人物对话来表达自己的想法,而关于未来职业的设想也再一次改变。她决定不做演员,而要做一个编剧。

29

这一年夏天,约翰尼想到孩子们在不断长大,可他们对不断冲刷着布鲁克林海岸的大西洋却一无所知。他觉得有必要带他们坐船出一次海。于是,他决定带孩子们到卡纳西坐划艇,顺便在近海钓鱼。他自己从没钓过鱼,也没坐过划艇,可他就是有这个想法。

而和这个想法莫名其妙地联系在一处的(只有约翰尼明白这个联系产生的过程),是他要把小蒂莉也带上。蒂莉是邻居家一个四岁的小女孩,他连见都没见过。他真的没有见过,可他却觉得出于她哥哥古西的缘由,他一定要带这个小姑娘出去玩。这一切放在一起,就有了他的卡纳西之行。

六岁的小男孩古西,在周围算得上是一个黑暗传说。他是个强壮的小恶魔,有着厚大的下嘴唇。和其他孩子一样,他是由妈妈生的,并且靠妈妈的奶水长大。可在那之后,他和世间一切活着的或是死去的孩子的相似之处便消失了。到九个月大时,他妈妈想给他断奶,可古西不同意。他不喝奶瓶里的奶,也拒绝其他食物和水,只会躺在婴儿床里，一个劲儿地呜咽。妈妈担心他会饿死，于是重新开始给他喂奶。他满足地吸吮着，同时仍旧拒绝其他食物，直到快两岁的时候。这时妈妈怀上了其他孩子，奶水停了。接下来九个月，古西只好闷闷不乐地等待着，他拒绝一切形式的牛奶，却喝起了黑咖啡。

终于，小蒂莉出生了，妈妈又有了奶水。古西第一次看到妈妈给小婴儿喂奶，便开始歇斯底里起来。他躺在地上，尖叫着，敲打自己的脑袋。一连四天，他不吃不喝，连厕所也不上了。他变得毫无生气，妈妈很害怕。她觉得只要再给他喂一次就算行了，这又有什么呢？但她又犯下了大错，古西就像是个瘾君子，在重新得到长期失去的东西之后，他拒绝再撒手。

从那开始，他把妈妈的奶都喝光了。可怜的小蒂莉从一生下来，就只能靠奶瓶为生。

这时的古西已经三岁了，个头很大。和其他男孩一样，他穿着及膝短裤，脚蹬厚厚的铜头鞋。一看到妈妈解开上衣扣子，他就会飞奔过来。他喝奶的时候是站着的，一边的胳膊肘搭在妈妈膝盖上，两脚不停蹦跶，眼睛在房间里扫视。站着喝奶也算不上什么，毕竟他妈妈的乳房如同一对小山，放下来几乎可以垂到腿上。但古西喝奶的场景也着实可怕，他甚至有几分像是一个一只脚踩在酒吧栏杆上，抽着大号淡色雪茄的男人。

邻居们发觉了古西的异常，都在背后议论。古西的父亲已经不愿意跟他母亲同床共枕了，他觉得自己的老婆生了个怪物。可怜的女人再三思考，最终还是下定决心，要给古西断奶。他都快四岁了，再不断奶，恐怕换牙时牙会长不齐。

一天，她拿了一罐炉灰，一把刷子，把自己关在房间里，用炉灰把左边乳房涂成黑色。她还用口红在乳头的位置画了一张又大又丑的嘴,描出可怕的牙齿。然后她扣好衣服,走进厨房,坐在平时喂奶时坐的窗边摇椅上。古西一看到她,便把手里的骰子扔到洗脸盆下面,小跑着过来喝奶。他岔开脚,胳膊肘放在妈妈膝盖上,等待着。

"古西,要喝奶奶吗?"妈妈哄着他说。

"要!"

"好,那古西要好好喝奶奶。"

突然,她扯开衣服,把那只涂得很可怕的乳房推到古西脸上。古西整个人吓呆了,等他回过神来,赶忙跑到卧室,在床底下躲了一天一夜。等他再出来时,仍然浑身发抖。他又喝起了黑咖啡,每次看到妈妈的胸部,仍是惊魂未定。这样,古西才断了奶。

他妈妈很高兴,还把这个成功经验分享给街坊四邻。这甚至成了一种专门的断奶方法,就叫"古西断奶法"。

听了这个故事,约翰尼轻蔑地把古西从脑中抹掉了。他关心的是小蒂莉。他觉得这个无辜的小姑娘失去了很重要的东西,这可能会让她的成长受到影响。他有种想法,认为如果带这个小姑娘去卡纳西海边坐划艇,也许能弥补一点她婴儿时期因那个古怪的哥哥而受到的伤害。他派弗朗丝去打听,小蒂莉能不能跟他们一起去玩。正因带孩子而焦头烂额的蒂莉妈妈立刻就答应了。

于是等到星期天,约翰尼就带着三个孩子去卡纳西了。弗朗丝十一岁,尼利十岁,蒂莉马上要四岁了。约翰尼穿着他的燕尾服,戴着圆顶礼帽,还套上了假衬衫和纸领子。弗朗丝和尼利穿戴得倒跟平常没什么不同。小蒂莉的妈妈为了纪念这一天,专门给她找了条花边裙,尽管很廉价,不过也有深粉色的丝带装饰。

坐电车的时候,他们坐在前排座位上。约翰尼跟司机搭上话,两人聊了会儿政治。他们在终点站卡纳西下车,朝一个小码头走去。码头上有一个小小的棚屋，几条进了水的划艇在水里晃来晃去，被破烂不堪的绳索固定在码头上。小屋上方的牌子写着：

"渔具和船只仅供出租。"

下面还有一个更大的牌子，写着：

"鲜鱼出售，可带回家。"

约翰尼找小屋主人交涉，凭借他的办法，很快跟那人交上了朋友。那人请约翰尼去屋子里开开眼界，说存着好东西，他只在自己晚上钓鱼的时候才会拿出来用。

约翰尼进去开眼界，尼利和弗朗丝在外面有一搭没一搭地讨论着晚上钓鱼和白天有什么不同。小蒂莉穿着花边裙站在一旁，什么也没说。

过了一会儿，约翰尼拿着一根鱼竿和一个锈迹斑斑的铁罐出来，铁罐里装的是养在泥巴里的蚯蚓。友好的小屋主人挑出他最体面的一条划艇，把缆绳交到约翰尼手上，祝他好运，然后就回屋了。

约翰尼把渔具放进船底，把孩子们送上船。然后，他蹲在码头上，开始讲解上船的理论知识。

"这上船的方法，也有对错之分。"约翰尼说，但实际上，除了上次坦慕尼组织的亲子游，他什么船都没上过，"用正确的方法推上一把，然后趁它没有离岸的时候跳上去。像这样——"

他站起来，把船往外一推，跳了下去——结果掉进了水里。孩子们吓坏了，只能看着他，不知所措。刚才爸爸还在码头上，转眼间就掉进了水里。水没过了他的脖子，接着到了他打过蜡的小胡子上，只剩那圆顶礼帽还好端端地立在头上。约翰尼和他们一样惊讶，瞅着他们看了一会儿，然后开口：

"你们这些倒霉孩子，谁都不准笑！"

他连滚带爬翻上了船，差点把船弄翻。孩子们不敢笑出声，弗朗丝憋得肋骨疼。尼利不敢去看他姐姐，他知道两人一旦目光遇上，肯定都会忍不住。小蒂莉还是一言不发。约翰尼的假衬衫和纸领子都湿成了一团，他只好一把扯了下来，扔进水里。接着他开始摇摇晃晃地把船划向大海，尽管动作生疏，但整体上还算像样。到他认为可以的地方，他宣布要"抛锚"了。当孩子们发觉所谓"抛锚"不过是把一块连在绳子上的铁块扔进水里，不免大失所望。

接下来的情景让他们感到害怕：爸爸笨手笨脚地抓出泥罐里的蚯蚓，然后把它们活生生地往鱼钩上穿。钓鱼开始了。整个过程是：穿好鱼饵，动作夸张地抛出鱼钩，等上一会儿，捞出来，发现鱼没钓上来，鱼饵也没了。然后重复这一过程。

太阳变得又大又晒。约翰尼的燕尾服晒干后，成了件皱巴巴的绿衣服。孩子们都被晒蔫儿了。似乎过了好久，爸爸才宣布该回码头吃饭了，这让孩子们精神一振。他收好钓具，放进舱底，拉起锚，朝码头划。但这船却打起转来，他越划离码头越远。又多划了几百码，船才回到码头。约翰尼把船系好，让孩子们在船上等着，然后自己上了岸。他说要请他们吃一顿大餐。

过了一会儿，他回来了，身子有些歪。他带回来的是热狗、黑果馅饼和草莓汽水。大家一起坐在船里，在这破败的码头边，望着散发着腐臭味的黏稠绿水，吃着东西。约翰尼刚才买食物的时候又喝了几杯酒，这让他感到抱歉，后悔刚才对孩子们大吼大叫。他说如果愿意，他们现在可以尽情嘲笑他刚才掉进水里的事情。但不知怎的，他们现在却笑不出来了。时机已经过了。不过爸爸真可爱，弗朗丝心想。

"这才是生活，"爸爸说，"远离喧嚣。啊，有什么事情能比得上坐船出海呢？我们把一切都抛下了。"他添上一个语焉不详的结尾。

吃完这顿大餐，约翰尼又划船出海了。汗水沿着他的大礼帽往下淌，胡子上的蜡也化了，导致本来体面干练的胡子变得乱糟糟的。但他心情很好，一边划船，一边劲头十足地唱道：

划啊，划啊，划过那大江大河，乘风破浪。

他不停划着，不停绕圈子，却始终没能划到海上。最后他的手起了泡，于是停了下来，拿腔作调地宣布，他们要回到岸边了。于是他又继续划，终于圈子越兜越小，靠近了码头。他一直没有注意到，孩子们身上晒得不是通红，就是青一块紫一块。如果他能知道，就会明白给孩子弄来热狗、黑果馅饼、草莓汽水，对他们来说也不是什么很好的事情。

在码头边，他第一个跳上岸。孩子们也学他的样子，两个大孩子成功了，可小蒂莉却掉进了水里。约翰尼趴在岸上，伸出胳膊把她抱起来。小姑娘站在原地，身上的裙子都湿透了，走了形。但她还是一言不发。尽管赤日炎炎，但约翰尼还是费力地脱下外套，蹲下来，把孩子裹了起来，两只袖管拖在沙地上。然后，约翰尼把她抱起来，在码头上走来走去，安慰地拍着她的后背，给她唱摇篮曲。但小蒂莉其实一直都不明白那天发生了什么，她为什么会上船，为什么会掉进水里，也不明白这个男人为什么会大惊小怪。她什么都没说。

约翰尼觉得安慰够了，就把她放了下来，去了那个让他开眼界和买到夜钓法宝的小屋。他用两毛五买了三条比目鱼，用报纸包好，那鱼还是湿的。他告诉孩子们，他答应过妈妈要带些新鲜的鱼回家。

"重点是，"爸爸说，"这是卡纳西的鱼。是谁钓的有什么关系呢？反正我们来钓鱼，还带鱼回家了。"

孩子们知道，他只是希望让妈妈以为他钓到了鱼。爸爸并没有要求他们说谎，他只是想让他们不要太执着于真相。孩子们都懂。

他们上了电车，电车上两排长凳相对。他们一个挨一个坐好，形成一个古怪的组合。打头的是约翰尼，绿裤子因为浸过海水而后又变干，现在皱皱巴巴的；上身只穿着背心，还满是破洞；头上却戴着圆顶礼帽，脸上的胡子也乱成一团。下一个是小蒂莉，裹着件燕尾服，燕尾服的下摆滴着海水，在地上形成了一个小水洼。接下来是弗朗丝和尼利，他们的脸已经成了砖红色，为了忍住恶心，只能僵直地坐着。

人们陆续上车，坐到他们对面，深感好奇。约翰尼坐得笔挺，鱼放在腿上，尽量不去想背心上的洞。他的视线越过对面乘客的头顶，假装在研究车厢广告。

人越来越多，车厢变得拥挤，但没有人愿意坐到他们身边。结果，有条鱼从塑料袋里挣脱出来，掉在地上，在灰尘中虚弱地扑腾。小蒂莉再也受不了了，她盯着将死的鱼的眼，什么也没说，一低头，吐在约翰尼的燕尾服上。弗朗丝和尼利仿佛一直都在等待这一刻，终于也跟着吐了起来。约翰尼呆坐着，腿上放着两条已经露出来的鱼，脚边还有一条，一直盯着广告。他不知道自己还能做什么。

这趟惨烈的旅行终于到了尾声，约翰尼把小蒂莉送回家，并打算做个解释。可蒂莉的母亲并没有给他解释的机会。当她看到浑身湿透的孩子时，立刻尖叫起来，扒下孩子身上的燕尾服，摔到约翰尼脸上，骂他是"死变态"。约翰尼还想解释，可她根本不听。小蒂莉还是什么也不说。最终，约翰尼终于逮到了说话的机会：

"夫人，我想您女儿的语言能力是不是出了问题？"

这让她母亲彻底爆发了。"都怪你！都怪你！"她对着约翰尼大叫道。

"你能让她说点什么吗？"

于是这位母亲抓住孩子，使劲地摇晃她。"你说话啊！"她大喊道，"说点什么啊！"终于，小蒂莉开口了，笑盈盈地说：

"吓（谢）吓（谢）。"

回到家，凯蒂又数落了约翰尼一通，说他这种人根本不配有孩子。孩子们因为晒伤，现在一会儿冷，一会儿热。凯蒂看到约翰尼唯一的正装被糟蹋成这副模样，差点哭出来。得花上整整一块钱，清洗、熨烫、压平，才能让它像样一点——她知道恢复原样是不可能了。至于那几条鱼，带回家就已经烂掉了，只能丢进垃圾桶。

孩子们早早上了床。在发冷、发热和阵阵恶心之间，他们把头埋在被子里，心里想着爸爸掉进水里的情形，无声地笑起来，笑得床都跟着颤抖。

约翰尼一个人坐在厨房窗前，一直坐到深夜。他想不明白这一天为何如此糟糕。他唱过很多关于出海远航的歌，每一首歌都让人心情舒畅，心旷神怡。可等他自己出海，结果竟然会是这样。孩子们本应兴高采烈地回家，满心都是对大海的热爱和崇敬，而他自己也应该带着活蹦乱跳的大鱼回来。唉，为什么这一切都跟歌里唱的不一样呢？为什么他只得到了一手的水泡、被毁掉的衣服、几条烂鱼，还有孩子们的晒伤和呕吐不止？为什么小蒂莉的妈妈不明白他的良苦用心，也看不到她女儿其实挺开心的？他想不通——真的想不通。

那些关于大海的歌，已经背叛了他。

30

"现在，我是个女人了。"十三岁这年的夏天，弗朗丝在日记里写道。看着这句话，她不自觉地挠了挠光腿上被蚊子咬的一个包。然后她低头看了看自己麻秆似的双腿，决定把这句话划掉，重新开头。"很快，我就会成为一个女人。"然后她又低头看了看自己平如洗衣板的前胸，索性撕掉了这一页，在新的一页另起话题。

"不宽容，"她攥着铅笔，用力写道，"是导致战争、大屠杀、十字架上受刑、滥用私刑的原因。它会使大人对小孩和彼此都很残忍。它要为世界上大部分恶意、暴力、恐怖、心灵与灵魂的凋敝负责。"

她把这段话大声念了一遍，感觉它们像是从罐头里倒出来的东西——缺乏新意。她合上本子，收了起来。

那年夏天的这个星期六，应该是她一生中最快乐的日子之一，足以记录在日记本上。她平生头一次看到自己的名字被印成铅字。学校在学期末出了本校刊，里面收录了每个年级作文课上写得最好的一篇作文。弗朗丝的作文《冬日时光》，被选为七年级最好的作品。校刊的价格是一毛钱，弗朗丝得等到星期六才能拿到手。学校在前一天就放暑假了，弗朗丝担心自己会拿不到校刊，但詹森先生说他星期六还要来学校干点零活，如果她带一毛钱过来，他就会把校刊给她。

已经是午后了，弗朗丝站在家门口，把杂志翻到有她文章的那一页。她希望有人路过，这样她就能给他看看。

中午吃饭的时候，她曾想拿给妈妈看，但妈妈急着回去工作，没有时间。这一顿饭的工夫，弗朗丝至少说了五次她有篇作文发表了。最后妈妈说：

"好了，好了，我知道了，我早料到了。以后你会发表更多东西的，不要大惊小怪，冷静一点。记得吃完把盘子洗了。"

爸爸在工会总部，要等到星期天才能回来看文章，但她知道，这一定会让他很高兴。她站在街上，承载着她的光荣的杂志夹在胳膊下面。她一刻也不能让它与自己分离，时不时还要看一眼自己被印成铅字的名字，兴奋感丝毫没有减少。

她看到一个叫乔安娜的女孩从自家出来。乔安娜推着婴儿车，带孩子出来透透气。看到她出来，一些一边出来买东西一边闲聊的主妇不由得停住了脚步。你知道吧，这就是那个没结婚的小姑娘，叫乔安娜，她可是闯了祸啦！她那孩子是个私生子——这个街区的人通常说的是"野种"——而这些良家妇女觉得，乔安娜实在没有权利像个正经母亲那样，在光天化日之下带孩子出来散步。她们觉得生了野种，就该藏起来。

弗朗丝对乔安娜和她的孩子深感好奇。她听爸爸妈妈说起过他们。当婴儿车经过她面前时，她看到了小婴儿。这孩子很漂亮，坐在车里，安安稳稳。也许乔安娜是个坏女人，可她把孩子养得比那些良家主妇的孩子更健康、更可爱。宝宝戴着精致的褶边小帽，穿着干净的白色婴儿裙，围着围兜。婴儿车的外篷也干干净净，上面还绣了很多可爱的图案。

平日里乔安娜在工厂上班，孩子给她母亲带。母亲不好意思带孩子出门，所以只有在周末乔安娜休息时，孩子才有机会出来晒晒太阳。

是的，弗朗丝确定，这就是个漂亮孩子。他看上去跟乔安娜很像。弗朗丝还记得那天爸爸是怎么跟妈妈描述乔安娜的。

"她的皮肤就像木兰花瓣一样。"（约翰尼这辈子就没见过木兰花）"头发像渡鸦翅膀一样黑。"（渡鸦他也没见过）"她的眼睛黑得深邃，就像林间的池水。"（他从没进过森林，唯一知道的池子只有那个人们往里面扔硬币，猜道奇队比分，猜对的人把钱赢走的池子）但他对乔安娜的描述是准确的。她确实很漂亮。

"或许吧，"凯蒂回答说，"可漂亮又有什么用？对这个姑娘来说，漂亮是个诅咒。我听说她母亲就一直没结婚，却生了两个孩子。儿子现在在辛辛监狱，这女儿又生了私生子。这么倒霉，只能说是结了恶缘了。同情他们也没用。不过，"凯蒂时不时表露出来的超然态度令人吃惊，"这跟我又有什么关系呢？我不会对他们做任何事情。我不会因为这女孩做错了事就去朝她吐口水，也不会因为她倒霉就收养她。不管结没结婚，生孩子的罪她都遭过了。如果她打心底是个好姑娘，以后她会好好过日子，不会再犯错。如果她天生犯贱，别人怎么说她，她也不会在乎。所以，如果我是你，约翰尼，我是不会同情她的。"突然，她转向弗朗丝，"这个乔安娜就是你的教训。"

在这个星期六的下午，弗朗丝看着乔安娜越走越近，想不出她怎么会是自己的教训。乔安娜推着孩子散步，悠然自得。教训是什么呢？乔安娜才十七岁，见人就笑，也希望人们对她笑。她对那些良家妇女笑了笑，可看到她们横眉冷对，她的笑容也消失了。她对在街上玩的孩子们笑了笑，孩子们有的也会对她笑。她笑着望向弗朗丝，弗朗丝本想回以微笑，却没能笑出来。作为一个教训，她是不是就不可以对乔安娜这样的女孩微笑以待呢？

良家主妇们手里拎着一袋袋蔬菜，或是包在纸包里的肉，那个下午似乎格外闲。她们三五成群，聚在一处不停地窃窃私语。当乔安娜经过时，议论停止了；可一等她走开，叽叽喳喳声便再度传来。

每当乔安娜路过，她的脸颊就更显红润，头也扬得更高了，裙角不顾一切地飞扬起来。她似乎越走越好看，越走越骄傲，还不时停下来，给孩子整理小被子。她抚摸着孩子的脸颊，对他温柔地笑。这让良家妇女们很生气。她怎么敢这样？！她们完全想不通，这姑娘肯定是疯了。

这些良家妇女中，有不少自己也生了孩子。她们的孩子是靠掐掐打骂带大的。她们中有很多人恨死了每晚睡在她们身边的丈夫。那以爱为名的床事，早已没了爱的参与。她们只是忍受着，僵硬地等待一切过去，并暗自祈祷不要再弄出孩子。可这种委曲求全，反倒纵容了男人的丑陋和凶暴。所谓欢爱，在这样的情况下对双方而言都很残忍；两人都想尽早了事，越快越好。而这才是她们痛恨乔安娜的真正理由：乔安娜跟这孩子的父亲，不必这样相互折磨。

乔安娜感受到了她们的恨意，但这并不会妨碍她带孩子晒太阳。她不会屈服，不会因此就委屈孩子待在屋里，不见天日。这样的局面总会发生些什么。良家妇女们首先崩溃了。她们忍不了了，必须有所行动。于是等到乔安娜再次绕回来，一个骨瘦如柴的女人嚷道：

"你不知道羞耻吗？"

"怎么了？"乔安娜真的好奇。

这让那女人更加气愤了。"她问，怎么了，"她跟其他女人说，"那我就告诉你怎么了。因为你不要脸，让人恶心。你没有权利带着你的野种在街上晃来晃去。这街上都是孩子，都跟你学坏了怎么办？"

"我想这是个自由的国家。"乔安娜说。

"你这种人没有自由。滚回家去，滚！"

"凭什么？"

"滚开，臭婊子！"骨瘦如柴的女人喊道。

女孩这次回应时，声音在颤抖："你不要血口喷人。"

"跟个脏货有什么好废话的。"另一个女人更加肆无忌惮。

一个路过的男人停住脚步，他看到了这一切。男人走过来，拍拍乔安娜的胳膊："姑娘，回家吧，你吵不过她们的。"

乔安娜猛地把胳膊一甩："别多管闲事。"

"我是好心，姑娘，对不起。"他只好走开。

"你怎么不跟他一起走呢？"瘦女人说，"说不定他能赏你几毛钱呢。"其他人都笑了起来。

"你们就是嫉妒。"乔安娜淡淡地说。

"她说我们是嫉妒，"良家主妇代表向其他人汇报，"嫉妒什么——你？"（她把"你"字说得很重，仿佛那是女孩的名字）

"你们嫉妒有男人喜欢我。能结婚算你走运，"她把矛头指向瘦女人，"不然你上哪儿找男人？我敢打赌，每次你老公搞完你，他都得恶心好一会儿。我敢打赌。"

"婊子，你这个臭婊子！"瘦女人歇斯底里地嚷道。然后，她凭借一种早在耶稣时代就已经很强烈的人类本能，从排水沟里捞出一块石头，砸向乔安娜。

这像是个信号，其他女人纷纷捡起石块，一个比较笨的女人捡了块马粪，扔了出去。石块有的击中了乔安娜，但有一颗尖尖的石子没击中她，却击中了婴儿的额头。一股细细的血流随即淌下，滴在他洁白无瑕的围兜上。婴儿呜咽着伸出双臂，让妈妈抱他。

几个女人本想继续扔，看到这一幕都悄悄把石头放回了排水沟。她们的消遣结束了。突然间，这些人觉得有些羞愧，她们本不想伤到孩子，只是想把乔安娜赶回家。于是良家妇女们就地解散，各回各家。一些一直站着看热闹的孩子也各玩各的去了。

乔安娜把孩子从婴儿车里抱起来，此刻才开始痛哭。婴儿还在低声呜咽，仿佛他没有权利大声哭泣。乔安娜把脸贴在婴儿的小脸上，泪水和他的血混在一起。良家妇女如愿以偿，乔安娜抱着孩子回家了，不顾还扔在街道当中的婴儿车。

弗朗丝看到了这一切，她什么都看到了。她听到了每一句话。她记得乔安娜是如何向自己微笑，而自己又是如何避开她的目光，没有给她回应。她为什么不回以微笑呢？为什么呢？现在她感到难过——在余下的生命中，每当想起这本该得到她回应的微笑，她都会感到难过。

一些小男孩开始在婴儿车周围玩了起来，一边追人，一边拉着车到处跑。弗朗丝把他们赶走，把婴儿车拉到乔安娜家门口，踩上刹车。这样就安全了。因为有条不成文的规定，别人家门口的东西不能动，那是人家的。

她还拿着那本印着她的文章的校刊。站在停好的婴儿车旁，她又看了眼自己的名字。"《冬日时光》——作者：弗朗西丝·诺兰"。她想做一点事情，必须牺牲点什么，来补偿乔安娜那个没有得到回应的微笑。她想到了自己的作文。她多么以它为傲，她多么想拿给爸爸、伊芙姨妈还有茜茜姨妈看。她想一直珍藏，因为只要看到它，心里就会乐得开花。校刊数量有限，如果送给别人，她就没办法再弄到了。但她还是把校刊塞到婴儿的枕头下面，翻到有她作文的那一页。

她看到那雪白的枕头上还留着一滴血。她眼前又浮现出那个小宝宝，他脸上细细的血流，他无助地伸出手要人抱的样子。痛苦的心绪在弗朗丝体内奔涌。当这股心绪总算平息，她已然筋疲力尽，可它又来了，退了，往复不止。她回到家，下到地下室，找到最黑暗的角落，坐在一堆麻袋上，默默承受着这一切。每当痛苦如浪花，散去又聚起，她的身子都在颤抖。她局促地坐着，只能等待这一切自行停止。如果停不下来，她只能死——她只能死。

过了一会儿，这痛苦的浪潮才变得微弱，袭来的间隔也越来越长。她得到了喘息的机会，开始思考。乔安娜确实让她得到了教训，但并不是妈妈想的那种教训。

她记起自己之前看到的乔安娜。她经常会在从图书馆回家的晚上路过乔安娜家时，看到她和那个男孩在狭窄的门廊里紧紧相拥。她曾看到男孩温柔地抚摸乔安娜漂亮的头发；曾看到乔安娜如何抬起手，触摸他的脸颊。乔安娜的面庞，在路灯下显得那么梦幻，那么安详。然而，那竟然成了耻辱的开端，并带来了这个孩子。为什么？为什么？那个时刻是多么温柔，多么正当。为什么呢？

她知道在那群扔石头的女人里，有一个结婚三个月就生了孩子。当时弗朗丝跟其他孩子一起，站在路旁看送亲队伍前往教堂。新娘上马车时，她分明看到那纯洁的婚纱下，孕肚已然隆起。她看到新娘的父亲紧紧挽着新郎的手臂，新郎眼底发青，一脸愁苦。

乔安娜没有父亲，没有男性家长。即便走向圣坛，也没有人会挽住她的男孩的胳膊。但这仍是乔安娜的罪过，弗朗丝心想。不是说她不好，而是她不够聪明，没能留住那男孩，带他去教堂接受牧师的祝福。

弗朗丝无法得知那件事的原委。实际上，那男孩是爱乔安娜的，并且愿意——按通常的说法——在惹了麻烦之后娶她。男孩有自己的家庭——一位母亲，三个姐姐。他说他想把乔安娜娶回家，可女人们劝他不要那么做。

别傻了,她们告诉他。那女孩不是什么好东西,她家人都烂透了。而且,你怎么知道她肚子里的孩子是你的?如果除了你,她还在跟别人鬼混呢?唉,女人都是老虎,我们能不知道?我们也是女人啊。你是个好孩子,好小伙,心地善良,她说的话你都信了,男人都这样。可是啊,我的儿,你不能这么轻信女人(老弟啊,你得多长点儿心眼)。结婚,一定要找清白的姑娘,一个没经过牧师祝福绝不会跟你上床的姑娘。如果你非要娶她,你就不是我的儿(我们不认你这个老弟)。你怎么知道那孩子是不是你的,对吧?以后你天天只会担心这个。上班的时候想,把这么个女人留在家里,指不定她会找哪里来的野汉子上门。唉,我的儿(我的老弟),你还不懂,可女人就是这种东西。我们都知道,我们是女人。女人那些下三烂的事儿,我们能不明白?

就这样,男孩被说服了。他家的女人们给他凑了钱,让他去新泽西闯荡,找份工作,租个房子住。她们不会告诉乔安娜他去了哪里。从此以后,他再也没见过乔安娜。乔安娜也没有结婚,却独自生下了孩子。

当弗朗丝发觉自己不对劲的时候,那可怕的浪潮几乎已经停止了。她按住胸口,试图感觉所谓的"心如刀绞"。她听爸爸唱过很多关于心的歌,心在破碎——在狂跳——在撕扯——在忍受重负——在欢呼雀跃——在悲伤中沉沦——在辗转反侧——在静止不动。她真的相信,她的心会做这些事情。因此她很害怕,关于乔安娜孩子的悲伤,会让她的心真的片片凋落。而现在,血液真的离开心脏,流出她的身体了。

她上楼回到家里,对着镜子照了照,看到自己眼圈发黑。她感到头痛欲裂。她只好躺在厨房的旧皮沙发上，等妈妈回家。

她把地下室里发生的事告诉了妈妈，除了乔安娜的部分。妈妈叹了口气，说："这么快？你才十三岁。我还想着你至少还得等一年呢。我十五岁的时候才来。"

"那……那……这是正常的吗？"

"每个女人都要经历这个。"

"我还不是女人呢。"

"这意味着你就要变成女人了。"

"能停住吗？"

"过几天吧，但一个月之后又会来。"

"这样要多久？"

"很长一段时间，直到你四十岁，或者五十。"她沉思片刻，"生我那会儿，你外婆都五十了。"

"哦，所以这个和生孩子有关。"

"是的。永远记住要做个好姑娘，因为现在你已经能生孩子了。"乔安娜和她孩子的画面在弗朗丝脑海中一闪而过。"不能让男孩亲你。"

"你就是那样有孩子的吗？"

"那倒不是。但怀上孩子，往往都是从一个吻开始的。"她又说，"记得乔安娜吧？"

凯蒂其实并不知道，弗朗丝曾经看到乔安娜家门廊上的那一幕。但弗朗丝认为妈妈一定会读心术。她对妈妈又增加了新的敬意。

记得乔安娜。记得乔安娜。弗朗丝永远也不会忘掉她。从这天起，一想到那些用石头砸她的女人，她就深感厌恶。她害怕她们险恶的手段，无法信任她们的本能。她憎恨她们对同类的不忠和残忍。所有扔石头的女人里，没有一个人敢为乔安娜说句话，只因为害怕自己会被划入坏女人的范畴。唯一出于良心说话的，是那个路过的男人。

大多数女人都有共同的经历，那就是生孩子时莫大的痛苦。这痛苦本该成为纽带，把她们紧密相连，让她们在男人主导的世界里互助互爱，相互照应。但事实却并非如此。分娩时巨大的痛苦，似乎让她们的心和灵魂就此委顿。她们抱团的唯一目的，是践踏其他女人——无论是通过扔石块，还是嚼舌根。这成了女人之间唯一的忠诚。

男人则不同。尽管也可能互相敌视，可他们总会团结在一起，对抗这个世界，对抗所有想要撼动任何一个男人地位的女人。

弗朗丝打开日记本，在自己关于不宽容的那段话下面空出一行，写道：

"有生之年，我不会再和任何女人交朋友了。我不会相信任何女人，除了妈妈。伊芙姨妈和茜茜姨妈有时也可以信。"

31

弗朗丝十三岁这年，出了两件大事：一是欧洲爆发了战争；二是一匹马爱上了伊芙姨妈。

伊芙姨妈的丈夫和他的马"鼓手"，八年来一直是死对头。他对马很凶，总是踢它、打它、骂它，拉缰绳的时候也很用力。马对威利·福里特曼姨夫倒也不会以德报怨。它对送奶路线已经很熟了，因此只要到了地方，它就会停下来，等福里特曼重新上来再继续往前走。可是最近，它在福里特曼下马去送牛奶的那一刻会往前小跑，害得他要跑半个多街区才能追上它。

福里特曼每天到中午就能把奶送完。他会先回家吃顿饭,然后送马和马车回马厩,他本该在那里洗马和马车。但"鼓手"有个坏毛病,那就是当福里特曼给它清洗肚皮时,它经常往他身上撒尿,其他马夫会聚在一起等这一幕的发生,然后大大地嘲笑福里特曼一番。福里特曼受不了,于是便养成了在自家门口洗马的习惯。这在夏天还好,可到了冬天,马就有点遭罪了。在天寒地冻的日子里,伊芙常常下楼呵斥威利,这么冷的天,露天洗马,用的还是冷水,太不像话了。马似乎知道伊芙是在为自己说话,当她和丈夫争论时,它常常发出可怜的呜咽声,头趴在她的肩膀上。

但在又一个寒冷的日子,马自己出手了——或者像伊芙姨妈说的,"出蹄了"。当伊芙姨妈将此事讲给凯蒂和约翰尼听时,弗朗丝听得入了迷。没有人能像伊芙姨妈这样,把事情讲得这么有意思。她能够把其中涉及的所有角色都描绘得栩栩如生,甚至包括马。而且她还有个独门绝活,那就是连当时他们的心理活动也揣摩得一清二楚。据伊芙姨妈说,当时事情是这样的:

威利在街上,用冷水和硬邦邦的黄肥皂洗马,马冻得瑟瑟发抖。伊芙当时在窗边看着,当他蹲下来要给马洗肚皮时,马绷紧了身子。福里特曼以为这马又要朝他撒尿了,这个忍受了太多屈辱的小人物忍无可忍,立刻起身,一拳砸在马肚子上。马立时扬起蹄子,正中他的脑袋。福里特曼随即倒地,栽倒在马身下,不省人事。

伊芙赶忙跑下楼。马看到她,发出高兴的呜呜声,可伊芙无暇理会。当马回过头,看到伊芙想把福里特曼从它身下拖出来,它也开始走动。也许它是想帮伊芙,拉着马车从这个不省人事的人身边走开。也许它是想一不做二不休,让马车从福里特曼身上轧过去。伊芙赶忙喊道:"停住,小伙子。"马立刻就停住了。

一个小男孩找到了警察,他把救护车叫了过来。急救医生看不出福里特曼是骨折还是脑震荡,于是把他送到了绿点医院。

人送走了,可这儿还有马和装了一车空奶瓶的马车,需要送回马厩。伊芙从没驾过马车,可这并不构成她不能驾的理由。她穿上丈夫的旧大衣,披肩裹住头,爬上座位,拉起缰绳,喊了一声:"鼓手,回家。"马回过头来,深情地看了她一眼,然后欢快地小跑着上路了。

幸运的是,这马认识路。伊芙根本不知道马厩在哪儿,可鼓手太聪明了。每当走到十字路口,它都会停下来,这时伊芙会替它张望,如果一切正常,她会说:"走吧,小伙子。"如果有车辆驶来,她会说:"等一下,小伙子。"就这样,伊芙驾着马车顺利抵达马厩,马得意地跑了进去,停在自己的位置上。其他马夫都在洗马,看到一个女人驾着马车进来,感到很惊讶。他们的议论声引来了老板,伊芙便把事情经过告诉了他。

"我早就知道会这样,"老板说,"福里特曼不喜欢那匹马,马也不喜欢他。这样的话,我们只能换个马夫了。"

伊芙担心丈夫会就此丢掉工作,于是问在福里特曼住院期间,能不能让她替他送牛奶。她恳求说,反正牛奶一大早就要送,不会有人看到的。老板什么也没说,只是笑了笑。她只好继续求情,说他们家太需要这份周薪二十二块五的工作了。她把话说到这份儿上,况且伊芙本身就长得娇小,楚楚可怜,却又不失活泼大方,老板只好让步。他把客户名单交给她,说会有小伙子帮她装车,另外马知道路线,送起来也不难。一个马夫提议说让伊芙带上马厩的狗,既可以做个伴,又能防偷奶贼,老板也同意了。他让伊芙每天凌晨两点钟到马厩报到。就这样，伊芙成了这个地区第一个女送奶工。

她做得不错。马厩里的伙计们都喜欢她，说她比福里特曼会干活。尽管为人现实，但伊芙也很温柔，有女人味，男人们都喜欢她低沉但柔弱的说话语调。马也很高兴，它尽力配合伊芙，到订户家门口会乖乖停好，等伊芙送完奶回来坐好，它才会再次出发。

和福里特曼一样，她也会在吃午饭时先把马拴在家门口。不过当天气很冷的时候，伊芙会拿出一床被子，给马盖上，这样它在等她的时候就不会着凉了。她把燕麦拿上楼，在烤箱里热几分钟，然后才喂给它吃，因为她觉得冰冷的燕麦肯定不好吃。马确实很喜欢吃热乎乎的燕麦。正餐吃完，伊芙还会请它吃半个苹果，或是一块糖。

她觉得在大街上洗马，马太冷了，于是带它回马厩洗。黄色肥皂的味道太刺鼻，她用的是小可爱牌香皂，还拿了块旧的大浴巾给它擦身。马厩里的男人想替她洗马，她拒绝了，结果有两个男的为帮她洗马车争得不可开交，差点动手。最后还是伊芙说："你俩轮流呗，一人洗一天。"问题就解决了。

她用老板办公室里的煤气炉给鼓手烧热水。她不想用冷水洗。烧了热水，兑成温水，打上香香的肥皂，伊芙洗得很仔细，最后还会用浴巾给它一点点擦干。在伊芙洗马的时候，马从没找过麻烦，它始终都高兴地呼噜着，发出满意的呜呜声。伊芙给它擦身的时候，它会因为过于喜悦而呼吸急促。擦到胸前的位置，鼓手会把自己硕大的脑袋放在她小小的肩膀上。毫无疑问，这匹马已经疯狂地爱上了伊芙。

等福里特曼康复出院，鼓手拒绝和他共事。老板只好安排他送别的路线，换了匹新马。但鼓手也不同意跟其他马夫合作。老板本想把它卖掉，但心生一计。在马夫当中，有个说话口齿不清，还有点娘娘腔的年轻人。老板安排他驾鼓手的马车。鼓手似乎很满意，乐意跟这位颇具女性气质的马夫合作。

就这样，鼓手又开始了正常工作。不过每天中午，它还是会拐进伊芙家那条街，站在她家门前，直到伊芙下来，招待它吃块苹果或是糖，摸摸它的鼻头，喊它一声"好小伙子"，它才肯回马厩去。

"这马真有意思。"听完故事，弗朗丝发表了感想。

"可能吧，"伊芙姨妈说，"但它一定很清楚自己想要什么。"

32

十三岁生日那天，弗朗丝在日记里写道：

12月15日。从今天起，我就是个大姑娘了。以后会怎样呢？我很好奇。

随着时间的推移，日记里记录的内容越来越少，过去这一年并没有发生什么。弗朗丝之所以开始写日记，是因为小说里的女主人公都会写日记，而且日记里充满了跌宕起伏的思绪。弗朗丝以为自己的日记也可以那样，但除了对演员哈罗德·克拉伦斯的单相思，其他内容都平平无奇。到年底了，她随手翻了翻，读了一些：

1月8日。玛丽·罗穆利外婆有一个漂亮的雕花盒子，那是她的曾祖父一百多年前在奥地利专门定做的。她在里面放了一件黑色上衣，一条白色的衬裙，还有鞋子和长袜。这是她给自己准备的寿衣，因为她不想裹着裹尸布下葬。威利·福里特曼姨夫说他希望自己被火葬，骨灰从自由女神像上方撒下来。他说下辈子他希望做一只鸟，这正好可以打个基础。伊芙姨妈说他已经是一只鸟了，呆头鸟。我笑了，结果妈妈骂了我。火葬比土葬更好吗？我很好奇。

1月10日。今天爸爸病了。

3月21日。尼利在麦卡伦公园偷了棵褪色柳，送给了格雷琴·哈恩。妈妈说他还小，打女孩子的主意干吗。机会多的是，她说。

4月2日。爸爸已经三个星期没有工作了。他的手好像出问题了，抖得很厉害，什么都拿不住。

4月20日。茜茜姨妈说她要有孩子了。我不信，因为她肚子没有鼓起来。我听她跟妈妈说，这个孩子是怀在背后的。我搞不懂。

5月8日。今天爸爸病了。

5月9日。爸爸晚上去上班，可没多久就回来了。他说人家不需要他了。

5月10日。爸爸病了，白天就做起了噩梦，喊得好大声。我只好去找茜茜姨妈来。

5月12日。爸爸已经一个多月没工作了。尼利不想上学了，他想搞一个工作证去上班。妈妈不让。

5月15日。爸爸今晚去上班了。他说从现在开始，他要负起责任。他还把尼利骂了一顿——关于工作证的事。

5月17日。爸爸在回家的路上病了。一群小孩子跟在他身后，捉弄他。我讨厌小孩子。

5月20日。尼利找到了一份卖报纸的工作，他不让我帮他卖。

5月28日。卡尼今天没有捏我的脸，他捏了别的地方。我想我已经长大了，不能再去卖废品了。

5月30日。加恩德尔小姐说他们要在校刊上发表我的作文《冬日时光》。

6月2日。爸爸今天病着回家了。我和尼利只好帮妈妈把他抬上楼。爸爸哭了。

6月4日。今天我的作文得了A。作文题目是"我的理想"。我只犯了一个错误,我写成了"戏作家",而加恩德尔小姐告诉我应该写成"剧作家"。

6月7日。爸爸病了,有两个人把他送回家。妈妈不在家,我扶他到床上躺下,给他喝了黑咖啡。妈妈回来之后说我做得对。

6月12日。泰恩摩尔小姐教我弹舒伯特的《小夜曲》。妈妈比我学得快,她已经学到了《唐豪瑟》里的《晚星》。尼利说他比我们两个都快,他不用看谱子就能弹《亚历山大的拉格泰姆乐队》。

6月20日。今天看了《西部女孩》。这是我看过最棒的一台戏,血从天花板上滴下来,跟真的一样。

6月21日。爸爸两个晚上没回家了。我们不知道他去了哪里。回来时又病了。

6月22日。今天妈妈帮我整理床铺,发现了日记。她翻了翻,让我把凡是写"醉"字的地方,都改成"病"。我没在日记里写妈妈的坏话,真是万幸。等我有了孩子,我肯定不会看他们的日记,因为我相信,就算是孩子也有自己的隐私。如果妈妈再来看我的日记,希望她能看到这一段。

6月23日。尼利说他有女朋友了。妈妈说他还小。我想知道多大才不算小。

6月25日。威利姨夫、伊芙姨妈、茜茜姨妈还有她的约翰今晚来家里。威利姨夫喝了好多啤酒,哭了起来。他说他分配到的新马贝西,做了比往他身上撒尿更糟糕的事。我笑了,妈妈骂了我一顿。

6月27日。今天我们读完了《圣经》，又要从头开始了。《莎士比亚全集》我们已经读了四遍。

7月1日。不宽容……

她用手捂住那一页，不敢看。有一瞬间，她以为那痛苦的浪潮将再次袭来，但预感很快消失了。她翻过那一页，继续读其他日记。

7月4日。今天是麦夏恩警官带爸爸回家。我们一开始以为他是被逮捕了，但并没有。他只是病了。麦夏恩警官给了我和尼利一人二毛五，但妈妈让我们还回去。

7月5日。爸爸还在生病。他还能工作吗？我不知道。

7月6日。我们玩了北极游戏。

7月7日。北极。

7月8日。北极。

7月9日。北极。说好的救援队并没有来。

7月10日。我们拆开了存钱罐。里面有八块二。我的金币都变黑了。

7月20日。存钱罐空了。妈妈带了麦加里蒂夫人的一些衣服回来洗。我帮她熨，结果把麦加里蒂夫人的长裤烫了个洞。妈妈不让我帮她熨衣服了。

7月23日。我在亨德乐餐馆找了份工作，只在暑假期间。我在午餐和晚餐期间用装在大桶里的洗涤剂帮忙洗碗。每周一有个男人过来收走三桶油渣，周三送来一桶洗涤剂。这世界上没什么东西会被浪费。我每周赚两块钱，还管饭。这工作不累，但我不喜欢那种洗涤剂。

7月24日。妈妈说，还没等我明白过来，我就已经是个女人了。我不知道这是什么意思。

7月28日。弗洛茜·加迪斯准备在弗兰克加薪之后就跟他结婚。弗兰克说按威尔逊总统这种干法，用不了多久我们也得打仗。他说他结婚就是想有个老婆，生个孩子，这样他就不用去打仗了。但弗洛茜说不是那样的，他们俩是真心相爱。我搞不懂。反正我只记得，以前弗兰克给人洗马，总是弗洛茜追着他跑。

7月29日。今天爸爸没病，他要去找工作了。他说妈妈不能再给麦加里蒂夫人洗衣服了，我也不该去工作。他说我们会有钱的，然后搬到乡下去生活。我不知道这是不是真的。

8月10日。茜茜说她马上就要有孩子了。可她的肚子一点变化都没有，真奇怪。

8月17日。爸爸一连三个星期都在工作。我们吃得很好。

8月18日。爸爸病了。

8月19日。爸爸病了，因为他丢了工作。亨德乐先生也不让我去餐馆干活了，他说我不靠谱。

9月1日。今晚伊芙姨妈和威利姨夫来了。威利姨夫唱了《弗兰基和约翰尼》，往歌词里加了脏话。伊芙姨妈站在椅子上打他的鼻子。我笑了，妈妈又骂我。

9月10日。这个学期结束，我就毕业了。加恩德尔小姐说，如果我的作文一直得A，她就会让我来写毕业演出的剧本。我有一个非常棒的想法，一个女孩穿着白裙子，长发飘飘，她就是"命运"。其他女孩走上舞台，告诉她自己想要什么，而命运会告诉她们最终会得到什么。最后会有一个穿蓝色裙子的女孩张开双臂，说："这样的人生，值得吗？"大家齐声回答："值！"当然，所有台词都会用韵文来写。我跟爸爸说了，可他病得太严重，听不懂。可怜的爸爸。

9月18日。我问妈妈我可不可以剪短发,妈妈说不可以,头发是女人最美的东西。这是不是意味着我就要成为女人了?我希望如此,我想自己做主,想剪短发就剪短发。

9月24日。今天洗澡的时候,我发现自己正在变成女人。就快成了。

10月25日。我希望这个本子赶快被写满,因为我已经不想写日记了。每天都没什么大事发生。

弗朗丝读到了最后一则日记,本子只剩一页空白了。好吧,只要再写一页,本子就写满了,她就不用再费心写日记了。她拿起笔,蘸湿笔尖:

11月2日。性是每个人避不开的东西。人们写文章反对它,牧师在教堂里抨击它,甚至还有专门的法律禁止它,可它依然存在着。学校里的女孩们平时只有两个话题:男孩和性。她们对性充满好奇。我呢?

她琢磨着最后这句话,右边眉毛微微皱起。最后,她把它划掉,重新写道:"我也很好奇。"

33

是的,威廉斯堡这些大大小小的孩子,都对性满怀好奇。他们有各种讨论。在年幼的孩子里,有一些相互展示行为(你给我看,我就给你看)。少数冠冕堂皇的孩子假装在玩"过家家"或是"医生病人"的游戏,而一些大胆的孩子则干脆"玩脏的"。

但在成人的威廉斯堡,对性这个话题总是讳莫如深。当孩子们问起来,父母总是不知该如何作答,因为他们也不知道该如何使用正确的词语来谈论。每对已婚夫妇都有自己的"私房话",待到夜深人静,在床上窃窃私语。可很少有母亲有勇气把这些话拿到白天来讲,讲给孩子们听。而等到孩子们长大,他们自己又会发明一些不能讲给自己孩子的话。

凯蒂·诺兰很果敢,无论是思想上,还是行动方面,因此所有问题她都能巧妙解决。面对弗朗丝关于性的好奇,她不主动提供信息,但会尽力回答。在弗朗丝和尼利还小的时候,姐弟俩会商量好一些问题,向妈妈提问。有一天,他们一起站在她面前,由弗朗丝做提问代表。

"妈妈,我们是从哪里来的呀?"

"上帝把你们送来的。"

信天主教的孩子,信这句话当然不难。可接下来的问题却有点棘手。"上帝是怎么把我们送来的呢?"

"我解释不了,因为有些词说了你们也不懂。"

"说说看嘛,看我们能不能懂。"

"如果你们能懂,我还说它干吗?"

"你就说嘛,说说小宝宝都是怎么来到这世界上的。"

"不行,你们太小了。如果我说了,你们就会去告诉别的孩子,他们的妈妈就会来找我,说我是个下流女人,然后就会吵起来。"

"好吧,那你说说,男孩和女孩有什么不同?"

妈妈沉思片刻："主要的不同就是，小女孩坐着上厕所，小男孩站着。"

"可是妈妈，"弗朗丝说，"要是上厕所的时候没灯，我害怕，也会站着尿尿。"

"而我，"尼利坦白道，"要是拉……"

妈妈打断了尼利的话："其实，每个女人身上都有一点男人的影子，而男人有时也会像女人。"

讨论就这样结束了，因为到这里孩子们就听不懂了，他们便决定终止讨论。

当弗朗丝在日记里写到自己将要成为女人的同时，她也去找了凯蒂，谈起自己对性的好奇。凯蒂直截了当地把自己知道的一切都告诉了她。在这个过程中，她不可避免地用到了几个在她看来属于"下流"的词。但她鼓起勇气、毫无保留地讲了出来，因为她也不知道还可以怎么说。她对女儿说的这些，在她自己还是个孩子的时候从没有人对她讲过。而在那个年代，像凯蒂这样的孩子，也没有办法通过书籍来了解性知识。尽管用词直白，说法通俗，但凯蒂讲起这些倒也没什么让人反感之处。

比起街区里其他孩子，弗朗丝是幸运的。她在必要的时候就了解到了她一定要知道的知识。她从来不需要和其他女孩一起溜进黑暗的走廊，交换罪恶的秘密。她不需要用曲折的方法探索这些。

如果说正常的性爱在街坊四邻间是一个巨大的谜，那么性犯罪就是一本摊开的书。在所有贫困而拥挤的城镇，时常出没的性犯罪恶魔都是父母心头挥之不去的阴影。每个街区似乎都有这样的罪犯。在弗朗丝十四岁这年，威廉斯堡就出现了一个。长期以来，他都在猥亵小女孩。警察不断寻找他的下落,可始终未能将此人捉拿归案。其中一个原因是,当小女孩遭到猥亵以后,为避免让旁人知道,父母经常选择隐瞒,不希望孩子因此受到歧视,无法回到玩伴中间,重新获得正常的童年生活。

有一天,弗朗丝所在的街区,有个小女孩被杀害了。这样事情不得不被公开。小女孩才七岁,个头小小的,一向安静听话。所以那天放学后她没有回家,母亲也没太在意,以为孩子去同学家玩了。吃完晚饭,孩子还没回来,家人才出去找。他们找遍了孩子的玩伴,可他们都说,放学后就没再见到这个孩子。

整个街区迅速被恐怖的氛围笼罩。孩子们被从街上叫回来,锁在家里。麦夏恩带了六七个警察过来,开始搜查各家屋顶和地下室。

最终找到孩子的是她平时吊儿郎当的哥哥,今年十七岁。她小小的身体出现在自家附近一栋房子的地下室里,被塞在一辆废弃的童车中,衣衫不整,鞋子和小红袜子都被扔在一堆焚烧物上。哥哥被带走问话,他情绪激动,说话前言不搭后语,于是警方便以嫌疑人的身份逮捕了他。但麦夏恩并不是酒囊饭袋,他如此轻率地逮捕嫌疑人,只是为了打消真正罪犯的警惕。麦夏恩认定,只要认定自己安全,这个人很快会再次下手;而这一次,警察会等他自投罗网。

父母们也采取了措施,他们跟孩子讲了这个魔头做的可怕的事情(这时候也顾不上用词体面了)。小女孩都被警告不可以接受陌生人给的糖果,不要跟陌生人说话。母亲们都开始接送孩子上下学,街道上也不再有孩子们玩耍的身影,仿佛花衣笛手来过,把他们都带到山里去了。整个街区都吓坏了,为了保护弗朗丝,约翰尼甚至搞来一把枪。

约翰尼有个朋友叫伯特。伯特是银行的夜间保安,今年四十多岁,娶了一个年纪只有自己一半的女孩。他爱这个女孩爱到疑神疑鬼的程度,总觉得她会在自己值夜班时找情人到家里来偷情。他为此饱受困扰,甚至觉得如果可以确定一次,自己反倒解脱了。他宁愿亲眼看到令人心碎的现实,也不愿意继续在怀疑的煎熬中苟且了。于是他打算在值夜班时偷偷溜回家去,而在这段时间,约翰尼会替他值班。他们约好,如果伯特某天疑心病发作,他会请巡逻的警察帮忙到约翰尼家里,按三声门铃。如果约翰尼在家,他就会像消防员一样跳下床,手忙脚乱地套上衣服,跑到银行去,仿佛整个片区人民的财产安全都掌握在他一人之手。

约翰尼听说了小女孩的惨案后就去银行找伯特,问他有没有备用的枪。

"有啊,干吗?"

"借我用用,伯特。"

"你要干吗?"

"有个家伙在我们街区杀了个小女孩。"

"真该死,我希望警察能赶紧把那浑蛋抓住,约翰尼。"

"但我也有个女儿。"

"是啊,是啊,我知道,约翰尼。"

"所以我就想跟你借枪用用。"

"这违反了《沙利文法》。"

"你晚上回家,让我替你顶班,肯定也犯了什么法。你怎么能那么做?搞不好我是个坏人。"

"啊,别这样,约翰尼。"

"既然我们已经犯了一个法,再犯一个也不是不行吧?"

"好吧,好吧,我借给你。"他打开抽屉,拿出一把左轮手枪,

"我教你怎么用。要是你想杀个人,你就把枪这样对着他,"他把枪口指向约翰尼,"然后扣这个东西。"

"明白了,我试试。"约翰尼接过枪,朝伯特比画。

"当然啦,"伯特说,"我自己也从没真拿这鬼东西开过火。"

"这是我第一次拿枪在手。"约翰尼解释说。

"那你得小心点。"伯特悄声说,"子弹上膛了。"

约翰尼吓了一跳,赶忙把枪轻轻放下。"老天,伯特,咱们刚才差点把对方干掉了。"

"老天,你可真是个聪明人。"伯特耸耸肩。

"手指一动,小命休矣。"约翰尼在心里琢磨。

"兄弟,你不是想自杀吧?"

"那不至于,想自杀我喝酒就行了。"约翰尼勉强笑了笑,笑到一半就停住了。当他拿着枪准备离开时,伯特又说了一句:

"抓到那浑蛋告诉我一声。"

"我会的。"约翰尼答应道。

"好,回见。"

"回见,伯特。"

约翰尼把家人聚到一起,解释了枪的事情。他警告弗朗丝和尼利不要碰。"这个小圆筒里装着五条人命。"他夸张地解释道。

弗朗丝觉得这把枪就像是一个模样怪异的招魂指,轻轻一扣就能唤来死神。她很高兴爸爸把它藏在枕头下面,这样她就看不见了。

那把枪在约翰尼枕头下躺了一个多月,谁都没碰过它。这片街区也没再发生过恶性事件。看来恶魔已经走远了,母亲们纷纷松了口气。不过仍有少数人,比如凯蒂,还是会在孩子应该放学的时间站在门口或走廊里张望。凶手总是在阴暗处伏击他的猎物。凯蒂觉得,小心点总不会吃亏。

当大多数人都放松警惕的时候，变态凶手又开始作案了。

一天下午，凯蒂在离自己家隔了两栋楼的房子大厅里打扫，她听到街上传来孩子的声音，知道学校已经放学了。她心想是不是还有必要像以前那样，到自己家走廊里等弗朗丝回家。弗朗丝快十四岁了，已经到了能照顾好自己的年纪，况且这变态的目标一般是六七岁的小女孩。说不定他已经在别的街区被抓了，被关进了监狱，不会再危害大众。可是……她犹豫了一下，然后还是决定回家去。黄肥皂用得差不多了，正好回去拿一块。

她在街上看了又看，没发现弗朗丝。这让她有点慌。不过她很快想起弗朗丝的学校离得远，回来的时间也应该比别的孩子晚。走进家门，她决定先把咖啡热一下，喝一杯。那样弗朗丝应该就到家了，她也安心了。她走进卧室，看了看枪还在不在。当然在。她觉得自己有点过度紧张。喝完咖啡，她找出一块黄肥皂，准备回去继续干活。

弗朗丝也在平时的时间到家了。她打开楼门，看了看又长又窄的走廊，没发现什么异常，于是转头把门关好。走廊里一片漆黑，她径直穿过，踏上楼梯。就在脚踩到第一层台阶时，她看到了他。

他从楼梯下面走了出来，那是地下室的入口。他脚步很轻，但很快。此人个头儿不高，很瘦，穿着一件深色西装，破破烂烂的，衬衫没有领子，也没打领带。他的头发蓬松浓密，从额头垂下来，几乎跟眉毛连在一起。他长着鹰钩鼻，嘴巴是一条细细的弯线，即使在半黑暗中，弗朗丝也能看到他那双恶狠狠的眼睛。她又走了一步，可等这人完全暴露在光线下时，她的双腿却像灌了水泥似的，无法动弹。他露着下体，朝她靠近。弗朗丝惊恐地盯着他身体裸露的部分，那里是一片蛆虫似的白色，跟他的手和脸呈现出的丑陋的、病态的黯淡颜色形成鲜明对比，让她记起了自己曾看到的一堆肥硕的蛆虫在老鼠尸体上爬来爬去的那种恶心。她想喊"妈妈"，可是喉头发紧，喊不出声。就像是一场梦，你想喊，却发不出声音。她动不了了！她动不了了！她的手死死抓住栏杆，抓得生疼。她突然奇怪地想到，这栏杆为什么这么结实，这样抓都不会断。他正在步步逼近，而弗朗丝完全动不了了。上帝啊，赶紧让谁出来一下吧。

就在这时，凯蒂拿着肥皂下楼了。当她走到最后一层楼梯，一低头，刚好看到那男人逼向弗朗丝，而弗朗丝死死抓着栏杆，一动不动。凯蒂没有出声，下面的两人也没有发现她。她悄悄转过身，跑了两层楼，回到家里。她努力稳住呼吸，从脚垫下面拿出钥匙，打开房门。不知怎的，在这紧要关头，她却先是把黄肥皂整齐地放在洗衣盆的盖子上，然后才进到卧室，拿出枪，扣住扳机，藏在围裙下面。这时她拿枪的手开始发抖了，她只好把另一只手也放在下面，用两只手稳住，就这样拿着枪，向楼下奔去。

变态男人来到楼梯下面，跨过来，一步跳上两级台阶，像猫一样迅速用胳膊扣住弗朗丝的脖子，手捂住她的嘴，防止她喊出声。他的另一只手揽住她的腰，把她往下拖。他滑了一下，身体裸露的部分碰到了她的光腿。那条腿抽搐了一下，像是被火燎到了。她的腿不再麻木，猛踢猛蹬，整个人终于开始挣扎。变态男人则用身体把她压在栏杆上，开始掰她的手指，一根一根从栏杆上弄开。松开一只手，他便把那只手别在弗朗丝背后，用力压住，然后开始对付另一只手。

这时传来一声响动。弗朗丝抬头，看到妈妈正冲下来。由于两只手攥着枪放在围裙下面，她跑得很笨拙，几欲跌倒。男人也看到了她，虽没看出她有枪，但还是不情愿地松开了手，退下两级台阶，恶狠狠的眼神一直盯着凯蒂。弗朗丝还站在原处，一只手抓着栏杆，仿佛这只手连她自己都没法松开。变态男人下了楼梯,背贴着墙,滑向地下室的门。凯蒂站定,跪在台阶上,把围裙下面的凸起推到楼梯栏杆间隔之外,瞄准他身体裸露的部分,扣动了扳机。

一声巨响。凯蒂的围裙破了个洞,洞口冒着烟,布料烧焦的味道随即弥漫开来。变态男人龇牙咧嘴,露出一口残缺的脏牙,双手捂着下腹,跌了下去。跌到地面的瞬间,他的手松开了,那片蛆虫似的白色已经遍染鲜血。狭窄的楼梯口被烟雾笼罩。

然后是女人们的尖叫。住户的门纷纷打开,走廊里传来奔走的脚步声,街上的人也涌向这栋楼。不一会儿,楼门口就被围得水泄不通,谁也进不来,谁也出不去。

凯蒂抓住孩子的手,想拉她上楼。可孩子的手就像被冻在了栏杆上似的,手指无法张开。情急之下,凯蒂用枪托猛砸弗朗丝的手腕,这才让她松开手。凯蒂拉着孩子走上楼,穿过走廊,不断跟刚从家里出来的女人打照面。

"怎么了?怎么了?"她们尖声嚷道。

"现在没事了,现在没事了。"凯蒂告诉她们。

弗朗丝双腿发软,跟跟跄跄,最后干脆跪在地上。到了最后几步,凯蒂不得不拖着她走,这才回到家里。她把弗朗丝弄进门,抱到沙发上,插好门链。她小心地掏出枪,放在洗衣盆上的肥皂旁边,手指碰到枪口。枪口的温热吓了她一跳。凯蒂对枪一无所知,当然也从没开过枪。她以为温度过高可能会导致擦枪走火,于是打开洗衣盆盖子,把枪扔进盆里,盆里还泡着一些打完肥皂的脏衣服。因为跟整件事情搅在一起,她干脆把那块还没用过的黄肥皂也扔了进去。做完这些,她才去看弗朗丝。

"他伤到你了吗,弗朗丝?"

"没有，妈妈，"她呻吟着说，"只是，只是他的……我是说……他碰了我的腿。"

"哪儿？"

弗朗丝指了指自己蓝色短袜上面一点的地方。皮肤还是洁白的，没有受伤。弗朗丝自己看到的时候有些惊讶。她本以为那块皮肤会就此消失。

"没什么事儿。"妈妈说。

"可我还能感觉到他碰了我！"她哀怨地、疯狂地喊道，"我要把这条腿砍掉！"

外面的人敲着她家的门，想知道发生了什么。凯蒂没有理会他们，让门一直锁着。她给弗朗丝灌下一杯滚烫的黑咖啡，然后在房间里踱步。她现在浑身发抖，也没了主意。

枪声响起时，尼利在街上闲逛。当他看见人们往自己家的楼涌去时，他也跟了过来。他挤进楼门，上了楼梯，从栏杆上往下看，正看到那变态男人蜷缩着躺在地下室入口前。女人们撕烂了他的裤子，所有能靠近的人都在用鞋跟跺他，还有人在踢他，往他身上吐口水。各种脏话更是免不了。可就在这时，尼利听到了他姐姐的名字。

"弗朗丝·诺兰？"

"是的，弗朗丝·诺兰。"

"你确定吗？弗朗丝·诺兰？"

"我亲眼看见的。"

"她妈妈……"

"弗朗丝·诺兰！"

他听到救护车的鸣笛声传来，以为弗朗丝被杀害了。他哭着冲上楼，敲打自家的门，尖叫着："让我进去！妈妈！让我进去！"

凯蒂让他进来了。当看到躺在沙发上的弗朗丝时，他号啕大哭。他一哭，弗朗丝也跟着哭了。"行了，行了，你俩别哭了！"凯蒂摇晃着尼利，直到他不哭了为止。

"快去找你爸，到处找，找到他为止。"

尼利在麦加里蒂的酒馆找到了爸爸。约翰尼刚坐下来，准备安安稳稳地喝几杯。听到尼利讲完经过，他扔下酒杯，跟他一起冲了出去。他们没办法回屋，救护车堵在楼门口，四个警察分开人群，打算给救护医生让出道路。

约翰尼和尼利去了隔壁楼的地下室，从地下室上到院子，然后从隔壁院子翻回来。父子俩爬上消防通道，当凯蒂看到窗外有个人影若隐若现时，她尖叫着四处找枪。不过约翰尼还算命大，凯蒂已经想不起来自己把枪扔哪儿了。

就这样，两人进到家里，约翰尼跑到弗朗丝面前。尽管弗朗丝很大了，但约翰尼还是一把把她抱起，像小婴儿一样摇晃着她，哄她睡觉。可弗朗丝一直嚷着，她要把腿砍掉。

"他伤到她了吗？"约翰尼问。

"没有，但我打了他。"凯蒂沉着脸说。

"你用枪打他了？"

"不然呢？"她给他看了自己围裙上的洞。

"打中了吗？"

"当然。但这孩子一直在说她的腿，那浑蛋……"她瞟了眼尼利，"好吧，你明白，他碰了她的腿。"她指了指那个地方。约翰尼看了看，但也没看出所以然。"太糟了，这种事不该发生在这孩子身上，"凯蒂说，"她心事重，出了这种事，她可能永远不会结婚了，她会永远记得。"

"我们会把你的腿治好的。"爸爸保证道。

他把弗朗丝放回沙发上,找来石碳酸,用这刺激的消毒剂擦拭那个地方。弗朗丝欣喜地感受着灼痛。她觉得那男人附在她身上的邪恶正在被一点点除净。

又有人来敲门。他们仍不作答。这个时候,他们不希望家里有外人。可一个爱尔兰口音传来:

"开门,警察!"

凯蒂只好把门打开。一个警察走进来,后面跟着一个救护实习医生,背着包。警察指着弗朗丝:

"这就是他抓的那孩子?"

"是的。"

"医生,来给她做个检查。"

"我不允许你们这样。"凯蒂抗议道。

"法律规定。"警察平静地说。

于是凯蒂和实习医生一起带弗朗丝去了卧室。惊魂未定的孩子不得不接受仪器检查的屈辱。神态轻松的实习医生检查得很快,但也一丝不苟。完成之后,他直起身子,把仪器放回包里,然后说:

"她没事。那人没得逞。"他拉起弗朗丝已经肿起来的手腕,"这是怎么回事?"

"她不肯松开栏杆,我只好用枪砸了她。"凯蒂解释说。这时他又注意到弗朗丝膝盖的瘀伤。

"这个呢?"

"这是我在走廊里拖着她走的时候弄的。"然后他又看到她小腿上那可怕的灼伤,"我的天,这又是怎么弄的?"

"这是她爸用石碳酸给她擦的。那男的碰了她那里。"

"老天！"实习医生快气疯了，"你们想让她三度烧伤吗？"他又打开包，在那个地方涂上烧伤药膏，然后缠好绷带。"老天！"他又重复一遍，"你们俩给孩子弄的伤，比那个变态还严重！"他抚平弗朗丝的裙子，拍拍她的脸颊，说："会没事的，姑娘。我给你打一针，打完针你会睡上一觉。等再醒过来，你只要记住，刚才只是做了场噩梦。一个噩梦，记住了吗？"

"好的，先生。"弗朗丝满心感激。可那个准备就绪的针头，又让她想起了很久以前的事。她忐忑起来。她的手臂干净吗？这个医生会不会说……

"这小姑娘真勇敢。"实习医生说着，扎了下去。

"唉，他是站在我这边的人。"弗朗丝迷迷糊糊地想。打完针，她便睡了过去。

凯蒂和实习医生来到厨房，约翰尼正和警察坐在桌边。警察用他的大手攥着一根小铅笔头，正费力地在小本子上做着笔录。

"孩子没事吧？"他问道。

"没事。"实习医生告诉他，"只是受了惊吓，还有点'爹妈折腾病'。"他朝警察眨眨眼。"等她醒了，"他又转向凯蒂，"一定要不停地告诉她，刚才那只是一场噩梦。别多说其他。"

"该给您多少钱，医生？"约翰尼说。

"不用，兄弟，市政府掏钱。"

"那谢了。"约翰尼低声说。

实习医生注意到约翰尼的手一直在发抖，他从后屁股兜里掏出一个小酒瓶，递给约翰尼，"来一口吧！"约翰尼没接，抬头看着他。

"喝吧，兄弟。"实习医生坚持说。约翰尼感激地接过来，灌了一大口。实习医生拿回酒瓶，又递给凯蒂："您好像也需要喝点，夫人，压压惊。"于是凯蒂接过来，也喝了一大口。这时警察开口了：

"你当我不存在啊？"

等实习医生从警察手里拿回酒瓶，里面只剩一指节高了。实习医生叹了口气，一饮而尽。警察也叹了口气，接着问约翰尼：

"那么，你把枪放哪儿了？"

"枕头下面。"

"拿过来吧，我得带回警局，走个程序。"

凯蒂还是没想起来她把枪放在哪儿了，结果真去枕头下面找了。她回来时一脸担忧。

"奇怪，没在枕头下面！"

警察笑了："那肯定的，你都拿出去为民除害了。"

过了好一会儿，凯蒂才想起来，她把枪扔进洗衣盆里了。她去捞出来，警察把它擦干净，取出子弹。他又问约翰尼：

"老兄，你有持枪证吗？"

"没有。"

"那可麻烦了。"

"这不是我的枪。"

"谁给你的？"

"谁——没谁。"约翰尼不想让伯特惹上麻烦。

"那你是怎么弄来的？"

"捡的，是的，我是在水沟里捡的。"

"都上好了油，还装了子弹？"

"真的。"

"你确定？"

"确定。"

"那行吧,老兄。那你就这么说。"

救护车司机在走廊里喊,他把那人送到医院了,问医生走不走。

"医院?"凯蒂问道,"我没把他打死?"

"半死了,"实习医生说,"但我们还得把他救回来,让他上电椅。"

"真可惜,"凯蒂说,"我本想打死他的。"

"在他昏过去之前,我拿到了他的口供。"警察说,"街区里的那个小孩,就是他杀的。还有两个案子也是他干的。我拿到了口供,还让他画了押,白纸黑字。"他拍拍口袋,"局长知道这个,让我升个职我也不会意外。"

"希望如此,"凯蒂阴沉地说,"我希望能有人从这件事情里得到点好处。"

第二天早晨,当弗朗丝醒来时,爸爸告诉她,这一切都是一场梦。随着时间的流逝,它倒真的越来越像是一场梦了。它没有在弗朗丝的记忆里留下任何丑陋的痕迹,恐惧反倒让她的情感认知变得模糊。楼梯上的恐惧很短暂,只有三分钟,仿佛一阵麻醉剂。而由于真的被注射了麻醉药物,随后的事情在她的记忆中同样难以辨认。即使出席法庭听证会,要讲起这段事情,她也感觉像是在演一出虚构的戏,自己还没多少台词。

听证会还是要开的,但凯蒂事先就被告知只是走个过场。弗朗丝几乎什么都不记得了,只记得她讲了自己记得的事情,凯蒂也讲了她的部分。几乎不需要多说什么。

"当时我刚放学,"弗朗丝在庭上说,"走进门廊,这个人就出来了。我还没来得及喊人，他就抓住了我。他想把我拖到地下室去，这时妈妈来了。"

凯蒂说："我从楼梯下来，看到那人抓着我女儿。我跑到楼上去拿枪（没用多长时间），再下来，看见他要拖着我女儿去地下室。然后我就开枪打中了他。"

弗朗丝还有点担心，妈妈会不会因为开枪打人而被捕。但并没有，最后法官还和妈妈握了握手。

至于报上的报道，幸运的是，一个整天醉醺醺的记者，每晚例行公事到警局打探消息时，得到了第一手信息。但他把办案警察的姓和受害人记混了。于是第二天，布鲁克林当地一份报纸刊出一小块文章，说家住威廉斯堡的奥利瑞太太在自家走廊开枪，打中了一个变态杀人魔。第二天，纽约两份报纸用差不多的篇幅做了转载，还是说威廉斯堡的奥利瑞太太在自家走廊开枪，打中了一个变态杀人魔。

最终，整件事淡出了人们的视野。凯蒂一度被街区里的人看成是女英雄，可随着时间的流逝，大家都忘了这里曾有变态狂出没，反而只记得凯蒂·诺兰开枪打过人。而从那以后，凯蒂成了个狠角色，人们互相劝诫，千万不要跟她有过节，不然搞不好就会被她一枪爆头。

石碳酸灼伤的疤痕，一直留在弗朗丝腿上。不过越来越小，最后只有一毛钱硬币那么大。弗朗丝渐渐习惯了，随着年纪的增长，她越来越不在意。

至于约翰尼，由于违反了《沙利文法》——无证持枪，他被处以五块钱罚金。哦，对了！还有一件事，那就是银行保安伯特的老婆，到底还是跟一个年纪只比她大一点的意大利人跑了。

几天后，麦夏恩警官来找凯蒂，正巧看到她拖着一桶垃圾走在街上，于是上前帮了一把。凯蒂赶忙道谢，一抬头，认出是他。她见过他两回，一次是马蒂·马奥尼的亲子游，也就是他问弗朗丝凯蒂是不是她妈妈那天；还有一次是约翰尼喝得烂醉，麦夏恩把他送回家来。凯蒂听说麦夏恩夫人已经住进了专门为肺结核晚期病人建立的疗养院，估计活不了多久了。"他会不会结婚呢——在那之后？"她心想，"当然。"接着在心里自问自答，"他仪表堂堂，为人正直，还有份正经工作，女人们肯定抢着要他。"这时麦夏恩摘下帽子，说道：

"诺兰太太，我要代表我自己和局里的小伙子们向您道谢，感谢您帮我们抓住了那个杀人犯。"

"你太客气了。"凯蒂客气道。

"当然，除了空口感谢，小伙子们还准备了点薄礼。"他掏出一个信封。

"钱？"她问。

"是的。"

"我不要！"

"你应该收下。你丈夫工作不稳定，孩子们渐渐大了，用钱的地方不少。"

"那跟你有什么关系，麦夏恩警官？你也看到了，我工作很努力，这就够了。我们不需要别人送温暖。"

"好，那就照你的意思办。"

他收回信封，怔怔地看着她，心想："这是个好女人，身材匀称，皮肤白皙，一头黑色鬈发。而且她很有勇气，也很有尊严，比大多数女人好太多了。我是个四十五岁的中年男人，"他的思绪还在继续，"而她还是个年轻姑娘（凯蒂已经三十一岁了，但看上去要年轻几岁)。我们结婚的时候都有点走背运,麻烦就在这里。"麦夏恩已经把约翰尼的情况摸得一清二楚,知道他这样维持不了太久。他打心底对约翰尼有几分可怜,亦如他对自己的妻子莫莉,所以他不会伤害他们任何一个。他从没想过要背叛自己那常年卧病在床的妻子。"可是,我的这些想法会不会伤害到他们呢?"他扪心自问,"当然,我可以继续等。等多久呢?两年?五年?好吧,在毫无希望的情况下,我也等了这么久。再等一段时间,又能怎样?"

于是他再次跟她道谢,准备离开。当他跟她握手时,他心想:"我一定要娶这个女人,总有一天。只要上帝和她愿意。"

凯蒂无法得知他的心思(或者也许她可以)。因为像是有什么催促着她,让她在他身后喊道:

"我希望总有一天,你能如愿以偿,麦夏恩警官!"

34

当弗朗丝听茜茜姨妈说自己要"有"一个孩子了的时候,她有点奇怪茜茜为什么没像其他女人说要"生"一个孩子。后来她才知道,茜茜没那么说,确实是有原因的。

茜茜有过三任丈夫。在柏树山的圣约翰公墓的一小块坟地里,有十块小小的墓碑属于茜茜。每块墓碑上的出生日期与死亡日期都是相同的。茜茜三十五岁了,对生孩子这件事已经绝望。凯蒂经常和约翰尼说起,她害怕茜茜有一天会去绑架一个孩子。

茜茜想领养一个孩子,但她的约翰不同意。

"我干吗要养别的男人的野种?"他是这样说的。

"你不喜欢孩子吗,亲爱的?"她哄着他说。

"孩子我当然喜欢,但得是我自己的孩子,不能是其他浑蛋的种。"他答道,一不小心也骂了自己。

对于大多数事情,她的约翰都能任她摆布。只有这件事,他坚决不让步。如果要养孩子,他始终坚持,那必须是他的,不能是别的男人的。茜茜知道他是认真的,甚至对他的坚决有几分敬意。可她一定要有一个活生生的孩子。

一个偶然的机会,茜茜听说马斯佩斯有个十六岁的女孩惹了麻烦:她跟一个已婚男人交往,并且怀了孩子。她的父母是刚移民过来的西西里人,为了避免让邻居们看到说闲话,他们把女孩关进一个小黑屋里,她的父亲只给她面包和水。他认为这样做能让她身体虚弱,分娩的时候母子就能一起归西。为了避免她心地善良的母亲偷偷给她送别的东西吃,她父亲每天都会在上班时带走家里所有的钱,到晚上回家才买上一袋食物,看着所有东西都被吃光。等一家人吃完饭,他才会给女孩送去半块面包和一壶水。

听到这个残忍的故事后,茜茜非常震惊。她想出一个主意。这户人家大概会很乐意在孩子生下来之后把他送人,因此她决定去拜访一下。如果这家人正常且健康,她就会提议领养这个孩子。

第一次去,女孩的妈妈不让她进门。第二天她又去了,在外套上别了个袖章,敲了敲门,指着那个袖章,要求她开门。女孩的妈妈吓坏了,以为她是移民局的人,赶紧把她请进门。这位母亲显然不识字,因为那袖章上写的是"家禽稽查员"。

就这样,茜茜开始"稽查"了。怀孕的女孩吓得瑟瑟发抖,因为挨饿非常虚弱,但仍然一脸倔强。茜茜威胁女孩的母亲,如果不善待女孩,就把她抓起来。母亲泪流满面,结结巴巴地用英语讲了前因后果，说出了她丈夫打算把女孩和她腹中的胎儿一并饿死的计划。茜茜和这个叫露西亚的女孩，以及她的母亲谈了一整天，主要靠比画，最后终于让她们明白，只要孩子平安出生，她愿意把孩子带走。弄明白之后，母亲非常感激，一个劲儿地吻茜茜的手。从那天起，茜茜就成了这家人可靠的朋友。

每天早上，等她的约翰去上班后，茜茜做完家务，就会给露西亚做上一锅饭，送到意大利人家里去。她的饭混合了爱尔兰和德国风味，露西亚吃得很好。她觉得，如果孩子在出生前吸收了这样的食物，他身上的意大利血统就会减轻不少。

茜茜也在其他方面照顾露西亚。遇上好天气，她会带她去公园，晒晒太阳。在这段不寻常的友谊持续期间，茜茜是她忠实的朋友，甚至可以说是亲密伴侣。露西亚很喜欢茜茜，在这个新世界，她是唯一对她好的人。全家人（除了她的父亲，他并不知道茜茜的存在）都很喜欢她。母亲和其他孩子也欣然加入这个计划，对父亲守口如瓶。每当父亲上楼的脚步声传来，他们会把露西亚重新锁进小黑屋里。

这家人说不上几句英语，茜茜对意大利语更是一窍不通。但几个月下来，他们跟茜茜学到了不少英语，而茜茜的意大利语也有长进，他们总算能真正"聊"上两句了。茜茜从没告诉过他们自己的名字，他们就叫她"鸡油铝神"[①]，也就是那位拿着火炬的女士的名字。那是他们来美国之后看到的头一样东西。

茜茜承担起照顾露西亚、她未出生的宝宝，以及她的家庭的责任。一切安排妥当，她向自己的朋友和家人宣布她就要有宝宝了。没人理会，因为茜茜总在生孩子。

---

①即"自由女神"。

她找了个没多少人认识的接生婆，先把接生费预付给了她，还给了她一张纸，上面有茜茜让凯蒂帮忙写上的自己的名字、她的约翰的名字，还有她娘家的姓。她告诉接生婆，这张纸要在接生完之后立马送到卫生委员会。这女人目不识丁，当然更不会意大利语（茜茜在雇用她之前就了解到了），她以为茜茜给她的就是孩子父母的名字。茜茜希望这个孩子能以合法的身份降生。

对于怀孕这件事，茜茜全身心投入，甚至自己也开始晨吐。当露西亚说能感受到肚子里的宝宝在动，茜茜回家告诉丈夫，她也感觉到胎动了。

露西亚开始产前阵痛的那个下午，茜茜请了假，回家躺着。当她的约翰下班回到家，她告诉他，她就要生了。她的约翰纳闷地看着她毫无变化的身体依然像芭蕾舞演员一样匀称，两人吵了起来。茜茜一直坚持，于是他只好把玛丽·罗穆利找了过来。玛丽·罗穆利看着她，说她这样怎么可能生孩子呢？作为回应，茜茜发出了尖叫，说她快疼死了。玛丽若有所思地看着她，琢磨不透她唱的是哪一出，只知道再跟她争也没用。最后老太太拍板，说茜茜说她要生孩子了，那她就是要生了，只能这样。她的约翰还在争辩：

"可你看她多瘦啊，那肚子里根本不可能有孩子，对吧？"

"也许会从脑袋里出来，你看她脑袋够大吧？"玛丽·罗穆利说。

"老天，哪有这样的事？"约翰说。

"怎么没有？"茜茜呵斥道，"圣母马利亚连男人都没有，她都生孩子了。人家能行，我也能行，况且我都结婚了，有男人了。"

"这也没准儿。"老太太说，然后转向一头雾水的丈夫，劝他说："这种事情，你们男人肯定不明白。"接着又劝他别管了，她去给他做饭吃，吃完好好睡一觉。

莫名其妙的男人在老婆身边躺了一夜，根本睡不着。半夜，他不时支起身子，盯着她看，偶尔还伸手摸摸她平坦的肚子。茜茜倒睡得很香。

第二天早上，当他去上班时，茜茜说等他晚上回来，他就要当爸爸了。

"随便吧！"男人受够了折磨，大叫一声，出门去他的廉价杂志社上班去了。

茜茜赶到露西亚家，孩子在露西亚的爸爸上班后一小时就出生了，是个美丽健康的女婴。茜茜很高兴，她说露西亚还得再给喂十天奶，起个好头，然后她就会把孩子带回家。她出去买了一只烤鸡和一个店铺现烤的馅饼。露西亚的妈妈把鸡做成了意式口味，茜茜还托人从街区的意大利商店买了一瓶基安蒂葡萄酒，他们一起享用了一顿大餐。这家人像过节似的，每个人都很开心。露西亚的肚子几乎立刻恢复到了以前的样子，耻辱一扫而光。现在一切都恢复正常了——或者说只要等到茜茜把孩子抱走就可以了。

茜茜每隔一小时就会给孩子洗一次澡，白天换了三次婴儿服。无论是否需要，尿布五分钟一换。她还给露西亚洗了澡，让她重新变得干净漂亮。她给露西亚梳头，梳到头发光亮如锦缎。她把能为孩子和露西亚做的一切都做了。到露西亚父亲快回家时，她才不舍地离开。

父亲回到家，照往常那样去小黑屋给露西亚送面包和水。打开煤气灯，他惊讶地发现，露西亚面色红润，还有一个胖嘟嘟的健康婴儿躺在她身边。她一直都只能吃面包，喝白水啊！父亲开始害怕了，他认为这是个奇迹，一定是圣母马利亚出手相助。她在意大利就做过不少类似的事情。也许自己会因为这不义之举而受到惩罚，想到这里，他赶忙找来盘子，给女儿盛了一大盘意大利面。露西亚拒绝了。她说自己习惯了，只要吃面包、喝水就够了。母亲也帮腔，说她只吃面包、喝水，就生了一个这么完美的婴儿。这让父亲更加相信是奇迹降临了。他疯狂地想讨好露西亚，可家人却开始惩罚他，不允许他对露西亚表达任何善意。

那天晚上，她的约翰回到家，茜茜平静地躺在床上。他开玩笑地说道：

"你孩子生完了？"

"生完了。"她气若游丝地说。

"哎呀，接着编！"

"你走之后一小时就生了。"

"见鬼了！"

"我发誓！"

他在房间四下看了一圈："那孩子呢？"

"在科尼岛的婴儿保育箱里。"

"哪儿？"

"七个月就生了，这你明白吧，只有三磅重。得在那里待几天才能接回家。"

"别扯了。"

"等我身体好一点，我就带你去看。她就在那里，在一个大玻璃箱子里。"

"你到底想干吗？想把我逼疯吗？"

"十天内我就能带她回家了，长出指甲就行。"她一时兴奋，说了实情。

"你怎么回事，茜茜？你今天早上不可能生孩子啊。"

"我就是生了，三磅重。他们把她送进保育箱，这样她就能活下来。十天之后，我去接她回家。"

"随便吧！随便吧！"他大吼一声，出去喝了个大醉。

过了十天，茜茜去把孩子接了回来。孩子长得相当好，已经将近十一磅了。她的约翰依然坚持自己的想法：

"十天大的孩子，长这么大了？"

"你自己就是个大块头，亲爱的。"她温柔地说，看到他脸上露出了欣慰的笑容，她搂住了他。"我现在没事了，"她在他耳边呢喃，"如果你想睡一觉的话。"

"你还别说，"睡完之后，他说，"这孩子还真有点像我。"

"特别是耳朵周围。"茜茜迷迷糊糊地补充。

几个月后，意大利人一家回意大利了。他们很高兴可以回去，因为新世界对他们来说只有悲伤、贫穷和耻辱。从那以后，茜茜再也没听到过他们的消息。

所有人都很清楚，这孩子不是茜茜自己的——不可能是她生的。但她一直坚持，又没有其他解释，大家也只好信了。毕竟，这世界免不了有怪事发生。她给孩子取名叫莎拉，但时间一长，人们都叫她小茜茜。

茜茜只对凯蒂说过实情——在她拜托凯蒂写出生证上的名字的时候。不过，弗朗丝也知道。那段时间，她经常半夜被吵醒，听到凯蒂跟茜茜在厨房谈论孩子的事。她暗自发誓，自己会永远保守这个秘密。

再然后，就只有约翰尼知道了。凯蒂跟他说了。他们在以为弗朗丝睡得很熟的时候讨论了这件事。爸爸站到了茜茜丈夫一边。

"对任何男人来说，这样的谎话都太过分了。应该有人告诉他实情，我要去告诉他。"

"你别去，"妈妈赶忙拦住他，"他过得挺开心的，干吗给人家添堵？"

"添堵？让他给别人养孩子，还不够堵吗？"

"他那么爱茜茜，总在害怕茜茜会离开他。要是茜茜离开他，他会死的。你也知道茜茜这些年，男人换了一个又一个，就是想要个孩子。要不是有了这个孩子，她本来也要离开这个男人了。而从现在开始，茜茜会变成一个不同的女人。记住我说的，她终于可以安下心来了，而他会有一个自己都配不上的妻子。这个约翰算什么东西。"她打断自己的话，然后继续，"茜茜能成为一个好母亲，孩子会是她的全部。她不必再满世界找男人了。所以你不要添乱了，约翰尼。"

"你们罗穆利家的女人主意太多了。"约翰尼下了结论。然后他突然添了一句："你说，你没这样对我吧？"

作为回答，凯蒂把两个孩子从床上弄下来，让他们穿着白色的长睡衣，站在他们爸爸面前。"你自己看！"凯蒂呵斥道。约翰尼还真认真地打量起自己的孩子。他看着儿子，觉得自己像是在照一面诡异的镜子，除了体形小一点，简直跟自己一模一样。他再看看弗朗丝，那是凯蒂的脸（只是棱角更分明），除了眼睛。眼睛是他的。弗朗丝灵机一动，拿了个盘子放在胸前，就像约翰尼唱歌时拿着帽子一样，唱起他唱过的一首歌：

> 他们叫她浪女孩萨尔,
> 萨尔是个古怪的女孩儿……

她的神情、举止,都和约翰尼一模一样。

"我知道了,知道了。"爸爸轻声说。他吻了吻孩子们,轻轻拍了下他们的小屁股,让他们回去接着睡。他们走后,凯蒂伏在约翰尼耳边,轻声说了句什么。

"不!"他惊恐地说。

"没错的,约翰尼。"她轻声说。约翰尼扣上帽子。"你要去哪儿,约翰尼?"

"出去一下。"

"约翰尼,你回来不要……"她看向卧室的门。

"我不会的,凯蒂。"他保证道,轻轻吻了她一下,然后出门了。

弗朗丝半夜醒来,不明白自己为何会醒。啊!爸爸还没回家,所以她醒了。得等他回家了,她才能安稳睡着。醒来之后,她开始琢磨。她想到了茜茜的孩子,想到了出生,想到了出生的必然结果:死亡。她不想去想死亡。每个人生来不同,却难免一死。当她正努力让自己不去想死亡的时候,爸爸上楼轻声哼着歌的声音传来。可他唱的竟然是《茉莉·马龙》的最后一段,这让弗朗丝心头一颤。他从没唱过这一段。从来没有!为什么……

> 她死于发热,
> 没人可以救她。

这就是我如何失去——

我可爱的茉莉·马龙……

弗朗丝没有动。通常情况下,爸爸晚回家时,妈妈会早早去开门,她不想孩子们被吵醒。可这一晚,歌声快结束了,妈妈却没听到——她没有去开门。弗朗丝跳下床,走到门口,歌声停了。打开门,她看到爸爸站在门口,手里拿着帽子。他直视着前方,目光越过她的头顶。

"你赢啦,爸爸。"弗朗丝说。

"是吗?"他反问道,径直走进家门,没有看她。

"你把歌唱完了。"

"是的,我想,我唱完了。"他坐在窗边的椅子上。

"爸爸……"

"把灯关了,去睡觉吧。"(灯一直昏暗地亮着,等他回来)她熄了灯。

"爸爸,你……病了吗?"

"不,我没醉。"在黑暗中,他清晰地说道。弗朗丝知道他说的是实话。

她上了床,把脸埋在枕头里。不知道为什么,她哭了。

35

又到了圣诞节的前一周,弗朗丝刚过完十四岁生日。尼利,用他自己的话说,正等着随时"变成"十三岁。但这个圣诞节似乎不会太好过。约翰尼有些不对劲。他不喝酒了。当然，他也并不是总在喝酒，可是以前不喝酒的时候，他都有工作。现在，他既不喝酒，也不工作。而他不对劲的地方在于，即便没有喝酒，他也表现得像喝了酒一样。

他已经两个多星期没有和家人说话了。弗朗丝记得他上次跟自己说话，还是在那晚他唱着《茉莉·马龙》的最后一段回家的时候。仔细想想，那晚之后，他再也没唱过歌。这些天，他出门，回家，一言不发。他总是在外面待到深夜，回家的时候是清醒的。没人知道他去了哪里。他的手抖得厉害，吃饭的时候勺子都拿不稳。而且突然间，他似乎老了许多。

昨天他回家时，他们正在吃晚饭。他看了看他们，欲言又止，闭了一会儿眼睛，就回卧室了。他的行动没有固定时间，指不定什么时候出门，什么时候回来。在家里的时间，他总是躺在床上，闭着眼睛，身上还穿着外出时的衣服。

凯蒂对此也不闻不问。她怀着悲戚的预感，仿佛心里背负着一出悲剧。她的脸瘦了下来，脸颊凹陷，可身体却日益臃肿。

圣诞节前这一周，她多接了一份工作，因此比往常更早起床，也更快地进行打扫公寓的工作，到下午就干完了。然后她要去格兰街波兰区那头，到戈尔林百货大楼工作。从下午四点到晚上七点，她要给因为圣诞节高峰期抽不出时间吃晚饭的女售货员准备咖啡和三明治。这份工作每天能赚到七毛五，家里很需要这份收入。

已经快七点了，尼利卖完报纸回来，弗朗丝也从图书馆回家了。家里没有柴可用，他们只能等着妈妈回家，从今天的工资里拿钱买捆柴回来。房间里很冷，孩子们在家里也裹着大衣，戴着帽子。弗朗丝看到妈妈在窗外晾了些衣服，想把它们收回来。结果衣服在外面被冻得奇形怪状，卡在了窗口。

"我来试试。"尼利专注地对付一套长内衣，但它的裤腿冻得硬邦邦的，怎么弄都无济于事。

"我要把这该死的腿打断。"弗朗丝狠狠地捶了一下，裤腿发出一阵噼里啪啦声，终于折了起来。她又狠狠地把内衣拽了回来，那一刻，她仿佛凯蒂附身。

"弗朗丝？"

"怎么了？"

"你……说脏话了。"

"我知道。"

"上帝会听到的。"

"得了吧。"

"真的，他会听到。他能听到一切，也能看到一切。"

"尼利，你真觉得他会盯着我们这个小破房子看吗？"

"会的。"

"别这么想，尼利。他要忙着关照所有小麻雀别掉下来，担心每一朵花蕾会不会盛开。他可没闲心看咱们。"

"别这么说，弗朗丝。"

"反正我就是这么想的。如果他真的能看到穷苦人家，他就会看到这里的状况。他会看到这里很冷，家里连吃的都没有；他会看到妈妈根本没那么强壮，应付不了这么辛苦的工作；他会看到爸爸，会为他做点什么。是啊，他会的！"

"弗朗丝……"男孩环顾四周。弗朗丝看出了他的忐忑。

"我已经长大了，不能再逗他玩了。"她想到，于是大声说，"咱们说点别的吧，尼利。"于是姐弟俩聊起了别的话题，直到凯蒂回家。

凯蒂急匆匆地赶回家,她已经花两分钱买了一捆木柴,还带回来一罐炼乳和三根香蕉。她把木柴塞进炉子,用纸引火,不一会儿就点着了。

"好了,孩子们,我想今晚我们只能吃燕麦粥了。"

"又喝粥?"弗朗丝抱怨道。

"比之前强点。我们有炼乳,还买了香蕉,可以放在上面。"

"妈妈,"尼利要求,"我不要把炼乳和燕麦混在一起,炼乳放在上面就行。"

"把香蕉切成片,跟燕麦一起煮。"弗朗丝提议。

"我要吃整根的香蕉。"尼利表示抗议。妈妈解决了这一争端:"香蕉你俩一人一根,爱怎么吃怎么吃。"

燕麦粥煮好后,凯蒂盛出来满满两大盘,放在桌子上。然后她在炼乳罐子上打好两个孔,每个盘子旁边摆上一根香蕉。

"妈妈,你不吃吗?"尼利问。

"你们先吃吧,我还不饿。"凯蒂叹了口气。

弗朗丝说:"妈妈,你要是不吃饭,就去弹会儿钢琴呗?这样就像是在饭店里吃饭一样。"

"客厅太冷了。"

"点油炉!"两个孩子异口同声。

"行吧。"凯蒂在柜子里找出一个便携式油炉,"但你们也知道,我弹得可不怎么样。"

"你弹得很棒,妈妈。"弗朗丝真诚地夸奖道。

听了这话,凯蒂很高兴。她蹲下身,点起油炉,"二位想听什么?"

"《来吧,小叶子》!"弗朗丝叫道。

"《欢迎你,美妙的春天》!"尼利嚷着。

"我先弹'小叶子',因为今年我还没给弗朗丝生日礼物。"她走进冰冷的客厅。

"我要把香蕉切成片,放在燕麦粥上,切得薄薄的,这样我就有好多香蕉了。"弗朗丝说。

"我要吃一整根,"尼利决定,"要慢慢吃,这样可以吃好久。"

妈妈弹起了弗朗丝想听的歌。这首歌莫顿先生在学校里也教过。弗朗丝跟着音乐唱道:

　　风儿说,小叶子,来吧,
　　跟我一起到草地上玩吧,
　　换上你们的新衣裳,红的,黄的……

"喊,小孩子才听这种歌。"尼利打断了她。弗朗丝便不再唱了。凯蒂弹完弗朗丝点的歌,开始弹鲁宾斯坦的《F大调旋律》。这个莫顿先生也教过,他配的词是《欢迎你,美妙的春天》。于是尼利开口唱道:

　　欢迎你,美妙的春天,我们用歌声欢迎你。

唱到"歌声",本来应该是高音,结果尼利唱成了低音。弗朗丝笑出了声,尼利也唱不下去了,跟着笑了起来。

"妈妈如果坐在这里,你知道她会说什么吗?"

"说什么?"

"她会说:'春天说来就来了。'"他们一起放声大笑。

"圣诞节快到了。"尼利说道。

"还记得我们小时候,"弗朗斯说,她也才刚刚告别自己的十三岁,"我们都是靠鼻子知道圣诞节快来了。"

"我们再试试,看看还能不能闻得出来。"尼利一时兴起,他把窗户拉开一道缝,鼻子凑过去,"啊,闻到了。"

"什么味道?"

"雪的味道。记得小时候我们经常抬头望天,大喊'羽毛男孩儿,羽毛男孩儿,给我们来点羽毛玩儿'。"

"那时候我们真的以为,下雪的时候,天上站着一个羽毛男孩儿。让我也闻闻。"弗朗丝凑了过去,"嗯,我也闻到了。有橘子皮和圣诞树混在一起的味道。"他们把窗户关好。

"那次你说你叫玛丽,得了那个洋娃娃,我都没拆穿你。"

"是啊,"弗朗丝现在想起来还是心怀感激,"不过那次,你用咖啡渣卷烟抽,结果纸烧着了,掉在衣服上,烧了个大洞,我也没跟别人说。我还帮你把那件衣服藏起来了。"

"你知道,"尼利想了想,说,"妈妈后来发现了,还给那个洞打了补丁,但她从来也没说过我。"

"妈妈真奇怪。"弗朗丝说。两人说了一会儿凯蒂的奇怪之处。这时炉火已经渐渐熄灭了,但厨房里还是很温暖。尼利坐在炉子一头,那里不怎么热。妈妈警告过他,坐在炉子上会得痔疮。但他不在乎。他喜欢屁股热乎乎的感觉。

此刻孩子们几乎是幸福的。身上暖和,肚子饱饱的,妈妈在客厅里弹琴,更让他们心情舒畅。他们谈论着之前的圣诞节,或者用弗朗丝的话说,谈论着他们"小时候"的事情。

他们正聊得开心,有人敲门。"是爸爸。"弗朗丝说。

"不,爸爸回家时会唱着歌上来,听到歌声就知道是他回来了。"

"尼利,自从那个晚上之后,爸爸就再没唱着歌回家了……"

"让我进去!"约翰尼在外面喊道。他用力拍门,像是要把门砸开似的。妈妈从客厅跑了出来。她的眼睛在白皙的脸上显得深不见底。她打开门,约翰尼冲了进来。孩子们盯着他看。他们从没见过爸爸这副模样。他总是体面的、干净的。可是现在,他的燕尾服像是刚从排水沟里捞出来,圆顶礼帽也不成样子。他没穿大衣,也没戴手套,一双手冻得通红。他扑向桌子。

"不,我没喝醉。"他说。

"没有人说你……"

"我终于戒掉了。我讨厌酒,我恨酒,我恨!"他拍了拍桌子。大家都相信他说的是真的。"自从那晚之后,我滴酒未沾……"他突然开始痛苦,"但是谁都不信我,谁都……"

"好了,约翰尼。"妈妈安慰他说。

"出什么事了,爸爸?"弗朗丝问。

"嘘!不要打扰你爸爸。"妈妈说。然后她转向约翰尼,"白天剩了些咖啡,我刚热过,很好喝。我们还有牛奶。我正等你回家,这样我们就可以一起吃饭了。"她倒了杯咖啡。

"我们吃过饭啦。"尼利说。

"别说话!"妈妈命令他。她把炼乳加进咖啡里,坐到约翰尼对面。"喝吧,约翰尼,趁热喝。"

约翰尼盯着杯子,突然一把推开。杯子摔在地上,凯蒂倒吸一口凉气。约翰尼把头埋在胳膊里,低声啜泣。凯蒂走到他身边。

"怎么了,约翰尼,怎么了?"她安抚着,问道。约翰尼终于抬起了头。

"今天他们把我从工会赶出来了。他们说我是个废物,是个酒鬼,说这辈子都不会再给我工作了。"他压抑一下自己的哭声,然后又用惊恐的声音说了声:"这辈子!"他痛哭起来。"他们还要我把工会的徽章还回去。"他伸手摸向自己领口那枚绿白相间的徽章。弗朗丝喉头一紧。她记得爸爸是多么看重这个东西,说它是身份的象征,他为自己属于工会而自豪。"但我不会给他们的。"他又开始啜泣。

"没事的,约翰尼。正好你可以好好休息一下,调理好身体,他们会重新接纳你的。你是个称职的服务员,也是他们那里最好的歌手。"

"我已经完蛋了。我唱不了歌了,凯蒂。现在我一唱歌他们就笑我。最后这几份工作,他们雇我就是为了看我出洋相。混成这样,我已经完蛋了。"他开始号啕大哭,仿佛不可能再停下来了。

弗朗丝想回卧室,把头埋到枕头底下。她朝门口走了一步,凯蒂叫住了她。

"待着别走!"她厉声命令道。接着又对爸爸说:"没事的,约翰尼。休息一下,你会感觉好一点儿的。我把油炉点着了,放在卧室里,会很舒服、很暖和。我会一直陪着你,直到你睡着。"她双手搂住他,他轻轻推开她的手臂,一个人回了卧室,又抽泣起来,只是声音轻了许多。凯蒂对孩子们说:"我去跟你们的爸爸待一会儿。你们该干吗干吗。"孩子们呆呆地望着她。"盯着我干吗?"她的声音也变得颤抖。孩子们移开了目光,她去客厅拿油炉。

很长一段时间，尼利和弗朗丝都没有看向对方。最后尼利说："你还想聊聊小时候吗？"

"不。"弗朗丝说。

36

三天后，约翰尼死了。

那天晚上，他回卧室上床躺下，凯蒂一直陪在他身边，直到他入睡。然后为了不打扰他，凯蒂去弗朗丝房间睡了。可夜里某个时间，约翰尼又起身，悄悄穿好衣服，出了门。第二天晚上他也没回来。到了第三天，家人开始寻找他，但到任何一个他平时经常去的地方，都被告知约翰尼已经一周没有来过了。

第三天晚上，麦夏恩警官带凯蒂去了一家天主教医院，尽可能委婉地把约翰尼的情况告诉了她。那天清晨，有人发现约翰尼蜷缩在一户人家门口。警察到场时，他已经昏迷不醒。他的燕尾服扣着，遮住了内衣。警察看到他贴身戴着的圣安东尼像章，于是叫来了天主教医院的救护车。他身上没有任何可以证明身份的物件。发现他的警察给局里打了报告，麦夏恩看到了这份报告，直觉告诉他，这个人他可能认识。于是他去了医院，发现正是约翰尼·诺兰。

凯蒂赶到医院时，约翰尼还活着。医生告诉她，约翰尼感染了肺炎，已经没有治愈的可能，顶多还能撑个把小时。他已经进入了濒死的昏迷状态。他们把凯蒂带到约翰尼身边，病房里总共有五十张病床。凯蒂谢过麦夏恩，跟他道别。麦夏恩知趣地离开了，留凯蒂和约翰尼单独相处。

约翰尼的病床旁竖着屏风，意味着此人已经到了弥留之际。医院的人给凯蒂拿来一把椅子，凯蒂坐在他旁边，一直看着他。他呼吸急促，脸上挂着泪痕。凯蒂一直坐在那里，直到他咽气。他始终没能睁开眼睛，没能跟妻子说一句话。

她回到家，天已经黑了。她决定等明天早上再告诉孩子们。"让他们好好睡一觉吧，"她想，"安安稳稳地睡一觉。"于是她只和他们说，爸爸在医院，病得很重，便不再多说了。她的表情很严肃，孩子们也不敢多问。

第二天天刚亮，弗朗丝便醒了。她穿过狭窄的卧室，看到妈妈坐在尼利床边，低头凝视着他的脸。妈妈眼圈乌黑，似乎在那里坐了一夜。看到弗朗丝已经醒了，她让她快点穿好衣服。然后她轻轻把尼利唤醒，让他也把衣服穿好。她自己则向厨房走去。

卧室里影影绰绰，异常冰冷。弗朗丝穿好了衣服，浑身打战。她等着尼利，因为她不想一个人去找妈妈。等姐弟俩一起出来时，凯蒂正坐在窗边。他们走了过去，等待着。

"你们的父亲死了。"她告诉他们。

弗朗丝愣住了。她没有任何惊讶或是悲伤的感觉。什么感觉都没有。妈妈刚才说的话毫无意义。

"不要为他哭。"妈妈命令道。她接下来的话也毫无意义："他已经解脱了，也许比我们更幸运。"

一个殡葬承办人跟医院的小工打点好了关系，只要有人去世，小工就会来通知他。这样一来，这位殡葬承办人总能快同行一步：他追着生意跑，而其他人只能等生意上门。这个富有进取心的家伙一大早便来登门拜访凯蒂。

"诺兰夫人，"他偷偷瞄了眼小工给他的字条，上面写着今天丧主的姓名和地址，"我对您的巨大悲痛深表遗憾。在我看来，您身上发生的事情，在我们每个人身上都可能发生。"

"你想干什么？"凯蒂懒得多说。

"我想和您交个朋友，"赶在她误会之前，他继续往下说，"有一些细节问题……啊……关于遗体……"他又瞥了眼手里的字条，"那个……诺兰先生。对，我想请您把我当成一个可靠的朋友……来……来帮您的忙。把一切交给我处理就好了。"

凯蒂明白了。"葬礼越简单越好，需要多少钱？"

"钱的事情您不必担心，"这位生意人终于可以说出自己的套话了，"我一定竭诚为您服务，操办一场体面的葬礼。在这世上，诺兰先生是我最敬重的人（他其实根本不认识什么诺兰）。我会把他在人世上这最后一场仪式当成我自己的事情来办。钱的事您就不用操心了。"

"我不操心。我没多少钱可操心。"

他舔了舔嘴唇，"当然，除了保险金。"这实际上是个问句。

"保险金是有的，也不多。"

"啊！"他搓搓手，有点兴奋，"那个我能帮上忙。领保险金挺麻烦的，要花很长时间，办不少手续。如果您愿意（您知道，我不是为了钱）让我帮您处理，您只需要签个字。"他从口袋里掏出一张纸，"再把保单交给我就行了。丧葬费我先垫着，到时候从保险金里出就好了。"

所有做这门生意的人都会提供这种"服务"，但这里暗藏玄机。他们要先知道保单金额是多少。知道了以后，丧葬费就是其中的百分之八十。他们会留下一点钱，给家属买丧服，这样大家都满意。

凯蒂找出了保单。保单一放到桌上,那人就用经验丰富的眼睛捕捉到了金额:两百块。但他还是装出一副没有看到保单的样子。凯蒂签完字,他们又东拉西扯地聊了一会儿。最后,他仿佛终于下定了决心,说道:

"跟您交个底儿,诺兰夫人。我会为您丈夫办一场风光的葬礼,用驷马大马车送葬,棺材用镍柄的,总共得花一百七十五块。整个下来我一般都收二百五十块。但我不赚您钱,照实给我就行。"

"你为什么要这么做?"凯蒂问。

他摆出满不在乎的架势:"诺兰先生是我朋友。他是个好人,一个值得敬佩的人,又踏实又可靠。"他注意到凯蒂露出了惊讶的眼神。

"我说不好,"凯蒂犹豫不决,"这一百七十五块……"

"办弥撒的费用也在里面了。"他急忙补充。"好吧。"凯蒂呆滞地答道。她已经厌倦处理此事了。

那人这才拿起保单,假装刚看到金额。"嘿,二百块!"他故作惊讶,"这样,办完葬礼,您还剩二十五块。"他把腿伸开,在口袋里掏啊掏。"夫人,这种时候,手头有一点现金总是必要的……当然任何时候都差不多,"他露出体贴的微笑,"所以,我先把这二十五块钱给您。"他拿出二十五块钱,都是新票子。

凯蒂说了谢谢。此人的行为算不上骗,凯蒂也没有提出异议。她知道,这就是办此类事的规矩。他只是按规矩办事。那人又提醒凯蒂,要去负责医生那里开死亡证明。

"顺便告诉他们,我会去处理尸……我是说遗……呃……我会接诺兰先生走的。"

凯蒂再次去到医院，她被带进了医生办公室。教区牧师也到了，他正在提供死亡证明所需要的信息。看到凯蒂进来，他在胸前画了个十字，表示哀悼，然后和她握了握手。

"剩下的你问诺兰夫人吧。"牧师说。

医生问了一些例行公事的问题，诸如死者全名、出生地、出生日期等。最后凯蒂反问了他一个问题。

"那个，你写的是什么——我是说，他的死因？"

"急性酒精中毒和肺炎。"

"他们说他死于肺炎。"

"肺炎是直接死因，但急性中毒才是诱因——很可能是他去世的主要原因，如果你想知道的是这个的话。"

"我不想你写急性酒精中毒，"凯蒂缓慢但坚定地说，"只写肺炎就行了。"

"夫人，这个我必须如实填写。"

"他都已经死了。对你来说，他究竟是怎么死的还重要吗？"

"法律规定……"

"你听着，"凯蒂说，"我有两个孩子，两个好孩子。他们长大以后都会有出息。他们的父亲——死于你说的那个原因，这可对他们没好处。如果我能让他们相信，他们的父亲只是死于肺炎，这对我们家意义重大。"

牧师也来帮忙。"你就那样写吧，医生。"他说，"这对你没什么坏处，而且能帮到他们家的忙。别再纠结这个可怜的小伙子是怎么死的了，反正人都已经没了。写肺炎也不算说谎，这位女士会在日后的祈祷里永远记得你的好的。此外，"他又世故地补充道，"较这个真干吗呢？"

医生立刻想到两件事：第一，这牧师是医院董事会的成员。第二，他很有兴趣成为这家医院的主任医师。

"好吧，"他让步了，"就照二位说的办，但不要跟别人讲。我这是看您的面子，牧师先生。"他在"死因"后面的空白处写上了"肺炎"。

于是没有任何记录显示诺兰死时是个酒鬼。

凯蒂用那二十五块钱买了丧服。她给尼利买了一套配长裤的黑色西装。这是他第一套配长裤的衣服。尼利内心的骄傲、快乐和悲伤纠结在一起。凯蒂给自己买了顶黑帽子，还按布鲁克林的习惯，加了一层三英尺长的寡妇面纱。弗朗丝得到了一双新鞋，反正她也该买新鞋。凯蒂最后决定不给她买黑大衣，因为她长得很快，到明年冬天应该就不合身了。凯蒂说丧礼时她穿绿大衣，在胳膊上缠一条黑纱就行。弗朗丝也很满意，她不喜欢黑色，穿一身黑只会让她更难过。买完衣服剩下的钱，全都存进了存钱罐。

那个殡葬承办人又跑了过来，说约翰尼已经到了殡仪馆，正在做最后的处理，晚上就可以回家了。凯蒂直接打断他，说这些事情就不要讲了。

然后，问题来了。

"诺兰夫人，您还得把地契给我。"

"地契？"

"公墓的地契呀。有了地契，我才能去开墓。"

"我以为那一百七十五块就包括墓地的费用了。"

"不，不，不！办葬礼花这些钱，我已经给您优惠了。光是棺材我就花了……"

"你很烦人。"凯蒂用一贯的直率再次打断了他,"做这门生意,当心折寿。不过,"这样的大转弯也是她的习惯,"人死了总得有人埋。墓地要多少钱?"

"二十块。"

"我去哪儿弄……"她打住话头,"弗朗丝,拿螺丝刀过来。"

他们拆下了存钱罐。里面有十八块六毛二。

"这还不够,"那人说,"剩下的钱我出吧。"他伸手,要把钱拿走。

"我会把钱凑齐的。"凯蒂说,"不过我要先拿到地契,才能给你钱。"

那人立刻翻了脸,吵了一番,不过最后还是走了,说他会拿地契过来。妈妈让弗朗丝去茜茜家借两块钱。当那人拿着地契回来,凯蒂想起自己的妈妈十四年前告诉她的话,于是慢慢地、仔细地念了一遍。她念完,还让弗朗丝和尼利再各念一遍。殡葬承办人不耐烦地等着,等诺兰家三个人都确认地契没有纰漏,凯蒂才把钱给他。

"诺兰夫人,我骗您干吗?"他仔细地把钱收好,装出一副委屈样。

"人骗人干吗?"她反诘道,"但人天天都在骗人。"

存钱罐立在桌子中间。它已经陪伴诺兰家十四年了,如今空空如也。

"要我把它钉回去吗,妈妈?"弗朗丝问道。

"不了,"妈妈缓缓地说,"我们用不着它了。你们看,我们已经有一块地了。"她把折好的地契放在存钱罐上面。

棺材停在客厅时，弗朗丝和尼利一直留在厨房。他们甚至睡在厨房，不想看到父亲躺在棺材里的样子。凯蒂明白孩子们的心思，也就没有坚持让他们去看看父亲。

屋子里摆满了鲜花。不到一周前刚把约翰尼赶走的工会送来了一个巨大的白色康乃馨花圈，一条紫色丝带斜绑在上面，烫金字写着"亲如手足"。街区的警察为纪念诺兰家协助抓捕罪犯，送来了一束呈十字架状的花束。麦夏恩警官单独送了一捧百合花。约翰尼的母亲、罗穆利家，还有一些邻居，也都送来了鲜花。约翰尼的朋友也都来送花了，有几十号人，凯蒂都不认识。酒馆老板麦加里蒂则送来一个人造月桂叶花圈。

"这个直接丢了吧。"伊芙看到卡片落款，愤愤不平地说。

"不用，"凯蒂平静地说，"我不怪麦加里蒂。是约翰尼自己愿意去的。"

（去世时，约翰尼还欠着麦加里蒂三十八块钱酒钱。不知为什么，麦加里蒂对此只字未提，自己默默把这笔账勾掉了。）

房间里弥漫着玫瑰、百合、康乃馨混在一起的香气，令人反胃。从那以后，弗朗丝就对这些花产生了本能的排斥。不过知道有这么多人记挂着约翰尼，凯蒂倒也有些欣慰。

在人们把约翰尼的棺盖合上前几分钟，凯蒂走进厨房，来到孩子们身边。她把手放在弗朗丝肩膀上，低声说道：

"我听一些邻居在议论，他们说你们不愿意见爸爸最后一面，是因为他对你们不好，不是个好爸爸。"

"他是个好爸爸。"弗朗丝有些生气。

"是啊，他是个好爸爸。"凯蒂表示同意。她等待着，让孩子们自己做决定。

"走吧，尼利。"弗朗丝牵起弟弟的手，两个孩子来到父亲身边。尼利快速看了一眼，害怕自己哭出来，赶忙跑回了厨房。弗朗丝还站在原地，眼睛盯着地面，不敢抬头看。最后，她终于抬起头。看到爸爸，她几乎不敢相信他已经去世了！约翰尼依旧穿着他那件燕尾服，已经浆洗过，重新熨平了。燕尾服里面是新的假衬衫和纸领子，还精心打着领结。他的领口插着一枝康乃馨，上面还有他的工会徽章。他的头发闪闪发亮，金灿灿的，梳洗得一如往常，只有一绺头发不对劲，比他自己打理的时候稍偏了一点。他只是闭着眼睛，像是在打盹儿，可面容还是那么英俊、年轻，既体贴又温柔。她第一次注意到，他的眉毛也弯得恰到好处。他的小胡子也修整过了，看上去依旧那么潇洒迷人。所有的痛苦、悲伤、忧愁，都已经离他而去。他的脸庞是那么光滑，还像个大男孩。这一年约翰尼三十四岁，也不算老，可他看上去年轻很多，像二十出头。弗朗丝看到他的双手，随意交叉在身前，握着一个银色的十字架。他右手的无名指有一圈皮肤是白色的，那是他过去戴着凯蒂在结婚时送给他的那枚图章戒指留下的痕迹（戒指是凯蒂摘下来的，准备等尼利成年之后送给他）。在印象里，爸爸的手总是在抖，可现在他的手如此平静，弗朗丝甚至觉得奇怪。她注意到爸爸的手指那么长，那么纤细，那么敏感。她怔怔地望着他的手，突然觉得它们在动。她感到害怕，想要逃走。可屋子里有这么多人看着她。他们会以为她逃跑是因为……不，他是个好爸爸，他是，他是！她把手放在爸爸额头上，把那绺偏离的头发放回本该在的位置。茜茜姨妈走过来，搂住她，低声说："该走了。"弗朗丝后退了一步，站到妈妈身边。几个男人上前，合上了棺盖。

做弥撒时，弗朗丝跪在妈妈身边，尼利跪在另一边。弗朗丝一直盯着地板，这样她就看不到祭坛前摆放在过道尽头的雕花棺材了。有一瞬间，她偷偷看了妈妈一眼，妈妈跪着，直视前方。寡妇面纱下的脸庞白皙而安详。

当牧师走下来，绕着棺材转了一圈，在四角洒上圣水时，过道对面的一个女人突然痛哭起来。凯蒂是个嫉妒心很强的人，即便人都没了，她的占有欲还在。她赶忙转过身，去看那个敢为约翰尼号啕大哭的女人是谁。她仔细端详了一阵，才转回头。思绪如纷乱的纸屑，在她脑海中肆意飘洒。

"希尔蒂·奥戴尔都老成这样了，"她想，"金发上像撒了粉似的。但她也没比我大多少……三十二三岁吧，我十七岁的时候，她十八岁。'我们只能各走各的路了。''你的意思是，我走我的路，你走她的路吧。'希尔蒂啊希尔蒂——'他是我的男朋友，凯蒂·罗穆利！'希尔蒂啊希尔蒂——'但她是我最好的朋友啊。''希尔蒂，我没那么好。我不该跟你交往……''我们只能各……'希尔蒂啊希尔蒂。哭吧，好好哭一场。"凯蒂心想，"爱约翰尼的人，应该为他哭，而我不能哭。就让她……"

凯蒂、约翰尼的母亲还有弗朗丝和尼利一起，乘灵车后面的第一辆马车前往墓地。孩子们背对车夫坐着，弗朗丝松了口气，因为这样她就看不到带头的灵车了。她看到的是后面的马车，马车上只有伊芙姨妈和茜茜姨妈。由于要工作，她们的丈夫都没有来，而外婆玛丽·罗穆利则留在家里，照看茜茜姨妈的宝宝。弗朗丝真希望能跟姨妈们坐在一起。奶奶一直在哭，凯蒂呆呆地坐着。马车是不通风的，潮湿的干草和陈旧的马粪气息扑鼻而来。这种气味、封闭性，加上背对前进方向而坐，让弗朗丝感到前所未有的恶心。

到了墓地，已经挖好的墓穴旁边摆放着一个木箱子，毫不起眼。

人们把盖着布、带着闪亮把手的棺材放进木箱子里。棺材下葬的过程中，弗朗丝一直别开眼睛，不去看它。

那天，天阴沉沉的，寒风凛冽。弗朗丝的脚边总有尘土随着寒风在打转。不远处有一座刚立一周的墓碑，一些人正在把上面用铁丝框住的干花往下剥。这些人干得不紧不慢，干花被整整齐齐地摆在旁边，并用新的铁丝框在一起。他们这么做是合法的，只要交一点钱，他们就可以从负责公墓的官员那里买到特许权，然后他们再把这些干花卖给花匠，重复使用。没有人抱怨他们，因为这些人很守规矩，总会等到花儿完全枯萎，才会开始他们的工作。

有人把一团冰冷、潮湿的土塞到弗朗丝手里。弗朗丝看到妈妈和尼利已经站在坟墓旁边，把手里的土撒进去。弗朗丝也走了过去，闭上眼睛，慢慢张开手。轻微的响声片刻后传来，那种恶心的感觉再次袭来。

葬礼结束后，马车便驶向不同的方向。每位前来送葬的亲朋好友都会被送往各自家中。奶奶跟她的邻居们一起走了，她甚至没来和弗朗丝他们说再见。整个葬礼过程中，她都没和这家人说一句话。茜茜姨妈、伊芙姨妈上了凯蒂、弗朗丝、尼利的马车。马车本来坐不下五个人，弗朗丝只好坐在伊芙的腿上。回家这一路上大家都很安静。伊芙姨妈讲起了威利姨夫换了新马之后的糗事，想让大家开心一点。可这招也失灵了，因为谁都没有心情听。

来到一家理发店门前，妈妈让马车停下。

"进去吧，"她对弗朗丝说，"把你爸爸的杯子拿回来。"

弗朗丝不明所以。"什么杯子？"她问道。

"跟里面的人要就行了。"

于是弗朗丝进去了。店里有两个理发师,但一个顾客也没有。其中一位坐在靠墙一排的椅子上,跷着二郎腿,怀里抱着一把曼陀林。他正在弹的是《我的太阳》。莫顿先生的课上教过,所以弗朗丝知道这首歌,不过他在课上叫它《阳光之歌》。另一位理发师坐在理发椅上,望着大镜子里的自己。女孩进门,他便从椅子上站起身。

"什么事?"

"我来拿我爸爸的杯子。"

"叫什么?"

"约翰·诺兰。"

"啊,我听说了。太不幸了。"他叹了口气,从架子上的一排杯子中取下来一个。那是一个白色的杯子,杯壁厚实,上面用烫金的花体字写着"约翰·诺兰"。杯底有一块大概已经放了很久的白香皂,还有一把旧发刷。理发师把香皂撬了出来,把它和刷子一起放进一个大一点的、没有名字的杯子里。然后他拿约翰尼的杯子去洗。

等他洗杯子的过程中,弗朗丝四下张望。她还从没进过理发店,这里有香皂、干净毛巾和月桂香水的气息。屋子里还有一个煤气暖炉,发出"嘶嘶"的声音。另一位理发师已经唱完了一遍《我的太阳》,又从头开始唱。曼陀林清脆悦耳的声音在这温暖的理发店里,竟有几分悲凉的意味。弗朗丝在心里低声哼唱着莫顿先生填的词:

哦,世界多美好,

天朗气清,

阴霾散尽,

又是一天好时光。

每个人都有自己的秘密生活，她暗自思忖。爸爸从没提起过理发店的事，但他是这里的常客，每周来刮三次胡子。快乐的约翰尼效仿那些手头阔绰的男人，买了自己的专属杯子。他才不会像那些穷酸的人一样，用别人用过的杯子。他每周来这里三次——有钱的时候——坐在这些椅子中间，望着大镜子，跟理发师谈天说地，说的也许是今年布鲁克林棒球队打得怎么样，或者是民主党能不能像往年一样继续连任。也许那个理发师弹曼陀林的时候，他还会跟着唱几句。是的，他肯定在这里唱过歌。对他来说，唱歌是比呼吸还平常的事情。店里的长椅上放着《警察公报》，弗朗丝想知道，在这里等位的时候，约翰尼是不是也会翻开那份报纸。

理发师洗好了杯子，交给弗朗丝。"约翰尼·诺兰是个好人。"他说，"告诉你妈妈，就说他的理发师是这样说的。"

"谢谢你。"弗朗丝感激地低声说。在悲伤的曼陀林声中，她走出理发店，关上了门。

回到马车上，她把杯子交给凯蒂。"你拿着吧。"凯蒂说，"你爸爸的图章戒指给尼利。"

弗朗丝看着爸爸烫金的名字，又感激地低声说了句"谢谢"，这是五分钟内她第二次道谢了。

在人世间，约翰尼活了三十四年。不到一周前，他还行走在这些街道上。而现在，就只剩下这个杯子、戒指，还有家里两条没来得及浆洗熨烫的服务员围裙，证明他曾经来过。其他东西不在了，他的所有衣服，他的耳钉，还有那枚14K的金质领口，都已随他入土为安。

他们到家时，发现邻居们已经帮忙把家里收拾打扫过了。客厅的家具摆回了原位，枯叶和花瓣都已扫净。他们把窗户打开给房间换气。邻居们还拿来了自家的煤，把屋里的火生得旺旺的，桌子上换了一张洁白的桌布。泰恩摩尔姐妹送来一个蛋糕，是她们亲手烤的。蛋糕摆在盘子里，都已经切好了。弗洛茜·加迪斯跟她母亲买来一大堆切好片的腊肠，要用两个盘子才能装下。还有一篮刚切好的黑麦面包。咖啡杯摆在桌子上，炉子上热着一壶刚煮好的咖啡。桌子中间还有人放了一罐真正的奶油。他们在诺兰家人不在的时候做了这一切，然后都离开了，把门锁好，钥匙放在门口的脚垫下面。

茜茜姨妈、伊芙姨妈、妈妈、弗朗丝还有尼利围坐在桌前。伊芙姨妈给大家倒了咖啡。凯蒂怔怔地坐着，盯着她的杯子。她还记得约翰尼上次坐在这里时的情景。她学着约翰尼的样子，一把把杯子推开，伏在桌子上，终于痛哭起来，几乎是哀号。茜茜搂着她，温柔地劝慰道：

"凯蒂，凯蒂，别这么哭。你这么伤心，肚里的孩子将来也会是个苦命人。"

37

葬礼结束后第二天，凯蒂一直躺在床上，弗朗丝和尼利在房子里走来走去，不知如何是好。到了傍晚，凯蒂才下床，给两个孩子弄了点吃的。吃完饭，凯蒂让他们出门转转，说他们得透透气。

弗朗丝和尼利沿着格雷厄姆大道向百老汇走去。那是一个寒冷而寂静的夜晚，倒是没有落雪。街上空无一人。圣诞节已经过去三天了，孩子们都窝在家里，玩他们的新玩具。路灯的光凄清而明亮。从海面吹来的阵阵微风冷得刺骨,紧贴着地面,把零碎的纸屑吹得围着排水沟打转。

短短几天,两个孩子仿佛便告别了他们的童年。父亲在圣诞节去世,让这个圣诞节不知不觉就过去了。尼利的十三岁生日也没人顾得上了。

姐弟俩来到一座灯火通明的戏院前。由于自小就养成了念书的习惯,遇到什么都要读,于是他们停下脚步,看起了那一周的节目单。在第六场表演下面,贴着一张用大字写的公告。

"下周惊喜!昌西·奥斯本!情歌天王!走过路过不要错过!"

情歌——情歌——

自从父亲去世后,弗朗丝还没有流过一滴眼泪,尼利也没有。此刻,弗朗丝觉得眼泪都哽在了喉头,成了一个结结实实的疙瘩,而这个疙瘩还在不断变大、变大。如果这个疙瘩不能尽快融化,重新变回眼泪,她大概也会死掉吧。她看着尼利,尼利已经流泪了,而她也终于哭了起来。

两个孩子拐进一条黑暗的小巷,坐在路边,脚伸在水沟里。尼利虽然在哭,可他还记得要把手帕铺在地上再坐,这样新裤子就不会弄脏了。两人紧紧挨在一起,因为他们很冷,而且孤独。就在这冰冷的街道上,两人哭了很久。最后,他们哭到再也哭不出来,才开始交谈。

"尼利,爸爸为什么会死呢?"

"我想是上帝让他死的。"

"为什么呀?"

"也许是为了惩罚他。"

"惩罚他什么呢?"

"我不知道。"尼利啜泣着说。

"你相信是上帝让爸爸来到这个世界的吗?"

"是的。"

"那么他是想让他活在这里的,对吧?"

"我想是的。"

"可为什么,他又要让他这么早就死去呢?"

"也许是为了惩罚他。"尼利又绕了回来,他也不知道该怎么说。

"如果真的是为了惩罚他,这又有什么意义呢?爸爸死了,他不知道自己受了惩罚。我想是上帝把他弄成这副模样,然后对自己说,我看你还能怎么办。我敢打赌他一定这样说过。"

"也许你不该这样议论上帝。"尼利不安地说。

"人们说上帝是伟大的,"弗朗丝不屑一顾,"他全知全能。可上帝如果真的那么伟大,为什么就不能来帮帮爸爸,而非要惩罚他呢?"

"我也不知道。"

"如果这世界真的都归上帝管,"弗朗丝继续说,"还有太阳、月亮、星星,所有鸟儿、树木、小花,所有动物和人,都要听他的,他是不是太忙了点?这么忙的上帝,哪有时间费心来惩罚一个像爸爸这样的人呢?"

"我觉得你不该这样议论上帝,"尼利更加不安了,"他也会惩罚你的。"

"那就让他来吧!"弗朗丝激动起来,"让他把我弄死,就在这水沟里!"

于是两个孩子紧张地等了一会儿,可是什么都没有发生。等弗朗丝再次开口时,她平静了不少。

"我相信我主耶稣基督,还有耶稣的母亲圣母马利亚。耶稣曾是个活生生的婴儿。像我们一样,他在夏天也会打着赤脚到处走。我看过一张画片,他是个男孩,没有穿鞋。等他长成了男人,他会去钓鱼,就跟爸爸一样。人们也可以伤害他,可他们伤害不了上帝。耶稣不会到处惩罚人的。他是了解人的。所以我永远相信耶稣基督。"

他们每提到耶稣的名字,都会画一个十字,和天主教徒一样。说完这段话,弗朗丝把手放在尼利膝盖上,补充道:

"我只告诉你一个人,尼利。我不会再相信上帝了。"

"我想回家。"尼利说。他在发抖。

凯蒂给他们开门,注意到两个孩子脸上疲态尽显,但很平静。"嗯,他们已经哭出来了。"她心想。

弗朗丝看了看妈妈,又迅速移开视线。"我们没在家的时候,"她心想,"她哭了好久,直到再也哭不出来。"可关于哭泣,他们谁都没有提起。

"我想外面肯定很冷,"妈妈说,"所以我给你们准备了一份温暖的惊喜!"

"是什么呀?"尼利问。

"你们自己看。"

这惊喜原来是"热巧克力"。诺兰家的热巧克力,是把可可和炼乳调成糊状,加入热水搅拌均匀。凯蒂把这黏稠的、气味浓郁的液体给两个孩子一人倒了一杯,自己也倒了一杯。"我还有好东西。"她补充道,从口袋里掏出三块棉花软糖,每个杯子里都放上一块。

"太棒了!"孩子们同时兴奋地喊道。在诺兰家,"热巧克力"

是很特别的东西，通常只有在过生日的时候才能喝到。

"妈妈真厉害。"弗朗丝用勺子压住棉花软糖，看着白白的糖被黑色的液体慢慢溶化，心里想着。"她知道我们刚才一直在哭，可并没有过问。妈妈从来都……"突然，她想到了一个用来形容妈妈再贴切不过的词，"妈妈从来都滴水不漏。"

是的，凯蒂从来都滴水不漏。干活时，她那线条依旧优美但饱受摧残的手总是稳稳当当，又不失灵活，无论是捡拾碎屑还是拧抹布——左手往里拧，右手往外拧，一气呵成。说话时，她能够用最简单的话语表达出真切的意思。而她的思维同样是以清晰而果敢的方式行进的。

妈妈在说话："尼利长大了，也不能跟姐姐一起睡了，所以我把你们……"她几乎毫不迟疑，"你们爸爸和我以前的卧室收拾了出来，给尼利用。"

尼利立刻望向妈妈。属于自己的房间！真是梦想成真。短短几天，他的两个梦想——长裤和房间——都实现了。可意识到这一点，他立刻又想哭了，因为他想到了这梦想是如何实现的。

"我就跟你用一个房间吧，弗朗丝。"出于本能，凯蒂采用了这个说法，而不是说"你要跟我用一个房间"。

"真希望我也能有自己的房间，"弗朗丝有点嫉妒弟弟，"不过这样也对。只有两间卧室，尼利也不能和妈妈一起睡。"

凯蒂知道弗朗丝的心思，于是又说："等天气暖和了，弗朗丝可以睡在客厅里。我们把她的小床搬过去，白天蒙一个漂亮的床罩，就像私人起居室那样。你觉得怎么样，弗朗丝？"

"好呀，妈妈。"

过了一会儿，妈妈说："我们好几天没读书了，今晚要继续。"

"这么说来，日子还会照常过下去。"去壁炉架上拿《圣经》时，弗朗丝想到，不免有几分吃惊。

"既然，"妈妈说，"今年我们没过成圣诞节，不如就跳过一部分，从耶稣降生读起吧。我们轮流读，弗朗丝，你先来。"

弗朗丝读了起来。

……就在那里，马利亚的临盆之际到了。她生了头胎的儿子，用布裹成襁褓，放在马槽里，因为客栈没有地方给他们住。①

凯蒂突然叹了口气。弗朗丝停下来，抬头询问。"没事，"妈妈说，"继续读吧。"

"是的，没事的。"凯蒂也对自己说，"也到了有感觉的时候了。"未出世的孩子又在她身体里微微动了一下。"是不是因为知道有了这个孩子，"她默默地想，"他才不喝酒了？"那天晚上，她伏在他耳边，告诉他，他们又有孩子了。他知道后，是不是决定要洗心革面？结果因为知道了这件事，他才在变好的过程中死去了？"约翰尼啊——约翰尼啊——"她又叹了口气。

他们轮流读书，读耶稣的降生，心里想的都是约翰尼的死。但他们谁也没说出口。

孩子们上床准备睡觉，凯蒂做了件不寻常的事。之所以不寻常，是因为她向来是个情感不外露的人。她先后拥抱了两个孩子，抱得紧

---

① 《圣经·新约·路加福音》2：6—7。

紧的，跟他们说晚安。

"从现在开始，"她说，"我是你们的妈妈，也是你们的爸爸。"

38

圣诞假期结束前，弗朗丝告诉妈妈，她不打算回学校了。

"你不是很喜欢上学吗？"妈妈问她。

"是的，我喜欢，但我已经十四岁了，拿到工作证很容易。"

"你为什么想去工作？"

"帮忙养家。"

"不，弗朗丝，我希望你继续上学，再念几个月，念到毕业。六月眼看着就来了，到夏天你再拿工作证也不迟。也许尼利也能拿到。不过到秋天，你俩都得接着给我念中学。所以别想什么工作证了，好好念书。"

"可是妈妈，我们要怎么撑到夏天呢？"

"我们会有办法的。"

话是这么说，可凯蒂自己心里也没底。她更想念约翰尼了。虽然一直没有稳定的工作，但他周六或是周日"蹲"来的活儿也能带来三块钱收入。而且每当家里捉襟见肘的时候，约翰尼总会想办法振作起来，帮大家渡过难关。可现在，约翰尼不在了。

凯蒂盘算了一下，她每周打扫三间屋子，工钱就够交房租了。尼利卖报纸，每周能赚一块五。如果只在晚上生火取暖，煤钱也够了。但是，等等！他们每周要交两毛钱保险（凯蒂一毛，两个孩子各五分)。好吧,早点上床睡觉,省点煤钱应该就可以了。衣服呢?这段时间就别想了。好在弗朗丝买了双新鞋,尼利也有套新西装。那么,最大的问题就是吃的了。也许麦加里蒂夫人可以让她再帮忙洗衣服,这样一周就有一块钱。然后她还可以再接一点杂七杂八的零活。是的,他们会有办法的。

就这样,他们一直撑到三月底。但那时凯蒂的肚子已经很明显了。雇她工作的夫人们看到她挺着大肚子,站在厨房的熨衣板前,或是看到她笨拙地蹲在地上擦地板时,都心惊胆战。可出于怜悯,她们也不愿意辞退她。但很快她们就发觉,雇凯蒂工作相当于给了她钱,自己却还要重做一遍。于是陆陆续续地,她们告诉凯蒂不用再来工作了。

交不起两毛钱保费的这一天终于到来了。保险员是罗穆利家的老朋友,他对凯蒂的情况很了解。

"你都交了这么多年了,诺兰太太,我不希望看到你的保单作废。"

"你不会因为我欠了这一点钱就让它失效,对吧?"

"我是不会,可公司那边没法交代。其实,你可以把孩子的保单先兑现。"

"我不知道你可以这样做。"

"很少有人知道,公司也不会提。人们缴不起保费,一旦超期,公司把保单一废,钱就归他们了。而且要是让他们知道是我给你出的主意,我的饭碗也保不住了。可是诺兰太太,我是这样想的,我一直负责你的父亲和母亲、你们罗穆利家的姑娘、你的丈夫和孩子的保险。而且我跟你们家相处这么久,一直在替你们传递各种信息,我觉得我也是你们家的一分子了。"

"我们也不能没有你。"凯蒂说。

"所以你这样做，诺兰太太，把孩子们的保单兑现，留下你自己的。这样，万一孩子们有个三长两短——但愿我是胡说——你还有办法帮他们料理后事。而如果你自己出了事——我还是在胡说——他们也还有保险可以用，对吧？"

"是这个理。我一定会把自己的保单保留好，我可不想变成穷光蛋，只能葬在乱葬岗。那样我们这个家就完了，无论是他们自己，还是他们的孩子，孩子的孩子，怕是都抬不起头来。就照你说的办，我留下我的保单，把孩子们的先兑现。告诉我，我该怎么办手续。"

凯蒂兑现了两张保单，得到二十五块钱。这笔钱帮他们撑到了四月底。距离临盆还有五个星期，而距离弗朗丝和尼利毕业还有八个星期。这八个星期，他们必须再想办法。

罗穆利家三姐妹围坐在凯蒂家的餐桌前开会。

"如果可以，我肯定会帮忙，"伊芙说，"但自从威利被那匹马踢了之后，他就不对劲了。他跟老板一直不怎么亲近，跟那些车夫处得也不怎么好，甚至把所有马都给得罪了，都不愿意跟他去送奶。老板只好让他在马厩里干活，清扫粪便，收拾破瓶子。他现在一周只剩十八个工时，赚的钱哪够养三个孩子的。我自己现在也到处找零活做。"

"那我想想办法。"茜茜说。

"别了，"凯蒂坚定地说，"你把妈妈接去跟你一起住，已经帮了我俩大忙了。"

"是的。"伊芙说，"我跟凯蒂以前总在担心，老太太一个人住，还得自己出门找活赚零花钱，总不是个办法。"

"妈也不花钱,不算什么。"茜茜说,"我家约翰也不介意。当然他赚的也不多,每周二十块,现在还有个小孩要养。我想去干我以前的活,但妈岁数大了,带不了孩子,家务也做不来。我可以上班,但我得再找人照顾妈和孩子。等我回去上班了,我就能帮帮你,凯蒂。"

"别想了,茜茜,太为难你了。"凯蒂说。

"那现在就只有一个办法了。"伊芙说,"让弗朗丝辍学,去找工作。"

"可我想让她毕业,拿到文凭。我的孩子会是诺兰家第一个有文凭的人。"

"文凭又不能当饭吃。"

"就没有什么男人能帮帮你吗?"茜茜问,"你模样也不差。"

"等她卸了货,问题倒不大。"伊芙插嘴道。

凯蒂脑海中闪过麦夏恩警官。"没有啊,"她说,"我不认识什么男人。除了约翰尼,我没跟别人好过。"

"那我想就只有伊芙说的那个办法了。"茜茜下定决心说,"我不想这么说,可你得让弗朗丝去工作了。"

"一旦从文法学校辍学,没有文凭,她就永远也上不了中学了。"凯蒂不答应。

"好吧,"伊芙叹了口气,"那可能就只有找教会想想办法了。"

"要真到了那一步,"凯蒂平静地说,"我们得去跟别人讨饭,我还不如等孩子们都睡熟了,把门窗封死,再把煤气阀门全打开,我们一起上路。"

"别这么说。"伊芙赶忙打断她,"你想活下去,对吧?"

"是的,但人活一口气。一旦开了这个头,我们恐怕一辈子都抬不起头了。"

"那还是只有那一个办法。"伊芙说,"弗朗丝去工作。只能弗朗丝去,尼利才十三岁,办不了工作证。"

茜茜把手放在凯蒂胳膊上:"不会像你想的那么糟。弗朗丝多聪明,她已经读了很多书了。那姑娘会想办法,不会让自己这辈子荒废掉。"

伊芙站起身。"行了,我们先走了。"她把五毛钱放在桌上,料到凯蒂会拒绝,于是先发制人,"别以为我白给你的,有借有还。"

凯蒂笑了:"干吗这么说。姐姐给钱,我还能不要吗?"

茜茜耍了点花招。俯身亲吻凯蒂告别时,她偷偷往她围裙口袋里塞了一块钱。"有需要的话,"她说,"让人去找我,我肯定会到的,大半夜也没问题。不过晚的话就让尼利来吧,弗朗丝一个小姑娘,来来回回不安全,尤其过煤场那段路。"

凯蒂一个人在餐桌旁,枯坐到深夜。"我只需要再撑两个月——就两个月,"她想,"亲爱的上帝,再给我两个月时间吧,一点点时间而已。到那时,肚里的孩子出生了,我就能继续工作了。到那时,那两个孩子也毕业了。在我的头脑和身体都能够为这个家操劳时,我不会向您乞求什么。可现在我自顾不暇,我只能求您慷慨。只要两个月而已——两个月——"她等着蜡烛忽地亮起,那意味着她已经跟上帝建立了联系。但没有亮光,什么都没有。她只好继续祈祷。

"圣母马利亚,耶稣的母亲。您明白这一切,因为您也怀过人子。圣母马利亚——"她等待着,依旧什么都没有。

她把茜茜的一块钱和伊芙的五毛钱放在桌上。"这能帮我们撑过三天。"她说，"可那之后呢？"无意中，她开始向约翰尼祈祷，"约翰尼，不管你在哪里，再振作一次吧，就一次。再帮帮我们——"她又等待着，这一次，蜡烛亮了。

而最终，也真的是约翰尼帮了他们。

酒馆老板麦加里蒂，一直对约翰尼的事耿耿于怀。并不是因为他良心发现，不，不完全是那样。麦加里蒂并没有拉人进酒馆，顶多就是经常给门的铰链上上油，一推就开。他提供的免费下酒菜也不比别家好多少。除酒客们自发的娱乐活动之外，他也没多花心思玩什么花样。不，这并不是良心发现。

他只是想念约翰尼罢了。也不是因为少了约翰尼这份酒钱，通常都是约翰尼欠他的钱。但他喜欢有约翰尼在店里，约翰尼可以提升这个地方的格调。看着这个身材修长的年轻人坐在一堆卡车司机、挖掘工人中间，举止斯文地凑在吧台上，总会让人心情好一点。"当然，"麦加里蒂承认，"约翰尼喝得是有点多。但就算不在他这里喝，他也会去别处喝。况且这小子也不是什么浑蛋，从不会借着酒劲撒酒疯，打架闹事。是的，"麦加里蒂确定，"约翰尼实在是个好小伙。"

麦加里蒂还很想念约翰尼跟人聊天。"那家伙都说了些什么呢，"他想，"全都是什么南方的棉花地、阿拉比的海岸，再就是阳光明媚的法兰西，说得像他都去过一样，而不是因为那些玩意都在歌词里。他说这些很有意思，"他琢磨着，"但我最喜欢的是他聊自己的家人。"

麦加里蒂一直有一个梦想中的家庭。那个家一定要远离酒馆，远到他每天早上锁上酒馆的门，要坐着电车才能回家。他梦想中贤惠的妻子正等着他，给他准备好了热咖啡和丰盛的早餐。吃完饭，他们聊聊天——不聊酒馆里乱七八糟的事。他还有梦想中的孩子——乖巧、干净、聪明的孩子，长大以后，他们会觉得自己老爹开酒馆有些丢人。而他会为他们的羞愧感到骄傲，因为那意味着他能生出比自己强的种。

带着这样的梦想，他结了婚。他娶的是梅。梅也曾是个曲线优美的女孩，一头暗红色的头发，嘴巴很性感。但结婚之后，她的身材就走了形，整个人邋里邋遢，布鲁克林人称这种女人是"浪荡婆"。结婚后他们的日子过得还不错，但一两年后，有一天麦加里蒂早上醒来，突然感到不对劲。梅恐怕永远也不会成为他梦想中的贤妻良母。她喜欢酒馆，坚持租酒馆上面的房子来住。她不想搬去法拉盛，也不想做家务。她喜欢没日没夜地坐在酒吧后面，跟客人扯东扯西。而梅生出来的孩子也像流浪狗一样满街跑，还到处跟人吹嘘自己的老爹开了间酒馆。他们竟然以自己为荣，这让他大失所望。

对于梅的不忠，麦加里蒂心里有数。只要没传到让别人在背后耻笑他的地步，他倒不太在意。几年前，当他对梅的身体不再有兴趣的同时，争风吃醋的兴趣也一并消失了。他渐渐对和她或是其他女人睡觉都兴致寥寥。不知怎的，他开始把交谈和上床捆绑在一起。他想找一个女人倾诉，找一个能让他倾诉所有想法的女人。他想让她回应自己，温柔地、聪明地、亲密地回应他。他想，如果可以找到这样一个女人，他的男性气质就能重新回归。他笨拙的体悟让他认为，自己需要先在心灵上和一个女人结合，然后才能跟她肉体相交。随着岁月的流逝，找一个能亲密交谈的女人成了他的执念。

在开酒馆的过程中，他观察人性，并得出了一些结论。这些结论缺乏智慧，也没什么独创性可言，实际上都是些陈词滥调。但这些东西对麦加里蒂很重要，因为这是他自己想通的东西。结婚头几年，他试图把这些结论分享给梅，但得到的回应往往是"差不多吧"。有时她会换个说法："你说得都对。"于是渐渐地，因为无法跟她分享自己的内心，他失去了做她丈夫的权利，而她也开始不忠于他。

做这一行，麦加里蒂一直觉得自己灵魂有愧，而生下的两个孩子更让他倍感厌恶。她的女儿艾琳和弗朗丝同岁，一双粉红色的眼睛，头发是淡红色的，也可以说是粉红。她待人刻薄，脑子却不好。至于儿子吉姆，今年已经十岁了，可除了屁股太大穿不上马裤，他身上再无过人之处。

于是麦加里蒂还有一个梦想，那就是有朝一日梅能跟自己坦白，说这两个孩子不是他亲生的。他认为，如果能得知这两个孩子是其他男人的种，他反倒能更疼爱他们一点。这样他就可以客观地看待这两个孩子的卑鄙和愚蠢，然后报以同情。但知道这两个孩子是自己的，他就只能厌恶他们，因为他在他们身上看到的是自己和梅所有缺点的集合。

在约翰尼光顾麦加里蒂酒馆的这八年里，他每天都在对麦加里蒂赞美凯蒂和他的孩子们。于是这八年，麦加里蒂一直在玩一个隐秘的游戏，那就是假装自己是约翰尼。这样当约翰尼说自己的妻子和孩子，他就假装是他在说梅和他的孩子。

"给你看个东西，"有一回，约翰尼从口袋里掏出一张纸，自豪地说，"我的宝贝女儿写了篇作文，得了个'A'，她才十岁。你听着，我给你念念。"

约翰尼念的时候，麦加里蒂就在想象这是他女儿写的。还有一次，约翰尼带来一个摇摇晃晃的木头小书架，喜气洋洋地摆在吧台上。

"给你看样东西，"他骄傲地说，"这是我儿子，尼利，在学校做的。"

"这是我儿子，吉米，在学校做的。"麦加里蒂一边端详着小书架，一边在心里喜气洋洋地说。

还有一次，麦加里蒂想跟约翰尼聊两句，于是说："你觉得咱们会参战吗，约翰尼？"

"有意思，"约翰尼说，"昨晚我跟凯蒂也在聊这个，一直聊到天都快亮了。我最后总算说服了她，威尔逊是不会让我们参战的。"

麦加里蒂想，如果他能跟梅彻夜长谈，直到让她说出："你是对的，吉姆。"那该有多好啊！但这个他想象不了，因为根本不可能。

于是约翰尼去世之后，麦加里蒂连这份乐趣也没了。他本想自己做白日梦，可没能成功。他需要一个像约翰尼这样的人来帮忙。

于是就在罗穆利三姐妹在凯蒂家厨房里开会的同时，麦加里蒂有了一个想法。他除了多到花不完的钱，什么都没有。也许通过约翰尼的两个小孩，他能重新找回自己的梦想。他猜现在凯蒂的日子肯定不好过，或许他能给孩子们提供一点轻松的工作，让他们放学之后做。他要帮他们渡过难关——反正他负担得起，说不定还有回报呢。也许这两个孩子能跟他说说话，就像他们的父亲那样。

于是他告诉梅，他要去找凯蒂，给约翰尼的孩子找点活干。梅愉快地告诉他，他会被轰出来的。麦加里蒂不信。出门前他特意刮起了胡子，这时他想起前些天凯蒂来感谢他送花圈的情形。

约翰尼的葬礼结束后，凯蒂挨家上门，感谢送花的人。她径直从正门走进麦加里蒂的酒馆，无视写着"女士入口"的侧门。

同样无视吧台前盯着她看的男人们，凯蒂径直走向麦加里蒂。看到她进来,麦加里蒂赶忙把围裙的一角掖到腰带里,表明他暂时不当班。他从吧台里出来,迎向她。

"我是来谢谢你送的花圈的。"她说。

"哦,那个啊。"他说道,松了口气。他本以为凯蒂是来找他算账的。

"让你费心了。"

"我觉得约翰尼这人不错。"

"我知道。"凯蒂伸出手。麦加里蒂愣了一下,然后才明白过来她是要跟自己握手。紧紧握住她的手的同时,他问道:"不生气?"

"为什么要生气?"她回应道,"约翰尼是个成年人,也没人逼他来你这儿。"说完她就转身离开了。

对,麦加里蒂断定,如果他是带着善意而来,这样一个女人是不会把自己轰出门的。

他不安地坐在厨房里的一把椅子上,跟凯蒂说话。孩子们这个时间本该在写作业,但弗朗丝假装低头看书,一边偷偷听着麦加里蒂先生说话。

"我跟我老婆商量过了,"麦加里蒂说的是自己梦想的内容,"她也同意了。我们可以雇你家小姑娘来干点零活,不辛苦,反正就是给我们家铺铺床,洗几个盘子。小伙子我也可以雇,到楼下帮忙剥鸡蛋、切奶酪什么的,给客人准备下酒菜。我不会让他接近酒馆,就在后厨帮忙。每天放学后过来一个小时就行,周六做半天。我每周给他们一人两块钱。"

凯蒂心动了。"一周四块钱,"她暗自盘算,"还有尼利卖报纸的一块五,这俩孩子可以继续上学,买东西吃的钱也有了。这足够我们撑过这段时间。"

"你觉得怎么样，诺兰太太？"他问。

"这得看孩子们愿不愿意。"她说。

"你们说怎么样？"麦加里蒂转向孩子们。

弗朗丝假装刚从书里回过神："您说什么？"

"你愿意帮麦加里蒂太太做家务吗？"

"我很乐意，先生。"弗朗丝说。

"那你呢？"他望向尼利。

"没问题，先生。"尼利也同意。

"那就这么定了。"他对凯蒂说，"当然，找孩子帮忙也是临时的，等我们找到能固定做家务和帮厨的人就不麻烦他们了。"

"挺好的，我也希望他们只是临时做做。"凯蒂说。

"这段时间你手头有点紧吧，"他把手伸进口袋，"我先把他们第一个星期的工资给你。"

"不用，麦加里蒂先生。既然他们已经开始自己赚钱了，就应该让他们在周末自己领钱带回家。"

"好吧。"但他并没把手拿出来，而是握住了口袋里那一卷准备好的钞票。他心想："我有这么多钱，却什么也买不到，而他们只缺这个。"他又有了主意。

"诺兰太太，你也知道我跟约翰尼是怎么打交道的。我把酒赊给他，他赚了小费就给我。唉，可他人这一走，酒钱还没用完呢。"他掏出那卷钱，弗朗丝看到的时候眼珠差点掉出来。麦加里蒂打算把这十二块说成是约翰尼预付的酒钱，然后退给凯蒂。他拿掉橡皮筋，看着凯蒂。凯蒂露出疑惑的眼神，麦加里蒂立刻又改了主意。"当然，也没几个钱，"他改口道，"就两块。但我想咱们还是得把账算清楚。"他抽出两张，递给凯蒂。

凯蒂摇摇头。"我知道约翰尼赚多少钱。要是真算起账来，他应该还欠你吧？"一下子就被识破了，麦加里蒂有点脸红。他只好把钱收回去，尴尬地塞回裤兜。"不过，麦加里蒂先生，你的好意我心领了。"凯蒂说。

凯蒂最后这句话，让麦加里蒂敞开了心扉。他开始讲话，讲起他在爱尔兰的童年，讲起他的父母和兄弟姐妹。他讲到了自己梦想中的婚姻，把多年来默默做的梦都讲给凯蒂听。他没有讲自己的老婆孩子，他们完全被撇在他的故事之外。他讲起约翰尼，讲他是如何天天谈论他的妻子和孩子的。

"就你家这窗帘，"麦加里蒂对着黄色印花布做的、上面绣着红色玫瑰图案的半扇窗帘挥舞着自己粗糙的大手，"约翰尼都说了。他说你是把自己的一条旧裙子拆了，用它来做了厨房的窗帘。他说这么一弄，厨房就可好看了，像吉卜赛人的马车里面一样。"

放弃假装学习的弗朗丝，在脑海中接上了麦加里蒂说的最后这句话。"吉卜赛人的马车，"她暗自想着，用全新的眼光打量着窗帘，"原来爸爸这样说过。我当时还以为他根本没注意到换了新窗帘，至少在家里他什么都没说。但他注意到了，他还跟这个人说了赞美它的话。"得知约翰尼还说过这样的话，弗朗丝一度感觉爸爸仿佛还活着。"原来爸爸对这个人说过这些。"她又开始以新的眼光打量麦加里蒂。他是个身材矮胖的男人，双手粗糙，脖子又短又红，头发稀疏。"谁都看不出来，"弗朗丝心想，"这样一个人，内心会这么丰富。"

麦加里蒂滔滔不绝地讲了两个小时。凯蒂听得很认真，但她不是在听麦加里蒂说话，而是在听他谈约翰尼。当他偶有停顿时，她会小小地过渡一下，比如"是吗""然后呢"或者"所以呢"。当他说到不知该说什么的时候,她的配合让他分外感激。

而就在说这些话的过程中,发生了非同寻常的变化。他感觉到自己丧失已久的男性气质,重新又开始在体内回荡。这并不是和凯蒂共处一室的生理反应。她的身材此时已经明显走形,并不存在什么性吸引力。不是女人身体的缘故,而是因为和她说话。

天快黑了,麦加里蒂停了下来。他的声音已经嘶哑,感到疲惫。但这是一种前所未有的、平静的疲惫。他不情愿地想到,自己该回去了。酒馆里即将挤满下了班的男人,他们要喝杯酒才能鼓足勇气回家。他不喜欢让梅站在吧台后面,伺候那帮男人。他慢慢站起身。

"诺兰太太,"他摸索着寻找自己的棕色圆顶礼帽,"我可不可以偶尔过来坐坐,跟你聊聊天?"凯蒂缓缓地摇了摇头。"只是聊几句?"他仍不死心。

"不了吧,麦加里蒂先生。"她尽量温和地拒绝了。

麦加里蒂叹了口气,离开了。

弗朗丝很高兴自己如此忙碌,这样她就没空思念爸爸了。她跟尼利早上六点起床,先帮妈妈做两小时清扫工作,然后才去上学。妈妈现在不能做太多事情。弗朗丝把三个公寓门厅的铜铃底座擦得锃亮,用油布把楼梯栏杆的每一根铁条都擦得干干净净。尼利负责打扫地下室,还有铺着地毯的楼梯。两个孩子每天还要把装满垃圾的垃圾桶送到路边,但这绝非易事,因为两个孩子合力也不能让沉重的垃圾桶挪动半分。弗朗丝想了个主意,先把垃圾桶推倒,把垃圾倒在地下室里,再把空桶送过去,最后运垃圾。这样问题就解决了,只是他们需要上上下下往返很多趟。做完这些,留给妈妈的工作就只剩下铺着油毡的走廊了。有三家住户提出可以自己打扫自家门前的一部分,直到凯蒂生完孩子。这帮了大忙。

放学后，孩子们必须先去教堂接受"训导"，因为这个春天他们就要接受坚信礼了。训导结束后，他们去麦加里蒂那里干活。正如他保证的那样，这工作一点都不累。弗朗丝需要整理四张凌乱的床铺，洗几个早餐留下的盘子，再打扫一下房间就可以了。总共花不上一小时。

尼利的日程安排跟弗朗丝差不多，除了他还要花时间去卖报纸，有时要忙到晚上八点半才能回家吃饭。他在麦加里蒂酒馆的后厨帮忙，主要工作是剥四五十个熟鸡蛋；把整块的奶酪切成一寸见方的小块，再插上一根牙签；另外还要把大块的腌黄瓜切成长条。

麦加里蒂等了几天，先让孩子们适应工作。然后他觉得，是时候让他们像约翰尼那样陪他说话了。他走进厨房，坐下来，看着尼利忙活。"这小子跟他爹真是一个模子刻出来的。"麦加里蒂心中暗想。他又等了一会儿，让孩子适应他的存在，然后才开口。

"最近做小书架了吗？"他问。

"没……没有，先生。"尼利磕磕巴巴地说，被这个奇怪的问题吓了一跳。

麦加里蒂等着。这孩子为什么不跟他聊呢？但尼利只顾着低头剥蛋，手上倒是麻利了不少。麦加里蒂只好再做尝试："你觉得威尔逊会让我们参战吗？"

"我不知道啊。"尼利说。

麦加里蒂继续等着。尼利以为他是来监督自己工作的，赶忙积极表现起来，结果提前把蛋都剥完了。他把最后一个剥好的鸡蛋放进玻璃碗中，抬起头来。"啊！小伙子终于要跟我聊天了。"麦加里蒂心想。

"还有什么活吗？"尼利问。

"没有了。"麦加里蒂依旧在等待。

"那我要不就先回去吧。"尼利小心地说。

"行吧，孩子。"麦加里蒂叹了口气。他看着孩子走出后门。"他会转过头——跟我说点什么——私事——吧——"麦加里蒂期待着，可尼利头也不回地出去了。

第二天，麦加里蒂开始试探弗朗丝。他上楼回家，坐下来，什么也不说。弗朗丝有点害怕，一直往门口瞟。"要是他想干什么坏事的话，"小姑娘心想，"我就直接跑出去。"麦加里蒂又是坐了半天，以为这样能让孩子适应他的存在。他不知道自己已经吓到小姑娘了。

"最近有写什么得了A，得第一名的作文吗？"

"没有，先生。"

他等了一会儿，又接着问："你认为我们会参战吗？"

"我……我不知道。"她开始朝门口凑。

麦加里蒂这才明白过来："我吓到她了，她以为我会像走廊里那个家伙一样。"于是他大声说："别害怕，我走了。你要是不放心，可以把门从里面锁上。"

"好的，先生。"弗朗丝说。他走后，弗朗丝心想："他大概只是想聊聊天吧，可我没什么好跟他聊的。"

梅·麦加里蒂也上来过一次。当时弗朗丝正跪在地上，清理水槽下水管后面的脏东西。梅让她站起来，不用管那里。

"哎呀，孩子，"她说，"干活用不着这么认真。就算你我都死了，百年之后，这房子还会一直在。"

她从冰箱里拿出一大块玫瑰色的果冻，切下一半，装在盘子里，把剩下的放了回去。然后她往果冻上浇了很多奶油，找出两把勺子，一起放在桌上,招呼弗朗丝过来吃。

"我不饿。"弗朗丝撒谎道。

"不饿也吃点,要接受别人的好意。"梅说。

这是弗朗丝第一次吃鲜奶油配果冻,实在是太好吃了。她努力提醒自己要得体,不能狼吞虎咽。她边吃边想:"这么看,麦加里蒂夫人是个好人,麦加里蒂先生也很好。我想大概只是他俩合不来吧。"

夜深了,麦加里蒂夫妇坐在酒馆后面的一张小圆桌边。店已经打烊了,只剩他们两个,吃着忙碌过后匆忙而沉默的例行夜宵。出人意料的是,梅把手放在吉姆的胳膊上。他被这突如其来的触碰弄得浑身不自在,小而亮的眼睛盯着她大大的、桃木色的眼睛,并从中看到了怜惜之情。

"没用的,吉姆。"她温柔地说。他内心激动不已。"她懂我!"他想,"唉——唉——我老婆原来都懂啊。"

"有句老话说得好,"梅继续说,"钱买不来一切。"

"我知道,"他说,"那我让他们走吧。"

"再等几个星期,等她把孩子生下来。好人做到底。"她起身,朝吧台走去。

麦加里蒂坐在原处,一时有些恍惚。"我们刚才谈话了。"他纳闷地想,"我们没说人名,也没说具体什么事,可她完全知道我在想什么,我也知道她的想法。"想到这里,他赶忙朝妻子追过去,想把这种心有灵犀的感觉延续下去。他看到梅站在吧台的末端,一个身形魁梧的卡车司机正搂着她的腰,伏在她耳边说着什么。她捂着嘴,娇羞含笑。看到麦加里蒂出来,司机赶忙拿开手,尴尬地朝下面一伙男人的方向走去。麦加里蒂走进吧台,看着他妻子的眼睛。这时她的眼睛里又是一片空白了,刚才的怜惜和"懂我"荡然无存。麦加里蒂又恢复了一直以来的愁苦表情,开始忙起关店前最后的活。

玛丽·罗穆利真的上年纪了。她再也不能独自一人在布鲁克林走动了。她很想在凯蒂分娩前跟她见一面,于是就让保险经纪人给她带个口信。

"女人生孩子的时候,"她对他说,"死神会过来,握着她的手。有时候握一会儿就走了,有时候就不会松开。告诉我老闺女,在那之前,我想和她见一面。"

保险经纪人把口信带到了。周日,凯蒂便带弗朗丝一起来看外婆。尼利没有去,他说他答应了腾艾克街那边的男孩要去当投手,他们准备在空地打一场比赛。

茜茜家的厨房又干净又暖和,阳光充足,一尘不染。老太太玛丽·罗穆利正坐在火炉边矮矮的摇椅上。这是她从奥地利带来的唯一一件家具,它在她老家小屋的炉子旁边都已经待了一百多年了。

茜茜的丈夫坐在窗边,抱着孩子,给她喂奶,并跟玛丽和茜茜打招呼,弗朗丝和凯蒂也向他打招呼。

"你好,约翰。"凯蒂说。

"你好,凯蒂。"他答道。

"你好,约翰姨夫。"弗朗丝说。

"你好,弗朗丝。"

而在接下来她们聊天的过程中,这个男人一言不发。弗朗丝望着他,想知道他在想什么。家里人都把他看成一个过客,就像茜茜的其他丈夫和情人一样。弗朗丝好奇他是不是也这样定位自己。他的真名是史蒂夫,可茜茜总说他是"我的约翰",而家人说起他,也都叫他

"约翰""茜茜的约翰"。弗朗丝不知道他在杂志社工作的时候别人是不是也叫他约翰。他有没有表达过不满？他有没有说过："听着，茜茜，我叫史蒂夫，不叫约翰。让你的妹妹们也叫我史蒂夫。"

"茜茜，你胖了。"妈妈说。

"生完孩子，胖一点是正常的。"茜茜面不改色地扯淡道。她对弗朗丝笑了笑，"你想抱抱孩子吗，弗朗丝？"

"哦，好呀！"

茜茜高大的丈夫站起身，仍旧沉默不语。他把孩子和奶瓶交给弗朗丝，便走出了房间。没有人问他要去哪里。

弗朗丝坐在他空出来的椅子上。她还从没抱过孩子呢！她用手指抚摸婴儿柔软的脸蛋儿，就像乔安娜那样。一股兴奋之感从她的指尖蔓延到手臂，直至贯穿整个身体。"等我长大，"她下定决心，"我家要一直都有这么个孩子。"

她一边抱着孩子，一边听妈妈和外婆说话，看着茜茜做供这月食用的面条。茜茜拿了块黄色的硬面团，先用擀面杖擀平，然后像卷果冻那样卷起来。再然后，她拿出一把锋利的刀，把面切成纸一样薄的长条，挂到厨房炉子前的木架子上。最后这一步是为了把面条烘干。

弗朗丝觉得茜茜有些不同往常。她不是以前的茜茜姨妈了。这并不是说她不再像以前那样苗条，这种变化与她的外在无关。弗朗丝有些困惑。

玛丽·罗穆利想了解所有信息，凯蒂就把这段时间的情况一五一十都讲给她听。首先，她说了孩子们在给麦加里蒂打工，现在家里都靠他们赚的钱生活。然后她又说了麦加里蒂那天到他们家，在厨房里说了半天约翰尼的事情。最后她说：

"我说实话，妈妈，要是麦加里蒂不来，我真不知道我们怎么才能撑过这一段。当时我情绪特别差,就在那之前的几个晚上,我一直在向约翰尼祈祷,想让他帮帮我。那太傻了,我知道。"

"不傻,"玛丽说,"他听到了你的祈祷,也帮了你。"

"鬼哪帮得了人,妈妈。"茜茜在一旁插话。

"鬼可不光能在门缝中间穿来穿去。"玛丽·罗穆利说,"凯蒂说她丈夫以前经常跟酒馆的老板谈话,这么多年里,约尼是把自己灵魂的碎片给了这个人。当凯蒂向约尼求助,约尼灵魂的碎片就在那人身体里聚集起来,让他来帮凯蒂走出困境。"

弗朗丝暗自琢磨。"这么说的话,"她想,"那麦加里蒂跟我们聊了这么久爸爸的事,其实相当于把爸爸的碎片还给了我们。现在他身上已经没有爸爸了。也许这就是为什么他没法跟我们聊天吧。"

离开的时候,茜茜给了凯蒂一个鞋盒,里面装满了面条,让她带回家吃。当弗朗丝跟外婆吻别时,玛丽·罗穆利紧紧抱住了她,用她那独特的遣词造句轻声说道:

"接下来这一个月,要给你母亲的是服从和尊重。她会非常需要爱和理解。"

弗朗丝完全没听懂外婆在说什么,但她还是回答:"好的,外婆。"

她们搭电车回家。弗朗丝把鞋盒放在腿上,因为现在妈妈一坐下来,身前就只剩一个大肚子了。一路上,弗朗丝仔细思考外婆的话。"如果外婆说的是真的,那这世界上就没有人会真正死去。爸爸虽然不在了,可他还是以各种方式留在我们身边。他的模样留在尼利身上,也活在跟他认识了那么久的妈妈身上。也许以后我生下一个男孩,他也会长得跟爸爸一个样,而且会继承爸爸的全部优点,还不喝

313

酒。那个男孩会有他的儿子,他的儿子也会再有个儿子。这样的话,就没有人会真正死去了。"她又想到麦加里蒂,"没人会相信爸爸曾有一部分留在他的身上。"然后她想到麦加里蒂夫人,想到她是如何轻松地招呼她坐下,一起吃果冻。这时弗朗丝灵机一动,她明白茜茜有什么不同了!她对妈妈说:

"茜茜姨妈不再用那种又浓又甜的香水了,是吧,妈妈?"

"对,她不用了,再也不用了。"

"为什么呀?"

"因为她有宝宝了,也有能帮她照顾宝宝的男人了。"

弗朗丝还想继续追问,可妈妈却闭上了眼睛,把头靠在椅背上。她脸色苍白,神情疲惫。弗朗丝决定不再打扰她,她要自己思考。

"这样的话,"她想,"意思就是用又浓又甜的香水,和女人生宝宝,找到和她生宝宝、照顾她和宝宝的男人有关系。"她获得了又一份宝贵的知识,于是便和其他知识收集在一起。

这会儿弗朗丝觉得有点头疼。她不知道这是因为刚才抱孩子的兴奋、电车的颠簸、关于爸爸的想法,还是因为关于茜茜香水的新知识。也有可能是她早上起得太早了,一整天都没闲着。还有可能是这个月的"那个"来了。

"唉,"弗朗丝断定,"让我头疼的不是别的——是生活啊。"

"别傻了,"妈妈平静地说,她仍闭着眼睛,头靠在后面,"你茜茜姨妈家火炉烧得太旺了。我头也疼。"

弗朗丝吓得蹦了起来。妈妈还闭着眼睛呢,竟然看穿了我在想什么?这时她才想起,她忘了自己刚才都是在脑子里想,但最后这句话她说出了声。她笑了,这是爸爸去世后她第一次笑。妈妈睁开眼睛,也笑了起来。

39

弗朗丝和尼利在五月行了坚信礼。弗朗丝已经快十四岁半了,尼利比她小一岁。茜茜在做衣服方面也有一手,她为弗朗丝做了一条简单的白色薄纱裙。凯蒂想方设法省出钱,给她买了一双白色的小羊皮便鞋、一双白色长丝袜。这是弗朗丝的第一双丝袜。尼利则还是穿着他在父亲葬礼上穿着的那套黑西装。

这片街区有个传说,孩子在行坚信礼这天如果许下三个愿望,以后都能成真。这三个愿望里,第一个得是可望而不可即的,第二个是可以靠自己努力实现的,第三个是必须等到长大以后才能实现的。弗朗丝的第一个愿望是让自己的棕色直发变成尼利那样的金色鬈发;第二个愿望是让自己说话的声音变好听,就像妈妈、伊芙姨妈、茜茜姨妈那样;第三个愿望,也就是长大以后的愿望,是能够周游世界。而尼利的愿望,第一个是变有钱,第二个是学习成绩更好,第三个是长大以后不要像爸爸一样喝酒。

布鲁克林有个惯例,在坚信礼这天,要请专业摄影师来给孩子拍照。凯蒂没钱请人来拍照,只好拜托有盒式照相机的弗洛茜·加迪斯帮忙。弗洛茜让孩子们在人行道边站好,按下快门,但没注意到拍下照片的同时,一辆电车正从后面经过。她把这张照片放大、装好框,送给弗朗丝当坚信礼礼物。

照片送来时,茜茜刚好也在。凯蒂拿过照片,大家聚在她身边一起看。弗朗丝以前从未拍过照片,这是她第一次看到别人眼中的自己。她僵直地站在路边,背对水沟,裙子被风吹得乱七八糟。尼利挨她站着，比她高一头，穿着刚熨烫整齐的黑色西装，显得英俊潇洒。当时太阳从屋顶斜射过来，尼利刚好站在阳光下面，他的脸清晰、亮堂。但弗朗丝却处在阴影中，脸色发黑不说，还显得一脸怒气。两人身后，还有一辆模糊的电车。

茜茜说："我敢说，这是世上唯一一张有电车出镜的坚信礼照片。"

"拍得挺好，"凯蒂说，"站在街上，比去摄影师那里，站在纸板做的教堂窗户背景前面自然。"她把这张照片挂在壁炉上面。

"你要用什么名字，尼利？"茜茜问。

"爸爸的名字。我现在叫科尼利厄斯·约翰·诺兰。"

"很好，以后当大夫也叫得响。"凯蒂评论道。

"我要用妈妈的名字，"弗朗丝认真地说，"现在我的全名是玛丽·弗朗西丝·凯瑟琳·诺兰。"她等了一会儿，但妈妈没说这个名字当作家能叫得响。

"凯蒂，你有约翰尼的照片吗？"茜茜问。

"没有，只有我俩结婚时照的那张。怎么了？"

"没什么。时间过得可真快，是吧？"

"是啊，"凯蒂叹了口气，"我们能说准的也只有这个了。"

坚信礼结束后，弗朗丝就不用再接受训导了。这样每天多出来的一小时，她开始写自己的小说。她想证明给新来的语文老师加恩德尔小姐看，自己确实知道什么是美。

爸爸去世以后，弗朗丝就没再动笔写过鸟儿、树木和《我的感想》，因为她脑子里想的都是他。于是她开始写关于爸爸的小故事，想要说明他虽然有缺点，可仍然是个好父亲，一个善良的人。但她写的三个小故事非但没有像以前那样得"A"，反而都得了"C"。到第四篇，老师写了一行留言，让她放学留下来。

所有孩子都回家了，只剩下弗朗丝和加恩德尔小姐留在教室里，还有一本大词典。弗朗丝最近的四篇作文都放在加恩德尔小姐的桌子上。

"最近你的作文是怎么回事，弗朗丝？"加恩德尔小姐问。

"我不知道。"

"你是我最好的学生之一，以前你写的东西是那么美。我很喜欢你的作文。可最近这些……"她轻蔑地拍了拍。

"拼写我都检查过了，字也很认真，而且……"

"我说的是主题。"

"您说我们可以自拟主题。"

"但贫穷、挨饿、酗酒，这些都是丑陋的主题。我们当然承认它们的存在，可人们不会去写。"

"那人们写什么？"弗朗丝不自觉地用了老师的措辞。

"人们要发挥想象，在想象中发现美。作家和艺术家一样，美才是他们要永远追求的东西。"

"什么是美？"孩子发问。

"我想不出比济慈定义得更好的了，他说'美即是真，真即是美'。"

弗朗丝鼓足勇气，握紧拳头说："可我写的都是真的呀。"

"胡说！"加恩德尔小姐发火了。不过她还是压住火气，继续和缓地说："我们在这里说的'真'，是星星在天空中闪烁，太阳照常升起这样的事情。还有人的高贵、母亲的慈爱、对祖国的热爱，这些。"她突兀地收了尾。

"我懂了。"弗朗丝说。

加恩德尔小姐继续她的说教，弗朗丝只能在心里默默反驳。

"你写酗酒，可酗酒既不是'真'，更不是美。酗酒是一种罪恶。酒鬼都应该进监狱，而不应该被写下来。还有贫穷，贫穷是没有道理的。只要不懒，人人都能找到事情做，有事情做就能赚到钱。人们受穷，不过是因为他们好吃懒做。懒惰也不是美。"

（我妈妈好吃懒做？）

"至于挨饿，也不是美。它也不应该发生。我们这个社会有运行良好的慈善组织，没有人会挨饿。"弗朗丝几乎咬着后槽牙。凯蒂对"慈善"这个词深恶痛绝，在她的影响下，孩子们也是如此。

"当然，我不是势利眼，"加恩德尔小姐还在说，"我也不是来自什么富裕人家。我父亲只是个牧师，赚得不多。"

（赚得不多也能按时领钱啊，加恩德尔小姐！）

"我母亲也很辛苦，能帮她操持家务的，就只有一些笨手笨脚的女仆，大部分都是乡下来的。"

（我懂了，加恩德尔小姐，你很穷，你家女仆也很穷。）

"很多事情，女仆不顶用，我妈妈只能自己动手。"

（而我的妈妈呢，加恩德尔小姐，她不光动手做我们家的家务，还要给十户人家做家务。）

"我本想上州立大学，可他们负担不起，我父亲只好安排我上了他们教派办的小学院。"

（但你还是轻轻松松就上了大学。）

"相信我，上那样学校的都是穷人。挨饿我也是知道的，有时候我爸爸的薪水发得不及时，家里没有钱买菜，我们只能喝茶水、吃面包，就这样过了整整三天。"

（那也叫挨饿？）

"但如果我只惦记着自己的贫穷和挨饿,我能写出什么好东西呢?你说是吧?"弗朗丝没吭声。"我说得不对吗?"加恩德尔小姐加重了语气,又问了一次。

"您说的都对,老师。"

"现在聊聊你的毕业剧本吧。"她从办公桌抽屉里取出一份薄薄的手稿,"有些部分,确实不错。可是剩下的内容,你写得也太不像样了。比如这个,"她翻开一页,"命运说:'年轻人,你的梦想是什么?'男孩答道:'我愿做一介巧匠,修补肉身,使人健康如常。'这里写得很美,可接下来你自己把它破坏了。命运说:'你也许会成为一介巧匠,但你看,这才是你要修补的东西——'一道光打在一个正在修补破垃圾桶的老人身上。老人说:'唉,我本想做一介巧匠,修补肉身,使人健康如常,可现如今,我却在修补……'"加恩德尔小姐突然抬起头,"你不会是在逗我玩吧,弗朗丝?"

"哦,不是的,老师。"

"我们刚才也谈过了,现在你该明白,这个剧本并不适合做毕业演出。"

"我明白了。"弗朗丝的心几乎都要碎了。

"现在碧翠丝·威廉姆斯有一个可爱的主意。一个仙女一挥魔棒,打扮得漂漂亮亮的同学们就会出来,他们一人代表一年中的一个节日,每人都会念一首关于这个节日的小诗。这个想法很好,但可惜碧翠丝不会写押韵的句子,你愿意帮帮她吗?碧翠丝不会介意的。我们可以在节目单上注明这个想法是她提出来的。这很公平,对吧?"

"是的,老师。但我不想用她的想法,我想用我自己的。"

"那当然更好。行吧,那你随便吧。"她站起身,"我们花时间聊了这么久,是因为我真的相信你很有天赋。既然已经说开了,我想你也不会再写那种龌龊的小故事了。"

龌龊？弗朗丝在自己脑海里搜寻了一番，她的词典里还没有这个词。

"'龌龊'是什么意思呢？"

"我有没有告诉过你们，遇到不认识的词该怎么办呀？"加恩德尔小姐唱歌似的说出了她经常说的这句话。

"啊，我忘了！"弗朗丝走到大词典前，查了起来。"龌龊：①肮脏的。"肮脏？她想起爸爸一辈子都穿着崭新的假衬衫和纸领子。鞋子虽然破了，可每天都要擦上两遍。"②不整洁。"爸爸在理发店有自己专用的杯子。"③卑鄙。"弗朗丝不懂这个词是什么意思，只能先跳过。"④恶心。"不可能！爸爸是个舞者。他身材那么匀称，动作轻盈，怎么可能恶心。词典里剩下的解释是"刻薄"和"下流"。但她记得爸爸总是那么温柔，那么体贴，而大家待他也是如此。她的脸一阵发热，词典剩下的解释她看不清了，因为她的眼底已被愤怒填满。她转过身，望向加恩德尔小姐，眼睛里几乎要冒出火来。

"你怎么敢用这个词形容我们！"

"我们？"加恩德尔小姐茫然地问。"我们说的是你的作文，你怎么了，弗朗丝？"她的声音里充满震惊。"我真是没想到，你这么乖巧的女孩，竟然会如此无礼。如果我把你的表现告诉你母亲，她会怎么说？"

弗朗丝害怕极了。在布鲁克林，对老师无礼就相当于要进少管所的大罪。"请原谅我，请原谅我，"她只好一遍遍地重复，"我不是故意的。"

"我懂了。"加恩德尔小姐又恢复了一贯的温柔。她搂着弗朗丝，送她走到门口，"看来我们刚才的聊天你已经明白了，'龌龊'

是个丑陋的词。我很高兴你对我使用这个词感到反感,这说明你听懂了。也许你会因此不喜欢我,但你一定要相信,我说的这些都是为你好。总有一天,你会想起我的话,并为此感激我。"

弗朗丝真的希望大人们不要再对她说这样的话了。未来的感谢已经压得她喘不过气来。她想自己长大以后的大好年华,难道要用来把这些人一个个找出来,挨个确认他们是对的,向他们道谢吗?

加恩德尔小姐把她"龌龊"的作文和剧本交给她,说:"这些东西,回家以后就烧了吧。你自己划根火柴,放在上面。火着起来的时候,你就一直说:'我把丑陋的东西烧了,我把它们都烧光。'"

走在放学回家的路上,弗朗丝想搞清楚自己刚才究竟经历了什么。她知道加恩德尔小姐不是有意为之,她是真心为自己好。但在弗朗丝看来,这却不是什么好。她开始明白,生活中一些人即便受过教育,也可能十分讨厌。她想知道,等自己接受完教育,她会为自己的出身感到羞愧吗?她会以自己的家人为耻吗?以帅气的爸爸为耻?他是那么热心、善良、善解人意。以勇敢、真诚的妈妈为耻?妈妈可是以外婆为荣的,尽管外婆不识字。她难道会以诚实的好孩子尼利为耻吗?不可能!不可能!如果受教育会让她对自己的出身感到羞愧,那么她宁可不再读书。"但我会让加恩德尔小姐知道,"她暗自发誓,"我也有想象力。我一定要让她瞧瞧。"

于是从那天起,弗朗丝便开始写自己的小说。这篇小说的主人公叫雪莉·诺拉,一个在富人家出生、长大的女孩。小说的题目是《这就是我》,恰恰是弗朗丝自己生活的反面。

弗朗丝写了二十页。到目前为止,她完成了对雪莉家奢华家具的细致描写;对雪莉华丽的衣柜做了一番疯狂的想象;还不吝笔墨,把女主角饭桌上每一道珍馐一一道来。

写完后,弗朗丝想请茜茜的约翰帮她拿到杂志社,帮忙出版。弗朗丝甚至做了个美梦,梦到她把自己的书送给加恩德尔小姐时的情景。她在梦里甚至连场景都搭好了。醒来后,她开始回味:

弗朗丝(把书递给加恩德尔小姐):我想您不会在这本书里发现什么龌龊的东西。请把它当成我的毕业作品,希望您不会介意我擅自将它出版。

(加恩德尔小姐惊讶得张大了嘴。但弗朗丝没有在意。)

印成铅字就更好读了,是吧?

(加恩德尔小姐开始翻阅。弗朗丝盯着窗外,神情泰然。)

加恩德尔小姐(读完书后):哎呀,弗朗丝,真是太棒了!

弗朗丝:什么?(想了想)哦,您说这篇小说啊,这是我抽时间随便写的。写你一无所知的事情不需要花多少时间,写实际发生的事情倒是需要下些功夫,因为你首先需要去体验。

弗朗丝把最后这句删掉了,她不想伤害加恩德尔小姐的感情,于是重写了这一段。

弗朗丝:什么?(想了想)哦,您说这篇小说啊。很高兴您会喜欢。

加恩德尔小姐(小心地):弗朗西丝,我有个不情之请……你能帮我签个名吗?

弗朗丝:哦,当然可以。

(加恩德尔小姐取下她的钢笔帽,把钢笔递给弗朗丝,笔尖朝向自己。弗朗丝写上"M.弗朗西丝·K.诺兰敬赠"。)

加恩德尔小姐(看着签名):多么独特的签名!

弗朗丝:那只是我的正式名字。

加恩德尔小姐(小心地):弗朗西丝?

弗朗丝:您不要紧张,像以前那样和我说话就好。

加恩德尔小姐:我可以请你加上一句,"致我的朋友,穆莉尔·加恩德尔"吗?

弗朗丝(在几乎无法察觉的停顿后):当然可以。(做作地笑了笑)我总是按照您的要求写。

(补上题词。)

加恩德尔小姐(低声耳语):谢谢你。

弗朗丝:加恩德尔小姐……那不重要……您能先给我的作业打个分吗……看在过去的分儿上?

(加恩德尔小姐拿起红铅笔,写了个大大的"A+"。)

这个梦太美好了,弗朗丝十分兴奋,立刻投入下一章的写作中。她要赶快写,赶快完成,让这个美梦成真。她写道:

"帕克,"雪莉问她的贴身女仆,"今晚厨师准备了什么晚餐?"

"我想是玻璃罩下烤野鸡胸肉①,配温室芦笋、进口蘑菇,甜点是菠萝慕斯,雪莉小姐。"

"听起来好无聊呀。"雪莉指出。

---

① 加红酒烤制的鸡肉,通过罩上玻璃罩锁住其风味,属高档西餐。

"是的,雪莉小姐。"女仆恭敬地表示赞同。

"你知道,帕克,我是个很有创意的人。"

"您的创意就是全家人的动力。"

"我想要很多甜点,然后从里面选出我的晚餐。让后厨给我准备一打俄式奶油布丁、一些草莓酥饼、一夸脱冰激凌——要巧克力的、一打手指饼干和一盒法国巧克力。"

"很好,雪莉小姐。"

一滴水落在纸上,弗朗丝抬起头。不,屋顶没有漏水,是她在流口水。她太饿了,于是走到炉子前,看了看锅里有什么。里面有一块大白骨头,周围都是清水。面包盒里还有点面包,虽然有点硬,但也比没有强。她切下一块,倒了杯咖啡,把面包泡在里面,让它变软。她一边吃,一边看自己刚才写的东西。突然,她有了个惊人的发现。

"你看,弗朗丝·诺兰,"她对自己说,"在这个故事里,你还是在写那些加恩德尔小姐不喜欢的东西。你还是在写挨饿,只是换了一种扭曲的、虚伪的、愚蠢的方式来写。"

她对自己写的东西感到愤怒,于是把本子撕成两半,扔进火炉里。火焰开始舔舐她的文字,她变得更愤怒了。她跑到卧室里,从床下拖出放着她写的东西的纸箱,小心翼翼地把写爸爸的四篇挑出来,其余的都塞进了炉子里。她把所有得了"A"的文字都烧掉了。那些优美的语句瞬间被点亮,但一点点变黑,破碎。"一棵巨大的白杨,耸入云端,在天空的映衬下,显得格外宁静清爽。"还有一个句子:"蓝蓝的天穹宁静如水,这是十月完美的一天。"还有一个句子的结尾是这样的:"……蜀葵仿佛凝聚的夕阳,翠雀花如同天堂的结晶。"

"我从没见过白杨;蓝蓝的天穹我只在书里读到过;还有那些花,我只在植物名录里看见过。而我之所以能得A,是因为我会撒谎。"她用烧火棍捅了捅那些纸,让火烧得更旺些。看着它们渐渐化为灰烬,她念叨着:"我把丑陋的东西烧了,我把它们都烧光。"当最后一团火焰熄灭,她对着烧水壶郑重宣布:"我,弗朗丝,要封笔了。"

突然间,她感到害怕,感到孤独。她想到了她的父亲,她想到了他。他不会死,他怎么会死。过一会儿,他就会哼着《茉莉·马龙》,快步走上楼梯。她打开门,他跟她说:"你好啊,我的小明星。"她会告诉他:"爸爸,我刚才做了个噩梦,梦到你死了。"然后她还会讲加恩德尔小姐说的话,而他能想出办法,说服她没事的,一切都会没事。她等着,侧耳细听,也许这真的是一个梦呢?可是怎么会,哪有一个梦能做这么久。这是真的,爸爸真的不在了。

她趴在桌子上,痛哭起来。"妈妈更爱尼利。"她哭着嘟哝,"我努力了,想让她也那么爱我。我陪她坐着,她去哪儿我就去哪儿,她让我做什么我就做什么。可我还是没法让她像爸爸那样爱我。"

然后,她眼前浮现出电车上妈妈的脸。当时妈妈仰着头,闭眼坐着。她记得妈妈的脸色有多苍白,多疲惫。妈妈是爱她的,她当然爱她。只是她不会像爸爸那样表达。而且妈妈已经很努力了。现在她随时可能生孩子,可还是要出去工作。如果她生孩子的时候难产了怎么办?一想到这里,弗朗丝身上的血都变得冰冷。没有妈妈,她和尼利该怎么生活?他们要去哪里?伊芙和茜茜都不阔绰,不可能收养他们。他们会无家可归的。除了妈妈,他们在这世上已经没有依靠了。

"亲爱的上帝,"弗朗丝开始祈祷,"不要让妈妈死。我知道我告诉过尼利,我不相信你。但我是信的!我信!我信!那些话我只是随口乱讲的。你不要惩罚妈妈,她又没做错什么。不要因为我说我不相信你,你就把她带走。只要你让她活着,我可以把我的写作献给你。只要你让她活着,我一个故事都不会再写。圣母马利亚,让你的儿子耶稣求求上帝,不要让我妈妈死。"

但她觉得自己的祈祷不会有用,因为上帝肯定还记得她说她不信,所以他会降下惩罚,像带走爸爸那样,把妈妈也带走。这个想法让她彻底慌了神,觉得妈妈可能已经死了。她冲出家门去找妈妈。凯蒂不在他们这栋楼,于是弗朗丝去了旁边的楼,一口气爬上三楼,大喊:"妈妈!"可妈妈还是不在。她又去了下一栋楼,也是妈妈负责的最后一栋。妈妈不在一楼,不在二楼。还剩一层。如果还找不到妈妈,妈妈就是死了。她尖叫着:

"妈妈!妈妈!"

"我在上面。"三楼传来妈妈平静的声音,"别大呼小叫。"

弗朗丝松了口气,几乎要瘫在地上。她不想让妈妈知道自己刚才一直在哭,于是想找手帕。手帕不在身上,她只好用裙摆擦了擦眼睛,慢慢爬上楼。

"你好,妈妈。"

"尼利出什么事了吗?"

"没有,妈妈。"(她总是先想着尼利)

"那就好。你也好呀。"凯蒂微笑着看着她,她猜弗朗丝是在学校遇到了什么事情,让她不高兴了。好吧,要是她想跟自己倾诉……

"你喜欢我吗,妈妈?"

"哪有当妈的不喜欢自己的孩子?"

"你觉得我和尼利一样好看吗?"她焦急地等待妈妈说出答案,

因为她知道妈妈从不说谎。可妈妈迟迟不肯回答。

"你的手很好看,还有一头好看的头发,又长又直。"

"可是,你觉得我和尼利一样好看吗?"

"听着,弗朗丝,我知道你拐弯抹角想表达什么。可我太累了,不想想了。你等我把孩子生完再说吧。你和尼利我都喜欢,你们俩都很好看。这会儿就别再让我操心了。"

弗朗丝立刻后悔不已。当她看到妈妈挺着大肚子,还要笨拙地趴在地上擦地时,她实在过意不去。于是她跪在妈妈身边。

"起来吧,妈妈,剩下的地我来擦,我现在有空了。"她把手伸进水桶里。

"你别动!"妈妈紧张地叫道。她赶忙把弗朗丝的手捞出来,用围裙擦干。"那桶里是苏打水和碱液,你的手别往里伸。你看我的手都成什么样子了。"她伸出自己修长但满是灼伤的手。"我不想你弄成我这样,你的手永远得是漂漂亮亮的。而且我这都快擦完了,没事的。"

"要是帮不上忙,我可以坐在楼梯上看吗?"

"你要没事做,待会儿也行。"

于是弗朗丝坐了下来,看妈妈干活。待在这里确认妈妈还活着,触手可及,这感觉真好。连擦地的声音听起来都是那么悦耳,那么让人安心。"嚓——嚓——嚓——"是刷子的声音;"沙——沙——沙——",妈妈改用抹布了;"咕噜——噗噜——",妈妈把刷子和抹布扔进了水桶里;"哗啦——哗啦——",妈妈推着水桶,朝下一块区域移动。

"你就没有闺密之类的好朋友吗,弗朗丝?"

"没有,我讨厌女人。"

"那可不正常。跟和你年纪差不多的女孩多聊聊，对你有好处。"

"你有闺密吗，妈妈？"

"没有，我讨厌女人。"凯蒂说。

"你看，咱俩一样。"

"但我以前有个闺密，因为她我才认识了你爸爸。所以说，有个闺密还是很有用的。"尽管说的是玩笑话，但凯蒂手里的刷子一下子滑了出去。我走我的路，你走她的路。她费了好大劲才忍住眼泪。"听着，"她继续说，"你需要交些朋友。除了我和尼利，你都不和其他人说话，只知道看书，写你的故事。"

"我决定封笔了。"

凯蒂立刻明白了，小姑娘今天的反常，一定跟她的作文有关。"今天你的作文得了低分吗？"

"没有。"弗朗丝撒谎了。她对妈妈看透自己心思的能力一如既往地感到惊讶。她站起身："我该去麦加里蒂家干活了。"

"等一下！"凯蒂把刷子和抹布放进水桶里，"我的活干完了，"她伸出双手，"拉我起来。"

弗朗丝抓住妈妈的手，后者费力地站起身。"先送我回家吧，弗朗丝。"

弗朗丝提起水桶，凯蒂一手扶着楼梯栏杆，一手扶着弗朗丝的肩膀。她重重地靠在女孩身上，慢慢走下楼，弗朗丝尽可能跟她蹒跚的步子保持同步。

"弗朗丝，我随时可能会生孩子，如果你能在我身边，我会安心许多，所以多来陪陪我吧。我干活的时候，你也要经常过来找我，看看我是不是还好。我现在太需要你了，尼利我指望不上，男孩在这种时候是没用的。我现在非常需要你，有你在我才能安心。所以这段时间，要辛苦你了。"

妈妈的话让弗朗丝的内心涌起万千柔情。"我会在你身边的，妈妈。"

"这才是我的乖女儿。"凯蒂拍了拍她的肩膀。

"也许，"弗朗丝心想，"妈妈不像爱尼利那样爱我，但她需要我比需要他更多。我想被人需要大概跟被人爱一样好吧。也许更好。"

40

两天后，弗朗丝中午回家吃饭，下午没有回学校上课。妈妈躺在床上，她让尼利照常回学校。弗朗丝想去找茜茜姨妈或者伊芙姨妈，但妈妈说时候还没到，再等等。

弗朗丝感受到了重任在肩。她打扫了房间，检查了食物，盘算全家晚上吃什么。每隔十分钟，她都会来帮妈妈整理整理枕头，问她要不要喝水。

三点刚过不久，尼利风风火火地跑回家，把书包一扔，冲进卧室，问妈妈他要不要去喊人。看他着急的表情，凯蒂笑了笑，说不到万不得已，先不要惊动姨妈她们。于是尼利照常去酒馆帮忙。他问麦加里蒂，弗朗丝今天要在家里陪妈妈，他能不能替弗朗丝把她的活干了。麦加里蒂不仅同意了，还亲自帮尼利准备下酒菜。这样到了四点半，尼利就收工回家了。他们很早就开始吃晚饭，好让尼利早点去卖报，这样卖得也更快。妈妈说给她倒杯热茶就好，她什么都不想吃。

弗朗丝泡好了茶，可妈妈又说不想喝了。弗朗丝很担心，因为她什么都不肯吃。尼利出门去卖报，弗朗丝端来一碗炖肉，想喂给妈妈吃。可妈妈发火了，说别管她，想吃的时候她自己会吃。弗朗丝只好把炖肉倒回锅里，心里很委屈。她只是想帮帮忙。妈妈又喊她过去，好像不生气了。

"现在几点了？"

"差五分六点。"

"咱家表没慢吧？"

"没有，妈妈。"

"那也可能是快了。"凯蒂一脸担忧。弗朗丝只好从前窗望向沃洛夫珠宝店朝向街面的大钟。

"咱家的表是准的。"看完之后，弗朗丝汇报说。

"天黑了吗？"凯蒂躺在床上，无从知晓，因为即便是正午时分，卧室里也只有些许光线透过气窗照射进来。

"没有，天还亮着呢。"

"这里好黑。"

"我去把蜡烛点上。"

卧室蜡烛放在一个小小的支架上，上面还有一尊身穿蓝袍的圣母马利亚像，双手合十作祈祷状。像的脚下是一个红色的玻璃杯，黄蜡烛塞在里面。蜡烛杯旁边还有一个花瓶，里面插着红色的纸玫瑰。弗朗丝划了根火柴，把蜡烛点着。烛光透过红色的杯壁，透出红宝石般暗淡的光芒。

"现在几点了？"过了一会儿，凯蒂又问。

"六点过十分。"

"你确定这表没快也没慢？"

"刚刚好。"

凯蒂似乎很满意。可过了五分钟,她又问时间,仿佛即将赴一个重要的约会,害怕会迟到。

六点半的时候,弗朗丝又报了一次时间,还说再过一个小时,尼利就回来了。"他一回来,你就让他去找伊芙姨妈,叫他不要耽误时间走路去,花五分钱坐车。让他找伊芙,别找茜茜,伊芙离得近。"

"妈妈,要是孩子突然生出来了,我该怎么办啊?"

"放心吧,我可没那么走运,说生就能生。现在几点了?"

"六点三十五。"

"确定吗?"

"确定。妈妈,就算尼利是个男孩,我觉得还是应该让他陪着你,因为他能让你感觉更好。"

"说什么呢?"

"因为他总能安慰到你。"她说这话时没有恶意,也没有争风吃醋的意思,只是在说事实,"而我……我……我不知道做什么能让你好受些。"

"现在几点?"

"六点三十六。"

凯蒂沉默了许久,当她再开口时,声音毫无波澜,像是自言自语。"不,这种时候男人不应该出现。女人总想要他们陪在身边,让他们听到每一声呻吟,感受到每一分痛苦,看到每一滴血,分担身体里的每一寸撕裂。她们想让男人一起受苦。为什么要这样?这有什么好处?她们好像是在报复,因为上帝把女人造成了这个样子。现在几点了?"没等弗朗丝回答,她又继续说下去,"结婚之前,如果让男人看到她们戴着卷发棒,或是没穿束身衣的样子,她们都羞得要死。

可生孩子的时候,她们却希望自己最丑陋的样子可以被看到。为什么啊?我不明白。因为这样,男人们以后就只会记得自己给她们带来的伤害和折磨,然后婚姻就成了可怕的东西。这就是为什么很多男人在妻子生完孩子之后就开始不忠……"凯蒂几乎没有意识到自己在说什么。她太想约翰尼了,这些想法,只是为了让他的不在场变得合乎情理。"还有,你记住,如果你爱一个人,就不要让他跟你一起受苦,哪怕要跟他分开也好。所以你生孩子的时候,要让你的男人离得远远的。"

"好的,妈妈。现在是七点过五分。"

"看看尼利回来了没有。"

弗朗丝又去前窗望了望,回来说还看不到他。凯蒂又想起刚才弗朗丝说的尼利总能安慰到她的话。

"不,弗朗丝,现在是你在安慰我。"她叹了口气,"如果生下的是个男孩,我们就叫他约翰尼。"

"妈妈,等我们家又有四个人的时候,一切都会好起来的。"

"是啊,会的。"在那之后,凯蒂有一段时间没有说话。她再次询问时间的时候,弗朗丝告诉她是七点十五分,尼利应该快回来了。凯蒂让弗朗丝把尼利的睡衣、牙刷、干净毛巾和一小块肥皂收拾好,今晚让尼利到伊芙家过夜。

弗朗丝抱着收拾好的小包袱到街上跑了两趟,才看到尼利回来,他正从另一头跑着过来。弗朗丝也跑着迎过去,把包袱、车费交给他,还传达了妈妈的交代,让他赶快去找伊芙。

"妈妈怎么样了?"他问。

"还好。"

"你确定?"

"当然。我听有电车过来了，你赶紧过去吧。"尼利跑了过去。

弗朗丝回到家，看到妈妈大汗淋漓，下嘴唇上有血迹，好像咬破了。

"妈妈，妈妈！"她握住妈妈的手，把她的手贴在自己脸颊上。

"用冷水拧一条毛巾，给我擦擦脸。"妈妈低声说。弗朗丝做完这些，凯蒂又想起了刚才没说完的事。"当然，你一直都是我的安慰。"她想起了一些似乎无关紧要，但事实并非如此的事。"我一直想看你得A的那些作文，可我没有时间。现在我有时间了，你能念一篇给我听听吗？"

"念不了了，我把它们都烧了。"

"你花了那么多脑筋，写了出来，交了上去，得了分数，然后又继续琢磨，最后都烧掉了。而在这个过程中，我一篇都没看过。"

"没关系的，妈妈。我写得不好。"

"我过意不去啊。"

"真的没什么好看的，妈妈，再说我也知道你没有时间。"

凯蒂想了想："可那个小子做的任何事情，我却都有时间参与。我为他腾出了时间。"她继续把本该放在心里的想法大声说出口："但尼利需要这样的鼓励，而你可以像我一样，默默追求你想要做的事。但他需要很多外界的东西。"

"没关系的，妈妈。"弗朗丝又重复了一遍。

"我没法改变，"凯蒂说，"但这会让我一直都过意不去。现在几点了？"

"快七点半了。"

"再把毛巾拧一拧吧。"凯蒂似乎在费力地想着什么，"一篇能给我念念的作文都没有了吗？"

弗朗丝想起她还留了四篇关于爸爸的作文,但又记起加恩德尔小姐对它们的评价,于是回答说:"没了。"

"那就念念《莎士比亚全集》吧。"弗朗丝把书拿出来。"念'这样的夜晚'那段,我希望这孩子出来之前,心里能有一些美好的东西。"

那书是用蝇头小字印刷的,弗朗丝只有点亮煤气灯才能看得清。当灯光亮起时,她看到妈妈面如死灰,而且表情扭曲,跟往常的模样大不相同。她看上去像是在忍受病痛的玛丽·罗穆利外婆。凯蒂畏缩地避开灯光,弗朗丝赶忙把灯灭掉。

"妈妈,这些剧本我们已经念过好多遍了,不用看我也都记得,我背给你听!"说完她便开始背诵:

在这样的夜——月儿多皎洁!
风儿也甜美,轻轻吻树梢。
万籁夜俱寂,在这样的夜。
特洛伊罗斯……①

"几点了?"
"七点四十。"

……登上了特洛伊人的城墙,在我看来。
向着希腊人的帐篷,叹息自己的灵魂。
克瑞西达正栖身其中。②

---

①②出自《威尼斯商人》第五幕第一场。

"你弄清楚特洛伊罗斯是谁了吗，弗朗丝？还有克瑞西达？"

"弄清楚了，妈妈。"

"那你一定记得告诉我。等我有时间听的时候。"

"好的，妈妈。"

凯蒂发出呻吟，弗朗丝赶忙帮她把脸上的汗水擦干。凯蒂像那天在走廊里一样伸出双手。弗朗丝抓住她的手，脚用力撑住地。她感觉自己的胳膊几乎要被拉出来了。不过妈妈很快泄了力气，松开了手。

又过了一小时，弗朗丝一直在背诵她熟记的莎剧段落——鲍西娅的陈词、马克·安东尼的葬礼演说、"明日复明日"——那些人们熟知的来自《莎士比亚全集》的内容。凯蒂偶尔会提个问题，有时会用手捂住脸，发出呻吟。她根本意识不到自己的动作，也听不到问题的回答。更多时候，她仍是在问时间。弗朗丝每隔一会儿就给她擦擦脸，在这一个小时里，凯蒂三四次向她伸出双手。

当伊芙终于在八点半赶来时，弗朗丝终于感到了全然的放松。"茜茜半小时后过来。"伊芙冲进卧室的同时告诉她。看了眼凯蒂，伊芙把弗朗丝的床单扯下来，一头拴在床柱上，一头交给凯蒂。"你拉着这个。"她提议说。

"现在几点了？"用力拉扯了一会儿，凯蒂问道。她脸上又冒出汗珠。

"你管时间干吗？"伊芙轻快地说，"你哪儿也不去。"凯蒂勉强挤出微笑，但一阵痛苦又将这笑容抹去。"我们可以把房间弄亮一点。"伊芙说。

"但她怕光。"弗朗丝反对。

伊芙把客厅灯的灯罩取下来，在外面抹了一层肥皂，然后套在卧室的煤气灯上。这次再把灯点亮时，灯光柔和地散开，一点也不刺眼。尽管现在是五月，夜里很温暖，但伊芙还是在灶台里点起了火。她给弗朗丝派活，弗朗丝赶忙在水壶里装满水，放在火上。她又把搪瓷盆洗干净，往里面倒了一瓶橄榄油，放在炉子后面。她再把放脏衣服的篮子倒空，在篮子里铺上一条破旧但干净的毯子，放在炉子旁边的两把椅子上。伊芙把所有餐具都拿出来，烤火加热，并吩咐弗朗丝把热好的盘子放进篮子里，冷了之后再换热的。

"你妈准备小孩衣服了吗？"伊芙问。

"你以为我们是什么人家？"弗朗丝语带嘲讽。她拿出一沓衣服，虽然简单但什么都有，包括四件手工做的法兰绒婴儿服、四条婴儿带、十几条手工缝制的尿布，以及四件穿旧了的小衬衣——弗朗丝和尼利在婴儿时期先后穿过。"除了衬衣，这些东西都是我做的。"弗朗丝自豪地宣布。

"嗯，看来你妈是想要个男孩。"伊芙看了看婴儿服上的蓝色羽毛状针脚，评论道，"不过这都没准儿。"

茜茜来了之后，两姐妹进到卧室，让弗朗丝到外面等着。弗朗丝听着她们的讨论。

"该去找接生婆了，"茜茜说，"弗朗丝知道她住在哪儿吗？"

"我没这个打算。"凯蒂说，"家里哪还有五块钱找人家过来。"

"唉，我跟茜茜凑凑吧，"伊芙说，"要是……"

"倒也不用，"茜茜说，"我生过十个——哦不——十一个孩子。你生了三个，凯蒂两个。咱们姐妹总共生过十六个孩子，再接生一个应该也不成问题。"

"好吧，那咱们就自己来。"伊芙也下定决心。

然后她们把门关上了。弗朗丝现在能听到她们在说话，但听不清她们说了什么。她很讨厌姨妈们现在不让她插手了，之前可都一直是她在负责。她把已经放凉了的盘子从篮子里拿出来，又拿了两个热的盘子放进去。现在她觉得这世界上好像只剩下她一个人。她希望尼利在家，这样他们俩还可以聊聊小时候的事。

弗朗丝睁开眼，吃了一惊。她心想，自己怎么可能在这个节骨眼睡着呢？她摸了摸篮子里的盘子，冷冰冰的。她赶忙拿来热盘子换上。篮子必须保持温暖，好迎接宝宝的到来。她听着卧室里的声音。自她打瞌睡之后，情况已经不同了。里面的走动不再悠闲，轻轻的说话声也没有了。姨妈们似乎在里面来回小跑，说话用的也都是短句子。她看了看时间，九点半了。这时伊芙从卧室出来，把门带上。

"这是五毛钱，弗朗丝。去买四分之一磅甜黄油、一盒苏打饼干、两个脐橙。告诉那人你要脐橙，就说是给生病的女人买的。"

"但商店都关门了。"

"去犹太城，他们不关门。"

"我一早就去。"

"你听话。"伊芙催促道。

弗朗丝心不甘情不愿地出了门。走到最后一层楼梯时，她听到一声嘶哑的尖叫。她停下来，不确定是该继续往下走还是跑回家。她想起伊芙催促的命令，于是还是继续下楼。来到楼道口，她又听到了一声更加痛苦的尖叫。她庆幸自己已经来到了大街上。

在附近的一间公寓里，那个长得像猩猩似的卡车司机正在命令他那不情愿的妻子上床。当凯蒂的第一声尖叫传来时，他脱口而出："老天！"当第二声尖叫传来，他说："求求老天，可别让她吵得我一夜都没法睡觉。"他那稚气未脱的妻子解着衣服,已经哭成了泪人。

弗洛茜·加迪斯和她的妈妈坐在她家的厨房里。弗洛茜正在赶制又一件礼服,白色缎子做主料,这是为她和弗兰克一拖再拖的婚礼做准备。妈妈在给亨尼织一只灰袜子。亨尼当然已经不在了,但她无法放弃这个习惯。第一声尖叫传来时,加迪斯夫人漏了一针。

弗洛茜说:"男人寻欢作乐,到头来却是女人遭罪。"母亲一言不发。等到凯蒂再次尖叫,她也跟着抖了一下。"真有意思,"弗洛茜说,"做一件礼服,要缝两只袖子。"

"是啊。"

母女俩在沉默中各忙各的,过了一会儿弗洛茜才再次开口:"你说这值吗,生孩子什么的?"

加迪斯夫人想起了死去的儿子和女儿烧伤的胳膊。她什么也没说,又低下头织袜子。她已经回到了刚才漏针的地方,专心地把它补回来。

老处女泰恩摩尔姐妹躺在她们的闺床上,相互摸索着彼此的手。"你听到了吗,姐姐?"玛吉小姐问。

"她生孩子的时候快到了。"莉琪小姐说。

"这就是我没有嫁给哈维的原因——很久以前他跟我求过婚。我很害怕,太害怕了。"

"我不知道。"莉琪小姐说,"有时候我觉得,忍受可怕的痛苦,去用力,去尖叫,甚至痛不欲生,还是比只是这样的……安稳更好。"她等待着,直到接下来的一声尖叫飘远。"至少她知道,自己还活着。"

玛吉没有回应。

诺兰家对面的公寓空着,房子里剩下的公寓住着一个波兰裔码头搬运工和他的妻子,以及四个孩子。听到凯蒂的尖叫时,他正在给自己倒啤酒。

"女人啊!"他轻蔑地哼唧了一声。

"你给我闭嘴!"他妻子怒吼道。

公寓楼里的所有女人,在听到凯蒂叫出声时,心都跟着揪起来。她们跟她一起承受痛苦。这是女性唯一的共同点——她们都知道分娩的痛苦。

弗朗丝沿着曼哈顿大街走了很远,才找到一家还开着门的犹太人开的奶制品店;她又去另一家商店,买到了饼干;然后又找到一家有脐橙卖的水果摊。往回走的时候,她看了眼克尼普药店的大钟,发现已经快十点半了。她自己倒不在意时间,只是妈妈似乎觉得很重要。

回到家里,走进厨房,她感觉氛围似乎有些不同。家里有种全新的平静,似乎还添了一种说不清的味道,一种新鲜的、淡淡的香味。茜茜背对婴儿篮站着。

"你觉得怎么样?"她说,"你有小妹妹啦。"

"妈妈还好吗?"

"好着呢。"

"所以你们才指使我去买东西。"

"我们觉得作为一个十四岁的孩子,你知道的太多了。"伊芙从卧室里走出来,说道。

"我只想知道一件事,"弗朗丝有点急了,"是妈妈让我出去的吗？"

"是的，弗朗丝。"茜茜温柔地说，"她说过，不能让她爱的人一起受苦。"

"好吧。"弗朗丝多少感到一些宽慰。

"你不想看看孩子吗？"

茜茜退到一边，弗朗丝从头上掀开裹着婴儿的毯子。婴儿很漂亮，皮肤白皙，乌黑、细细的鬈发聚在前额，和她妈妈很像。婴儿睁了一下眼，弗朗丝注意到，孩子的眼珠是乳蓝色的。茜茜解释说，所有刚出生的孩子眼睛都是蓝色的，不过随着年龄的增长，一些孩子眼睛的颜色可能会变得像咖啡豆一样深。

"这孩子和妈妈好像。"弗朗丝说。

"我们也这么觉得。"茜茜说。

"健康吗？"

"一点问题都没有。"

"没有畸形什么的吧？"

"当然没有。你为什么会这么想？"

弗朗丝没有告诉伊芙，她一直害怕孩子生下来身体会畸形，因为直到最后妈妈还在手脚并用地擦地干活。

"我可以进去看看妈妈吗？"她彬彬有礼地问，仿佛自己是这家的客人。

"你可以把这个端给她。"于是弗朗丝端着放了两块黄油饼干的盘子，进卧室看妈妈。

"你好，妈妈。"

"你好，弗朗丝。"

妈妈现在看上去又像以前一样了，只是疲态尽显。她抬不起头，于是弗朗丝端着盘子，喂给她吃。饼干都吃完了，弗朗丝端着空盘子站着。妈妈也一言不发。在弗朗丝看来，她们母女似乎又变成了陌生人。过去几天的亲密感似乎一下子就消失了。

"你选的是男孩的名字，妈妈。"

"是的，但生个女孩也挺好，真的。"

"她很漂亮。"

"她会有一头黑色的鬈发，尼利有一头金色鬈发，而我可怜的弗朗丝只有一头棕色直发。"

"我喜欢棕色直发。"弗朗丝有点不服气。她想知道孩子该叫什么名字，可现在的妈妈又让她觉得陌生，她没法直接开口问。"需要我把寄给卫生局的资料先写好吗？"

"不用了，等牧师来做洗礼的时候会帮她申报的。"

"哦！"

凯蒂听出了弗朗丝语气中的失望。"把笔和那本书拿来，我告诉你她的名字。"

弗朗丝飞快地从壁炉架上取来茜茜在十五年前顺回来的那本基甸版《圣经》。上面的记录中，前三条都是约翰尼用他那秀气的字迹一笔一画写下的：

1901年1月1日，凯瑟琳·罗穆利和约翰·诺兰结婚。
1901年12月15日，弗朗西丝·诺兰出生。
1902年12月23日，科尼利厄斯·诺兰出生。

第四条是凯蒂有力的左斜体：

1915年12月25日，约翰·诺兰去世，享年三十四岁。

茜茜和伊芙跟着弗朗丝一起走进卧室，她们也好奇凯蒂会取什么名字。莎拉？伊娃？露丝？伊丽莎白？

"我说你写。"凯蒂说。"1916年5月28日，"弗朗丝把笔在墨水瓶里蘸了蘸，"安妮·劳丽·诺兰出生。"

"安妮！这名字太没新意了。"茜茜嘀咕道。

"为什么取这个名字，凯蒂？"伊芙耐心地询问。

"约翰尼唱过这首歌。"凯蒂解释道。

听到这个名字，弗朗丝已经听到了和弦，听到了爸爸的歌声，"安妮·劳丽，她在那里。"——爸爸——爸爸啊——

"他说这首歌代表着一个更好的世界。"凯蒂继续说，"他还说，他希望以后能有个孩子，以他唱过的歌来命名。"

"劳丽，这名字真好听。"弗朗丝说。

于是劳丽就成了这孩子的名字。

41

劳丽是个好宝宝，大多数时间都在心满意足地睡大觉。睡醒的时间，她也是静静地躺在小床上，试图把她那浆果棕色的眼睛聚焦在自己小不点的拳头上。

凯蒂自己给孩子喂奶，这不仅是出于本能，还在于家里没钱买鲜牛奶。因为不能留孩子一个人在家，凯蒂每天早晨五点就出门干活，先把另外两栋公寓楼打扫完，工作到九点左右，也就是弗朗丝和尼利出门上学的时间。然后她开始打扫自家的公寓楼，房门开着，一旦劳丽哭闹她便能马上跑上来。每天吃完晚饭，凯蒂立刻就会上床睡觉，以至于弗朗丝都很少跟妈妈见面，感觉像她不在家似的。

虽然孩子已经出生，可麦加里蒂并没有像原计划那样解雇尼利和弗朗丝。他现在真的需要他们，因为在1916年的这个春天，他的生意突然红火起来，小酒馆里几乎总是挤满了人。这个国家正在酝酿剧变，而他的客人就像美国其他地方的人一样，需要聚在一起议论纷纷。街角的小酒馆是他们唯一的选择，是穷人的私家会所。

虽然在酒馆楼上的房间里干活，但透过薄薄的楼板，弗朗丝还是能时不时停下来，听一听楼下人们的高谈阔论。是的，世界正在迅速变化，这次她可以肯定，变的是这个世界，而不是她自己。通过倾听人们的谈话，她了解着世界的变化。

　　这是事实，他们马上就不让酿酒了，过几年整个国家一滴酒都没有了。

　　咱们辛辛苦苦干活，连啤酒都不让喝了？

　　你找总统提意见吧，看他怎么说。

　　这是人民的国家，如果我们不让它禁酒，它就不该禁酒。

　　当然，这国家是人民的，但禁酒令是禁酒的，管你怎样。

　　老天，要真是那样，我就自己酿酒。我老爹在以前的国家就会自己酿酒，你搞一蒲式耳葡萄过来……

　　干！他们肯定不会让女人投票的。

　　这可说不准。

　　要是那样，我得让我老婆跟我投一样的票，不然我就扭断她的脖子。

我家老婆子才不会去投票呢,跟一群流浪汉、酒鬼混在一起。

……估计能选出个女总统吧,要那样的话。

他们哪能让女人管政府啊。

现在不就有个女人管着呢。

真见鬼!

威尔逊连厕所都不敢上,得他老婆点头。

威尔逊自己就是个老婆子。

他不让我们参战。

那个书呆子!

白宫里坐着的得是个正经人物,要个书呆子能干吗?

……汽车。马很快就没人要了。底——底特律那个老伙计造的汽车可便宜了,要不了多久,工人都能开上车。

工人开上车!你就等着吧!

飞机!就是瞎扯淡。过不了多久就没人惦记啦。

电影这东西看来是要火了。戏——戏院在布鲁克林倒了一家又一家。要我说,我还真挺喜欢看那个什么查理·卓别林,比我老婆看的那什么吃软饭的佩顿[①]强多了。

[①]指美国演员、剧院老板科斯·佩顿(Corse Payton, 1866—1934)。作为演员的佩顿并不成功,但他于1900—1915年在威廉斯堡开办并经营的以自己名字命名的剧院,一度凭借女性演员的出色发挥风生水起。原文为"Corset(女性胸衣)Payton",讽刺佩顿依靠女性获得成功。

……无线电。这东西可厉害了,告诉你们吧,靠着它文字在空气中就能传播,都不用电线。弄一个机器就能接收,还得有个耳机……

他们说那叫"半麻醉",生孩子的时候,女人什么感觉都没有。有朋友跟我老婆说了,我老婆说早该发明这样的东西了。

你说什么呢!煤气灯早都过时了,现在连最便宜的公寓房装的都是电灯。

也不知道现在的年轻人都怎么了,跳舞跳疯了。成天就知道嘣擦擦——嘣擦擦——嘣擦擦——

所以我把名字从舒尔茨改为斯科特。法官说你改名字干什么,舒尔茨这名字挺好的。他自己也是德国人,明白了吧?听着,老兄,我跟他说……我就这么说的,管他法官不法官的……我说老子受够了,就凭他们在比利时对婴儿干的那些事①,老子这辈子都不想跟德国再有什么关系。我现在是美国人,我就要换成美国名字。

咱们可能也要打仗了,伙计,我感觉不远了。

秋天的时候再把威尔逊选上来就好了,他不会让我们去打仗的。

难说,竞选承诺信不得。让民主党上台,打仗是早晚的事。

林肯还是共和党的呢。

但南方是民主党的,内战还不是他们起的头。

---

① 应指第一次世界大战期间德军在比利时境内对平民的屠杀行为。

"我问你,咱们还要忍多久?那些浑蛋又把咱们的船击沉了,咱还得沉多少船,才能有种去教训那帮浑蛋?"

"咱们不能卷进战争。现在这个国家挺好的,让他们打吧,别把咱们拉下水。"

"我们不想打仗。"

"要是真宣战,我第二天就去报名参军。"

"吹牛不上税呗,反正你都五十多了,报名人家也不要你。"

"我倒没什么可担心的,我有双侧疝气。"

"打仗也没啥不好。一打仗,他们就需要我们这些工人造枪造炮,需要农民种地,他们得指望着咱们。咱们这帮干活的,反倒能把资本家制住了。他们拿咱们没法子,咱们可以好好收拾他们一顿,让他们把吃咱们的都吐出来。赶紧打仗也好。"

"我跟你们说了,现在什么都靠机器。前几天我听到一个笑话,说有个哥儿和他老婆从机器里买吃的、穿的,什么都从机器里出来。他们找着一台婴儿机,卖货的拿了钱,放进去,一个婴儿就掉出来了。那哥们儿转身说:'还是以前的日子好啊。'"

"以前的日子好啊!是啊,可我估计咱们再也回不去了。"

"给我满上,吉姆。"

弗朗丝在干活的过程中,不时停下来听人们说话。她试图把这些话语放在一起,拼凑出对这个疯狂变化中的世界的解释。在她看来,从劳丽出生到她毕业的这段时间,世界真的发生了天翻地覆的变化。

42

还没习惯劳丽的存在,弗朗丝的毕业典礼就来了。凯蒂分身乏术,最后决定去参加尼利的毕业典礼。这没什么问题,因为当初转学完全是弗朗丝的主意。弗朗丝能够理解,可还是觉得难过。如果爸爸还在,他一定会参加自己的毕业典礼。大伙儿最后商定,茜茜去参加弗朗丝的毕业典礼,伊芙姨妈留在家里照看劳丽。

1916年6月的最后一个夜晚,弗朗丝最后一次走进她深爱的这所学校。自从有了孩子,茜茜安静得像是换了个人,默默走在弗朗丝身边。两个消防员从她们身边经过,茜茜熟视无睹。要知道,有段时间,茜茜对穿制服的男人可是欲罢不能。弗朗丝倒希望茜茜没有变,现在这样她觉得好寂寞。她悄悄握住茜茜的手,茜茜轻轻捏了捏。弗朗丝得到了安慰,在内心深处,茜茜还是那个茜茜。

毕业生们坐在礼堂的前半边,来宾们坐在后面。校长向孩子们发表了热情洋溢的讲话,讲到他们将会走向一个动荡不安的世界,讲到美国在这场避之不及的战争过后,建设新世界的责任将会落在他们肩上。他敦促他们接受更高等级的教育,这样才能把这个世界建设得更好。弗朗丝听完后心潮澎湃,她暗自发誓,自己一定要像他说的那样,为文明火炬的传递贡献一份自己的力量。

然后是毕业演出。没有流完的泪水一直在弗朗丝眼睛里打转。当寡淡无味的对白喋喋不休时,她心想:"我的剧本会更好。唉,当时把垃圾桶那段删掉就好了。如果老师还让我写剧本,我一定会按照她的要求去做的。"

戏演完了，孩子们一个接一个上台，领取毕业证书。他们终于毕业了，在对着星条旗宣誓，唱完国歌之后，这一切便结束了。

然后，就到了弗朗丝的受难时刻。

按照惯例，毕业的女孩们会收到鲜花。礼堂不准拿花进去，于是花都被送到了教室，老师会把花一一分发到女孩们的课桌上。

弗朗丝必须回教室拿成绩单、文具盒以及纪念册。来到教室外面，她惴惴不安地等待着迎接自己悲惨的命运，因为只有她的课桌上没有花——她很确定，因为她没跟妈妈说过这件事，而且她知道家里也没钱买花。

她决定硬着头皮闯过去，于是走进教室，径直来到老师的办公桌前，不敢看自己的课桌。空气中弥漫着浓郁的花香，她听到女孩子们都在为自己收到的鲜花叽叽喳喳个没完。她听到的都是互相的夸赞与喜悦。

她拿到了自己的成绩单：四个"A"，一个"C–"。得"C–"的是语文。她曾经是全校作文写得最好的学生，可最终语文只是勉强及格。突然间，她对这所学校和所有老师都萌生了恨意，尤其是加恩德尔小姐。没收到鲜花的尴尬，她也不在乎了，反正这个惯例本身就很蠢。"我去拿我的东西，"她下定决心，"如果有人跟我搭话，我会让她们闭嘴。然后我会走出这个学校，不跟任何人道别。"她抬头张望，"没有花的桌子是我的。"可是，所有课桌上都摆了花！

弗朗丝走到自己的桌前，心里想大概是有人暂时把花放在了她的桌上。她打算把花拿起来，冷冷地跟那人说上一句："不好意思，我要拿点东西。"

她拿起花——一捧深红色的玫瑰，下面衬着一丛蕨类植物。她把花捧在怀里，像其他女孩那样，假装在这片刻间也有了自己的花。

她找到小卡片，想看看谁是它真正的主人，可是卡片上的名字却是她自己！是她的名字！那卡片上写着：给弗朗丝，毕业快乐。爱你的爸爸。

爸爸！

那字迹确实是他的，纤长秀气，用的是家里柜子里的黑墨水。所以这一切是梦吗？一个如此复杂的梦？劳丽是梦，在麦加里蒂家干活、毕业演出，还有语文的及格分，这些都是梦。现在她醒了，一切都会好起来，爸爸正在学校大厅里等着她。

可大厅里只有茜茜。

"爸爸真的不在了。"她说。

"是啊，"茜茜说，"已经半年了。"

"但这不可能，茜茜姨妈，他给我送花了。"

"唉，弗朗丝，那卡片是他一年前写好给我的。他还给了我两块钱，说：'等弗朗丝毕业的时候，万一我忘了，你帮我给她送一束花吧。'"

弗朗丝哭了。不仅是因为证明了这一切不是梦，还因为这些日子的辛苦奔波和对妈妈的担心终于结束了；还因为她失去了写毕业剧本的机会；还因为语文得了低分；还因为她为得不到毕业鲜花，提前在内心练习了那么久。

茜茜带她去了卫生间，把她推进一个隔间。"哭吧！大声地、用力地哭吧！"她命令道，"不过最好快一点，不然你妈妈该着急了。"

站在隔间里，弗朗丝痛哭起来。每当听到有女孩叽叽喳喳走进来，她就会冲马桶，以掩饰哭声。很快就哭完了，出来时，茜茜递给她一块手帕，已经用冷水打湿。弗朗丝擦眼睛时，茜茜问她有没有感觉好一点。她点点头,然后说还得麻烦她再等一会儿,她要跟大家道个别。

她走进校长办公室,跟他握握手。"别忘了母校,弗朗西丝,有空回来看看。"他说。

"我会的。"弗朗丝答应道,然后又去和班主任道别。

"我们会想你的,弗朗西丝。"老师说。

弗朗丝回到教室,拿上她的文具盒跟纪念册。她开始跟同学们道别。女孩们围着她,一个女孩搂着她的腰,另两个女孩吻了她的脸颊。她们互相说着道别的话。

"有空来我家玩,弗朗西丝。"

"给我写信吧,弗朗西丝,告诉我你过得怎么样。"

"弗朗西丝,我家装电话了,给我打电话吧,明天就打,好吗?"

"给我的纪念册上写段留言吧,弗朗西丝,这样等你出名了,我就可以拿去卖钱了。"

"今年夏天我要参加夏令营,我把地址写给你,这样你就能给我写信了,好吗,弗朗西丝?"

"九月我要去念女中,跟我一起念女中吧,弗朗西丝。"

"不,跟我一起去东区中学!"

"女中!"

"东区!"

"伊拉斯谟霍尔中学才是这边最好的,咱们一起去吧,弗朗西丝。我们会成为好朋友的。如果你来,我就只跟你做朋友,别人我都不找。"

"弗朗西丝,你还没让我在你的纪念册上写留言呢。"

"我也没。"

"拿来吧,拿来吧。"

她们开始在弗朗丝完全空白的本子上写了起来。"她们很好,"弗朗丝想,"我本可以跟她们做朋友的。我以为她们不想和我做朋友,看来是我错了。"

她们在本子上写着。有的字很小,很挤;有的大大咧咧。但无一例外,都是孩子稚嫩的笔迹。她们写的时候,弗朗丝就在旁边看着:

祝你好运,祝你快乐,
我先祝你能生个男宝宝,
等他头发开始打卷儿,
再生个女宝宝。
——弗洛伦丝·菲茨杰拉德

结婚以后,
要是你丈夫劈腿,
你就用烧火棍抽他,
然后离婚。
——珍妮·利

当夜色如幕,
被点点星光定格,
要记得我们永远是朋友,
尽管我们可能天各一方。
——诺琳·奥里尔

碧翠丝·威廉姆斯则把本子翻到最后一页，写道：

我在这最后，在无人看见的地方，
留下我的名，只为了我们的不快。

她的落款是：你的文友，碧翠丝·威廉姆斯。"她还好意思写'文友'。"弗朗丝愤愤地想，依然对毕业剧本的事耿耿于怀。

弗朗丝终于摆脱了女孩们，来到大厅，对茜茜说："我还有最后一个人要道别。"

"谁毕业也没你这么麻烦。"茜茜假装不满道。

加恩德尔小姐坐在办公室的桌子前，灯火通明。可只有她一个人。她并不受欢迎，到目前为止，还没人来向她道别。当弗朗丝走进来时，她急切地抬起头。

"你是来跟我这个教你语文的老女人道别的吧？"她高兴地说。

"是的，老师。"

但加恩德尔小姐不肯见好就收，她一定要把老师当到底。"关于你的成绩，你这学期后来再也没有交作业，本来我应该给你不及格。但最后我还是让你及格了，这样你才好跟你们班的同学一起毕业。"她等待着，见弗朗丝没反应，她只好接着说："怎么，不打算谢谢我？"

"谢谢你，加恩德尔小姐。"

"你还记得我们的谈话吧？"

"是的，老师。"

"那你为什么不听话，干脆连作业都不交了呢？"

弗朗丝无话可说,她没法向加恩德尔小姐解释什么。她伸出手,"再见,加恩德尔小姐。"

加恩德尔小姐吃了一惊。"嗯,那再见吧。"两人握了握手。"等你长大了,你就知道我说的都是对的,弗朗西丝。"弗朗丝什么也没说。"我说的不对吗?"加恩德尔小姐焦急地追问。

"您说的都对,老师。"

弗朗丝走出办公室。她不恨加恩德尔小姐了。她不喜欢她,但现在她为这位老师感到难过。除了确信自己永远正确,加恩德尔小姐一无所有。

詹森先生站在学校大门口的台阶上,用双手跟每一个孩子握手。"再见,上帝保佑你。"轮到弗朗丝,他多说了一句,"要好好地、努力地生活,给母校争光。"弗朗丝保证她会的。

回家路上,茜茜提醒说:"听着,我们别告诉你妈这花是谁送的,不然她该难过了。生完劳丽之后,她才刚刚缓过来一点。"她们商量好,就说这花是茜茜买的,弗朗丝取出卡片,放在文具盒里。

当她们把花的事告诉妈妈时,妈妈说:"茜茜,你不该自己掏钱。"不过弗朗丝看得出,妈妈很高兴。

大家一起欣赏两张毕业证书,都认为弗朗丝的那份更漂亮,这多亏了詹森先生漂亮的笔迹。

"诺兰家族终于也有文凭了。"凯蒂说。

"但我希望不会到此为止。"茜茜说。

"我要保证我的孩子都能拿足三张文凭,"伊芙说,"小学,中学,大学。"

"二十五年后,"茜茜说,"咱们家能攒这么高一摞文凭。"她踮起脚尖，用手比画了大约六英尺的高度。

妈妈最后又看了眼两个孩子的成绩单。尼利的操行得了"B"，体育也一样，其他科目都是"C"。妈妈说："不错，儿子。"她又看了弗朗丝的那一串"A"，直到目光停留在那个"C-"上。

"弗朗丝！我真没想到，这是怎么回事？"

"别问了，妈妈。"

"而且还是语文，这可是你最好的科目。"

弗朗丝略微提高了声音："妈妈，我不想说。"

"她的作文总是班里写得最好的。"凯蒂跟姐姐们解释。

"妈妈！"弗朗丝几乎嚷了出来。

"行啦，凯蒂，别管了。"茜茜赶忙劝住凯蒂。

"好吧。"凯蒂让步了，她意识到自己刚才的絮絮叨叨，有点惭愧。

伊芙插话进来，转移了话题。"咱还去参加那个聚会吗？"她问。

"我去把帽子戴上。"凯蒂说。

茜茜留在家里照看劳丽，妈妈、伊芙带着两位毕业生去了在谢弗利冰激凌店举行的聚会。店里已经聚集了很多人，孩子们拿着他们的毕业证书，女孩们还带着她们的花束。每张桌上都有一个爸爸或是妈妈——有的爸妈都来了。诺兰家在后面找到一张空桌子。

聚会由大喊大叫的孩子、满面笑容的父母，以及匆忙来回的服务员组成。有的孩子十三岁，有几个十五岁，不过大多数都是和弗朗丝一样的十四岁孩子。男孩大多是尼利的同学，他四处跟人打招呼，呼朋引伴。女孩们弗朗丝几乎都不认识，但她还是热情地挥手致意，仿佛她们是认识多年的老朋友。

弗朗丝为自己的妈妈感到骄傲。其他妈妈头发都白了,大多数身材发福,坐下时屁股都会从椅子里溢出来。妈妈仍然身材苗条,一点也不像马上就要三十三岁了。她的皮肤是那么白皙透亮,头发是那么乌黑卷曲。"让她穿上白裙子,"弗朗丝心想,"捧上玫瑰花,说她是十四岁的毕业生也没什么问题——只是自从爸爸去世之后,她额头上的皱纹越来越深了。"

他们点了单。弗朗丝立志要尝遍所有苏打口味的冰激凌,她的心里默默记起自己已经吃过的口味,菠萝是下一个,于是她便点了。尼利点了他一贯喜欢的巧克力苏打冰激凌,凯蒂和伊芙都选了普通的香草冰激凌。

伊芙拿店里的人开涮,编了些小故事,逗得尼利和弗朗丝开怀大笑。弗朗丝不时看一眼妈妈,妈妈并没有笑。她慢慢吃着冰激凌,眉头越皱越紧。弗朗丝明白她在想什么。

"我的孩子们,"凯蒂想,"他们在十三四岁就接受了比我这三十二年更多的教育。可这还不够,我在他们这个年纪还什么都不懂呢,甚至到结婚生孩子的时候也是。那时候我还相信有女巫会施法呢,接生婆说鱼市那个老太太的事我都信了。他们已经比我强了,不会像我这样什么都不懂。

"我供他们念完了小学,我已经做不了更多了。我之前的计划——尼利当医生,弗朗丝念大学——现在都实现不了了。这两个孩子——他们已经能够独立生活了吗?我不知道。《莎士比亚全集》——《圣经》——都念了不少。钢琴他们也会,可现在也不练了。我教他们要做干净的人,要诚实,不要接受别人的施舍。可这够吗?

"他们很快就得学着讨好老板,还要跟新的人群相处。他们要走上新的道路。是好，还是坏？如果他们整天工作，晚上也不会跟我待在一起。尼利会跟他的朋友们玩。弗朗丝呢？看书——去图书馆——看演出——听免费讲座或是音乐会。当然，我还得带孩子。这个孩子会有更好的起点。等她长大了，哥哥姐姐可能会供她念中学。我必须为劳丽做更多事，比为他们两个做得更多。这两个孩子一直吃不饱、穿不暖。我尽了全力，可还是不够。现在他们得工作了，可他们都还是小孩子啊。唉，要是秋天的时候我能送他们上中学就好了！上帝啊！如果可以，我愿意少活二十年。我会夜以继日地工作。但是不行啊，我还有个小娃娃要带。"

她的思绪被响亮的歌声打断。有人起头唱了一首反战的歌，其他人也跟着唱了起来：

> 养儿不为让他上战场，
> 我只想让他做我的宝，平安健康……①

凯蒂又回到自己的思绪中。"谁都帮不了我们。"一瞬间，她又想到了麦夏恩警官。劳丽出生时，他送了个大果篮。她知道他九月就要从警队退休了。下次竞选，他会参选他所在的皇后区的议员。大家都说他肯定能当选。她还听说，他妻子的病情加重了，可能活不到他当选那一天。

"他会再结婚的，"凯蒂想，"当然会。他得找一个善于交际的女人……做他的帮手……政治家的妻子必须这样。"她看了眼自己饱

---

① 出自《养儿不为让他上战场》，艾尔弗瑞德·布莱恩作词，艾尔·皮昂塔多西作曲，1916年利奥·菲斯特公司版权登记，1943年续签。本书已获得使用许可。——原注

经风霜的双手，突然很羞愧似的，把它们藏到了桌子下面。

弗朗丝注意到了。"她在想麦夏恩警官呢。"她猜测，想到很久以前那次远游，妈妈戴上手套的情景，当时麦夏恩警官在看着她。"他喜欢妈妈，"弗朗丝想，"妈妈知道吗？她一定知道。妈妈好像什么都知道。我敢打赌，如果她愿意，她一定能嫁给麦夏恩警官。但他别想让我叫他爸爸。我爸爸已经不在了。不管妈妈嫁给谁，对我来说，他都只能是某某先生。"

他们也快把那首歌唱完了。

> 如果所有母亲都说，
> 养儿不为让他上战场，
> 这世上根本不会有战争打响。

"……尼利，"凯蒂想，"他十三岁了。如果战争真的来了，我也希望能早点结束，在他成年之前。上帝保佑。"

人家都不唱了，伊芙姨妈却在他们这桌轻轻唱起来，还把人家的歌词改了：

> 谁敢让他们把胡子背上肩（Who dares to place a mustache on his shoulder）。①

"伊芙姨妈，你太不像话了。"弗朗丝说，她和尼利笑得喘不过

---

①原歌词为"谁敢让他们把火枪背上肩"（Who dares to place a musket on his shoulder）。

气来。凯蒂猛然从自己的思绪中回过神，抬起头，也跟着笑了笑。这时服务员走过来，放下账单。大家都安静下来，看着凯蒂。

"妹子，你可别傻到给他小费。"伊芙心想。

"妈妈知道今天应该给五分钱小费吗？"尼利想，"但愿吧。"

"无论妈妈怎么做，"弗朗丝想，"都是对的。"

在冰激凌店，本来没有给小费的规矩，但遇到聚会，还是应当给五分钱。凯蒂看到，账单是三毛钱，她的旧钱包里有一枚五毛钱的硬币，她把它放在账单上，服务员便拿去找零，不一会儿拿回来四枚五分硬币，在桌上排开。他在旁边站着，等待凯蒂拿起其中三枚。凯蒂看了看那四枚硬币。"四块儿面包。"她心想。四双眼睛盯着凯蒂的手，她毫不犹豫地把四枚硬币都推向服务员。

"零钱你留着吧。"她大方地说。

弗朗丝差点站到椅子上叫好了。"妈妈真是个好人。"她在心里不停地对自己说。服务员高兴地把硬币捞到手里，快步走开了。

"两杯汽水啊。"尼利呻吟道。

"凯蒂啊，你真傻。"伊芙抱怨道，"我猜你只剩这点钱了吧？"

"是啊，不过，咱们参加毕业聚会，恐怕也只有这一次了。"

"明天麦加里蒂会付给我们四块钱的。"弗朗丝赶忙为妈妈辩护。

"他明天就不要我们了。"尼利补充道。

"那这四块钱之后，你们就没有别的钱了，只能等他们再找到工作。"伊芙总结道。

"我不在乎。"凯蒂说，"这么做会让我觉得自己像百万富翁。花两毛钱就能买到这个，不是很值吗？"

伊芙回想起凯蒂允许弗朗丝把咖啡倒进水槽里的事情，便不再多说什么了。她这个妹妹有时让她搞不懂。

聚会到了尾声，大家开始相互道别。阿尔比·赛德摩尔，一个瘦高个男孩，他是一家生意不错的杂货店老板的儿子，来到诺兰家这一桌前面。

"明天跟我去看电影好吗，弗朗丝？"他一口气把话说完。"票钱我出。"他又急忙补充道。

（有家电影院给毕业生优惠，周六日场电影五分钱就可以看两场，不过要带上毕业证书。）

弗朗丝看了看妈妈，妈妈点头同意了。

"好啊，阿尔比。"弗朗丝接受了他的邀请。

"那再见，两点，明天。"阿尔比离开了，几乎一路小跑。

"头一次约会，"伊芙说，"许个愿吧。"她伸出小手指，做拉钩状。弗朗丝便跟她拉了钩。

"我希望我可以永远穿着白裙子，拿着红玫瑰；我希望我们永远都能大方地给小费，就像今晚这样。"弗朗丝许下心愿。

第四部

43

"你现在看清楚了,"女工头对弗朗丝说,"好好干,你会成为一把好手。"她走了,留下弗朗丝一个人。这是弗朗丝工作第一天的第一个小时。

学着女工头的做法,她左手拿起一截闪亮的铁丝,一英尺长,右手拿起裁成窄条的深绿色包装纸。她把包装纸在湿海绵上蘸了一下,用两手的拇指、食指、中指相对一捻,把纸裹在铁丝上,一根花茎就做成了。

每隔一段时间,满脸粉刺的杂役男孩马克就会过来收走花茎,交给"花瓣工",由她们把纸玫瑰花瓣穿在花茎上。另一个女孩在花瓣下面穿上花萼,然后交给"花叶工"。"花叶工"负责从一大团花叶里摘下三片连着一小截花茎的深色的、闪亮的叶子,将其缠到做好的花茎上。最后玫瑰花要交给"收尾工"。"收尾工"负责用一张质地较粗的绿纸,一端固定在花萼下面,然后绕着花茎卷一圈。这样花茎、花萼、花瓣和叶子就连成一体,仿佛自然生长成这般模样。

弗朗丝的后背很疼,肩膀也像针扎一般。她想自己一定已经裹完一千根花茎了,现在肯定到午饭时间了。可她转身看了看钟,发现才刚过一小时!

"等点下班呢?"一个女工嘲讽她道。弗朗丝抬起头,吓了一跳,但并没有接话。

她找到了正确的节奏,工作似乎变得容易了。一,把裹好的铁丝放在一边;一点五,拿起新铁丝和包装纸;二,蘸湿纸条;三、四、五、六、七、八、九、十,铁丝裹好了。很快,这个节奏变成了本能,她不用再数数,也不必动脑子。她的后背放松了,肩膀也不疼了。头脑一旦得到解放,她又开始琢磨起来。

"这样过可能也是一辈子,"她想,"每天工作八小时,裹铁丝,领工钱,买吃的,付房租,这样就可以继续生活,回来裹更多铁丝。有些人就是这样过活的。当然,这些女工有的会嫁人,嫁给跟她们过同样生活的男人。她们能得到什么呢?她们能得到一个伴儿,在下班回家和上床睡觉之前跟她们聊上一会儿。"但她知道就算是这点获得也不会持久,她见过太多工人夫妇,在有了孩子、账单堆积如山之后,除了痛苦地相互咆哮,他们很少再有其他交流。"她们被套牢了。"她想,"为什么呢?因为,(她想起外婆一再重复的信念)她们没有接受足够的教育。"也许她也要那样度过余生,因为她可能永远也上不了中学,永远也无法得到更多教育。也许她永远都要在这里裹铁丝……裹铁丝。一、一点五、二、三、四、五、六、七、八、九、十。十一岁那年看到那个脚部畸形的老人时没来由的恐惧再度袭来。惊慌之中,她加快了手上的动作,这样她就能专注干活,不去胡思乱想了。

"新来的棒槌。"一个收尾工嘲讽地看着她。

"想好好表现呗。"一个花瓣工猜测道。

很快,她又适应了新的节奏,思想又得到了解放。她开始偷偷研究起围着长桌干活的其他姑娘。总共十几个人,都是波兰裔和意大利裔的。最小的看上去十六岁左右,最大的三十岁左右,个个皮肤黝黑。不知什么原因,她们都穿着黑裙子,显然没有意识到黑衣服配深肤色有多么不合适。只有弗朗丝一个人穿着格布耐洗裙,她觉得自己像个傻乎乎的小娃娃。眼神凌厉的女工们注意到了她打量的目光,用她们习惯的方式进行回击。桌子一头的女孩先开口了。

"咱们这组有个人脸上有东西,"她宣称,"反正不是我。"桌边的女孩一个接一个作答。轮到弗朗丝时,她们都停下手里的活,盯着她。弗朗丝不知道该说什么,只好不吭声。"新来的妹子什么都不说,"女工头总结道,"所以就是她脏。"弗朗丝感到一阵脸热,只好低头忙手上的活,希望她们就此作罢。

"还有人脖子也挺脏呢。"新一轮发言又开始了。"不是我哟。"女孩们又一个接一个回答。这次轮到弗朗丝时,她也说:"不是我。"可这非但没有让她们作罢,反倒引起了新一轮的责难。

"新来的妹子说不是她。"

"嘿嘿!"

"她是怎么知道的呀,难道她能看见自己的脖子?"

"哎呀,就算脖子真的脏,人家会承认吗?"

"她们是想让我做点什么,"弗朗丝很困惑,"可是我该做什么呢?她们想让我发火骂她们吗?还是干脆辞工不干了?或者就像当年那个清理黑板擦的小女孩,想让我哭给她们看?不管了,她们想让我做什么,我都不会做的!"她把头埋得更低,专心裹铁丝。

这个讨厌的把戏持续了一上午,唯一的喘息机会是杂务男孩马克进来的时候,她们暂且放过了弗朗丝,开始把矛头对准他。

"新来的，当心点这个马克。"她们警告道，"他因为强奸罪进过两回局子，还有一回是因为拐卖妇女。"考虑到马克柔柔弱弱的模样，这些指控显然是无中生有。弗朗丝看到这个倒霉的男孩因为她们的嘲弄满脸通红，心里不禁为他感到难过。

这个上午还在继续，就在它仿佛不会结束的时候，铃声大作，宣告午餐时间的到来。女孩们停下手里的活，拿出用纸袋装的午餐，撕开袋子铺在桌子上当桌布，拿出点缀着洋葱的三明治，吃了起来。弗朗丝的手又脏又黏，她想在吃饭之前洗一洗，于是就问旁边的女工洗手间在哪里。

"No spik Eng-leash."①那女孩用夸张的蹩脚英语答道。

"洗手间是啥意思？"一个胖女孩问。

"Nix verstandt."②另一个女孩说。可是明明整个上午她都在用地道的英语奚落别人。

"就是不让洗脚的地方呗。"一个机灵鬼回答。

马克正在做整理。他站起身，吃力地抱起箱子，喉结跟着动了两下。弗朗丝第一次听到他开口。

"耶稣就是因为你们这样的人才死在十字架上的。"他激动地嚷道，"你们连告诉新来的人彻（厕）所在哪儿都不肯。"

弗朗丝望着他，感到惊讶。然后她没忍住——这义正词严的指责实在太滑稽了——笑出了声。马克咽了口唾沫，转身消失在门外。屋里的氛围一下子改变了，大家在桌子上窃窃私语。

"她笑了！"

---

①此句的意思是"我不会讲英语"。
②此句的意思是"不知道"。其中，"nix"在俚语中表否定，"verstandt"是德文，意思是"理解"或"知道"。

"嘿！新来的妹子笑了！"

"笑了！"

一个年纪很轻的意大利裔女工挽起弗朗丝的胳膊："走吧，新来的，我带你见识一下彻（厕）所。"

在洗手间里，她为弗朗丝打开水龙头，捶了几下放洗手液的罐子，从里面捶出了一点洗手液出来。她贴心地陪着弗朗丝洗手，当弗朗丝打算在雪白的显然没什么人用过的公用毛巾上擦手时，她的向导却阻止了她。

"别用那个，新来的。"

"为什么呢？看着挺干净的。"

"很危险啊，这边有些人身上有脏病，用那个毛巾，你会被传染的。"

"那该怎么办？"弗朗丝晃了晃湿漉漉的手。

"和我们一样，在衬裙上擦擦得了。"

回到工作间，她看到自己的午餐袋被拿了出来，妈妈做的两个腊肠三明治摆在桌上，还有人给了她一个漂亮的西红柿。女孩们都笑着欢迎她们回来。那个带头嘲讽她一上午的人，先举起自己的威士忌酒瓶灌了一大口，然后递给弗朗丝。

"来一口，新来的。"她命令道，"吃三明治口会干的。"弗朗丝缩了缩身子，连忙拒绝。"喝吧，是凉茶！"弗朗丝想起洗手间里的毛巾，把头摇得跟拨浪鼓似的。"啊！"女孩恍然大悟，"我明白你为什么不喝我的水了。刚才阿纳斯塔西娅给你上课了吧？你别听她的。脏病什么的都是老板自己说的，为了不让我们用他的毛巾，这样他就能省下洗毛巾的钱了。"

"是吗？"阿纳斯塔西娅说，"可我看你们也都不用啊！"

"见鬼,咱们只有半小时时间吃午饭,谁有空洗手?喝吧,新来的。"弗朗丝于是接过来,喝了一大口。凉茶很浓,很清爽。她向女孩道谢,又打算感谢那个给她西红柿的人。可大家都矢口否认。

"你说什么呢?"

"什么西红系(柿)?"

"我没看见谁拿了西红系(柿)。"

"新来的自己拿了个西红柿,结果自己给忘了。"

她们还是一样在逗她玩,可现在这逗弄多了一份温暖的意味。弗朗丝很享受这段午餐时光,很高兴自己终于明白了她们想要她做什么了。她们只是想逗个乐——这么简单的事情,发现起来却很难。

这一天剩下的时间过得很快。工友们告诉她,用不着拼命干活——这份工作是季节性的,秋天的订单做完,她们都会被解雇。活做得越快,她们被解雇的时间就越早。弗朗丝很高兴得到了这些年长的、更有经验的工人的信任,也跟大家一起放慢了节奏。她们一下午都在说笑话,弗朗丝总在跟着笑,也不管是真的够好笑,还是够下流。只有当她们要求弗朗丝一起嘲弄殉道士一般的马克时,弗朗丝的良心才会感到一丝丝不忍。马克始终不明白,只要他笑一次,麻烦就会解除。

周六正午刚过几分钟,弗朗丝站在百老汇电车的法拉盛大街站旁边等尼利。她拿着个信封,里面装了五块钱——她第一周的工钱。尼利也能拿到五块钱,他们商量好一起拿钱给妈妈,然后搞个小仪式庆祝一下。

尼利在纽约市中心的一家证券公司帮人跑腿。茜茜的约翰通过一个在那里工作的朋友,给他找了这份工作。弗朗丝很羡慕尼利。他每天都要骑车穿过威廉斯堡大桥,到陌生的大城市,而她只能步行去布鲁克林北边。而且尼利每天都能下馆子吃午饭。第一天上班时,他也像弗朗丝一样带了午餐,可是一起跑腿的男孩都取笑他,叫他"布鲁克林的乡巴佬"。从那以后,妈妈每天都给他一毛五的午餐费。尼利跟弗朗丝讲过,他是如何在"自助餐馆"里吃午饭的。你只要放进去五分钱,机器就会给你一杯奶油咖啡——不多也不少,刚好一杯。弗朗丝希望自己也能天天骑车过桥去上班,在自助餐馆吃午饭,而不是从家里带三明治。

尼利从电车台阶上跑下来,胳膊底下夹着一个扁扁的袋子。弗朗丝注意到他下台阶的时候脚会形成一个角度,让整只脚都踏在台阶上,而不是只有后跟着地,这样跑起来更稳。爸爸一直都是这样下楼的。尼利不肯告诉弗朗丝袋子里装的是什么,说那样会破坏惊喜。两人来到一家银行前,银行正要关门。他们找到柜员,说想要把手里的旧票子换成一块钱的新钞。

"你们要新钞干什么?"柜员问。

"这是我们第一笔工资,我们想带新钱回家。"弗朗丝解释道。

"啊,第一笔工资。"柜员说,"我还记得我第一次领工资,那时候我还是个孩子——在长岛曼哈塞特的一个农场干活。唉,那时候啊……"他开始讲述自己的经历,直到后面排队的人都不耐烦了。他最后总结说:"当我把第一笔工资交给我妈,她眼睛里泛着泪光。没错,她差点就哭了。"

他拆开一捆新钞的包装,点出几张,换走他们的旧票子。然后说:"我再给你们一份小礼物。"他给了姐弟俩一人一枚硬币,崭新崭新的,泛着金光。"1916年的新硬币,"他解释说,"这附近的第一批。别拿走就给花了,留个纪念。"他从自己口袋里掏出两个旧钢镚，放进抽屉里，以弥补不足。弗朗丝向他道谢。两人走开时，她听到旁边排队的人把胳膊支在柜台上，说道：

"唉，我记得我第一次带工资给我家老太婆的时候啊……"

他们出门时，弗朗丝心想，这下排队的人是不是都会讲起他们的第一笔工资。"每个工作的人都是这样，"弗朗丝说，"他们都会记得自己第一次带工资回家的情形。"

"是啊。"尼利应声道。

他们拐过街角，弗朗丝思忖着："她眼睛里泛着泪光。"她没听过这样的说法，这让她很喜欢。

"这说不通啊，"尼利觉得奇怪，"他妈的眼睛又不是水塘，怎么能泛光呢？"

"不是那个意思啦！这就好比眼泪像断线的珠子。眼泪也不是珠子，对吧？"

"好吧，"尼利暂且表示同意，"我们走曼哈顿大街吧，不走格雷厄姆。"

"尼利，我有个主意。咱们也做个存钱罐吧，但别告诉妈妈。就把它藏在你的衣柜里，从这两枚新硬币开始。往后妈妈给我们零花钱，我们每星期攒一毛，这样等到圣诞节，我们就有钱给妈妈和劳丽买礼物了。"

"还有我们自己的。"尼利提出了明确要求。

"行啊，我给你买，你给我买。到时候我会告诉你我想要什么。"

姐弟俩达成一致。

他们脚步轻快，从悠闲地打废品站往回逛的孩子们身后超了过去。经过斯科尔斯街时，他们还朝废品站的方向望了望，对面的查理平价店里里外外依旧挤满了孩子。

"这些小屁孩。"尼利轻蔑地嘟哝了一句,把口袋里的硬币晃出响声。

"还记得吧,尼利,我们以前也来这里卖废品。"

"那都过去好久啦!"

"是啊。"弗朗丝表示同意。事实上,距离他们上次拖着一批废品卖给卡尼才过去两个星期而已。

尼利把扁扁的袋子拿给妈妈。"给你和弗朗丝的。"妈妈拆开包装,原来是整整一磅的花生脆糖。"我可没花我的工资。"尼利故作神秘地补充道。他们又让妈妈先去卧室待一会儿,两人把十张新钞码在桌子上,然后把妈妈叫了出来。

"这些都给你,妈妈。"弗朗丝豪爽地宣布。

"哦,老天!"妈妈说,"你们俩真厉害。"

"这还不是全部呢,"尼利又掏出八毛钱,排在桌子上。"我干活利索,人家给我的小费。"他解释说,"我攒了整整一个星期。本来更多,但我买花生糖了。"

妈妈把那八毛钱推给他。"自己赚的小费,你都留着自己花。"她说。

(就和爸爸一样,弗朗丝心里想。)

"哎呀!太棒了,那我分弗朗丝两毛五。"

"不用。"妈妈从家里平时放零钱的杯子里取出五毛钱,给了弗朗丝。"弗朗丝的零花钱妈妈给,一周五毛。"弗朗丝很开心,她没想过自己可以有这么多零用钱。两个孩子对妈妈的安排都很满意。

凯蒂看了看糖果,又看了看桌上的新钞票,再看看孩子们。她咬着嘴唇，突然转身回了卧室，还关上了门。

"她是不是生气了？"尼利低声问。

"没有啦！"弗朗丝说，"妈妈没生气。她只是不想当着我们的面哭。"

"你怎么知道她要哭？"

"因为，她看到这些钱的时候，眼睛里泛着泪光。"

44

弗朗丝只工作了两周，就遇上了裁员。当老板宣布她们只是"休息几天"时，女工们交换了一下眼神。

"几天，就是半年的意思。"阿纳斯塔西娅向弗朗丝解释说。

女工们接下来要去绿点区，那边有工厂需要人手来完成冬天的订单，做一品红和圣诞花环。等那里再裁员，她们就得再换一家工厂。如此反复。她们是布鲁克林的"移民工人"，随着季节从这个区流动到下一个区。

她们劝弗朗丝一起去，但弗朗丝想尝试新的工作。她想，反正都得干活赚钱，她有机会就要换个新工作。这样，就像苏打冰激凌一样，总有一天她可以说，自己把所有口味都试过了。

凯蒂在《世界报》上看到一则招聘档案员的广告，可以考虑新手，年龄要求十六岁以上，需说明宗教背景。弗朗丝花一毛钱买了一张信纸、一个信封，认认真真地写了一封申请信，然后按广告上说的地址寄了出去。尽管她今年只有十四岁，不过她和妈妈都觉得，说自己十六岁应该也不会被人看穿，于是信上就写了十六岁。

两天后，弗朗丝便收到了回信，单是信头的图案就让人激动：一把剪刀放在一张折叠起来的报纸上，旁边还放着一盆糨糊。这封信来自模范新闻剪报公司[①]，信上要求诺兰小姐到公司参加面试。

于是茜茜陪弗朗丝上街，给她买大人的衣服，还有她平生第一双高跟鞋。她回到家穿上新衣服时，妈妈和茜茜说她看上去绝对有十六岁。唯一的问题是头发，她的发辫看起来还是很孩子气。

"妈妈，就让我剪短发吧。"弗朗丝哀求道。

"那不行，"妈妈斩钉截铁，"你花了十四年才留到这么长，我是不会让你剪的。"

"哎呀，妈妈，你太落伍了。"

"你为什么非要像男孩那样留短发呢？"

"那样好打理嘛。"

"打理头发是女人的乐趣。"

"可是凯蒂啊，"茜茜出来帮腔，"现在小姑娘都流行剪短发。"

"那是她们蠢。头发是女人的魅力所在。白天她们把头发扎起来，到了晚上，单独跟她的男人在一起，她就可以把头发披散开，像一件迷人的披风。这能让她成为男人眼中独一无二的美丽女人。"

"灯一关，所有猫都一个颜色。"茜茜坏笑着说。

"你少管闲事。"凯蒂毫不客气。

"如果留短发，我就能像艾琳·卡斯尔[②]一样了。"弗朗丝还是不

[①]剪报公司，旧时指为客户从全国各地的报纸上搜集所需信息的公司。目前仍有剪报公司这一说法，其服务范围已扩大到通过各类渠道搜集信息，以及媒体监测、舆情分析等。

[②]20世纪初的著名舞者，后来参演了多部音乐剧及电影，红极一时。

死心。

"犹太女人结婚的时候把头发剪掉,为的是不让别的男人再惦记她们;修女们进修道院的时候把头发剪掉,表明尘缘已断。你们这些小姑娘没事剪什么短发?"弗朗丝正要开口,凯蒂打断了她:"这事就这么定了,别再说了。"

"好吧,"弗朗丝说,"但等我到了十八岁,我要自己做主,到时候你别管我。"

"等你十八岁,就是把头发都剃光,我也不管。等着……"她把弗朗丝那两条大粗辫子绕在头上,取下自己戴的骨制发卡,固定住。"好了!"她后退一步,打量女儿,"这多好,跟戴了王冠似的。"她夸张地宣布。

"这下她看上去至少十八岁。"茜茜表示认可。

弗朗丝看了看镜子里的自己。她其实很满意妈妈让自己显得如此成熟,可嘴上仍不肯认输。

"顶着这个发型,我的脑袋都疼。"她抱怨道。

"要是这辈子会让你脑袋疼的就只有这个发型,那算你走运。"妈妈说。

第二天早上,尼利送姐姐进城。当火车离开马西大道站,开上威廉斯堡大桥时,弗朗丝注意到,乘客们跟约好了似的一起站起身,然后又一起坐下来。

"他们这是在干吗,尼利?"

"上桥的时候,旁边有家银行,银行外面有个大钟。他们站起来是看看时间,这样就知道自己上班早了还是晚了。我敢打赌,每天能有一百万人看过那个钟。"尼利猜测。

第一次坐火车经过这座桥,弗朗丝本以为会很激动。但事实上,过桥带来的兴奋感还不如穿大人衣服的一半。

面试很快结束,她被录取了。先要有一段试用期,工作时间从早上九点到下午五点半,中间有半小时午休,工资一周七块起步。首先,她的老板带她参观了这家剪报公司。

十个读报员坐在长长的斜面桌前,各州的报纸摊在她们面前。报纸每时每刻都会从全国各地涌向这家公司。女孩们把找到的文章做好标记,把报纸装进纸箱,并在最上面写下文章的总数和她们自己的工号。

标记好的报纸被收集在一起,送进打印室。打印室里有一台手动打印机,里面有一个可以调节日期的装置,还有一排排金属条。打印员需要先调节日期,然后按下代表报纸名称、城市和州名的金属条,并根据做好标记的文章数量,打印出相应的单据。

然后,打印好的单据和报纸一起被送到裁报员那里。裁报员们站在一张大斜面桌子前,用一把锋利的闸刀把标记出来的文章裁下来(尽管信头的标志上画了剪刀,但整个公司一把剪刀都没有)。报纸废弃的部分,就直接扔到地上。不出一刻钟的工夫,废报纸就能堆到齐腰的高度。有一个人专门负责收集废纸,打包带走。

弗朗丝很快就适应了整套归档系统。在两个星期之内,她就记住了档案盒上总共两千多个名字或标题。然后,她接受了读报员的培训。接下来两个星期,她唯一的任务是研究客户的信息卡片,这些卡片比档案盒上的标签更详细。在一次非正式的考核中证明自己已经记住了这些客户的要求之后,她开始负责俄克拉何马州的报纸。老板在她完成阅读,把报纸送去裁剪之前,先检查了一遍,指出了其中的错误。当她熟练到不需要接受检查之后，宾夕法尼亚州的报纸也开始归她负责。不久之后，纽约州也归到了她的名下。现在她有整整三个州的报纸要看。到了八月底，她需要读的报纸比公司里任何一个读报员都多。毕竟她刚参加工作，劲头很足，而且眼神很好（她是所有读报员里唯一不戴眼镜的），并且很快训练有素。她能迅速浏览完报道，并确定是不是自己需要的信息。她平均一天能看完一百八十份报纸，而排在她后面的读报员，平均每天只能读一百到一百一十份。

没错，弗朗丝是公司里效率最高的读报员，可她的工资却是最低的。虽然比起刚进公司的时候，她的周薪已经提升到了十块，可效率第二的姑娘周薪二十五块，其他读报员也有二十块入账。由于弗朗丝无暇跟她们交朋友，没有得到她们的信任，因此也就无从得知自己的报酬有多么不合理。

尽管弗朗丝喜欢读报纸，也为每周能赚到十块钱自豪，可她并不开心。她曾为自己可以到纽约城来工作而兴奋。她认为，既然她会为图书馆那金褐色小陶碗里的花感到欣喜，纽约这么大的城市，一定能让她激动百倍。可事实却并非如此。

威廉斯堡大桥是头一个让她失望的地方。从她家的屋顶望过去，她以为过桥会像仙女振翅飞过山海那般神奇。可实际上穿过这座桥，跟在布鲁克林的街道上坐车没什么不同。和百老汇的街道一样，大桥上也有人行道和车行道。铁轨也没什么差别。火车经过大桥，也没什么特别的感觉。至于纽约本身，就更让人失望了。这里只不过有更高的楼房和更密集的人群罢了。除此之外，它和布鲁克林并无两样。她不禁怀疑，那些不曾谋面的新鲜事物，难道都会像这样令她失望吗？

她经常研究美国地图，在想象中穿过平原、山脉、沙漠和河流。这似乎很美妙。现在她想，这些是不是同样不过尔尔。她琢磨，要是打算把这个伟大的国家走个遍,她得在早上七点出发,然后一路向西。她得忙着赶路,从布鲁克林开始,一步接一步。这样她可能根本没空留心她所经过的平原、山脉、沙漠和河流。她只会注意到一些东西很奇怪,因为它们会让她想起布鲁克林;而另一些东西同样奇怪,因为它们和布鲁克林截然不同。"我猜这样的话,世上就没什么新鲜事物可言了,"弗朗丝得出了一个令她郁闷的结论,"就算有什么真正新鲜或是不同的东西,它也可能有一部分跟布鲁克林差不多,而我已经腻了,就算遇上也没什么意思。"仿佛当年的亚历山大大帝,弗朗丝感觉这世界已再无可征服之地,不禁悲从中来。

她逐渐适应了纽约人上下班的快节奏。抵达办公室之路是每天都要经历的严峻考验。只要能在九点前一分钟进门,她就会感到自在放松。可如果晚一分钟,她就要开始心里打鼓了,因为要是偏偏赶上老板心情不好的日子,她就会沦为他的出气筒。于是她学会了分秒必争的技能,在火车停在站台之前,她就会奋力挤到门口。当门一打开,她就是第一批被火车"吐"出来的人。出了站台,她像小鹿一样敏捷地奔跑,在人群中穿梭。来到办公楼区,她会紧贴着楼边走,这样就能快速拐弯。过街时她尽量斜穿,省出几米的距离。到大楼里,她会奋力往电梯里挤,不顾电梯员"人满了"的怒吼。这一切的努力,都是为了在九点之前赶到公司,避免"迟到"的恶名。

有一次,为了更从容地到达公司,她早出门十分钟。尽管不用着急,可她还是像往常一样挤到火车门口,三步并作两步蹿上台阶,以最短路线冲过街道,把自己塞进满员的电梯。那天她早到了足足十五分钟,偌大的办公室回荡着空旷的回声。她感到沮丧和失落。当其他同事都在九点前几秒钟冲进来时,她感觉自己像是个叛徒。于是第二天,她多睡了十分钟,恢复到之前的节奏。

她是公司里唯一的布鲁克林女孩。其他人分别来自曼哈顿、霍博肯、布朗克斯，还有一个是从新泽西州的贝永来的。最年长的读报员是一对姐妹，她们原本住在俄亥俄州。到公司上班的第一天，这对姐妹中的一个就对她说："你有布鲁克林口音哎。"这仿佛是十恶不赦的指控，让弗朗丝开始留心自己的口音。她小心地说话，避免把"女孩"说成"旅孩"，是"房子"而不是"房纸"。

公司里只有两个人让她能够放松地说话。一个是老板，他是哈佛大学毕业生，尽管说话时会故意拖长音，但无论说话还是办事都很干练，不会像其他读报员那样咬文嚼字。读报员大多是中学学历，通过读报掌握了很多词，说起话来也会受影响。另一个人是阿姆斯特朗小姐，她是员工里唯一的大学毕业生。

阿姆斯特朗小姐是重点城市读报员，她的书桌在办公室里偏安一隅，比邻北向和东向两扇窗户，拥有最佳的阅读光线。她只看芝加哥、波士顿、费城和纽约市的报纸。每天纽约市的报纸刚出版不久，就会有专门的送报员给她送过来。读完报纸，她不必像其他人那样自己点数装箱，也不用帮进度落后的女工分担任务。在等待报纸送来的空隙，她可以打打毛线，或是修修指甲。她是这里工资最高的人，周薪三十块。阿姆斯特朗小姐为人善良，她觉得弗朗丝这个孩子很有意思，想拉她来聊天，让她不再孤单。

一次在洗手间，弗朗丝听到有人说阿姆斯特朗小姐是老板的情人。"情人"这种闲话她以前经常听，但亲眼得见还是头一回。她立刻把阿姆斯特朗小姐和"情人"联系在一起，思考了一番。她觉得阿姆斯特朗小姐并不漂亮，五官甚至有点像猴子，嘴巴很宽，扁鼻子，大鼻孔。她的身材也只能说勉强凑合。弗朗丝又留意看了看她的腿，一双长腿线条优美，套着最薄款的玻璃丝袜，一看就很贵的高跟鞋衬托着她弧度恰到好处的双脚。"所以要有一双美腿,才能当上情人。"弗朗丝低头看了看自己柴火棍似的细腿,叹了口气。看来她注定与肮脏的生活无缘了。

公司里有不成文的阶级划分,实际上是裁报员、打字员、分报员、打包员和送货员搞出来的。这些员工目不识丁,但头脑敏锐。不知为何,他们自发结成了一个"俱乐部",认为受过良好教育的读报员看不上他们。为了报复,他们经常在读报员中间挑事。

弗朗丝的身份认同是撕裂的。如果按出身和受教育程度,她应该跟"俱乐部"一伙;但按照能力和天赋,她却又属于读报员阵营。"俱乐部"敏锐地察觉了弗朗丝的矛盾,试图拉拢她做中间人。他们把公司里的各种流言蜚语告诉她,希望她讲给读报员听,从而制造不和。但弗朗丝在读报员里也没几个说得上话的人,更别提一起分享八卦了,于是流言传到她这里,也就断了线。

于是有一天,当一个裁报员告诉她,阿姆斯特朗小姐九月就要离职,而她将会接任重点城市读报员的工作时,弗朗丝以为这又是流言蜚语。所有读报员都在觊觎阿姆斯特朗小姐的位子,而她只是个十四岁的小姑娘,小学毕业,怎么可能接替阿姆斯特朗小姐这个三十岁大学毕业生的工作呢?

八月很快就要过完了,弗朗丝忧心忡忡,妈妈还没和她说上中学的事。她现在迫切地想要回学校继续读书。这么多年来,不管是外婆,还是妈妈和姨妈,都在说接受高等教育非常重要。因此她不仅想要接受更多教育,还在为自己目前的学历感到自卑。

她满怀深情地想起那时在纪念册上给她留言的女孩们,她想再回到她们中间。她们跟她家庭条件差不多,不比她强多少。正常情况下,她应当跟她们一样去上学,而不是在这里,跟年长很多的女人竞争工作机会。

她现在也不喜欢在纽约工作了,摩肩接踵的人群让她恐慌。她觉得自己正在被推向一种她尚未做好准备的生活方式中。而在纽约工作,她最害怕的就是挤高架火车。

有一次在车里,她吊着抓手,被紧紧地挤在人群当中,想放胳膊都放不下来。这时她感觉到一个人的手放在她身上,无论她如何扭动身体都无法摆脱。火车拐弯,她和人群一起晃动,可那只手却压得更紧。她没办法扭过头去看那是谁的手,只能徒劳地站着,无奈地忍受屈辱。她本可以大声喊出来,可她又羞于让大家注意到她的处境。似乎过了很久,人群才渐渐散开,她赶忙躲到车里其他地方。从那以后,挤火车就成了一种可怕的折磨。

一个星期天,当她和妈妈带劳丽去看外婆时,她把这件事讲给茜茜听,希望茜茜能够安慰她。但茜茜却把这当成了一个大笑话。

"有男人在火车上捏了你一把?"她说,"要是换我,我觉得没啥。这说明你长开了嘛。有些男人看见好身材的女人就把持不住。唉!我大概真老了,好多年都没人在火车上对我动手动脚了。以前我要是出门,哪天回来身上不是青一块紫一块的。"

"这有什么可吹的?"凯蒂问。

茜茜没搭茬。"总有一天你也会老,弗朗丝。"她说,"等你四十五岁,腰上跟套着个游泳圈似的,就会怀念自己十八岁时在火车上被男人摸来摸去的时光啦!"

"就算她到时候真的记得这事,"凯蒂说,"那也是因为你这个老阿姨太恶心了,而不是什么美好怀念。"她转向弗朗丝:"你啊,以后挤火车别抓抓手,好好站稳了,把手放下面,兜里揣根针。要是感觉到有男人手脚不干不净,就拿针扎他。"

弗朗丝照妈妈说的做了,她学会了不抓抓手保持平衡,手一直在口袋里抓着一根吓人的长针。她倒是有点期待有人再来摸她,这样她就能狠狠地还击。"茜茜姨妈说的关于身材和男人的话也都挺对的,但我不喜欢被人摸。等到四十五岁的时候,我希望自己能有比被陌生人摸过更好的事情可以回味。茜茜应该感到羞愧……

"我这是怎么了?我竟然在责怪茜茜姨妈,她对我那么好。我对自己的工作感到不满意,可是找到这么有趣的工作是很难得的。我喜欢阅读,现在光是看报纸就有钱赚,而且大家都觉得纽约是世界上最美好的城市,可我竟然喜欢不起来。看来我是世界上最难伺候的人。唉,我好想回到小时候啊,那时候的一切我都很满意。"

就在劳动节①前,老板把弗朗丝叫进办公室,说阿姆斯特朗小姐因为结婚要辞职了。他清了清嗓子,又补充说她实际上是要嫁给他。

弗朗丝关于情人的认知又被颠覆了。她以为男人是不会娶他的情人的——时间一长,他只会把她们像旧手套一样丢到一边。而阿姆斯特朗小姐就要成为一位妻子,而不会像旧手套一样被丢掉。太棒了!

"所以我们需要一个新的重点城市读报员。"老板说,"阿姆斯特朗小姐她,建议我们……啊……可以给你个机会。"

弗朗丝心头一颤。她,重点城市读报员!公司里最受人羡慕的工作!所以"俱乐部"的传言并不是空穴来风。又一个先入为主的认知

---

① 此处的"劳动节"指美国劳动节,在每年9月的第一个星期一。

被颠覆了。她以为所有小道消息都是胡说八道。

老板打算给她十五块的周薪。他认为用一半的钱就能雇来跟他妻子水准相当的读报员很划算。这小姑娘也该知足了，她还这么年轻——一周就能赚十五块。她说自己十六岁，但看着像十三岁。当然，她年纪多大并不重要，只要能干活就行。法律也不能制裁他——他只要说自己被骗了就行了。

"这是基本工资，以后还可以加薪。"他亲切地说。弗朗丝露出开心的微笑，这反倒让他不安。"我是不是好过头了？"他想，"她自己可能都没想到还会加薪吧？"于是他赶忙找补："看你的工作情况吧，得干好才行。"

"我不知道……"弗朗丝困惑地说。

"这么看她真是十六岁了，"老板推断道，"她挺有脑子，想跟我谈条件。"为了阻止她，他说："每周十五块，从——"他犹豫了一下，心想自己不能太好说话，"从10月1日开始。"他靠在椅子上，感觉自己仁慈得堪比上帝。

"我想说，我应该不会在这里待太久了。"

"她真是在跟我谈价钱。"他想。"怎么了呢？"他问。

"过完劳动节，我打算回学校读书。本来我想等事情定下来再和您说。"

"上大学？"

"中学。"

"那我得让宾斯基来干这个了。"他想，"她都二十五岁了，等到了三十岁，我还得另找人。这个诺兰，活儿也比宾斯基干得好。都怪伊尔玛，她怎么能觉得女人一结婚就不该再工作了？她可以继续干活——工资我还省了——留着能买套房了。"他对弗朗丝说：

"唉！听到你这么说，我很遗憾。不是我不支持你继续读书，而是我觉得，在咱们这儿看报纸也是一种教育嘛。这是一种极好的、鲜活的、紧跟潮流的现代教育模式。在学校里，你只能死啃课本。那些都是死的知识。"他的语气带着轻蔑。

"我得……我得跟我妈妈商量一下。"

"没问题，跟你妈妈说说你老板对于教育的看法。还有，告诉她，"他闭上眼睛，心一横，"我们每周给你二十块，不过要从11月1日开始。"他还是抹掉了一个月。

"这工资可真不少。"老实孩子弗朗丝感叹道。

"我们相信只有好的报酬，才能留住好员工。而且……啊……诺兰小姐，不要跟公司其他人讲你未来的薪水，你赚的比他们都多。"他撒了个谎，"要是让他们知道了……"他两手一摊，"明白了吧？别在洗手间说这些有的没的。"

弗朗丝真心觉得老板是个好人。她向他保证，自己绝对不会说出去的，请他放心。于是老板开始低头处理文件，表明他们的面谈结束了。

"那先这样，诺兰小姐。不过劳动节过完，我们就得知道你的决定。"

"好的，先生。"

一周二十块！弗朗丝惊呆了。两个月前，她还在为每周赚五块感到窃喜。威利姨夫的周薪也只有十八块，他都四十岁了。茜茜的约翰脑子很聪明，周薪也不过二十二块五。在街坊四邻中，很少有哪家的男人一周能赚到二十块，他们还都得养家。

"有了这笔钱，我们家的问题就解决了。"弗朗丝想，"我们可以找一个三室一厅的房子租来住，妈妈也不用出去工作了，劳丽一直都会有人照顾。我想如果我真的能赚到这么多钱,我就是家里的顶梁柱了。

"可是我想上学啊!"

她想起家人对教育问题的反复讨论。

外婆:教育能让人改头换面。

伊芙:我的孩子,每人都要拿全部三张文凭。

茜茜:等妈妈不在了——愿上帝保佑她长命百岁——宝宝也长大了,可以上幼儿园了,到那时我也要重新出去工作,把工资都存进银行,这样等小茜茜长大,她就有钱上大学了。

妈妈:我不希望我的孩子像我一样,只能靠卖力气赚钱。教育会帮助他们,让他们找到好工作。

"还有什么更好的工作呢?"弗朗丝想,"现在就很好了。可是总有一天,我的眼睛会看坏,所有老读报员都戴眼镜。阿姆斯特朗小姐说,读报员全靠一双眼。其他读报员刚来的时候效率也很高,就像我一样,可她们现在眼睛都不行了——我必须保护好我的眼睛,除上班之外,我不能再读其他东西了。

"如果妈妈知道我一周能赚二十块,她应该就不会让我继续读书了,但我不怪她。我们已经受穷这么多年了。妈妈很公平,可这笔钱应该会改变她的想法,这不是她的错。我先不告诉她加薪的事,等决定了上不上学再说。"

弗朗丝跟妈妈提起上学的事,妈妈说没错,是该谈谈了。她们决定等那天晚上吃完饭就谈。

吃完晚饭，喝过咖啡，凯蒂宣布（但没什么意义，因为大家都知道），学校下周就要开学了。"我希望你们俩都能上中学，但现在的情况是，今年秋天你们俩只有一个能去上学。你们的工资我一分钱都没动，这样等明年你俩就都能回学校了。"她等待着，可两个孩子都不说话，"怎么，你们都不想念中学吗？"

弗朗丝紧张得嘴唇发僵。这一切都取决于妈妈，弗朗丝希望能给她留个好印象。"不，妈妈，我想上学，我现在最想的就是回去上学。"

"我不想，"尼利说，"别让我念中学了，妈妈。我喜欢上班，而且明年我还能加薪，一周多赚两块呢。"

"你不想当医生吗？"

"不，我想当证券经纪人，像我老板一样，赚大钱。总有一天我也要炒股，赚它一百万。"

"我儿子做医生也会很棒的。"

"这可说不好。说不定我会像毛叶尔街的惠勒大夫一样，只能把诊所开在地下室，天天穿着脏衬衫。反正我学够了，我不用再继续念书了。"

"尼利不想上学，"凯蒂说，她几乎恳切地转向弗朗丝，"你知道这意味着什么，弗朗丝。"弗朗丝咬着嘴唇。哭是没用的，她必须保持冷静，必须头脑清醒。"这意味着，"妈妈说，"尼利必须回学校去。"

"我不会回去！"尼利嚷道，"不管你说什么，我都不会回去！我在工作，在赚钱，我想继续这样生活。现在大伙儿都能瞧得起我了，如果回学校，我又变成小混混了。而且妈妈，你需要我去赚钱。我不想再受穷了。"

"你回学校，"凯蒂静静地说，"有弗朗丝赚钱就够了。"

"为什么他自己都不想上学，你却非要让他去上？"弗朗丝也嚷了起来，"我那么想上，你却不让我上？"

"是啊。"尼利帮腔。

"因为如果我不逼他，他就回不去了。"妈妈说，"而你，弗朗丝，你总会找到办法回学校的。"

"你怎么知道？"弗朗丝诘问道，"再过一年我年纪就大了，上学也晚了。尼利才十三岁，等到明年他年纪也合适。"

"胡说八道。明年你才十五。"

"十七，"弗朗丝纠正道，"马上就十八了。这么大才上中学，太晚了。"

"你说的什么傻话？"

"不是傻话。在公司我十六岁，我必须在外表和做事方面都表现得像十六岁，而不是十四岁。明年我确实是十五岁，可在心里我就是十七岁，做不了中学生了。"

"尼利下周去上学，"凯蒂拍板了，"弗朗丝明年再上。"

"我恨你们两个！"尼利大叫道，"如果你让我回去上学，我就离家出走！这个家我不待了！"他摔门跑了出去。

凯蒂表情扭曲，弗朗丝多少有点心疼。"别担心，妈妈，他不会离家出走的，他只是说说。"可妈妈瞬间变得轻松的表情却令她火冒三丈，"但我会走。我不会像他那样，还来个预告。等你们不再需要我赚钱，我说走就走。"

"我的孩子以前都很乖，现在这是怎么了啊？"凯蒂痛苦地发问。

"是年纪的原因。"凯蒂一头雾水，弗朗丝只好继续解释，"我们一直没办工作证。"

"证件太难办了。一张洗礼证,牧师就要收一块钱,而且我还得跟你们俩一起去市政厅。那时候我隔两个小时就得给劳丽喂一次奶,哪能抽得开身。我们都觉得,你俩都假装是十六岁,不去办那些东西,问题不大。"

"这没错。但既然让我们扮十六岁,我们就得打心眼里相信自己是十六岁。可你现在还把我们当十三岁的孩子。"

"你父亲还在就好了。有些时候我真搞不懂你们。"这句话刺痛了弗朗丝。痛苦过后,弗朗丝告诉妈妈,十一月她的周薪就要涨到二十块了。

"二十块!"凯蒂张大了嘴巴,"哦,老天!"她露出了前所未有的惊讶表情,"你是什么时候知道的?"

"星期六。"

"然后你现在才告诉我?"

"是啊。"

"你觉得如果说了这件事,我肯定不会让你继续上学。"

"对啊。"

"但我刚才说尼利该去上学的时候,还不知道你能赚这么多钱。你也看到了,我只是在做我觉得正确的决定,并没有考虑你能赚多少。你能明白吧?"她近乎哀求地问。

"不明白。我明白什么?我只明白你更爱尼利。你为他解决一切问题,然后告诉我,我有办法自己克服。总有一天我也会这样骗你的,妈妈。我也会做我认为正确的决定,即便你不这么想。"

"我真的不担心你啊,因为我知道,我的女儿值得我信任。"凯蒂讲得如此坦然,反倒让弗朗丝有些羞愧,"我也相信我的儿子。他只是在赌气，因为我让他不能做自己喜欢的事。但他也能克服，在学校里好好学习。尼利是个好孩子。"

"是的，尼利是个好孩子。"弗朗丝承认，"可就算他是个坏孩子，你也看不到。但是我在乎的……"她的声音因为抽泣而变得含混不清。

凯蒂长叹一声，但什么也没说。她站起身，开始收拾桌子。她把手伸向一个杯子，弗朗丝有生以来第一次看到，妈妈没有利落地拿起来，她的手在颤抖，几乎抓不住杯子。弗朗丝帮她把杯子放在手中。她注意到，那只杯子出现了一道明显的裂痕。

"我们家以前就像是个坚固的杯子。"弗朗丝想，"它是完好的，没有缺憾，可以把东西装得好好的。爸爸去世是第一道裂痕，而今晚这次吵架是第二道。很快裂痕会越来越多，总有一天它会碎掉。那样的话，我们就变成了碎片，没法聚在一起了。我不想那样，可我自己却故意弄出了一条深深的裂痕。"她也长叹了一声，和凯蒂一样。

妈妈走到婴儿篮前。宝宝还在酣睡，对他们痛苦的争吵浑然不觉。弗朗丝看到妈妈用不再灵便的手抱起孩子，走到床边的摇椅前，坐下来，摇晃着孩子。

一时间，弗朗丝的心里只剩下怜悯。"我不该伤害她，"她想，"现在的她除了辛苦和焦虑，还剩下什么呢？现在她只能从小劳丽那里得到安慰。搞不好她会想，现在这样需要她的、她那么深爱的小宝宝，长大以后或许也会跟她反目成仇。"

她走过去，尴尬地把手放在妈妈脸上："没事了，妈妈，我不是有意那么说的。你是对的，我会听你的话。尼利一定要去上学。我们得保证他好好的。"

凯蒂抓住弗朗丝的手:"这才是我的乖女儿。"

"你也别因为我和你顶嘴而生我的气,妈妈。是你教给了我,要为自己认为正确的事情去争取,而我……我以为我是对的。"

"我知道。而且我很高兴你这么做。你一定会出人头地的——无论如何,你的性格像我。"

"这就是问题所在了。"弗朗丝心想,"我们太像了,像到无法理解彼此,因为我们连我们自己都不理解。爸爸和我很不相同,所以我们才能互相理解。妈妈理解尼利,也是因为他们俩不一样。我真希望我也能像尼利那样,跟妈妈截然不同。"

"那咱们俩先和解?"凯蒂笑着问。

"当然啦!"弗朗丝也笑了,亲吻了妈妈的脸颊。

可在心底,她们都明白,两人并没有真正和解,也永远都不会和解。

45

又到了圣诞节。不过今年他们有钱买礼物,冰箱里食物充足,而且公寓里一直都很温暖。当弗朗丝从寒冷的大街上回到家里,感觉那温暖就像是爱人的双臂拥她入怀。不过她也很想知道,被爱人拥入怀中究竟是什么滋味。

尽管没能回去上学,但弗朗丝这段时间过得还算如意。她的工资让他们的生活变得宽裕。妈妈一向公平,当弗朗丝每周可以赚到二十块时,她每周给她五块做零花钱,让她自己付车费、午餐费,还可以买买衣服。另外,她还在威廉斯堡储蓄银行以弗朗丝的名义开了个账户,每周存进去五块钱——给她以后上大学用,她解释说。靠着剩下的十块和尼利每周交上来的一块,凯蒂把他们的生活安排得妥妥当当。这当然算不上很多钱,不过1916年的物价很便宜,诺兰家过得很好。

当尼利发现他的老同学不少都去了东区中学,他便也开开心心地上学去了。放学以后,他又继续回到麦加里蒂的酒馆干活,每周赚两块钱。妈妈让他留一块给自己。他在学校很有地位,因为他手头比大多数人都阔绰,而且他对《裘力斯·恺撒》的故事了如指掌。

两个孩子打开他们的存钱罐,里面已经攒了将近四块钱。尼利添了一块,弗朗丝添了五块,这样他们总共有十块钱可以用来买礼物。圣诞节前一天下午,他们一家三口带着劳丽,一起去购物。

首先要给妈妈买顶新帽子。在帽店,他们让妈妈坐在椅子上,抱着宝宝,两人在后面给她试戴帽子。弗朗丝想给妈妈买一顶翡翠色的天鹅绒帽子,但威廉斯堡没有这种款式。妈妈觉得自己买顶黑帽子就够了。

"今天是我们给你买帽子,我们做主。"弗朗丝说,"你就别再买那么丧气的颜色了。"

"试试这顶红的,妈妈。"尼利提议道。

"不,我要窗口那个暗绿色的。"

"那个是新款,"女店主说,从橱窗里把它拿下来,"我们叫它苔藓绿。"她直接把帽子扣在凯蒂头上,凯蒂随手一拨,让帽檐斜过来。

"这样刚刚好!"尼利宣布说。

"妈妈,你这样真好看。"弗朗丝评价道。

"我喜欢。"妈妈打定主意。"多少钱?"她问店主。店主深吸一口气，诺兰家也明白讨价还价的时刻已经到来，时刻准备应战。

"我跟你们讲……"女人开口道。

"多少钱？"凯蒂生硬地追问。

"在纽约，同样的款式，你们得花十块钱。不过……"

"要是打算花十块钱买帽子，我们就直接去纽约了。"

"话不能这么说。一样的颜色，一样的款式，你们在沃纳梅克也得花七块五。"一个意味深长的停顿之后，她接着说，"这个我卖给你们，五块得了。"

"我们打算花两块。"

"你们给我滚出去！"女人夸张地嚷道。

"那行吧。"凯蒂抱着孩子起身，作势要走。

"哎呀，你们着什么急。"女人又把她摁回椅子上。她把帽子装进纸袋，"这样吧，四块五，你们拿走。相信我，就算我婆婆来，这个价钱我都不会卖。"

"我相信你，"凯蒂心想，"要是你婆婆跟我婆婆一样，那这太正常了。"于是她大声说："这帽子挺好的，但我们只打算花两块买帽子。不行我们就去别家转转，虽然可能挑不到这么好看的，但是帽子嘛，能挡风就可以了。"

"听姐姐我一句，"女店主换上语重心长的口气，"人家都说，我们犹太人把钱看得比什么都重要。可我不是那样的人。在我的店里，好帽子就应该配漂亮女人。"她把手放在胸口，"妹妹——我赚多少钱真不要紧，你戴着好看，我可以不赚钱。"她把帽子塞到凯蒂手里，"拿着吧，四块，这是我进货的价。"她叹了口气，"唉，我这样的人就不该开店做生意，我去当画家比较合适。"

杀价大战还在继续。讲到二块五，凯蒂清楚，她应该不会答应再继续杀价了。她假装要走,以此来试探。这次女人没再拦她。弗朗丝向尼利点点头,后者便付给那女人两块五。

"妹妹,出去别说我是这个价卖给你的。"店主提醒道。

"我们不会的。"弗朗丝承诺道,"给我们个帽盒吧。"

"帽盒加一毛——这也是成本价。"

"装袋就行了。"凯蒂阻拦道。

"这是给你的圣诞礼物,"弗朗丝说,"应该装个盒。"

于是尼利又掏出一毛钱。帽子被用纸包好,放进帽盒里。"我这么便宜卖给你们,以后买帽子记得还来我这儿。不过下次你们就别想占这么大便宜了。"凯蒂笑了。他们离开时,店主还在身后喊:"戴好帽子,过好日子!"

"谢谢。"

当门关上时,女人苦闷地低声骂了一句:"异邦佬!"她还朝他们离去的方向啐了一口。

来到街上,尼利说:"怪不得妈妈五年才买一顶新帽子,原来买帽子这么麻烦。"

"麻烦?"弗朗丝说,"这有什么麻烦的,你不觉得很有意思吗?"

接下来,他们要去赛格乐先生的服装店,给劳丽买一套小毛衣,作为她的圣诞礼物。赛格乐先生一看到弗朗丝,便责怪起她来:

"你这个小丫头!终于想起到我这里来了?是不是别人家的货都卖完了,才想起来我这儿?其他店的东西可能确实便宜点,但他们上的都是库存货,还有坏的,不是吗?"他转向凯蒂解释道:"这么多年,这小丫头一直在我店里给她爸爸买假衬衫和纸领子。但过去一整年她都没有来。"

"她爸爸一年前过世了。"凯蒂解释道。

赛格乐先生抬起手,猛拍自己的脑门。"你们瞧瞧我这人,嘴上没把门的,什么话都往外说。"他表示很抱歉。

"没关系。"凯蒂安慰道。

"我这人总是这样。人家什么都不跟我说,我什么也不知道。"

"这也没办法。"凯蒂说。

"所以,"他轻快地回到正题,"有什么可以帮你们的?"

"我们想给一个七个月大的孩子买一身小毛衣。"

"我刚好有辣(那)个尺寸的。"

他从箱子里翻出一套蓝色小毛衣。但他们把衣服放到小劳丽身上比量时,却发现小上衣只到她肚脐眼,而小裤子只到膝盖下面一点。他们又比量了其他小衣服,发现两岁大的尺码给她穿刚好合适。赛格乐先生非常开心。

"乖乖——我干这行二十年了,在格兰大街十五年,格雷厄姆大道五年,从没见过七个月的孩子长这么快。"听了这话,诺兰一家人感到骄傲。

这次省了讨价还价,因为赛格乐先生的店是明码标价。尼利点出三块钱。他们当场就给小劳丽换上了新衣服。小衣服上的帽子刚好扣在她耳朵上方,煞是可爱。明快的蓝色衬得她的皮肤更显红润。这孩子像是明白大家在给她买礼物似的——她笑得很开心,露出两颗小白牙。

"哦,可爱的小宝贝①。"赛格乐先生十指交叠,握在胸前,像是在祈祷。"你一定要健康长大。"这次的祝愿是真诚的,没有随着吐

---

①原文为德文。

口水而被抵消。

妈妈带着孩子和新帽子先回家,尼利和弗朗丝还要继续购物。他们先给伊芙姨妈家的表弟表妹们买了些小礼物,又给茜茜的宝宝挑了些东西。然后,就轮到他们自己的礼物了。

"我告诉你我想要什么,你来给我买。"尼利说。

"好啊,你想要什么?"

"鞋罩①。"

"鞋罩?"弗朗丝大声确认。

"要珍珠灰的。"尼利坚定地说。

"你真想要……"

"中号刚好。"

"你怎么知道尺寸的?"

"我昨天去试过了。"

他给了弗朗丝一块五,弗朗丝买下了鞋罩。她让店员包好,放在盒子里。回到街上,她把包裹递给尼利。两人神情都很严肃。

"这是我送给你的礼物。圣诞快乐。"弗朗丝说。

"谢谢你。"他也正式予以回应,"你想要什么?"

"联合大道附近那家商店橱窗里的黑色蕾丝舞裙。"

"这是你们女孩的那种衣服吧。"尼利有点紧张。

"嗯哼。腰围二十四,胸围三十二。两块钱。"

"你自己买吧,我不好意思跟人家说这些。"

于是她自己把这套期待已久的小裙子买了回来——底裤和胸罩都

---

①一种罩在鞋子上的防尘用品,兼具装饰功能,高度通常在脚踝以上,侧面四粒扣子,带子穿过鞋底,由金属搭扣调节长短并固定。在19—20世纪初较为常见,一度成为绅士着装的标准配置,需在正式场合穿戴。

是用黑色蕾丝做成的，中间有一条窄窄的黑色缎带固定。尼利看都不好意思看，只嘟哝了一句"不客气"，作为对姐姐感谢的回应。

两人路过卖圣诞树的路边摊。"还记得那次吧，"尼利说，"那人把最大的圣诞树扔给了咱们。"

"当然！到现在那回被砸中的地方有时候还会疼。"

"还有爸爸帮我们把树搬回家，他还唱着歌。"尼利回忆道。

那天有好几次，人们提起了爸爸，或是让她想起爸爸。可弗朗丝感觉到的只有一股股温柔，而不再有刺痛的感觉。"我是不是已经忘了他了？"她想，"以后我会不会想不起来他？可能真的就像玛丽·罗穆利外婆说的，'时间如潮水，一切都会被带走'。头一年是很难的，因为上次还有他跟我们一起投票，跟我们一起吃感恩节大餐。可明年就是第二年了，他——而且随着时间的推移，想起他会越来越难，关于他的记忆也会越来越模糊。"

"你看！"尼利抓起她的胳膊，指着木盆里一棵两尺高的杉树。

"它还没长大呢！"她喊道。

"当然啦！它们一开始都没长大。"

"我知道。可是这么小的树，也经常被人砍掉，它都没来得及长大。我们把它买下来吧，尼利。"

"买它干吗？它这么小。"

"但它是有根的。"

他们把这棵树带回家，凯蒂仔细检查了一番，眉头紧锁，像是在思考什么。"不错，"她说，"等圣诞节过完，我们把它放到太平梯上，让它能晒到太阳。再经常给它浇浇水，施点马粪什么的。"

"马粪就算了吧，"弗朗丝赶忙抗议，"你可别让我们出去捡。"

小时候，捡马粪是他们最害怕的差事。玛丽·罗穆利外婆曾在窗台上养过一排红艳艳的天竺葵，长势喜人，就是因为每个月弗朗丝或者尼利都要拿着雪茄盒上街，捡上两盒马粪送给她。每次送马粪，外婆都会给孩子两分钱。弗朗丝一直羞于承担这一差事，有一次，她曾向外婆抗议。外婆回答道：

"唉，真是一代不如一代啊！在奥地利那会儿，我的兄弟都是用大车装马粪，一车一车地运。他们又强壮又可靠。"

"可不是嘛，"弗朗丝在心里嘀咕，"天天捡马粪，不强壮不可靠谁做得来。"

凯蒂继续说："现在我们有了一棵树，就必须好好照顾它，让它成长。你要是不好意思，可以半夜出去捡。"

"现在马越来越少见了——人们都开始用汽车了，马粪不好弄。"尼利也争辩。

"到汽车开不了的鹅卵石路上捡，没有马粪就等马出来，跟在它屁股后头，捡到为止。"

"唉，"尼利开始抱怨，"我们买这棵树干吗？"

"嘿，"弗朗丝说，"咱们没必要为难呀，现在也不是以前了。我们可以付五分钱给街上的小孩，让他们帮我们。"

"哦，对！"尼利长舒一口气，表示赞同。

"但我觉得，"妈妈说，"你们应该用自己的双手照料这棵树。"

"穷人和富人的区别，"弗朗丝说，"就在于穷人什么事都要靠自己的双手，而富人可以雇人做事。我们已经不再是穷人了，可以花钱雇人帮忙。"

"那我宁愿一直做穷人，"凯蒂说，"我只觉得自己这双手靠得住。"

像往常一样，当妈妈和姐姐开始这样漫长的对话时，尼利就会失去耐心。为了转移话题，他愣头愣脑地说："嘿，我敢打赌，劳丽现在跟这棵树一样高。"于是他们把宝宝抱过来，跟树比高。

"真有辣（那）么高。"弗朗丝模仿赛格乐先生的口音说道。

"不知道她们俩谁长得快。"尼利说。

"咱们没养过小猫小狗，不如就养这棵树当宠物吧，尼利。"

"哎，树不能当宠物吧？"

"怎么不能？它也有生命，会呼吸，对吧？我们给它取个名字——叫它'安妮'好了！树叫安妮，宝宝叫劳丽，刚好就是那首歌了。"

"我说老姐——"尼利说。

"怎么了？"

"我觉得你疯了。"

"我知道这有点奇怪，但很有意思，不是吗？今天我不想做诺兰小姐，不想做模范新闻剪报公司的首席读报员，我想做小孩子，就像之前咱们一起捡垃圾去废品站换钱时那样。"

"而且你本来就是，"凯蒂说，"你才刚满十五岁。"

"是吗？如果你看到尼利给我买的圣诞礼物，你就不会这么想了。"

"是你让我给你买的圣诞礼物。"尼利赶忙纠正。

"让妈妈看看你让我给你买的圣诞礼物吧，小机灵鬼。快拿过来。"弗朗丝催促道。

当他拿给妈妈看时，妈妈和弗朗丝当时一样诧异："鞋罩？"

"哎呀，我脚冷。"尼利解释道。

弗朗丝则展示了她的小舞裙。妈妈发出了"哦，老天！"的惊叹。

"你是不是觉得只有放荡的女人才会穿这种衣服？"弗朗丝满怀希望地问道。

"如果有人穿这个上街，我估计她会得肺炎。咱们晚上吃什么？"

"你不打算反对吗？"弗朗丝很失望，因为妈妈没有提出异议。

"不。所有女孩都会经历这个想要一套黑色小短裙的时期，你只不过比别人早一点。很快你就不会这么想了。咱们先把昨天的汤热一下，喝完，汤里还有肉和土豆……"

"妈妈总觉得她什么都知道。"弗朗丝悻悻地想。

他们一起参加了圣诞节早晨的弥撒。凯蒂为约翰尼的灵魂做了祷告，愿他安息。

她戴上了新帽子，看上去非常漂亮。孩子们也都换上了新衣服，喜气洋洋。尼利穿上了新鞋罩，很有绅士风度地承担起抱孩子的重任。走到斯塔格街，一些在糖果店门口游荡的男孩取笑他。尼利脸红了。弗朗丝知道他们是在取笑他的鞋罩。为了让他好受一点，弗朗丝提出她想抱一会儿孩子，假装尼利被他们取笑是因为这个。但尼利拒绝了，他和她一样清楚，问题在于他的鞋罩。他为威廉斯堡人的狭隘感到心痛，决定一回家就把鞋罩收起来。在搬到一个更体面的社区之前，他不会再穿了。

弗朗丝穿着她的小裙子，只在外面裹了件大衣，冻得瑟瑟发抖，每当刺骨的寒风扑面而来，她都感觉自己里面根本没穿衣服似的。"唉，我好后悔——我为什么不套上法兰绒灯笼裤。"她在心里嘀咕,"妈妈说得对,穿这个衣服上街确实容易得肺炎。但我不会向她屈服,不会让她知道我很后悔。不过这身衣服我也得收起来了,等夏天再穿。"

他们提前到了教堂,占到前排一整排座位,把劳丽整个放在上面。几个迟一步来的人在门口眺望,还以为宝宝的位置是空座,可是来到入口,却发现劳丽横躺着,占了两个座位。他们狠狠地瞥了一本正经坐着的凯蒂一眼,后者当然不甘示弱,加倍瞪了回去。

弗朗丝认为这是布鲁克林最漂亮的教堂,它的主体由古色古香的灰色石头砌成,双尖塔直冲云霄,高耸在这一地区最高的公寓楼之上。教堂内部有高高的穹顶、狭长凹陷的彩色玻璃窗,以及精雕细琢的祭坛,尽管规模不大,却颇具大教堂的气派。弗朗丝以中央的祭坛为傲,因为左边的祭坛正是罗穆利外公在半个多世纪之前雕刻的。当时他还是一个刚从奥地利远渡重洋抵达这里的年轻人,不情愿地以工代捐。

这个节俭的人当时还把边角木料收集起来,带回家里,执拗地把这些受过祝福的材料拼接在一起,雕刻出三个小十字架。每当一个女儿出嫁,当天玛丽就会送给她一个,并嘱咐说这个十字架要传给她们的第一个女儿。

凯蒂的十字架现在高高地挂在家里壁炉上方的墙上。等弗朗丝结婚,她就能得到这份礼物了。她很自豪,因为那个十字架的材料正是来自这个精美的祭坛。

今天,祭坛被装饰一新,四周缀着鲜艳的一品红和杉树枝,点燃的蜡烛在枝叶间发出点点亮光。祭坛里面是那小小的马棚。弗朗丝知道,里面是马利亚、约瑟夫、东方三博士、牧羊人的雕刻小人,它们围绕着马槽里的小婴儿站立,亦如一百年前它们从老国家被带到这里时那样。

牧师进来了,身后跟着辅祭男童。牧师身上罩着一件白色缎子的十字褡,身前身后都戴着金色十字架。弗朗丝知道,这件罩衣代表的是人们在把耶稣钉上十字架之前,从他身上剥下来的那件无缝袍。传说那袍子是圣母马利亚亲手缝制的。还传说,在蒙难地,士兵们不愿割碎这件衣服,只好掷骰子来决定它的归属。

弗朗丝沉浸在自己的思绪中,错过了弥撒的开头。她回过神,聆听着熟悉的拉丁文译文。

神啊,我的神,我要弹琴来称赞你。为何如此忧伤,我的灵魂,为何在我身体里难以安定?

神父以他深沉浑厚的声音吟唱道。

仰望上帝,因赞美仍将归于他。

辅祭男童应和道。

荣耀永归于圣父、圣子、圣灵。
一如太初、当下,直到永远,到世界的终了,阿门。

辅祭男童应和道。

我要到神的祭坛去。

神父唱道。

我的神，他为我的青春带来欢愉。

辅祭男童应和道。

我们的救护，以神之名。
他开创天地。

神父鞠躬，接着背诵起《悔罪祷词》。

弗朗丝打心底相信，这祭坛就是蒙难地，而耶稣将再一次被献祭。她听着献祭词，一为圣体，一为圣血。她相信神父的话便是一柄利剑，隐秘地将耶稣的身体与血分开。而且她知道，耶稣是完全真实的存在，他的身体、血、灵魂以及神性都在这金杯盛的酒和金盘盛的面包当中，尽管她不知道该如何解释。

"这是一个美丽的宗教，"她思忖着，"我希望自己能对它有更多了解。不，我不想全部了解，因为它的美丽正源于它的神秘，就像上帝本身永远是个谜。有时我说我不信上帝，但我只有在生他气的时候才会么说——因为我信！我信！我相信上帝、耶稣和圣母马利亚。我是个糟糕的天主教徒，因为偶尔我会错过弥撒，还会为忏悔而抱怨，只因为我觉得自己不过是身不由己地犯了错，却要沉痛地悔罪。可无论是好是坏，我都是一个天主教徒，不会成为别的什么了。

"当然，我并不是生而为天主教徒，就像我也不是生而为美国人。但我很高兴自己拥有这两种身份。"

神父走过蜿蜒曲折的台阶,来到讲台之上。"请各位一同祷告,"他用他那洪亮的声音说,"为约翰·诺兰灵魂的安息。"

伴随着如同泣诉般的低语,近千人一同跪下,为一个在他们中只有十几个人认识的人的灵魂做了短暂的祈祷。弗朗丝也为那些炼狱中的灵魂祈祷着:

好心的耶稣啊,你的慈爱之心终究为他人的悲哀劳碌。请你怜悯炼狱之中我们挚爱之人的灵魂。哦,神啊,你爱你的人,请你怜悯我的哀告……

46

"再过十分钟,"弗朗丝宣布,"就到1917年了。"

弗朗丝和弟弟并排坐在厨房灶台前,穿着长袜子的脚伸在尚有余温的炉膛里取暖。妈妈再三叮嘱他们,要在午夜前五分钟喊她起来,她先去打个盹儿。

"我有预感,"弗朗丝继续说,"1917年会是咱们家最重要的一年。"

"你每年都这么说。"尼利指出,"1915年,你就说那一年最重要,然后是1916年,现在又说1917年。"

"肯定很重要。首先,明年我就真的满十六岁了,而不仅仅是在公司里。还有其他重要的事情已经开始了。房东这两天在装电线。过几个星期,我们就可以用电,不用再用煤气了。"

"那倒不错。"

"然后他会把这些炉子都拆掉,换成蒸汽供热器。"

"唉,我还挺舍不得这个老炉子的。还记得以前(两年前),我经常坐在上面吗?"

"那时候我还一直担心你的屁股会着火。"

"我现在还想上去坐一会儿。"

"那你坐呗。"

于是尼利坐了上去,远离炉膛中心,那个位置有点温度,但不至于烤人。"还记得吗?"弗朗丝说,"我们以前还在这上面做算术题。后来爸爸弄来一块真正的黑板擦,它就跟学校里的黑板没什么差别了,只不过是平放的。"

"记得。那都过去好久了。不过老姐,你不能因为咱们要用电和蒸汽供热器了,就说1917年会是最重要的一年。这两样东西其他公寓早就有了,没什么稀奇的。"

"1917年最重要的是我们就要参战了。"

"啥时候?"

"很快。下周——最迟下个月。"

"你怎么知道?"

"我天天看报纸,老弟,一天两百份。"

"哦,老天!我希望战争能多打一会儿,那样我就有机会当海军了。"

"谁要当海军?"他们扭过头,吓了一跳。妈妈正站在卧室门口。

"我们说着玩的,妈妈。"弗朗丝解释道。

"你们忘了叫我,"妈妈责怪道,"我听到外面有人吹哨子,现在一定已经过年了。"

弗朗丝打开窗户。是夜无风,冰冷,万籁俱寂。院子对面的房屋依旧是黑沉沉的。当三个人都站到窗前时,教堂欢快的钟声刚好传来,然后,其他钟声接踵而至。哨子声加入进来,汽笛也不甘寂寞。嘈杂的声音中又添上了铁皮喇叭。有人打了一发空包弹。人声与猫叫声此起彼伏。

1917年啦!

声音停下来,空气中弥漫着等待的氛围。有人唱起歌来:

怎能忘记旧日朋友,
心中能不怀想……

诺兰家跟着唱了起来,邻居们也一个接一个加入进来。大家一齐唱着,但唱着唱着,不和谐的声音出现了。一群德国移民加入进来,声音越来越大,非要挤进《友谊地久天长》的旋律里来:

啊,花园小屋,
花园小屋,
花园小屋。
哦,你真美丽,
哦,你真美丽,
哦,你这美丽的花园小屋。①

---

①原文为德文。

有人喊道："闭嘴吧，你们这帮蠢货！"作为回应，德国移民的嗓门越来越大，彻底盖过了《友谊地久天长》。

作为报复，爱尔兰移民即兴创作了一首新歌，歌声飘过黑沉沉的庭院：

啊，恶心的歌，
恶心的歌，
恶心的歌。
哦，吵死人了，
哦，吵死人了，
哦，这恶心的歌真是吵死人了。

窗户关上的声音不断传来，显然意大利移民和犹太移民都退出了战局，把战场腾给爱尔兰移民和德国移民。德国移民越唱越下流，越来越多的声音加入进来，他们最终把这首即兴创作的歌曲也盖了过去，就像他们盖过《友谊地久天长》一样。德国人赢了，他们在胜利的号叫声中唱完了那首没完没了的歌。

弗朗丝缩了下身子。"我不喜欢德国人。"她说。

"他们总是——只要想要什么，肯定不会撒手。而且他们总想赢。"

夜再一次沉静下来。弗朗丝拉着妈妈和尼利来到窗前。"大家一起喊，"她命令道，"各位，新年快乐！"

瞬间的沉默过后，一个粗重的带有爱尔兰口音的声音传来："新年好啊，诺兰家的！"

"这是谁啊？"凯蒂疑惑地问。

"你也新年好，脏兮兮的爱尔兰佬！"尼利嚷道。

妈妈赶紧捂上他的嘴，把他从窗口拉回来。弗朗丝关上窗户，三个人在屋里笑作一团。

"看把你能耐的！"弗朗丝笑得都快岔气了。

"他知道我们是谁，搞不好会来打……打……打架。"妈妈也笑得不行，只能扶着桌子，勉强开口，"那人……那人是谁啊？"

"糟老头奥布莱恩。上周他把我从他家院子里赶走了。脏兮兮的爱尔兰佬……"

"嘘！"妈妈说，"早就跟你说了，新年头一天干什么，这一年都得那么过。"

"你也不想自己跟个坏掉的唱片一样，天天跟人说'脏兮兮的爱尔兰佬'，对吧？"弗朗丝说，"再说了，你自己不也是爱尔兰人？"

"你也是啊！"尼利回嘴道。

"而且我还嫁了个爱尔兰人。"凯蒂说。

"那咱们爱尔兰人是不是得在新年夜喝一杯？"弗朗丝提议道。

"当然，"妈妈说，"我这就给你们调一杯。"

圣诞节时，麦加里蒂送给诺兰家一瓶上好的白兰地。凯蒂把它拿出来，在三只高脚杯里各倒了一点。然后她往每个杯子里打了一个鸡蛋，倒上一点加了糖的牛奶，最后撒上一点肉豆蔻粉。

做这些的时候，她的手很稳。但她心里一直在担心孩子们会像约翰尼一样染上酗酒的恶习，尽管过年喝上一杯是很重要的仪式。她曾试图在家里对酒持开放态度，因为她想到，如果明令禁酒，这两个有主见的孩子搞不好会因此偷偷犯禁。另一方面，如果她完全不加管束，他们可能会觉得喝醉酒是正常的事情。于是她决定既非完全不管,也不严格约束:在家里喝酒是可以的,喝酒是一件在节庆当中可以适度放纵的事情。好吧,新年正是这样的时刻。她把酒递给两个孩子。这些事情,还得看他们自己把握。

"我们为什么喝?"弗朗丝问。

"为了希望,"凯蒂说,"希望我们一家人,可以永远像今晚这样在一起。"

"等等!"弗朗丝说,"把劳丽抱过来,她也得和我们在一起。"

凯蒂把睡得正香的宝宝抱出来,带她来到温暖的厨房。劳丽睁开眼睛,露出两颗小白牙,迷迷糊糊地笑了。然后她把头趴在凯蒂肩膀上,又睡着了。

"现在!"弗朗丝举起酒杯,"为我们永远在一起,干杯!"碰杯过后,他们开始喝酒。

尼利尝了一口,皱起眉头,说他宁愿喝牛奶,然后起身把剩下的酒倒进水槽,给自己弄了杯凉牛奶。凯蒂看着弗朗丝喝光了杯子里的酒,不禁有点担心。

"好喝,"弗朗丝评价道,"挺不错的,但还是没有香草冰激凌汽水一半好喝。"

"我在担心什么呢?"凯蒂心里的一块石头落了地,"这两个孩子不光是诺兰家的人,他们也有罗穆利家一半的血统,而我们罗穆利家是不喝酒的。"

"尼利,我们去屋顶看看吧,"弗朗丝一时兴起,"去看看新的一年世界是什么样?"

"好啊!"尼利同意。

"把鞋穿上,"妈妈命令道,"还有外套。"

两人爬上摇摇晃晃的木楼梯，尼利推开天窗，他们上了屋顶。

夜色茫茫而清冷。四下无风，空气中只有寒冷与静谧。星光闪烁，低垂在空中。星星太多了，以至于把夜空都染成了深邃的钴蓝色。尽管看不到月亮，但星光比月光更有看头。

弗朗丝踮起脚尖，张开双臂。"哦，我想拥抱这一切！"她喊道，"我想拥抱这样的夜晚——没有风，只有清澈的寒冷，还有咫尺之遥的星光，那么闪亮。我想紧紧拥抱这一切，直到它们喊：'放开我！让我走！'"

"老姐，你往里站一点，"尼利不安地提醒，"当心掉下去。"

"我需要一个人，"她绝望地想，"我需要一个人，能够紧紧地拥抱我。而且我需要的不只是拥抱。我需要有人能理解我此时此刻的感受。理解一定得是拥抱的一部分。

"我爱妈妈、尼利和劳丽。但我需要去爱另一个人，一个能让我用其他方式去爱的人。

"如果我跟妈妈说这些，她会说：'哦，是吗？好吧。但当你有这种想法的时候，不要跟男孩子待在楼道的暗处。'她也会担心，认为我会变成茜茜姨妈以前的样子。但我和茜茜姨妈不同。我渴望理解更甚于拥抱。如果我跟茜茜姨妈或是伊芙姨妈说，她们也会像妈妈一样回答我，尽管茜茜姨妈十四岁结婚，伊芙姨妈十六岁，而妈妈结婚时也还是个女孩。不过她们都把过去忘了——她们会告诉我，我还太年轻，不该有这些想法。我确实很年轻，也许吧，我才十五岁。但有些事情，我已经很成熟了。但我没有可以拥抱的人，也没有人可理解。也许总有一天——总有一天——

"尼利，如果你一定得死，现在就死是不是很好——在一个一切都很完美的时刻，就像现在这样？"

"老姐——"尼利说。

"怎么啦?"

"我看你是被那杯牛奶兑酒灌醉了。"

她握紧双拳,朝他走去:"你胡说!你胡说!"

尼利往后退了两步,被她的愤怒吓到了。"哎……哎……那也没什么。"他结结巴巴地说,"我自己也喝醉过。"

好奇让她暂时不生气了:"你喝醉过,尼利?真的吗?"

"是啊!酒馆有个伙计拿了几瓶啤酒,我们在地下室里喝。我喝了两瓶就醉了。"

"那是什么感觉?"

"首先感觉世界上下颠倒了。然后——你知道那种一分钱一个的万花筒吧,你从小的那头往里看,然后再换大的那头,彩色纸片会在中间来回跑,每次看见的东西都不一样,我当时感觉世界就变成了那个样子。不过最重要的是,我感觉头很晕,之后我就吐了。"

"这么说我也喝醉过。"

"也是因为喝啤酒?"

"不是,去年春天,在麦卡伦公园,我头一次见到了郁金香。"

"你都没见过郁金香,怎么就知道那是郁金香?"

"我看过图片。好吧,当我看着它,注视它的形状、叶子,花瓣红得那么漂亮,还有里面的一点黄,我就感觉整个世界都天翻地覆了,一切都像是万花筒里的样子,就像你说的。我当时也头晕得厉害,在长椅上坐了好一会儿。"

"你也吐了?"

"那倒没有。"她回答,"而且我今晚也有那种感觉,但我知道不是因为那杯牛奶兑酒。"

"啊!"

她想起了什么:"妈妈给我们调奶酒,是在试验咱们。我知道。"

"可怜的妈妈。"尼利说,"不过她也不用为我担心。我再也不会喝醉了,吐的滋味太难受了。"

"她也不用为我担心。不用喝酒我就能醉。看到郁金香我就会醉——或者是遇到今晚这样的夜晚。"

"今晚确实很开心。"尼利同意。

"它这么静谧、明亮——几乎——圣洁。"

她等待着。如果爸爸陪在她身边……

尼利开口唱起歌来:

平安夜,圣善夜,

真宁静,真光明。

"他和爸爸一模一样。"弗朗丝心想,有点开心。

她俯瞰着布鲁克林。星光时隐时现。她望着房屋的平顶,高低错落,偶尔穿插着遗留下来的旧式斜屋顶。她看到了屋顶上的烟囱——一些烟囱旁边放置着鸽棚,看不真切——偶尔,甚至有鸽子困倦的咕咕声隐隐传来。教堂的双塔尖,远远地伫立在黑暗的公寓楼上方。在街区的尽头,那座雄伟的大桥,如同一声叹息,划过东河,消失——消失——在对岸。漆黑的东河在大桥下方流淌,远处是朦朦胧胧的纽约天际线。纽约看上去,仿佛一座用纸板拼剪出来的城市。

"这里最好了。"弗朗丝说。

"哪里?"

"布鲁克林。它很神奇。它不是真实存在的。"

"它和其他地方没什么两样。"

"不是的!我每天都去纽约。纽约就和它不一样。还有一次我去贝永看一个同事,她生病在家。贝永和它也不一样。布鲁克林是神秘的。就像——没错——就像一场梦。这些房子、街道都不是真实的。人也不是。"

"他们太真实了——成天吵吵闹闹、大喊大叫。他们是真的穷,而且是真的脏。"

"但这就像是一个关于贫穷和争吵的梦。他们不会真正感觉到这些东西。这一切就像是发生在梦里。"

"布鲁克林和其他地方没什么不同。"尼利坚称,"只是你的想象力让它变得不同了。不过没关系,"他大度地补充,"只要这样能让你开心就好。"

尼利!他好像妈妈,又好像爸爸。他身上集合了两个人最好的部分。她好爱她的弟弟,想伸手抱住他,亲吻他。可他就像妈妈一样,讨厌这种情感外露的表现。如果她吻他,他只会生气,把她推开。于是,她伸出了手。

"新年快乐,尼利。"

"你也新年快乐。"

姐弟俩郑重地握了握手。

47

在圣诞假期这短短几天,诺兰家几乎回到了从前的状态。但假期一结束，一切又走上新的轨道。自从约翰尼去世，他们就过上了新的生活。

首先是钢琴课彻底停了。弗朗丝已经三个多月没摸过琴，尼利每晚倒是会在附近的冰激凌店弹琴。他的拉格泰姆舞曲一直很拿手，在爵士乐方面更是堪称专家。他能让钢琴讲话——人们都这么说——而且很受欢迎。演奏的报酬是免费的汽水。有时谢弗利会在周六晚上给他一块钱，让他弹一整晚。弗朗丝不喜欢他这样，就跟妈妈说了。

"我不想让他这样，妈妈。"她说。

"可这有什么不好呢？"

"他不该养成为了免费饮料去弹琴的习惯，这不就像……"她犹豫了一下，凯蒂接过她的话头。

"像你爸爸那样？不，他不会的。你爸爸在外面唱的从来不是自己喜欢的歌，比如《安妮·劳丽》或者《夏日最后的玫瑰》。他唱的都是人们愿意听的《可爱的艾德琳》或者《在老磨坊河边》。尼利不一样，他弹的都是自己喜欢的，不管别人在不在乎。"

"你的意思是，爸爸只是个歌手，而尼利是艺术家。"

"嗯……是的。"凯蒂正面承认了。

"我觉得你有点太惯着他了。"

凯蒂皱了皱眉头，弗朗丝只好放弃这个话题。

而自从尼利上了中学，他们也不再读《圣经》和《莎士比亚全集》了。尼利说他们在学校里学《裘力斯·恺撒》，而且校长每逢集会都会读《圣经》，这对他来说已经够了。弗朗丝也说自己没法读了，因为白天要一直看报纸，眼睛受不了。凯蒂也没有坚持，她觉得两个孩子已经长大了，读不读是他们自己的事。

下班后的弗朗丝感到孤独。诺兰家直到晚饭才能凑在一起，连小劳丽也会坐在高脚椅上"上桌"吃饭。吃完晚饭，尼利就会出门，不是跟朋友们出去玩，就是在冰激凌店弹琴。妈妈看一会儿报纸，八点钟就带劳丽上床睡觉了（她还是每天五点起床，趁弗朗丝和尼利还没上班，能在家照看孩子的工夫，把大部分清洁工作做完）。

弗朗丝很少看电影，因为银幕闪来闪去，伤眼睛。现在戏剧也没的看了，大部分剧团都倒闭了。此外，她之前在百老汇看了一场高尔斯华绥的《正义》，巴里摩尔演的，品位也提高了，瞧不上之前那些剧团的演出了。去年秋天，她看了一部很喜欢的电影：娜兹莫娃的《战争新娘》。她很想再看一次，却在报纸上看到消息，说因为战争迫在眉睫，这部电影被禁演了。她还有一段美好的记忆，那就是曾经在布鲁克林一个陌生的街区，看了伟大的莎拉·伯恩哈特在基思杂耍剧场演出的独幕剧。这位伟大的女演员当时已经七十岁，可看上去却像是三四十岁的样子。弗朗丝不懂法语，可她看出这部剧的核心是女演员被截肢的腿。伯恩哈特扮演了一位在战争中失去一条腿的法国士兵。弗朗丝不时听到"德国鬼子"这个词，她也不会忘记伯恩哈特那火红的头发和迷人的声音。她把这段记忆珍藏在自己的剪贴簿中。

可几个月来，她只有这三个充实的夜晚。

这一年的春天来得很早。温暖的、甜甜的夜晚让弗朗丝坐立不安。她到大街上走来走去，在公园里徘徊。无论走到哪里，她都能看到男孩和女孩在一起：手拉着手一起走；坐在公园长椅上相互依偎；或是在楼道门口紧紧相拥，沉默不语。除了弗朗丝，这世界上的所有人都有心上人或好友相伴。她似乎是布鲁克林唯一一个孤独的人。

1917年3月，在街坊四邻的脑海或是话语中，唯一的主题是迫在眉睫的战争。一个住在公寓楼里的寡妇只有一个儿子,她担心儿子会被送去前线,于是给他买了一支长号,还送他去上课,以为这样就算儿子应征入伍,也会被送进军乐队,只在游行检阅时出来吹吹号就行,不用上前线打仗了。公寓里的人都被他坚持不懈的练习折磨得死去活来,以至于一个机灵鬼心生一计,找到他母亲,说自己有内幕消息,军乐队打仗的时候要冲在最前头,没几个能活命。他母亲听说后吓得魂不附体,赶忙把长号送进当铺,当票直接撕掉。这样公寓才恢复了往日的安宁。

每天吃晚饭时,凯蒂都会问弗朗丝:"要打仗了吗?"

"还没有,但随时都有可能开战。"

"哦,我希望越早越好。"

"你希望开战?"

"那倒不是。但如果一定要打,那就越早越好。早打早结束。"

然而茜茜又掀起了波澜,让他们把战争的阴影暂时抛在脑后。

茜茜已经结束了自己的放荡岁月,本来应该安心于波澜不惊的中年生活。可这时她却突然疯狂地爱上了已经跟自己结婚五年的这个约翰,害得全家不得安宁。不仅如此,她还让自己当了寡妇,离了婚,结了婚,怀了孕——这一切都是在十天内发生的。

和往常一样,威廉斯堡人最喜欢的报纸《标准联合报》在下午快下班的时候被送到了弗朗丝的桌子上。也和往常一样,她把这份报纸带回家,这样凯蒂在晚饭后就可以读了。第二天早上,弗朗丝会把它带回公司,再开始阅读、标记。因为她从不在工作时间以外看报纸,因此当时她并不知道那天的报纸上写了什么。

晚饭后,凯蒂坐在窗边看报纸。翻到第三版,她突然惊呼:

"哦,老天!"弗朗丝和尼利赶忙跑到她身后看。凯蒂指着一个标题:

英雄消防员于沃尔伯特市场大火中不幸殉职

下面还有一行小标题:他本已计划下个月光荣退休。

看完整篇报道,弗朗丝才明白,这位英雄消防员就是茜茜的第一任丈夫。报上还登了一张茜茜二十年前的照片——她留着高高的贵妇发型,穿着夸张的羊腿袖裙子。那时她才十六岁。照片下面还有一行小字:英雄消防员的遗孀。

"哦,老天!"凯蒂又喊了一遍,"看来他没有再婚,而且一直留着茜茜的照片。等他去世后,其他人在他的遗物中找到了这个。"

"我得马上过去,"凯蒂脱下围裙,一边拿帽子,一边解释说,"茜茜的约翰也看报纸,她之前告诉人家她已经离婚了。现在知道了真相,他怕是会杀了她,至少会把她赶走。"她又补充了一句:"可她带着孩子,又带着老妈,能去哪儿啊?"

"那人看上去挺好的。"弗朗丝说,"我想他不会那么做的。"

"谁知道他会做什么,我们对他一无所知。他在这个家里就是一个陌生人,一直都是。愿上帝保佑我去得不算晚。"

弗朗丝坚持要一起去,尼利答应留下来看孩子,条件是她们回来之后要把发生的事情一五一十地讲给他听。

等她们赶到茜茜家,发现她激动得满脸通红。玛丽·罗穆利外婆已经带着孩子去了客厅,在黑暗中祈祷一切平安。

茜茜的约翰给他们讲了他自己版本的事情经过。

"我当时还在上班,知道吧?一些人跑到家里来,跟茜茜说你丈夫死了。茜茜起初还以为他们说的是我。"他突然转向茜茜："你哭了吗？"

"在旁边街区都听得见。"茜茜向他保证。听了这话，他似乎很满意。

"他们问茜茜，后事该怎么办。茜茜问有没有保险，知道吧？然后查到保险是有的——五百块，十年前买的，还是以茜茜的名义。你们看这茜茜折腾的！她让他们把遗体运到施佩希特殡仪馆，知道吧？然后她订了一个五百块的葬礼。"

"我只能那么做，"茜茜满怀歉意，"他只剩下我这一个亲人了。"

"这还没完，"他接着说，"他们还要把那个人的退休金发给茜茜。这我忍不了！"他突然开始大吼，"结婚的时候，"他平复了一下心情，继续说，"她告诉我，她已经离婚了。可现在我才发现，根本不是那么回事。"

"天主教不让离婚。"茜茜还在坚持。

"你也不是在天主教教堂结的婚。"

"我知道啊，所以我一直也没觉得自己结过婚。没结过婚离什么？"

他高举双手，发出呻吟："我不管了！"之前茜茜一直坚持是自己把孩子生下来的，当时他也是这种反应。"我诚心诚意地娶她，知道吧？可她呢？"他质问道，"这下我们都成通奸犯了。"

"你别这么说，"茜茜也急了，"我们这不叫通奸。顶多算重婚。"

"那现在就给我打住，好吧？先给你第一个丈夫守寡，然后跟第二个丈夫离婚，再然后我们再结婚，明白？"

"明白了,约翰。"

"还有,我不叫约翰!"他吼道,"我叫史蒂夫!史蒂夫!史蒂夫!"每重复一遍自己的名字,他就用拳头捶一下桌子。桌上放在蓝色玻璃碗里的勺子不停地磕到碗边。然后他转过身,伸出手指,指着弗朗丝的脸。

"还有你!从现在开始,我是你史蒂夫姨夫,明白?"

弗朗丝呆呆地看着这个一反常态的男人,不知所措。

"嗯?你说话啊!"他嚷道。

"呃……呃……你好啊,史蒂夫姨夫。"

"这还差不多。"他总算平静下来,从门后的钉子上摘下帽子,扣在头上。"你去哪儿,约……我是说,史蒂夫?"凯蒂忧心忡忡地问。

"听着!我小时候,有客人上门,我老爹都会出去买冰激凌。这里是我家,明白吧?客人来了,我要去买一夸脱草莓冰激凌,明白吧?"他走了。

"他是不是好棒?"茜茜叹了口气,"这样的男人哪个女人不爱?"

"看来罗穆利家终于有男人了。"凯蒂干练地总结道。

弗朗丝走进黑黢黢的客厅,借着街边的路灯,她看到外婆坐在窗前,抱着孩子,颤抖的手指数着琥珀色的念珠。

"你不用祈祷了,外婆。"她说,"没事了,他去买冰激凌了。"

"荣耀归于圣父,归于圣子,归于圣灵。"玛丽·罗穆利赞美道。

以茜茜的名义,史蒂夫往茜茜第二任丈夫最后为茜茜所知的地址寄了封信,在信封上标明"请帮忙转发"。在信里,茜茜要求他同意离婚，这样她就可以再婚了。一周后，从威斯康星寄来一封厚厚的信。茜茜的第二任丈夫说自己身体很好，七年前他自己已经在威斯康星办理了离婚，然后又再婚。他已经在威斯康星定居，有一份不错的工作，而且还是三个孩子的父亲。他说他会继续这样幸福下去的，并且挑衅似的在下面画了横线，以示强调。他附上了一份剪报，证明离婚通告已通过公开渠道发布，还有离婚文书的影印件（理由：遗弃），以及一张快照，上面是三个健康活泼的小孩。

茜茜为离婚的事情这么容易就办妥了感到高兴，给他寄去了一个镀银的泡菜盘子作为迟到的结婚礼物。她觉得还有必要寄一封贺信，但史蒂夫拒绝帮她写，于是她找弗朗丝帮忙。

"写上我希望他过得幸福。"茜茜叮嘱道。

"可是茜茜姨妈，他都结婚七年了，不管幸不幸福，也就那样了。"

"头一次听说人家结婚，就得祝他幸福，这样才礼貌。写吧。"

"好的。"她写了下来，"还写什么？"

"写写他的孩子们……他们很可爱……之类的话。"她如鲠在喉，因为她知道他寄来孩子的照片，是为了证明茜茜的那些孩子胎死腹中不是他的错，这让茜茜很受伤，"然后写上我现在是一个漂亮且健康的女宝宝的妈妈。在'健康'下面画线。"

"可是之前史蒂夫的信里只说了你打算结婚，这么快就有了宝宝，人家会觉得奇怪吧？"

"我怎么说你就怎么写。"茜茜命令道，"再写，预计下周，我还会再生一个宝宝。"

"不会吧！茜茜姨妈，真的吗？"

"当然是假的。你就写吧。"

弗朗丝便把这句也写了下来。"还有呢？"

"说谢谢你寄来的离婚文件，然后说我比你早一年办理了离婚，只是我不小心忘了。"她胡乱总结。

"可这是撒谎。"

"我确实比他早办了离婚，在我心里。"

"行吧，行吧，你说了算。"弗朗丝也投降了。

"还要写我过得很幸福，而且会一直幸福下去，像他那样，画上线。"

"老天，茜茜姨妈，你就非要赢过人家吗？"

"当然，这点我跟你妈、你伊芙姨妈一样。你不也这样？"

弗朗丝无法反驳。

史蒂夫拿到了结婚证明，跟茜茜又结了一次婚。这次他们找了卫理公会的牧师来主持仪式，茜茜第一次通过教会结了婚。她终于相信，这是她真正的婚姻，只有死亡才能将他们分离。史蒂夫非常高兴，他太爱茜茜了，一直担心会失去她。她离开其他丈夫的时候都是说走就走，毫无留恋。他总在担心同样的命运会落在自己的头上——茜茜带着他一直深爱的孩子离开。但他知道，茜茜很虔诚——什么教她都信，不管是天主教还是新教。只要是通过教会结的婚，她永远都不会背弃。这样一来，他第一次在他们的关系中得到了幸福感、安全感和掌控权。而茜茜则发觉，自己现在爱这个男人爱到痴迷。

有一天晚上，凯蒂已经睡下，茜茜来了。她让她别起来，她就在卧室里跟她聊会儿天。当时弗朗丝正坐在厨房的餐桌前，把旧本子改造成剪贴簿。之前她在办公室里准备了一个刀片，把报纸上她喜欢的诗歌和故事裁了下来,现在她要把它们分门别类地整理好。她总共分了三个本子:《诺兰精选古代诗》《诺兰精选现代诗》《安妮·劳丽之书》。最后一本专门贴各种童谣和动物故事,她打算等劳丽再大一点的时候,念给她听。

黑暗的卧室里传来娓娓的话语声,让人心安。弗朗丝一边忙手头的活儿,一边听着。茜茜说:

"史蒂夫真是个好男人,体面人。我现在想到这些,都会恨我自己,在男人身上浪费了那么多时间——我是说,除了我老公以外的那些人。"

"你跟他讲过以前那些人的事吗?"凯蒂忐忑地问。

"你当我是傻子吗?但我真心希望他是我第一个,也是唯一一个丈夫。"

"女人说这样的话,"凯蒂说,"说明她的日子要变了。"

"什么意思?"

"如果一个女人从没有过情人,到日子要变的时候她会埋怨自己,她本来可以有的乐趣,还没来得及经历就已经没有了。如果她有过很多情人,她会为自己辩解,说之前做错了,现在很后悔。她之所以这么说,是因为她知道自己身上那些女人味很快就要消失了——她只能让自己相信,拈花惹草也没什么意思,不如踏踏实实守着眼前这一棵。"

"我的日子没打算变。"茜茜愤愤不平地说,"第一我还年轻,第二我也受不了。"

"咱们总有一天会老的。"凯蒂叹了口气。

茜茜的声音里充满恐惧。"不能再生孩子——变成半个女人——变成肥婆——胡子也冒出来了。要是那样,不如让我死!"她激动地嚷道,"反正不管怎么说,"她又得意地补充道,"我离那一天还远着呢,我现在又有了。"

黑暗的卧室里传来一阵窸窸窣窣的声音,弗朗丝可以想象妈妈支着手肘坐起来的样子。

"不,茜茜!不!你不能再怀孕了。之前已经发生过十次了——十个孩子都没活下来。而且这次只会更难,你都三十七岁了。"

"三十七岁生孩子也不算老。"

"是啊,可是这个年纪,想从挫折中走出来就太难了。"

"你别担心啦,凯蒂,这个孩子会活下来的。"

"你哪次不是这么说?"

"这次不一样,因为上帝肯定站在我这边。"她平静地保证。过了一会儿,她又说:"我告诉史蒂夫小茜茜是怎么来的了。"

"他怎么说?"

"他说他一直明白这孩子不是我生的,但他搞不清楚究竟是怎么回事。他还说只要这个孩子不是我跟别人生的,他就无所谓。而且这孩子一生下来就到我们家了,跟亲生的也差不多。现在这孩子越长越像他,黑眼睛、圆下巴,还有一双耳郭离脑袋很近的小耳朵,你说有意思吧?"

"她那双黑眼睛随的是露西亚。这世界上圆下巴、小耳朵的人能有一百万。不过史蒂夫觉得这孩子像他,那就好办了。"沉默了许久,凯蒂才再次开口,"茜茜,你有没有问他们,这孩子的父亲是谁?"

"没有,"茜茜说,她也是等了好久才开口,"你知道是谁告诉我有这么个遇到了麻烦的女孩,还告诉我她的地址的吗?"

"谁啊?"

"史蒂夫。"

"哦，天哪！"

两人都沉默了很久，最后凯蒂打破沉默："当然，这肯定是偶然。"

"当然，"茜茜同意，"他说是一个同事告诉他的，那人跟露西亚住一条街。"

"当然，"凯蒂重复道，"这种偶然在布鲁克林常有，可能根本没什么意义。比如，有时候我在街上走，脑子里突然想起一个人，五六年没见了，结果拐过一个弯，那人正好朝我走过来。"

"我明白，"茜茜说，"有时候我正在做一件我这辈子从没做过的事，可是突然有种感觉，这个事情我以前做过——也许是在前世……"她的声音消失了。过了一会儿，她又说："史蒂夫总是说，他不会养其他男人的种。"

"所有男人都这么说，生活很有意思。"凯蒂说，"很多时候都是一个意外接着另一个。那女孩的事只是意外，他邻居可能同时告诉了他们公司里的十几个同事，然后史蒂夫也是随口对你一说。你也是临时起意跑去照顾那家人。这孩子的下巴是圆的而不是方的也是意外。说是意外也不合适，这是……"凯蒂停了下来，想找一个更适合的词。

"你是想说'巧合'吧，妈妈？"

卧室里的两个人因吃惊而沉默，过了一会儿才继续交谈——但声音低得听不到了。

48

弗朗丝桌上放着一份报纸。这是一份《号外》，是直接从印刷厂送过来的，上面的油墨还没干透。这份报纸放在桌上五分钟了，而她还是没有拿起来做记号，只是盯着日期。

1917年4月6日。

标题只有一个词，却有六英寸高。三个字母的边缘都有些模糊，仿佛在颤抖：WAR（战争）。

弗朗丝想到了这样一幅景象：五十年后，她会讲给她的孙辈，自己这一天是如何来到办公室，如何坐在她的读报员桌子前，在例行工作的过程中得知了战争的来临。因为外婆说过，人老了，脑子里就只剩下对青春时代的回忆了。

但她不想只有回忆。她想真正生活。哪怕是妥协——从头开始生活，也比回忆要好。

她决定把这一刻定格。也许这样，它就会成为一个可以守住的活物，而不是某种叫作回忆的东西。

她把眼睛凑近桌面，审视木头纹理。她的手指沿着桌子上放铅笔的凹槽游走，把触感固定在脑海中。她拿出刀片，在铅笔上刻下一个点，然后解开报纸。她把捆报纸的麻绳放在掌心，用食指抚摸，感受它的卷曲。她把麻绳丢进垃圾桶，数着它下落的时刻。她听得很仔细，直到听见它下落到桶底那几乎不存在的声响。她把指尖放在仍然湿漉漉的标题上，看着它们沾满油墨，然后在一张白纸上留下指印。

她顾不得第一版和第二版上可能会出现的客户信息，裁下第一版，仔细地叠成一个长方形，看着拇指在纸张上留下折痕。她把这张报纸装进公司专门用来邮寄剪报的马尼拉信封里，这种信封格外结实。

她打开抽屉，取出自己的钱包，第一次发现打开抽屉原来是有声音的。她还听到了钱包搭扣打开时的"咔嗒"声。她摸了摸钱包的皮革，记住它的气味，审视衬里黑色波纹丝绸的纹理。她一一察看零钱包里硬币的年份，找到一枚1917年的新硬币，放进信封。她打开口红盖，在自己的指印下面画了一条线。那清晰的颜色、质地和香气都令她满意。她依次查看了粉盒里的粉、指甲锉的棱、僵硬的梳子、手帕的线头。钱包里还有一张破旧的剪报，是她从俄克拉何马州的报纸上撕下来的一首诗。这首诗出自一位诗人之手，他曾住在布鲁克林，上过布鲁克林的公立学校，年轻时做过《布鲁克林之鹰》①的编辑。这首诗她曾重读过不下二十遍，并在脑海中揣摩其中的每一个字：

> 我既苍老又年少，既愚笨又睿智，
> 他人与我无关，又息息相关。
> 我是父亦是母，既是孩子，亦为成人，
> 粗糙之物塞满我身，精致之物令我充盈。②

这破旧的诗歌剪报也被装进了信封。她望着粉盒小镜子里的自己，审视着发辫的编法——它是如何盘在头上的。她注意到自己黑色的睫毛长短不一，然后看了看鞋子。她伸手摸了摸腿上的丝袜，第一次感觉到它是粗糙而非光滑的。她衣服的布料由细细的线织成。她把裙子下摆翻过来，注意到窄窄的蕾丝边背面是一个个菱形图案。

"只要把所有细节都记住，我就能永远留住这一刻。"她心想。

她用刀片割下来一绺头发，用留下了她手指印和口红印的那张纸包好，放进信封，然后封口。她在信封外面写上：

---

① 布鲁克林地区的一份日报，创刊于1841年，1955年停刊，一度成为美国发行量最大的报纸，广受欢迎。
② 节选自惠特曼《我自己的歌》第十六首。上文提到的"诗人"即指惠特曼。

弗朗西丝·诺兰，十五岁零四个月。1917年4月6日。

她想："等五十年后我再打开这个信封，我就能回到这个时刻，那样我就不会老了。离五十年后还有很长很长的时间——几十万个小时。可是从我刚才坐在这里到现在，已经过去一个小时了——一个小时的生命溜走了——在我的生命里，这一个小时就这样永远消逝了。"

"亲爱的上帝，"她开始祈祷，"让我未来的每个小时、每一分钟都有所作为吧。让我快乐，让我悲伤。让我受冻，让我温暖。让我饥饿……让我吃到撑。让我衣衫褴褛，让我衣冠楚楚。让我诚心诚意，让我虚情假意。让我荣耀加身，让我愧对众生。我只想每一分钟都有所作为，就算睡觉的时候，也让我一直做梦吧。这样我就不会失去活着的每一分钟。"

送报的男孩又来了，本市的报纸再一次被摆在了桌上。这张报纸的头版标题有两个字：

宣战！

地板似乎旋转起来，眼前一片五颜六色闪过。她把头埋在油墨未干的报纸上，默默哭了起来。一位从洗手间出来的老读报员在弗朗丝的桌边停了下来。她看到报上的标题和哭泣的女孩，以为自己明白了。

"啊，打仗了！"她叹了口气，"你一定有心上人或是兄弟，我猜？"她用读书人呆板的问法问道。

"是的，我有个弟弟。"弗朗丝如实回答。

"我对此表示同情，诺兰小姐。"这位读报员回到了自己的桌前。

"我又醉了，"弗朗丝想，"这次是因为报纸标题。这次可不妙——我哭让别人都看到了。"

战争影响到了模范新闻剪报公司，让它的经营陷入了僵局。先是公司的大客户——一个每年出几千美元订阅关于巴拿马运河消息的人——在宣战第二天就登门了。他说由于最近自己的地址不固定，所以以后每天会自己过来取剪报。

过了几天，两个派头十足、步履沉重的男人来找老板，其中一个伸出手掌给老板看，他手里的东西让老板脸色大变，赶忙从自己最重要客户的档案盒里取出一大沓剪报。那两个脚步沉重的男人看了看，还给了老板。老板把剪报装进信封，放进办公桌抽屉里。那两个人进了公司的洗手间，开着门，在里面等了一天。中午，他们派一个打杂的去给他们买了一袋三明治、一大罐咖啡。他们就在洗手间里吃了午饭。

四点半，巴拿马运河客户来了。老板慢条斯理地拿出那个厚厚的信封给他，就在客户把信封揣进怀里的同时，那两个男人出来了。其中一个拍了拍客户的肩膀。客户叹了口气，交出信封。另一个人也拍了拍他的肩膀。客户两个脚跟"啪"地并拢，僵硬地鞠了一躬，然后就被两人夹在中间，带了出去。老板很快也因为急性消化不良，提前下班回家了。

当天晚上，弗朗丝回到家，跟妈妈和尼利讲了一个德国间谍在他们办公室落网的经过。

第二天，来了一个长相粗犷的男人，拿着公文包。他问了老板很多问题，然后在打印文件的空白处记下答案。然后，悲惨的部分来了，老板不得不开出一张将近四百块的支票——所有需要单方面取消订单的客户余款。干练的男人走后，老板赶忙出去借钱，以免支票跳票。

在这之后，生意就没法做了。无论经营状况多么糟糕，老板都不敢再接新客户。戏剧季过完后，演员们的订单也结束了。春天的出版季，有几百个临时的五元作者客户和几十个百元的出版商客户，但这也只是杯水车薪。况且比起往年，出版方面的客户也在减少，大家都在观望，等待事态稳定。很多研究人员也因为正在等入伍通知而取消了信息订阅。而且就算业务正常，公司也无法正常开展工作，因为员工也走了不少。

政府预料到男性公务员的短缺，在三十四街的大邮局举行了女性公务员招募考试。很多读报员报名了考试并且顺利通过，立马开始为政府工作。公司里负责体力工作的"俱乐部"几乎集体辞职，他们都去了军工厂，不仅收入翻了三倍，而且还因无私的爱国主义精神广受赞扬。老板的妻子只好回来重操旧业，除了弗朗丝，剩下的读报员都被老板解雇了。

偌大的办公室回荡着空荡荡的回音，他们三个人勉力维持着生意。弗朗丝和老板妻子负责读报、归档，并处理办公室其他工作。老板自己笨手笨脚地裁报纸，打印模模糊糊的标签，把文件贴得东倒西歪。

撑到六月中旬，他放弃了。办公设施被变卖，办公室的租约也解除了。老板以非常简单的方式解决了客户账户余款的问题："让他们告我吧。"

弗朗丝给她唯一知道的纽约剪报公司打了电话，询问他们还招不招读报员。她被告知，他们不会雇用新的读报员。"我们的读报员都很有水平，"一个语带挑衅的声音说，"而且永远不会换新人。"弗朗丝觉得这样挺好的，于是就这样说了，然后挂掉电话。

在公司的最后一个上午，弗朗丝埋头看招工广告。她跳过了办公室工作，因为她只能做档案员，打字员或速记员的技术她都没有。而且她更喜欢工厂的工作。工厂里的同事更好相处，她也喜欢忙手上的活儿，让大脑空闲下来的感觉。但妈妈肯定不会让她再回工厂上班。

她发现了一份工作，似乎是工厂和办公室工作的愉快结合——在办公室里操作机器。一家通信公司正在招募操作电传打字机的培训女工，培训期间每周十二块五，工作时间是下午五点到凌晨一点。这样至少可以让她晚上有事可做——如果能得到这份工作的话。

她去跟老板告别，老板说上星期的工资只能欠着了，他有她的地址，一有钱就会寄过去。弗朗丝跟老板、老板妻子，还有她最后一周的工资说了再见。

那家通信公司的办公室在纽约市中心的一座摩天大楼里，俯瞰东河。弗朗丝递上了自己前老板写的热情洋溢的推荐信，然后像十几个同样来应聘的女孩一样，填写了一份申请表。随后她参加了一个能力测试，测试中的问题都很蠢，比如"一磅铅和一磅羽毛哪个重"。她显然通过了测试，因为她得到了一张号码牌和一把储物柜的钥匙。她需要为此先支付二毛五分钱押金。并且有人告诉她，第二天下午五点来报到。

弗朗丝到家的时候还不到四点，凯蒂正在他们这栋楼打扫卫生。看到弗朗丝上楼，她不免感到担心。

"别紧张，妈妈，我没生病什么的。"

"哦，"凯蒂如释重负，"我还以为你被炒鱿鱼了。"

"我是被炒了来着。"

"哦,老天!"

"上个星期的工资也没了。不过我又找到一份工作——明天就上班——一周十二块五。估计往后还能加薪。"凯蒂刚想发问,弗朗丝便再次开口:"妈妈,我好累。妈妈,我不想说话了。明天咱们再谈吧,晚饭我也不想吃了,我只想上床睡觉。"于是她上楼去了。

凯蒂坐在台阶上,开始担忧。自从宣战以来,食物和其他东西的价格都在飞涨。在过去的一个月里,凯蒂一直没能往弗朗丝的银行账户里存钱。每周十块已经不够用了。现在劳丽还得喝鲜奶,一天一夸脱,奶粉也很贵。橙汁也不能省。现在每周十二块五——除去弗朗丝自己的零花钱,剩下的就更少了。学校倒是快放假了,尼利可以打打零工。可秋天怎么办?尼利要继续上学,弗朗丝也得上学了。怎么办?怎么办?她只能一个人坐着发愁。

弗朗丝匆忙看了眼熟睡中的宝宝,然后脱衣服上了床。她双手交叠,枕在头下,盯着透过天窗照射进来的灰色光线。

"我,"她想,"十五岁,随波逐流。工作不到一年,我已经换了三份工作。以前我觉得,换工作是很有意思的事,但现在我怕了。我已经丢掉了两份工作,都不是因为自己的错。每份工作我都竭尽全力。我付出了我能付出的一切。可现在我又要换一个地方,重新开始。我怕了,如果这次老板说你要尽全力,我会尽百分之二百的力,因为我害怕自己会再次被炒。我害怕是因为大家需要我赚钱。在我赚钱之前,家里是怎么生活的?那时候还没有小劳丽呢。我和尼利都还小,帮不上什么忙。当然,爸爸是能够赚一点钱的。

"唉——永别了,大学。永别了,跟大学有关的一切。"她在暗淡的光线中转过身，闭上了眼睛。

弗朗丝走进一间大屋子，坐在一台打字机前。打字机上罩着一个金属盖子，让她看不到下面的键盘。房间前面贴着一张巨大的键盘图表，弗朗丝对照图表，摸索着下面的按键，第一天就这样过去了。第二天，她得到了一沓旧电报，有人要求她用这些旧电报练习打字。她的眼睛在图表和电报之间移动，手底下摸索着键盘。到第二天结束，她已经记清了字母在键盘上的位置，不用再看图表了。一个星期后，他们撤掉了键盘罩。现在有没有罩子都无所谓了，弗朗丝已经是个能够盲打的打字员了。

一位教员向她们解释了电传打字机的工作原理。接下来的一整天，弗朗丝都在练习收发虚拟电报。然后，她就被安排在纽约到克利夫兰的电报线路上了。

她觉得这实在是太神奇了——只要坐在这台机器前打字，俄亥俄州克利夫兰的一台机器滚筒的打印纸上就能够出现这些来自几百英里之外的文字。同样神奇的是，一个在克利夫兰的女孩也能够在她面前的这台机器滚筒的打印纸上敲出文字。

这份工作很轻松。弗朗丝需要发一小时电报，再收一小时电报，每班中间有两次十五分钟的休息时间。到了晚上九点，有半小时的"午饭"时间。自从被正式安排在电报线路上，她的工资便提升到了每周十五块。总之，这份工作不算坏。

家人也都根据她新的工作时间做了调整。她每天下午四点多出门，凌晨两点多到家。进入走廊前，她会先按三下楼道的门铃，把妈妈叫醒，确保她不会被埋伏在走廊里的坏人袭击。

弗朗丝每天睡到十一点，妈妈也不用再起那么早了，因为有弗朗丝和劳丽在家。她先打扫自家这栋楼的卫生,等准备打扫另外两栋楼时,弗朗丝也已经起床在照顾劳丽了。弗朗丝在周日晚上也要上班,不过她周三晚上可以休息。

弗朗丝喜欢这个工作时间,这样就解决了她晚上无事可做的问题,同时还帮了妈妈的忙。每天弗朗丝都可以带劳丽到公园里坐几个小时,温暖的阳光对她们俩都有好处。

凯蒂有了新计划,她把这个计划说给弗朗丝听。
"他们会一直让你上夜班吗?"她问。
"当然!他们巴不得呢。没有女孩愿意上夜班,所以他们才安排刚进公司的女孩上。"
"我在想,到了秋天,你也许可以白天去上学,晚上上夜班。我知道这很难,但应该能办到。"
"妈妈,不管你怎么说,我不会去上学了。"
"可是你去年还那么想上中学。"
"去年是去年。那时候上正合适。现在已经太晚了。"
"还不晚。你别钻牛角尖。"
"但我去中学能学到什么呢?哦,不是我骄傲,我每天都读八个小时的报纸,读了差不多一年,我学到了很多东西。历史、政治、地理、写作、诗歌,这些我都有自己的想法。我读了太多关于人的东西——他们做了什么,如何生活。我读了关于犯罪和英雄人物的各种事情。妈妈,我什么都读过了,我没办法再坐在教室里,坐在一群小孩子中间,听一个迂腐的老师讲东讲西,照本宣科。我会忍不住跳起来,挑她的错。要不然,我会乖乖地照单全收,然后讨厌自己——放着好好的东西不吃,为什么要吃别人嚼过的糨糊。所以我不会回去上中学的，但总有一天，我会去念大学。"

"可是你得先上中学，然后才能念大学呀。"

"中学要念四年——不，五年，中间可能会有什么事情耽搁。然后再念四年大学。书还没念完，我就成二十五岁的老姑娘了。"

"不管你想不想，你都会到二十五岁，还不如趁早去读书。"

"别说了，妈妈，我不上中学。"

"那我们到时候再说。"妈妈绷紧了下巴，不甘地说。

弗朗丝没再说什么，但她的下巴跟她的妈妈一模一样。

不过这次谈话倒给了弗朗丝一个启发。既然妈妈认为她可以晚上工作，白天念中学，她为什么不能这样上大学呢？她在报上找到了一则广告，布鲁克林历史最悠久、名气最大的大学可以提供暑期课程，给那些有志于从事高级工作、补修或选修更多课程的大学生，以及希望提前获得大学学分的中学生。弗朗丝认为自己满足后一个条件，尽管她没上过中学，但她做中学生绰绰有余。于是她申请了一份课程目录。

在目录中，她选择了三门课程，下午上课。她可以像往常一样睡到十一点，下午出门上课，然后直接去上班。她选择的课程是"初级法语""初级化学"，还有一门叫"复辟戏剧"[①]。她算了一下学费，总共六十多块，实验费单算。她的账户上总共有一百零五块。她去找凯蒂。

"妈妈，可不可以从你帮我存的钱里取六十五块出来？我上大学用。"

"你要干吗？"

"上大学啊！"她故意不把话说明白，想逗逗妈妈。当妈妈一头

[①] 即英国王政复辟时期的戏剧。

雾水地又问了一遍时,她感到了满足。

"大学?"

"大学的暑期课程。"

"不是——那什么——哎——"凯蒂一时语无伦次。

"我知道,妈妈,我没有上中学。可如果我说我不需要文凭或是学分——我只想学习,他们也许能让我上课。"凯蒂从衣柜上把她的绿色帽子拿了下来。"你干吗去,妈妈?"

"去银行取钱。"

弗朗丝看到妈妈着急的样子,不禁笑了起来:"银行都关门啦,妈妈。再说也不急,离注册截止时间还有一个星期呢。"

大学位于布鲁克林高地,是偌大的布鲁克林弗朗丝尚未探索过的地区之一。填写注册表格时,她的笔停留在"受教育程度"一栏上。有三个选项:小学、中学和大学。她稍做思考,把三个选项都划掉了,写上了"自学"。

"仔细想想,这才是对的。"她对自己说。

令她欣慰和惊讶的是,她并没有因此受到任何质疑。收银员接过她的学费,给了她一张收据。她得到了一个学号、一张图书馆借书证、一张课程表,还有一张她需要用到的课本的清单。

她随着人流一起,来到位置更远的大学书店。她看了看自己的清单,要了一本《初级法语》、一本《初级化学》。

"要新书还是二手书?"店员问。

"呃,我不知道。应该买哪个?"

"新书。"店员回答。

有人碰了碰她的肩膀。她转过身,看到一个衣着干净、面目清秀的男孩。"买二手就行,内容都一样,二手半价。"

"谢谢。"她回过头,跟店员说要二手书,接着又要了戏剧课的两本参考书。肩膀上的触感再次传来。

"那个不用买,"那男孩劝阻道,"课前和课后去图书馆找来看看就行了。"

"再次感谢。"她说。

"没关系。"他回答说,然后大步走开了。

她目送他走出书店。"老天,他又高又帅。"她想,"大学真是个好地方。"

她坐在去上班的高架火车上,怀里抱着刚买的课本。火车碾过轨道,发出的声音似乎都变成了"大学——大学——大学——"。弗朗丝突然一阵晕眩,尽管眼看就要迟到了,她还是需要先下车缓一缓。她靠在一台投币体重秤旁,想知道自己这是怎么了。肯定不是吃了什么坏东西,因为她压根没吃午饭。突然,一个惊雷般的想法出现在她的脑海中。

"我的爷爷奶奶、外公外婆连字都不认识,也不会写。他们之前的人更是如此。我妈妈的姐姐们也都不会读、不会写。我父母小学都没毕业,我自己中学都没上过。可是我,M．弗朗西丝·K．诺兰,就要上大学了。明白了吗?弗朗丝,你就要上大学了!

"哦,老天,我好晕。"

49

弗朗丝上完第一堂化学课,十分兴奋。在一个小时的时间里,她学到了世间万物都是由不断运动的原子组成的，世上没有什么东西会真正消失或是被破坏，即使它被烧掉，或烂掉，它也不会彻底不复存在，而是会变成其他东西——气体、液体或者粉末。第一节课上完，弗朗丝就认定，这门课程充满生机，没有死亡。她很疑惑，有学问的人干吗不把化学当成一种宗教呢？

有了在家里读《莎士比亚全集》的底子，"复辟戏剧"对她来说小菜一碟，只需要再多花点时间读书。这门课程和初级化学，她都不担心了，但初级法语却让她感到迷茫。这门课教的内容根本不是真正的"初级"法语。学生们要么是挂了科来补修学分，要么是之前在中学已经打好了基础，因此基础部分老师草草略过，直接就让大家做翻译练习。弗朗丝本身英语语法、拼写和标点符号的底子就很薄，法语更是一窍不通。她恐怕永远也别想在这门课上及格了。她能做的只有每天背单词，努力应付下去。

坐车的时间都被她拿来学习。休息时间她也学，就连吃饭时间她也没放过，面前总是支着一本书。她在通信公司一台用来练习的打字机上把自己的作业打出来。整个学期她从未迟到过，更没有缺席过。她对自己的要求是至少要有两门课程及格。

那个在书店里遇到的男孩，成了她的守护天使。他叫本·布莱克，是个了不起的家伙。他在马斯佩斯中学的毕业班，是校刊的编辑、班长、橄榄球队的跑锋，还是学校的荣誉学生。在过去三年的夏天，他一直在学习大学课程。他即将在中学毕业的同时，修满大学一学年还多的学分。

除了在学校上课，下午他还在一家律师事务所实习，负责起草案情摘要、处理传票、审查合同和各种文书，还要翻阅卷宗、寻找判例。他对本州法律了如指掌，已经到了能上法庭的程度。除了在学校表现优异，他靠每周的实习还能赚二十五块钱。他实习的公司希望他中学毕业就直接进公司，半工半读，最后参加律师考试。但本不想没读大学就去当律师。他已经选好了一所位于中西部的名牌大学，准备先修一个文学学士学位，然后再去法学院就读。

这个十九岁男孩的生活目标明确，坚定不移。等通过律师资格考试后，他打算去一家乡下律师事务所执业。他认为，一个年轻的律师在乡下律师事务所可以获得更多从政的机会。他甚至连执业的地方都选好了，打算接替他的一个远方亲戚——一位上了年纪的乡村律师，他已经积累了不错的口碑和人脉。这位亲戚一直和他未来的继任者保持着联系，每周都会寄来长长的信，提供指导。

本还计划，在接手那家乡村律所后，他会等待时机，担任乡村检察官（根据协议，那里的检察官由当地律所的律师轮流担任）。这将是他政治生涯的起点。他会努力工作，争取名望和业绩，跻身那个州的众议院。接下来他要竭诚为人们服务，争取连任。然后他会回到他念大学的那个州，竞选州长。这就是他为自己规划的道路。

更神奇的是，所有认识本的人都认为，他肯定能实现自己的计划。

而在此时，1917年的夏天，他雄心壮志的目标——那个辽阔的中西部州，还在炽热的草原中做着梦——它沉睡着，坐拥茫茫麦田和无尽的苹果园，里面生长着醇露苹果、鲍德温苹果和冬熟苹果——浑然不觉一个计划入主它的州长府邸，成为最年轻州长的人，此刻还只是个布鲁克林大男孩。

这就是本·布莱克：干干净净，性情开朗，面目清秀，才华横溢，自信满满。所有男孩都钦佩他，所有女孩都为他倾倒——弗朗丝·诺兰则战战兢兢地爱上了他。

她每天都能看到他。他的钢笔在她的法语作业上划过，他为她检查法语作业，他帮她解释复辟时期戏剧中难懂的部分。他帮她规划下个夏天的课程，还足够亲切地想帮她规划接下来的人生。

夏天即将结束时，弗朗丝有两件伤心事。一是她很快就不能跟本见面了，二是她的法语课肯定会挂科。她把后一件事告诉了本。

"别傻了，"他干脆地告诉她，"你交了学费，整个夏天都在上课，你也不是白痴，所以你肯定能通过的。证明完毕。"

"不，"她笑了，"我会不及格的，分分钟的事。"

"那你就需要有人帮你突击一下了。一整天足够了。有什么地方可以去吗？"

"去我家？"弗朗丝怯怯地提议。

"不行，被人看到不好。"他想了一会儿，"我知道有一个好地方。周日早上九点，来盖茨和百老汇的拐角找我。"

当她从电车上下来时，他已经在等她了。她不知道他会带自己到什么地方去。他引她来到一家剧院门口，这是一家专门演出首演剧的剧院。门敞开着，旁边坐着一个白发男人。他只对那人说了句"早上好，老爹"，便穿过这扇了不起的大门。弗朗丝后来才发现，这个了不起的男孩还会在周六晚上担任这家剧院的引座员。

她从没到过后台，兴奋之情几乎难以抑制。舞台近乎辽阔，剧院屋顶几近消失——太高远了。走上舞台，她改变了步伐，慢慢地、僵硬地——模仿着她记忆中哈罗德·克拉伦斯走路的样子。当本开口时，她缓缓转过身，带着表演的架势，用深沉的嗓音说道："你，（停顿，然后意味深长地）说什么？"

"想参观一下吗？"他问。

本拉开幕布,她看到石棉幕布缓缓卷起,仿佛巨人的窗帘。他打开脚灯,弗朗丝来到舞台前面,注视着整齐划一的空旷座椅。她抬起头,对着最后一排喊道:

"嘿,你们好!"她的声音在黑暗、空旷的座椅间回荡,仿佛放大了一百倍。

"嘿,"本耐心地问道,"你对戏剧感兴趣,还是法语?"

"当然是戏剧啊!"

这千真万确。在这一刻,在这里,她已经决定放弃自己其他的雄心,重新回归她的初恋——舞台——的怀抱。

本笑着关掉脚灯,重新把幕布拉下来,搬来两把椅子,面对面放好。不知通过什么办法,他搞到了过去五年的法语试卷。在这些试卷中,他挑出了一些热门和冷门的问题,出了一份模拟试卷。这天接下来的大半时间,他带着弗朗丝一起做题。做完题,他让弗朗丝背诵莫里哀《伪君子》中的一页,以及它的英译。本解释道:

"明天的考试里,应该会有一道你完全看不懂的问题。不要跟它较劲。你就写这题你不会,但你可以默写莫里哀的这段,而且还能翻译。这样你就能过关了。"

"但如果他们在前面考了这段呢?"

"不会的,这段很少有人注意。"

显然,本是对的,她成功通过了法语考试。尽管她只得到了及格分,但她安慰自己说,通过就是通过。至于化学和戏剧,她的成绩都很出色。

按照本的计划,一周后她回学校拿成绩单,跟他见了面。本带她到惠勒甜品店喝巧克力汽水。

"你多大了,弗朗丝?"他边喝汽水边问。弗朗丝在脑子里迅速盘算。在家里她十五岁,在公司她十七岁,本十九岁。如果她说自己只有十五岁,他会不会不再搭理她呢?他看出了她的犹豫,于是开起了玩笑:

"你说的每句话都将可能成为呈堂证供。"

她暗暗握拳,鼓起勇气,声音颤抖着说:"我……十五岁。"说完她就羞愧地低下了头。

"嘿,我喜欢你,弗朗丝。"

"我爱你。"她在心里说。

"我喜欢你,就像喜欢我认识的每一个女孩。不过,我一般没有时间陪女孩子。"

"你连一个小时都没有吗,星期天什么的?"

"我为数不多的空闲时间都留给我母亲了,她是我的全部。"

直到现在,弗朗丝才听本说起他的妈妈。她感到嫉妒,因为她抢先占据了本的时间。哪怕那些时间能分一点点给弗朗丝,她都能开心到飞上天。

"但我会想你的。"他继续说下去,"如果有时间,我会给你写信(他住在离她半小时车程的地方),但如果你需要我——当然,不要因为一些鸡毛蒜皮的小事——给我写信,我会想办法来见你。"他给了她一张公司的名片,角落是他的全名:本杰明·富兰克林·布莱克。

两人在惠勒甜品店门口热情地握手道别。"明年夏天见!"他离开时回头喊道。

弗朗丝目送他,直到他消失在街角。明年夏天!感觉好像还有一百万年才会来。

她很喜欢大学的暑期课程，想在秋天就考进同一所大学的预科。可三百块的学费让她望而却步。她在纽约四十二街的图书馆里研究了一个上午，找到一所对纽约本地居民免费的女子学院。

带着成绩单，她过去注册，却被告知需要中学学历才能入学。她说自己当时报名大学的暑期课程都没什么问题。啊！那个不一样。暑期课程不提供学位。她问，难道现在她不能在不攻读学位的情况下到大学选修课程吗？不可以。但如果她已经年满二十五岁，她倒是可以以特殊学生的身份入学，在不申请学位的情况下选修课程。弗朗丝只好遗憾地承认，她还没到二十五岁。不过，还有一个办法，如果她能够通过入学考试或是中学学力测试，无论中学学分多少，她都可以入学。

弗朗丝参加了考试，但除了化学之外，她的其他科目都不及格。

"唉，好吧，我早该知道会这样。"她对妈妈说，"要是这么容易就能考上大学，大家还上中学干吗？不过你别担心，妈妈，我现在知道入学考试都考些什么了。我会自己看书学习，明年再参加考试。明年我会通过的，你就放心吧。"

然而即便能考上，新的障碍又出现了。公司要求她上白班，由于她已经能够熟练而迅速地收发电报，因此他们需要她在白天的高峰期工作。公司保证，如果愿意，等夏天会把她换回夜班。她又得到了加薪，现在的周薪是十七块五。

夜晚又变得寂寞了。她漫步在布鲁克林可爱的秋日街头，思念着本。

（"如果你需要我……给我写信，我会想办法来见你。"）

是的,她需要他。可她相信,即便写了信,他也不会来。"我很孤独,请来陪陪我,和我说说话。"在本一往无前的生活时刻表里,"排解孤独"是没有意义的任务。

邻居们似乎一如往常,却又有些不一样。有的屋子的窗户上贴了金星[①],晚上男孩们还是会聚在街角,或是平价糖果店门口。但现在,其中往往会有一个男孩穿着卡其色的衣服[②]。

男孩们仍然会在一起唱歌。他们唱《破落乡的破落屋》《当你戴着郁金香》《亲爱的老姑娘》《对不起我让你哭泣》,还有其他一些歌。

有时候,会有当兵的加入其中,教他们唱军歌——《到那边》《凯蒂啊》和《无人区的玫瑰》。

但不管他们唱什么,收尾的总是布鲁克林本地的民谣——《亲爱的妈妈》《爱尔兰人眼在笑》《让我叫你宝贝》和《乐队演奏不停歇》。

而当弗朗丝晚上从他们身边经过时,无论他们在唱什么,听上去都那么凄凉。

50

茜茜的预产期在十一月底。凯蒂和伊芙总在回避和茜茜谈论这个

[①]阵亡战士家庭的标志。
[②]"一战"期间美军军服的颜色。

话题，因为她们认为这个孩子难免还会是死胎。她们觉得，如果能少谈论一些，茜茜事后也更容易放下。但茜茜却做了一件大事，她们不谈也不行了。她宣布，这次她要去医院生孩子，请医生帮忙。

她的母亲和姐妹们都惊呆了。罗穆利家的女人从没请过医生帮忙生孩子。这么做似乎是不对的。生孩子只能找接生婆，或者邻居女人，再或者是自己的亲妈帮忙，在家里生，连丈夫都不应该在场。生孩子是女人自己的事。至于去医院，大家都觉得只有临死之人才去那里。

茜茜告诉大家，她们太落伍了。接生婆早就过时了。此外，她还骄傲地告诉她们，这不是她自己的主意，是她的史蒂夫坚持要找医生，让她上医院生孩子的。而且这还不是全部。

茜茜要找的是个犹太医生！

"哎，茜茜，为什么呢？"姐妹们惊讶地问道。

"因为在那种时候，犹太医生会比基督教医生更有能耐。"

"我对犹太人没什么看法，"凯蒂说，"可是……"

"嘿！我只不过是找了亚伦斯坦医生，他很有名。我知道他祈祷的时候看六芒星，咱们看十字架，但这跟他是不是个好医生没有关系。"

"可是，这事关……"凯蒂想说"生死"，但感觉不吉利，赶忙换了个词，"生孩子。你会希望陪着你的是一个跟你有共同信仰的人。"

"行啦，别操心了！"茜茜轻蔑地说。

"可是人从来都是找跟自己同样信仰的人帮忙呀！他们犹太人也不会找基督教大夫看病。"伊芙继续劝阻，并且认为自己说得很有道理。

"人家干吗找基督教医生，"茜茜见招拆招，"谁都知道犹太医生聪明多了。"

这次分娩跟之前并无不同。茜茜依旧轻易便生下孩子，这次的过程因为有医生帮忙而更加轻松。当孩子出来时，她不敢睁眼看。她一直确信自己这次能够成功分娩，可是真正到了这一刻，她心里却全都是不祥的预感。她许久才睁开眼睛，看到孩子躺在旁边的桌子上。孩子一动不动，全身发青。她把头转了过去。

"又是这样，"她心想，"一次又一次，一次又一次。十一次了。上帝啊，你为什么不肯让我有一个自己亲生的孩子呢？我生了十一个孩子，哪怕活一个也行啊！再过几年，我就生不了孩子了。对于女人来说，如果一辈子都没法生一个能活下来的孩子，这简直——生不如死啊！上帝啊，你为什么要让我承受这样的命运？"

然后她听到有人在喊，听到一个她从未听过的词。她听到的是"氧气"。

"快！氧气！"医生在喊。

她看着他在孩子身边忙活着什么，然后她看到了一个奇迹，比她妈妈讲的所有圣徒的奇迹还要神奇——孩子浑身死气沉沉的青，变成了活生生的白。她看到刚才完全没有生命迹象的孩子吸了一口气。她第一次听到了她自己生下来的孩子的啼哭。

"孩子……孩子……还活着吗？"她不敢相信。

"不然呢？"医生轻快地耸耸肩，"你儿子跟我接生过的所有孩子一样健康。"

"你确定他能活下来？"

"不然呢？"他又耸耸肩，"除非你把他从三楼扔下去。"

茜茜抓起他的手，疯狂亲吻。而亚伦·亚伦斯坦医生也没有像异邦医生那样，因为这样热情的表达感到尴尬。

她给孩子取名叫史蒂夫·亚伦。

"我之前就觉得这次能行，"凯蒂说，"一个没有孩子的女人领养了一个孩子，然后'砰'的一下，奇迹出现了。过个一两年，她肯定能生下自己的孩子。上帝好像终于被她感动了。茜茜带两个孩子是好事，比带一个孩子强。"

"小茜茜和小史蒂夫只差两岁，"弗朗丝说，"差不多跟我和尼利一样。"

"是啊，两个孩子可以互相做伴。"

茜茜成功生下儿子的事很长时间都是整个家族最重要的话题，直到威利·福里特曼姨夫带来新的话题。威利想参军，惨遭拒绝。于是他辞掉了牛奶公司的工作，回到家里，宣布自己是个失败者，然后上床睡觉。第二天、第三天他都没起床，他说有生之年他都要待在床上，永远不起来。他窝窝囊囊地活了一辈子，现在他要窝窝囊囊地死去，越快越好。

伊芙只好找姐妹们帮忙。

伊芙、茜茜、凯蒂和弗朗丝围在这位失败者不肯离开的大铜床周围。威利瞥了一眼这些意志坚强的罗穆利女人，哀号一声"我太失败了"，然后把毯子蒙在头上。

伊芙把丈夫从毯子里拉出来，让他面朝茜茜。弗朗丝看着茜茜将如何应付。只见茜茜一把抱住这个一脸惨相的小个子男人，对他说并不是所有真男人都要上战场呀——也有很多男人每天在军需工厂干活，为了祖国奉献自己。她不停地说着，直到威利感觉自己再不为祖国出把力就真的不是男人了。他跳下床,让伊芙姨妈赶紧把他的鞋子和裤子拿过来。

史蒂夫现在在摩根大道的一家军需工厂当工头。他给威利找了份工作,收入不错,工时不长,加班还能多领半份工资。

罗穆利家的传统是,男人赚到的小费或是加班费自己留着。威利用自己的第一笔加班费,买了一个低音鼓和一对钹。他把所有不用加班的晚上都用来在自家客厅练习这两样乐器。圣诞节时,弗朗丝送给他一把一块钱的口琴。他把口琴拴在棍子上,棍子插在腰带间,这样他就可以像不用手扶着骑自行车一样,不用手拿着吹口琴了。他试着同时演奏吉他、口琴、低音鼓和钹,组了一支一个人的乐队。

于是一到晚上,他就坐在客厅里,吹口琴,弹吉他,打鼓敲钹,并为自己是个失败者而忧伤。

51

到天气冷到晚上不能出来散步时,弗朗丝报了社区组织的两个晚间培训班:缝纫和舞蹈。

她学会了看衣服图样,设计图案,还有如何操作缝纫机。她希望学到最后,她能给自己做件衣服。

她学会了"舞会"舞,尽管她和她的同学们都不觉得自己有机会参加舞会。她的舞伴有时是脑袋用发油抹得锃亮的社区潮男,跳起舞来非常投入,让她战战兢兢;有时是一个穿着及膝短裤的十四岁小男孩,她得带着他跳。她很喜欢跳舞,学起来驾轻就熟。

这一年也接近尾声了。

"你在看什么书呢，弗朗丝？"

"尼利的几何课本。"

"几何是啥？"

"大学考试要考的一个科目，妈妈。"

"哦，那你别熬太晚。"

"我姐姐她们，还有我妈，有什么消息吗？"凯蒂问保险经纪人。

"有啊。我刚给你大姐的孩子们上了保险，莎拉和史蒂夫。"

"他们不是一出生就上了吗，五分钱那个？"

"保了个别的。大学助学险。"

"那是什么？"

"就是不用等出意外就能领钱的保险。只要到十八岁，他们一人可以得到一千块钱，这钱给他们上大学用。"

"哦，老天！先是找医生，去医院生孩子，这又买了大学保险。茜茜还准备干什么？"

"有信吗，妈妈？"弗朗丝每天下班回来都会问。

"没有，只有伊芙寄了张卡片过来。"

"她说什么？"

"没什么事，只说因为威利成天敲敲打打，他们得搬家了。"

"搬去哪里？"

"伊芙在柏树山那边找了个独栋的房子。那边还在不在布鲁克林？"

"在纽约东边——布鲁克林跟皇后区交界的地方。新月街附近,百老汇电车的最后一站。当然我是说以前,现在电车都通到牙买加区去了。"

玛丽·罗穆利躺在她那张窄窄的白床上。头上方的墙壁干干净净,只挂着一个十字架。她的三个女儿和长外孙女弗朗丝站在床边。

"唉,我八十五岁了,生病恐怕也是最后一回了。活了这么多年,我不怕死。有几句话你们记着就行:我死以后,别为我难过。我一直爱着我的孩子们,努力做一个好母亲。你们难过也难免,可是啊,别太伤心,难过一会儿就行了。要相信命运。要相信,我走了也是幸福的。我终于可以看到那些圣徒了,我一辈子都在追随他们。"

在公司休息室,弗朗丝把家人的照片拿给同事们看。

"这是我的小妹妹,安妮·劳丽。她才一岁半,就已经会到处乱跑了。听她说话可有意思了!"

"她好可爱!"

"这是我弟弟,科尼利厄斯,他会成为医生。"

"他好帅!"

"这是我妈妈。"

"她好漂亮!看起来好年轻。"

"这是我在我家屋顶上。"

"屋顶挺好看。"

"我也挺好看。"弗朗丝说,假装在生气。

"我们都挺好看。"姑娘们笑成一团,"咱们主管也挺好看——那个老马车。希望她被噎死。"

姑娘们又笑了,几乎停不下来。

"大家笑什么呢?"弗朗丝问。

"没什么。"然而她们笑得更厉害了。

"让弗朗丝去吧。上次我说要'德国酸菜',结果让人赶出来了。"

"现在你得说'自由菜',你这个笨蛋。"

"别骂人。"凯蒂随口责怪了一句。

"你知道他们给'汉堡大道'改名叫'威尔逊大道'了吗?"弗朗丝问。

"打仗打仗,人都打傻了。"凯蒂叹了口气。

"你会告诉妈妈吗?"尼利忐忑地问。

"不会。可你还太小,不能跟那种女孩交往。他们说她是个坏丫头。"弗朗丝说。

"乖女孩有什么意思?"

"这我管不着,我只知道,你对那些事——性的事情——还什么都不懂呢。"

"不管怎么样,我懂得也比你多。"他双手叉腰,用尖细的假嗓模仿道,"哦,妈妈,要是有男人吻了我,我会生孩子吗?会吗,妈妈?会吗会吗?"

"尼利!那天你居然在偷听!"

"当然!当时我正好走到门口,听得清清楚楚。"

"所有缺德的事情里……"

"你自己不也偷听。很多时候,妈妈和茜茜姨妈或者伊芙姨妈谈话的时候,我都看到你在偷听,觉都不睡。"

"那不一样,我那是在关心家事。"

"行吧!"

"弗朗丝!弗朗丝!七点了,快起床!"

"起床干吗啊?"

"八点半你就得上班啦!"

"跟我说点新鲜的,妈妈。"

"今天是你十六岁的生日。"

"这有啥新鲜的?我去年就十六了。"

"那你明年再十六一回。"

"我大概一辈子都是十六岁。"

"那也挺好。"

"我不是偷翻你东西,"凯蒂生气了,"我得给收煤气费那人再找五分钱。我想你不会介意,以前你不也经常从我钱包里拿零钱。"

"那不一样。"弗朗丝说。

凯蒂拿着一个紫色的小盒子,里面装着香气四溢的香烟,金色过滤嘴。整整一盒,只少了一根。

"好吧,被你发现了,"弗朗丝说,"我抽的是米罗牌的。"

"牌子我不懂,反正挺香的。"妈妈说。

"行吧,妈妈,快批评我吧,早说完早解脱。"

"在法国战场上死了那么多人,世界都没崩溃。你偶尔抽根烟,算不了什么大事。"

"哎呀,妈妈,你这人真没劲。之前我穿黑色小裙子,你也不管我。行吧，那你把烟扔了吧！"

"扔它干吗？我要把它放在衣柜里，这样我的睡衣也会变得香香的。"

"我在想，"凯蒂说，"今年咱们就别互相送礼物了。把所有钱都凑在一起，买一只烤鸡，去面包店买一个大蛋糕，再来一磅好咖啡……"

"咱有钱买吃的，"弗朗丝表示反对，"干吗要把买礼物的钱省出来？"

"我的意思是送给泰恩摩尔家做礼物。现在没人请她们过去上课了——人家都说她们落伍了。她们现在饭都吃不饱。莉琪小姐之前对咱们多好啊！"

"嗯，那行吧。"弗朗丝兴致寥寥。

"哼！"尼利狠狠地踢了一下桌子腿。

"别担心，尼利。"弗朗丝笑着说，"你的礼物不会少的，我今年给你买一对鹿皮色的鞋罩吧。"

"算了，你闭嘴！"

"别大呼小叫。"凯蒂随口责怪道。

"我需要你的建议，妈妈。我在上暑期课程时认识了一个男孩，他说他可能给我写信，但是一直都没有写。我想知道如果我给他寄圣诞卡片，会不会太主动了？"

"太主动？胡说八道！你想寄就寄。我讨厌女人玩什么吊男人胃口的把戏。人生这么短，如果遇到了一个你喜欢的男人，不要浪费时间自己瞎琢磨、瞎伤心。直接跟他说'我爱你，咱们结婚吧'就行了。"她又有点担心，看着女儿，"不过啊，还是得等你再长大一点，明白自己想要什么样的生活。"

"好，那我给他寄。"弗朗丝下定决心。

"妈妈，我和尼利今年不想喝牛奶兑酒了，我们喝咖啡就行。"

"好吧。"凯蒂把白兰地瓶子放回柜子里。

"把咖啡煮浓一点，热一点，我们兑热牛奶喝，用café au lait①为1918干杯。"

"S'il vous plâit②。"尼利补充道。

"Wee-wee-wee③。"妈妈说，"法语我也会几句。"

妈妈一手拿着咖啡壶，一手端着煮牛奶的奶锅，一起倒进杯子里。"我还记得那会儿，"她说，"家里没有牛奶，你们爸爸会往咖啡里放一块黄油——如果有的话。他说黄油本来就是奶油，放进去都一样。"

爸爸啊……

52

弗朗丝十六岁这年一个春光明媚的日子，下午五点，她走出办公大楼，看到在她旁边操作打字机的女孩安妮塔跟两个士兵站在门口。其中一个身材矮胖，面带微笑，占有似的挽着安妮塔的胳膊。另一个

---

①法语，欧蕾咖啡。
②法语，劳驾。
③应为oui，法语中的"是"，妈妈发音不标准。

又高又瘦，尴尬地站在一旁。安妮塔从两人中间抽身，来到弗朗丝旁边。

"弗朗丝，你得帮帮我，这是乔伊他们部队出国前最后一次休假，我跟他已经订婚了。"

"你们都订婚了，不是挺好吗，我还能帮什么忙？"弗朗丝开玩笑说。

"我需要你帮我对付另外那个家伙。乔伊非得把他带在身边，真讨厌。他俩跟连体婴儿似的，一个去哪儿，另一个也得跟着去。那家伙好像是从宾夕法尼亚的乡下来的，在纽约谁都不认识。如果他一直待在这儿，我就没法和乔伊单独相处了。你得帮帮我，弗朗丝，之前有三个姑娘都拒绝我了。"

弗朗丝打量了一下站在十英尺外的那个宾夕法尼亚男孩。他其貌不扬，难怪之前三个人都不愿意帮安妮塔。然后两人目光相遇了，他缓缓地、害羞地对她露出微笑。不知怎的，虽然长相不算好看，可给人的感觉却比那些帅哥更好。他羞涩的微笑帮弗朗丝下定了决心。

"好吧，"她对安妮塔说，"我往我弟弟打工的地方打个电话，让他跟我妈妈说一声。要是他下班走了，我就帮不了你了。如果不按时回家吃饭，我妈妈会到处找我的。"

"那你快去打电话吧，"安妮塔催促道，"等一下！"她掏了掏口袋，"给你五分钱，电话费算我的。"

弗朗丝在街角的香烟店打了电话，正好尼利还在麦加里蒂的店里。她让人给他带了口信。回来的时候，安妮塔和乔伊已经走了，只剩下那个笑容羞涩的士兵孤零零地站在原处。

"安妮塔呢？"她问。

"我猜她自己跑了，跟乔伊走了。"弗朗丝感到失望。她还想能跟安妮塔他们一起,来个四人约会。现在她要跟这个高个子陌生人做什么?

"我懂,"他继续说,"他们想单独相处。我自己也已经订婚了,明白他们的心思。这是最后的假期了——要留给唯一的那个女孩。"

"订婚了,好吧。"弗朗丝心想,"这样也好,至少他不会打我的主意。"

"但没必要让你跟我在一起耗着,"他又说,"如果你能告诉我三十四街地铁站怎么走——我从没来过这里——我就能回旅馆去。我可以写写信,我想,反正也没什么事可做。"他又露出了那孤独而羞涩的微笑。

"我已经给家里打过电话,今晚不回家吃饭了。所以,如果你愿意……"

"愿意?天哪!今天是我的幸运日吧。太好了,谢谢你,小姐……"

"诺兰。弗朗西丝·诺兰。"

"我叫李·莱诺。其实是李奥,但大家都叫我'李'。很高兴认识你,诺兰小姐。"他伸出手。

"我也很高兴认识你,李·莱诺下士。"

"哦,你注意到这些杠杠了。"他高兴地笑了,"我想你工作了一天,应该饿了吧?有什么推荐的餐馆吗?我们可以吃个饭——我是说,用餐。"

"说'吃饭'就好啦!不,我也没什么推荐。你想吃什么?"

"我想吃'炒杂碎',以前听人说过。"

"那我们去四十二街的一家餐馆吧,那里还有音乐伴奏。"

"走吧!"

在去地铁站的路上,他说:"诺兰小姐,我可以叫你弗朗西丝吗?"

"可以啊,不过大家都叫我弗朗丝。"

"弗朗丝!"他重复着这个名字,"弗朗丝,还有一件事,你介意让别人认为你是我的女朋友吗——就今天一晚?"

"嘀,"弗朗丝想,"真够直接。"

他把这个想法从她脑海中抹掉了。"我猜你觉得我是个唐突的人,但不是那样的。我已经快一年没有和女孩约会过了。过几天,我就要乘船去法国了。再然后,我也不知道会发生什么。所以接下来这几个小时——如果你不介意的话,就当是满足我的一个心愿吧。"

"我不介意。"

"谢谢,"他支起胳膊,"挽着我吧,女朋友。"即将进入地铁站时,他停了下来,要求道:"叫我'李'。"

"李。"她说。

"说'你好,李,很高兴再见到你,亲爱的'。"

"你好,李,很高兴再见到你……"弗朗丝害羞地说。他把胳膊夹紧。

红宝石餐厅的服务员端上来两碗炒杂碎,还有一大壶茶。

"你来倒茶吧,这样感觉更像是在家里。"李说。

"放多少糖?"

"我不放糖。"

"我也是。"

"有意思!咱俩口味一样,对吧?"他说。

两人都饿了，于是不再开口，专心品尝起面前滑溜溜、油腻腻的美食。每当弗朗丝抬头看他，他都会回以微笑。而当他低头看她时，她则会露出开心的笑容。两人吃光了杂碎、米饭，连茶水都喝光了。李往椅背上一靠，掏出一包烟。

"抽烟吗？"

她摇了摇头："我试过一回，但不太喜欢。"

"那很好。我不喜欢抽烟的女孩。"

然后他开始讲自己。他把他所有的记忆都讲给弗朗丝听。他讲到他在宾夕法尼亚一个小镇上度过的童年（她知道那个小镇，还是因为之前在剪报公司读过那里出版的周报）。他讲他的爸爸妈妈、兄弟姐妹。他讲他的学生时代——参加过的聚会，做过的工作。他告诉她他现在二十二岁，二十一岁入的伍。他讲他的部队生活——如何成为下士。他把自己的一切都讲给她听，除了他在家乡订婚的那个女孩。

弗朗丝也讲起她的生活。她只说了那些开心的部分——爸爸多英俊，妈妈多聪明，弟弟多有趣，妹妹多可爱。她讲起图书馆办公桌上那只金褐色的小陶碗，还有前一年新年她和尼利在屋顶上的谈话。她并没有讲起本·布莱克，因为她并没有想到他。等弗朗丝说完这些，他开口道：

"我一直很孤独。参加拥挤的聚会我很孤独，亲吻女孩的时候我很孤独，在部队里我很孤独，尽管要跟几百个人一起生活。可是现在我不孤独了。"他再次露出他那缓缓的、羞涩的微笑。

"我也是，"弗朗丝说了实话，"除了我没有亲吻过男孩。这也是我第一次感觉自己不再孤独。"

尽管他们的水杯几乎还是满的，但服务员又过来续了一次水。弗朗丝知道这是一种暗示，他们在这里坐得太久了，还有人在等位置。

她问李现在几点。将近十点！他们竟然聊了差不多四个小时！

"我得回家了。"她遗憾地说。

"我送你吧，你家在布鲁克林大桥附近吗？"

"不，在威廉斯堡。"

"要是在布鲁克林大桥附近就好了。以前我就一直在想，如果到了纽约，我一定要在布鲁克林大桥上走一趟。"

"可以啊，"弗朗丝提议，"我可以先穿过布鲁克林大桥，然后坐格雷厄姆大道的电车，这样就能直接到我家的街拐角。"

他们先坐区间地铁，在桥头下车，然后步行过桥。走到一半，两人停了下来，俯瞰东河。两人紧紧挨在一起，他握着她的手。李抬头望向曼哈顿岸边的天际线。

"这就是纽约！我一直想见识一下，今天终于看到了。他们说得没错——它确实是世界上最美妙的城市。"

"布鲁克林更好。"

"布鲁克林可没有这样的摩天大楼，对吧？"

"没有，但布鲁克林给人一种感觉——我说不清楚，你得在那里生活才能知道。"

"我们总有一天会在布鲁克林生活。"他平静地说。她的心却漏跳了一拍。

她看到一个在桥上巡逻的警察正朝他们走来。

"我们快走吧，"她不安地说，"布鲁克林海军船厂就在这里，停在那边的迷彩船是军用运输船。警察随时都在这边巡逻，提防间谍破坏。"

当警察走到他们面前时，李说："我们没打算炸掉任何东西。我们只是看看这大河。"

"当然，当然，"警察说，"你们这对小情侣，我还不明白五月这美妙的夜晚是怎么回事吗？当年我也年轻过，而且没你们想得那么久远。"

他对他们笑了笑，李也笑了，弗朗丝则对两人笑了笑。警察注意到李的袖口。

"嘿，耽误你工夫了，将军。"警察说，"去了那边，给他们点颜色瞧瞧。"

"放心吧。"李回应道。

警察走开了。

"真是个好人。"李评论道。

"大家都很好。"弗朗丝愉快地说。

来到布鲁克林这边，弗朗丝说剩下的路就不用再送了。她解释说，之前上夜班的时候，她经常一个人深夜回家。但他要是想从她住的街区找到回纽约的路，恐怕就不容易了。布鲁克林这边的路很复杂，只有住在这里的人才能搞明白。

实际上，她是不想让他看到自己住的地方。她喜欢她的邻居们，并不以他们为耻。可她觉得，对于一个初来乍到的人，那里总会显得破败和肮脏。

接着，她先告诉他可以去哪里坐回纽约的城际火车，然后他们一起来到她坐电车的地方。他们经过一家只有一个窗口的文身店，里面有一个年轻的水手，袖管卷了起来。文身师坐在他对面，手边放着墨水盘。他正在给那个男孩文一颗被箭刺穿的心。弗朗丝和李站在外边看，水手朝他们挥了挥另一只手，他们也挥挥手。文身师抬起头，做了个"请进"的手势。弗朗丝皱着眉头，摇了摇头："不了。"

离开这家店，李充满好奇地说："竟然有家伙真的会去文身！

老天!"

"你可别让我抓到你文身。"她故作严厉地训诫道。

"放心吧,老妈。"他恭敬地回答,两人笑了起来。

他们在街角等电车,陷入了尴尬的沉默。他们分开站着,李不停地点烟,没抽上一半就丢掉。终于,一辆电车出现了。

"我的车来了。"弗朗丝说着伸出右手,"晚安,李。"

他把刚点燃的烟扔在地上。

"弗朗丝?"他张开双臂。弗朗丝走过去。他吻了她。

第二天清晨,弗朗丝穿着她那套崭新的海军蓝罗缎套装,上身搭配一件白色乔其纱衬衫,脚上穿着她礼拜日才会穿的漆皮皮鞋。她跟李并没有约定再次见面,可她知道,他会在五点钟等着她。弗朗丝准备出门时,尼利也起床了。她让尼利告诉妈妈,今晚的晚饭她也不在家里吃了。

"我老姐终于有男朋友啦!我老姐终于有男朋友啦!"尼利用唱歌的腔调嚷道。

他去找待在窗边高脚椅上的劳丽,椅子旁边的托盘上放着一碗燕麦粥。小家伙正忙着用小勺子把粥舀出来,浇在地上。尼利摸了摸她的下巴。

"嘿,小笨蛋!弗朗丝她有男朋友啦!"

小孩右边眉毛下面出现了一条淡淡的皱纹(凯蒂将其命名为"罗穆利家族皱纹"),她才两岁,听不明白。

"弗朗——妮?"她困惑地问。

"听着,尼利,我刚才帮她起床,穿好衣服,做了燕麦粥,你的任务是喂给她吃。还有,别叫她小笨蛋。"

走出公寓楼,她听到有人在喊她的名字。她抬头一看,发现尼利穿着睡衣,探身到窗外,扯着嗓子唱道:

> 她到街上,
> 一身盛装,
> 漂漂亮亮,
> 去见情郎……

"尼利,你真恶心,恶心死了!"她冲上面喊道。尼利假装没听明白。

"什么?你说他很恶心?他留着大胡子,还秃顶?"

"你赶紧回去喂孩子吧!"她嚷道。

"什么?你要生孩子了?这么快吗?"

一个路过的男人朝弗朗丝挤了挤眼睛。两个手拉手路过的女孩则大笑起来。

"你这小浑蛋!"弗朗丝无计可施,只能骂他。

"你骂我!我要告诉妈妈,我要告诉妈妈,告诉妈妈你骂我!"尼利大声嚷道。

她听到电车开过来的声音,只好跑开。

她下班的时候,他已经守在门口了,脸上仍是那副笑容。

"你好,女朋友。"他挽起她的胳膊。

"你好,李,很高兴再见到你。"

"……亲爱的。"他给她提词。

"亲爱的。"弗朗丝补充道。

他们在自助餐馆吃了饭——这是另一个他想见识的地方。由于这家餐厅不准吸烟,李又无法忍受长时间不吸烟,于是他们喝完咖啡、吃完甜点便离开了。两人决定去跳舞,在百老汇附近找了个地方,军人半价。他用一块钱买了一联二十张票,他们就进去了。

刚跳了不到半支曲子,弗朗丝就发现,他那高瘦而笨拙的模样完全是假象。李跳起舞来非常顺畅、协调。他们随着音乐扭动身体,紧紧相拥。在这样的时刻,交谈是没有必要的。

乐队正在演奏弗朗丝最喜欢的一首歌——《某个星期天的早晨》。

> 某个星期天的早晨,
> 天气如此美好。

她跟着歌手的演唱,哼起副歌:

> 穿上格子布衣裳,
> 我会是怎样的新娘。

她感觉到李的手臂紧紧拥着她。

> 我知道我的女性朋友们,
> 一定会羡慕我的美满幸福。

弗朗丝很幸福。舞又跳过一轮,歌手再次唱到副歌。这次为了在场的士兵们,歌词有了改动。

穿上卡其布衣裳，
你会是多帅气的新郎。

她的胳膊紧紧搂着他的肩膀，脸颊贴着他的军装上衣。她现在的想法，和十七年前凯蒂跟约翰尼跳舞时如出一辙——只要能和这个男人在一起，她愿意接受任何挑战和牺牲。同样和凯蒂一样，弗朗丝根本没有意识到，她可能要跟一些孩子一起共渡难关。

一群士兵要走了。按照惯例，乐队停下正在演奏的歌曲，开始演奏《待到重逢时》。大家都停下舞步，合唱这首歌，为士兵送行。弗朗丝和李也手拉着手唱起来，尽管两人都记不太清歌词。

当云开日见，
我们会重逢。
待到重逢时，
天光会比今日更明媚……

大家喊着："再见了，当兵的！""祝你们好运！""我们会重逢的！"然后，准备离开的士兵站成一排，一起唱起这首歌。李也拉起弗朗丝，朝门口走去。

"我们现在就走吧，"他说，"让这一刻定格成完美的记忆。"

他们慢慢走下楼，伴着歌声。来到大街上，他们站了一会儿，直到歌声消失。

……每晚都要为我祈祷，

直到我们重逢之时。

"让这首歌做我们的歌吧,"他低声说,"以后再听到它,都要想起我。"

他们走着走着,突然下雨了,两人只好到一家空店铺的门口避雨。站在被庇护的黑夜当中,他们手牵着手,看着雨越下越大。

"人们总会把幸福当成是很遥远的事,"弗朗丝心想,"复杂,难以企及。但是,有一些小事却足以让人感到幸福,比如,下雨时刚好有可以躲雨的屋檐;天气寒冷时能喝上一杯热咖啡;有的男人,只要抽上一根烟就会心满意足;独处的时候,有一本书可以读——只要能跟你爱的人在一起。这些都能让人幸福。"

"明天一早,我就要动身了。"

"去法国?"她从自己关于幸福的思考中惊醒。

"不,先回趟家,跟我妈妈住两天,然后再……"

"噢!"

"我爱你,弗朗丝。"

"可你都订婚了,刚见面的时候你就告诉我了。"

"是啊,"他苦涩地说,"我订婚了。小地方,每个人都订婚了,要么早早就结了婚,再或者就是惹了麻烦。小地方没别的事情可做。

"你上学、放学回家时跟一个女孩一起走——可能没有什么特殊的原因,只是因为她住在你家旁边。再长大一点,她邀请你到她家参加派对。你去参加其他派对,人们都要求你带她一起。家人希望你带她回家做客。久而久之,不会再有人邀请她,大家都认为她是你的女人。再然后——好吧,如果你不搭理她,你会觉得自己是个浑蛋。至于后来,反正也没什么事情可做,你们就结婚了。如果她是个正经女人（一般情况下她都是），而你多少算个体面人，那就好办了。没有什么干柴烈火、如胶似漆，但情感上能够得到满足。接着孩子来了。你们会把各自无缘得到的、无私的爱都倾注在孩子身上。从长远来看，孩子会因此受益。

"是啊，我的确订婚了。可我和她之间，跟你我之间并不一样。"

"那你会娶她吗？"

他沉默了很久才开口。

"不会。"

她又感到幸福了。

"说吧，弗朗丝，说出来。"

"我爱你，李。"她说。

"弗朗丝……"他的声音变得急促，"我这一走，可能就回不来了。我恐怕……恐怕自己到死，都还没有……没有经历……弗朗丝，我们可以在一起待会儿吗？"

"我们现在就在一起呀！"弗朗丝天真地说。

"我是说去一个房间……只有我们两个人……待到天亮。"

"我……我不能。"

"你不想吗？"

"对。"她诚实地回答。

"为什么……"

"因为我只有十六岁。"她勇敢地承认，"我从没跟任何人……在一起过。我不知道该怎么做。"

"这没什么问题。"

"而且我从没在外面过过夜。我妈妈会担心的。"

"你可以说你去女生朋友那里了。"

"她知道我没有女生朋友。"

"你可以想一些借口……明天再跟她解释。"

"我不会想借口,我会跟她说实话。"

"说实话?"他惊讶地问。

"我爱你。如果真的跟你在一起……我也不会感到羞愧。那将会是让我感到骄傲和幸福的事情,我不想为了这样的事情撒谎。"

"我没想到……我没想到……"他低声说,像是自言自语。

"你也不想让我们的事……见不得人,对吧?"

"弗朗丝,原谅我。我不该问你那样的问题,我没想到会这样。"

"哪样?"弗朗丝困惑地问。

他把她揽在怀里,搂得很紧。她感觉到他在哭。

"弗朗丝,我怕……我好怕。我怕我一走就会失去你……再也见不到你了。你叫我不要回家好不好,我会留下来的。明天和后天,我们都要在一起,一起吃饭、散步,或者在公园里坐着,再或者是在公交车上,就这样聊聊天,相互做伴。叫我别走。"

"我想你还是回家吧。你应该跟妈妈再见一面……我不知道。但我想你应该那么做。"

"弗朗丝,等战争结束,你会嫁给我吗——如果我还能回来的话?"

"你一回来,我们就结婚。"

"你愿意嫁给我,弗朗丝?真的吗?"

"我愿意。"

"再说一遍。"

"你一回来我们就结婚,李。"

"还有,弗朗丝,我们要住在布鲁克林。"

"我们可以住在你想住的地方。"

"那我们就住在布鲁克林。"

"只要你愿意,李。"

"你会每天都给我写信吗,每天都写?"

"每天都写。"她答应道。

"那你今晚回去之后会给我写信吗?写你有多爱我,这样我回家的时候就能收到信了。"她也答应了。"你能保证永远不让其他人吻你吗?永远不和其他人约会?你会一直等着我吗……不管要等多久?如果我回不来,你会永远不和其他人结婚吗?"

她都答应了。

他就这样要了她的一生,就像要求一次约会。而她也把自己的一生许给了他,就像伸出手来问候或是道别。

过了一会儿,雨停了,星星出来了。

53

那天晚上,她信守承诺,写了一封信———一封长信。她把自己所有的爱意都倾注在字里行间,并再次确认了自己的承诺。

她比往常早一些出门上班,以便有时间到三十四大街的邮局寄信。窗口里的办事员向她保证,当天下午就能寄到目的地。那天是星期三。

她满怀期待,但也告诉自己,星期四晚上就收到回信是不大可能的。他没有时间,除非他也在他们分别后就立刻给她写了信。但他得收拾行李,然后早起赶火车(她从没想过,自己是怎么抽出时间来的)。星期四晚上并没有回信。

星期五,她不得不代了好几个班——因为流感,公司人手不足——连续工作了十六个小时,凌晨两点钟才回家。等她到家时,厨房装糖的大碗旁边放着一封信。她急不可耐地撕开信封。

亲爱的诺兰小姐:

她的心一沉。这不可能是李写的,因为他会写"亲爱的弗朗丝"。她把信翻到最后,找到落款——"伊丽莎白·莱诺(夫人)"。哦!这可能是他妈妈,或者某个小姨子。也许他生病了,写不了信。或者军队有规定,即将出国的人不可以写信。所以他请人代他回信。一定是这样,就是这样。她读了起来:

李把你的事情都讲给我听了。承蒙你在纽约对他的照顾。他星期三下午到家,但第二天晚上就需要去部队报到,在家的时间只有一天半。我们的婚礼很简单,只有家人和朋友到场……

弗朗丝把信放下了。"我一连工作了十六个小时,"她心想,"一定是太累了。我看了几千封电报,这信上写的东西我完全看不明白。而且干这个工作,我养成了一个坏习惯——看东西看不了整行,只能跳着看。我应该是读岔了。去洗把脸,煮个咖啡,清醒一下,回来再看。这次我一定要看明白。"

趁咖啡加热的工夫,她用冷水洗了把脸,想到信中写"婚礼"的部分。她突然想到,如果继续读,后面的话可能是:"李做了伴郎,我嫁给了他的哥哥。"

凯蒂躺在床上，侧耳倾听弗朗丝在厨房里的动静。她不安地躺着——等待着。她其实并不知道自己在等待什么。

弗朗丝继续读信：

……参加婚礼。李让我跟你解释一下，他为什么不能给你回信。再次感谢你在纽约对他的关照。
你真诚的，
伊丽莎白·莱诺（夫人）

后面还有一段附记：

我读了你给李写的信。他假装自己爱上了你，这很卑鄙。我跟他说了，他让我跟你说，他非常抱歉。伊·莱

弗朗丝全身剧烈地颤抖起来，牙齿打战，发出响声。

"妈，"她呻吟着，"妈！"

凯蒂听她说完全部经过。"这种事情还是来了。"她想，"你再也没办法替孩子们抵挡这个世界的残酷了。以前家里东西不够吃，你假装自己不饿，让他们多吃一点。晚上太冷，你把你的毯子给他们盖。你想把所有伤害他们的人都宰了——我确实朝走廊里那个家伙开了枪。然后，在一个阳光明媚的日子，他们天真地走出家门，却一头栽进了你愿意付出生命来换他们不要经历的悲恸当中。"

弗朗丝把信递给她，她慢慢读着。读着读着，她就明白究竟是怎么一回事了。这是个二十二岁的小伙子，显然（用茜茜的话说）

"是个老油条"。还有一个十六岁的小女孩,比人家小六岁,虽然涂着鲜艳的口红,穿着大人的衣服,东一榔头西一棒槌地学到了很多知识,可依旧是世界上最天真的小女孩;一个经历了种种邪恶和苦难,却奇怪地没有被沾染的小女孩。是的,她能够理解她对他的吸引力。

那么,她还能说什么呢?说他不是个好东西,还是说他只是个没有主见的蠢货?不,这些说法都太残忍了。再说这孩子也不会信的。

"说点什么吧,"弗朗丝要求道,"你怎么不说话?"

"我能说什么?"

"说我年纪还小——什么坎儿都能过去。说吧,快骗骗我吧!"

"我知道大家都会这么说——你能克服。我也可以这么说,但我知道没那么容易。唉,你会找到新的幸福,这个不要担心。但这件事你不会忘掉。每当爱上什么人,你都难免会再想起他。"

"妈……"

妈!凯蒂想起来了,她小时候一直喊"妈妈",直到有一天,她告诉妈妈,她要嫁给约翰尼,她说的是:"妈,我要嫁给……"从那以后,她就再也没喊过"妈妈"。她不再喊"妈妈",意味着她长大了。而现在弗朗丝……

"妈,他让我陪他过夜。我应该去吗?"

凯蒂在脑子里飞快地组织措辞。

"妈,别骗我。跟我说实话。"

凯蒂想不出合适的措辞。

"我向你保证,在结婚之前,我是不会跟男人走的——如果我会结婚的话。如果在结婚之前,我遇到了一个我一定要跟他走的男人,我会先跟你说。我发誓。所以你跟我说实话吧,不用担心我知道了以后会犯错。"

"有两种实话。"凯蒂终于开口。

"作为一个母亲,我必须得说,一个小女孩和一个陌生男人——他们刚认识不到四十八小时——一起过夜,是一件非常可怕的事情。一些可怕的事情可能会发生在你身上,你的整个人生可能都会因此被毁掉。这是我作为你的母亲,跟你说的实话。

"可是作为一个女人……"她犹豫了一下,"作为一个女人,我能跟你说的实话是,这也可能会是一件很美妙的事情。因为一生只有一次,你会这样去爱一个人。"

弗朗丝心想:"那我应该跟他走。我再也不会那样去爱一个人了。我想跟他走,可是没有。现在我已经不再想找他了,因为他已经属于别人了。当时我想跟他走,我没有去,现在已经晚了。"她把头埋在桌子上,哭了起来。

过了一会儿,凯蒂说:"我也收到了一封信。"

其实这封信她几天前就收到了,只是没找到合适的时机提起。现在她下定了决心。

"我收到了一封信。"她重复了一遍。

"谁……谁写的?"弗朗丝抬起头,啜泣着。

"麦夏恩先生。"

弗朗丝的啜泣声更大了。

"你不想知道他写了什么吗?"

弗朗丝努力止住啜泣。"好吧。他写了什么?"她敷衍地问。

"其实也没写什么。只说下周来看看咱们。"她等待着,但弗朗丝并没有追问,"你说让麦夏恩先生来做你们的父亲怎么样?"

弗朗丝猛地抬起头:"妈妈!你在说什么?有男人来信说要来家

里做客,你就想到这么远了?你凭什么以为自己什么都知道?"

"我不知道。我什么都不知道,真的。我只是有这种感觉。当感觉足够强烈,我就会说我知道。可实际上我并不知道。你就说说嘛,让他来做你们的父亲怎么样?"

"我都已经把自己搞得一团糟了,"弗朗丝苦笑着,但凯蒂没有笑,"我是最没资格给别人意见的人。"

"我不是在征求你的意见。我只是想知道我的孩子们怎么看他。只有知道了你们的想法,我才能更清楚自己该怎么做。"

弗朗丝怀疑妈妈提起麦夏恩,是为了转移她的注意力。她很生气,因为这招几乎奏效了。

"我不知道,妈妈。我什么都不知道。我不想说话了,你走吧,让我一个人静一静。"

凯蒂便回到了卧室。

好吧,就算难过,她也不能一直哭,还有很多事情等着她去做。已经五点了,弗朗丝认为睡了也白睡,七点就得起床。她突然觉得很饿,从前一天中午到现在,除了在白班和夜班中间休息的时候吃了个三明治,她什么都没吃。于是她起身,又给自己煮了一壶咖啡,热了几片吐司,还煎了几个鸡蛋。这些东西都很好吃,她甚至有点惊讶。可是吃饭的空当,她的眼睛扫到了那封信,眼泪便又止不住地往下流。她拿起信,放进水槽里,又划了根火柴丢在上面。然后她打开水龙头,看着黑色的灰烬消失在下水口。她坐回来,继续吃早餐。

吃完早餐,她从柜子里拿出她买的一盒信纸,准备写一封信。

亲爱的本,你之前说如果我需要你,就给你写信。

所以我就……

她抓起信纸，撕成两半。

"不！我不想需要任何人。我想有人需要我——我想有人需要我。"

她又哭了起来，但没那么难过了。

54

这是弗朗丝第一次见到麦夏恩不穿制服的样子。她觉得这个人穿着看上去就很贵的双排扣灰色定制西装，确实很有派头。当然，他没有爸爸那么英俊，只是更加高大魁梧。他也有自己的魅力，弗朗丝心想，尽管他的头发已经有些泛白。可是老天，他对妈妈来说还是老了一些。的确，妈妈也不算年轻，马上就三十五岁了。但和五十岁的人比起来还是年轻很多。不过说到底，没有女人会为麦夏恩做自己的丈夫感到羞耻。尽管他看上去像个精明的政客，但说起话来却很温柔。

他们吃着蛋糕，喝着咖啡。弗朗丝猛然间注意到，麦夏恩正坐在原来父亲的位置上。凯蒂把约翰尼去世后他们的生活讲给他听。麦夏恩似乎对他们取得的进展感到惊讶。他看着弗朗丝：

"所以这小丫头片子去年夏天还把自己弄到大学里去了！"

"今年她还要去呢。"凯蒂骄傲地宣布。

"了不起啊！"

"而且她还能自己赚钱，现在一周二十块。"

"做了这么多事情，身体也还不错？"他语气中带着真诚的惊讶。

"这个小伙子中学也念了一半了。"

"不是吧?"

"而且他下午和晚上也会做兼职,有时利用课余时间,一周能赚五块钱。"

"好小伙儿,真是个好小伙儿。你看他这体格,也够壮实。"

弗朗丝一开始不明白他为什么要对他们俩的身体状况进行评价。后来她想到麦夏恩自己的孩子:他们全都早早夭折。难怪他把身体健康看得如此重要。

"那个小宝宝呢?"他问。

"抱她过来吧,弗朗丝。"凯蒂吩咐。

婴儿在客厅的婴儿床上,那里本来是弗朗丝的房间,不过大家都同意,她需要睡在空气流通的地方。弗朗丝把熟睡的小家伙抱起来,她睁开眼睛,马上摆出做好了一切准备的样子。

"拜——拜,弗朗——妮?去——玩?公——园?"

"不,小宝贝儿,家里来了个男人,我带你认识一下。"

"男——人?"劳丽疑惑地问。

"是的,一个大块头。"

"大——块头!"宝宝高兴地重复道。

弗朗丝把她抱进厨房。这孩子长得实在是好看,穿着粉红色的法兰绒睡衣,娇嫩得让人生怕把她弄坏。她长着一头柔软的黑色鬈发,乌溜溜的大眼睛炯炯有神,脸蛋儿粉扑扑的。

"啊,小可爱,小可爱,"麦夏恩哼起歌来,"你好像一朵玫瑰花,一朵野玫瑰。"

"如果爸爸在,"弗朗丝想,"他会唱《我的爱尔兰野玫瑰》。"她听到妈妈叹了口气,不知道两人是不是想到了一起。

麦夏恩接过孩子。孩子坐在他的大腿上,后背直挺挺立着,困惑地望着他。凯蒂希望她不要哭。

"劳丽!"她说,"麦夏恩先生,叫他'麦夏恩先生'。"

孩子低下头,透过长长的睫毛往上望,露出"听见了"的笑容,同时摇了摇头:"不。"

"不叫麦——麦恩,"她继续发言。"大!"她得意地喊,"大块头!"她对麦夏恩笑着,咿咿呀呀地说:"带——劳丽玩?去——玩?公——园?"然后她把小脸贴在他的外套上,闭上了眼睛。

"哎哟哟——嘿哟哟——"麦夏恩哼着调子。

孩子在他怀里睡着了。

"诺兰夫人,你一定在想我今天来的目的。不兜圈子了,我想问你一个私人问题。"弗朗丝和尼利起身,打算离开。"不——孩子们,不用走。这个问题是问你们母亲的,但也和你们有关。"于是他们又坐了下来。"诺兰夫人,你丈夫——愿他安息——离开已经有一段时间了……"

"是的,两年半了。上帝保佑他灵魂安息。"

"上帝保佑他灵魂安息。"两个孩子跟着祷告。

"而我的妻子,也走了一年多了。上帝保佑她灵魂安息。"

"上帝保佑她灵魂安息。"诺兰一家也跟着说。

"我已经等了很多年——现在说这个,也算不得是对逝者不敬了。

"凯瑟琳·诺兰,我想跟你一起生活。如果你不反对,我们秋天就结婚。"

凯蒂迅速看了弗朗丝一眼,皱着眉头。妈妈这是怎么了?弗朗丝甚至没有想到要笑一笑。

"我有能力照顾你和孩子们。算上我的退休金、工资,还有伍德黑文和列治文山两处房产的收入,我一年有一万多块进账。我还有保险。两个孩子上大学的钱由我来出。我保证可以像以前一样,做一个忠诚的丈夫。"

"你想清楚了吗,麦夏恩先生?"

"我不需要想什么。五年前第一次在马奥尼露营地见到你,我就已经下定决心了。那时候我还跟你家姑娘打听,'那个是不是你妈妈?'"

"我只是个没受过教育的清洁工。"她说的是事实,不是客套。

"教育!你猜是谁教我读书写字的?还不是我自己。"

"但像你这样的男人,需要一个言谈举止都能拿得出手的女人——帮你招待事业上的朋友。我办不到。"

"办公室是我干事业的地方,而家里是我生活的地方——我不是说你拿不出手,你对我来说已经足够优秀了——但我并不是想要找一个能帮我招待朋友的女人。我的事业我自己可以应付。需要我说我爱你吗……"他犹豫了一下,才叫出她的名字,"凯瑟琳?你可以考虑一下吗?"

"不,我也不用考虑。我愿意嫁给你,麦夏恩先生。

"不是因为你的收入。当然我也考虑到了这一点——一年一万块确实是个大数目,对于我们这样的人家来说,一千块就已经够多了。我们没有多少钱,但早已经学会了过穷日子。我也不是图你能送孩子们上大学。有你帮我们,这一切都变得很简单,但就算不靠你,我们也能办到。当然也不是因为你的社会地位,虽然有一个像你这样的丈夫会让我很骄傲。

"我愿意嫁给你,是因为你是个好人。我愿意让你做我的丈夫。"

这是实话。凯蒂早已打定主意要嫁给他——只要他求婚。对凯蒂来说,没有男人爱她的生活是不完整的。这与她对约翰尼的爱无关。她对他是终生挚爱,而对麦夏恩的情感就要平淡许多。她欣赏他,尊敬他。她会为他做一个好妻子。

"谢谢你,凯瑟琳。能娶到你这样年轻漂亮的妻子,还有三个健康的孩子,是我的荣幸。"他的谦虚是真心的。

他转向弗朗丝:"作为长女,你同意吗?"

弗朗丝看了看妈妈,妈妈似乎在等自己的回答。她又看了看弟弟,然后点点头。

"我想我和我弟弟都愿意让你……"她想到了爸爸,眼泪涌出眼眶。她说不出口。

"没事的,没事的。"麦夏恩安抚道,"我不会让你们为难。"他转向凯蒂:

"我不求这两个大孩子叫我'父亲'。他们有自己的爸爸,上帝让他是个好小伙——我永远记得他唱歌的样子。"

弗朗丝感到喉头发紧。

"我也不会让你们改姓——诺兰很好听。

"但这个小家伙——她从没见过她的亲生父亲。你愿意让她叫我父亲吗?我想走正规程序收养她,让她跟我、跟你一个姓。"

凯蒂望向弗朗丝和尼利。他们会怎么想呢——他们的妹妹姓麦夏恩,不再姓诺兰?弗朗丝点了点头,表示同意。尼利也点点头。

"那这个孩子就跟你姓。"凯蒂说。

"我们不能叫你'父亲',"尼利突然开口,"但以后我们可能会叫你'爸爸'。"

"那我万分荣幸。"麦夏恩随口说道。现在他放松了下来,对他们笑了笑:"我可以抽一口烟斗吗?"

"你想抽就抽啊,不用问我们。"凯蒂惊讶地说。

"又有家人了,我得适应一下。"他解释道。

为了方便他抽烟,弗朗丝把孩子抱走了。

"过来帮我,尼利。"

"干吗?"尼利觉得这场面很有意思,不想走。

"帮我铺床呀。我抱着她,腾不开手。"尼利真是个榆木脑袋,他看不出麦夏恩想跟妈妈单独待一会儿吗?

在漆黑的客厅,弗朗丝问弟弟:"你觉得怎么样?"

"对妈妈来说,他是个很好的依靠。当然,他取代不了爸爸……"

"是啊,没人能取代爸爸——不过他是个好人。"

"劳丽能过好日子喽。"

"安妮·劳丽·麦夏恩!她再也不用跟着我们受苦了,对吧?"

"是的,可她也没法过我们这样有意思的日子了。"

"唉!我们以前过得可开心了,对吧,尼利?"

"是啊!"

"可怜的劳丽。"弗朗丝遗憾地说。

第五部

55

有人拍了拍她的肩膀,弗朗丝惊得跳了起来。然后她放松下来,露出微笑。当然啦!已经凌晨一点钟了,她已经完成了任务。"救星"来接管她的机器了。

"让我再发一条吧。"弗朗丝请求道。

"某人还真是爱岗如家啊!""救星"笑着说。

弗朗丝慢慢地、心怀怜爱地敲出最后一封电报。她很高兴,这是一条通报出生的消息,而不是传递噩耗。这将是她经手的最后一封电报。她没有告诉任何人她要离职了,因为担心如果要跟大家道别,她会崩溃大哭。和妈妈一样,她也不愿意在公开场合表露自己的情绪。

她没有直接去储物柜收拾东西,而是先去了休息室。一些女孩正在充分利用换班间歇的这十五分钟。她们围在一个弹钢琴的女孩周围,唱着歌:"喂,总部吗,我要进攻无人区。"

当弗朗丝走进来时,弹钢琴的女孩换了首曲子,她注意到弗朗丝穿着崭新的灰色秋季套装和灰色绒面薄底鞋。女孩们唱道:"贵格镇上有个贵格会教徒。"一个女孩伸手揽过弗朗丝,拉她进到圈子里。

弗朗丝和她们一起唱：

> 潜进她心里我了解到，她不是如此迟钝……

"弗朗丝，你为什么要穿这一身灰呀？"

"哎，我也不知道——可能是小时候看过一个女演员穿。我记不清她的名字了，但我记得那出戏是《牧师的甜心》。"

"好可爱！"

> 她的表情在说"请来找我"……
> 贵格镇上我的贵格会女孩。

"贵——格——镇——我的女——孩——"女孩们以完美的和声收尾。

接着她们又唱起了《你会在法兰西找到老迪克西》，弗朗丝走到窗前，那里可以从二十层楼的高度俯瞰东河。这是她最后一次从这里俯瞰这条河了。任何事情的最后一次都让人有种仿佛死亡的悲怆。她心想，我现在看到的景象，以后都看不到了。唉，这将是最后一次，一切都如此清晰可辨，仿佛一盏具有放大功能的灯，把它们全都照亮。而你的悲怆在于，在曾经拥有的日子里，你没有把它们把握得更牢。

玛丽·罗穆利外婆说过什么来着？"一切只如初见，又如最后道别。如果以这样的方式看待世界，一切便充满荣耀。"

外婆！

在生命里最后的病程中，她坚持了几个月。直到有一天，天还没亮，史蒂夫来告诉他们：时候到了。

"我会想念她的，"他说，"一位伟大的女士。"

"你该说'一个伟大的女人'。"凯蒂说。

唉，弗朗丝搞不懂，威利姨夫为什么会选择在这个时候离开家人呢？她看着一艘船在桥下缓缓驶过，然后才回到思考中。是不是因为少了个罗穆利家的女人，他感觉自己身上的重负轻了一些？是她的死让他有了逃走的想法吗？或者是（按伊芙所说）这个人五行缺德，早就盘算着趁外婆葬礼的机会撇开他的家庭？无论如何，威利已经走了。

威利姨夫！

他拼命练习，直到能够同时演奏所有乐器，进行"一个人的乐队"的表演。他在电影院举办的才艺大赛中登场，获了头奖，得到十块钱。

然后他就没有再回家，带着他的乐器和奖金消失了。

她们偶尔还能听到他的消息，说他在布鲁克林游荡，靠卖艺赚钱生活。伊芙说等天寒地冻，外面待不住，他就会回家了——但弗朗丝不这么想。

伊芙在他的工厂里找了份工作，每周赚三十块，过得还不错，除了晚上的空闲时光。和所有罗穆利家的女人一样，没有男人，她觉得日子很难熬。

弗朗丝站在窗前，俯瞰河水，回想起威利姨夫身上总有一种如梦般的东西。但是现在，很多事情在她看来都好像是做梦。走廊里试图侵犯她的那个男人——一定是个梦！麦夏恩等了妈妈这么多年——也是个梦。爸爸不在了——是最漫长的一个梦。可是现在，爸爸就像是不曾存在过一样。劳丽就像是来自梦中的孩子——爸爸去世后五个月，她出生了。布鲁克林本身就是一个梦，那里发生着不可能发生的事情。所有这一切都是梦。但又或许，一切都是真实的，是实在发生过的，只是她，弗朗丝，一直在梦游？

好吧，等她到密歇根就知道了。如果在密歇根，一切也都像是在做梦，那么弗朗丝就会明白，她真的是个梦游人。

安娜堡！

密歇根大学就在那里。再过两天，她就要坐上前往安娜堡的火车了。暑期课程已经结束，她通过了选修的四门课程。在本的帮助下，她勉强通过了中学毕业考试。这意味着，十六岁半的她，可以带着半学年的新生学分，进入大学学习了。

她本想去纽约的哥伦比亚大学，或是布鲁克林的阿德菲大学。但本说，适应新环境也是教育的一部分。她妈妈和麦夏恩也都同意让她去密歇根。就连尼利也说，去外地读大学是好事，这样她就有机会改掉她的布鲁克林口音了。可弗朗丝不想改变口音，就像她不想改变自己的名字一样。她是个有着布鲁克林名字、布鲁克林口音的布鲁克林女孩。她不想把自己变成一个"混合物"。

本为她选择了密歇根大学。他说这是一所奉行自由主义的州立大学，英文系很好，学费也不高。弗朗丝想知道，密歇根既然这么好，他自己为什么不去读，而是选了中西部另一个州的一所大学呢？他解释说，他准备在那个州做执业律师，然后从政。说不定在大学他就能跟那个州日后的大人物成为同学。

本现在二十岁了，他正在大学的后备军官训练团受训。穿着军装的本非常帅气。

本！

她看着戴在左手中指上的戒指，那是本的中学毕业戒指，外面刻着"M.H.S. 1918"①，里面则是"本·布赠弗·诺"。他曾说他虽然明白自己的心意，但她还太小，不能把握自己的想法。他把这枚戒指送给她，意在表明他所谓的"明白"。当然，五年内他还不打算结婚，他说。到那时，她也长大了，能够为自己做主了。然后，如果到那时两人依旧心意相通，他就会请求她接受另一枚戒指。他给了弗朗丝五年时间考虑是否接受自己的心意，这样她就不至于太为难。

了不起的本！

他在1918年1月中学毕业后，立刻就开始了大学课程，选修了非常多的科目，同时暑期继续在布鲁克林上课，另外还做了更多社会工作。而且——正如他在前一年暑期课程结束时说的那样——他又和弗朗丝在一起了。现在，1918年9月，他即将回到大学，开始他的大三生活！

厉害的本！

他正直、可敬、聪明。他知道自己的心意，永远不可能头一天跟一个女孩求婚，第二天跑去跟另一个女孩结婚。他不会让她写下自己对他的爱意，然后让别人读。本不会那样——不可能。是的，本太好了，她为自己能跟这样的人交往而骄傲。可她还是想到了李。

李！

李现在在哪儿呢？

他已经乘坐运兵船，去了法国，就像她现在看到的这艘从港口出发的船——一艘长长的船，满是迷彩斑点，还有一千多名士兵惨白、沉默的脸。从她站的地方看过去，他们仿佛插在又长又难看的针垫上的无数白头针。

---

①即"马斯佩斯中学，1918年"。

("弗朗丝，我怕……我好怕。我怕我一走就会失去你……再也见不到你了。你叫我不要回家好不好……")

("我想你还是回家吧。你应该跟妈妈再见一面……")

他在彩虹师——他们师应该正在向阿尔贡森林挺进①。他现在会不会已经战死在法国，葬在某个平平无奇的白色十字架下面？如果他死了，谁会告诉她噩耗？肯定不会是宾夕法尼亚那个女人。

["伊丽莎白·莱诺（夫人）"]

几个月前安妮塔离职了，去了其他地方工作，没有留下地址。她没法问任何人——没有人能告诉她了。

她一度非常渴望他死在战场上，这样那个宾夕法尼亚女人就得不到他了。可是下一秒，她却在祈祷："上帝啊，别让他死。无论他属于谁，我都不会抱怨。求你保佑他——求你了。"

唉，时间啊——快些过吧，让我把他忘掉。

("你会找到新的幸福，这个不要担心。但这件事你不会忘掉。")

妈妈说得不对。她一定弄错了。弗朗丝想忘掉，可是已经过了四个月，她却还是忘不掉。("你会找到新的幸福……但这件事你不会忘掉。")如果忘不掉，她怎么能找到新的幸福？

唉，时间啊，伟大的治愈者，快来帮帮我，让我忘个干净。

("每当爱上什么人，你都难免会再想起他。")

本有着同样迟缓的微笑。但她是去年——在认识李之前——就爱上本的。所以妈妈这句也不对。

---

①阿尔贡森林战役是第一次世界大战西部阵线最后一攻的重要组成部分。从1918年9月26日开始，直到1918年11月11日停战，共计47天。由于美国远征军的加入，协约国成功夺取阿尔贡森林，为最终胜利打下基础。

李，李！

上一班女孩的休息时间结束了，休息室又迎来下一批女孩。她们同样围在钢琴旁边，唱起了一连串关于"微笑"的歌。

弗朗丝知道接下来会发生什么。

跑吧，快跑，在伤心的浪潮把你拍碎之前，快跑吧，你这个傻瓜。

可她动弹不得。

她们唱到了泰德·刘易斯的《当宝贝对我微笑时》。既然唱到这首歌，她们接下来就难免要唱《有的微笑令你欢喜》。

再然后，就是那首歌了：

你微微笑，
吻着我，说再见，情难抑……

（"以后再听到它，都要想起我。"）她跑出休息室，打开储物柜，抓起自己灰色的帽子、灰色的新钱包，还有手套，冲向电梯。

来到楼外，她望着四周大楼间的一线天空，黑漆漆的，了无生机。一个穿着军装的高个男人站在隔壁大楼门口的阴影里。他从黑暗中走出，向她迎来，带着羞涩而孤独的微笑。

她闭上了眼睛。外婆曾说，罗穆利家的女人是有超能力的，能够看见她们心爱之人的鬼魂。弗朗丝一直不信，因为她这么多年都没见过爸爸。可是这一刻——这一刻——

"你好啊，弗朗丝。"

她睁开眼睛。不，他不是鬼。

"我突然想到,你可能需要人陪——这是你工作的最后一晚。所以我来送你回家。吓到了?"

"那倒没有。我猜到你会来。"

"饿了吗?"

"饿死了!"

"想吃什么?去自助餐馆喝咖啡,然后去吃炒杂碎?"

"不要!不要!"

"去恰尔德餐厅?"

"好。我们去恰尔德吃奶油蛋糕吧,再来点咖啡。"

他牵起她的手,挽着她的胳膊:"弗朗丝,你今晚有点奇怪。你不会在生我的气吧?"

"没有。"

"我来接你,高兴吗?"

"是的。"她平静地说,"很高兴见到你,本。"

56

星期六!这是他们在这栋房子里的最后一个星期六。明天凯蒂就要结婚了,他们会从教堂直接去新家。搬家工人周一一早再来搬他们的家当。大部分家具留给了新来的清洁女工,他们打算带走的只有个人物品和客厅的家具。弗朗丝想要留下那张有粉色玫瑰花图案的绿地毯、奶油色的蕾丝窗帘,还有那架可爱的小钢琴。这些东西到时候会放在他们在新家给弗朗丝留出来的房间里。

最后这个星期六的早上,凯蒂还在照常工作。当妈妈一如既往地拿着扫把和水桶出门时，两个孩子都笑了。麦夏恩给她开了一个支票账户，往里面存了一千块钱，作为结婚礼物。相较诺兰家以往的情况，凯蒂现在身家不菲，根本用不着再工作，但她还是坚持把最后一天的活儿干完。弗朗丝觉得她是舍不得这公寓楼，想在离开前再打扫一遍。

弗朗丝厚着脸皮，翻开妈妈的钱包，找到支票簿。在那美妙的支票簿里，她只看到了一张存根：

编号：1
日期：1918年9月18日
收款人：伊芙·福里特曼
付款原因：她是我姐姐
总额：1000.00
付款金额：200.00
余额：800.00

弗朗丝起初不明白为什么是这个数额。为什么不是五十块或者五百块呢？为什么是二百块？然后她想明白了，二百块是威利姨夫保险金的数额。如果他死了，伊芙姨妈就能得到二百块。显然，凯蒂觉得威利姨夫就像死了一样。

她没有为自己的婚纱开支票。她解释说，她不想在嫁给麦夏恩之前，先花他给的钱。买婚纱的钱是从她为弗朗丝攒的钱里借用的，她答应等婚礼一结束，她就会给她开一张支票。

最后这个星期六的早晨，弗朗丝把劳丽放在两轮小车上，系好婴儿带，推着她上街。她在街角站了许久，看着孩子们把废品拖到卡尼的废品站换钱。然后她也跟着走了过去，趁店里没人，进了查理平价店。她把一块五放到柜台上，说所有的奖券她全包了。

"啊，你这是干吗，弗朗丝？"查理说。

"我不想费力刮奖了，所有奖品都给我。"

"哎，这哪行！"

"所以你这奖券根本就中不了大奖，对吧，查理？"

"老天，弗朗丝。你总得让我做生意的吃口饭吧？我赚得也不多——一次才一分钱。"

"我早就看出来了。骗小孩子钱——你不觉得害臊吗？"

"话不能这么说。他们花一分钱，我给他们一分钱的糖果。弄个奖券，只是为了好玩嘛。"

"然后他们就一直来你这里——你在用希望骗他们。"

"就算他们不来我这里，他们也得去对面吉姆皮的店，懂吗？而且来我这里花钱总比去他那里强，因为我赚钱是为了养家，"他理直气壮地说，"我可不会把小姑娘带到后屋去。懂？"

"唉，行吧，你说的也有道理。你这儿有五毛钱的娃娃吗？"

他从柜台下面掏出来一个面目模糊的娃娃："我只有这个，六毛九。不过五毛卖给你也行。"

"我买了，把它挂起来当奖品吧。"

"这可不成，弗朗丝。有孩子拿奖品回家，其他孩子也会想拿奖品。这个头可开不得。"

"我说，看在耶稣基督他老人家的分儿上，"弗朗丝说，这不是亵渎，而是祈祷，"你就让那帮小孩赢一回吧！"

"嘿！嘿！别激动。"

"我只是想让孩子品尝一回走运的滋味。"

"我会把它挂上去的。等你走了以后,我也不会把奖券从盒子里挑走。这下你满意了吧?"

"谢谢你,查理。"

"哪个小孩中了奖,我就告诉她,这个娃娃叫弗朗丝,怎么样?"

"哦,那倒不必!我可不想让她觉得我长成这样。"

"你知道吗,弗朗丝?"

"什么?"

"你越来越有大姑娘样了。你今年多大?"

"过几个月就十七了。"

"我记得你以前瘦巴巴的,竹竿腿,但那时我就觉得,你能出落得不错——不算大美女吧,但也挺好看的。"

"得了吧。"她笑了。

"这是你家小姑娘?"他冲着劳丽点点头。

"嗯哼。"

"等她会走路了,她就会拖着废品去换钱,然后拿着钢镚到我这里。前一天还躺在婴儿车里,后一天就来摸奖券。这一片的孩子长起来都可快了。"

"她永远不会拖废品,她也不会来你这里。"

"哦,对。我听说你们要搬走了。"

"对,我们要搬走了。"

"好吧,那祝你好运,弗朗丝。"

她带着劳丽去公园,把她从婴儿车里抱出来,让她在草地上跑着玩。一个卖椒盐卷饼的男孩刚好路过,她花一分钱买了一个,掰碎撒在草地上。一群像炭一样黑的麻雀不知从哪里飞了过来,为这些碎屑争抢起来。劳丽迈着蹒跚的步子，想抓住它们。无聊的麻雀每次都等她靠近，到只剩几英寸的地方才振翅飞走。每当鸟儿飞起来，小宝宝就开心地大叫。

弗朗丝又把劳丽放上车，带她去看自己以前的学校。那所学校离她每天都要去的公园只隔了几个街区，但不知为何，在毕业那晚之后，她就再也没回去过。

学校现在看上去很小，这让她感到惊讶。她觉得学校应该是不会变小的，只是她现在习惯了看更大的东西。

"这里是弗朗丝上过的学校。"她告诉劳丽。

"弗朗——妮，上过——学。"劳丽附和道。

"爸爸带我来过这里，他还唱了一首歌。"

"爸爸？"小家伙困惑地问。

"我忘了。你没见过爸爸。"

"劳丽见过——爸爸。男人——大块头。"她以为弗朗丝说的是麦夏恩。

"没错。"弗朗丝同意了。

距离上次看到学校才过了两年时间，弗朗丝已经从一个女孩成了一个女人。

回家时，她路过了曾被弗朗丝"借用"做地址的那栋房子。在现在的她看来，这房子又小又破，可她还是很喜欢。

她路过了麦加里蒂的酒馆。现在这酒馆已经不属于麦加里蒂了。初夏的时候他搬走了。他曾对尼利说，他麦加里蒂眼观六路，耳听八方，因此知晓禁酒令即将成真，而他也为此做好了准备。他在长岛的罕普斯狄高速公路附近买下一大块地，有条不紊地购进了大批酒水，等待时机。只要禁酒令一发布，他就打算开一家私人俱乐部。他连名字都想好了，就叫"梅·玛丽俱乐部"，他的老婆会穿上晚礼服，招待客人，他想这应该正合她的心意。弗朗丝想，这样的安排应该确实可以让麦加里蒂太太开心，而她希望有朝一日麦加里蒂自己也能开心。

午饭后，她最后一次去图书馆还书。图书管理员在她的借书卡上盖了章，然后推给她，一如既往不理不睬。

"你能推荐一本给女孩看的好书吗？"

"多大年纪？"

"十一岁。"

管理员从桌子底下掏出来一本书。弗朗丝看到书名：《如果我是国王》。

"我不想看这本，"弗朗丝说，"而且我也不是十一岁。"

管理员抬起头，第一次看了看弗朗丝。

"我从小就来这里，"弗朗丝说，"直到今天，你都没抬头看过我。"

"有那么多小孩，"管理员不耐烦地说，"我哪看得过来？你还有事吗？"

"我只想说说那只金褐色的小陶碗……它对我很有意义……总有花在里面。"

管理员望了望。今天里面放的是一束粉色的野紫菀。弗朗丝突然感觉，她可能是头一次看到它。

"哦，那个啊！花应该是看门人放的，或者别的什么人。还有事吗？"她继续不耐烦地问。

"我要退卡。"弗朗丝把那张写满了日期、盖满了章、皱巴巴的卡片放在桌子上。管理员拿起来，正准备一撕两半，弗朗丝却突然伸手抢了过来。

"不用了，我想我还是留着吧。"她说。

她走了出去，最后一次仔细端详这破旧的小图书馆。她知道自己再也看不到这样的它了。看过了新东西，眼界就不一样了。即便日后她还会回来，她的眼睛看到的一切也会和现在完全不同吧。她想记住现在她看到的样子。

不，她永远不会再回来了。

况且日后，即便她再回来，这片老街区也将不复存在。战争结束后，市政府会拆掉公寓楼和那座丑陋的老学校——那里的女校长经常鞭打小男孩。原址上会新建一个示范性住宅项目——一个就连阳光和空气都要被截留、测量计算，然后平均分给居民们的地方。

"砰"的一声，凯蒂把扫把和水桶扔到墙角。这最后一响，意味着她的工作已经完成。不过随后她又走了过去，轻轻地把工具摆放整齐。

穿好衣服准备出门时——她打算最后再试穿一下自己选的那条翡翠色的天鹅绒裙子——她有些担心，虽然已经九月底，可天气还没凉下来，穿天鹅绒裙子会不会很热。她不禁为这年秋天的姗姗来迟感到生气。弗朗丝说秋天已经来了，她还为此跟她大吵了一架。

秋天来了，弗朗丝是知道的。尽管风还是热热的，尽管天气还是闷得让人发晕，但秋天的脚步已经来到了布鲁克林。弗朗丝是知道的，因为现在一到晚上，路灯一亮，卖烤栗子的人就会在街边支起小摊。一口小锅在炭火上烤着，盖着盖子，栗子就在锅里。同时卖栗子的人忙着用钝刀在生栗子上划上十字，为下一锅做准备。

是的，卖栗子的人来了，秋天就来了——哪怕天气不这么认为。

把劳丽安顿在小床上睡午觉之后，弗朗丝开始把最后几样东西收纳进装菲尔思耐普塔牌肥皂的木头盒子里。她从壁炉架上取下十字架和她跟尼利在坚信礼那天拍的照片。她把它们用她第一次领圣餐时戴的面纱包好，放进盒子里。爸爸的两条服务员围裙也被她叠起收好。然后她用一件白色的乔其纱绉纱衬衫——妈妈本来把它放在了"送人"的篮子里，因为它的蕾丝边都洗到脱线了——把烫着"约翰·诺兰"金字的理发店杯子包好。这件衬衫是她跟李在一起的那个雨夜穿的衣服。接着装起来的是那个叫玛丽的洋娃娃，还有那个曾经装十枚镀金硬币的漂亮小盒子。她把杂七杂八的藏书也收了进来：基甸版《圣经》，《莎士比亚全集》，一本破破烂烂的《草叶集》。还有三个剪贴簿：《诺兰精选古代诗》《诺兰精选现代诗》《安妮·劳丽之书》。

她走进卧室，掀起床垫，找出她在十三岁时断断续续写下的日记，还有一个方形的马尼拉信封。她跪在盒子前，翻开日记本，找了一篇读起来，日期是三年前的9月24日。

今天洗澡的时候，我发现自己正在变成女人。就快成了。

她笑着把日记本收进盒子里，又看了看信封外面的字：

内含：
一个密封的信封，请于1967年开启
一张文凭

四篇故事

四篇故事，是加恩德尔小姐让她烧掉的那些。唉，好吧，弗朗丝记得自己曾向上帝许诺，只要不让妈妈死，她愿意放弃写作。她信守了承诺，不过现在她对上帝更加了解，确信就算她重新开始写作，他大概也不会介意。嗯，说不定某一天，她会重出江湖。她把自己的借书卡也放进信封，在外面做好标记，然后放进盒子里。她的东西都收拾好了，除了衣服，她的全部家当都在这个盒子里。

尼利跑上楼来，口哨吹着《来跳舞吧！》的调子。他冲进厨房，甩掉外套。

"弗朗丝，紧急情况！我还有干净的衬衫吗？"

"有一件洗干净了，还没熨，我帮你熨一下。"

她拿出熨斗，开始加热，同时给衬衫洒上水，然后把熨衣板架在两张椅子上。尼利从衣柜里拿出擦鞋工具，往他那双本来已经光滑无瑕的皮鞋上抹上更多鞋油。

"要出门？"弗朗丝问。

"是啊。趁还有时间，去看演出。他们请了'范和尚克'[①]。老天，尚克唱得太棒了。他就这样坐在钢琴前，"尼克坐在餐桌前，模仿起来，"他侧坐着，跷着二郎腿，看着观众，左手放在乐谱架上，右手弹琴，一边唱歌，"他认真模仿起偶像的唱腔，"当你离家几万里……"

[①] 活跃于20世纪初的美国演艺歌手二人组，由男中音格斯·范和男高音乔·尚克组成。

"没错,他很有意思。他唱得和爸爸……有点像。"

爸爸!

弗朗丝找到尼利衬衫上的工会标签,从这里熨起。

("这个标签就像是珠宝首饰,就像你戴的玫瑰花。")

诺兰家买所有东西时,都尽可能挑选有工会标签的。这是他们纪念约翰尼的一种方式。

尼利望着洗脸池上方镜子里的自己。

"老姐,你说我需要刮刮胡子吗?"

"不用,五年内都没这个必要。"

"切,闭嘴吧你!"

"别——大——呼——小——叫——"弗朗丝学着妈妈的腔调说。

尼利笑了笑,开始洗脸,接着把脖子、胳膊和手都洗了洗。他边洗边唱:

你眼神迷离,带着异国风情,
你的举手投足像来自开罗……

弗朗丝为他熨着衣服,心情愉快。

尼利终于打扮好了。他穿着深蓝色的双排扣西装和有着柔软翻领的干净的白衬衫,打着圆点领带,站在弗朗丝面前。他身上散发着洗过的衣服的清新气息,一头金色鬈发闪闪发光。

"我看起来怎么样,小明星?"

他神气地扣好扣子,弗朗丝看到他还戴着爸爸的戒指。

千真万确——外婆说过,罗穆利家的女人都有看到她们心爱之人鬼魂的天赋。弗朗丝看到了她爸爸。

"尼利,你还记得《茉莉·马龙》吗?"

他把手插进裤兜,转过身,开口唱道:

> 在都柏林这美丽的城市,
> 姑娘们都非常美丽。
> 在那里,我遇到……

爸爸——爸爸——

尼利拥有同样清亮的声音,而且他竟然这么帅气,帅气到虽然还不到十六岁,可是走在街上,已经会有女人注视着他,发出赞叹了。他太帅了,以至于弗朗丝现在跟他一起上街,总觉得自己暗淡无光。

"尼利,你觉得我长得好看吗?"

"嘿,别担心!你向圣特雷莎做一个九天连祷,说不定她降个奇迹什么的,就能让你变好看了。"

"别闹,我说真的。"

"你可以把头发剪短一点,像其他女孩那样烫成鬈发。那样应该比你现在盘在头上好看。"

"妈不让,她让我等到十八岁。你快说我到底好不好看。"

"等你长胖点再说吧。"

"你快回答。"

他仔细端详了一会儿,然后才开口:"凑合吧。"她只好接受了这个回答。

刚回来时尼利说"紧急情况",可现在他好像又不想走了。

"弗朗丝！麦夏恩……我是说爸，他今晚要来吃晚饭。吃完饭我还要去工作。明天他们结婚，晚上在新家办宴会。周一我得上学，等我到了学校，你就已经坐上去密歇根的渥弗林火车了。我应该没时间跟你单独道别，那就现在跟你说再见吧！"

"圣诞节我就回家了，尼利。"

"但那不一样。"

"我知道。"

他等待着。弗朗丝伸出右手。他把她的手推开，抱住了她，亲吻她的脸颊。弗朗丝紧紧搂住他，哭了起来。尼利赶紧把她推开。

"哎呀，女孩子真麻烦！"他说，"总是哭哭啼啼。"但他自己的声音里分明也带着哭腔。

他转身跑出公寓，弗朗丝来到走廊，看着他跑下楼去。他在楼梯转角抬头望着她。四下光线暗淡，可他站的地方却很亮堂。

太像爸爸了——太像了，她想。但他的表情比爸爸更坚毅。他向她挥手，然后走远了。

四点钟了。

弗朗丝决定先穿好衣服，再准备晚饭，这样等本过来，她就可以直接出门了。他们准备去看亨利·赫尔的《归来之人》，他已经买好了票。圣诞假期之前，这将是他们最后一次约会，因为本明天就要启程回大学了。她喜欢本，很喜欢。她希望自己能爱上他。如果他不是总那么自信就好了，如果他能失败一次就好了，如果他需要她一回就好了。唉，好吧，她还有五年时间考虑自己的心意。

她穿着白色吊带裙，站在镜子前。抬起胳膊清洗身体时，她想起小时候自己坐在太平梯上，看公寓里的大姑娘们准备赴约。现在是不是也有人正在看着她？

她朝窗外望去。没错，隔着两个院子，她看到一个小女孩正坐在防火梯上，腿上放着一本书，手里拿着一袋糖果。那女孩正透过楼梯的栏杆，看着弗朗丝。弗朗丝认识这个女孩，她叫弗洛莉·温蒂，一个瘦巴巴的十岁小丫头。

弗朗丝梳理长发，编好辫子，盘在头上。她穿上崭新的丝袜和高跟鞋。在把同样崭新的粉红色亚麻布裙子套过头顶之前，她拿出一块方形的棉花块，撒上紫罗兰香粉，塞进胸罩里。

她觉得听到了弗雷博的马车回来的声音。她靠在窗口看了看。没错，车已经进来了，只是已经不是马车，而是一辆栗色的运输卡车，两边的烫金字是公司的名字。正准备洗车的人也不是弗雷博，而是一个免征兵役的罗圈腿小个子。

她看了看院子另一边，弗洛莉还在透过楼梯铁栏杆的缝隙望着她。弗朗丝挥手喊道：

"你好啊，弗朗丝！"

"我不叫弗朗丝！"小姑娘也对着她喊，"我叫弗洛莉，你知道的呀！"

"我知道！"

她低头望着院子里。那里曾有棵树，叶子仿佛一把把撑开的绿伞，簇拥着太平梯。可是后来，公寓里有个女人抱怨说，这棵树的枝叶缠住了他们家的晾衣绳。于是房东找了两个人，把树砍掉了。

但这棵树没有死——它还在。

一棵新树从树桩上生发出来。它的树干在地面盘踞，直到长到一个没有晾衣绳的地方。然后，它又开始向天空生长。

安妮——那棵被带回家，由诺兰家浇水施肥、倍加珍惜的小杉树，早已病死了。但院子里的这棵树，这棵被人伐倒的树——这棵被人在周围堆起火堆，试图连它的树桩也烧光的树——它活了下来！

它活了下来！没有什么能摧毁它。

她再次望了一眼正在防火梯上看书的弗洛莉。

"再见，弗朗丝。"她低声说。

她关上了窗户。

图书在版编目（CIP）数据

布鲁克林有棵树 /(美)贝蒂·史密斯著；王扬译
.—杭州：浙江人民出版社，2023.4
 ISBN 978-7-213-10701-6

Ⅰ.布… Ⅱ.①贝…②王… Ⅲ.①长篇小说—美国—现代 Ⅳ.①I712.45

中国版本图书馆CIP数据核字(2022)第131774号

布鲁克林有棵树
BULUKELIN YOU KE SHU
（美）贝蒂·史密斯 著 王扬 译

出版发行	浙江人民出版社（杭州市体育场路347号 邮编 310006）
责任编辑	徐　婷
责任校对	姚建国
封面设计	宋　璐
电脑制版	尚春苓
印　　刷	河北鹏润印刷有限公司
开　　本	880毫米×1230毫米 1/32
印　　张	15.75
字　　数	378千字
版　　次	2023年4月第1版
印　　次	2023年4月第1次印刷
书　　号	ISBN 978-7-213-10701-6
定　　价	55.00元

如发现图书质量问题，可联系调换。质量投诉电话：010－82069336

在喧嚣的世界里，
坚持以匠人心态认认真真打磨每一本书，
坚持为读者提供
有用、有趣、有品位、有价值的阅读。
愿我们在阅读中相知相遇，在阅读中成长蜕变！

好读，只为优质阅读。

布鲁克林有棵树

策划出品：好读文化	监　　制：姚常伟
责任编辑：徐　婷	产品经理：程　斌
特邀编辑：云　爽	装帧设计：宋　璐